Sławomir Mrożek

Tagebuch 1962–1969

Aus dem Polnischen von Doreen Daume

Diogenes

Titel der 2010 bei Wydawnictwo Literackie, Krakau,
erschienenen Originalausgabe: ›Dziennik tom 1 1962–1969‹
Die vorliegende Ausgabe ist eine Auswahl daraus, die von
Isabelle Vonlanthen vorgenommen wurde
Auslassungszeichen in eckigen Klammern weisen darauf hin,
dass innerhalb eines Eintrags gekürzt wurde

Mitarbeiter der polnischen Ausgabe: Anita Kasperek
(redaktionelle Betreuung), Alina Doboszewska (Mitarbeit Redaktion,
Chronik zu Leben und Werk), Roman Włodek (Chronik zu Leben und
Werk und Personenindex), Maciej Urbanowski (Anmerkungen),
Beata Kięczkowska (Texterfassung) und Henryka Salawa,
Ewa Kochanowicz, Urszula Srokosz-Martiuk (Korrekturen)
Umschlagillustration: René Magritte, »Les idées claires«, 1966

DIESE PUBLIKATION WURDE
GEFÖRDERT VOM POLNISCHEN
BUCHINSTITUT

THE ©POLAND
TRANSLATION
PROGRAM

INSTYTUT KSIĄŻKI
©POLAND

www.diogenes.ch
25/14/36/1
ISBN 978 3 257 06893 1

Inhalt

1962

26. Oktober, Freitag

Im September vor vierzehn Jahren habe ich damit begonnen, Tagebuch zu schreiben. Und im Oktober vor drei Jahren habe ich die etwa zwanzig Bände verbrannt, von denen jeder an die zweihundert Seiten umfasste. Ich habe es nicht bereut. Dieses Tagebuch hatte mir bereits in den drei Jahren vor der Verbrennung immer weniger bedeutet, ich hatte es immer unregelmäßiger geführt, bis ich, einige Zeit vor dem Autodafé, endgültig damit aufhörte.

Es war ein Monstrum, und es hatte drei Motive: das Bedürfnis, mit weißem Papier unter vier Augen zu sein (das war lange vor meinem literarischen Debüt), das Bedürfnis, mich bei jemandem, meinetwegen bei mir selbst, auszuweinen, sowie der Wunsch, Erfahrungen, Lesefrüchte, Ansichten etc. festzuhalten. Drei Bedürfnisse, das ist natürlich eine Vereinfachung. Weder sind sie deutlich voneinander abgegrenzt, noch ist ihre Anzahl definitiv. Ähnlich verhält es sich mit den Motiven für meinen Schlussstrich. Das simpelste und vordergründigste Motiv ist die Tatsache, dass das Schreiben zu meinem Beruf geworden war. Je mehr meiner Texte gedruckt wurden, desto weniger gab ich mich meinen jugendlichen Kritzeleien hin. Obwohl ich auch, als ich längst ein »Schriftsteller« war, noch Tagebuch führte. Diese paar Kilo meiner Herzensabenteuer verbrannte ich natürlich auch aus Angst vor möglichen unbefugten Lesern. Als einmal in meine Krakauer Wohnung eingebrochen wurde, während ich in Amerika war, da begriff ich, dass ich diese Abenteuer vor niemandem geheim halten konnte. In Polen gibt es, soviel ich weiß, keine Safes, und sollte es doch welche geben, so traue ich ihnen nicht.

Aber das ist noch nicht alles. Damals hatte mich plötzlich die Angst gepackt, besonders die vor dem Friedhof. Ich hatte Angst vor dem, der ich nie mehr sein würde, Angst, zum alten Eisen zu gehören. Die Frage, ob ich tatsächlich schon ein anderer war, inwiefern ich schon ein anderer war und inwiefern noch derselbe, bleibt natürlich bis auf Weiteres offen. Vielleicht schämte ich mich vor mir, wollte den kleinen, buckligen Vorfahren meiner selbst verdrängen, als den ich mich sah. Genug der Erklärungen.

Etwa drei Jahre nach dem Feuer, das so hübsch den Ausklang meiner Jugend markieren sollte, und etwa sechs Jahre nachdem meine Lust an Selbstmitleid und Selbstgespräch erloschen war, verspüre ich nun doch wieder, ähnlich wie damals, den Impuls zu schreiben.

Von den drei oder eigentlich vier oben erwähnten Motiven ist nur die eine Frage geblieben: Wie leben?

Es geht um eine Brücke zwischen dem Trubel, dem Leben, wenn man so will, und der Arbeit. Es geht darum, so etwas wie eine Zwischenplattform zu schaffen, eine Art Raumstation, von der aus man den Mond ansteuern kann. Ich gehöre zu einer Generation, für die ein Flugzeug am Himmel noch eine Sensation war. Und doch schreibe ich mit der Schreibmaschine und nicht mit meiner geliebten Füllfeder auf gutem Papier, was mir eigentlich lieber wäre. Rohmaterial habe ich nie ordentlich notiert. Aber wozu diese Erklärungen, für wen?

Natürlich darf ich mich nicht selbst belügen. Ich muss mir gut überlegen, was in Worte gefasst werden soll und was nicht. Ich weiß zwar, was ich denke, aber nur eine Sekunde lang, und die ist schnell vergangen – da haben Sie's. Die Abmachung gilt: Was ich ab jetzt schreibe, darf jeder lesen.

Ein geselliges Gespräch kommt für mich weder als Werkzeug noch als Methode in Frage. Nur auf dem Papier kann ich ungezwungen plaudern, auch Versuche mit dem Tonband sind erbärmlich gescheitert.

Schade, dass ich keine leserliche Handschrift habe, denn die Schreibmaschine gehorcht mir noch immer nicht ganz.

Ich hoffe, dass ich mich an diese Form gewöhne. Im Moment fühle ich mich unbehaglich. Ende der Vorrede.

28. Oktober

Einakter mit dem Titel *Kto tam* (*Wer da?*)[1]

Seit einiger Zeit ist mein Schlaf irgendwie sonderbar. Nur wenn ich betrunken zu Bett gehe, schlafe ich sofort ein und träume nichts. Da ich mich in letzter Zeit kaum noch betrinke, ist mein Schlaf sozusagen eine Art Maschine geworden, in die ich abends das bewusst Erlebte hineinwerfe. Dieses wird die ganze Nacht lang gemahlen und dann wieder neu zusammengesetzt, auf eine geheimnisvolle und doch geordnete Art und Weise, nach einem mir unbekannten System. Die ganze Nacht hindurch, während ich träume, weiß ich, dass ich Stücke und Erzählungen schreiben sollte. Diese Vorgabe ist ständig präsent und komponiert meine Träume. Noch klarer ist das im Halbschlaf, hier zeigt sich noch deutlicher die Berufsbezogenheit meiner Träume. Früher, wenn ich Volleyball gespielt hatte oder gerudert war, tat ich die ganze folgende Nacht nichts anderes, als mich in die Ruder zu legen oder einen Ball übers Netz zu schlagen. So ungefähr ist es jetzt auch.

Weniger im Schlaf als im Halbschlaf kommen mir diese Ideen (das ist nicht das richtige Wort, aber ich finde gerade kein anderes), die gar nicht selten durchaus etwas taugen. Vor einigen Tagen, als ich gegen Morgen in eben so einem Halbschlaf lag, klopfte eine Milchfrau an die Tür und rügte mich mit scharfen Worten dafür, dass ich im fünften Stock wohne (das war um ein Stockwerk übertrieben, aber ich war zu verschlafen, um es richtigzustellen). Schon auf dem Weg zurück ins Bett fiel ich wieder in Halbschlaf und träumte Folgendes:

Wer da?

Personen:
Jaś, beinahe
Vater, unter anderem
Milchfrau, sozusagen
Mutter, in gewissem Grad

Auf der Bühne ein Wohnzimmer (Salon), fünf Uhr morgens, unaufgeräumt, als seien Gäste da gewesen. Es klingelt an der Tür. Durch das Zimmer geht Beinahe-Jaś, verschlafen, im Bademantel. Er öffnet. Die Milchfrau. Nach der Milchfrau klingelt der Hausmeister:

»Es ist nichts, ich wollte Ihnen nur sagen, dass die Milch vor der Tür steht.«

Dann der Briefträger. Beinahe-Jaś, der gar nicht mehr fragt, weil er nach den Begegnungen mit Milchfrau und Hausmeister schon weiß, was kommt, führt ihn ins Zimmer und bittet ihn, sich zu setzen.

»Ich bin nur der Briefträger, und da soll ich mich setzen?«

»Aha, ha, mich können Sie nicht täuschen. Sie sind bestimmt, Moment, wer sind Sie gleich …«

Versuch eines Dialogs mit der Milchfrau:

»Warum klingeln Sie?«

»Sie wohnen im fünften Stock.«

»Im vierten. Ist das ein Grund zu klingeln?«

»Glauben Sie, ich sei die Milchfrau?«

»Wer denn sonst?«

»Da kennen Sie mich schlecht.«

»Sie lassen mich ja nicht …«

»Nein, zuerst muss man nachdenken. Theoretisch, abstrakt.«

Auf dem Weg zurück zum Bett, nach dem Gespräch mit der Milchfrau, begegnet Beinahe-Jaś seinem Vater. Aber der Vater ist nur teilweise wie der Vater gekleidet, teilweise auch wie ein Bischof: Mitra, Bischofsstab und dergleichen.

»Was ist los?«, fragt Jaś.

»Erwartest du etwa, dass meine Persönlichkeit um fünf Uhr morgens bereits genau festgelegt ist?«

Es geht darum, dass in der Kunst, ganz selbstverständlich, jede Person nur sie selbst ist. Erst dann kann auf der Bühne überhaupt etwas passieren. Jede Figur ist durch ein Element bestimmt. Wenn wir mit diesen Elementen operieren, sie kombinieren, auf andere Elemente prallen lassen, dann entsteht Handlung, ein Konflikt und dessen Lösung. In *Wer da?* soll mit diesem Prinzip gebrochen werden. Jaś greift es jedoch noch einmal auf, er ist der Fürsprecher des Publikums, das an dieses Prinzip gewöhnt ist. Seine Verwunderung und seine Probleme sind die Verwunderung und die Probleme des Publikums. Darum ist er der Beinahe-Jaś (und nicht der Ganze-Jaś). Wie zerfällt aber seine Ganzheit, und warum? Wie soll das vor sich gehen? Vielleicht, indem Jaś auseinanderfällt und ein Teil von ihm weiterhin verwundert ist und Probleme hat, vielleicht sogar einen kleinen Monolog zum Thema hält.

Woher kommt dieses Auseinanderfallen von Persönlichkeiten auf der Bühne, oder anders gefragt, warum sind die Persönlichkeiten so synthetisch? Das könnte man ganz apodiktisch abhandeln, mit einem Monolog des Vaters gleich zu Beginn des Stücks. Oder mit einem Monolog von Jaś, doch der darf nichts erklären, sondern sich nur wundern.

Die zweite Lösung scheint mir besser. Das Geheimnis hat

Priorität, also muss man sich damit auseinandersetzen. Schließlich gibt es viele bekannte, wenngleich unerklärliche Fakten.

Sollte ich nun zum ersten Mal gezwungen sein, so zu tun, als ginge es nicht um Theater? Nichts verabscheue ich so sehr wie diesen blödsinnigen Trick, wenn sich in den ersten Reihen ein Schauspieler erhebt, auf die Bühne steigt, mitspielt und immer noch so tut, als sei er nur ein Zuschauer, der sich in das Geschehen einmischt. Natürlich hat Jaś daran etwas auszusetzen:

»Schlimm genug, was in normalen Stücken gespielt wird, aber das hier ist nicht mehr normal. Wo gibt es denn so was, dass der Vater auf der Bühne der Vater und gleichzeitig nicht der Vater ist?«

Vielleicht ist dieser Monolog des armen Jaś also der Aufschrei einer Seele, die vom zeitgenössischen Relativismus gequält wird, von der Zerschlagung der Form, der doppelten Atomisierung, der Natur des Lichts und Ähnlichem? Womöglich handelt dieses Stück von den Grenzen der Kunst, von der Grenze zwischen der Solidität einer traditionellen Kennerhaltung und der Dreistigkeit einer kosmischen Relativität?

Vielleicht fällt Jaś sogar eine Entscheidung, etwa: »Ich bestimme, wer der Vater ist, ich erlaube nicht…« o.Ä. Ein naives, komisches, in seiner Einfachheit bildhaftes Problem. Der Vater erklärt kurz, was geschehen ist:

»Lieber Sohn, du bist jünger als ich, man könnte meinen, dass dich die Errungenschaften unserer Epoche nicht erschüttern. Schon aus der modernen Physik wissen wir, was

Beschleunigung, was Geschwindigkeit heißt. Ich habe ganz einfach meine Geschwindigkeit erhöht, ich habe eine große Beschleunigung, das ist alles.«

Jaś beginnt, schnell um den Tisch zu rennen, aber er scheitert. Er bleibt Jaś.

Das Doppelte, Dreifache, kurz, das Vielfache einer Figur erklären, die vom Halbschlaf um fünf Uhr morgens hervorgebracht wurde …

Irgendwie unerträglich.

Jaś:

»Leise, du weckst die Mutter. Was soll sie sagen, wenn sie dich in diesem Aufzug sieht?«

»Nichts, Mutter ist wach.«

»Willst du sagen, dass sie auch …« (Mutter, im Jockey-Kostüm, tritt auf.)

Wenn ich mich an meine Ideen auf dem Weg zurück zum Bett richtig erinnere, dann war der Ablauf so: Ein Stück mit einer bestimmten Handlung operiert mit bestimmten Elementen. Der Vater ist Vater, oder noch dazu Bischof, aber nur Bischof. Das hat Konsequenzen. Plötzlich hört der Vater damit auf, Vater (oder Bischof) zu sein. Das wirft alles durcheinander. Und da kommt mir folgender Gedanke: Soll ich das Ganze nach diesem Prinzip konstruieren? Das Stück wird nicht mehr nur ein Stück, sondern mehrere Stücke sein. Dieselben Schauspieler verwandeln sich in andere Figuren, und dadurch ändert die Handlung nicht nur ihren Verlauf, sondern sie wird schlichtweg zu etwas anderem, ist nicht mehr Handlung, hat mit etwas ganz anderem zu tun. Doch das ist sehr schwer zu realisieren.

Ich kenne Pirandello nicht. Aber gibt es bei ihm nicht etwas Ähnliches? Jedenfalls ist der Gedanke nicht neu. Der Gebrauch von Masken weist darauf hin, ein schüchterner Versuch in die Richtung.

Jaś:

»Vater.«

Vater: »Lass mich in Ruhe, siehst du nicht, dass ich ein Bischof bin?« (Wenn die Mutter im Kostüm eines Jockeys, oder etwas anderem, auftritt, entspinnt sich zwischen dem Vater-Bischof und ihr ein Sketch, wie er sich zwischen einem Bischof und einem Jockey entwickeln könnte, oder auch zwischen Vater und Mutter.)

Diese Sketches, also die Fragmente einzelner Handlungen sind weniger wichtig als die Reaktionen auf diese Handlungsstränge, etwa von Jaś, der sich in diesem Durcheinander überhaupt nicht mehr zurechtfindet.

Milchfrau:

»Ich habe mein eigenes Leben.«

Jaś:

»Kein Zweifel.«

Milchfrau:

»Möchten Sie mein Leben kennenlernen?«

Jaś:

»Gerne, aber um diese Tageszeit …«

(Der Reihe nach treten folgende Figuren auf: Milchfrau, Hausmeister, dann der Vater, als Kulmination.)

Der Vater tritt gänzlich als Bischof auf. Eine Sequenz, in der Jaś mit dieser Tatsache konfrontiert wird. Erst dann spricht der Bischof – »Na ja, ich habe halt beschleunigt verlangsamt« – mit Jaś wie ein Vater-Bischof.

Vater und Mutter machen sich Sorgen, dass Jaś so normal ist. Jaś, vor lauter Verzweiflung, wird auf einmal zum Schauspieler!

»Ich spiele nicht mehr. Ich gehe nach Hause.« Er zieht Mantel und Hut an, wischt sich auf der Bühne die Schminke ab. »Bitte, da habt ihr's, ich bin ein anderer, ich bin ein Schauspieler, und gleich werde ich ein normaler Mensch sein.«

»Bravo, Jaś.«

»Was denn, freut ihr euch etwa, ich sage, dass ich ein normaler Mensch sein werde …«

»Hervorragend, solange du ein Schauspieler warst, auf der Bühne, da warst du der Gipfel der Eindeutigkeit, du hast nur das getan und gesagt, was dir der Autor befohlen hat. Wenn du jetzt von der Bühne gehst, wie vielen Autoren wirst du dich dann noch beugen?«

13. November, Dienstag

Ich arbeite. Das heißt: Ich schreibe ein Werk. Ein bisschen zu lästern kann nicht schaden.

Ich habe die *Physiker* von Dürrenmatt gelesen. Eine Wohltat, diese Boshaftigkeit. Am besten erledige ich die Lästerei gleich am Anfang: Ein solches Stück könnte ich schreiben, wenn mir einfiele, dass es mein einziges bliebe. Wenn vom Sketches-Schreiben die Rede ist. (Das soll eine Anspielung sein. Es wurde schon oft behauptet, ich schriebe nur Sketches.) Stimmt aber nicht.

Was ist dieses Stück nicht? Es ist kein bisschen wie Čechovs *Platonov*. Abgesehen von der technischen Perfektion ist es von der gleichen Sorte wie mein Stück *Policja* (*Polizei*).[2]

Aber es kommt noch schlimmer. Zunächst habe ich nur festgestellt, dass auf beiden Erdhalbkugeln ein Stück zum Meisterwerk erkoren wurde, das fast im Rachen brennt, so trocken ist es, so sehr erinnert es an eine altbackene Semmel, die, ohne etwas zu trinken, heruntergewürgt werden muss. Na bitte. Es ärgert mich, dass ich nichts grundlegend Besseres geschrieben habe. Noch schlimmer ist, dass dieser Sketch versucht, uns etwas weiszumachen. Dieses verhasste »mi« ist herauszuhören, der falsche Ton, der entsteht, wenn die Realität nicht von der Seite betrachtet wird, auf der wir leben, also der Seite der Nichtvollendung, der Gegenwart, der erdrückenden Datenmenge, in der wir uns Tag um Tag verstricken. Sondern der Sketch beansprucht für sich, von einem Jenseits aus auf uns zu blicken, als hätte er alles überholt, als kreise er vor unserer Nase herum und hätte dem Gaul ins Maul geschaut, um auszurufen: »Ich weiß was!« Es weiß kein bisschen mehr als wir, nur wir wissen, dass es so nicht geht. Alles wäre in Ordnung, denn es ist ein sehr raffinierter Sketch, wären da nicht wir. Dürrenmatt schneidet solche Grimassen, er denkt sogar noch über dieses Sketchchen nach. Davon zeugt die Liste mit einundzwanzig Punkten, die er ans Ende gestellt hat. Der neunte Punkt ist die Offenbarung: »Träger einer dramatischen Handlung sind Menschen.«

Wie so oft denke ich mir: Warum hat der Autor keinen Radiergummi genommen und das wieder ausradiert, selbst wenn ein Übermaß an Kalorien, Unachtsamkeit oder sonst ein Grund ihn dazu verleitet haben, diesen Satz niederzuschreiben? Lag ihm tatsächlich so viel daran?

28. November, Mittwoch[3]

Morgen fahre ich nach Krakau, und zuvor will ich Dir noch kurz antworten. Ich habe einen Schnupfen hinter mir und mit Schnupfen geschrieben, es ging nicht anders, denn auch lesen konnte ich nicht viel, schreiben ging besser – noch ein Stück. Ein Einakter, schon der dritte, den eingerechnet, den ich Dir geschickt habe.

Wer weiß, ob ich nicht deshalb ausschließlich für das Theater schreibe, weil es unmittelbarer ist als Prosa. Aber Einakter, in denen man endlos präzise Mechanismen anwendet, verschiedene Varianten ausprobiert und feinmechanische Einzelheiten ausarbeitet, möchte ich keine mehr schreiben, es reicht mir. Wenn ich jetzt noch was für das Theater schreibe, dann ein barockes Werk, mit viel Gequassel, wo sich Wichtigeres abspielt als einzelne Situationen. Ich würde mich gerne auf zwei Hinterpfoten stellen und laut brüllen, zu blöd, dass ich nicht weiß, was ich brüllen soll, wozu und womit.

Im Grunde genommen habe ich doch keinen so großen Hass in mir, wie ihn etwa Dostojewski hatte.

Ich werde von keinen Leidenschaften geschüttelt, und wenn es stimmt, was Andrzej Kijowski[4] dauernd über mich schreibt, dass Literatur nur aus Leidenschaft entsteht, dann habe ich herzlich wenig zu tun. Es ist nicht etwa so, dass mir die Leidenschaft fehlt. Sondern dass ich das, was mir sozusagen angeboren ist, nämlich diese Leidenschaften zu entladen, auf eine im Prinzip effekthascherische Art und Weise erledige: durch Schreiben. Ich habe nicht dieses berühmte Gefühl, dass ich irgendwas mitteilen muss, höchst selten muss ich das. Wenn überhaupt, dann ist es sehr allgemein und vage, und ich weiß nie, was genau. Das Motiv, »eine Botschaft zu verkünden«, weil diese vielleicht für die anderen von Bedeutung sein könnte, ist überhaupt lachhaft, keine Rede davon. Davon bin ich weit entfernt.

Mir kommt es vor, als hätte ich hier etwas Wesentliches gedacht. Bisher war das Schreiben ein Mittel für mich, um mich aufzublasen, mein eigenes Leben aufzubauschen. Weitere Kreise zu erfinden als die, die mir gegeben sind. Eher so Geschichtchen, wie man sie Kindern vor dem Einschlafen erzählt, daher die Phantasien, Grotesken und unwahrscheinlichen Konstellationen. Amüsieren und kompensieren. Das ist anscheinend sowieso eine gesonderte Strömung, eine persönliche Literaturgattung. Eine Art Wirkung über die eigenen Kreise hinaus.

Die zweite Gattung, das sind keine Gutenachtgeschichtchen mehr, sondern das Herumbohren im Leben eines anderen, der ich nicht sein konnte. Sie ist natürlich viel desperater, tragischer und schwerwiegender. Sie verzichtet auf Effekte und auf Spaß.

Nicht jeder ist sowohl für das eine als auch für das andere

geeignet, die meisten sind nur für das eine geeignet. Bleibt die Frage, warum ich nicht weiterhin brav in der ersten Gattung herumtrotte, diesen Einschlaf-Geschichtchen? Genau weiß ich es selber nicht.

Noch etwas zu der Geschichte, die Du gelesen hast. Ich muss zugeben, dass sie ehrlich ist. Also, wenn ich tatsächlich der Held dieser Erzählung wäre und wenn ich sie mir selbst oder einem Freund erzählen würde, wäre ich nicht gefeit davor, dass mir – dem Helden und nicht dem Autor – einige klitzekleine Zutaten einfielen, kleine Zusätze, Umbauten und Übertreibungen. Da kann ich auch nicht einfach losheulen, das wäre an der Grenze zur Lächerlichkeit, wenn auch letztlich großartig. Da kann ich an meine Erlebnisse nicht ganz aufrichtig glauben, und dieser fehlende Glaube wird sofort sichtbar in eben diesen Übertreibungen, den Bemerkungen, die wie nebenbei fallen, die sich weder in Sujet noch in Handlung einfügen. Daher überlege ich, ob nicht gerade diese meine Erzählung auch eine meiner Grenzen markiert. Klar, ich kann sie übertreten, aber wieder nach dem alten Prinzip, nach dem ich alles gerade eben noch hinkriege. Als einer, der nicht nur ein »goldenes Händchen«, sondern auch ein »goldenes Köpfchen« hat, ein Imitator und Parodist.

So viel für heute. Über alles andere, was für mich im Moment nicht so wichtig ist, und auch über einiges aus Deinem letzten Brief werde ich schreiben, wenn ich wieder aus Krakau zurück bin.

9. Dezember[5]

Die Sache der »Polacken« sieht heute etwas anders aus als noch vor zwei Jahren, als Ihr ausgereist seid.

Es ist komplex. Vor kurzem wurde in der Zeitschrift *Kulisy* (*Kulissen*) über einen Heizer berichtet, der im Suff seine Möbel zerhackte. Betonung auf Zerhacken und Suff, aber zufällig konnte ich in Erfahrung bringen, was dieser Primitivling zerhackt hatte: einen Fernsehapparat, ein Radio und eine Waschmaschine. Wie die Polen das machen, wie sie immer wieder auf die Beine kommen, das weiß ich nicht genau, denn sogar offiziellen Angaben zufolge stecken wir immer noch in einer Krise, aber man spürt den Aufschwung. Vor allem schämen sich die Polen nicht mehr zuzugeben, dass sie verdienen und kaufen. Ganz anders als noch vor ein paar Jahren.

Im Zugabteil waren sieben Personen, mich eingerechnet. Zum vorherrschenden gesellschaftlichen Ton ist mittlerweile das Imponiergehabe geworden, was und wie teuer man etwas gekauft hat. Ich tat, was ich konnte, um nicht vereinnahmt zu werden von der Familie, die sich sofort bildete. Die drei Männer und zwei Frauen stiegen in Warschau als Geschwister aus, mit leicht inzestuösen Zügen, so dass ich mir wie der Verbrecher aus dem Film *Pociąg (Der Zug)* vorkam. Denn wenn einer sich verhält wie ich und stundenlang mit unter dem Mantel verborgenem Kopf stillsitzt, um sich bloß nicht am Gespräch beteiligen zu müssen, dann ist das verdächtig. Es war ein neuer Waggon, ganz wie normale internationale Erste-Klasse-Waggons, das ist deshalb wichtig, weil solche Interieurs dieses typisch polnische Gebaren unterstreichen. Diese Wichtigtuerei mit ihren ach so guten Manieren, welche so charakteristisch ist für die Polen – solange kein Bedarf aufkommt, sich einen zumindest minimalen Vorteil zu verschaffen.

Die Explosion einer extremen Zuvorkommenheit in völlig nichtssagenden Situationen, »aber gewiss doch, selbstverständlich«, ungeheures Getue, wer zuerst durch die Tür gehen darf, und das alles nur, um sich aufzuspielen und sich gegenseitig mit begeisterten Höflichkeitsbezeugungen zu überbieten, euphorisch, hysterisch. Damit wird Vornehmheit demonstriert, und man möchte sofort aufstehen und einem von ihnen eine schallende Ohrfeige verpassen, um sich Luft zu machen. Unter dem Mantel lauernd, ohne ihre Gesichter zu sehen, konnte ich ihre Stimmen besser aufnehmen, allesamt UNNATÜRLICH, alle spielten etwas anderes, als sie in Wirklichkeit waren. Ich konnte mich davon überzeugen, als ich später, schon zu Hause, ihr ganzes Gespräch haarklein niederschrieb, gedemütigt davon, dass sie mich gezwungen hatten, ihr grässliches stereotypes Verhalten zu verachten.

Die Polen überlaufen die Balkanländer, als handle es sich um ihre Kolonien. So rächen sie sich für ihre Komplexe dem Westen gegenüber. Fast jeder aus »besseren Kreisen« ist zumindest einmal in Bulgarien, in Ungarn oder in der ČSSR gewesen. Ein Handel wie an der Börse. Zum Beispiel der Herr Oberst. Er war einige Zeit irgendwie im Hintertreffen. Als er ein bisschen mit Bulgarien angab, übertrumpfte ihn die Nachbarin von gegenüber mit Budapest, woraufhin er die DDR auffuhr, wobei sich aber herausstellte, dass sie dort schon gewesen war. Da schwieg er zunächst und sammelte sich schweigend, um dann loszufeuern: Rom. Alle verstummten unangenehm, und er hätte gewonnen, wenn ihm der bebrillte Herr aus der Ecke nicht mit Belgien Paroli geboten hätte. Und da es so gut wie gewiss war, dass der Herr Oberst log und der bebrillte Herr nicht (reichlich Details gegenüber nebulösen Ausführungen des Obersts), behielt der Eck-Herr die Oberhand. Hier die Besetzung:

Oberst.

Direktor, 65 Jahre alt, ein Gesicht, so glatt und rosig wie ein Babypopo, die Seele des Abteils, technisch ausgebildet, ein Schulkollege von General Rowecki, aber wer war noch mal General Rowecki? »Sie sehen aber jung aus.« (Ich hasse alle, die 65 sind.)

Bebrillter Herr aus der Ecke, kaum identifizierbar.

Drei Damen (zwei davon stiegen in Kielce um). Alle sauber, gut gekleidet, sichtlich wohlhabend.

Der Reihe nach:

1. Eine Wohnsituation, Schilderung der Nachbarn, die Geschichte, wie man an die Wohnung gekommen ist u. Ä. Herausstreichen der Schwierigkeiten, die es gibt und gab, wenn man an eine Wohnung kommen will.

2. Urlaube, Auslandsausflüge. Einhellige und sehr heftige Empörung über den Tourismushandel, obwohl eigentlich überhaupt nicht klar ist, wer da mit was handelt, alle sind empört, ja, das habe ich schon immer gesagt, auch bei anderen Gelegenheiten!

3. Kleine Äußerungen über die Juden, die nicht als Juden bezeichnet werden, sondern als »Drecksjuden«.

4. Erinnerungen an 1939. Die Damen können sich kaum mehr erinnern, nur ganz verschwommen, weil alle noch Kinder waren.

5. Witze.

Bei den Witzen bin ich hinausgegangen. Aber im überfüllten Speisewagen hatten sich Gruppen gebildet, Rechtsanwälte, Ärzte, alle angeheitert. Auch sie waren gerade beim Witzemachen, sie brüllten sie laut und von mehreren Seiten gleichzeitig hinaus. Über Juden, über Soldaten und über Ärsche. »Halten Sie sich die Ohren zu!« Einige waren so betrunken, dass sie nichts mehr sagten, sie schwankten nur hin und her. Der beste Witzeerzähler war einer, der mir bekannt vorkam, vielleicht ein Schulkamerad, mit Halbglatze, in einem tomatenroten Sakko. Fast alle Polen tragen jetzt weiße Nylonhemden und Krawatten, zumindest im Zug.

Ich ging ins Abteil zurück. Dort fielen sie sich schon fast alle um den Hals. Offenbar waren sie mit den normalen Witzen durch, der Direktor war bereits bei den frivoleren Witzen angelangt, »aus dem Leben«:

»Wir sitzen vor dem Fernseher, die Artistin hebt ihr Röckchen (hier leuchtet seine gespannte rosige Haut fettig auf) und zeigt das Dreieck, und ich sage, könnte sie das nicht mir allein zeigen, warum muss sie das im Fernsehen tun?« Das war die Pointe.

Da sitzt er in seinem Persianerkragen, denn sie machten sich schon zum Aussteigen fertig, und er stopft seine irgendwie kurzen Beinchen in die säuberlich geputzten Stiefelchen.

Ich war an einer Namentagsfeier. Kollegen vom Büro, viele Architekten, die ich kenne, aber nicht mit Familiennamen, die Ihr bestimmt kennt, schwarze Anzüge, Gespräche über Autos, einer importiert gerade einen Motorroller, stattliche

Herrschaften, die sich eine Existenz aufbauen, in guten Stellungen, ihr trinkt gar nicht mehr so wie früher. »Und der Herr, was für einen Wagen fährt der Herr?« Der Herr, dem Herrn, mit dem Herrn, des Herrn, herrlich, die Herrschaften, die Herren, bitte, der Herr.

1963

11. Januar

Die Geschichte der Welt ist die Geschichte der brutalen Unterdrückung von Frauen, Kindern und Künstlern durch die Männer.

Unter großen Qualen und sehr spät begann der männliche Teil der Menschheit die Existenz von etwas zu vermuten, wovon jede Frau weiß, was die Männer aber erst später mühselig entdeckten: die Ambivalenz der Gefühle, die Inkonsequenz, die Wechselhaftigkeit, das Vergessen, etwas, was ich das Prinzip des Schillerns nenne. Gewisse Dinge, wie Proust sie aufzeigte, sind so, nämlich natürlich, weiblich. Deshalb sind die Frauen »gedankenlos«. Sie müssen nämlich nicht denken, denn sie sind selbst Schlussfolgerungen aus dem Denken.

Die Männer erdachten, nach ihrem eigenen Ebenbild, das logische, also einfach gestrickte Denken, das sich zu den Dingen so verhält wie die Arithmetik zur Algebra. Es waren unerhörte Anstrengungen nötig, um auch nur ein winziges Stückchen darüber hinauszugehen. Als sich herausstellte, dass die Frauen anders denken, waren die Männer beleidigt und nannten sie dumm oder unlogisch, was in der männlichen Nomenklatur das Gleiche bedeutet. Als passende

Ideologie zur eigenen Phantasielosigkeit erdachten sie den Begriff der Ehre.

Was ich bei den Frauen ebenfalls so angenehm und sympathisch finde, ist die Tatsache, dass sie sich für ein derartiges Scheinproblem nicht interessieren.

Künstler haben Erfolg bei Frauen. Der Begriff der Ehre, der Konsequenz, der Logik ist ihnen oft fremd. Sie sind intuitiv, »unberechenbar«, kurz: »verweiblicht«.

Die Bezeichnung »Verweiblichung« ist im Grunde schmeichelhaft. Es bedeutet, dass die betreffende Person sich öfter wäscht und seltener andere Menschen tötet, empathiebegabt ist, nicht brüllt und drängelt, um ihre Wichtigkeit zu beweisen.

Frauen kennen den Wert des menschlichen Lebens, nicht nur deshalb, weil sie andere Menschen in die Welt setzen, sondern auch, weil sie sie aufziehen und wissen, was das für eine Plage, Verantwortung und Mühsal ist. Männer ziehen keine Kinder auf, bestenfalls machen sie hierfür einen gewissen Geldbetrag locker. Kein Wunder, dass ein Massaker ihnen später nicht nur als ein netter, sondern möglicherweise auch als ein nützlicher Zeitvertreib erscheint.

Das Frauentrauma der Männer ist ein Resultat traumatisierter Eigenliebe. Daher die Verachtung und die Geringschätzung, als künstliche Entschädigung.

Es ist völlig normal, dass Frauen keine Kunst schaffen. Sie müssen keine Kompensation, keinen Katalysator, keinen Ersatz suchen, ebenso wenig wie die großen Mystiker, die auch keine Kunst schaffen. Frauen, ähnlich wie die Mystiker, haben einen direkten Draht zur Realität, durch die Liebe.

Ich mag keine Männlichkeit.

Die Polen, wie in allem, sind verlegen oder aufgewühlt, sie sind mal so, mal so, immer irgendwie weder noch. Der Pole ist ein individuelles Herdentier. Er spottet gerne über westlichen Uniformismus, merkt aber nicht, dass alle Polen sich wie Herdentiere verhalten.

Der Pole ist auch nicht ein Ameisenhaufenbewohner wie der Chinese, auch wenn das Gewimmel ein Ausweg aus der Situation wäre. Der Pole erinnert mich in seinem Verhalten leider sehr an ein gewisses Tier, das ich als Kind auf dem Gehöft meines Großvaters oft beobachtet habe.

Mein Großvater züchtete Schweine, oft schaute ich ihrem Treiben zu. Schweine drängeln sich ganz schrecklich, übereinander und untereinander, wobei aber jedes einzelne, für sich gesehen, individuell ist. Die Summe dieser voneinander unabhängigen, individuellen Reflexe ergibt ein schreckliches Durcheinander in der Herde. Zum Beispiel, wenn Futter in den Trog gegossen wird.

Von den Ländern, die ich ein bisschen kenne, tritt man sich in Polen am häufigsten bei täglichen Verrichtungen gegenseitig auf die Füße. Man muss hier die doppelte Last tragen. Die Last der eigenen Unerträglichkeit plus die der anderen Exemplare, die einem tagtäglich auf den Nerven herumtrampeln.

3. März, Zakopane

Schon wieder soll ich was schreiben. *Train-train de la vie* – das genügt nicht. Der Mensch ist irgendwie unbefriedigt, wenn das alles sein soll. Andererseits ist Schreiben sehr ermüdend.

Ich möchte es einfach seinlassen, doch wenn ich diesem Impuls nachgebe, wäre das wieder unbefriedigend und ungenügend. Christus, als er am Kreuz starb, hat sich wahrscheinlich einem Gesetz untergeordnet. Er wollte ganz und gar nicht sterben, aber nicht zu sterben hätte für ihn eine schlimmere, blinde Qual bedeutet, weil er nicht das vollbracht hätte, was er vollbrachte, indem er sich für den Tod entschied. Mag sein, dass eine Erhabenheit in solchen Entscheidungen liegt, aber ist das Wohlbefinden dadurch ein besseres?

Wie gerne möchte ich meinen Mechanismen, meinen Schablonen entkommen, davon muss ich mich nicht erst selbst überzeugen. Die kleine Form ist wahrscheinlich nichts für mich, weil jedes Beenden Enttäuschung bedeutet, auch wenn ich natürlich während der Arbeit ungeduldig bin und von einem Abschluss träume. Mit dem Beenden einer Arbeit verlässt man diesen kleinen Schutzraum, der einem die gefährlichen Indifferenzen der Welt vom Leibe hält. Also je größer die Form, desto länger ist man geschützt, desto gemütlicher kann man es sich im Schutzraum einrichten.

Eine größere Form also, aber um Himmels willen, welche? Zunächst vielleicht ein Embryo, ohne zu behaupten, dass es eine größere Form, überhaupt irgendeine Form annehmen soll.

Drei Herren standen, wie drei Gesandte, am Beginn meines einigermaßen bewussten Lebens. Die Vertreter eines Produktionsbetriebs von Kunstfasertextilien. Sie planten die Produktion einer neuen, besonders widerstandsfähigen Stoffart für Kinderkleidung. Sie suchten, für einen Gebrauchstest, einen Jungen, der gerne Treppengeländer hinunterrutschte, was für kurze Hosen eine maximale Herausforderung sein kann. Für ein paar Versuchshosen und eine kleine monatliche Aufwandsentschädigung wurde ich dazu verpflichtet, die Hose permanent zu tragen und Treppengeländer hinunterzurutschen, wo immer es ging. Mit welchen Konsequenzen?

Erstens: die Beziehung meiner Eltern zueinander, und ihre Haltung, die Haltung der anderen Familienmitglieder mir gegenüber. Jeder weiß, dass Treppengeländer hinunterzurutschen eine Sünde ist. Trotzdem brachte die Sünde in diesem Fall ein Einkommen, was einer Auszeichnung gleichkam und den Jungen irgendwie berühmt machte. Ein Umstand, dem sich die Eltern nicht verschließen konnten. Sie hätten es strikt verbieten müssen, aber sie verboten es nicht. Sie reagierten menschlich. Dabei spielte der materielle Gegenwert eine geringere Rolle als die Satisfaktion, dass der Junge plötzlich wer war. Wie kamen sie moralisch damit zurecht? Da gibt es mehrere Sichtweisen, je nach Einzelreaktion der erwachsenen Familienmitglieder. Gewiss ist, dass es zu einer Art Kompromiss kommen musste, zu Heuchelei und Konformismus der Erwachsenen, was nicht ohne Einfluss auf meine Weltanschauung blieb.

Weiter – wie habe ich selbst mich in der Situation zurechtgefunden? Der Ruhm, natürlich. Hat mein Interesse an Treppengeländern und am Hinunterrutschen ein wenig nachgelassen? Unzweifelhaft ja. Ich rutschte zwar weiterhin schwungvoll überall hinunter, der Wille zum Hinunterrutschen wuchs sogar. Doch meine Natürlichkeit hatte gelitten. Sagen wir: Es war nicht mehr die reine Wonne. Sie war einer komplexen Art der Ernsthaftigkeit gewichen, einer Pflichterfüllung. Das Rutschen war kein Selbstzweck mehr, sondern es diente etwas anderem.

Bleibt noch die Relation: ich und meine Spielkameraden. Das ist einfach abzuhandeln. Es gab da eine Kameradin, die einen Wettbewerb gewonnen hatte, für das schönste Kinderlächeln in einer Frauenzeitschrift. Vielmehr hatten ihre Eltern gewonnen, durch Zusenden eines Fotos. Diese Auszeichnung brachte uns einander näher. Aber vielleicht hatte mir in Wahrheit eine andere Kameradin besser gefallen, eine ohne Auszeichnung? Als ich damit begann, mit Schmirgelpapier überzogene Treppengeländer hinunterzurutschen (eine von der Firma vorgesehene Erfahrung oder ein Streich der neidischen Kameraden), hätten nicht nur die Kameraden neidisch sein müssen, sondern auch die Ergebnisse komplizierter. Kollektiver Stolz gegenüber den Nachbarskindern vom nächsten Hinterhof? Einer hatte von seinen Eltern schon den ausdrücklichen Befehl bekommen, das Geländer hinunterzurutschen, immer wieder, damit die Herren von der Firma auf ihn aufmerksam würden. Und mein Onkel sagte: Lern was! Dein Start war schon ganz gut, aber mit Geländerrutschen kannst du im Leben nicht alles erreichen. Erst verschwindet die Werbung mit den Fotos von dir auf dem Geländer, und dann ziehen die Hosen in die weite Welt. Und so kam es. Da stand ich, allein mit meinen erwachten Emotionen. Das könnte das erste Kapitel sein. Aber das zweite?

27. März, Mittwoch

In *Motyl (Schmetterling)* von Jaś Szczepański wird vom Heranwachsen eines Jungen vor dem Krieg erzählt.

»Vor dem Krieg« – das ist für mich die Welt der Kindheit.

Das Heranwachsen hatte in meinem Fall ausgerechnet vor dem Krieg stattgefunden.

Im Zentrum fünf Jahre Okkupation, ein seltsames Zwischenspiel, eine große Stagnation.

Als ich im Flur meinen blauen Sonntagsmantel säuberte, gleich am zweiten Tag nach der Befreiung, da kam ich mir vor wie Alexander der Große, der seine Rüstung reinigt.

Was ich heute geträumt habe. Der Traum war wie ein Stück Literatur, zwar von mir geschrieben, aber nicht in Gänze. Die Unvollständigkeit kam vielleicht daher, dass ich den Traum sehr deutlich als Literatur in reiner und definierter Konvention erlebte – wie in der Konvention von Radiguet, jedenfalls eine Erzählung mit den Realien des Ersten Weltkriegs.

Ein französischer Offizier kehrt von der Front heim, er hat Urlaub. Im Zug erfährt er, dass seine Frau ein Flittchen ist. Er steigt an der ersten Station aus. Hier lernt er eine Person kennen, die behauptet, sie erwarte ihren Mann, der Fronturlaub habe. Er bleibt bei ihr, lebt mit ihr, und ihr Mann kommt nicht. Der Offizier hat den Verdacht, dass das mit ihrem Mann ein Schwindel war, aber er findet bei ihr die Dinge so vorbereitet, als hätte sie ihren Mann wirklich erwartet. Er denkt an seine Frau und kann sie nicht vergessen. Als er den Zigarettenvorrat für den noch immer nicht heimgekehrten Mann aufgeraucht hat und sogar zu einer schlechteren Marke übergegangen ist (ich weiß noch, dass sie MD2 hießen, Kriegszigaretten für Soldaten), geht sein Urlaub dem Ende zu. Er hat übrigens auch genug von den Frauen und will die restlichen zwei Tage allein verbringen, vielleicht sogar am selben Ort wie seine Frau, wenn auch ohne die Absicht, ihr zu begegnen. Beim Abschied gesteht seine zeitweilige Gespielin, er sei für sie nur so was wie ein Inkubus gewesen, eine Gliederpuppe, für die Zeit des Wartens auf ihren Mann, der verschollen sei. Und ob er jetzt dächte, das sei Betrug? Sie hatte ihn wirklich liebgewonnen, er tat ihr auch leid, jedoch der, wie soll ich es nennen, Egoismus siegt, eigentlich siegt die Grausamkeit. Dem Mann blieb nicht einmal der Trost der Revanche für sein eigenes Betrogensein, er war doch nur Ersatzmann für einen Verstorbenen gewesen. So reist er ab.

Sollte ich das je schreiben, müsste ich einen eigenen Schlüssel finden, es von Radiguet zurück zu mir übersetzen, vielleicht in die erste Person?

Das »Land des Vorsitzenden« verlassen.[6] Eine Kneipe soll mittels Rollen verschoben werden, da sie zu weit in den Marktplatz hineinragt. Eine technische Operation wie das Versetzen der Mariä-Geburt-Kirche in Warschau.[7] Aber die Berechnungen sind falsch, der Schwung ist zu groß, und das kleine Gebäude mit der Kneipe springt aus den Schienen und schiebt sich, nicht allzu schnell, aber gleichmäßig, immer weiter voran. Es kann nicht aufgehalten werden. Sensation und Konsternation. Jetzt läuft noch die Familie der Route entlang und reicht warme Schals, damit sich die Leute darin einwickeln können. Schon ist die Kneipe an der Vorstadt vorbei, schon verschwindet sie im Gelände. Die Sensation in Polen. Hubschrauber. Am Weg Schaulustige, die sich durch einen Schlauch mit Wodka versorgen, wie Flugzeuge, die in der Luft betankt werden müssen. Barrikaden können keine aufgestellt werden, denn dann fiele das Gebäude auseinander und die Menschen darinnen wären in Lebensgefahr. Die UNO interessiert sich für den Fall.

Oder wenn ein tauglicher Prellbock aufgestellt wird, Richtungsänderung der Kneipe wegen starkem Wind oder wegen örtlicher Gegebenheiten, Gefälle usw. Schon sind wir nahe der Grenze. Wir bereuen, keine Waren mitgenommen zu haben, aber immerhin haben wir Spiritus und Kabanossi. Behinderungen durch Gewässer? Wo bleibt die Kneipe stehen? Vor dem Mailänder Dom? Technische Ursache: Anwendung von Gleitmitteln, die Reibung wird vermindert. Es geht weiter durch verschiedene Länder. Vorbei an einem Hügel, auf diesem Kongregation, Generalisierung, Verhandlungen mit dem General. Wir, im Hinterzimmer, haben den Heringssalat des Generals im Auge.

28. März, Donnerstag

Proust hat natürlich recht, dass jedes Gespräch immer auch eine Entleerung der eigenen Person ist. Woher das Gefühl? Vielleicht durch die Insuffizienz der gesprochenen Sprache. Beim Denken wissen wir genau, worauf wir hinauswollen, aber wenn wir es aussprechen, sind wir ein bisschen enttäuscht. Ist es nur das? Unsere kostbaren Errungenschaften lassen sich in ein paar Sätzen ausdrücken, und damit sind sie eigentlich erschöpft und machen nicht den Eindruck, als seien sie besonders gehaltvoll. Schuld ist die gesprochene Sprache, und vielleicht gibt es noch einen weiteren Grund, dass uns tatsächlich das, was wir nur vage ahnten, größer und schöner erscheint als das Ausformulierte. Was die Sprache anbelangt, so teilen, nach größten Anstrengungen und Mühen, wohl nur eine Handvoll Bücher der Welt notdürftig das mit, was der Autor sagen wollte, und das, wie dieser mutmaßt, sicherlich auch ungenügend. Da kann man von beliebigen Sätzen, die irgendwie, beim Warten, zufällig zusammengestoppelt wurden, kaum verlangen, dass wir uns mit ihnen verständlich machen können.

Wenn wir etwas aussprechen, uns austauschen, ähneln wir einem Teekessel mit kochendem Wasser, von dem der Deckel abgenommen wurde. Der Druck fällt. Bis dahin war es ganz angenehm, sich im Besitz eines eigenen, persönlichen Geheimnisses zu wähnen. Nun teilen wir es, auch ein wenig deshalb, weil wir jemanden überraschen wollen, wir wollen den Zuhörer höchstpersönlich zum Staunen bringen. Und dann sind wir enttäuscht, denn nach dem Aussprechen breitet sich in uns eine Ebbe aus.

Aber ein entleerendes Gespräch, das Nachlassen des inneren Drucks kann auch ein Weckruf sein. Denn wir wollen uns wieder anfüllen, von neuem mit der inneren Arbeit beginnen.

1. April, Montag

Der erste ruhige Tag nach einigen unruhigen. An unruhigen Tagen sehnt man sich nach einem ruhigen, und wenn er dann kommt, fühlt man sich unbehaglich. Erst der zweite, dritte ruhige Tag bringt eine Gewöhnung, die bewirkt, dass die Vorzüge ruhiger Tage nicht weiter belastend sind.

2. April, Dienstag

Was soll ich mich verstellen, ich möchte diese Seite ganz füllen, mir fällt aber überhaupt nichts ein. Genauso gut könnte ich ein Stückchen aus dem *Ekspress* abschreiben. Vielleicht zeichne ich lieber etwas.

5. April, Freitag

Die Katholiken sagen, Böses zu denken hätte in den Augen des Herrn das gleiche Gewicht, wie Böses zu tun. Das widerspricht dem Marxismus, Gombrowicz und mir. Es kommt darauf an, wie der Mensch zu Gott steht.

21. April, Sonntag

Literatur ist eine Art, sich zu denken, was man nicht sagen kann. Daher ist die Literatur nur schriftlich.

Mein grundlegendes Misstrauen gegenüber den Kritikern findet immer neue Berechtigungen. Wie wenn ich jemanden zum ersten Mal treffe und sage, ich hätte kein Vertrauen zu ihm, weil ihm das Böse aus den Augen schaut. Und dann stellt sich heraus, dass er ein Schurke ist.

28. April, Sonntag

Es stimmt, dass sich in meinem Kopf viele Gedanken zusammenballen, auch die Philosophie, und wie. Dann wieder habe ich plötzlich Watte im Kopf. Alles hebt sich gegenseitig auf, nichts bleibt übrig. Um jetzt ein Büschel dieser Watte loszuwerden, müsste ich eine Tatsache schaffen.

30. Mai, Donnerstag

Mein Tennisspiel war von Beginn an etwas zu orgiastisch, bacchantisch, es musste zwangsläufig mit einem postorgiastischen Zustand enden, im vorliegenden Fall mit einem heftigen grippalen Infekt, den ich jetzt gerade überwinde, drei Tage vor dem geplanten Abflug nach Rom.

Den hier notierten Texten fehlen alle privaten Briefe. Ich hatte die Idee, einige Briefe mit Kohlepapier zu vervielfältigen, habe es aber verworfen. Ähnlich wie im britischen Parlament, wo es eine beunruhigte Petition gab, nachdem die Polizei private Telefongespräche abgehört hatte. Es wäre nützlich, aber so etwas tut man nicht.

Noch nie schien mir eine Abreise derartig irreal.

15. Juni, CHIAVARI[8]

Es war schon höchste Zeit, diese Aufzeichnungen wieder einmal durchzusehen. Hier brauche ich mich nicht zu genieren, wenn die Metaphern nicht von der guten Sorte sind. Sie sind wie Wildpferde, und ich bin wie ein Hirtenbub. Die Pferde verstehen rein gar nichts, aber der Hirtenbub glaubt, dass er sie hütet.

Die Umstellung auf einen neuen Lebensstil, und zwar auf einen nach dreißig, war eine Notwendigkeit. Meine Begierden, also meine Motoren von früher, sind verschwunden. Ich begehre nichts, so wie es im zehnten Gebot steht. Ich stehe einer Salzsäule gleich vor den schönsten Landschaften der Welt, ich durchschreite die reichsten Straßen. Um nicht bis ans Ende meiner Tage in greisenhaftes Dahindämmern zu verfallen, muss ich diese Motoren mit etwas ersetzen, ich muss aus diesem Dämmer erwachen. Das alte Haus ist ganz von allein zerfallen, und um nicht in Ruinen zu hausen, muss ich ein neues bauen.

Der (geographische) Süden, das sind für mich die Grillen.

Diese Notizen sind für mich keine sportliche Leistung, aber sie halten den Spieler in Form, sie geben ihm das Bewusstsein zurück. Ich bin schon lange nicht mehr darauf aus, alles wiederzugeben, was mir zustößt.

Wenn ich morgen nicht anfange zu arbeiten, werde ich wahnsinnig.

22. Juni

Ich arbeite, ich bin nicht wahnsinnig geworden.

Zwei Dinge sind mir klargeworden. Erstens: Ich muss mich, wenn ich mit mir abrechne, als ganz normales Element behandeln, und nicht als heroisches. Zur Konstruktion gehört eine mittelgradige Belastbarkeit, je höher, desto besser, aber ich darf nicht erwarten, ein Held zu sein. Die eigene Normalität muss ich in Betracht ziehen, nicht die Außergewöhnlichkeit.

Zweitens: Zeit ist Bewegungslosigkeit. Der Verlauf der Zeit ist eine Illusion, gespeist von Erinnerung und Voraussicht. Der sogenannte Augenblick ist nicht die kleinste Zeiteinheit, denn eine solche gibt es nicht, es gibt gar nichts, die Zeit existiert nicht. Wenn ich versuche, das zu definieren, entferne ich mich natürlich von meiner eigenen Wahrheit. Also verdient das Ganze nicht einmal die Bezeichnung Schlussfolgerung (Definition). Man kann nicht »den Augenblick packen«, denn es gibt keinen Augenblick. Warum vermitteln Meditation und Versenkung beim Sonnenuntergang u. Ä. ein Gefühl der Vertiefung, des Näherkommens? Sie finden in praktischer Bewegungslosigkeit statt.

Ich schaue gern in den Himmel, der mich zum Zeugen hat. Durch diesen Himmel existiere ich, aber bin ich ihm irgendwie nützlich?

1. Juli, Chiavari

Der Mensch glaubt, er sei ein Gigant, aber er ist nur ein Hosenscheißer – dieser Satz von Hašek klingt so harmonisch, hier an der Riviera, in meinem Ohr, für mich. Habe ich etwa ein halbes Jahr lang geglaubt, ich sei ein Gigant, während ich doch … etc. Gigant, Hosenscheißer, diese Alternativen zu umschiffen, einfach etwas anderes sein, das wäre ein Ausweg.

Die Riviera – nicht weit von hier hat Maupassant seinen Roman *Bel-Ami* geschrieben, ein Stück weiter schrieb Sienkiewicz *Bez Dogmatu (Ohne Dogma)*, Gorki weilte im Süden auf Capri, und Dostojewski in Florenz. Gogol hat seine *Toten Seelen* in diesem Land erfunden, und auch Turgenjew hat hier gewirkt. Da komme ich nicht mit, ich habe weder Kraft noch großes Talent, ich bin verkorkst, verkrüppelt, mittelmäßig begabt, habe nirgendwo etwas Außergewöhnliches, am ganzen Körper nicht. Ich bin genau dreiunddreißig Jahre und zwei Tage alt, ich bin verheiratet, aber ich fühle mich nirgends, ich fühle mich nicht als einer, höchstens als niemand. Ich habe keine Ahnung, was oder wie ich schreiben soll, nicht einmal, worüber. Meine Gesundheit ist durchschnittlich gut, meine Gelüste störend, aber zu schwach, als dass sie etwas anrichteten, und zu stark, um nicht zu stören. Hinter mir sehe ich keine Vergangenheit, vor mir keine Zukunft. Das Einzige, was ich schreiben kann, sind Briefe, das Einzige, was ich gut denken kann, sind Zweifel. Weder hasse ich mich selbst, von gelegentlichem Missfallen abgesehen, noch liebe ich mich, von gelegentlichen Vergötterungen abgesehen. Ich bin eine Hülle, die in jedem Moment von einem anderen ausgefüllt wird, meistens ist es eine mit Indifferenz ausgestopfte Hülle. Alles kann ich relativieren und nichts beherrsche ich wirklich, ganz und gar. Vielleicht sollte ich Schauspieler werden, aber da habe ich auch meine Zweifel, weil ich vielleicht doch ein bisschen zu viel eigenen Verstand habe. Mein Verstand ist zwar klein, aber ich habe zu viel davon. Weder besonderes Wahrnehmungsvermögen noch Gedächtnis, Phantasie kulturabhängig, Sensibilität irgendwie fruchtlos. Gut zu wissen, wo man steht.

Ich kann nicht einmal wirklich etwas für mich verlangen, weil ich nicht aufrichtig davon überzeugt bin, dass ich etwas verdiene. Es ist unwahr, was einmal einer über mich geschrieben hat, dass ich kein Talent zum »religiösen« Denken hätte. Wahr ist vielmehr, dass ich verstehe, was er gemeint hat. Ich bin alles ein bisschen, im Endeffekt bin ich gar keiner. Am besten geht es mir wahrscheinlich im Zusammenhang mit dem Theater, das heißt aber nicht, dass es mir da gutgeht, denn gut geht es mir nirgends und niemals, es sei denn, ich rede es mir ein, wozu ich aber nicht immer genug Lust oder Kraft habe.

Dreiunddreißig Jahre – das Verbrennen meiner alten Tagebücher war genauso eine schlappe Geste wie das Schreiben derselben. Nichts und wieder nichts in meiner Kasse, in meiner Rechenmaschine. Manchmal denke ich, wozu soll ich überhaupt rechnen, aber dann rechne ich doch, halt so.

Die Riviera – zum Glück schon lange unterworfen, nein, nicht unterworfen, sie ist von selbst dahingeschieden, parallel dazu, wie aus mir das Leben weicht.

In Wirklichkeit freut mich weder die Anerkennung der anderen noch meine eigene, mir wirbeln manchmal Erinnerungen aus der Kindheit im Kopf herum, und dann ist mir, als hätte es vielleicht damals irgendetwas gegeben, was verlorenging, auch das wahrscheinlich etwas Banales.

Eine Gestalt (ein Pole), deren einziges Argument es ist, geschlagen worden zu sein. In Gesellschaft klagt er: »Au weh, man hat mich geschlagen. Sehen Sie, hier, den Backenzahn, auch ausgeschlagen, gleich zeige ich es Ihnen.« Ein Fenster geht auf, ein Gesicht erscheint im Fenster, er bohrt mit dem Finger im Zahnfleisch herum: »Ausgeschlagen, ausgeschlagen«, sagt er immer wieder, langweilig. Die anderen spielen Klavier, führen Diskussionen, und er in einer Tour: »Au weh! Ausgeschlagen! Hier ist einer ausgeschlagen, da, au weh!«

Mir wird übel. Mir ist von mir übel.

Heute Hitze. Und sonst? Sonst nichts. Hitze. Die Hitze an sich. Ich habe keinen Schlüssel zu ihr, ich kann sie mit nichts in Verbindung bringen. Sie sich, ich mich. Gottes Wille geschehe, rauchen wir eine Zigarette. Mehr bleibt mir nicht übrig. Cowboys, Cowboys, wohin man schaut, jeder pafft sein eig'nes Kraut.

JA, DAS BESCHREIBT DIE SITUATION AM RICHTIGSTEN.

2. Juli, Dienstag

Cowboys, Cowboys, wohin man schaut, jeder pafft sein eig'nes Kraut. Also rauche ich mein eigenes Kraut.

Ist das jetzt die Strafe für die Selbstgefälligkeit oder was? Ja, für Selbstgefälligkeit wahrscheinlich. Die Ware ist ausverkauft, nur auf den Regalen liegen noch ein paar Restchen

Meterware. Der Abend kommt, ich sitze hinter der Kasse, drehe meine Kurbel, es sollten Einnahmen da sein, aber da ist nichts. Ich drehe noch mal, weil ich es nicht glauben kann, nein, wirklich null, »0«, »000«, nicht mehr, nichts anderes.

Ich habe jenes Tagebüchlein weggeschmissen, ich habe jenes Tagebüchlein nicht weggeschmissen, ganz egal, wieder sitze ich da, wie im richtigen Leben, auf den Fluren von einst mit einem leinenen Brotsack, darin ein Brot mit altem Speck, gelblich, in Papier gewickelt, verschossene kurze Hosen, ich bin sechzehn oder siebzehn Jahre alt. Anscheinend ist es damit aus, die Kompression kam, dann die Rache, Explosion, stimmt nicht, Explosion gab es keine, es gab gar nichts, nichts hat sich geändert. Nur so viel, dass es jetzt auch keine Kompression mehr gibt. Nur der Himmel ist geblieben, derselbe Himmel, obwohl es die Riviera ist, aber das macht nichts, es ist derselbe.

Ich habe auch einmal selbstgefällig geschrieben, dass ich in Ruhe gelassen werden wollte, dass ich keinen Treibstoff von außen brauchte, keinen Glauben, dass ich schon wüsste, wie ich den Motor zum Laufen brächte. Und? Der Motor verreckt immer wieder, auf der letzten Reserve.

Vielleicht stört mich die Maschine? Vielleicht soll man nicht auf der Maschine schreiben, sondern wie früher mit der Feder, vielleicht ist da etwas dran? Quatsch, da ist nichts dran. Nur dass ich gleichzeitig Pfeife rauchen kann.

29. Oktober

Die Sache ist die, dass ich wegen der langweiligen äußeren Gegebenheiten vielleicht nie mehr nach Polen zurückkehren werde.

Klar: Das würde mein Leben irgendwie verändern.

Allein die Möglichkeit hätte sofortige Auswirkungen auf mich als Ganzes. Vielfältige. Wie eine Verletzung mitten im Nervenzentrum. Ich spüre mich bis in die periphersten Nerven.

Es wäre wirklich unglaublich und hinterhältig vom Leben, wenn ich, der so überhaupt nicht dafür geeignet ist, mein ganzes elendes Leben riskieren müsste, mein Leben, das mir so zuwider ist, die Ungewissheit, die ich nicht aushalte, die politischen Deklarationen nach außen hin, das Akzeptieren dessen, was mir so verhasst ist. Jetzt verstehe ich Krzyś T., der oft über Caravaggios Bild *Die Berufung des hl. Matthäus* sprach. Matthäus blickt auf Jesus, der plötzlich in der Tür erschienen ist und ihn mit dem Finger zu sich ruft. Seine Kollegen sind derweil fröhlich beim Würfeln. Das Gesicht von Matthäus drückt höchste Erschrockenheit aus: »Ich? Ich?« Als wollte er, überwältigt und entsetzt über die Berufung, ungläubig ausrufen: »Warum gerade ich?«

Das ist die Geschichte. Aha, und ebenso plötzlich, das ist gewiss, wird der Tod eintreten. Jedenfalls kommt es immer so, auf die gleiche Art, alles, was größer und schneller als der Mensch ist, das, was ich eben Geschichte nenne. Zu groß, zu schnell, um es zu erfassen, um es zu begreifen. Es ist wahrscheinlich in etwa so überraschend wie ein Kriegsausbruch. So schnell kannst du gar nicht schauen, und schon sitzt du, seit Tagen unrasiert, bei irgendeinem Graben, hältst zum Beispiel ein kleines Zicklein am Bein, ringsum liegen verstreute Streichhölzer herum, hinter dem Horizont grummelt es, du willst schlafen. Alle diese Elemente sind normalerweise nicht zu erklären. Aber das alles ist der Krieg. Ich erinnere mich, wie Johannes XXIII. den Kindern im Waisenhaus, die er besuchte, erklärte, was ein Papst ist:

»Das ist ein Auge«, erklärte er, wobei er auf sein Auge zeigte. »Das ist eine Nase, das ist ein Mund, das sind Ohren usw., und das alles zusammen ist der Papst.«

Wenn ich heute sterben sollte, würde ich bereits etwas Ähnliches wie eine abgeschlossene Biographie, ein Leben hinterlassen. Nicht mehr nach Polen zurückzukehren, das käme einem Selbstmord gleich, der vielleicht doch so etwas wie ein neues Weiterleben nach sich ziehen könnte, oder aber nichts als Ärger. Es könnte auch etwas ganz anderes nach sich ziehen, wovon ich nichts weiß. Ich habe in letzter Zeit die Schalkhaftigkeit des Lebens zu schätzen gelernt. Ich gebe ihm den Kurs vor und denke naiv, dass es schon etwas daraus machen wird. Eigentlich gebe ich auch gar nichts vor, sondern sehe voraus, wohin es mich treibt. So wie in den letzten beiden Jahren. Ich war sicher, dass ich in der Piekarska-Straße sterbe.[9] Zu diesem Zweck habe ich mir einen Anzug aus meinen Tagen, Monaten und diesen beiden Jahren genäht, ich habe mich auf diese Art geformt, behauen. Frage: Habe ich so viel Talent, dass ich in jeder Lage ein Lied summen könnte? Würde ich in der einen Lage ein sauberes Lied summen, in der anderen ein weniger sauberes? Wäre es da nicht besser, ich würde eine bequemere Lage einnehmen? Wenn die Lage gleichgültig ist, dann haben wir trotzdem die Frage: Welche Lage soll es sein? Die bequemere, diese hier oder die da drüben? Wären die Unbequemlichkeiten da drüben der Kreativität förderlicher als die hiesigen?

Aber vielleicht habe ich ja auch Intuition? Vor einiger Zeit, also lange vor Ausbruch dieser ganzen Sache, die vor weniger als einer Woche ausbrach, wenn wir die äußeren Anzeichen als Ausbruch betrachten, sagte ich zu Bohdan:

»Ich misstraue den Perioden, in denen nichts geschieht. Dann glaube ich, dass sich in diesem Schweigen etwas zusammenbraut, dass in dieser stehenden Luft der Druck fällt oder steigt und dann ein großer Sturm losbricht. Wir tun hier so, als sei nichts, und dort bahnt sich ein Riesenschlamassel an.« Und in der Tat.

Bestimmt muss ich hier jetzt eines tun: alle Symptome analysieren, um zu verstehen, was sie für mich bedeuten.

Vor allem Apathie und Stagnation sind verschwunden. In meinem Leben gab es zwei längere derartige Phasen. Die erste hatte ich in den letzten Krakauer Jahren. Sie verschwand nach meiner Rückkehr aus Amerika, nach dem Entschluss, mich von Krakau zu lösen und ins Ungewisse nach Warschau aufzubrechen (auch wenn das Ungewisse im Vergleich zu den heutigen Ungewissheiten wenig ungewiss war). Die zweite Phase hatte ich in den letzten beiden Jahren in Warschau. Am Ende dieser Jahre hatte ich gelernt, sie bewusst und mühsam zu überwinden. Es war kein richtiges Überwinden, weil man Enthusiasmus ja nicht künstlich wecken kann. Aber ich hatte gelernt, damit zu leben.

Wie wacklig dieses Gleichgewicht trotzdem war, davon zeugt die in den letzten Warschauer Monaten verstärkte

Wucht des Gegners und dann seine Überlegenheit hier in Chiavari, wo ich für mich keinen größeren Sinn und keine Rolle finden konnte (siehe einige der Notizen, die ich hier im Sommer, trotz der Hitze, noch zustande gebracht habe). Aus der Routine gerissen, die ich in Warschau so fleißig aufgebaut hatte, wurde ich immer schwächer.

Paradoxerweise fürchte ich mich nicht vor der Zukunft. Das ist paradox, denn in Warschau, wo ich mir den Verlauf meiner Zukunft bis zum Tod zurechtgelegt hatte, zermalmte mich die Zukunft. Aber hier, wo meine Perspektive so aussieht, dass ich in einigen Monaten Hunger leiden werde, obdachlos und aus der Gesellschaft ausgestoßen sein werde und Probleme mit der Administration und dem Fremdsein bekommen werde, wo mir Krankheit ohne Heilmittel und ohne Ort zum Kranksein droht: Hier habe ich keine Angst. Vielleicht weil Bedrohung und Ungewissheit einfach größer sind, als ich mir emotional ausmalen kann.

Grundsätzlich ist da mein Schreiben. Ich kann nicht sicher sein, dass diese Umstellung sich auf meine Leistungsfähigkeit niederschlägt, und wenn ja, ob es von Vorteil oder Nachteil sein wird. Was wäre ein mögliches Resultat?

Natürlich polnisch schreiben. Auch wenn ich wollte, könnte ich überhaupt französisch oder englisch schreiben, und wenn ja, was? Polnisch schreiben, der Emigrantenmarkt, die Notwendigkeit, Emigrationseditionen. Keine Genugtuung. Die Emigration ist mir verhasst und tot. Vegetieren in jeder Hinsicht.

Die Möglichkeit eines Minimums – meine Nichtbewältigung. Zusammenbruch infolge von Schwierigkeiten aller Art.

Jedenfalls – mein Thema, mein Ton, mein Material und mein Feuerstein, das ist nur das eine: die Konfrontation meiner Person, die aus dem Dort hinausgewachsen ist, mit dem Hier. Meine menschliche Beziehung zur Welt, mein Zusammenprall mit der ganzen Welt, als Mensch, der ein Pole ist. Dort war ein bisschen zu viel Polendruck. Ich war mehr Polenmensch als Menschenpole. Das könnte für die Leute von hier interessant sein.

3. November, Sonntag

Müde. Der Scirocco, nicht ausgeschlafen. Ich sollte mich jetzt um mich kümmern wie um ein Kleinkind. Ist mir auch nicht zu kalt, ist mir nicht zu warm?

Alles ist darauf eingestellt, dass mir, sobald ich schöne und tiefsinnige Dinge bzw. ziemlich schöne und tiefsinnige Dinge schreiben werde, nicht nur mein Lebensunterhalt garantiert sein wird, sondern noch etwas darüber hinaus. Mein Schreiben wird mir den Sinn garantieren, warum, wozu das alles. Millionen von Kleinigkeiten wie die, dass meine Schreibmaschine gerade einen Defekt zeigt und das »ą« immer zu hoch hüpft. Die Kleinigkeiten hüpfen irgendwo zwischen Entfremdung und Gleichgültigkeit, ein Raum, der mir wichtig erscheint und in dem ich mich selber gerne meiner Existenz versichern möchte. Ich habe schon oft darüber gesprochen und geschrieben, wie mich das System der Spiegel quälte, von denen ich umstellt war. Das System wird wahrscheinlich zerschlagen. Aber wie kann ich hier und heute hoffen, schöne und tiefsinnige Dinge zu schreiben, wenn ich das, was ich schreibe, als toten Müll empfinde? Ich habe weder einen eigenen Tisch noch eine eigene Stille. Die Nachbarn lärmen nebenan, ein riesiges und unablässiges *»ciao, buona sera, arrivederci«*. Ungeheuerlich, wie diese Leute sich in einer Tour nichts als begrüßen und verabschieden. Feiertage, morgen noch ein Feiertag, und Ruhe. Ein italienisches Kind geht mir genauso auf den Wecker wie ein Warschauer Kind, nur objektiver, weil ich nicht einfach hingehen kann und um Ruhe und Rücksichtnahme bitten.

Das wird es sein: Mit diesem Kind, das objektiver ist, das objektiv gesehen existiert, beginnt bereits das Hiersein für mich.

Es gibt aber auch Genugtuung. Ich hatte in der Piekarska-Straße erfahren, dass die Musikschul-Ausbildung der beiden Rotznasen von nebenan noch ungefähr sieben Jahre dauern würde. Die Situation schien ausweglos, ein Schritt mehr Richtung Grab. Aber heute Abend gibt es nichts, was mir gleichgültiger wäre als diese beiden Musikschüler. Die nachbarlichen Klaviere und Geigen sind hier, in eintausendzweihundert Kilometern Entfernung hinter einer scharf bewachten Grenze, nicht zu hören. Ebenso kann mir noch einiges anderes schnuppe sein. So oft habe ich von einem »Kampf in der Umzingelung« gesprochen. Plötzlich habe ich mich aus der Umzingelung losgerissen. Keine Ahnung, um welchen Preis. Um mich herum ist Wald und Gebüsch, Dunkel und Ödnis, dazu Herbst. Aber ich sitze nicht mehr im Kessel, obwohl man glaubt, ich säße noch drinnen. Allen eine derartige Überraschung zu bereiten, diesen Spaß kann mir nichts auf der Welt nehmen.

Proust hat schon alles Sagbare gesagt, über den Tod von

Orten und Menschen, die uns nicht länger umgeben. Da ist Polen schon dabei, und alles, was dazugehört, auch Warschau, auch eine bestimmte Treppenstufe, eine bestimmte Türschwelle. Die gibt es zwar sicher immer noch, aber können wir uns dessen wirklich gewiss sein? Aus all dem entsteht für mich ein System aus Zeichen und Symbolen, und schon kochen mein Gedächtnis und meine Phantasie daraus ein persönliches Süppchen. Die Realität ist woanders, ich hoffe, ich kann in mir einen Ort für sie schaffen. Denn da sie schon keinen Bezug mehr zu irgendetwas hat, ist sie für mich auch nicht außerhalb von mir verankert. Und wenn ich sie nicht in mir trage und immer wieder erschaffe, verflüchtigt sie sich vollends, und ich bin im Vakuum. Dort hat mich die Realität zerdrückt, weil sie mir administrativ auferlegt wurde, wenn auch nicht im administrativen Wortsinn. Dort hat sie mich verfolgt, und hier muss ich sie verfolgen. Nichtsdestotrotz wird der ganzen Geschichte durch meine Passivität im ersten Fall sowie durch meine Aktivität im zweiten Fall vorgegriffen.

(Eben ist es mir gelungen, die Ursache für das nach oben hüpfende »ą« und den Punkt zu finden und zu beseitigen. Eine Kleinigkeit. Aber so was macht Mut.)

7. November, Donnerstag

Entweder habe ich eine Nikotinvergiftung, oder ich bin überhaupt am Ende. Stechen im Kopf, Sandsack. Gestern gab es so etwas wie einen Hurrikan, ein paar Dächer sind weggeflogen. Aber den Kopf hat es nicht gelüftet. Erst war die Luft tot, das war übel, dann der Scirocco, noch übler, aber heute ist klares Wetter, nur das Meer aufgewühlt, riesenhaft. Es wirft tote Schweine und abgestorbene Äste ans Ufer. Die Klarheit und Helligkeit in der Luft, das ist nichts, eigentlich noch schlimmer. Und das Schlimmste, die Eigenschaften meiner Schwester nehmen in mir überhand. Ich würde stundenlang auf einem Schemel sitzen und die Hand nur nach dem Kuchen ausstrecken, wie Stefcio Otwinowski.[10] Nicht einmal die Körperhaltung auf dem Sessel würde ich korrigieren, auch wenn sie unbequem ist. Unentschlossenheit, Apathie, die Unfähigkeit, mit scharfen, schneidenden Blicken um mich zu werfen, Willensschwäche. Wie Stefcio – genauso widere ich mich selbst dabei an. Die Unfähigkeit, Verantwortung zu übernehmen, Inkonsequenz, Angst.

Nur die Tagesordnung kann mich retten, die Disziplin. Ich habe kein Haus, ich habe wahrscheinlich kein Vaterland, ich habe nichts, vielleicht wird mir in Kürze etwas wie 1939 widerfahren, nur mir, extra für mich in meiner Einsamkeit, niemand würde es erfahren, niemand wäre interessiert daran, nur ich allein. In so einer Situation kommt bekanntlich die englische Schule zur Anwendung, gut rasiert zum Five O'Clock Tea, ohne Rücksicht auf die Umgebung. Ich muss mir eine kleine Stabilität schaffen, irgendeine Stabilität, Festigkeit, wenn alles instabil ist, eigentlich schon gegenstandslos.

Wie blöd müsste ich mir vorkommen, wenn ich, sollte ich zurückgehen, über die Vernichtung dieser Notizen nachdenken müsste.

Ständig dieses Gefühl, auf einmal passiere alles schneller als ich, dass es mich irgendwo hintreibt. Vielleicht habe ich mich selber in etwas verrannt, absichtlich oder unabsichtlich, ich weiß es nicht, ein Bub, der mit der Strömung spielt, das Füßchen in einen reißenden Bach hält, bis es ihn plötzlich fortreißt und wegträgt, das Füßchen im Lehm ausgleitet. Der Bub, den es fortreißt, schreit vor Angst, aber wer weiß, ob er nicht begeistert ist, halb ehrlich und halb ängstlich. Ich liebe es, mit meinem Schicksal zu kokettieren. Einige Bekannte haben mich immer »Herzliebchen« genannt. Gott gebe ihnen Gesundheit, keiner weiß, wer wen herzt.

Ja. In mir ist viel von Stefcio O. Genauso Widerwärtiges.

9. November, Samstag

Staglieno, der Friedhof von Genua.

Was die Methode des Notierens betrifft, bin ich im Zwiespalt. Früher, als ich noch kein Literat war, habe ich alles genau aufgeschrieben, dann erst weitergesponnen, Schlüsse gezogen. Jetzt tut es mir leid um die Zeit, denn austoben kann ich mich beruflich. Aber werde ich später noch wissen, was ich gesehen habe, wenn ich zu meinen Notizen zurückkehre und dann nur die gezogenen Schlussfolgerungen lese? Ein Werk altert nicht so schnell, nur Briefe riechen immer gleich schimmlig.

Andererseits, nicht zu beschreiben, würde das nicht bedeuten, es sich im Leben allzu leicht zu machen, wäre es nicht Mangel an solider Solidität? Die Galerien der Steinmetzkünstler hier, aber nur die von vor fünfzig Jahren und davor, zeigen, dass nur Solides überdauert und etwas zählt.

(Furchtbar die Behäbigkeit der Worte, sie kommen nicht nach. Vielleicht schreibt man deshalb Kunstwerke, weil das eine Art und Weise ist, mehr zu sagen, als bloße Worte es können?)

Wenn es um den Tod geht, dann hat nur die naturalistische Kunst eine Chance. Ich bin zweimal mit der Anderen Welt in Berührung gekommen: ein Autounfall und eine Gasvergiftung. In beiden Fällen waren die wörtlichen Elemente am sonderbarsten und am naturalistischsten. Ein erblickter Rasierpinsel, die zerschlagene Windschutzscheibe, eine Berührung, die Lagerung eines Körpers. Zum Beispiel die Statuen der Laien, an denen man den Verlauf der Falten eines Gehrocks verfolgen kann, jede Schuhsohle, jede Runzel im Gesicht, das einem ähnelt, das es wirklich gegeben hat, sind eindrucksvoll, sie kommen dem Thema nahe. Die furchtbare Anmaßung späterer Skulpturen aus dem zwanzigsten Jahrhundert, wo die tüchtigen Steinmetze schon von der befreiten Kunst verdorben waren. Keine Kombinationen, keine Metaphern der Form können hier etwas ausrichten.

Diese Hügel mit den Festungen auf den Gipfeln. Neubausiedlungen mit Wolkenkratzern im Tal. Der Blick von den Friedhofshügeln auf die Straße.

Die Wörtlichkeit der Verstorbenen, die nicht in der Erde begraben, sondern in Tausenden von Schubladen, in Schränken verwahrt liegen. Der Leichengeruch trotz allem. Diese Wörtlichkeit, Äußerlichkeit der Verstorbenen und gleichzeitig die handwerklich-architektonische, administrative übersolide Perfektion dieses Magazins.

Diese Skulpturen und Reliefs, diese Kompositionen,

Grab-Simse, die in so exakter Konvention gehalten sind. Also warum der Eindruck, sie sagten so viel mehr, in die Tiefe und in die Breite? Vielleicht ist die Wörtlichkeit der Form hier nicht unwichtig, vielleicht die Vielzahl der Exemplare. Vielleicht ist es trotz allem ein Thema.

Die in der Sonne blendenden Felder weißer Grabstätten in den von schwarzen Zypressen umrahmten Rechtecken. Ein Meer von Pünktchen, Blumen (nach Allerseelen). Im Hintergrund scharf umrissene Hügel mit Aquädukten.

Als ich so dahinging, spürte ich das biologische Leben in mir. Ein Pulsieren, das Loch im Zahn, die Bewegung des Halses. Und auch eine Art Stolz, dass ich in einem fernen Land bin, dass ich in die weite Welt gezogen bin. Ich spürte eine stolze Wut, dass mich jemand dabei stören, mir das Recht nehmen könnte, das zu erleben, was ich noch erleben kann (leider ist das Erleben eigentlich nur noch das Sehen).

Später die Rückfahrt mit dem Auto. Alles gewürzt mit diesem Risiko des Lebens, das so greifbar ist, wenn man mit dem Zug reist, mit dem Schiff, sogar mit dem Flugzeug, immer, wenn man sich chauffieren lässt. Genauso wie die letzte Reise nach Venedig, allein hin und zurück, denn jeden Moment kann alles zu Ende sein. Es hängt ab von einem Lidschlag, einer Handbewegung, auch von den Tausenden Menschen, denen ich begegnet bin, und einer unendlichen Menge anderer Zufälle. In dieser zivilisierten Welt gibt einem ein Auto das Gleichgewicht zwischen Sicherheit und Gegenwärtigkeit des einen Moments zurück, nach welchem es nichts mehr gibt.

Heute Regen. Ziemlich genau wie in Polen, graues Sauwetter. Jedenfalls sieht es so aus meinem momentanen Fenster aus, das auf einen kleinen, herbstlichen Garten hinausgeht. Weiter hinten ist aber das Meer, man braucht nur hinauszugehen. Auch wenn es tagelang schüttet, wird hier niemals Polen sein. Mir fällt mein Brief aus dem österreichisch-ungarischen Ljubljana ein. Ich schrieb ihn in einem österreichisch-ungarischen Sauwetterherbst, der mir wie ein polnischer vorkam.

In Polen sind Beratungen im Gange. Ich glaube, da passiert etwas Historisches, etwas, was mir über den Kopf wächst. Diese ganze Geschichte ist nicht einfach eine weitere Fluktuation, oder wie soll ich es nennen? Es scheint der Abschluss einer Ära zu sein. Die Stabilisierung. Sie wird noch viele Jahre dauern. Vielleicht an die zehn, so lange haben ja die meisten Veränderungen bisher gedauert. Ich bin dreiunddreißigeinhalb.

Jedenfalls … noch vor einem Jahr war ich sicher, mein Ende sehen zu können. Ende in der schlimmen Bedeutung. Aber kaum ist das Jahr vorüber, steht alles auf dem Kopf und ist durcheinander. Wer werde ich in drei Jahren sein?

1964

30. Januar, Donnerstag

Ja. Wieder eine lange Pause.

Ich misstraue der Vernunft. Warum also geselle ich mich nicht zu den Plünderern, die die letzte Vernunft in Stücke reißen? Wie gestern Roberto Lerici[11] in Mailand sagte: Im Gegensatz zu anderen zerstöre ich das Theater nicht, sondern ich konstruiere es. Vielleicht deshalb, weil ich auch kein grenzenloses Vertrauen zur Analyse als Methode habe, wie überhaupt zu keiner Methode. Zum Antiroman, Antistück, zur *nouvelle vague*.

In den Jahren 1962/63 unternahm ich die Anstrengung, tote Konventionen abzuwerfen, und wollte unbedingt sehen, was darunter liegt. Ich wollte nicht vom Schein getrogen werden, wusste aber nicht, wie groß dieser Schein war. Die ganze Praxis und Theorie des Kommunismus: Marx, Lenin, Stalin, Sozialismus, Fortschritt etc., und die polnische Regierung waren ein Teil dieses Scheins. Warum ist mir das wieder eingefallen?

Weil Hegel übertrieb. Er betrachtete die Vernunft nicht nur als irgendetwas, sondern als etwas Absolutes, hielt die Natur für etwas Vernünftiges und liquidierte sie auf diese Art zugunsten der Vernunft.

5. Februar

Ein Stück, ein Stück, ein Stück schreiben, was für ein Stück, welches Stück, ein Stück, worüber? Nur die Frage »Wozu ein Stück?« könnte ich beantworten.

Schauen wir mal, ob sich frühere Ideen finden lassen:

1. Enkel, Großmutter, Form und Nicht-Form. Früherer Stil – Das Stück als These. Das Gehirnstück, das mit Vision nichts zu tun hat. (Warum steckt im Wort »Vision« gleich so viel Pathos, könnte es in dieser Gattung keine »verdächtige Vision« geben?) Das langweilt mich, ein bisschen.

2. »Jeder erzählt Märchen« – ein typischer Einakter, stellt eine Situation dar und den Ausweg gleich dazu. Ganz bestimmt ist es so, wenn Wahrscheinlichkeit mit im Spiel ist.

Ja, ich könnte in den Papieren noch Weiteres finden, wollte ich mich bemühen, mir dieses Kondom über den Kopf zu ziehen, aber wozu. All das wäre nur ein Fitzelchen der Aufgabe, und ich will doch jetzt etwas, auf der Stelle, etwas, was mir Spaß macht. Jedenfalls hätte ich lieber, dass es tragisch ist und nicht komisch, dass es aufrüttelt und nicht nur interessiert. Aufrütteln sollte es dadurch, dass es interessant ist. Vor allem mich sollte es interessieren.

Und noch mehr vor allem sollte es etwas sein, was mich vergessen lässt, warum ich das schreibe, dass ich gerade schreibe, dass ich ein Schriftsteller bin, und dass ich hier und dort auf Stücke warte, dass mein Portemonnaie darauf wartet, dass gerade, sehen Sie nur, der Schriftsteller in sein Arbeitszimmer gegangen ist und sich an den Tisch setzt, den Kopf in die Hand stützt, die Feder zur Hand nimmt und schreibt, Moment, gleich kommt's. Er berührt schon mit der

Feder das Papier, da, wir sehen, gleich werden wir sehen, wie der Schriftsteller … (irgendetwas pikst mich im Ohr).

Ich weiß wirklich nicht, warum, und es tut mir sehr leid, aber wenn ich lese, was ich hier eben und woanders früher geschrieben habe, bekomme ich unwillkürlich den Eindruck, dass ich je älter, desto blöder werde und dass ich statt Verstand ein weiches Federkissen im Kopf habe, ein kleines. Die Tatsache, dass die Trägheit denkt, ist bei mir ein häufiges Symptom, es ist so, wie innerlich in die Ferne zu starren.

Einzige Hoffnung, dass das Training meinem Kopf Beine macht.

Anstatt alles Untenstehende aufzuschreiben, sollte ich es nur durchdenken, das wäre hundertmal schneller. Ich habe nur Angst, dass das Denken für die Katz ist, und gleich denke ich an etwas anderes; wenn ich an der Schreibmaschine sitze, habe ich zumindest die Garantie, dass ich beim Thema bleibe. Die Schreibmaschine hält mich im Zaum.

ÜBERLEGUNGEN ZUM SCHREIBEN EINES NEUEN STÜCKS

… mit drei Akten. Um ein solches Stück zu schreiben, muss man etwas mehr aufbieten als nur eine Situation (wie im Einakter), am besten eine bestehende Situation, die man dynamisch entwickeln und beenden kann (das ist falsch formuliert, denn jede Situation ist bestehend und keine ist beendet, man könnte höchstens sagen, ein Teil eines realen Handlungsfadens sei an einem passenden, arglistig ausgewählten Ort von diesem Faden abgetrennt worden).

Hingegen sollte ich bei einem Dreiakter vielleicht weniger von einer Situation als vielmehr von einer Lage sprechen. Was heißt Lage? Soll der erwähnte Handlungsfaden einfach dicker sein, ein dickes Seil, oder nur ein Faden oder mehrere, die in viele Richtungen gehen? Aber das ist Quatsch, denn dann könnte man höchstens von einem Delta sprechen, also von einem Netz aus Kanälen. Lassen wir diese Graphiken. Wie soll ich es beschreiben?

Die Helden eines Aktes betreten die Bühne und deklarieren sich durch ihre Handlungen, durch einen sofortigen Konflikt. Deshalb ist das Schreiben von einzelnen Akten so leicht. Erstens: es genügt, sich eine Situation vorzustellen. Im Grunde kann man aus jeder Situation so etwas wie einen Akt fabrizieren. Zweitens: geht es sofort lebhaft los, dann entwickelt es sich meist lebhaft weiter und zieht den Zuschauer in Bann, egal was man sonst davon halten könnte.

In drei Akten, stelle ich mir vor, sollten die Helden, noch vor Betreten der Bühne, eine Geschichte haben, am besten eine gemeinsame Geschichte. Zum Beispiel: wenn auf der Bühne ein Familienleben eingeführt wird, suggerieren wir den Zuschauern einfach eine gemeinsame bisherige Geschichte der Helden, ganz allgemein, stereotyp (Familie, Familienleben, Familienbeziehungen), was man halt allgemein darunter versteht. Ich glaube, dass die meisten der bekannten Mehrakter auf der Basis von historischen Ereignissen geschrieben wurden. In einer gewählten Epoche, vor dem Hintergrund von etwas, der Zeit, der Ereignisse, dem Klima der Epoche, vor dem Hintergrund von etwas, was dem Publikum bekannt sein muss. So ist die Vorgeschichte der Helden erledigt und der Zuschauer auf das eigentliche Stück vorbereitet. Shakespeare hat nie anders geschrieben. Könige und Königreiche haben ihm hervorragend gedient, damals gab es schließlich keinen einzigen Zuschauer, in dessen Kopf die Könige und Königreiche nicht gleich an etwas Wohlbekanntes anknüpfen konnten. So schrieb auch Brecht, und die Autoren der Antike taten es schon fast demonstrativ, denn die Heldengeschichten waren ihnen von A bis Z bekannt. Sie wussten sehr gut, was mit ihnen passiert war, bevor sie die Bühne betraten, warum sie die Bühne nun betraten und was mit ihnen nach der Vorstellung passieren würde, sogar, was mit den Kindern und Enkeln der Helden geschehen würde, die zum Zeitpunkt der Vorstellung noch gar nicht auf der Welt waren. Genauso war es übrigens mit den Moritaten, Passionen und Passionsspielen.

Leider ist mein Wissen beschränkt, und ich weiß nicht, wann, warum und woher dieses Schreiben kommt, das ich so mag. Die Einakter, von denen wir annehmen, dass der Zuschauer über die Helden absolut nichts weiß. Das Licht geht aus, und erst dann beginnt alles. Der Zuschauer geht ins Theater, um völlig Unbekannte kennenzulernen und sie auf Nimmerwiedersehen zu verabschieden, wenn die Vorstellung zu Ende ist.

Vielleicht begann es mit dem naturalistischen Roman, als die Theaterstücke noch so sein sollten »wie im richtigen Leben«. Wie im Leben, in dem wir so viele Personen treffen, über die wir nichts wissen und die wir auf Nimmerwiedersehen verabschieden, auch wenn sie in der Zeit, in der wir sie kennen, für uns eine Rolle spielen. Oder es begann, als die Theater sich ausbreiteten, oder genauer gesagt, bürgerlich wurden, etwa im 19. Jahrhundert. (Wie war das Theater wohl zu Shakespeares Zeiten, königlich, bürgerlich und plebejisch gleichzeitig?) Übrigens gibt es wohl beliebig viele Gründe. Die Demokratisierung, die Entwicklung des Pressewesens, die Ausweitung der behandelten Themen auf weitere Ebenen und über Grenzen hinweg, auch die Entwicklung von Wissenschaften, die exakter waren als die Mythologie und so weiter und so fort.

Aber jetzt, angenommen, ich möchte ein Stück in drei Akten schreiben, nach dem System »Servus und tschüss«, und gleichzeitig mit »Federbusch« – wie soll ich das angehen??

Vor allem durch die Sprache und die Art der Bildkomposition. Die Metaphysik der Mittel. Diese sind also nicht nur vom Inhalt bestimmt (Zapolska?[12]), sondern sie lassen zwischen sich und dem Inhalt noch Raum, der sozusagen beunruhigend ist.

Es hat vielleicht keinen Sinn, sich darüber den Kopf zu zerbrechen, denn ich soll schließlich ein Stück schreiben und keinen kritischen Artikel über das Stückeschreiben.

Wie ist G. B. Shaw damit zurechtgekommen?

Ein Beispiel für eine typische Situation eines Einakters: Es regnet, und unter einem zufälligen kleinen Vordach treffen zufällige Menschen zufällig zusammen. Jedenfalls beginnt Shaw in *Pygmalion* so.

Das habe ich nun geschrieben, und wenn ich es durchlese, sehe ich, dass mein Stück immer noch in weiter Ferne liegt. Aber trotz allem ist es vielleicht gut, einige Dinge zu erwähnen.

Polizei folgte am ehesten der Methode von Shaw. Angesiedelt in der Vergangenheit (der Polizeiterror in Polen 1950–1955), die nur allzu gut bekannt war, in einem Zuschauerraum, der »wie üblich« eingerichtet war, fast zu mechanisch, explizit und perfekt mit diesem algebraischen Trick der Verwandlung der Zeichen. Aber wie steht es jetzt mit der Möglichkeit, etwas aus der Vergangenheit aufzuspüren?

Als ich *Polizei* schrieb, musste ich mir solche Fragen nicht stellen. Ich war in das aktuelle Leben in Polen eingebunden, und somit erübrigten sich für mich diese Fragen, ob mein Schreiben damit zu tun hatte oder nicht. Ohne angestrengte Sucherei konnte ich mir einfach meine wirrsten Träume und Phantasien schnappen, sie waren per se schon in der Realität angesiedelt und miteinander verbunden. Eine ideale, also normale Situation für einen Autor.

Eingebunden, eingebunden ... worin bin ich eigentlich jetzt wirklich eingebunden? Oder: Womit habe ich heute noch zu tun? Das ist jetzt ein ziemlich wichtiges Thema. Das Argument der polnischen Offizialität für das Eingebundensein oder, in ihrer eigenen Sprache, für das »Engagiertsein«, für die Verbindungen zum Leben. Zum Leben, das hieß laut der Offizialität zu ihr selbst, gemäß ihren Regeln. So ein »Engagement« ist leider nicht möglich ohne den Preis des zivilen Todes. Denn genau das ist das »Engagiertsein« für die Offizialität und nicht für ein anderes Leben. Eingebundensein in das Leben in Polen, das war früher *Indyk* (*Der Truthahn*). Auf seine Art, wenn auch nicht wegen seiner Intentionen, hat sich Różewicz[13] in seinem Stück *Mała stabilizacja* (*Die Zeugen oder Unsere kleine Stabilisierung*) engagiert. Wenn ich mich auch so einbinden lassen wollen würde, dann womit? Wahrscheinlich wäre das nicht so sehr die *Polizei*-Schiene, sondern eine Art *Kollabora-*

tions-Schiene, etwas Ähnliches wie die kleine Stabilisierung, aber auf meine Art. Anders gesagt, wenn ich früher so eine Art Barde war, der vom Terror im Imperium sang, dann sollte ich jetzt ein Liedchen von der Fäulnis dieses Imperiums singen, vom Verblassen der Leidenschaften sowohl auf Seiten der Täter als auch der Opfer. Also keine Täter und Opfer, sondern Täterlein und Öpferchen.

Das Problem ist, wenn man in Polen, mit Polen, aus Polen ist, hat man nur eine Möglichkeit, sich zu engagieren, und die ist territorial und national lokalisiert. Dabei ist die Existenz der Sowjetunion noch ein unverhofftes Geschenk: Sie bedeutet eine Erweiterung der einzigen uns Polen zugänglichen Thematik, der authentischen polnischen Zwangslage. Anstatt nur die Unterdrückung eines Volkes zu besingen, können wir umfassender die Unterdrückung des Menschen besingen, was unsere, oder sagen wir, meine literarische Chance ist. Denn was ich irgendwann einmal für die Polen über die Polen zu diesem Thema geschrieben habe, betrifft nun, wenn auch nicht immer, auch die Ausländer. Na gut, aber dieses nette Geschenk von der UdSSR, so kostbar und universal es ist, ist doch etwas langweilig, zumindest für mich, es hat auch seine Grenzen, vielleicht dadurch, dass es so umfassend ist und gleichzeitig so eng. Mein Problem ist also, wenn ich dieses Geschenk nicht ausschlage, wie ich noch etwas anderes machen kann.

Also, was ist mein jetziges Anliegen, und was möchte ich mit scharfen Satiren verätzen?

Lem warnt: »Nicht denken, Mrożek, nicht erörtern, lieber trällern.« Ich würde gerne trällern, wenn ich nur wüsste, worüber. Was empört mich, was verletzt mich? Das Problem:

Die Arbeit an meiner Befreiung bedeutet bereits eine geringfügige Befreiung und somit einen Verlust der Leidenschaft für den Widerstand. In einem anderen, philosophischen Sinne erscheint hier wieder die gemeine These, dass man erst einmal getreten werden muss, um sich dabei behaupten zu können und aus dem schmerzenden Hintern ein stolz erhobenes Haupt zu machen.

Ich fürchte, dass die Freiheit Leere bedeutet.

Also woran bin ich jetzt gebunden? An mich? Nein, ich bin eher dabei, mich loszulösen. Die Emigration? Bloß nicht, um mich woanders wieder zu binden, an das Gegenteil, sondern nur, um mich weder zu binden noch nicht zu binden. Um nichts anderes als ich selbst zu sein, im Zustand des Manövers. Was für einen Blödsinn ich geschrieben habe, als ob man im Zustand eines Manövers sein könnte.

Also lasse ich alles fahren, um liebevoll die ganze Menschheit zu umarmen. In Polen habe ich für das Theater geschrieben, ich habe konkrete Bühnen und betrunkene Schauspieler im SPATiF[14] gesehen. Ich war ein Handwerker, sammelte das gerade vorhandene Material und dachte nicht lange darüber nach. Und hier beginne ich herumzunörgeln und stückle die Stückchen der Impotenz zusammen.

Nachdem ich ins Feld hinaus gegangen bin, den Pfad verlassen habe, kann ich überallhin gehen, also nirgendwohin. Und wieder irgendwohin aufbrechen, wohin die Füße mich tragen.

Kurz – sag, mein Täubchen, wie würdest du jetzt in Form eines Theaterstücks deine gegenwärtige innere Situation schildern, welche äußere Situation, die es auf der Bühne schon einmal gegeben hat, würdest du wählen, um deine innere Situation darzustellen? Wäre es eine irgendwie paradoxe, tragische, indifferente oder eher eine komische Situation? Stell dir vor, du sollst einen Brief schreiben, in Form eines Stücks, darin solltest du dem Adressaten etwas von dir mitteilen, da ist es am besten, du setzt dich selbst als Adressaten ein. (Eine sonderbare, lyrische Methode, um szenische Werke zu schreiben, aber bin ich denn kein Lyriker? Das hat doch schon einmal jemand behauptet.)

Różewicz schreibt lyrisch, aber dass ich nicht mag, was er tut, und mit ihm nicht einverstanden bin, das ist noch kein Grund, es selbst nicht zu können. Lyrik ist für alle.

Insofern wäre es gut, wenn das Stück nur einen Helden hätte, was ich schon länger wollte, zumindest einen, auch wenn er zweigeteilt oder dreigeteilt ist, wenn mehr als ein Held aus ihm wird. Ein Stück mit Helden, also endlich mit Charakteren.

Wo würdest du dich hinstellen, auf einen Felsen, in eine Kirche, auf ein Schiff? Wer oder was würde zu dir sprechen, und was würdest du antworten?

Ein Problem – wäre das kein Problem: Der Mensch erträgt, und der Mensch sucht sich höhere Gründe? Im Ausland geht es mir einfach besser, daher suche ich höhere Motive für meine Wahl, nicht um mich heiligzusprechen, sondern auch, um die Wahl als solche zu zeigen. Also geht es um die Wahl? »Das Wählen«? Das Wählen – »wählen«?

Besser, aber wie? Zugegeben: vor allem moralisch besser. Nicht in dem Sinne, dass ich Polen, das moralische Handeln dort, moralisch nicht billige, sondern dass mir die Produkte dieses Handelns nicht zusagen. Es geht mir schlecht, wenn ich im Erzeugnis dieses Handelns mein Leben verbringen muss, mein innerliches, immaterielles, praktisches Leben. [...]

8. Februar, Samstag

»Wenn wir uns Gerechtigkeit nicht leisten können, dann wollen wir wenigstens Wissen anhäufen.« Dieser Satz enthält weitaus mehr, als es scheint. Gerechtigkeit muss sich auf Gesetze stützen, Gesetze sind Kriterien. Wenn es weder Gesetze noch Kriterien gibt, wenn Gesetze und Kriterien in einem Übergangsstadium sind, bleibt nur das Wissen. Das Sammeln von Nachrichten. Gerechtigkeit in der Kunst ist Moral, Ethik. Wissen in der Kunst ist nichts anderes als eben Wissen, das Zerlegen eines Mechanismus in seine Einzelteile. Wissen ist, glaube ich, Analyse. Der ganze Rest ist Synthese. Also wäre dann alles, was kein Wissen ist, Synthese? Ideologie? Glauben? Moral? Ethik? Natürlich entsteht Moral bzw. ein existierendes Moralsystem nicht aus psychologischer Analyse, damit hat sie nichts gemeinsam (es sei denn, die Zehn Gebote sind eine Sammlung von Gesetzen, die dem Individuum, das diese befolgt, größte Chancen auf psychisches Gleichgewicht garantieren).

Was geht im Kopf eines Dichters vor? Wenn ich ein Gedicht schreiben wollte – könnte ich es? Ich könnte es nicht. Ich würde sofort so direkt wie möglich sagen wollen, worum es geht.

Manchmal kann man Dinge aber nicht einfach so sagen,

man kann sie überhaupt nicht in Worte fassen, die logischen Sinn ergäben. Dann schreibt der Dichter ein Gedicht und ich eine Erzählung.

Aber worin besteht der Unterschied in unseren Köpfen?

Leider werde ich mein Stück aufs Geratewohl schreiben müssen, auf der Basis von einem von zwei vorhandenen Gedanken. Was sein wird, wird sein. Gott bewahre mich vor der Dummheit.

12. Februar

Von außen kommt nichts.

Ich spreche von meinem Leben, das von außen nicht mehr zu retten ist. Sicher können mir deshalb die Lösungen, die mir mein liebes Land vorschlägt, keine Antwort sein, denn dieses Land ist nur ein plumper Epigone. Dort ist alles nach außen orientiert, und aus diesem, übrigens selbst geschaffenen, Außenraum soll die Rettung kommen. Da jeder auf alle anderen zählt und das, was Menschen zusammen konstituieren können, nur eine Institution sein kann, zählt man dort nur auf die Institutionen. Das Zählen auf Institutionen ist ein offizielles Gebot, auch für die Literatur.

Es ist nicht so, dass ich hier von Überlegungen zu allgemeinen, allgemeinmenschlichen Themen ausgehe, jedenfalls bin ich jetzt, in diesem Moment, nicht auf diesem Weg zu der obenstehenden, allgemeinen Behauptung gelangt. Im Gegenteil, ich bin von etwas sehr Privatem ausgegangen, von meinem eigenen Leben, und vielleicht habe ich kein

Recht, dieses zu verallgemeinern. Ich habe keinesfalls die Absicht, das Recht darauf für mich zu beanspruchen.

Mein Leben ist Warten. Jeder Tag ist wieder Warten. Etwas muss kommen und mir die Lösung für mein Leben (den Tag, die Stunde) bringen. Ich bin mir dessen sehr wohl bewusst, das habe ich anlässlich meines berühmten Dreißigsten realisiert, ich mache es mir klarer und klarer, aber das ist nur intellektuell, es ist noch nicht in den Organismus übergegangen. Mir kommt vor, dass man das schaffen kann, wenn man eine bestimmte Etappe der Gewöhnung, des automatischen Bewusstseinstrainings durchlaufen hat.

Ohne dieses Training – das leider sehr lang dauern kann und keine Sicherheit bietet, das erwünschte Resultat gänzlich zu erzielen – lässt sich nichts machen, aus demselben Grund, aus dem das ganze Resultat unsicher ist. Denn das tägliche Leben samt seiner gesellschaftlichen Struktur ist so beschaffen, dass es ständig Illusionen erzeugt, aus denen man nur mit mühseliger, hartnäckiger Anstrengung den Kopf heraushalten kann. Diese Anstrengung kann man zwar aufbringen, aber man verliert einen Teil der Energie damit, anstatt sie für das Leben, das man führen möchte, zu verwenden. Ein Beispiel aus dem Gebiet des Tabakrauchens. Man kann es sich ein Leben lang abgewöhnen, und infolgedessen wird man weder das Rauchen noch das Nichtrauchen genießen.

Das Rauchen, eine Kleinigkeit, ist trotzdem komischerweise ein gutes Beispiel. Ich lasse jetzt die Gewöhnung des Organismus an das Nikotin beiseite, was ein rein biochemischer Vorgang ist, der sich klinisch irgendwie lösen ließe. Aber das Rauchen ist vor allem eine Tätigkeit, die dem Raucher erlaubt, sich nicht auf sich selbst oder auf die eben ausgeführte Arbeit zu konzentrieren. Es verdoppelt die Konzentration. Es erlaubt in Wirklichkeit dem Raucher, seiner Trägheit zu frönen und sich gleichzeitig von der Arbeit zu entfernen, es ist eine eskapistische Tätigkeit. Ebenso gut ließe sich eine andere Tätigkeit ausdenken, zum Beispiel die Betrachtung seiner großen Zehe. Man gewöhnt es sich an und tut es mit dem gleichen Ziel, wie man raucht. Einsam zu rauchen ist die Erwartung, dass bereits der mechanische Akt des Rauchens zu einer Art Offenbarung oder Erleuchtung führt. Ein offensichtlicher Schwindel.

Da von selbst nichts kommt, bleibt nur die Aktivität, auch wenn das Wort in seiner konventionellen Bedeutung hier keine Anwendung findet, aber es genügt, dass ich weiß, was ich meine. Ich gebe zu, dass ich das Warten auf Hilfe von außen schon vor längerem erheblich reduziert habe, auch durch das Phänomen der »Enttäuschung«. Früher habe ich Hilfe in ausgeprägter Gestalt erwartet, farbiger, komplizierter, in Form ganzer Sphären oder auch in Form genau bezeichneter, ersehnter Objekte, die ich aufzählen konnte. Hilfe und Lösung erwartete ich von einer genau umrissenen Positionierung im Beziehungsnetz, also einer Karriere, später dann besondere Karriereformen. Von Beginn an erhoffte ich etwas von den Frauen und sogar von Gegenständen. Letztlich habe ich eingesehen, dass daraus nichts wird, aber die Erwartung gab es damals wie heute, wenngleich auch heute in reduzierter Form. Kleine Annehmlichkeiten, gemütlich eine Pfeife rauchen, die Fahrt von einem Ort zum anderen, am besten unter Zuhilfenahme des Autos, ein beruflicher Erfolg.

Meine angeborene Form der Aktivität ist das Schreiben literarischer Werke. Nur dass mir das erst heute bewusst wird. Hier stoße ich auf eine Unklarheit. Ich glaube, dass ich beim Nachdenken über das Schreiben mit Aktivität nicht die übliche Aktivität meine, sondern eine, die kein Schwindel ist.

Ich komme noch einmal auf die Enttäuschungen zurück: Zunächst einmal sind die größten und farbigsten Illusionen verpufft. Sie waren naturgemäß zuerst dran, denn auf sie hatte ich am meisten gezählt, und die Sache war in ihrem Fall am eindeutigsten. Die kleinen Illusionen jedoch waren geblieben, und das betrügerische Prinzip der Erwartung war immer noch nicht zufriedenstellend aufgeklärt. Dann kam Langeweile auf, und die Demütigung, dass mir nur noch die kleinen Illusionen geblieben waren. Diesen üblen Beigeschmack loszuwerden ist nur möglich, wenn man sich restlos bewusstmacht, dass das Prinzip der Erwartung alles beherrscht, mit Ausnahme des Schreibens.

Zurück zum Schreiben: Trotz allem hat meine Auffassung vom Schreiben noch immer etwas Romantisches. Das Schreiben soll nicht nur Aktivität sein, sondern auch Ereignis. Ich sage es gleich: Was das Schreiben im Laufe des Schreibens wird, das ist seine Sache, es geht um seinen Beginn, um das frontale Attackieren eines Problems, um das Nachdenken über dieses Problem, schon bevor es entstanden ist und mitten im Prozess.

Das Schreiben sollte fortwährend eine herrliche Blüte im Sumpf meines Lebens sein, eine geheimnisvolle und spontane Erscheinung, die für mein Leben Buße tut. Die gleichzeitig abgetrennt von meinem Leben ist.

Das Leben kann man leben oder konsumieren. Wenn man die erste Möglichkeit ergreifen will, was meistens der Fall ist, dann muss man sich leider klar sagen, dass das nicht geht und kein einziger Versuch etwas anderes nach sich ziehen wird als eine Katastrophe. Unter Konsumieren verstehe ich die Erwartungshaltung, den Selbstbetrug mit einer scheinbaren Bewegung, die doch nur von außen kommt. Was immer dabei herauskommt, etwas Großes wie Karriere oder Erotik, etwas Kleines wie das Pfeifchen oder ein Ausflug ohne genaues Ziel, es ist nur der Glaube an eine alles entscheidende Macht.

Also Training. Dieses Training wird vor allem durch den Widerstand erschwert, der noch aus den Jahren der Knechtschaft herrührt. Der Knecht hasst – und das mit Recht – die pädagogischen Gebote: »An sich arbeiten«, gut sein, Schwierigkeiten überwinden, Mäßigung, Tugend und so weiter. Mit Recht, weil der Knecht das Leben verkörpert, er giert nach Leben, und diese ganzen didaktischen Anstrengungen haben mit dem Leben nichts zu tun, nur mit der Moral als Selbstzweck, mit Begriffen aus der Religion und auch aus dem Selbstverteidigungssystem der Erwachsenenwelt vor dem blinden Element der Knechtschaft. Der Knecht kann Moral als solche nicht ausstehen, pfeift auf die Religion, attackiert das Verteidigungssystem der ihm gegenüber feindlichen halben Menschheit. Der Knecht hat einen naiven Glauben an das Leben, und obwohl er das Leben verkörpert, weiß er noch nicht, dass das Leben nur es selbst ist. Er glaubt, das Leben sei alles um ihn herum, und wie ein tobsüchtiger Elefant rast er los und zertrampelt alles, was sich zwischen ihn und das stellt, was er nicht ist, und wonach er giert. Der Knecht identifiziert seine Essenz mit der Umgebung und ist stinksauer, wenn er auf dem Weg in diese Umgebung auf Hindernisse stößt. Erst wenn er in Fahrt ist und mit dem Kopf gegen die Wand rennt, wird ihm die Existenz seiner eigenen Essenz klar.

Es geht um die Selbstgenügsamkeit, letztlich um die Auffassung, dass jeder Einzelne der erste Daseinsgrund für sich selbst ist, und die Welt gibt nur so viel zurück, wie man in sie hineinsteckt. Die einzige Möglichkeit, etwas von der Welt zu bekommen, ist, sich ihr selbst zu geben, damit sie sich dem Gebenden wieder zurückgibt. Eine Abkürzung zu nehmen, also sich gleich selbst mit sich selbst zu beladen, bringt nichts. Erich Fromm hilft nur, ein paar Dinge für den Eigengebrauch klarer zu formulieren. Fromm ärgert mich übrigens ein bisschen mit seiner Glückseligkeitsmasche, er hat etwas von Pfarrer Piotr Skarga, unabhängig von meinen postpubertären Blockaden und Verdächtigungen, siehe oben. Übrigens, je mehr ich mich auf allgemeines Terrain begebe, allgemeine Konzepte berühre, desto unsicherer werde ich. Am besten wäre es, mich an mich selbst zu halten, an meine eigene Konkretheit, an mein Leben.

17. Februar

Ich versuche einen Moment von vorgestern zu rekapitulieren und darauf zu kommen, was er bedeutet haben könnte. Ein sonniger Morgen, ich setzte mich ins Auto, die Straße war leer und breit, mit Palmen. Da sah ich dieses Haus, eine gewöhnliche Fassade, leicht rosa, altrosa, ein Haus aus einer vergangenen Epoche, eins von der Sorte, die man gerne anschaut, genauso, wie es sein soll, keins von den späteren, deren Schönheit, wenn vorhanden, irgendwie gesondert existiert, das Haus gesondert, die Schönheit gesondert. Auf der Fassade lag dieses Licht, nicht intensiv, denn es war noch früh, aber voll, rein, allumfassend, die Fassade war unerhört tief, die Oberfläche reich, von ungeheurer Feinheit und Sattheit. Aber es geht nicht um die Ästhetik, sondern dass diese Fassade mir plötzlich Freude bereitete, nur weil sie da war, so wie ich, sie dort und ich hier. Endlich einmal keine Bedrückung durch ein Objekt, durch seine stumpfsinnige, stumme, selbstgenügsame Existenz. Ich erinnere mich daran, wie mich an einem Nachmittag am Krakauer Bahnhof alle Objekte, Oberflächen, Kanten verletzt hatten, alles Materielle, es war nicht auszuhalten, so sehr schmerzte mich ihre Offensichtlichkeit. Und jetzt diese Freude, dass die Fassade nichts von mir will, und ich nichts von ihr, und wir in einer einträchtigen, überwältigenden Freiheit ruhen.

Mit der Einsamkeit verhält es sich unterschiedlich. Mit den Zeichen versehen, die sie gewöhnlich verpasst bekommt, ist sie demütigend, und man wird sie nicht los. Die Polen suchen in der Fremde andere Polen, und in Polen suchen sie die Bekannten. Ich gehöre schon lange nicht mehr dazu, ganz und gar nicht. Aber es gibt noch eine zweite Stufe. Wenn keine Polen und Bekannten da sind, dann sucht man zumindest bekannte Objekte. Bekanntes ist Gewohntes, und es gibt immer weniger davon. Der Umgang mit dem nichtmenschlichen Element der Welt wurde mir in Polen erschwert, ich musste mich durch die Gewöhnung durchschlagen. Aber damit war es nicht genug, ich musste mich auch durch die »Legenden« durchschlagen, durch die Einflüsterungen der Objekte, durch emotionale, intellektuelle, manifeste Suggestion, mit vorgegebenen Richtungen und Spannungen, die Assoziationen und konkrete Gedanken hervorriefen, mit einem Wort, ich wurde zurück in einen Kreis ohne Ausgang gejagt, in meine kleine Welt der Abstraktion, der Gedanken, die Emotionen hervorrufen. Das stinkt.

Der Pole (Mensch) wird immer betrogen. Ich habe schon vor ein paar Tagen über die Schwierigkeiten und Notwendigkeit der Entlarvung des Betrugs geschrieben. Wenn das auch nicht auf einmal geht, so muss man doch dranbleiben, hartnäckig. Dieses Warten auf etwas von außen, ein derartiges Warten (Betrug) ist ewige Gefangenschaft, es stellt sich heraus, wie sehr der Mensch daran gewöhnt ist, wie sehr er immer wieder dieses abscheuliche Gefühl haben will, dass es nicht das und nicht genau so war, wie er wollte, und dass er betrogen wurde. Wie er sich gegen die Freiheit wehrt.

Nicht zu warten bedeutet also, keine Forderungen zu haben, niemandem gegenüber. Zum Beispiel nicht einmal gegenüber einem Autofahrer, der schlecht manövrierend oder in böser Absicht dieselbe Straße benutzt wie ich. Warum sollte er gut fahren? Hat er sich mir gegenüber dazu verpflichtet? Ja, aber nicht direkt, es ist seine Sache. Zwischen mir und ihm gibt es keine direkte Abmachung. Wenn er seinen Pflichten also nicht nachkommt, vor seinem eigenen Tribunal, dann werde ich ihn nicht verurteilen.

Schwerer aufzulösen ist, was sich aus dem Folgenden ergibt: Wenn mir von außen definitiv nicht geholfen werden kann, weil die ganze Welt außen ist, dann kann mir von der

Welt nur geholfen werden, wenn ich nicht passiv warte, sondern die Sache selbst in die Hand nehme. Im Laufe der letzten zwei Jahre hat sich übrigens einiges geändert, und ich gehe jetzt vom Gegenteil meiner damaligen Position aus. Auch damals war zwar keine Hilfe zu erwarten, aber auch ich selbst tat nichts, nur eine herrliche Gleichgültigkeit sollte herrschen, ein bleierner Klotz in mir. Doch so leicht es ist, keine Annehmlichkeiten zu erwarten, umso schwieriger ist es, das Übel anzunehmen. Vielleicht muss man gegen die Wurzel dieses Übels die gleiche Methode anwenden wie gegen den unfähigen Autofahrer? Das heißt, das Übel wird erst zu einem solchen, wenn ich etwas nachhelfe – genauso, wie die Annehmlichkeiten letztlich auch nur von mir selbst geschaffen werden können? Könnte ich da vielleicht einen doppelten Tarif anwenden: die Annehmlichkeiten annehmen und das Übel ablehnen? Das scheint mir irgendwie verdächtig. Alles verwandelt sich dann in ein System, während ich glaubte, etwas Weitreichendes, darüber Hinausgehendes entdeckt zu haben.

Lassen wir das. Man sollte, wenn es geht gleichzeitig, nichts wissen und sich um nichts bemühen. Um am Leben zu bleiben.

19. Februar

»Man ist so unzivilisiert und barbarisch, wie man rücksichtslos gegen seinen Nächsten ist. Die Barbarei ist die Neigung zur Auflösung der Gesellschaft. Darum waren alle barbarischen Epochen Zeiten der menschlichen Vereinzelung, eines Gewimmels kleinster, getrennter und feindlicher Gruppen.«[15]

Ich kenne das irgendwoher, habe es vielleicht irgendwo gehört oder gelesen, woanders, wie vor einer Flut, also vor der Gehirnwäsche (Gehirnwäsche kann man in einem gewissen Sinne auch Flut nennen). Aber darum geht es nicht. Ich habe hier einen Namen für das gefunden, was ich selbst in Polen vor ziemlich langer Zeit beobachtet habe, bevor mir in den Sinn kam, dass ich Ortega auf Italienisch lesen werde. Die atomisierte Gesellschaft. Ein Staat, der alle Verbindungen zwischen den Menschen zerstört hat, außer einer, zur Kirche, die sich deshalb so heftig wehrt und so angegriffen wird, weil sie die einzige ernstzunehmende Konkurrenz zum Staat ist. Der Staat hat die Gesellschaft in dreißig Millionen Einzelteile zerschlagen, die in einem identischen Verhältnis zum Staat stehen, ohne Transmissionen, ohne außerstaatliche Institutionen. So bekommt jeder seine Geringfügigkeit gegenüber dem Staat zu spüren. Und ich bin nie auf den einfachen Gedanken gekommen, dass es sich dabei um Barbarei handelt.

Jene haben herumgebrüllt, dass das Propagieren der Normen einzig ihnen obliege. Nur dass diese Normen Fiktion waren. Einfach unbegreiflich, in welcher Umnachtung ich lebte. Es geht nicht um die Anzahl der Nachrichten oder um einen Wissensvorrat. Als sonst nichts mehr half, begann ich zu überlegen, was ich weiter mit dem Leben anfangen wollte, dachte mir mühsam irgendwelche ungeschickten, plump gezimmerten Schlüsse aus, wo es doch genügt hätte, sich irgendein beliebiges Buch zu nehmen, um diese dort in perfekter, reicher und klarer Form zu finden. Leider waren solche Bücher in Polen nicht zu bekommen.

Ich will nicht dorthin zurück, wo ich wieder mit dem in einen Topf geworfen werden würde, der ich einmal war.

19. März

Noch vor einem Jahr hatte ich mir gewünscht, dass es keine Kultur gäbe, denn ich beabsichtigte, nur noch für meinen privaten Gebrauch zu schreiben. So einfach war es aber nicht. Nicht nur deshalb. Ich wollte, dass zusammen mit der Kultur auch die Kleinkultur und alle Niederträchtigkeiten in diesem Business verschwänden. Obwohl ich schon damals nur zu gut wusste, dass das unmöglich ist. Heute sagt niemand mehr offen, oder gesteht sich selber ein, dass er ein Vollblutbarbar sein will. Sogar Hitler hat etwas von Kultur gefaselt.

Was wird weiter mit mir?

Epiktet sagt, dass man nur deshalb böse ist, weil man die Wahrheit nicht kennt. Es genügt zu wissen, dass das Böse geschieht, und man wird aufhören, Böses zu tun. Aus Praxis und der späteren Literatur ist bekannt, dass es nicht so einfach ist.

3. Mai

»Irritation will sagen: ›Es ist dir nicht gelungen zu sehen, was auf der anderen Seite ist.‹«[16]

Der »Künstler« ist laut Jung jemand, der »nicht individuellen Reizen gehorcht, sondern kollektiven Tendenzen, die ganz gewiss nicht direkt aus dem Bewusstsein kommen«. Er sagt das über den »zeitgenössischen« oder sogar »neuzeitlichen« Künstler. Ich nehme trotzdem an, dass er es über den Künstler an sich sagt. In diesem Fall profitiere ich erneut von ihm, wie von einem Arzt. Es ist die Bestätigung meines Glaubens, dass ich permanent gespürt habe und weiterhin spüre, was da im Busch ist. Daraus würde folgen, dass ich weniger bewusst als unbewusst bin. Weniger Persönlichkeit als Kollektivität. Und so ist es wohl.

Ich bin in einem Milieu geboren und aufgewachsen, für das ich nichts kann, zu einem viel früheren Zeitpunkt, als im astronomischen Kalender für mich vorgesehen war. Meine Familie lebte relativ zurückgezogen, eine andere gab es nicht. Jung nennt das so: »Vorurteile, die den möglichen Reichtum eines realen, gelebten Lebens grausam schmälern und den Betroffenen ein bestimmtes Denken und Bewusstsein aufzwingen, können, wenn sie länger bestehen, nicht mehr toleriert werden.« Also ich wurde wie zu Zeiten von Kaiser Franz Joseph geboren, weil ich von Geburt an von Bürgern und Bauern umgeben war, und die *Vorurteile* traten bei ihnen nicht in irgendeiner dezenten und schwer zu entlarvenden Form auf, sondern sie traten offen zutage, mit schwer erträglicher Vulgarität.

Das hatte zur Folge, dass ich einen weiteren Weg zurücklegen musste, als wenn ich in einem anderen, moderneren Milieu zur Welt gekommen wäre.

15. Mai

Vorgestern habe ich ein weiteres Stück beendet, das elfte, und das erste im Ausland, nach zweieinhalb Monaten. Jetzt habe ich nichts zu tun und muss mir schnell etwas Neues einfallen lasen. So immer weiter, bis zum Ende.

In fünf Tagen läuft mein Pass ab.

In einem Monat wird unsere Einreise ein Jahr her sein.

Um so weiterzumachen, könnte ich schreiben: Im Jahre ... Ende des Lebens und später die entsprechende Zahl einsetzen.

Jung hat auch bemerkt, dass Personen mit den Bewohnern des Totenreichs »verbunden« sind, daher ist mein Gefühl, dass jede Begegnung für mich ein Schock ist, irgendwie ärztlich legalisiert.

Die Masse, also niemand. Damit kann man offenbar alles abhaken, was in Polen passiert.

Ich hatte nie lustmörderische Anwandlungen, und ich hoffe, dass mich das Thema nicht nur aus Devianzgründen interessiert. Klar habe ich geschlagen und ein bisschen gewürgt, aber nicht aus Liebe, sondern weil mich die unerträgliche Dummheit meiner Partnerinnen zur Weißglut gebracht hatte. Die verschiedenen Idiotinnen hatten mich gehörig misshandelt, mich, den schwachen und so sensiblen Pagen. Für mich sieht die Sache so aus: Im Mord scheint mir die Suche nach der absoluten »Aneignung« des anderen (des Opfers) gegeben zu sein, der Kontakt ist schließlich sehr physisch. Aneignung bis zum Nullpunkt, bis zur Annihilisation, und genau darin liegt das Misslingen. Ebenso wie die physische Inbesitznahme anscheinend eine traurige Illusion ist, obwohl ich da nicht ganz sicher bin, ich bin ja keine Frau. Die Frauen und Jung behaupten: Nichts dergleichen. Aber mein männliches Misstrauen gestattet mir nicht, das zu glauben.

Der Europäer sagt, Harakiri sei unmenschlich und abscheulich. Er nimmt es hingegen leichter hin, wenn Harakiri an jemandem verübt wird. Also nur deshalb, weil der Japaner es sich selbst zufügt, scheint es den Europäer abzustoßen. Der Europäer mag sich selbst nichts Abstoßendes zufügen. Doch seinem Nächsten, das ist etwas anderes.

17. Mai

Jung sagt: Die Menschen können nur durch den Menschen gerettet werden.

Mir scheint aber, dass ebendas nicht geht. Die fehlende Transmission. Zwischen den Menschen ist alles Organisation, und letztlich haben sogar die Religionen diesen Weg beschritten, immer musste ein Prophet die Leute zusammentrommeln, damit sie ihm zuhörten, das war bereits organisatorische Arbeit. Und wie soll man heute etwas Einzelnes vermitteln, wie soll man es in das Kollektive übersetzen, ohne sich im Organisatorischen zu verlieren? Jung warnt davor, mit erkennbarem Widerwillen bezieht er sich dabei auf die überorganisierten Kirchen.

Jung sagt richtig, dass die Kunst sich immer von großen Mythen ernährt. Und ich sage, höchstens als Kommunikation. Sich gegenseitig benachrichtigen, dass etwas getan werden muss. Gombrowicz hat ähnlich darüber gedacht: Kunst als einzige Chance, der Faden einer tieferen Verständigung zwischen jedem einzelnen Menschen und den Leuten.

Hat nicht zufällig unsere Parteienkirche genauso eine Kunst geschaffen wie die christliche Kirche? Kirche ist nämlich immer Kirche. Ich glaube, ich könnte heute dieses Gespräch fortsetzen. Genauer: Kunst hat sich immer von den großen Mythen ernährt. Aber diese Unsere Kirche ist kein Mythos (Mythos als etwas, das aus der Tiefe des Menschen kommt, aus den *Schatten*), sondern eine geistige Konstruktion, so aufgeblasen und dreist, dass sie vorgibt, ein Mythos zu sein.

28. Mai

Jung sagt, wer im kollektiven Unterbewusstsein aufgeht, wird automatisch »gottähnlich«, und das deshalb, weil er bei der Auflösung auch die Gegensätze auflöst, vor allem die Gegensätze zwischen Gut und Böse. Das kollektive Unterbewusstsein umfasst alles zu gleichen Teilen, ohne Differenzierung, wer sich also darin auflöst, hört auch mit dem Differenzieren auf. Daher scheint dem, der sich zuvor mit Gegensätzen abgemüht hat, der neue Zustand so wonnevoll und überraschend möglich, dass er fast diese *Gottähnlichkeit* bewirkt.

Beispiele von Urvölkern. Es stimmt alles, was über den Charakter, das Verhalten der Menschen aus diesen Völkern erzählt wird, obwohl es voller Widersprüche ist. Und das deshalb, weil die Differenzierung bei den Urvölkern fast nicht vorhanden ist, und das kollektive Unterbewusstsein so gut wie das einzige Unterbewusstsein dieser Menschen ist, weil ihnen ein persönliches Unterbewusstsein fehlt, ganz zu schweigen vom Bewusstsein. Alles, was über das Verhalten einzelner Deutscher während des Krieges kolportiert wird, oder von den Sowjetrussen, von der erstaunlichen Inkonsequenz ihres ethischen Vorgehens in bestimmten Fällen und Situationen, hat hundertprozentig diese Theorie bestätigt. Diese beiden Systeme beruhen nämlich auf der Liquidation der Differenzierung, sie stützen sich auf das kollektive Unterbewusstsein, identifizieren sich fast damit.

Ich weiß noch, wie mir in einer naiv-mystischen Periode, also in einer Periode eines beginnenden, sowohl naiven wie aggressiven Mystizismus, plötzlich jegliche ethischen Interessen und Differenzierungen abhandenkamen.

Weiter gefasst, entspricht meine Geschichte der Jahre 1959–1963 dem Heilungsprozess, den Jung einige Male beschrieben hat. Zuerst eine heftige Enttäuschung. Eine, man könnte sagen, Liebesenttäuschung. Meine Jugend hatte mich betrogen, sie war plötzlich durchgebrannt. Die Jugend – darunter verstehe ich natürlich kein kokettes Spiegelbild, sondern innere Wahrheit. Es kam eine Krise, die ich nur unter größten Anstrengungen überwand, wie ein in einem Eisloch Ertrinkender, der sich am Rand an etwas festklammert, an etwas in der Art von »Analyse des Unterbewusstseins«, teilweise diktiert vom Auflösungsinstinkt, dem sogenannten Bekenntnis. Es war nicht besonders geschickt, eher instinktiv, mich zu mir, wie ich bin, zu bekennen, die Differenzen zwischen der eigenen Natur und den konventionellen, mir auferlegten Zielen einzugestehen. Das hat in kurzer Zeit zu ebendiesem Marsch in das »kollektive Unterbewusstsein«

geführt und – ganz gewiss – in die Periode der *Gottähnlichkeit.* Dabei ging es mir sehr gut, und warum es irgendwann damit vorbei war, weiß ich nicht. Möge es doch wieder der Instinkt gewesen sein, im Einklang mit meiner optimistischen Meinung, dass ich im Grunde genommen psychisch sehr vital bin.

Ob es an der Zeit ist oder nicht, mir scheint, jetzt müsste man eine Zeitlang alles anhalten und eine Regentschaft sowie die Polizeistunde ausrufen. Wer weiß, ob sich so eine Regentschaft nicht lebenslänglich hielte.

16. Juni

Wenn es stimmt, dass ich, grob bezeichnet, ein politischer Schriftsteller bin, im Unterschied zu den (ebenfalls grob bezeichneten) Moralisten, dann gelangt diese Wahrheit erst heute mit ihrem überwältigenden Reichtum der Möglichkeiten zu mir. Hier liegt nicht nur alles offen, ganz anders als zu Hause, wo es unter dem Teppich liegt, sondern es ist, mehr oder weniger, alles erlaubt, und wenn nicht alles erlaubt sein sollte, im Vergleich zu Polen, dem Land der »Fortschrittskirche«, dann kann man ruhig sagen: Mehr als alles.

Interessant, dass alles einmal eine Krise durchmacht, und nur eines wächst und gedeiht immer weiter, pausbäckig, kräftig und selbstzufrieden wie nie zuvor: Die Macht, überall und immer ist die Macht gesund. Selbst wenn die Menschen alles anzweifeln, die Macht zweifeln sie nicht an. Weil ich diesen Satz gerne in meinem letzten Stück untergebracht hätte, folgere ich, dass ich in Zukunft nichts Geschriebenes voreilig in ein Kuvert stecken und abschicken soll, bevor ich es ein wenig aufbewahrt und betrachtet habe.

Trotzdem – man kann ja im Stil eines »tiefsinnigen« Autokommentars schreiben, was kläglich ist, denn ein Autokommentar hat als Instrument seine Grenzen. Das Entwerfen von Visionen wäre besser. Beides zusammen geht nicht. Der Kommentar eines Autors, der eine Frau mit Hundekopf sieht: Nein, das ist es nicht. Es ist quälend.

18. Juni

Es ist paradox: Ein Lyriker muss Kontakt zu Menschen haben, muss ständig mit ihnen zusammenleben. Ein Epiker kann alleine leben.

Von Natur aus bin ich ein Lyriker, lebe aber lieber allein. Wie das?

Telegramm von Tarn, dass *Tango* ihnen gefällt, dass sie das Stück bald spielen und drucken wollen. Ich bin erleichtert, weil wahrgenommen wurde, wie viel ich in das Stück gelegt habe. Sofort bekomme ich wieder Lust auf vieles andere, vor allem aufs Schreiben. Obwohl ich es nicht recht glaube. Aber es ist immer angenehm, bewundert zu werden. Wenn ich jetzt noch lernen würde, ordentlich auf dieser Maschine zu schreiben, dann wäre ich einfach großartig. Ich schreibe sehr langsam und vertippe mich oft. Jetzt lerne ich schon den dritten Tag. Letzteres ist ein Hinweis darauf, wie begabt ich trotz allem bin. Am meisten ärgern mich die polnischen Zeichen. Ohne die ginge es bedeutend leichter, ich schwöre es.

27. Juni

Ein Witzbold vom französischen Film erzählt uns im Radio, was er für Filme gedreht hat, und benennt munter ein Problem: Die Menschen sind bedroht von geheimnisvollen Außerirdischen, sie sind in tödlicher Gefahr, von der sie nichts wissen.

Dazu meine ich: Was kann den Menschen anderes drohen als der Tod? Dass ein Tod aus bekannten Gründen uns schrecklicher erscheint als der Tod aus unbekannten Gründen, beweist nur unseren Phantasiemangel. Denn die geheimnisvollsten Dinge können uns nichts anderes tun, als uns umzubringen, ebenso wie eine ganz normale Grippe. Also entweder ist die Grippe genauso eine unberechenbare, geheime Macht wie die, mit der uns der Witzbold droht, oder die Geheimnisse des Kosmos sind genauso banal wie eine Grippe.

Das Unerschütterliche des definitiven menschlichen Schicksals hat auch etwas Tröstliches. Es sei denn, die Kosmen könnten sich eine völlig neue Art des Todes für uns ausdenken, auch mit Sterben und allem, aber trotzdem anders. Nicht qualvoll, sondern ein völlig neues Todesprinzip. Das wäre schrecklich angesichts dessen, dass wir derzeit nicht einmal die Grundlagen des bislang vorherrschenden Todes kennen. Lieber nicht zu viele Fehler machen.

6. Juli

Desintegration. Muss es solche Tage geben, an denen es so aussieht, als sei alles verloren? Wenn es sie geben muss, dann wären sie schon weniger schlimm. Die schlimmste Frage: Und wenn es sie nicht geben müsste? »Alles verloren, außer der Ehre« – woher habe ich das? Aber an solchen Tagen scheint die Ehre besonders bedeutungslos zu sein, unerträglich.

Ich habe offensichtlich eine Schwäche, eine Erbkrankheit. Mein Vater hat dieselben Symptome, und ich bin in vielem nach ihm geraten.

Etwas im Menschen quält den Menschen, es erlaubt ihm nicht, sich damit abzufinden, dass alles im Versagen enden muss. Sollte dieses Versagen aber natürlich und das Einzige sein, woher dann die Qual? Wie kommt es, dass der Mensch glaubt, es könnte auch anders sein?

Die Anforderungen. Alles stellt in einem fort Anforderungen an den Menschen. Mit welchem Recht? Die Kräfte, alles fordert in einem fort die Kräfte des Menschen. Mit welchem Recht?

29. Juli

Der Mensch möchte sich gern retten, tja, das möchte er gern. Er ist bereit, vieles zu opfern, auf viele kleine und feine Dinge zu verzichten für das Gefühl der Rettung. Aber das ist nur ein Handel, nur ein Austausch. In Wirklichkeit versucht er heuchlerisch einzuschätzen, ob sich dieser für sein

Innenleben auszahlt. All das wieder einmal deshalb, weil er darauf aus ist, dass es ihm gutgeht. Die Umwandlung von netten Annehmlichkeiten in etwas Größeres: »Sieh nur, ich habe mich gerettet.« (Im Grunde ist das nichts anderes als die infantile Kritik am christlichen Erlösergedanken – in eine erwachsenere Sprache übersetzt. Die dogmatische Rettung wurde mit der »eigenen« Rettung ersetzt, was auf das Gleiche hinausläuft.)

Soll ich nur deshalb herumwühlen, einen Gedanken, eine Sehnsucht verwerfen, damit es mir gutgeht, in welcher Dimension auch immer? Ich habe gelernt, den Gedanken »damit es mir gutgeht« zu verachten, weil mir die Dimension zu klein war (lies: weil es nichts brachte). Um diese Geringschätzung zu adeln (also um mich wieder ein bisschen besser zu fühlen), begründete ich sie damit, dass sie »Kleinlichkeiten« betraf. Ich bin edel, denn ich schätze Kleinlichkeiten gering. Im Grunde gefallen sie mir nicht, sie bringen kein Resultat, es geht mir mit ihnen nicht richtig gut. Aber wenn es mir doch gut mit ihnen ginge? Warum sollte ich sie dann verachten? Wem soll es denn gutgehen, wenn nicht mir?

Wenn das so ist, wäre dann die einzige Möglichkeit, sich gut zu fühlen, die Selbstüberlistung? »So tun, als hätte ich vergessen«, dass es mir um mein Wohlergehen geht. An der Pyramide des Konkreten arbeiten, und dann wird alles gut. Denn die Euphorie »es geht mir gut« ist nicht von Dauer, selbst wenn man es geschafft hat, dorthin zu gelangen.

Leider, dreimal leider, wie auch immer ich es anstelle, alles lässt sich immer auf eines zurückführen: Was tun, um dem Dasein einen Sinn zu geben, ohne sich dabei zu irren?

Morgen wieder dasselbe Rohmaterial, der Tag, das Leben,

die Unendlichkeit. Wie kann ich das alles meistern, verbessern, was soll ich daraus machen?

Die Antwort ist so einfach wie verdächtig. Schreiben. Arbeiten. Was tun, wenn ich das verdächtig finde?

7. August

Gestern ist mir – ganz von alleine – bewusst geworden, dass ich ein Mensch bin, der die Generation der Zwanzigjährigen um vierzehn Jahre überlebt hat. Man könnte diese Bewusstwerdung in intellektuelle Faktoren zerlegen, sollte aber einräumen, dass es auch intuitive Offenbarungen gab. Intuitiv ist übrigens alles. Ich lebe in einer Zeit, in der man die Intuition keinesfalls außer Acht lassen darf – bin ich also der Epoche voraus? – ein Intuitionssnobismus ist noch nicht geplant, doch ich habe bereits den Verdacht, dass es so kommt, vorauseilend. Der Kampf von Skepsis und Zuversicht plagt mich.

Ich habe verstanden, dass ich in meinem Leben schon einige Atemzüge mehr getan habe als die Jugend. Dass ich einen zehnjährigen Sohn oder eine Tochter haben könnte (schon indem ich das nur hingeschrieben habe, bin ich erwachsener geworden). Und so weiter und weiter, all diese banalen Anzeichen der Abnutzung des Körpers. Aber noch funktioniert er, trotz Abnutzung.

Es geht nicht um diese Anzeichen. Die Anzeichen sind Blödheiten. Das Wichtigste ist, dass ich etwas darüber hinaus kapiert habe. Nein, kapiert habe ich es nicht, eher habe ich eine Erfahrung gemacht. Die Welt in Bewegung und ich in Bewegung.

O Gott, unter diesen Umständen sollte man nicht in munterem Kabarett-Ton verharren. Das ist eine Sache, die durch ihre Dimension zu ernst ist. Ich habe ihre Ausdehnung gesehen. Anstatt im Kabarett befand ich mich in der Wüste, in einer Wüstenei. Wer von den heute Zwanzigjährigen hat den Krieg gesehen, marschierende Truppen, den Sturz von Kaisern, Begräbnisse und Auferstehungen, die Relativität der Stabilität? Wer hat seinen eigenen Fehlern ins Auge gesehen und Momente der Bewusstwerdung erkannt, wer denkt über den Sieg nach? Aber anders über den Sieg – als nur über den Sieg, und wer hat anderes über die Niederlage gedacht – als man üblicherweise über die Niederlage denkt?

Ich bin noch immer von der Jugend verdorben. Man sollte die Kraft, die von der Jugend übriggeblieben ist, nicht verurteilen, sondern vor das spannen, was nachkommt, sie als Zugtier verwenden. Dass sie nicht zum Kapitän wird, ist klar, das kann sie gar nicht.

Jedenfalls hat mich das den ganzen gestrigen Tag niedergeschmettert.

11. August

Wer mir meine Heimat genommen hat – der ist schuldig, und meine heutige Schwäche ist der Vorbote derjenigen Schwäche, die es manchen Alten erlaubt, leicht und würdig zu sterben.

Was das Erstere betrifft: Ich würde gerne nach Polen fahren, für kurz, für ein Jahr, und wieder fortfahren, für kurz oder für ein Jahr. Bloß nicht wie ein Gartenzwerg in einem stinkenden Schaftstiefel festsitzen.

Was das Zweite betrifft: Ich bin sehr müde. Ein Mittelmeersommer, ich. Zufälle. Da fällt mir ein: »Wer spricht von Siegen? Überstehn ist alles.«[17] Das ist aus Rilkes *Requiem.* An einem Stück des Überstehens arbeiten. Eines, um sogar das Jüngste Gericht zu überleben und nach überstandener Sitzung seinen Winkel zu verlassen.

Ich habe um den Preis von Geiz und Seelenleere die liebe Ruhe erkauft, für die ich wiederum etwas Kostbares kaufen könnte. Wenn das nicht gelingt, wird man sagen können, dass alles ein Irrtum war. Meine Kraft resultierte immer nur aus Schwäche, also nicht einmal mit diesen Kräften kann ich mich schmücken. Mein Gleichgewicht ist das Gleichgewicht dessen, der unablässig auf die Nase fällt. Natürlich lauert die ordinär-kokette Hoffnung, dass ebendas ein Verdienst und eine Tugend ist. Ich möchte so gerne diesen nebulösen Verdacht loswerden, dass es keine Hoffnungen, Tugenden oder Verdienste gibt, dass man nichts durch nichts verdient und dass die Kasse immer leer ist.

Wie lange noch? Gleichwie, ob lang oder kurz. Es hat letztlich keine größere Bedeutung.

Talent wäre gut, aber es braucht eine ordentliche Portion. Was tun, wenn ich kein Talent für eine größere Arbeit habe. Physisch. Mein Hintern tut weh, meine Augen brennen, mein Bein schmerzt. Und jeder Intelligenztest ist mir zu schwierig. In der Schule war ich zu gut und zu brav. Aus Angst und Gefallsucht.

12. August

Gleich darauf die Erleichterung, ich weiß nie, woher. Sie ist klein, man kann sie aber in die Länge ziehen. Diesmal war es der morgendliche Anblick der Meereswellen, so fröhlich und schön wie das ganze Wetter heute. Sieht aus, als gäbe es noch Möglichkeiten.

Dagegen die halb rührseligen Gedanken an Polen, die bei der Durchsicht von polnischen Zeitschriften erlösend abbrechen, ein Defilee von Abziehbildern mit Kondomen auf den Köpfen. Und ein wenig hatte ich schon vergessen, dass ich eine unbezahlbare Sache gekauft habe. Der Preis war alles aus Polen, was ich hier nicht habe und was mir manchmal fehlt. Das ist nicht nur zeitweilig, so wird es in Zukunft immer sein. Was für eine Wonne wäre es, in diese Wärme einzutauchen. Sich Ohren, Nase und Augen zuzuhalten, die Hände und Füße abzuschneiden und so, als ein lustiger Rumpf, weiterzuleben. Polen besteht aus sehr fröhlichen Rümpfen.

Zurückkehren würde bedeuten, in ein endloses Rohr hineinzukriechen, ohne Licht am Ende. Um es in diesem Rohr auszuhalten, muss man sich weismachen, dass man über eine sonnige Wiese spaziert. Wenn eine solche Suggestion gelingen könnte, dann würde ich es mir noch einmal überlegen. Aber es ist unmöglich. Dann schon lieber in der Leere ausharren.

Komisch. Die Renaissance eines bekannten Gefühls, dass ringsum alles besser ist. Bloß nicht darüber nachdenken, ich kenne das.

Wenn doch bloß irgendeine Arbeit auftauchen würde. Aber von selber taucht keine auf.

Sind meine ungerechten Ansichten über die Riviera und die alleuropäischen Ferien aus mir selbst heraus entstanden? Schwer zu sagen, ich könnte mich erkundigen, das Problem wissenschaftlich untersuchen. Das kann ich mir nicht leisten. Vielleicht ist es ausschließlich eine individuelle Frage. Wenn ich zwanzig wäre, dann würde ich zum Beispiel als Schwede hierherkommen. Aber nein, vielleicht ist es auch eine soziologische Frage. Ich würde gern etwas darüber lesen. Wenn meine Augen nur besser wären.

27. August

Um mehr zu erkennen, sollte man schweigen und sich die Augen reiben, sich Mühe geben mit seiner Betrachtung. Aber nein, der Mensch verliert sich in Details, diszipliniert sich, geht methodologisch vor, spricht immer wieder davon, wie alles in der Zeit auseinanderläuft. Dann droht ihm schon, sich darin zu verlieren. Es fällt ihm auf, dass ihm das Ganze abhandengekommen ist.

Ich sollte nicht jedes Mal verzweifeln, wenn wieder einmal die Form gesprengt wird, sondern es als Naturereignis ansehen. Ohne Bedauern die Scherben wegfegen, ohne das Gefühl, es sei etwas Schlimmes passiert, was sich negativ auf das Ganze auswirken könnte. Für eine Korrektur müsste ich also anders ansetzen, weniger intuitiv, sondern rational.

Intuitive Gewissensbisse haben an sich, dass sie ins Unendliche wachsen: Wenn meine Ordnung, meine Form gesprengt wurde, dann diktiert das Gewissen auch die Verzweiflung darüber, dass mehr kaputt ist als nur die Ordnung.

Beim Aufbau einer Form sollten wir womöglich immer daran denken, dass ihre Zerschlagung nicht zu vermeiden sein wird, das ist eine Naturerscheinung, die gar nicht bedauerlich ist.

3. September

Wie bewerkstelligt man so ein *spostamento* (Versetzung)? Ein Berg weiß nicht, wie er dorthin gekommen ist, wo er steht. Natürlich nur, wenn es kein Erdbeben gegeben hat. Ich bin in doppelte Anonymität gerutscht. Nicht nur, dass keiner weiß, wer Herr Mrożek ist, sondern er will es auch nicht wissen, weil ich ein Ausländer bin. Ich verliere meinen Namen, also die Person. Das habe ich irgendwie immer gewollt, die Person hat mich in Polen geärgert, das Bewusstsein, dass anstelle von mir eine »Person« herumspaziert, hat mich belastet. Aber in Polen habe ich durch die »Person« nicht nur gesellschaftliche Genugtuung erfahren, sondern auch soziale Privilegien. Hier ist sie für mich völlig nutzlos.

6. September

Erich Fromm, *Die Furcht vor der Freiheit*:

»Diese Erwägungen weisen auf einen wichtigen Unterschied zwischen einem neurotischen und einem vernünftigen Verhalten hin. Bei letzterem entspricht das *Resultat* der *Motivation* einer Handlung – man handelt, um ein bestimmtes Resultat zu erreichen. Bei neurotischen Strebungen handelt man aus einem Zwang heraus, der wesentlich negativ ist, um einer unerträglichen Situation zu entfliehen. Die Strebungen tendieren in einer Richtung, die nur scheinbar eine Lösung darstellt. Tatsächlich ist das Resultat dann genau das Gegenteil von dem, was der Betreffende erreichen möchte. Aber der Zwang, ein unerträgliches Gefühl loszuwerden, war so stark, dass es dem Betreffenden unmöglich war, sich für eine Handlungsweise zu entscheiden, die zu einer wirklichen Lösung, und nicht nur zu einer scheinbaren geführt hätte.«[18]

Daraus würde resultieren, dass mir eine Art des Masochismus nicht fremd ist. Das Motiv der Flucht taucht in meinen Schriften oft auf, besonders in den früheren. In letzter Zeit weniger, denn es war mir aufgefallen und ich wollte zurückhaltender sein, aus formalen Gründen. Es ist auch nicht ausgeschlossen, dass ich neuerdings ein bisschen weniger flüchte. Nicht nur beim Schreiben, sondern auch in einfachen Situationen würde ich manchmal gerne die Flucht ergreifen. Vor allem möchte ich, dass jede irgendwie spannungsgeladene Situation so schnell wie möglich vergeht. Und da es bei mir Situationen ohne Spannungspotential überhaupt nicht gibt, möchte ich ständig flüchten, um sie hinter mich zu bringen und damit ja nichts mehr passiert.

Weil man meistens aus einer Situation nicht flüchten kann, ergreift man eine Ersatzflucht. Unsteter und nichtssehender Blick, nichts-hörende Ohren, Pfeifen- und Tabakrauch, um sich dahinter zu vernebeln, schwindeln, zappeln und überhaupt alle möglichen Fluchtgestikulationen, mit Ausnahme von Weglaufen. Ich weiß um die Vergeblichkeit, mehr noch, um die Schädlichkeit solcher bewegungslosen

Fluchten, solcher »Sitzfugen«. Solche hatte ich schon immer vollbracht, damals, als ich noch nichts von Psychoanalyse gehört hatte. Etwas später trat ich mit Verweigerungs-Versuchen auf, und inzwischen habe ich einen wissenschaftlichen Unterbau. Ich will aber nicht sagen, dass dabei irgendwas herauskommt.

Andere Symptome: Unzweifelhaft sind meine Schwierigkeiten, von meinen Sprachkenntnissen Gebrauch zu machen, viel größer, als es meine Sprachkenntnisse vermuten ließen. Das zählt auch zu diesen typischen Situationen, über die Fromm schreibt. *Minderwertigkeitskomplexe*, davon kann ich ein Lied singen.

Natürlich darf ich nicht übertreiben, damit es nicht so aussieht, als seien alle Masochismus-Bezichtigungen eigentlich die Bestätigung der Diagnose. Jedenfalls ist interessant, was Fromm über die Rationalität und die neurotische Haltung geschrieben hat. Das passt zu dem, was nicht nur ich wahrgenommen habe, dass der Mensch manchmal nicht imstande ist, seine eigene Kraft zu stemmen, die eigene Gesundheit und den eigenen Nutzen. Dass er nur die Gelegenheit sucht, um sie zu ruinieren, was ihm bekanntlich einen »bösen« Genuss verschafft.

Fromm sagt, dass der Masochismus der neurotische Versuch der Überwindung ist. Von allen Masochismustheorien ist diese wohl am wenigsten deterministisch. Nur ich bin nicht sicher, ob ich wirklich so ein *isolato* (Sonderling) bin?

7. September

Wenn wir es nach Fromm erklären, dann wird klar, warum ich bereits in meinem einundzwanzigsten Lebensjahr so ein enthusiastischer, glühender Anhänger von Josef Stalin war. Als Jüngling, im schrecklichen Gefühl der Isolation, betrachtete ich mich als äußerst freiheitsliebend, weil mir weder mein Vater gefiel noch die ganze Familie. Ich konnte mich leicht absondern, indem ich die kommunistische Ideologie übernahm. Sogar doppelt, einerseits durch die Zugehörigkeit zur »Großen Familie«, andererseits durch mein Debüt, das Erscheinen im Druck, das mir diese Familie erst ermöglichte. Die »Kleine Familie« stand gegen die »Große Familie«, war aber um ein paar Milliardenbillionen schwächer als diese. Die »Große Familie« spottete über die »Kleine Familie« und versprach, demnächst mit ihr aufzuräumen, wobei sie mich aufforderte, dabei mitzuhelfen. Mein Betreuer A. W.[19] war und ist bis heute der klassische Präparat-Typ des *autoritario* nach der Einteilung und Nomenklatur von Fromm, mit dem heftigen Bedürfnis, sich sowohl unterzuordnen (mehr) als auch zu dominieren (weniger).

(Gegenüber, auf der offenen Terrasse, die man vom Land aus sieht, Luft und Meer, nehmen zwei Großmütter Platz, eine ganz weiß gekleidet, die andere ganz schwarz. Sie kümmern sich überhaupt nicht darum, dass man sie so gut sehen kann. Ich zum Beispiel brächte das nicht fertig und würde es vorziehen, dass man mich erst dann sieht, wenn ich darauf vorbereitet bin. Daraus folgt, dass ich so gesehen werden möchte, dass ich gefalle oder, wenn ich boshaft bin, nicht gefalle, was auf das Gleiche hinausläuft. Daraus folgt, dass ich etwas habe, was ich für schön halte und was ich den anderen gerne präsentieren möchte. Ich habe aber auch etwas Hässliches, was ich lieber verbergen möchte. Im besten Fall, im allergleichgültigsten Fall könnte ich nicht auf so einer Terrasse sitzen und arbeiten, also nicht automatisch lächeln oder Grimassen schneiden, kokettieren oder schimpfen – denn wenn ich mich beobachtet fühle, würde ich mich verstellen, ich wäre fremdbestimmt, von anderen interpretiert, jedenfalls unfähig, eigenverantwortlich zu existieren. Dann würde ich spüren, dass ich Teilhaber beim Sitzen und Existieren habe. Muss ich angesichts dessen ein gewisses Alter erreichen, um allein »ich selbst« werden zu können? Um mich nicht drum zu scheren, wie es bei den anderen ankommt, oder gibt es noch einen anderen Weg, um diesen erstrebenswerten Zustand zu erreichen? Nicht durch eine Vorgangsweise um jeden Preis, nicht indem ich gewollt »ich selbst« werde?)

Fromm schreibt, dass der Typ des *autoritario* (sadistisch-masochistisch) nicht unbedingt die Autorität außerhalb sich selbst findet und dass man sich eine prima Autorität zulegen kann, um sich ihr unterzuordnen, mit allen Wonnen der Unbequemlichkeit des Leidens – indem man zum Beispiel in sich das Gefühl einer imperativen Pflicht installiert.

Die Panik, wenn ich mich mit dem praktischen Leben herumschlage: Ich sitze auf einem Stuhl, aber vielleicht ist das ein Grund zur Panik (das Gefühl der Uneindeutigkeit der Situation).

8. September

Wahrscheinlich rührt mein Mythos ebenso wie meine Unsicherheit bei jeder Begegnung von meiner großen Sensibilität Menschen gegenüber her, von meinem besonnenen Umgang mit ihnen und dem ständigen Bestreben, mich ihnen anzupassen, damit sie sich wohl fühlen. Das ist verlogen. Ich tue das sogar bei einer gänzlich unbedeutenden Person, bei einer flüchtigen Begegnung mit einem Schaffner oder einem Zeitungsverkäufer. Ja, der Wunsch, mich ihnen anzupassen, existiert tatsächlich, aber nicht aus Rücksichtnahme auf sie, sondern auf mich. Nicht, damit sie sich mit mir wohl fühlen, sondern ich mich mit ihnen.

13. September

Ich, ich, wer, was? Fängt das schon wieder an. Nein, wirklich, das übersteigt das menschliche Fassungsvermögen. Aber wer, wer denn? Wenigstens ein Mitglied des Hochadels in karmesinrotem Rock, ein Aktivist, ja, das wäre schon ganz was anderes. Ich aber bin nicht einmal imstande, meine Familie zu ernähren, worauf sie ein Recht hätte, denn sie muss essen. Wie soll man nicht essen, wenn doch alle immer wieder ein bisschen was essen. Es war einmal einer, der nichts aß, und zwar nichts, gar nichts, wir wissen nicht, was aus ihm geworden ist, leider, denn es war ein bedeutender Herr, und er hätte einiges zum Thema erzählen können.

14. September

Grazie tante, ho gia mangiato. Ho mangiato bene. Non mangerò più. Fine della settimana.[20]

22. September

Die Rückkehr aus Venedig. Zu was. Vorher Angst. Ich muss mich zwingen, daran zu denken, dass es schrecklicher ist, nach Polen zurückzukehren, am schrecklichsten war die Rückkehr nach Warschau. Das kleine, weiße Haus, das nirgends steht, es ist nicht da. Wenn man doch ein Häuschen bauen könnte, das in der eigenen Haut Platz hat.

Venedig ist wesentlich. Alles ist wesentlich oder auch völlig unwesentlich, kommt drauf an, was man will. Es gibt alles, und es gibt nichts, je nach Belieben.

Morgen werde ich schreiben, aufschreiben, darüber schreiben, ob man zuerst böse und dann intelligent ist, oder umgekehrt. Übrigens weiß ich heute nicht mehr, was ich eigentlich damit sagen wollte.

Ich bin wieder bedeutend gealtert. In meiner Seele.

18. Oktober

Ganz unten.

Das sage ich nur so, natürlich, wenn man ganz unten noch gehen könnte, dann wäre es gar nicht so schlecht. Ich habe immer die Menschen beneidet, die ganz unten noch gehen können (das hat nichts mit Maxim Gorkis Stück *Nachtasyl* zu tun), aber mein ganzes Strampeln und Zappeln, jedenfalls Schreiben zeugt nur davon, dass ich, auch wenn ich nicht weiß, was und wie, nie ganz unten landen werde. Ich bin sogar weit entfernt davon, und wahrscheinlich, das ist wohl meine Natur, werde ich nie da unten gehen. Vielleicht weiß ich nicht, wie ich mich mit diesem Geschrei von ganz unten anfreunden kann, aber das ist nur mein eigenes Getue.

All diese Überlegungen, die ich so ernst nehme, sind unvermeidlich. Aber im Grunde geht es doch nur darum, dass daraus ein hübsches Ganzes wird. Diese ganzen Qualen sind dazu da, um sich selbst Gewicht zu verleihen, ein Gewicht, das auch eine größere Dimension suggerieren würde. Anders würde ich in die Luft empor- und weggetragen, würde meine Existenz verlieren, aber wie soll das hier ohne Existenz gehen? Ohne Existenz geht es nicht.

Lieber Gott, haben die guten alten Klassiker und die anderen Literaten früher auch so nach Effekten gehascht, oder haben die ganz einfach Romane, Novellen, Gedichte und Stücke geschrieben? Ich will nämlich einfach nicht glauben, dass sie so viel schreiben konnten. Sie hatten doch gar nicht so viel Zeit, um die diversen Unmöglichkeiten des Daseins zu durchleben. Und wer hätte später die Bücher für sie schreiben sollen? Ich nicht.

Effekthascherei. Ich habe ab morgen von soundso viel Uhr bis soundso viel Uhr Lust, mich hinzusetzen und zu arbeiten, weil sonst werde ich wahnsinnig.

Und jetzt zur Erhellung, warum sollte ich nicht den Gedanken zulassen, dass ich wahnsinnig bin? Welcher Wahnsinnige glaubt, dass er ein Wahnsinniger ist? Ab jetzt werde ich mir also prophylaktisch, kurativ wiederholen, dass ich nicht wahnsinnig bin. Für alle Fälle.

20. Oktober

Es ist erstaunlich, dass ich diese amüsanten Geschichtchen in diesen drei damals erschienenen Bändchen geschrieben haben soll. Alles weist darauf hin, dass nicht ich das war. Woher dieser Humor, meine Herren, und diese erstklassigen Einfälle, woher das alles kommt, das weiß ich heute nicht mehr. Was kann ich heute schreiben? Ein Testament, könnte man meinen, nur ein Testament.

Ich gehe total vor die Hunde, vergreise und werde räudig, es sieht so aus, als würde aus mir nichts mehr werden.

Für die Schwäche hasst man sich, mit Recht. Der Körper hat keine Lust, zu sterben – wie komme ich schon wieder darauf? Der Körper isst, schläft sich aus und ist gar nicht so ein düsteres und gleichgültiges Stück Vieh. Es stört ihn nicht einmal, dass er altert.

Es ist ihm aber doch nicht völlig gleichgültig, denn wenn ihm was fehlt, was mit dem Altwerden zu tun hat, dann brüllt er so laut, dass ich nicht mehr weiß, wo mir der Kopf steht. Er soll gefälligst nicht altern oder aber nicht meckern, eines von beidem, er soll sich entscheiden. Das Komischste ist, dass ich ihn vor die Wahl stelle, ich, der sich notorisch nie entscheiden konnte, und den es quält, wählen zu müssen. Das haben wir uns fein ausgesucht. Mein Körper und ich. Er sitzt hier nahe bei mir, und der Hintern tut ihm weh, weil ich dreißig Jahre lang auf ihm gesessen bin. Weiter oben der Kopf, verblödet und mit einer Sehschwäche, schon als Kind, die Augen sind eigentlich nicht zu gebrauchen. In der Mitte fast schon so etwas wie ein Bäuchlein, das sich allmählich abzeichnet. Das ist umso ekelhafter, als es der Bauch eines eher mageren Menschen sein wird, der ekelhafteste überhaupt, ein sogenannter Fußballbauch. Innen drin, neben den Eingeweiden, die Überzeugung, dass nichts passiert ist und ich nicht weiterkomme. Und dass es in der Kasse wieder nur klimpert und wieder nur Ebbe herrscht, wie immer. Nur, wenn man jünger ist und Ebbe herrscht, dann ist das nicht ganz so fürchterlich, denn man hat noch die Hoffnung, Blödsinn, die Gewissheit, dass einem noch viel Zeit bleibt und diese Ebbe überhaupt nicht definitiv sein muss, dass man noch aufholen kann. Aber es ist sehr schwer, heute davon überzeugt zu sein, denn es ist nicht mehr so viel Zeit, später noch weniger, immer weniger. Aber die Zeit, die es gibt, die vertrödle ich, wie jetzt gerade zum Beispiel, wo es haufenweise Arbeit gäbe und ich dasitze und Blödheiten schreibe, die jedem Kind über dreißig klar sein sollten. Sollte ich mich nicht lieber mit etwas anderem befassen, mit einer anderen, nützlicheren Art des Sterbens, die wenigstens etwas Geld bringt?

21. Oktober

Jerusalem, Jerusalem, das heißt hier überhaupt nichts, das ist aber irgendwie schön, vielleicht ist es zu etwas gut.

Auf seine Art ein amüsanter Typ. Er hat es geschafft, solange er selbst an den Erfolg glaubte, wahrscheinlich beginnt jetzt sein Untergang, weil er seinen Talisman verloren, verkauft hat, was natürlich Quatsch ist, aber vielleicht auch wieder nicht, weil wer weiß, ob man an Talismane glauben soll. Gewiss ist übrigens bei all dem ein wenig die kokette Erwartung: »Guckt mal, wie schön ich bin, das ist doch unmöglich, dass ein so schöner Mensch wie ich einfach stirbt, also wer oder was wird mich retten? Ja? Wer? Hat da wer was gesagt? Niemand? Kam es mir nur so vor? Also doch niemand? Unmöglich.«

Anscheinend aber doch möglich, gut möglich, sogar sehr gut möglich, es sieht ganz danach aus, als würde es genau so kommen. Nur der Held des Ganzen wird immer wie ein blöder Hammel mittendrin stehen, mit seinem Hammelblick rundum glotzen und warten, weil er um nichts in der Welt daran glauben mag oder kann, was ihm etwas tief drinnen schon lange sagt, dass dies nun bestimmt das Ende sei.

Kraut und Rüben habe ich im Kopf und würde daraus gerne eine Prophezeiung machen, aber aus Kraut und Rüben wird nirgends etwas prophezeit, nicht mal in der Suppenterrine (alter Witz, es darf gelacht werden, ich habe aber keine Kraft, vielleicht ein andermal). Warum lachen Sie nicht, Herr Tadzio? Danke, ich bin müde, vielleicht ein andermal. Aber keiner weiß, ob der liebe Onkel ein andermal einen epileptischen Anfall haben wird, da muss man die Gelegenheit nutzen, sonst werden Sie nie lachen – danke, ich habe schon gelacht. Ich habe schon gelacht, aber mir kam es immer so vor, als würde ich erst später richtig lachen, als könne ich erst in Zukunft einwandfrei lachen und als sei das Lachen jetzt ganz einfach nichts. Das war ein grundlegender Fehler, offenbar, aber da kann man jetzt nichts mehr machen, und wenn ich tausendmal gewusst habe, dass es ein Fehler ist, so hätte ich ihn doch gemacht, denn anders geht es nicht, das ist die Natur. Heute erinnere ich mich an Warschau, natürlich nicht ein real existierendes Warschau, sondern so eines, wie es in mir ist, nicht einmal ein von mir erinnertes Spiegelbild von Warschau, nicht einmal die Stadt, wie ich sie erlebt habe, sondern eine in dieser Stunde von mir rekonstruierte Stadt, konkret und ganz anders, als sie aussieht. Mein Bild hat nichts mit dem wirklichen Warschau zu tun. Offensichtlich hat der Prozess bereits begonnen – bloß nicht den tatsächlichen Charakter vergessen, bloß nicht sich selber täuschen. Es ist keine größere Sehnsucht als jene, die ich damals in Warschau empfand, als ich Heimweh nach Krakau hatte. Nicht nach der Stadt mit den konkreten Gebäuden, sondern nach mir selbst, der sich Krakau nannte, so wie ich heute einen Teil von mir Warschau nenne. Dabei geht es um keine Stadt, sondern um mich, wie immer, nur um mich.

Am besten wäre es, wenn ich so schnell auf der Maschine schreiben könnte, dass ich eine Art Monolog halten könnte. Diesen Satz habe ich dazwischengeschaltet, weil das alles hier nichts anderes ist als eine Schreibmaschinenübung. Anscheinend geht es nicht ohne Gymnastik, meine Finger sind stocksteif.

Ich habe schon einmal in einem Brief geschrieben, dass meine eigentliche Heimat der von einer Lampe erleuchtete Tisch ist, mehr nicht. Diese heimatliche Landschaft bin ich gewohnt, und so eine wird es immer für mich geben. Eine Landschaft ist nicht per se etwas Erquickliches, sie verlangt danach, genährt zu werden, sonst ist sie öde und unfruchtbar. So ist es auch diesmal, egal ob dieser Tisch und diese Lampe hier oder dort stehen, egal, welches Land sich vor dem Fenster ausbreitet, erst wenn ich die Wohnung verlasse, fängt es an. Dann sehe ich, wo ich bin, und wo nicht. (O Gott, was für ein Blödsinn, ich sehe ein, dass es sehr wichtig ist, Maschinenschreiben zu lernen, aber ist es nötig, einen derartigen Blödsinn zu verzapfen? Geht es nicht ein bisschen gescheiter?)

Noch einmal, noch einmal, noch einmal, noch einmal, Liebe, Glück und Freude. Ja, das ist schon bedeutend besser, oh, so bedeutend, dass es bald dahin kommt, dass Gott bewahre, und dann bringen sie mich wahrscheinlich endlich ins Spital. Auch die Italiener sollen wissen, dass die Polen keine Gänse sind, und Zosia soll mich um kein Gedichtchen bitten, denn wenn Zosia in die Heimat zurückkehrt, dann, dann sagt ihr jeder Pole ein Gedicht, und dann setzt Zosia ihn vor die Tür. Vor welche Tür, Mensch, besinne dich, es gibt kein Haus mit einer Tür, vor die Zosia einen Polen setzen könnte, weil der Pole ist der Herr. Besinne dich, du Verräter und Taugenichts, es gibt noch Polen auf dieser Erde, die sich nicht in die Suppe spucken lassen, auch wenn du ihnen mit wer weiß was für einer Strafe drohst, sie werden treu auf ihrem Posten für die Heimat stehen und sich nie von ihr lösen, denn was wäre denn Polen ohne den Polen? Hej, hej, Kommandant, dein Pferdchen ist schon grau, he, hej, Kommandant, was bist du nur für eine Sau.[21]

25. Oktober

Man könnte Tagebuch auf dreierlei Art führen: entweder als Chronik von Fakten (»heute Regen, um drei kam der Briefträger, aber ohne Brief für mich, zum Mittagessen Suppe«) oder als Chronik von inneren Fakten. Oder als halbe Etappe zwischen Beginn und fertigem Werk. Am besten würde mir die zweite Variante gefallen, doch, wie ich gestern dachte, ist die ganze Menschheit schon irgendwie polizeilich. Reich sind wahrscheinlich nur die Leute von hier, die ihre gepanzerten Geheimnisse haben, die können sich das erlauben. Meine armen, ordinären, winzigen Geheimnisse, wenn ich euch in geschriebener Form sehen könnte. Meine schmuddelige Seele, würde es dich erleichtern? Aber wie, wenn es so viele von uns auf der Welt gibt, dass wir bereits, ohne es zu wollen, über die Schulter zusehen können, was der Nachbar tut? Aus Neugier genauso wie aus Platzmangel.

Maxena, der Berg mit der Kirche. Gewöhnlich leer. Heute haben dort an die dreißig junge Burschen Fußball gespielt und herumgebrüllt, der Fußball war nur Vorwand. Alles Italiener, kein einziger Pole, aber brüllen tun sie alle gleich. Das freut mich überhaupt nicht, die Phantasie suhlt sich genüsslich im spontanen Bild einer Maschinenpistolensalve, damit es still wird. Gut, an jedem anderen Tag ist es dort so still, als hätte ich sie bereits erschossen. Es kommt also aufs Gleiche heraus. Und was? Nichts. Wenn ich dort spazieren gehe, ist es wie immer, nichts Großartiges, kein Bußgedanke oder sonst was. Sie zu erschießen sollte eigentlich nur die Reinigung des Terrains sein, auf dem meine Blume blühen soll. Erstens ist das mit der Blume Quatsch, und zweitens, warum soll ich morden, wenn ich nichts davon habe? Es ist nichts anderes, als dass sie mir mit ihrem Gebrüll furchtbar auf die Nerven gehen. Und warum? Weil ich mich vor ihnen fürchte, weil ich nicht weiß, warum ich mich vor ihnen fürchte. Sie sind doch im Allgemeinen hier ganz brav. Wenn dort nur alte Leute wären, würde ich mich auch vor denen fürchten, aber anders, eine andere Art der Furcht.

26. Oktober

Epiktet tadelt die Leser, wenn sie seine Werke bloß lesen und nicht praktizieren. Der rüstige und sympathische Alte strampelt mit den Beinen und ruft mir etwas aus seinem Grab zu, und ich reagiere nicht. Ich lese nur und praktiziere kein bisschen. Niemand praktiziert wahrscheinlich, nur können es sich einige besser als andere vornehmen und machen sich dabei vielleicht mehr Illusionen. Aber vielleicht praktizieren sie wirklich etwas, wer weiß?

Einmal habe ich etwas über Magie gelesen, was zur Folge hat, dass ich weiterhin magisch denke, obwohl ich erwachsen und zivilisiert bin. Zum Beispiel gab es bei den Wilden keinen Unterschied zwischen Verlangen und Umsetzung. Und bei mir? Überhaupt, wenn man die Magie ablehnt, was bleibt dann noch von unserer Literatur und was von unseren schönen Künsten? Nur Wissenschaft und sonst nichts, warum lässt man uns also nicht wenigstens in Ruhe Magier sein, warum ist das nicht erlaubt?

Warum scheint es mir, dass ich nur still ausharren muss, dann würde etwas passieren? Brauche ich nur abzuwarten, wie beim Bombardement? Was soll sich denn ändern, was soll geschehen, was soll schon von außen kommen, was mich ändert? Das geht übrigens schon mein ganzes Leben so.

Dieses heuchlerische, brave, verlogene Tagebuch eines Erwachsenen langweilt mich furchtbar. Vierunddreißig Jahre schon, einmal waren es vierundzwanzig. Was war eigentlich los, als ich vierundzwanzig war? Ich weiß es nicht mehr, ich könnte mich erinnern, wenn ich das wollte, aber ich will eigentlich nicht. Magie und Zivilisation, nichts, was meine Gegenwart auf der Welt erfordern würde… ich höre schon auf, das ist meine Paranoia.

Interessant, dass man ohne Publikum irgendwie schlechter schreibt. Man kann nicht besser schreiben, wenn man schlechter schreibt. Ich habe erst jetzt begriffen, wie schrecklich mich die Literatur langweilt, wie schrecklich gern ich von ihr befreit wäre, oder dass sich ihr Prinzip ändert. So wie sie ist, hat sie für mich schon ihre Rolle erfüllt, ich habe durch sie ein bisschen Karriere gemacht. Jetzt kann ich höchstens noch meinen Lebensunterhalt mit ihr verdienen. Aber in meinem Alter ist das keineswegs eine Rückkehr zur Bequemlichkeit. Den Lebensunterhalt verdienen, selbstverständlich sollte das Leben gewährleistet werden, ohne Geld verdienen zu müssen, ich möchte nur wissen, was weiter wird, allein das Geldverdienen macht keinen Spaß. Wie wäre es, wenn Geldverdienen in einer Art geschähe, die Spaß macht? Wenn im Puff Musik gespielt wird, was dann? Das, was nicht in mein räudiges, mein verlogenes Tagebuch eines Erwachsenen eingehen wird. Vielleicht… nein, pst, ich bin ein Sklave und sollte mich endgültig damit abfinden. Je schneller, desto besser.

Du steigst auf den Berg, du steigst auf den Berg, und ich ins Tal, du blühst rosenrot, du blühst rosenrot, und ich schneeballweiß.[22]

9. November

Ich kann nicht mehr nach Polen zurück. Warum? Schicksal. Das weiß ich, muss es nicht erklären, auch wenn ich sollte, um des lieben Friedens willen.

Schon seit vielen Wochen spüre ich, dass ich etwas wahnsinnig Komisches, Satirisches, Humoristisches schreiben sollte, um es nach Polen zu schicken. Ich schaffe es nicht. Ich verstehe nicht, wozu, warum ich so etwas schreiben und nach Polen schicken sollte.

Was für ein stümperhaftes Geschreibsel, was für eine Unbeholfenheit, wie einfach gestrickt, was für ein Herumscharwenzeln. Tage vergehen, Warten, und es stellt sich heraus, dass es nicht unbedingt die Wahrheit ist, was ich geschrieben habe. Daraufhin passiert erst mal gar nichts.

29. November

Warum lebe ich immer noch nicht so, wie ich will? Äußere Hindernisse gibt es keine, jedenfalls schlägt mich niemand auf den Kopf oder Ähnliches, Hindernisse können nie äußerlich sein. Ich überspringe jetzt die Ursachen in mir, die aber nicht entscheidend sind, wie: Faulheit, Schlampigkeit, Stagnation. Aber wer weiß, ob der wichtigste Grund nicht ein kaum geahnter, unbekannter ist. Da haben wir ihn: die Angst. Etwas in der Art: »Mein Vater, wenn es möglich ist, lass diesen bitteren Kelch an mir vorübergehen.« Nur, dass die Bitternis kein Kriterium ist. So leben, wie ich will? Das bedeutet eine kolossale Übertretung, es macht mir Angst. Eine Übertretung, wohin? Das weiß keiner genau, vielleicht in ungeheure Weite, vielleicht in die Befreiung. Wer weiß, ob es nicht die gewöhnliche Angst vor der Freiheit ist. Jedenfalls vermute ich in dieser Übertretung etwas Brutales, einen schmerzhaften Schlag, etwas ganz anderes als das, in dessen Grenzen ich mich bewege. Vielleicht könnte man es mit dem Verlassen eines warmen Häuschens im Himalaja vergleichen. Vielleicht ist die Angst vor dem Abenteuer die allergrößte. Und vielleicht stört mich meine Angst vor dem Skandal. Ich hatte bis heute wenig Talent für Skandale, solche, wie sie in Abenteuerromanen passieren. Vielleicht kann ich mich als ziemlich durchschnittliches menschliches Wesen zu keiner wirklichen Größe aufschwingen, auch nicht zu großer Anstrengung, großer Angst, großen Niederlagen oder großer Spannung. Worauf warte ich? Keinesfalls sollte ich mich Illusionen hingeben. Ich habe wahrscheinlich auch keine, und wenn ich immer noch abwarte, wenn ich immer noch denke, »morgen, morgen«, dann warte ich nur aus Bequemlichkeit, aus Gewöhnung, weil ich mich gehenlasse. Mir selbst kann ich aber schon nicht mehr vormachen, dass mir das Warten gefällt, also betrüge ich mich wartend selbst, ohne aber an diesen Betrug zu glauben, und werde so auf eine Art enttäuscht, wie ich es früher nie erlebt habe. War ich früher enttäuscht, weil der morgige Tag nichts gebracht hat, so verspüre ich heute eine latente, vorweggenommene

Enttäuschung, die schon da ist, bevor ihr eigentlicher Moment eintritt.

Das Fliehen ist mein Verderben. Die Gewöhnung an das Fliehen. Ich bin in der Situation eines Menschen, der schon vor der Wand steht, der physisch nicht mehr weiterfliehen kann, aber noch immer mit den Beinen strampelt und sich selbst vormacht, er liefe, er sei auf der Flucht. Obwohl er sich nicht einmal mehr das Vormachen vormachen kann.

Ungeduld. Was auf Anhieb nicht gelingt, versuche ich nie wieder. Ich ahne nur, was ich wissen könnte, aber da ist dieses verfluchte Kopfkissen auf dem Kopf, diese verdammte, fast chronische Benommenheit, dieses Leben im ewigen Halbschlaf, aus dem ich nicht erst im Sarg aufwachen möchte.

Ja, so viel weiß ich über mich, also über meinen Mechanismus, ich weiß genau, wie ich mit ihm umgehe, wie ich ihn manipulieren kann, welcher Teufel mir das verbieten will. Beim Autofahren befolge ich alle mir bewussten Regeln der Kunst des Autofahrens, weil ich fürchte, mich zu töten. Ich bin am Leben und fürchte mich vor den dazugehörigen Konsequenzen. Warum?

Bei den anderen ärgert mich, dass sie es sich so leicht machen, dass sie immer den Genuss suchen, dass sie nach dem Leben picken wie gackernde Hühner. Warum ärgert es mich nicht bei mir selbst, zumindest so viel, dass ich aufhöre, mich wie ein Huhn zu benehmen?

4. Dezember

Das alles ist die Wahrheit, aber nicht die ganze. Ich verbringe wahrscheinlich mein Leben damit, den Rest der Wahrheit in Erfahrung zu bringen.

Halleluja. Ein neuer Tag, neue Hoffnung, neue Wünsche, neues Versagen und neuerliches abendliches Schlafengehen, wenn wieder einmal nichts geklappt hat.

Es strengt mich schon an, überhaupt ein Schriftsteller zu sein. Etwas Unbeabsichtigtes ist geschehen: Ich habe mich von der Kultiviertheit befreit, von der inneren Einordnung meiner Existenz hier. Alle Schwierigkeiten, die mir jetzt begegnen, sind ebensolche Schwierigkeiten. Alles wird gut, wenn ich damit fertigwerde. Wieder hält das Schicksal alle Chancen für mich bereit. Nur meine Schwäche stört etwas.

Die Schreibmaschine, Papier. Eine weitere Möglichkeit zu jener Exzitation. Das Problem liegt auf der Schwelle zwischen Möglichkeit und Realisierung. Faulheit und das Warten sind meine Teufel. In der Nase bohren, vom Bett aus dem Fenster schauen, in den Nachmittag hineinschlafen, die Riviera sieht lächelnd zu, als gehöre das zu ihr. Aber gehört es zu mir? Das Leben immer wieder vom Nullpunkt zu beginnen, das wär's vielleicht, aber das muss man auch können.

Das Wichtigste wäre jetzt, wo ich mir die Bedingungen eines Kleinbürgers geschaffen habe, nicht den Sünden eines solchen Herrn zu verfallen, sondern alle seine Tugenden zu leben.

AUF WAS WARTEST DU, Mensch? Das Leben frisst mich auf.

Einerseits ist es langweilig, sich die ewigen Selbstverständlichkeiten immer wieder vorzuhalten. Andererseits, warum nicht, wenn es nicht zu viele sind? Sag sie dir nur immer wieder vor, solange es notwendig ist. Meine unklare Potenz als Schriftsteller strebt momentan nirgendwohin, sie ist immer noch nur Potenz, ich trage sie mit mir herum wie einen unbestimmten Kloß, der mir in der Speiseröhre steckt. Das eine ist sicher, ich kann nicht länger ein Schriftsteller-Mensch sein, ich muss ein Mensch-Schriftsteller werden, sonst wird es böse mit mir enden. Ich kann nicht länger kein Ich-Schriftsteller sein. Wie wird man ein Ich-Schriftsteller?

Ein Tag vor Heiligabend, Dezember 1964

Ich weiß nicht genau, der wievielte Dezember es ist, aber ich weiß, dass morgen Heiligabend ist.

Zwei Sachen sind völlig sicher: Es ist schade, dass ich die fast zwanzig Bände mit jugendlichen Notizen verbrannt habe und dass ich die laufenden Aufzeichnungen nicht mit der gleichen Passion und Aufrichtigkeit weiterführe wie damals. Verbrennen. Diese Geste war dumm und pubertär. Ich kann mich nur damit trösten, dass es ebenso aus Vorsicht geschah wie auch aus einer extremen Bemühung, noch einmal von vorne anzufangen, von Anfang an. Das Verbrennen war ein magischer Akt. Übrigens werden solche Verbrennungen wahrscheinlich immer aus diesen beiden Motiven heraus durchgeführt. Es hat mich aber doch Kraft gekostet, die Sachen zu verbrennen. Und ein bisschen spielte das Bewusstsein eine Rolle, dass die Jugend vorbei ist. Es war auch ein Abschied von der Jugend.

In letzter Zeit sucht mich die Vergangenheit heim. Die fünfziger Jahre. Gesichter, Dinge. Mein unvergessenes Zimmer in der Krupnicza-Straße. Ich bin aus Krakau. Gestern war ich plötzlich betrunken, schade, dass meine Abrechnungsmanie sich nicht die Waage hält mit meiner Geduld und der Fähigkeit, Material zu sammeln, das zur Abrechnung taugt. Nichtsdestotrotz fühle ich mich wieder ganz am Beginn der Welt, bei der Erschaffung der Welt, trotz aller Erfahrungen.

Das ganze Haus ist voller lärmender Italiener, man hört sie aus allen Wohnungen. Gegen die bin ich, gleich auf den ersten Blick, ein Krüppel, einer, der nicht gut hört, der nicht gut sprechen kann. Davon kann ich geheilt werden, ich kann die Sprache lernen. Mit den anderen Gebrechen ist es schwieriger. Ich bin und bleibe dort, auf der Karmelicka-Straße, beim Skala-Kino, das jetzt wieder ganz anders heißt. Skala, das war noch ein Vorkriegsname, an den modrigen, verzauberten, unendlichen Nachmittagen in einer dieser unbestimmten Krakauer Jahreszeiten. Ich gehe ins Photoplastikon und bin verzweifelt, dass ich diese Länder dort nie anders sehen werde als in diesem Photoplastikon. Ebenso quäle ich mich mit den Frauen, bloß, dass diese Qual mittlerweile nicht mehr nur in Zusammenhang mit den Frauen auftritt. Sie wurde auf anderes übertragen, auf andere Formen und Materialisierungen, aber die Qual blieb dieselbe. Irgendein italienisches Kind weint, die Zukunft der Menschheit. So geht das Jahr 1964 zu Ende. Wieder das unüberwindliche Verlangen nach Rechnen, Abrechnen, Entscheidungen. Unter meinem bewussten, offiziellen Leben liegt eine Unterwelt, die bewirkt, dass ich mich plötzlich betrinke oder mir einmal getroffene Entscheidungen plötzlich wieder abhandenkommen. Ich leide still und anarchistisch. Das Ergebnis dieser beiden Leben ist meine Lebenslinie. Meine wachsende Angst, dass ich »nichts schreibe«. Damit meine ich nicht nur, Zeichen aneinanderzureihen oder ein Werk zu produzieren.

Warum erinnere ich mich doch an einen ersten Frühlingstag, als ich so etwa sieben, acht Jahre alt war. Wir wohnten damals in der Kielecka-Straße in Krakau, ich weiß noch, dass ich damals den ersten Schmetterling des Jahres sah, es war wahrscheinlich ein Kohlweißling, aber er war der Gesandte einer alles umfassenden Freude.

Wahrscheinlich neige ich vom Typ her eher zu Extremen, aber alle Verlockungen, denen ich nachgebe, bleiben doch immer ein Kompromiss. Mein gesunder Menschenverstand ist das Resultat der Angst vor meiner Natur. Ich fühle mich zu schwach, um im Einklang mit ihr zu leben, wahrscheinlich habe ich mich schon zu sehr gequält, jedes Mal, wenn ich meine Extreme annahm. Mal sehen, wie ich das löse.

Daher vielleicht auch mein plötzliches irrationales Bedürfnis, alles kaputtzumachen, was ich mir aufgebaut habe (etwa das Besäufnis, ein Beispiel *en miniature*). Kaputtmachen, wieder im Leeren sein, nur um mich wieder frischfröhlich nach dem Extrem zu sehnen. Das ist gefährlich, weil immer zu wenig Materie bleibt, immer zu viel Sehnsucht. Die Sehnsucht eines Träumers, würde ich sagen, der sich zu sehr vor der Ausführung, also dem Aufbau, scheut, zu oft kommen diese Attacken. Ein Mechanismus, der ständigen Hunger generiert. Das Nichterreichen eines Ziels, was mich dazu zwingt, meine Anstrengungen zu erneuern. Nur die Proportionen sind durcheinander.

Der Herrgott kann leider nur in zweierlei Gestalt auftreten: entweder in der Ausschweifung, die nicht immer eine sexuelle sein muss, oder in der Askese. Leider, denn beide Wege haben ihre Tücken. Gott erscheint sowohl in extremer Nervenerschöpfung, bei Selbstverbrennung, wie auch in äußerster Spannung, bei der Selbsterhöhung. Selten in beidem. Es braucht eine deutliche Beschädigung oder Erhöhung und eine deutliche Bemühung. Beim Trinken, beim Lachen, bei der Desintegration, aber auch bei der Integration. Erst dann wird er sich in einem Blitz zeigen. Meine Konstitution neigt eher zur Askese. Ich darf mir aber keine Illusionen machen, dass die goldene Mitte etwas bringt. Leider. Ich verzichte zwar entschieden auf die Ausschweifung, habe aber immer noch nicht genug Mut, Kraft und Willen, mich auf die Askese zu stürzen. Nach dem Prinzip des »bitteren Kelchs«, dessen Vorübergehen ich erflehe.

29. Dezember

Sagen wir, von Neujahr an.

Die Feiertage sind vorüber. Ich muss mich gegen verschlossene Türen wehren. Dabei denke ich an die Spezifik von Sartres *Geschlossener Gesellschaft*. Wenn materielle Türen verschlossen sind, dann öffne bitte die geistigen Türen, o Herr, sonst wird es ganz schlimm. Sonst wird der Mensch zum Lumpensammler.

Ein Wetter, in dem sogar die Unsterblichkeit möglich scheint, in den Bergen Schnee. Noch spielt der Körper mit.

Dafür danke ich Gott, auch für viele andere Dinge, Er meint es gut mit mir, hoffentlich wird Er nichts dafür verlangen.

Etwa, dass ich nicht erst um zwölf Uhr mittags aufstehen soll. Kein Leben eines Grafen führen?

Jedenfalls würde ich heute eine Dankeshymne auf das Leben singen, fürchte aber, dass darauf die Flucherei folgt, damit es nicht langweilig wird. Der Herrgott hat mich aus Polen verschleppt, also nicht nur aus dem Haus des Leids, sondern aus dem Hause der unglücklichen und giftigen allgemeinen Dummheit. Bislang hat mir der Herrgott alles zur Verfügung gestellt, um mein Leben nicht zu verschwenden. Jetzt blickt Er von oben auf mich herab und wartet. Und wenn Er nicht mehr warten kann, lässt Er es krachen, wahrscheinlich.

Wahrscheinlich hat Er etwas dagegen, dass ich so viel trinke, wie neulich. Von den anderen kann Er solche Opfer annehmen, nicht von mir. Jedem das Seine.

1965

1. Januar

Die Kantine, der Begriff der Kantine ist nun erstmals aus meinem Leben verschwunden. Natürlich ist das eine Folge des system-politischen Wechsels, des Übergangs in eine andere Realität.

Zum neuen Jahr habe ich weder mir noch den anderen etwas zu sagen. Ich habe niemandem etwas zu sagen. Wahrscheinlich ist das eine schlimmere Form der Einsamkeit als die, wenn niemand mit einem spricht.

Wie ich aus dem Radio erfahren habe, besteht das größte Problem der Raumfahrt darin: Was tun, damit die Kosmonauten, die in einer engen Kabine auf einer langen Reise zusammengesperrt sind und nach einiger Zeit die Gesichter der anderen nicht mehr sehen können, einander nichts antun? Ein ähnliches Problem wurde auf Polar-Exkursionen beobachtet, aber dort wird der Mensch, wenn ihn der Anblick eines anderen krank macht, für einige Zeit in eine Art Abseits geschickt, wo er allein sein und wieder gesund werden kann. Die heilende Einsamkeit.

Nach »humanistischer« bzw. »marxistischer« Logik sollten die Kosmonauten, die erdenfern und dem Kosmos preisgegeben sind, vor Rührung weinen, wenn sie einander ansehen, und sie sollten nett zueinander sein. Das Gegenteil ist der Fall. Mich wundert das überhaupt nicht.

Im Kosmos kann man nicht einfach kurz ein bisschen weggehen, um allein zu sein. Was könnte man ihnen raten? Vielleicht sollen sie sich Schnurrbärte ankleben, um anders auszusehen, um sich nicht so schnell mit den Kollegen und übrigens auch mit sich selbst zu langweilen.

16. Januar

Das ist das Jahr der Katastrophen.

Thomas Mann, nach Jahren wieder einmal, der Schriftsteller meiner Jugend. Von allen Romanautoren steht er mir am nächsten.

Eifersucht darauf, dass das Schreiben für ihn das einzig mögliche Leben war. Der für ihn glückliche Hintergrund des Deutschtums, die glückliche Situierung auf dem Gipfel der Reife einer Epoche, am Beginn einer zweiten, die Phase des Manierismus schon hinter sich, die Phase der Zerschlagung noch vor sich.

Warum steht er mir eigentlich so besonders nahe? Vielleicht weil ich mich nach dem sehne, was es nicht mehr gibt. Wegen meiner Sehnsucht nach epischem Schreiben, was ich nicht kann, und was jetzt, nach Faulkners Tod, niemand mehr tut.

Ein Schriftsteller kann keine Epoche einen, wenn sie zerrissen ist. Ein Schriftsteller schafft schließlich keine Epoche.

Eine Sehnsucht nach seiner Ansiedlung in ebendiesem Deutschtum. Er war nie ein Fremder. Jetzt bin ich ein Stückeschreiber und könnte vielleicht auch noch ein Autor von Erzählungen sein, wie zu Beginn meiner Karriere.

Er hat sich so gänzlich durch sein Schreiben verwirklicht. Ich kann immer noch nicht darauf verzichten, mich anders zu verwirklichen, durch das Leben. Theoretisch ja, ich kann es, will es und sehe keinen anderen Ausweg. Meine Anstrengungen gehen dahin, das Schreiben als einzige Möglichkeit der Realisierung zu betrachten. Gleichzeitig spüre ich nicht, dass diese letzte, einzige Möglichkeit komplett sein könnte.

24. Januar

Th. Mann:

»Als ich *Buddenbrooks* zu schreiben begann, saß ich in Rom (…). Meine Vaterstadt hatte nicht viel Realität für mich, man kann es mir glauben, ich war von ihrer Existenz nicht sehr überzeugt. Sie war mir, mit ihren Insassen, nicht wesentlich mehr als ein Traum, skurril und ehrwürdig, geträumt vorzeiten, geträumt von mir und in der eigentümlichsten Weise mein eigen.«[23]

»…Man muss an dieser Stelle begreifen, dass es eine objektive Erkenntnis im Reiche der Kunst überhaupt nicht gibt, sondern nur eine intuitive.«

»Die Wirklichkeit wünscht mit schlappen Phrasen angesprochen zu werden.«

»Talent, allgemein gesprochen, ist ein heikler, schwieriger Begriff, bei dem es sich weniger darum handelt, ob einer etwas *kann*, als darum, ob einer etwas *ist*, so dass man sagen könnte, Talent sei nichts weiter als *Schicksalsfähigkeit*. Aber wessen Leben hat Schicksalswürde? Mit Geist und Empfindung ist aus jedem Leben alles zu machen, ist aus jedem Leben ein ›Roman‹ zu machen. Anders als der rein poetische Impuls, der so oft auf Selbsttäuschung beruht, hat der autobiographische, wie es scheint, immer ein Maß von Geist und Empfindung bereits zur Voraussetzung, das ihn von vornherein rechtfertigt, so dass er nur produktiv zu werden braucht, um unserer Teilnahme sicher zu sein: darum sagte ich, dass die ›Liebe zu sich selbst‹, die sein Ursprung ist, von der Welt bestätigt, von ihr geteilt zu werden pflegt.«[24]

Es genügt, meine Trägheit abzulegen und ein wenig zu lesen, und schon kann ich mich nicht ausstehen dafür, dass ich irgendwann einmal träge war. »Lesen« heißt natürlich nicht nur, die Buchstaben anzustarren.

Ich habe Manns Betrachtungen über die großen Schriftsteller immer gern gelesen, und auch er selbst las gern Betrachtungen zu diesem Thema und schrieb selbst welche, was wiederum davon zeugt, dass auch er es ausgesprochen gern tat. Selbstverständlich geht es darum, so viel wie möglich über diese Sache zu erfahren, um bei den Fragen weiterzukommen: Und was ist mit mir? Wie steht es mit mir?

Meine gegenwärtigen Probleme entstehen aus der Bemühung um diesen Wendepunkt, dass es geschehen möge, dass ich schon auf jener anderen Seite sein möge, zwischen »ich kann« und »ich bin« (siehe oben). Und sosehr ich mir der Natur meiner Probleme bewusst bin, so verfüge ich im Augenblick – und möge es nur der Augenblick sein – über nichts, was ich ihnen entgegensetzen könnte. Aus der Vertiefung in mich selbst, in diese Urmaterie, will weiterhin nichts anderes Gestalt annehmen. Ich habe weder Ideen noch Interessen, denn das sind noch weniger definierte Tonarten der Urmaterie, der Ahnung einer Gestalt, als es zum Beispiel die Musik sein soll. Tolstoi, so schreibt Mann, soll im Alter von dreißig Jahren quer durch Europa gereist sein und hat sich aktiv für das Schulwesen begeistert. Nehmen wir an, dass auch die Epoche schuld ist, in der ich lebe, nach diesem großen Witz, dem großen Bankrott, dem großen Misstrauen, der großen Vermehrung, dem großen Umzug, oder wie man es noch nennen könnte, wenn man alles mit dem Adjektiv »groß« versieht.

Der Blick auf mich selbst zeigt: Ich habe im Mann'schen Sinne bisher nicht existiert. Man kann auch nicht an einem Tag plötzlich anfangen zu existieren, dafür braucht es Jahre. Erst jetzt zeichnet sich etwas bei mir ab, und auch das ist erst in der Phase der Bewusstwerdung. Macht nichts, denn das ist mehr oder weniger der normale Ablauf der Dinge. Natürlich kann ich einfach so sein, wie es von mir zu erwarten ist. Ich bin ein Spätzünder und kein Wunderkind. Da ich nie ein Wunderkind war, bin und sein werde, gibt es noch Hoffnung.

Leider, wenn wir die Thesen dieses Professor Mann unvoreingenommen betrachten, wenn also »Sein« weder Kultur noch Geist bedeutet, dann sind meine Chancen gering. Noch kleiner sind sie, wenn dieses »Sein« sich in der Attraktivität für andere abzeichnen soll. Nicht nur, dass ich keinen mit meiner Gegenwart bezaubere, ich habe sogar den Eindruck, dass die Menschen sich mit mir langweilen.

Sollte man also das »Sein« nicht als eine Art Geschenk betrachten? Ich empfinde mein Leben als Folge von Evolution, Wandel, Werden.

Immerhin, in einer winzigen und unwesentlichen Situation, ohne Zusammenhang mit dieser, befiel mich heute die Befürchtung, ich könnte »wahnsinnig werden«. Das setze ich in Anführungszeichen, denn es geht nicht um klinischen Wahnsinn, sondern um die Angst vor dem Gefühl der inneren Freiheit und Kraft, was ich doch eigentlich anstrebe und so heiß begehre. Übrigens glaube ich, dass die Unerlangbarkeit von innerer Freiheit und Kraft mehr in der Angst vor dem Risiko und nicht in einer tatsächlichen Unmöglichkeit begründet ist.

26. Januar

Was geschieht mit der furchtbaren Kraft in mir? Die Frage stellte ich mir gewöhnlich in der Weinbar ›Zum Sechser‹ in der Sławkowska-Straße. Wer weiß, ob sie nicht immer noch aktuell ist.

Ich muss zu mir zurückfinden, was auch heißt: zu allen hässlichen, aber starken Dingen, die ich nicht mehr länger bekämpfen möchte. Besser, ich spanne sie ein. Ich will kein Heiliger werden, ich will nur Theaterstücke schreiben. Genug der Relativität und Warterei. Ich bin allein, das war ich immer und werde es auch bleiben. Die Vernunft muss sich mit der Zeit arrangieren. Jeder von uns kann letztlich nur einen einzigen Daseinsgrund haben, der sich mit denen der anderen nicht arrangieren lässt: dass er existiert, dass er sein eigenes Leben lebt. Die Literatur ist nicht die Frucht eines Arrangements, sondern die Manifestation dieser Einzelvernunft im Kampf mit dem Rest.

Ich bin nicht, oder jedenfalls nicht vollständig, mit der These einverstanden, dass ich in erster Linie Mensch und dann erst Künstler bin. Das Phänomen des Künstlers und all die banalen, lächerlichen Wahrheiten über den Künstler haben ihren Grund. Es haben sich Paare gebildet: Stichwort »Mensch« – Echo »Leben«. Stichwort »Künstler« – Echo »Kunst«. Weil für den Künstler das Leben Kunst ist, ist der Begriff »Kunst« ein Begriff der Kritiker, ein kritischer Begriff, den es für den Künstler nicht gibt, da er keine »Kunst« schafft. Denn das, was sich »Kunst« nennt, ist für ihn eben das Leben. Für den Künstler gibt es keine Trennung von »Kunst« und »Leben«. Komisch. Der Begriff ist den Diskutanten so teuer. Selbstverständlich kann mit diesem Begriff operiert werden, und man könnte lang und breit über das Thema diskutieren, aber wozu? Es ist für den Künstler das Natürlichste der Welt, und er sieht keine Notwendigkeit, weiter darüber nachzudenken oder die Begriffe zu differenzieren.

Die Kultur ist nicht nur Kultur. Sie ist auch ein dunkles Element, und die Literatur ist der Kampf und die Hassliebe zwischen diesem Element – das viele Namen hat: heidnisch, barbarisch, urtümlich – und der Kultur. Daher das Misstrauen der Künstler gegen die Kultur, ihr Argwohn und das Bedürfnis, die eingefahrenen kulturellen Konstellationen zu demolieren. Diese Anstrengungen finden wiederum in der Kultur statt, die der Künstler zugleich in Frage stellt. Die Kunst ist der Sieg über die Kultur.

Ich wünsche mir sehr, dass das barbarische Element, das hoffentlich ausreichend in mir vorhanden ist, mir zu Hilfe kommt und mich von dieser erdrückenden Last der Kultur befreit, die mich jetzt zermalmt. Ich berufe mich auf meine ureigene Wahrheit, die in keinem Zusammenhang mit anderen Wahrheiten steht oder von diesen korrigiert werden kann. Das ist blind, unrichtig, ungerecht, rücksichtslos, unerbittlich und wird von allen anderen Wahrheiten ringsum verdammt. Es ist mein Recht, rücksichtslos und ungerecht zu urteilen, zu verurteilen oder freizusprechen, nach dem Prinzip »weil es mir so gefällt«, frei von jeglicher Begründung. Unabhängigkeit bedeutet totale Einsamkeit. Ich nehme mir das Recht zum »Verbrechen« heraus, zur Gewalt an der Kultur, dazu, mich unbeliebt zu machen, gemein und ungerecht zu sein. Das Recht zu kichern – gut fürs Gleichgewicht und für die Gesundheit –, kichern über alles Geschrei: »Wir wollen höher hinaus! Mehr Perfektion, mehr Menschlichkeit.« Mein Hass auf die in die Tugend einkalkulierte Sünde, auch auf die wissenschaftlich verstandene Sünde, um gut zu sein. Ich habe das Recht zur Selbstvernichtung und zur Vernichtung anderer, aber ohne fromme Absolution.

Ich will wieder Kontakt zu mir knüpfen, meine blinde Existenz hören (fürs Gleichgewicht, willentlich oder spontan, ich übertreibe, ich bin gerade ungerecht und habe unrecht). Ich will mein Verharren spüren, mein Andauern, das weder gerechtfertigt noch perfektioniert werden muss. Perfektionierung... das kommt mir so vor, wie wenn man sich beim Spaziergang bewusst und salbungsvoll vorsagt: Achtung, jetzt werde ich ein Bein vor das andere setzen, das rechte, das linke. Ich will nehmen, was mir gefällt, nicht urteilen müssen, meine Existenz nicht rechtfertigen. Tiefer und dunkler, grausamer oder dümmer. Ich will das Recht zur Dummheit, zur Verblödung, aus der immer wieder etwas erwächst. Mein Hass auf das Schaffen von Werten und

Verdiensten. Es gibt keine Verdienste, und in mir sträubt sich alles gegen die unendliche Arbeit am Verdienst. Mein Hass auf das Kultiviertsein, darauf, in die Kultur verstrickt zu werden. Die Kultur ist nur dann nützlich, wenn man sie unterjochen, unterwerfen kann. Die Kultur ist Offensichtlichkeit und Form. Alles, etwa die Welt, kann man unendlich teilen, und jedes kleinste Stückchen kann man noch einmal teilen, immer weiter, bis zum Umfallen. Vorher muss der Moment kommen, in dem man sie zu ertragen bereit ist und mit dem Teilen aufhören kann.

All diese Diskussionen über die Menschen: ob man die Menschen lieben oder nicht lieben soll. Die Menschen, das sind die anderen.

Die einzige ehrliche Haltung ihnen gegenüber ist die Unabhängigkeit voneinander. Nur dass fast niemand zur Unabhängigkeit befähigt ist. Das geht so weit, dass die niederschmetternde statistische Mehrheit der Unfähigen angeblich gesetzgebend ist. Die Liebe zu den Menschen, das Bestreben, sich jedem Menschen zuzuneigen, ist eine Form der Unfähigkeit zur eigenen Unabhängigkeit. Es ist schwer, dieser definitiven Wahrheit ins Gesicht zu sehen, und so bekämpfen wir ständig alle anderen und sprechen ihnen das Recht zu existieren ab. Wenn ich ich bin, dann habe ich damit meine Existenzberechtigung, die durch ihre Einmaligkeit nicht mit der Existenzberechtigung eines anderen zu vereinbaren ist. Den Menschen zu lieben ist, wie jede Liebe, Aggression und Dominanz durch angebliche Unterwerfung. Die Menschen zu lieben ist die Angst vor ihnen, vor ihrer Existenzberechtigung. Wenn ich aus irgendeinem Grund nicht liebesfähig bin, dann deshalb, weil ich von dieser Beschränkung weiß. Und da ich weder Lust noch Begabung zum Simulieren habe, da ich die Realität nicht hinter irgendwas verbergen möchte, leide ich lieber an dieser Realität, als dass ich einen angenehmen Schein erwecke, der mir das Leben erleichtert. Übrigens hat so ein Schein kurze Beine und muss irgendwo aufhören, und dann ist es noch schlimmer für alle, die damit gespielt haben. Die Menschen möchten gern als Liebende gesehen werden und heißen alle willkommen, denen sie das auf die Nase binden können. Dann glauben sie, nicht zur Unabhängigkeit verurteilt zu sein. Umso größer ist ihre Enttäuschung, wenn die Unabhängigkeit ihr Recht verlangt. Dann klagen sie ihre Liebespartner an, obwohl alles nur die Folge einer Angst voreinander ist, der Lust auf Zauberformeln, mittels deren der Zustand gebannt wird. Wer sich vom Lieben endgültig losgesagt hat, ist keineswegs schuldloser als die anderen.

Ich weiß jetzt, woher mein Widerstand und mein Kichern kommen. Es ist dieses Sich-Zuneigen zu jedem Menschen, besonders zum sogenannt einfachen, unbedeutenden, beliebigen Menschen, je einfacher und je beliebiger, desto besser. Ich bin inmitten solcher Menschen geboren und aufgewachsen. Egal, dass ich jetzt ein Aristokrat bin, wenn ich doch bleibe, woher ich bin, nicht weit entfernt vom Misthaufen, vom Kleinhandwerk, vom Bauerntum, vom beschränkten Kleinbürgertum, vom Plebs, von ganz unten, von Alkoholikern und geistigem und psychischem Elend. Ich muss mich ihnen nicht zuneigen, denn es sind meine Eltern. Ich muss sie nicht lieben, denn ich bin einer von ihnen. Ich muss nichts von ihnen wissen, denn ich weiß etwas von mir. Ich habe das Recht, unter ihnen zu sitzen und nicht nach ihrer

Liebe zu heischen, ich habe das Recht, sie mit größtmöglicher Unabhängigkeit zu behandeln, denn dieses habe ich durch meine Gemeinschaft mit ihnen erworben. Wenn es mir gefällt, wenn eine reale (und keine angstgeborene) Situation eintritt, die es erfordert, mich ihnen anzuschließen, dann werde ich das perfekt tun können. Doch dies als Programm von mir zu verlangen, das hieße, von einem ehemaligen Schusterlehrling zu verlangen, dass er sein ganzes Leben lang Schuhe flickt, ohne Rücksicht darauf, ob sich sein Leben in eine ganz andere Richtung gewendet hat.

Zuwendung, Liebe, Interesse, die Welt ist unendlich. Niemand kann es fertigbringen, sich hundertprozentig für einen einzigen Menschen zu interessieren. Um wie viel weniger erst für alle Menschen. Aber was heißt schon Mensch, Interesse, bereits das Wissen über einen Kieselstein ist zur Begrenzung verurteilt. Dazu kommt, besonders bei mir, das Gebot, ja die Notwendigkeit, mich zu konzentrieren. Ich habe das Recht zu wählen, was mich interessiert und was ich damit tue. Das ist ein allgemeines Gesetz in meinem Leben. Also konzentriere ich mich vor allem auf mich selbst, obwohl man mir sicher nachweisen kann, dass ich mich nur dann auf mich selbst konzentrieren kann, wenn ich mich auf andere konzentriere. Also gut, ich werde nicht lang diskutieren, um das zu tun, was ich ohnehin tue, um zu leben. Ich muss mir diese unerreichbare und ungerechterweise unzulässige, allgemein kritisierte Position zurechtlegen. Es gibt so viele Anschauungen, zusammengenommen ergeben sie eine riesige, unpersönliche und verwaschene Weltanschauung, Wischiwaschi. Dieser Weltanschauung steht meine eigene scharfe, helle, begrenzte und knappe und unzulässige Weltanschauung krass entgegen.

Dazu kommt diese berühmte Perfektionierung. Diese ist, wie gesagt, so selbstverständlich und natürlich, dass man fast meinen könnte: ein Gesetz der Natur oder, um das zweifelhafte Wort »Gesetz« zu vermeiden – Natur. Das zu benennen, in ein System einzugliedern, daraus eine Art Religion oder schlimmer noch: Mission zu machen, weckt in mir große Widerstände.

Der Kult um die Kultur stößt mich mehr ab als die Kultur selbst. Ich bin nicht ehrfürchtig, ich verehre keinen Schriftsteller auf der Welt, mir bedeuten nur diejenigen Künstler etwas, denen ich etwas abschauen kann. Ich kann sie bewundern und beneiden, mehr nicht. Ich behandle sie alle mit der gleichen Souveränität wie die mir bekannten lebenden Menschen. Entzücken über ein Werk eines Schriftstellers ist mir fremd. Ein gelungenes Werk eines Kollegen gibt mir höchstens eine Idee oder ein Detail, was ich in meine eigenen Werke einfügen könnte. Nicht nur diese Details, sondern auch die Fetzen von irgendetwas im Abfall Gefundenem füge ich ein. Ich bin nicht gierig nach etwas, ich nehme mir nur, was ich brauche, wenn ich es finde.

Selbstperfektionierung. So könnte man mein ganzes Leben nennen, aber daraus entstünde Schreckliches. Besser wäre es, diese ganze berüchtigte Perfektionierung würde einfach Leben genannt, so herum würde es mehr Sinn machen. Jeder soll leben und nicht vor den anderen mit seiner Perfektionierung großtun. Auch nicht mit der Theorie des Leidens und der Mühsal. Das gibt es alles, wozu viel darüber reden. Denn wenn sie existieren, dann nur als Gegenüberstellung, aber wem könnte man sie gegenüberstellen? Der Bequemlichkeit, der Bewegungslosigkeit? Die gibt es nicht.

Ich rufe meinen elterlichen Misthaufen zu Hilfe, diese primitive Dialektik, mit der ich mich geadelt habe. Damit ich nie ein intelligenter und kultivierter Mensch werde, weder klug noch gut noch perfektioniert.

31. Januar

Über Portofino schwebt eine dunkle, zerfaserte Wolke, das ganze Jenseits ist vernebelt, bleiern, schwer vom Regen und der Ungewissheit. Das ist daher so symbolisch, weil ich morgen in dieses Jenseits zwischen mir und Paris verschwinden soll.

•Ein kleiner Wandersmann, Reisender, Pilger. Wie immer verreise ich erfüllt von schrecklicher Angst, Unsicherheit und Zerrissenheit. Umso mehr, als Mara hier bleibt, also meine Ruhe, Geborgenheit, Helligkeit und vieles mehr. Das Verlassen von Sicherheit und Vertrautem, hinaus in die feindselige Natur, hin zu Vernunft und Kultur, ein Weg, komponiert wie ein Kreuzweg, aber in ganz anderem Sinne.•Der Vergleich ist wichtig, *valable (zulässig)*, wegen der Klarheit der Komposition und der Elemente. Nur dass ich nicht weiß, wofür Paris hier steht, ich ahne aber etwas Pathetisches.

Früher hatte Paris das Neapel von Fürst Myschkin bedeutet, das war 1957, mein erstes Paris. Jetzt ist es ein dunkles Durcheinander, das mühsam selektioniert werden muss, eine gleichgültige Welt, neutrale Schrecknisse. Wenn es etwas Deutlicheres sein soll, dann lediglich eine Möglichkeit, wenn auch eine undankbare Möglichkeit, sperrig, hässlich, dunkel. Es erweckt mehr Misstrauen als Eifer, mehr Widerstand als Enthusiasmus. Es ist mehr Arbeit als Abenteuer.

Unterwegs noch die Mystik der Grenze. Hier ist die Angst am größten, und ein Element des Exils macht sich stark bemerkbar, die Fremdheit. Die Schreibmaschine, die ich mitnehme, ist wieder ein Talisman, der mein Schicksal irgendwie mildert und den feindlichen Geist bannt.

Ich fühle mich ungefestigt, verloren, bloßgestellt, habe genug von diesem Zustand. Wo ist die Stunde der Helligkeit, *lucidità*, die Sicherheit der Natur, die ich doch auch einmal hatte? Sogar die Gegenstände, die ich gekonnt zu einer sinnvollen Ausrüstung zusammengestellt habe und mitnehmen muss, sträuben sich und zerstreuen sich immer wieder. Ich bin weder ein Hirte, der sie zu einer Herde zusammenhalten kann, noch ein halbnackter Primitiver, der sein Bündel schnürt und seinen knorrigen Wanderstock nimmt. Nichts, keine Gestalt, kein Plan, keine Sicherheit, kein bequemer Weg, der gerade und hübsch gepflastert wäre, alles ist verschwommen. Und dieser Nebel über Portofino.

1. März

Ich war inzwischen bereits in Paris, in Frankreich einen Monat, ich bin wieder zurück und sitze am selben Tisch wie zuvor. Ich glaube jedoch nicht, dass die Wiederholbarkeit von Orten, Situationen und Gegenständen wesentlich ist und sich, wie die Wiederholbarkeit generell, durch ihre Verdammung und das Einsetzen von anderen Orten, Situationen und Gegenständen aufheben ließe. Ich hätte doch genauso das Gefühl der Wiederholbarkeit, wenn auch vielleicht besser getarnt.

3. März

Das Wort »nein« ist, bei entsprechendem Einsatz, nicht weniger kreativ als das Wort »ja«. Das Unvermögen, im passenden Moment das Wort »nein« auszusprechen, hat schon viele Katastrophen, nicht nur in meinem Leben, nach sich gezogen.

»Alles ist immer mehr zu spät.« Obwohl dieser Satz vielleicht nicht nur logisch und sprachlich verkehrt ist, kann es wirklich nur einmal zu spät sein, im Laufe einer Sekunde, und ab dann immer.

Meine Abscheulichkeit ergibt sich daraus, dass ich gegenüber den Schwächeren stark bin und gegenüber den Stärkeren schwächer. Ich verhalte mich unterschiedlich, je nachdem, ob ich mit Stärkeren oder mit Schwächeren zu tun habe.

4. März

Heute habe ich eine Traum-Erzählung geträumt. Im Ton gehalten wie *Moniza Clavier.* Ich bekomme einen Anruf: Ob ich mitmachen will? Es geht um den Abstieg hinunter in die Kanäle. Eine Tour zu alten, unerforschten Kanälen, die vergessen und grauenvoll sind. Leichtsinnig, unbedacht und angeberisch, wie ich bin, erkläre ich mich einverstanden (siehe meine Überlegungen zum Unvermögen, »nein« zu sagen, ebenso wie eine von meinem Vater geerbte Eigenschaft, die Voreiligkeit, die ich später immer bitter bereue). Ich komme zum Treffen (alles passiert irgendwie im Ausland) in geschnürten Wildleder-Halbstiefeln, rotbraunes Wildleder, dazu schwarze Trevira-Hosen mit Bügelfalte, ich weiß nicht mehr, was ich am Oberkörper trug, wahrscheinlich so etwas wie eine Krawatte. Die anderen sind schon da: der Millionär, eine Gestalt, an die ich mich kaum erinnere, der Marquis, ein hochgewachsener, albinoartiger Schweiger, der Horodyński ähnlich sieht, eine Kindfrau, die, nur physisch, der Schwester von Horodyński ähnlich sieht. So stellen sie sich vor: der Millionär, der Marquis, von ihr weiß ich nicht mehr, wie sie sich nannte. Sie sprechen fast nichts. Meine Teilnahme betrachten sie als etwas ganz Natürliches, sie haben gehört, dass hier irgendein Pole sei, sie wissen, dass jeder Pole ein Kosake ist, also haben sie mit ihm ihre Runde komplettiert. Ich beginne mich zu zieren und mache gleich falsche Angaben, indem ich behaupte, ich spräche weder Französisch noch Englisch (wir sprechen in eben diesen Sprachen), nur damit sie widersprechen oder fragen, welche Sprache ich denn dann spräche, und dann würde ich sagen

Polnisch, weil sie ja sowieso wissen, dass ich ein Pole bin, oder sie wissen es eben nicht. Wir gehen alle zum Einstiegsschacht zu den Kanälen, dort ist ein halb eingetrockneter Sumpf, mit grünlichen Flechten bedeckt, schon hüpfen irgendwelche unbekannten ekelhaften Lurche und Reptilien herum, wo mir doch schon von einem Frosch übel wird. Ohne besondere Ausrüstung, nur mit einem Seil. Die Kindfrau legt die Einstiegsöffnung frei, schauerlich ist das, halb zugeschüttet war die Öffnung, und drinnen gluckert es. Mir fällt ein, dass ich nicht schwimmen kann, und dort werden wir sicher zeitweise in Abwässern schwimmen müssen. Ich werfe noch einen Blick auf meine Halbstiefel, und so, wie wir dastehen, ohne irgendeine Vorbereitung, ohne Ausrüstung, steigen wir schnell hinunter. Der Marquis nonchalant und schweigend, alle drei imponieren mir sehr mit ihrer Nonchalance. »Und meine Halbstiefel?« – »Sag das dem Millionär«, antwortet die Kindfrau. »Der kauft sie dir ab.« Unterdessen versammeln sich um uns irgendwelche Zuschauer, es beginnt eine *publicity*, Familie, Verwandte der drei, auch Journalisten, alles ist in Bewegung. Ich merke, dass ich mich zurückziehen muss, jetzt erst sehe ich, worauf ich mich eingelassen habe. Ich beschließe, aus meiner hysterischen Angst das Beste herauszuholen, indem ich mich direkt zu ihr bekenne: *»J'ai peur«*, sage ich laut und deutlich zur Kindfrau, aber sie tut, als hätte sie es überhört. *»J'ai peur«*, sage ich zum Albino-Marquis, und auch er ignoriert es. Ich versuche es mit festem Blick in seine Augen, *»j'ai peur«*, sage ich mit Nachdruck, aber er kümmert sich nicht darum, sondern ruft einen Mann in einer dunkelblauen Botenmütze und Beamtenkluft herbei, der schon weggehen will, sagt etwas zu ihm, und der Bote verschwindet. Ich habe verstanden, dass mein Name aus dem Pressekommunikat getilgt werden wird.

Es endet damit, dass ich das Pressekommunikat verlese. Dabei stellt sich heraus, dass die Gruppe überhaupt nicht in die Kanäle hinuntergestiegen ist, es war nur so etwas wie ein Teekränzchen zum Kennenlernen, und die »Gesellschaft«, die Mannschaft zur Kanalerforschung, hat sich nach Ende der Sitzung nach Nizza eingeschifft. Die Beratungen sind noch im Gange. [...]

15. März

Am Morgen bin ich wahrscheinlich mehr ich selbst, da gehöre ich mir. Abends meldet sich mein Vater in mir, der exaltierte Phantast. Wer weiß, ob ich also nicht besser abends arbeiten sollte. Etwa um fünf Uhr nachmittags bin ich keiner von beiden, allgemeiner Zusammenbruch, das sichtbare Kippen vom Sohn in den Vater.

Die Theorie von Thomas Mann über die Kinder der Natur und die Kinder des Geistes. Wieder bin ich halb und halb, wie immer, wieder im Grenzland, im Weder-noch. Vielleicht ist mir deshalb Thomas Mann so nahe, weil er auch weder dies noch das ist. Das Grenzland scheint meine Spezialität zu sein.

Gestern, auf meinem Spaziergang zu Maxena, begegnete ich einem Jäger. Er jagte nicht, sondern saß am Straßenrand, die Flinte über den Knien, und streichelte einen fröhlichen Hund. Später, wieder zu Hause, habe ich noch lange an ihn gedacht, plötzlich hatte mich eine vielleicht unsinnige Ahnung befallen, dass er ein Gesandter war, der mir ein Zeichen geben sollte, und gar kein Jäger. Es ist wohl ein angeborenes Gefühl, dass alles ein Zeichen ist. Niedergeknüppelt wird es von rationalen Zweifeln oder von etwas anderem – der Gewissheit. Es nennt sich selbst gerne Gewissheit, aber wie langweilig ist es dann. Manchmal meldet es sich aber doch, und dann ist es lustiger, und das Leben scheint interessanter zu sein. Klar, wenn ich viele Jäger getroffen hätte, oder sogar eine Ansammlung, wenn es eher nicht in einer Landschaft, sondern in einer Stadtstraße geschehen wäre, dann hätte ich diese Erfahrung wohl nicht gemacht. Es ist aber nun einmal so geschehen, wie es geschehen ist, und das ist wahrscheinlich die beste Antwort auf diese Art von Zweifel.

Vielleicht kam mir dieser Jäger auch deshalb wie ein Zeichen, ein Gesandter vor, weil er wie ein falscher Jäger aussah, ein älterer, dicklicher Herr mit ergrautem Schnurrbart, ohne diese finstere Verbissenheit des echten Jägers. Er lächelte und erwiderte meinen Gruß höflich, fast so, als wolle er noch etwas sagen, wage es aber nicht. Er wohnt sicher in Chiavari, und ich könnte ihn genau beschreiben, wenn ich ihn am Montag wieder sähe. Aber was soll's? Vielleicht war er am Sonntag ein ganz anderer, ohne es zu wissen. Außerdem: Die Realität, was ist schon die Realität? Letztlich ist die ganze menschliche Realität nur eine Erfindung, ausgedacht von den anderen, vor allem aber von mir selbst. Wenn ich also etwas, egal was, gedacht habe, ist es dann nicht auch Realität? Die Sache ist die, dass die meisten die Realität mit der Begrenztheit ihres eigenen oder fremden Denkens verwechseln. Als die Realität sehen sie nur das an, was konventionell begrenzt ist, für Erfindung halten sie nur das, was diese Grenzen überschreitet.

Warum sollte dieser Mensch, den ich konventionell angetroffen und beschrieben habe, also ein Bürger, Italiener, Jäger und Mann, realistisch sein? All diese Definitionen: Jäger, Bürger, Italiener, Mann und so weiter, das sind nur Abstraktionen, abstrakte Begriffe, abstrakt aufgestellt durch die Konventionen, durch das Denken, und zwar ziemlich primitiv und unklar, wie jede Abstraktion. Es läuft darauf hinaus, dass meine Empfindung realistischer war, denn es war eine konkrete Empfindung.

16. Mai

Das Auseinandernehmen einer Armbanduhr und das Aufschlitzen eines Plüschbären ist nicht dasselbe. Von der auseinandergenommenen Armbanduhr, auch wenn ich sie nicht wieder zusammensetzen kann, könnte ich erfahren, warum sie tickt, aber von dem aufgeschlitzten Plüschbären kann ich nicht erfahren, warum er hübsch aussieht.

23. Mai

Manchmal bin ich sehr in Versuchung, aufzuschreiben, was ich heute gegessen habe und was sonst passiert ist, wie das Wetter war. Wie früher. Bäuerliche Betrachtungen, dass die Kuh gekalbt hat und der Hase gestorben ist. Der Instinkt dazu ist wohl noch aus alten Zeiten geblieben. Das Wetter ist außergewöhnlich, und gegen Abend hat es sogar geregnet. Am Morgen ein wenig an einem neuen Stück gesessen, einem Drama mit dem Titel *Krawiec* (*Der Schneider*), ein kleiner Imbiss und ein Nickerchen. *L'être et le néant*, etwa drei Seiten, aber wozu, weiß ich eigentlich nicht, weil ich kaum etwas verstehe, und was ich verstehe, vergesse ich umgehend. Dann ein Briefchen, nicht schwierig, eine Zeitung und drei Illustrierte genau durchgelesen. Eine kleine Seite aus dem Englischen übersetzt. Und das ist schon alles. Schon ist es Abend, und das sind die Früchte meiner Tagesenergie. Wenn es mir wichtiger wäre, müsste ich wahrscheinlich verzweifeln. Aber ich bin so müde wie nach der Rückkehr aus dem Dreißigjährigen Krieg. Und dabei habe ich mich kaum vom Stuhl erhoben.

Die Befürchtungen, ob aus so einem Leben irgendwas hervorgehen kann? Die Befürchtungen wären riesig, wenn nicht wiederum die Frage wäre: Was soll eigentlich daraus hervorgehen, wovor – dass es nicht hervorgeht – fürchte ich mich? Eine Torpedofrage. Nun, vor nichts. Ich schreibe einfach ein Stück, so vor mich hin, bloß nicht zu schnell damit fertig werden, denn sonst würde sofort ein weiteres Stück von mir erwartet, und das wäre bedeutend schwieriger.

28. Mai

The day is done, the hope is done. An orgasm a day keeps the doctor away.

Das nächste Stück handelt von einem, der sich in ein Ofenrohr verliebt hat, weil es ihm so gefiel. Zwei Versionen:

Er erweckt Verwunderung und Empörung, wegen Kirche, Gesellschaft und fixer Vorstellungen, was sexuell normal ist und was nicht – nein, er erweckt weder Verwunderung noch Empörung, weil es allen egal ist, wer mit wem, Liberalität und Toleranz, sie hatten nur eine Frage an ihn: Lieber Mann, ist das wirklich besser als das, was wir schon kennen?

Interessant könnte auch sein, wie er sich verliebt hat, warum es ihn erwischte, wollte er es, oder wollte es ihn, mochte er es, oder ging es ihm schlecht damit, und was sagte das Ofenrohr dazu?

Mein Bein schmerzt. Warum? Das Bein fragt nicht. (Das sollte kein Witz ein, es hat sich so ergeben.)

Es gibt diese geschenkten Momente. Ich sollte schlafen gehen, heute kann ich mich zu nichts mehr zwingen. Wenn das so ist, gehe ich nicht schlafen. Mir kommt vor, ich sei jetzt frei. Bis zu einem gewissen Grad ist es einerlei, ob ein Zwang von innen oder von außen kommt. In solchen Momenten sitze ich vor der Maschine, rauche, obwohl ich das nicht darf, und warte auf die große Entdeckung. Die Überbleibsel eines romantischen Konzepts. So etwas wie das Steißbein.

Wie werde ich wohl später an diese Jahre denken? Sicher waren es ruhige Jahre. Sie vergehen sehr schnell, wie Jahre überhaupt schnell vergehen, besonders wenn sie eintönig, wenn auch intensiv verbracht wurden.

Eine größere Idee habe ich nicht und werde sie auch wahrscheinlich nicht haben. Im Theater bin ich der Popularisierer-Unterhalter. Antoni Cwojdziński hat 1937 eine wissenschaftliche Komödie namens *Freuda teoria snów* (*Freuds Traumtheorie*) geschrieben. Ich, wenn ich was von großen Problemen höre, dann schreibe ich ein kleines Stück darüber, und so komme ich klar. Zugegeben, niemand schreibt solche Stücke. Darauf beruht mein maßvoller Erfolg. Meine Chance ist die, dass ich die Probleme des Theaters aufgreife, wenn auch in schwacher Ausführung. Das ist, nach dem absurden Theater, eine Neuheit. Übrigens macht mir das Spaß. Ich sollte nur lesen und wissen, was sich auf der Welt tut. Die Welt wiederum liebt es zu wissen, dass man über sie redet. Dafür ist sie dankbar.

Meine lyrischen Bedürfnisse kann ich in meinen Erzählungen ausleben. Nur spüre ich sie im Moment kaum. Wer sein Leben schon mehr oder weniger kennt, der stellt keine derartigen Fragen mehr, der wundert sich nicht mehr über seine Zustände und Stimmungen. Ich weiß, von welcher Seite ich sie angehen muss. Paradoxerweise interessiere ich mich umso mehr für die anderen Welten, für die anderen überhaupt, je mehr ich innerlich an meinem mehr oder weniger ausgearbeiteten Material arbeite. Daher kommt mein zweifelloser Fortschritt im Theater und mein schwindendes Bedürfnis, Prosa zu schreiben. Für Prosa braucht man mehr Talent und Zwiespalt.

Man kann also auch so leben, auch wenn mir das früher unmöglich schien. Auch heute noch, manchmal. Es gibt keinen anderen Weg, nur weitergehen. Seltsam, früher glaubte ich, ich hätte Phantasie, ich wollte sie haben, war stolz auf sie, maß ihr großes Gewicht bei. Jetzt denke ich nicht an sie. Ich glaube, ich habe keine. Wenn es sie gibt, dann ist sie ein Geschenk der Natur. Wie das Leder für den Schuster. Früher hielt ich sie für die Quelle. Jetzt nur für ein Mittel, ein Instrument. Etwas Selbstverständliches. Ich lebe nicht in der Phantasie.

Es hat mich gefreut, dass mich so viele junge Menschen schätzen. So lange, bis ich las, was Nietzsche darüber sagte: Die Jugend sei dumm, und es sei ein besseres Zeugnis für einen Autor, wenn er von den Älteren gelesen würde. Da ist was dran, leider.

4. Juni

Heute ist Gombrowicz gekommen. Herr Gombrowicz, auf Italienisch: Padrone. Jedes Phänomen kann man ganz unterschiedlich deuten. Ich bleibe bei »Herr«.

Ich verstehe, dass man ihn nicht mag. Oder andersrum. Sie mögen ihn nicht, denn er hat sie an der Kandare, sie spüren seine Kraft, seine Gewalt. Niemand mag das.

Kaum angekommen, traf er sich mit uns für eine knappe halbe Stunde. Seinetwegen kann ich jetzt nicht schlafen.

Und überhaupt: Kraft … was ist das?

Alle, die Kraft verspüren, interessieren mich besonders, denn natürlich möchte ich wie sie werden. Manchmal glaube ich, dass mein ganzes Elend, meine Verstaubtheit und Trödelei nur davon kommt, weil ich mich einverstanden erklärt habe, wie unter einer Decke zu leben. Ich schäme mich meiner Existenz. Ich habe nicht den Mut, ein lebendes Faktum zu werden, ich lebe im Grenzland zwischen Apathie und Scham.

Ich glaube, dass bei einigen Mächtigen ihre Kraft ganz frei in Erscheinung tritt, ungebremst. Keine undurchlässigen Schläuche, keine verstopften Leitungen. Und in den anderen Fällen?

Der Padrone. Große Ambition, große Pflichten, große

Rücksichtslosigkeit. Was mich betrifft, bei mir spielt es eine nicht untergeordnete Rolle, dass ich mich nicht unterordnen will.

Ich bin hier schon lange auf meinem eigenen Terrain, und alles muss sich hier entscheiden.

Der Padrone, das ist mein Streben nach Identität, und nicht das Verschwimmen im Nichts.

6. Juni

Der Roman *Kosmos* vom Chef zum Lesen, nur vierzig Seiten auf einen Sitz. Was ich nach vierzig Seiten sagen kann: Das Schreiben über das Vorschreiben, in einem Zustand, in dem das Schreiben für gewöhnlich erst beginnt.

Außerdem habe ich Zahnweh, was mir sehr wichtig erscheint.

8. Juni

Gombrowicz versetzt mich weiterhin in Staunen. Jedes Detail bezieht sich sofort auf das Ganze. In ihm gibt es weder Löcher noch Fallgruben, jede Bewegung führt er mit seinem ganzen Selbst aus, mit seiner Ganzheit, also kein Wunder, dass jeder Angriff gewaltig ist, wie von einem Panzer. Aber das Zersplittern ist ihm nicht fremd, er kennt dieses Element sogar besser als irgendwer sonst. Man könnte annehmen, dass er dieses Zersplittern beherrschte, und je größer sein Zersplittern, desto größer sein Sieg.

Zweifellos ist die Begegnung mit ihm eine der wichtigsten Begegnungen in meinem Leben.

Wahrscheinlich war er nie schüchtern. Die Schüchternheit, zumindest die mir bekannte Form, ist die Verbindung von Eigenliebe mit mangelndem Selbstvertrauen. Die Schüchternen sind nur in gesicherten Situationen mutig. Ihre Schüchternheit ist in der Dämmerung der Kindheit entstanden. Sie ist plötzlich spürbar, und der junge Mensch geniert sich vor den anderen für seine Existenz, denn er merkt, er sollte Bedeutung haben. Er bemüht sich nach Kräften darum. Wenn er gemäß seinen Begriffen feststellt, dass er kaum eine Chance auf totale Bedeutung hat, ist er zerrissen zwischen seiner Ambition und der Überzeugung, es nicht fertigzubringen.

10. Juni

Solange der Fall nicht eintritt.

Der Chef, und ich als einer aus dem Gefolge: So ein Mensch kann nicht sagen, dass er nichts will. Er will nur keine »Ganzheit«, er verlangt keine generelle Aufklärung, denn er hat seine eigene. Das ist ärgerlich. Jeder will um »Ganzheit« gebeten werden, die er aber nicht geben kann. Aber wenn jemand von mir nur Details will, dann ist das erstens erniedrigend, weil es nur Kleinigkeiten sind, und zweitens kann ich es ihm nicht abschlagen, denn das Einzige, was ich geben kann, sind eigene Kleinigkeiten, meine Ganzheit kann ich nicht geben. Also ist es in jeder Hinsicht schlimmer, so oder so.

Kosmos gelesen, ich kann es nicht nicht akzeptieren. Und

doch darf man nicht so schreiben, nachmachen kann man es nicht, und das will man auch gar nicht. Also was tun, wenn ein Buch so komplett erscheint, dass es unmittelbar nach dem Lesen die einzige Möglichkeit zu sein scheint. Gleichzeitig provoziert mich das Buch aber nicht, ich habe keinen Groll, nicht die geringste Lust. Mir bleibt nichts übrig als nur genau so etwas, aber … ganz anders?

16. Juni

Mittlere Ermüdung mit dem Chef, in der Mitte zwischen der ersten Phase, der Mythologisierung, und der nächsten, der Vermenschlichung. Der Chef vermenschlicht sich mir, das heißt: Ich komme ihm auf seine kleinen Schwächen drauf, was gar nichts Besonderes ist, akzeptabel, fast banal, wenn nicht auch der Trost dabei wäre, dass also auch er …

Ungeheuer interessant ist eine solche Geburt eines Menschen aus dem Nebel, dem Abgrund, dem Chaos, wenn man bedenkt, dass nur ein außerordentlich kleines Teilchen davon mich betrifft. Wie viel von ihm in ihm selbst sein muss, nicht auszudenken. Ganze Kontinente.

Ausflug ans Meer, über das Meer, in Nebel und Dunst, in einem grausig geheimnisvollen Juni-November. Aufsteigen und sinken, fast wie fliegen, in der grünen Begrenztheit der Pflanzen, in einem leichenhaften Meer, weil das Meer heute wie eine Leiche ist, in etwas Chrysanthemenartigem, weil heute alles allerseelenartig ist, nur die Maschinen dröhnen wie immer, hart und eisern. Der *Lungomare* von Camogli faszinierend friedhöflich, fischfaulig, mit Kindern in unnatürlich bunten Hemden, die den Strand entlanglaufen wie Bakterien. So lebhaft wie ansteckend. Überdruss, Verwesung und Welken liegen in der Luft, und daraus entsteht bald ein Erdbeben. Der Chef ist heute wie ein heruntergekommener Hof in Leivi, vornehm wie immer, aber mit Wasserflecken und verschwimmenden Konturen, die Folge von allem Möglichen. Daneben ich, in irgendeinem beschleunigten Reifungsprozess, der natürlich kein Reifen mehr ist, sondern eine Verfestigung in halbem Alter, in der Lebensmitte. Sieht so aus, als würde man die Kosten des Lebens, das Fortschreiten in Richtung Alter, in Raten zahlen. Eine Zeitlang nichts, dann plötzlich die Rechnung für die vergangene Periode.

19. Juni

Den Grad einer Komplikation, ähnlich wie die Komplikationen überhaupt, haben wir uns selbst zu verdanken. Das entspricht unseren Bedürfnissen. Die einen wollen die Realität durch Komplikation kennenlernen, die anderen sagen, dass es keinen Sinn hat, damit auch nur anzufangen. (Immer mehr Beobachtungspunkte besetzen, um sie dann mit Linien zu verbinden.)

Auch die Schwierigkeiten brocken wir uns selbst ein, zumindest bestimmen wir den Grad der Schwierigkeiten selbst. Natürlich meine ich damit kein praktisches Handeln bzw. das Übernehmen der Bedingungen des Partners oder der Natur, dort, wo es nicht anders geht. Ich meine eher unser Gefühl für Schwierigkeiten.

Der Chef unterstreicht stark die Rolle der Bedürfnisse. Nach all dem, was mir seit mehr oder weniger dreißig Jahren zustößt, stimme ich dem ein bisschen zu. Also: Alle Anstrengungen, Bestrebungen, Einstellungen und Tendenzen kommen nur daher, dass es nicht mehr möglich ist, jung zu sein, immer noch in der Jugend – und wenn sie auch noch so erbärmlich war – zu leben. Nicht die Entscheidung zwischen Werten, sondern die Notwendigkeit bestimmt unsere Wahl. In einem bestimmten Moment zahlt man entweder zu viel oder man hat überhaupt kein Zahlungsmittel. Dann erklärt man eine neue Münze für wertvoll. Meine Überzeugung, dass kein anderer an meiner Stelle mein Leben führen wird, ist folgerichtig.

Ich bin gegen die Theorie und das Hochachten der Anstrengung. Die Anstrengung ist nur die Entfernung, die eine Absicht von der Ausführung trennt, sie hat etwas Beschämendes. Privat schätze ich die Anstrengung auch nicht. Ich finde sie peinlich und eklig. Man muss sofort im Inneren sein. Der Weg dorthin ist weder interessant noch anständig, er bedeutet, nirgends zu sein. Auch die Spannung hat keinen besonderen Wert. Man kann sein ganzes Leben lang unter Spannung stehen und im Nichts sterben.

30. Juni

Nach dem Durchlesen des eben Geschriebenen fiel mir ein, dass ich früher einmal genau vom Gegenteil überzeugt war. Also hatte ich wohl weder damals noch heute recht, sondern ich brauchte in jeder neuen Situation meines Phänomens andere Formen, um das auszudrücken, was immer recht hat, weil es ich ist. Ich? Ich weiß nicht genau, man kann es Vitalität, Expansion, sich Einrichten, Bedürfnis nach einer Einordnung nennen, je nachdem, weil das Leben etwas Oszillierendes ist.

Jedenfalls bin ich seit gestern fünfunddreißig, was nichts Besonderes heißt.

Die mir gestellte Diagnose lautet, dass ich an nichts glaube, jedoch bemüht bin, alles richtig zu machen. Ich glaube weder an das Auto noch an das Autofahren, auch wenn ich mich bemühe, richtig Auto zu fahren, weder an Pünktlichkeit, obwohl ich pünktlich bin, noch an sonst etwas. (Der Glaube daran ist auch futsch, das Interesse ist geblieben.) Laut der Diagnose ist das ein typisches Anzeichen der Entfremdung, also schlecht. Mit dem Glauben ist es in dieser Hinsicht wie mit religiösem Glauben – man kann nicht beweisen, dass das Autofahren absolut gesehen existiert, man kann hingegen beweisen, dass es eine gewisse Konvention ist, die, so man will, verabsolutiert werden kann. Wenn jemand glaubt, dann glaubt er, und es hilft nichts. Man könnte also von mir sagen: »Der Arme«, oder so, wie die Gläubigen über die Atheisten sprechen: »Der Unglückliche.« Tatsächlich ist die Situation ähnlich, wie angenehm ist es, nicht nur an das Autofahren zu glauben, sondern auch an das Liftfahren als solches, oder an den Strand oder an die schönen Frauen, kurz, an all diese Kategorien. Zusammengenommen nennt sich das üblicherweise »das Leben«, und jeder, der es nicht als Glaubensbekenntnis ansieht, wird als ein dem Leben Entfremdeter angesehen. Diese Bezeichnung scheint tatsächlich zuzutreffen, vorausgesetzt, wir stimmen einer solchen Definition des Lebens zu. Wenn ich annehme, dass das Leben ein Glaubensbekenntnis an alle Kategorien ist, die konventionell als Werte eingestuft werden, ganz wörtlich (ich fahre wirklich Lift, ich besitze wirklich, ich handle wirklich so und so, ich verständige mich wirklich), dann, wenn ich diesem Glauben ganz und gar vertraue, liefere ich mich ihm und seinen Praktiken aus, mit der ganzen Leidenschaft, die auf der Gewissheit des Glaubens beruht. Und dann sehen wir eine Manifestation und ein handfestes Stück Leben in jemandem, der leidenschaftlich sein Geschäft gründet und führt, der aufrichtig seinen Gegner im Ring zusammenschlägt, wenn er ein Boxer ist, der rücksichtslos nach der Macht strebt oder konsequent ein Don Juan zu sein versucht. Vor diesem Hintergrund wird so ein Typ wie ich natürlich blässlich und eher sinnlos herumrudern. Blutleer und eben ohne Leben.

Wenn wir jedoch dieser Art von Glauben abschwören, indem wir behaupten, es ginge eher um Konventionen, die man zwar übernehmen und achten kann, weil sie lebendig sind und funktionieren und ihre Bestimmung erfüllen, dann bedeutet das, wir sichern den Personen das Wohlbefinden, die sich an sie halten. Das Schlimmste ist natürlich, sich in Grenznähe herumzutreiben, das Pendeln zwischen Glauben und Nichtglauben. So jemandem kann es nicht gutgehen. Doch wenn man die Grenze überschreitet und dem Glauben ebenso dezidiert abschwört, wie man die Definition von Leben erweitert, dann kann man sich verwirklichen, vielleicht besser als ein ausgesprochen lebensnaher Mensch. Ein großes Stück Leben ist dafür draufgegangen, von ganzem Herzen an es zu glauben, aber wenn das nicht geht, dann kann man nichts machen, es hat keinen Sinn, darauf zu bestehen. So sieht offenbar mein System aus.

Sicher sind wir ständig auf der Suche nach unserer Form, aber wenn wir uns einem anderen Menschen annähern, dann nähern wir uns nur seiner Form an, die genauso fieberhaft und vorwiegend inadäquat konstruiert wurde, und wir ziehen nicht in Betracht, ich jedenfalls, denn ich spreche hier von mir, dass diese Form voller Probleme und nicht unbedingt besonders stark ist. Mein Hauptfehler war immer, eine fremde Form als felsenfeste Form anzusehen. Inzwischen ist mir klargeworden, dass es große Erleichterung bringen kann, wenn ich die andere, fremde Form in mir attackiere, zerschlage. Denn es wäre dämlich, verzweifelte Anstrengungen zu unternehmen, nur um sich an etwas anzupassen, an fremde Gebrechen, fremde Irrtümer. Nur darum sollte man seine eigenen Gebrechen und Irrtümer intensivieren und ausarbeiten, nur darum? Das ist doch eine Groteske. Ein Tanz der Krüppel gegen sich selbst, gegenseitige Koketterie und guter Wille, der nichts anderes als wahnhaft ist. Ich flehe um etwas mehr Aufmerksamkeit und Anstrengung bei der Revidierung der Aussenwelt, ich flehe um mehr Gegenwehr und Ausdauer, denn das Verharren in krampfhafter Verteidigungsposition bringt gar nichts, es ermüdet nur. Es ist der allergrößte Fehler und eine Todsünde.

2. Juli

Als der Mensch auf der Welt noch eine Seltenheit war, stellte er für sich selbst noch keinen Wert dar und brachte das aktiv zum Ausdruck, in Theorie und Praxis. Während man heute keinen Schritt tun kann, ohne einem Menschen zu begegnen, jeder ist plötzlich einzigartig und unwiederholbar geworden, stellt einen persönlichen Wert dar, eine individuelle Welt und so weiter. Hohn oder Ironie des Schicksals. Es fiele mir wahrscheinlich leichter, die Menschen einfach so zu lieben, wenn sie nicht überall wären, sogar die Toiletten sind meistens besetzt, es nimmt die Ausmaße einer Groteske an, wenn ein Mensch auf den anderen warten muss, um seinem natürlichsten Bedürfnis nachzugeben, ein Bedürfnis, das dieses Warten nicht versteht. Es ist schwierig, einem Blasenkranken zu erklären, dass er eine gesonderte Welt und ein gesondertes Leben respektieren soll, die humanistisch-kosmische Souveränität des anderen, der den Riegel vorgeschoben hat und sich seelenruhig erleichtert.

Woher diese Heimtücke? Der Marxist würde sagen, klar, früher gab es nicht so viele Menschen, aber die Produktionsmittel und Lebensmittel waren wiederum so armselig, dass es trotzdem zu viele waren. Erst seit mehr oder weniger bekannt ist, dass mein Frühstück kein Kontra-Frühstück für meinen Nächsten ist, begann die Entdeckung der gleichen Rechte. Und heute mag es wohl genug Frühstück für alle geben, gleiche Rechte gibt es nicht.

Mein Gott, wie heiß.

Der Chef ist irgendwie ein anderer Chef als am ersten Tag, am Tag seiner Ankunft. Und wenn er am zweiten Tag angekommen wäre, oder ich? Hätte ich über ihn so viel oder mehr gewusst wie am ersten Tag? Und ist mein Wissen jetzt komplett, fertiggebaut? Klarerweise ist es das nicht, aber da kann man nichts machen, der Instinkt des kleinen Baumeisters sitzt in uns, wir bauen, obwohl unser Wissen ein Strohhalm war. Wer weiß, ob es nicht (wem?) überhaupt nur um das Bauen geht, gewiss ums Aufbauen, und darum, dass wir am siebten Tag ruhen können.

Wozu brauche ich übrigens den Chef? Vor zehn Jahren war auch ich mir gegenüber irgendwie anders, ich hätte nie vorausgesehen, was aus mir wird, aber zum Bauen reichte mir das völlig aus. Was wieder beweist, dass wir nur für das Jetzt bauen. Aber nein, das stimmt nicht, wir konstruieren uns immer für die Ewigkeit, oder wir glauben es zumindest. Die Ameise, die an ihrem Ameisenhaufen baut, baut wahrscheinlich auch für die Ewigkeit, nur dass sie sich zum Thema absolut nichts denkt. Nur wir bauen die »Ewigkeit«, in Gedanken und Werken, wir starten aus der Jetztzeit in eine nicht näher bezeichnete Zeit, die weiter entfernt von der Zeit der jetzigen »Ewigkeit« ist, in ein Land der reinen Phantasie. Also lebt die kleine Ameise in einer viel wirklicheren Ewigkeit.

Mein Gott, wie schwül.

Dass ich gealtert bin, erkenne ich daran, dass mir die Soldaten wie junge Männer vorkommen, was sie ja auch sind. Und doch schien mir lange Zeit, auch als ich schon um einiges älter war als sie, sie seien älter als ich, alles dank ihrer Uniformen und bestimmt auch dank diesem Ernst, den ich bei ihnen schätzte, als ich noch ein Kind war. Das Militär ist doch eine tödlich erwachsene Angelegenheit, buchstäblich tödlich, viel später zeigt sich erst, dass es sich auf die Zwanzigjährigen stützt, auf die reinen und unschuldigen Knechte. Ein untrügliches Zeichen: Ich bin nun deutlich gealtert.

Ich sitze an meiner Schreibmaschine wie eine Zigeunerin über ihren Karten. Bekanntlich sagen die Karten an sich nichts aus, es sind nur Kartonstückchen, aber die Zigeunerin muss einen solchen medialen Gegenstand vor sich haben, als Zentrum der Konzentration. Was nicht ausschließt, dass die Karten ein Geheimnis aufdecken können. Ich habe zu meiner Schreibmaschine ein abergläubisches Verhältnis. Wer weiß denn schon, wie es wirklich ist?

Ich habe es erprobt, und es ist über alle Zweifel erhaben: Das Leben verläuft nur in Zyklen, in Serien, es pulsiert. Es ist also sehr gut möglich, dass unser eigenes Leben auch nur als Serie verläuft, als eine Folge der Ereignisse, die, weil es unendlich viele davon gibt, sich zu einer ziemlich kohärenten, anscheinend unmöglichen Ganzheit zusammenfügen.

Heiß.

Letztlich leben wir nur am Grunde eines Ozeans aus Zahlen und Möglichkeiten. Also, was können wir schon darüber wissen?

3. Juli

Heute entstand in mir eine Vision von kühlen Bergen und Wäldern, vielleicht schaffe ich es also, zumindest für eine Weile, nach Deutschland zu fahren.

Keine Gedanken, das Bein schmerzt, die Kunst der Entspannung beherrsche ich nicht, auch die Erholung geschieht bei mir, leider, im Spannungszustand. O Gott, o Gott, da kommt nichts Gutes dabei heraus, warum kann ich nichts Besseres mit mir anfangen, könnte es ein anderer? Die anderen können immer. Das Schreiben auf der Maschine dient heute zumindest einem: nicht allein zu sein. Sogar die Briefe, an all die, die einen verdienen, sind schon geschrieben, nichts erwartet mich, steht hinter meinem Rücken und wartet, dass ich aufhöre zu schreiben und mich umdrehe und dann hops. Also – hops – nichts auf mich.

5. Juli

Von allen Drogen scheint mir Zyankali am passendsten und am wenigsten schädlich.

7. Juli

In Warschau ist die Premiere von *Tango* eben gelaufen, es ist elf Uhr, alle sitzen im SPATiF auf eigene Kosten, leider, ich hätte gerne die Runde bezahlt. Ich hingegen habe keine Premiere von irgendwas hinter mir. Es sei denn, die Premiere hat es gar nicht gegeben, wozu dann diese feierlichen Sätze?

Na, war es das, was du dir erzählen wolltest? Sonst nichts?

Dem Herrn Gombrowicz ist heute ein Zahn ausgefallen.

Heute war das Wetter schön. Ich war hässlicher.

Vorgestern habe ich mich betrunken. Außer mir trinkt hier fast keiner mehr. Alle sind ausreichend zufrieden.

Bei Kriegsende war ich fünfzehn Jahre alt. Es ist sehr gut, zur Nachkriegsgeneration zu gehören, man kann es sich immer gut einrichten, wenn alles aufgebaut wird, es genügt, rechtzeitig zur Stelle zu sein. Später wird es enger, alle Plätze schon besetzt. Ich habe einen guten Platz erwischt und fahre so weiter, es ist immer besser, an der ersten Station zuzusteigen, nachher wird es voll, nur meine Füße riechen so komisch, aber vielleicht stinke ich durch und durch, viele beneiden mich, am meisten die im Gang Stehenden.

Meine Wäsche ist einfach nicht mehr frisch.

Habe ich noch irgendwelche Reserven, oder ist das schon die Vergreisung? Das war die Frage eines Greises, im Gespräch mit einem Bild, und eine Antwort blieb aus, das hat ihn umso mehr erheitert, denn die Vermutung war seine eigene. Zwar nur als Alternative, aber gut, vielleicht war es sogar besser, dass das Bild schwieg.

Es gibt so viele Menschen auf der Welt, dass es fast komisch ist: Kein einziger ist ich. Wegen der hohen Zahl könnte es doch sein. Es scheint jedoch, dass ein Großteil der menschlichen Trägheit auf der Vermutung beruht, irgendwer müsse doch wir sein, weil es doch unmöglich ist, dass nicht. Vielleicht nur einer, irgendwo, irgendwann? Indes nur hier, nur jetzt: die Angst.

Ist es gut, dass mir mein Talent abhandenkommt? Oder kommt mir mein Talent einfach nur abhanden und Schluss? Eine derartige Klarheit der Situation wäre vielleicht besser. Wie komisch ich früher schreiben konnte, aber sichtlich nur deswegen, weil ich die Ambition hatte, andere zu amüsieren. Mich selbst zu amüsieren ist bedeutend schwieriger. Es geht aber nicht nur ums Amüsieren, sondern auch ums Erlösen, was im Polnischen zwei sehr ähnliche Worte sind. So sagt man mir, mit strenger Miene. Und ich darauf nichts.

Eigentlich hält sich das alles die Waage, was für die einen gut ist, ist für die anderen furchtbar. Hier furchtbar, dort angenehm.

Na, dann gehe ich eben schlafen. Damit hört es ohnehin auf, schon bald, und morgen wieder, mein Bettchen, Training für den Sarg, von einer Ebene in die andere, genug mit dem Feststecken in der vertikalen Position.

11. Juli

Das Einzige, was mich möglicherweise mit dem Chef verbindet, ist die Autarkie. Ich meine die Fähigkeit, die Möglichkeiten des Lebens, das Lebensgefühl aus sich selbst zu schöpfen. Nur dass bei ihm diese Fähigkeit unvergleichlich stärker, schon pathologisch ausgeprägt ist. Der Unterschied liegt wohl in der Quantität, nicht in der Qualität. Wenn ich aus dem letzten Loch pfeife, schon am Boden liege, weil ich nicht die angemessene Lebensmenge produzieren kann, und vorwiegend am Mangel-Erleben leide, dann scheint er geradezu üppig darin zu schwelgen. Für mich ist das Schreiben von Literatur ein mühevolles Zusammenpuzzeln von viel zu knappem Lebensmaterial. Und er, wenn es stimmt, was er sagt, muss immer wieder Dinge eliminieren, so viel Material hat er. Diese Fähigkeit könnte man auch negativ benennen, als Kaltschnäuzigkeit, mangelnde Liebesfähigkeit und (seine eigenen Worte in seinem *Tagebuch*) diese besondere Art des Egoismus. Vielleicht kommt die Notwendigkeit, ein Leben auf eigene Faust zu führen, aus diesem Mangel, wenn man auf keinen zählen kann, und das aus niemandes, sondern aus ganz eigener Schuld, dann kann man sich nur auf sich selbst verlassen. Erst hier unterscheiden wir uns, wir sind ganz anders, was Kraft und Talent betrifft, zu seinen Gunsten.

Im Übrigen bin in gewissem Sinne ich der Begabtere, muss ich ja auch sein. Ich habe eine bedeutend größere Erfindungsgabe, und zwar deshalb, weil er sich, mit seinem Übermaß an Kraft, kein bisschen vor dem Leben fürchtet. Er nimmt alles, wie es kommt, er muss sich keine künstlichen Lebenssituationen ausdenken, denn er tut angeblich kaum etwas anderes, als zu eliminieren. Er war nicht gezwungen, sich von Kind auf in der Kunst des Erfindens zu üben, er hat sich der Welt schon als Kind in die Arme geworfen, während ich von Kind an vor der Welt geflüchtet bin. Vor der Welt, also vor den Menschen, denn sie sind das, was die Welt ausmacht. Bis zu einem Alter von etwa zweiunddreißig hatte ich keinerlei Innenleben, und alles erledigte sich bei mir eher primitiv, durch Stimmungen, ich lebte nach meiner Fasson, und erst später, als der Druck unaussprechlich wurde, unter dem Einfluss dieser Unerträglichkeiten, begann ich damit, mir Gedanken auszudenken, über ernste Themen, Lebensthemen, ich interessierte mich für die Gedanken anderer zu diesen Themen. Ich stellte fest, dass ich fast alles auf der Welt, was mit Kultur zu tun hat, was ernst ist, sich genau mit diesen Fragen befasst, früher nicht wahrgenommen hatte. Das sage ich zu meiner Rechtfertigung, meine echte, ernste innere Biographie ist sehr kurz, sie umfasst nicht mehr als drei, vier Jahre. Auch das ist beim Chef ganz anders, er hatte wahrscheinlich schon als Kind eine innere Biographie.

Letztlich sind aber alle diese Überlegungen im Grunde genommen zu kaum etwas gut, es muss sie zwar geben, aber nur bis zu einer bestimmten Grenze. Er ist er, ich bin ich, und daran ändert keiner etwas. Weder ist er besser noch schlechter als ich, zwischen uns liegen einfach nur Welten. Vor allem die Tatsache, dass er er ist, und ich ich. Das ist weder Ehre noch Schande, so ist es einfach.

Sollte ich je so alt werden wie er, wie werde ich dann aussehen, wer werde ich sein? Diese Frage wirft mich wieder zurück auf die platte Vergleichbarkeit, die ich in den vorhergehenden Zeilen so diskret zu vermeiden suchte. Sogar in seinem Alter ist er er, und ich bin ich.

30. Juli

Heute habe ich den *Schneider* fertiggeschrieben. Ein Stück aus diesem Jahr. Vor kurzem bin ich aus Österreich zurückgekehrt. Früher habe ich nicht nur gebrauchte Trambahnkarten gesammelt, als Erinnerung an die Vergangenheit, sondern auch Ereignisse und Manuskripte datiert. Heute weiß ich nicht mehr genau, wann ich mit der Arbeit am *Schneider* begonnen habe, wahrscheinlich im Frühjahr, ja, genau, es war noch im März, das Manuskript werde ich wegschmeißen.

Seit etwa zwei Wochen habe ich wieder das Gefühl, dass es mich irgendwohin treibt, dass ich in einen unendlich langen und engen Korridor hineingerate, aber auf einen Horizont zu. Wohin werde ich kommen, wer werde ich sein, ich entferne mich immer weiter von den Menschen.

Der Herbst kommt.

3. September

Sartre sagt, das Bewusstsein entstehe aus Unwiderruflichem und Bestehendem, also aus Vergangenheit.

6. September

Meine Familie schien mir schon immer etwas völlig Irreales zu sein, doch jetzt hat sich dieses Gefühl noch um einiges verstärkt, da sie für mich nur noch in Form von Briefen existiert. Dasselbe kann ich übrigens über alles sagen, was ich nicht hier, in Chiavari, habe. Was kann ich schon persönlich überprüfen? Sogar ich selbst, wenn ich die Augen schließe, verwandle mich in etwas äußerst Flüchtiges. Wir tragen immer nur uns selbst im Zentrum der immergleichen Himmelskuppel, nur die Möblierung kann sich ändern, wir glauben immer nur so halb an das, was wir unter dieser Kuppel sehen. Das ist übrigens nicht mein eigener Gedanke, sondern der von Nietzsche, wenn solche Gedanken nicht überhaupt jedem Menschen einmal in den Sinn kommen.

Was soll jetzt praktisch daraus folgen? Diese Frage diktiert mir kein konkretes Bedürfnis, sondern die Logik, die immer Schlussfolgerungen verlangt und die nicht glauben will, dass Wahrnehmungen oder Gedanken einfach folgenlos vorüberziehen.

Ein Fall: Einen uralten Film mit Laurel & Hardy, den ich zum ersten Mal vor fast zwanzig Jahren gesehen habe, sah ich heute wieder. Er gefiel mir außerordentlich gut, was bisher noch ganz selten vorgekommen ist. Etwas, was mir vor

Jahren gefallen hat, zieht bei mir meistens nur verstaubte Traurigkeit nach sich. Ich weiß nicht, ob dem nicht nur ein Missverständnis der »Neuen Wellen« zugrunde liegt, der neuen Zeiten, der Sehnsucht und dem Schmachten nach der eigenen Jugend. Oder ein aufrichtiger Unwillen, die Menschen zu betrügen, indem man ihnen ein Stück in Form eines scheinbar tiefsinnigen Höhenflugs vorsetzt? Wahrscheinlich ist es einfacher, Filme zu machen, wie es etwa Godard tut, als einen wie den heute gesehenen.

Ein anderer Fall: Spaziergang in Richtung Bunker, schönes und mildes Wetter, septemberlich, zum Mittagessen *Spaghetti alla carbonara*, ich habe einen Text für *Podwieczorek przy mikrofonie (Imbiss vor dem Mikrofon)* geschrieben und einen Brief von Lem bekommen. Um diesen Tag in der Zeit wiederzufinden, sollte ich alles noch einmal lesen. Seit ca. zwei Jahren, seit ich dieses Tagebuch schreibe, habe ich keinen einzigen Blick in meine Notizen geworfen.

Das Interessanteste und vielleicht das Schlimmste ist, dass es mir in meiner Isolation ganz gut geht, sogar immer besser. Klar, wenn ich mich doch ständig darum bemühe. Ich mache mir nur Sorgen, ob es meinem Schreiben nicht schaden könnte.

Die Isolation. Halb schicksalhaftes Urteil, halb Glück, da sie mein eigener Wunsch war. Während ich mir schon nichts mehr außer der ewigen Isolation vor Augen halte, warten irgendwo wahrscheinlich derartige Abenteuer auf mich, dass ich mich noch nach der heutigen Zeit zurücksehnen werde.

8. September

Man kann das Unvermögen nachweisen, keine Ordnung zu schaffen, also absurdes Theater. Man kann davon ausgehen, dass vielerlei Ordnungen existieren, und kann ihnen ihr Versagen nachweisen, sie kompromittieren. Das ist in etwa, was ich bis jetzt getan habe. Man kann in den verschiedenen vermuteten Kombinationen der Welt ein einziges Schema sehen, das ist Gombrowicz. Man kann die Üppigkeit der Welt im eigenen Dunstkreis beschreiben und nichts weiter tun. Man kann mit der ganzen Welt diskutieren, das ist Dostojewskij. Man kann weder Kant im Theater spielen noch Heidegger in einen Roman umarbeiten, und aus Sarte kann man keine Poesie machen.

9. September

Jessua, ein Franzose, sein Vorname fällt mir nicht ein, wahrscheinlich ein Anfänger, machte einen Film unter dem Titel *Conto alla rovescia*, was natürlich nur der italienische Titel ist. Dieser Film hat mich sehr gefreut.

In allen Gesprächen über Kunst oder angrenzende Themen, hier in Chiavari, habe ich immer das Fehlen des Körpers gespürt. Buchstäblich des Körpers, und zuallererst meines eigenen. Ich stimme nicht mit den vielen hervorragenden Analysen meines Partners überein, ich spüre schmerzlich, dass hier etwas fehlt. Herrliche Abstraktionen, ganze Dome von Abstraktionen, schön, aber wo war ich bei all dem, schließlich ist die Kunst keine Mathematik. Der beste Beweis dafür ist, dass die Mathematik als eigene Disziplin besteht. Wo war mein Körper, der Kunst machte?

Der Film ist eine knapp erzählte Geschichte eines Schizophrenen. Natürlich inspirierte er mich zu keiner innovativen Theorie. Er erinnerte nur an die Theorie der Krankheit, der Kunst, der Gesundheit, einer Krankheit, welche die Kunst als Mittel zur Gesundung entdeckte. Thomas Mann hat hier mehr oder weniger alles gesagt.

Jede Krankheit kann der Hintergrund oder Beginn einer Schizophrenie sein, denn jede Krankheit erschwert die Teilnahme am Leben. Als »Leben« bezeichne ich hier die Teilnahme der Menschen am Alltag. Jede Krankheit trennt den kranken Menschen davon ab. Also sind wir schizophren.

Man weiß, dass bei fast allen Künstlern Elemente der Schizophrenie festgestellt wurden. Natürlich, jetzt fällt es mir ein, Gombrowicz sagte, es sei nur einem statistisch unerhört seltenen Zufall zu verdanken, wenn ein Schizophrener noch andere Gaben hätte, die ihn zum Künstler machen. Ich werde jetzt nicht darüber nachdenken, welche das sein könnten. Vielleicht ist es ein biologischer Makel, vielleicht etwas in der Art von Intelligenz, vielleicht übermäßiges Gesundheitsstreben, jedenfalls ein außergewöhnliches Bewusstsein. Auf einen schizophrenen Künstler kommt eine enorme Zahl von Schizophrenen, die diese Chance nie hatten. Die Spitäler sind voll mit Kranken, die jahrelang an der Wand stehen, in »ihrer Welt«.

Ich glaube, dass der Künstler mit der Kunst seine Schizophrenie bezwingt und der Gesundheit, also dem Leben wie oben beschrieben, näher kommt. Ebenso knüpft er wieder Kontakt zur vollen Gesundheit, falls der Kontakt wirklich unterbrochen war, und nicht nur schwächer. Übrigens, um den Terminus Krankheit zu vermeiden, der schließlich so viel diskutiert und in Zweifel gezogen wird, bemühe ich mich, sie zu umschreiben: ein statistisch seltener Zustand, in dem die Reaktionen und Handlungsweisen sich deutlich vom Reagieren und von Handlungsweisen der statistischen Mehrheit (Fieber zum Beispiel) unterscheiden und der somit die Teilnahme an täglichen zwischenmenschlichen Interaktionen ausschließt.

Wie spielt sich das ab, worauf beruht das Wiedererlangen des Kontaktes? Klar, am Beginn des Prozesses kann der mutmaßlich schizophrene Künstler nichts anderes tun, als den ihm durch seine Sonderstellung zugestandenen Raum einzunehmen. Also muss er zuerst die Welt, von der er getrennt ist, rekonstruieren. Das setzt allerdings voraus, dass diese Abtrennung von besonderer Art ist, die Kommunikation nicht beidseitig unterbrochen ist. So sind die Signale von der Welt nicht nur nicht abgeschnitten, sondern werden sogar mit besonderer Empfindlichkeit empfangen, und zwar massiv. Wenn dieser unser Einzelfall jedoch seinerseits etwas signalisieren will, wenn er Zeichen eines allgemeinen Codes senden will, dann ist das erschwert.

Der Film erzählt von einem Menschen, der die Seiten gewechselt, die menschliche Realität verlassen hat, neben ihr steht. Es ist der eigentliche und erschütternde Sinn dessen, was man mit »Jenseits« bezeichnet. In diesem Sinne ist ein Jenseits vorstellbar, und wahrscheinlich existiert es. Und die menschliche Realität, dieses ganze System der Absprache, das ist vorwiegend eine Sache der Verständigung. Also gelegentlich war dieser Mensch ein Schizophrener, ein Mensch, der sich nicht verständlich machen konnte – oder wollte? War es ihm lieber so? Das kommt öfter vor, und es ist die Pointe des Films. Der Protagonist sagt die Worte in einem Isolierzimmer eines Spitals, er sagt, er sei »völlig glücklich«. Davon, ob das stimmt, hängt viel ab.

14. September

Wie war ich einmal, und was für einen Stil habe ich daraus entwickelt, bzw. welcher Stil weist darauf hin, wie ich einmal war? Wie bin ich jetzt, und welcher Stil soll daraus resultieren? Vielleicht ist keine Antwort auf diese zweite Frage möglich, denn wie ich bin, davon sollte mir vor allem mein Stil erzählen, der, den es derweil nicht gibt, den ich suche und der mir eben sagen würde, wie ich bin.

Die Antwort auf die erste, historische Frage ist leicht, und wenn ich mich dieser Mühe unterziehe, dann nur in der Hoffnung, dass es mir schon beim Formulieren gelingt, etwas für die Gegenwart zu folgern. Ich war jung, also der Welt zugewandt, und ich wollte der Welt näherkommen, natürlich auf eine für mich angenehme Art und Weise, durch Anerkennung, Karriere und so weiter. Vor allem also wollte ich die Welt unterhalten, und wenn das, was ich damals tat, nicht pure Unterhaltung war, dann dank einer Nicht-Intention. Außerdem fühlte ich mich jung und schwach gegenüber der Welt, daher war ich bemüht, meine Schwäche vor ihr zu camouflieren, mittels Parodie, Pastiche und Ironie. Die herrschende politisch-polizeiliche Situation und meine Art, mich durch Anspielungen darin zu behaupten, war schließlich nichts anderes als eine konkrete Spielart meiner tiefen und allgemeinen Schwäche gegenüber der Welt.

Da die Welt also eine Enttäuschung war, ergriff ich die Möglichkeit, mich mir selbst zuzuwenden. Sofort jedoch kamen prinzipielle Zweifel an der Existenz eines »ich« auf. Mit diesen Zweifeln konnte ich im besten Fall fertigwerden, indem ich mich bemühte, die Existenzarten des »ich« kennenzulernen und zu prüfen. Eine Menge Zögern und Unwissen. Wahrscheinlich sollte mein Lernen in diese Richtung gehen. Dennoch ist das »ich«, das volle und schöne, »im Moment existierende«, unwiderruflich verloren. Denn Zweifel, die einmal aufgekommen sind, kann man unmöglich zerstreuen.

Wenn die Welt zerfällt, ist die Prosa als Beschreibung unmöglich. Daher gewiss auch die Hinwendung zum Theater. Vielleicht ist deshalb das Theater, in dem es um Geschehnisse geht, widerstandsfähiger. Das Theater muss über eine ziemlich solide Welt verfügen, denn es ist keine Poesie.

Ja, aber das ist alles noch keine Stilfrage. Es ist nur eine Flucht vor dem Thema. Stil ist die Haltung gegenüber etwas. Es wäre jedoch naiv zu glauben, dass ich heute einen Ausweg finde. Sich das bewusst zu machen hat aber noch nie geschadet.

Metaphysik ist die Annahme, dass jemand die Wohnungsschlüssel durchs Fenster geworfen hat.

19. September

Nietzsche ärgert, langweilt und belustigt mich ebenso, wie er mich begeistert, anzieht und mich etwas lehrt. Jedenfalls waren meine Freude und mein Stolz sehr groß, als ich am Beginn von *Jenseits von Gut und Böse* einen Gedanken fand, den ich selbst vor einiger Zeit gedacht hatte: dass jegliche philosophische Ansichten nicht etwa einer intellektuellen Erkenntnis über eine bestimmte Wahrheit entspringen, sondern einem gleichsam physiologischen Bedürfnis des Individuums. Das nur, wenn es um große, wegweisende Auffassungen geht. Hingegen momentane Interessen resultieren aus entsprechend kleineren Bedürfnissen und Gegebenheiten, aus einer konkreten Situation des Individuums in der Welt, aus solchen und keinen anderen Begrenzungen und einem individuellen Druck seiner Realität. All das kann ich an mir selbst ebenso wie an den anderen beobachten.

Erst jetzt ist mir klargeworden, dass meine Anerkennung für Meister N., wie ich sie so kokett zu Beginn zum Ausdruck brachte, nur daher kam, dass ich in seinem Text auf einen eigenen Gedanken traf, dessen Bestätigung mir sehr viel bedeutete. Nietzsche scheint mir genialer, wenn ich zufällig einen ähnlichen Gedanke hatte wie er.

28. September

Schon lange hat mich keine Lektüre so hingerissen, aufgewühlt. Das Gefühl, dass etwas passiert und etwas aufgeklärt wird, dass sich Möglichkeiten eröffnen und weitere Gebiete entdeckt werden, das fand ich in *L'être et le néant*, und hier besonders im Kapitel *L'être pour-autrui*. Ich bevorzuge die existentielleren Kapitel, vielleicht weil mir das abstrakte Denken, an das ich sowieso nicht ganz glaube, generell nicht so liegt. Ich vertraue mehr auf assoziatives Denken mit konkretem Erfahrungshintergrund. Ein logischer Beweis überzeugt mich nicht, mehr noch: Er begeistert mich nicht. Mich interessiert weniger der Existenzbeweis als die Existenz selbst. Also, ohne mich darum zu kümmern, dass Sartre den ontologischen Beweis der Existenz eines anderen aufgab, freut mich alles, was er über meine gemeinsame Existenz mit diesem anderen schreibt.

Bis zu meinem dreißigsten Lebensjahr habe ich den Kampf mittels einer Methode geführt, die ich heute als naiv bezeichnen würde, nämlich indem ich dem Kampf, und somit den anderen, aus dem Weg ging. Früher oder später rücken einem die anderen aber auf den Pelz, und das eigentliche Problem kann erst dann gelöst werden, wenn es in den Raum gestellt wurde. Es stimmt, dass ich die Welt verloren habe, und jenen Kirchturm. Er erlosch an jenem denkwürdigen Tag, schloss sich in sich ein, sah mich plötzlich nicht mehr, gab keine Zeichen mehr, er erlosch wirklich, darüber darf ich mir keine Illusionen machen. Die Welt entwischte mir, und ich bezweifle, dass sie irgendwann einmal zu mir zurückkommt. Ich bezweifle jedoch, ob mir dadurch auch schon das Leben entwischt ist und ob das bisherige Existieren der Welt, meiner treuen Welt, für mich die einzig mögliche Art zu leben ist. Irgendwie schleppt das Leben sich dahin, so liegt der Verdacht nahe, dass auch ich mich irgendwie weiterschleppe. Übrigens ist mir unendlich viel an Welt entwischt seit dieser Zeit, unendlich viele Möglichkeiten, von denen eine die andere totgeschlagen hat. Eine Menge Länder, Städte und Menschen sind mir durch die Finger geronnen. Dafür gibt es keinen anderen Trost, als mit dem Fitzelchen vorliebzunehmen, das es noch gibt. Und vielleicht ist es genauso wie mit der Freiheit: Zunächst ist sie nur begrenzt, aber innerhalb ihrer Grenzen ist sie genau so eine Freiheit wie an jedem anderen Punkt in diesen Grenzen oder an irgendeinem anderen Punkt innerhalb anderer Grenzen.

Ein ganz famoses neues Thema drängt sich auf: Warum suchen Menschen die Gegenwart von anderen Menschen? Selbstverständlich überspringe ich offen utilitäre Umstände, ebenso wie Sachzwänge. Es ist aber wohl doch so, dass sie freiwillig suchen, das ist ein ganz alltägliches Phänomen, ebenso wie die Tatsache, dass sie, wenn sie jemanden gefunden haben, damit nicht zufrieden sind. Das angestrebte immerwährende Zusammensein mit einem anderen bereitet Leid und Qual. Beweis dafür sind schwierige zwischenmenschliche Beziehungen sowie unvermeidliche Ressentiments gegenüber den anderen. Sie aber suchen, müde von ihrer eigenen Vernichtungsarbeit und den Erklärungen dafür, und sehen den Spatz in der Hand nicht, der aber nicht von ihnen selbst, sondern vom anderen stammt. Daher die Abhängigkeiten. Daher die Enttäuschung und Kränkung. Das Ideal wäre, dass der andere eine Erklärung für mich hat, aber nach meinen Wünschen, nach meinem Rezept für mich. Deshalb tun wir gewiss auch alles, was wir können, um den anderen unseren eigenen Begriff von uns selbst überzustülpen.

13. Oktober

Unterdessen ist viel geschehen. Paradoxerweise erscheint mir das Leben nie so transparent, so undefiniert, so relativ und so unbestimmt wie in jenen Augenblicken, in denen viel geschieht und es sich eigentlich dicht, substantiell, wichtig und lebensnah anfühlen müsste.

Die Mutter meiner Frau ist gestorben, und Mara ist sofort nach Polen gefahren.

L. war da, und bei diesem Besuch ist viel ans Licht gekommen. Ich habe sie nach Neapel gebracht, und auch hierbei habe ich indirekt einiges erfahren. Jetzt bin ich allein, und das ist gut und schlecht zugleich.

Vielleicht hätte ich in den letzten beiden Wochen täglich etwas aufschreiben und darüber nachdenken sollen. Das habe ich nicht getan, vielleicht nicht nur aus Faulheit. Nie zuvor sind mir Urteile so schwer gefallen. Also habe ich nur gegrübelt und nicht überlegt, gewiss war auch das eine wichtige Periode. Wir werden ja sehen.

16. Oktober

Ich habe eine Krise. Beim Versuch, aus ihr herauszufinden, sollte ich darüber nachdenken, was mich am Herausfinden hindert.

Vor allem die Anspannung, eine Folge meiner Anstrengung, etwas Großartiges und Kluges zu sagen, mein Leben und meine schmerzgeplagte Existenz durch das Feuer hervorragender Theaterstücke zu reinigen. Ich sollte vergessen, dass ich ein Schriftsteller bin, dass die Theater in Polen auf mich warten, dass die Kritik mich schätzt und überschätzt und so weiter. Unter Anspannung kann nichts entstehen.

Es wäre ziemlich gesund, wenn ich jetzt nur eine heitere Komödie schreiben würde, wenn ich so etwas überhaupt zustande brächte. Anders gesagt, wenn ich etwas Anspruchsloses schriebe, was nicht die Wahrheit über die Welt von heute verkünden will, nicht weh tut, nicht verbessert, nicht besonders brandmarkt oder sonst etwas. Ich muss daran denken, dass ich an nichts anderes denken darf als an ein Werk für das Theater, das ein Eigenleben hat und eine eigene Realität, etwas, was nur im Theater und für das Theater leben würde, nichts Rhetorisches und keine Deklaration. Ich muss mich von dem Druck befreien, den ich in letzter Zeit spüre. Tatsächlich, wenn ich jetzt daran denke, irgendetwas zu schreiben, befallen mich Kraftlosigkeit und Unlust, aus zwei Gründen. Erstens, weil ich sofort Verantwortung und Überdruss verspüre, zweitens, weil die Welt unermesslich und groß ist, und ich, wenn ich das spüre, wie gelähmt bin.

Lebe einfach wie früher, lies, was dir gefällt, denk dir dieses und jenes, aber bring damit keine Aufgabe in Verbindung, keine Erwartung. Das werden viele lautstark kritisieren, aber du kannst nur deinem eigenen Instinkt folgen.

Sei wieder ein wenig Handwerker, ein wenig Künstler, ein wenig Mensch, der Geld braucht und eine ihm angemessene Beschäftigung. Befreie dich von der Last der Aufgaben, höre auf, dich zu fürchten, dass du irgendetwas nicht schaffst, dass du irgendetwas unbedingt musst. Wenn man aus dem, was du schreibst, wieder herausliest, dass du etwas musst und dich vor etwas fürchtest, dann wird es nicht gut.

Klar, dass es – um dir zu gefallen – etwas »Neues« sein muss. Also such dir etwas, was dich nicht gleich zu Beginn langweilt und was keine Ausführung eines vorgegebenen Themas ist. Verweile eine Zeitlang in der Atmosphäre der Aufgabe, ruf dir in Erinnerung, dass du alles vergessen musst, was du über die Literatur und das Leben weißt. Du sollst ein Monopol haben auf das, was du beginnst, und du sollst autonom sein. Hör auf, ein Arbeiter der Kultur zu sein, bzw. ein Weber deiner beruflichen Biographie. Wenn es kein Abenteuer wird, dann wird es gar nichts.

Du hast hier kein Doping zur Verfügung, stimmt, das ist schlecht. Es kristallisiert sich eben heraus, ob du genug eigenen Antrieb und Lust hast, um etwas in Angriff zu nehmen und irgendetwas zu erreichen. Das fragen sich übrigens alle, die dich kennen und die an dir, aus welchen Gründen auch immer, interessiert sind. Aber das ist eben wieder eine Frage von unbeteiligter Seite, und du solltest sie schleunigst vergessen, weil es wieder nichts anderes wäre als ein fortgesetztes Gefühl der Verantwortung sowie das Schielen nach Anerkennung durch die anderen.

Ich weiß nicht, es sollten drei Akte sein, oder zumindest einer, denk dir einen Ton, in dem du dein Geschriebenes gesprochen hören möchtest, kein metaphysisches Gezappel, kein Lebensresümee, suche keine großartigen Worte und Bilder, suche einfach nur Worte und Bilder. Am besten wäre eine Idee, die nicht auf einen großen Durchbruch in deinem Schreiben hinweist, sondern einfach eine Idee ist, dann wird der Durchbruch so oder so kommen, und wenn nicht, dann bleibt es zumindest ein solid geschriebenes, bescheidenes Werk. Keine Angst vor deinem Werkchen, sei immer etwas klüger als dieses, gib ihm nicht sofort eine Größe, die dich einschüchtert. Suche einen Gedanken, ein Bild, eine theatralische Realität und nur das, lass alles andere in Frieden, du sollst ja schreiben und dich nicht abrackern.

Das alles ist natürlich genau das Gegenteil von dem, was ich mir verordnet hatte, bevor ich *Tango* schrieb. Zum Glück hat *Tango* aber auf diese Überlegungen schon im Voraus reagiert. Aber ich werde ja wohl im Laufe der Zeit meine Ansichten und Absichten ändern dürfen. Warum soll ich es nicht zugeben: Ich kann mir heute nicht mehr leisten als vor einem Jahr. Also, warum sollte ich die Literatur und das Leben nicht wieder so behandeln wie damals, in einer guten Phase? Literatur ist etwas, was man schreibt, und das Leben ist etwas, was man lebt, und sowohl beim einen als auch beim anderen muss ich sorgfältig vorgehen.

Ich muss irgendwie verstehen, was dieses seltsame und unangenehme Gefühl der völligen Leere bedeutet, das mich augenblicklich befällt, wenn ich daran denke, etwas zu schreiben. Heißt es, dass ich nie mehr im Leben irgendetwas schreiben werde oder dass meine derzeitige Situation unfruchtbar ist und ich nach Polen zurückkehren soll, um Anregungen zu bekommen? Aber die Überlegung überzeugt mich: Wenn sich bisher alles, was in Polen für mich Polen war, gut auf mein Schreiben ausgewirkt hat, dann ist das Leben weitergegangen, und ich bin nicht mehr in Polen. Eine Rückkehr wäre also nur eine mechanische Maßnahme, denn das Leben dort war nur dann nahrhaft, als es spontan auf mich einwirkte. Mein Leben spielt sich nun hier ab, und eine Rückkehr wäre keine automatische Rückkehr ins Leben, denn es wäre ja ein ganz anderes Leben, weder spontan noch natürlich. Möglicherweise waren die vergangenen beiden Jahre im Ausland für mich nur eine Entgleisung, das wäre schlimm, es gäbe keinen Ausweg, nur noch eine Illusion.

Es ist ein beunruhigendes Faktum, dass *Tango* und *Moniza Clavier* noch polnische Ideen waren, es waren noch polnische Inspirationen, nur die Ausführung ist jetzt ausländisch. Mein erstes komplett ausländisches Werk, dieser unglückliche *Schneider*, war ein totaler Reinfall. Ich habe hier auch keine Ideen zur Aufführung, keine Schreibideen, Halbideen. Keine schriftstellerischen Höhenflüge, keine emotional-intellektuellen Vorbereitungen, keine Intensität, aus der ein konkreter Gedanke erwächst, und keine einzige Inspiration für ein konkretes Stück. Vielleicht wäre es ideal, in Polen zu wohnen und, um die dort aufgeschnappten Themen auszuarbeiten, wieder auszureisen, um Distanz zu bekommen. Aber diese Vorstellung muss ich schnell wieder begraben, denn eine Realisation ist unmöglich.

27. Oktober

»Zwei ½ Tage war ich – allerdings nicht vollständig – allein und schon bin ich, wenn auch nicht verwandelt, so doch auf dem Wege.

Das Alleinsein hat eine Kraft über mich, die nie versagt. Mein Inneres löst sich (vorläufig nur oberflächlich) und ist bereit Tieferes hervorzulassen. Eine kleine Ordnung meines Innern fängt an sich herzustellen und nichts brauche ich mehr, denn Unordnung bei kleinen Fähigkeiten ist das Ärgste.«

Das schreibt Franz Kafka in seinen Tagebüchern.[25]

Kafka ist ein Tagebuchkollege. Ich habe schon früher bemerkt, wie vulkanisch seine Tagebücher sind, wie glühend das Fieber darin. Ich stellte grollend fest, dass er uneinholbar ist, was aber für mich unzweifelhaft bedeutete, in derselben Arena zu kämpfen. Jetzt ist es etwas anders, die Vulkanität sehe ich bereits woanders, nicht daneben und darüber, sondern aus größerer Entfernung. Wenn es stimmt, dann ist das bedenkenswert. Es heißt, dass ich nicht besonders gleichförmig bin bzw. dass Zeit und Alter mich erstaunlich ändern. Natürlich ist »Vulkanität« keine passende Bezeichnung, und wenn ich sie trotzdem benutze, so aus Schlampigkeit, was eigentlich nicht sein darf. Ich werde den Begriff verstehen, wenn ich das Geschriebene wieder lese, und das genügt. Aber so eine Rechtfertigung führt von einer Schlamperei zur nächsten, größeren Schlamperei, und überhaupt offenbart sich bei dieser Gelegenheit bereits der zweideutige Charakter des Tagebuchs, und überhaupt aller Tagebücher. Dieses hier führe ich jedenfalls so vorsichtig, so absichtsvoll keimfrei, dass es mich permanent langweilt und ich mich danach sehne, es etwas weniger auf diese Art zu führen. Ich habe den zweideutigen, schmuddeligen Charakter dieses Tagebuchs ständig vor Augen.

Erste Regentage, warm, nichts, und daraus ergibt sich wieder nichts.

7. November

Ziemlich schlechte Tage.

Sonntag. Niemanden gesehen. Auch ich selbst war nicht vorhanden. So was ist eine Strapaze. Erst als ich mich damit abfand, kam ich drauf, dass ich es irgendwie aushalte. Ich weiß selbst nicht, ob so ein Sich-Abfinden mit etwas ein Sieg oder eine Niederlage ist.

Vor einigen Tagen habe ich mich unter ebensolchen Umständen allein betrunken. Auch heute war ich wieder auf dem besten Weg dazu, als ich mich im letzten Moment besann, ich weiß selbst nicht mehr genau, warum, vielleicht weil ohnehin alles egal ist.

Ich war auch wieder in Florenz, als Gast auf der Hochzeit von Chiaretta Spaggiari, ich wohnte über dem Arno. Für mein ereignisloses Leben hier ist eigentlich viel passiert. Ich verstehe nicht, warum es mir nicht einfällt, es zu erwähnen, wahrzunehmen, festzuhalten. Wenn ich schon immer aus nichts zusammengesetzt war, so werde ich jetzt zusehends vollends zu nichts. Langsam gleicht sich alles aneinander an.

Nachdem nichts vorhanden ist, habe ich die Pflicht, alles zu schaffen, und das macht mir zusehends Mühe. Noch nie war meine öffentliche Person so aufgeblasen, noch nie, proportional zur öffentlichen Person, habe ich selbst weniger existiert.

Die Nachbarn sind schlafen gegangen, auf dem Dachboden gluckert der Wasserbehälter, der sich ständig füllt. Sieht irgendwie nach Scirocco aus. Den ganzen Tag war ich nicht draußen. Ich verstehe nichts.

12. November

Ein Artikel in *Paris Match* über Pinter und seine beiden Werke *Collection* und *Lover*, in Paris. Was mich bei Pinter nachdenklich stimmt, ist die Tatsache, dass wir etwa gleich alt sind. Beide haben wir 1958 debütiert. Schon als ich das erste Mal von ihm erfuhr, spürte ich Hass und Rivalität, gleichzeitig fühlte ich mich ihm verwandt. Das war wohl 1960 oder 1961, ich weiß nur noch, dass ich in meinem alten Auto saß, dass ich die Ausgabe der Theaterzeitschrift *Dialog* dabeihatte und darüber nachdachte. Ich weiß nicht mehr, welches Stück in dieser Ausgabe abgedruckt war, vielleicht war es *Die Geburtstagsfeier*?

Ich weiß nicht, ob er bis heute von mir gehört hat, aber wenn ja, dann hat er es sicher nicht weiter beachtet, hat nichts dabei empfunden.

Seit damals hat mir Pinter zwar immer wieder mal einen Stich gegeben, aber eine ähnliche Verbissenheit wie damals habe ich erst heute wieder verspürt. Es packte mich an den Haaren und zog mich in die Höhe. Fliegen und schreiben, aufholen, ihn überholen, hopp, hopp! Denn er ist seit damals ziemlich weit gekommen, nicht nur er. Albee, Weiss, sie alle. Wo man hinschaut, werden Dramen geschrieben. Alles meine Generation. Noch schlimmer ist, dass aus der Zusammenfassung von *Collection* bzw. *Lover* hervorgeht, dass es fast genau die gleichen Stücke sind, die ich seit einiger Zeit geplant hatte zu schreiben, ich war nur noch nicht restlos überzeugt davon. Eine wohlwollende Rezension über den Warschauer *Tango* gab es in der *Times*, warum erwähnt sie aber nicht, dass *Tango* etwas anspricht, was ein wenig, wenn auch anders, aber nichtsdestotrotz doch auch bei Pinters *Homecoming* vorkommt?

Ich darf mir keine Illusionen machen, ich bin noch immer nicht in die gute Gesellschaft vorgestoßen, ich zähle also noch immer nichts. 1963 war ich der am häufigsten gespielte fremdsprachige Autor in Deutschland, trotzdem gehöre ich auch dort nicht richtig dazu. Ich sitze am Meer in einem kleinen Städtchen und warte darauf, dass vielleicht die Premiere von *Tango* in Düsseldorf mich einführt, denn wenn nicht *Tango*, dann kann ich die Hoffnung für die nächsten Jahre sausenlassen, schon allein deshalb, weil ich im Moment nichts schreibe. Selbst wenn ich nächstes Jahr ein Stück schriebe, dann könnte es frühestens zwei Jahre danach auf die Bühne kommen. Derweil ergehe ich mich in Groll, Wehmut und polnischem Leid. Die haben dort ihren Spaß, und ich bin noch immer verkannt.

Gewiss werde ich ein bisschen dafür bestraft, dass ich ein Pole bin. Aber das mal außer Acht gelassen, wofür sollte man mich denn eigentlich so schätzen und in die beste Gesellschaft einführen? Ich kann mit bestem Gewissen sagen, dass ich kein Epigone bin, was kann ich dafür, dass ich in der gleichen Zeit, auf der gleichen Welt schreibe und dass ich ab und zu etwas geschrieben habe, was man einem im Westen geschriebenen Werk durchaus zur Seite stellen könnte? Klar, wenn meine Sachen erst in Polen gespielt werden und dann übersetzt werden müssen, und sich erst dann vielleicht ein drittklassiges Theater erbarmt und es im Westen produzieren will, dann wird ein gleichzeitig im Westen geschriebenes Werk als originell anerkannt und vorrangig behandelt, und ich komme zu spät. Und selbst wenn ich dann etwas mehr oder etwas anderes geben könnte, so würde ich doch – wegen der Langsamkeit und der Ausrichtung an Klassifikationen – sofort den westlichen Kollegen zugeordnet, und einmal in so einem Vergleich gefangen, wird niemand mehr etwas anderes wollen.

Vielleicht wird ihnen das mit *Tango* nicht gelingen? Vielleicht werden für *Tango* keine Bezugspunkte gefunden, vielleicht gesteht man sich endlich ein, dass es ein eigenes Stück ist, egal ob gut oder schlecht, aber ein eigenes, mein eigenes? Und wenn schon, was dann?

Es ist wichtig und nützlich, dass dieses Herausziehen an den eigenen Haaren, mittels Missgunst und Wettstreitgelüsten, heute passiert ist. Ich muss mich dazu bekennen und darf nicht so tun, als ginge es mir nur um meine eigene Perfektionierung. Nein, ich möchte Pinter quälen. Ich möchte großen Welterfolg haben – sicher würde ich ihn mir ebenso wenig zunutze machen, wie ich mir meinen absoluten Erfolg in Polen zunutze gemacht habe, ich weiß nicht, wie man sich etwas zunutze macht, ich möchte diesen Erfolg nur einfach sehr gerne haben.

Jetzt kommt mir die Erfahrung der letzten Tage zupass und sogar der unglückselige Wodka, mit dem ich den Geist ködern wollte. Was soll ich aus diesem Emporheben an den Haaren machen? Wenn es Geist und Glaube wirklich gibt, romantisch, wie es mir der letzthin gelesene Odyniec ständig versichert, mit konkret wirkenden Kräften, dann würde jetzt sofort in London der »arme Pinter« in Tränen aufgelöst seine Feder zerbrechen, sich meiner Macht unterordnen und mir den Vorrang lassen. Und am Broadway würden sie sich schon um die Aufführungsrechte an meinen Werken prügeln.

Derweil genügt es, auf den Balkon zu treten. Alles beim Alten, nichts hat sich verändert, die Welt ist seltsam gleichgültig gegenüber meinen Geisteszuständen. Ich könnte noch weitergehen und mich hinunterwerfen oder eine Pfeife rauchen und gewaltsam ein Thema, eine Idee, eine Disposition suchen, um höchstens drei Wochen später mein neues, großartiges Stück Pinter vor die Nase zu knallen. Daraus wird nichts, es kann nichts daraus werden, also was? Allerhöchstens kann ich versuchen, diese unappetitlichen Gefühle zu bewahren, um aus ihnen Kraft zu schöpfen, wenn ich schon keine Lust habe, etwas zu tun. Es gibt nur eines, wenn überhaupt: viel und schwer arbeiten, wie in der Schule, wie in der Literatur, morgens aufstehen, lesen, lernen, sich anstrengen. Das ist sicher furchtbar langweilig.

Nur die Methode des Grafen von Monte Christo kann Resultate zeigen. Dazu braucht man viele Jahre und große Geduld. Alles andere steht nicht in meiner Macht. Mein Versuch, rauchend am Tisch zu sitzen, lockt keinen Geist hinter dem Ofen hervor. Nutzen wir den ewigen polnischen Minderwertigkeitskomplex, wenn wir ihn schon haben, er zieht immer. Hier, im Einklang mit meiner polnischen Natur, sollte ich einen Schwur leisten, ein Siegel prägen und dann auf mein Wohlergehen ein schönes Glas Whisky trinken, und wenn eins, dann kann ein zweites auch nichts schaden und so weiter. Morgen dann alles noch mal von vorn, mit der Grübelei beginnen, was macht diese Welt eigentlich aus, und warum scheint mir auf ihr so einiges zu entgehen? Bis zum nächsten Schwur, der auf einem privaten Bankett begossen wird, und so weiter, das ganze Leben? Und wenn es einmal zu spät sein wird, sich damit trösten, dass es wirklich schon zu spät ist.

14. November

Im ›Prora Bassa‹ in Santa Margherita, Abendessen mit allen Bekannten von hier. Wie könnte ich beschreiben, notieren oder markieren, um solche Ereignisse zu bewahren?

Als ich jung war, in meiner ersten Phase des Tagebuchführens, hatte ich diese Sorgen nicht. Ich war so übervoll von dem, was ich mir kommunizieren wollte, und das Schreiben auf Papier machte mir solchen Spaß, dass mir nie eingefallen wäre, über eine mögliche Interpretationsart nachzudenken.

Kann man denn, ohne dazu Lust zu haben, saftige informative Genrebilder malen? In dieser Frage lauert natürlich ein Zweifel. Als ich jung war, bedeutete jedes neue Bild, besonders wenn es von der Routine des Alltags abwich, und jedes kleine Abenteuer gleich eine Sensation.

Kazimierz Brandys schrieb, dass die Seele von Chiavari, die sich unter dem Pseudonym »Insel« verbirgt, düster und heiß sei, unergründlich, unerforscht und wild, fast schon exotisch. Na, ich nehme an, für Kazimierz ist es so gewesen, denn es ist sicher für jeden exotisch, der für drei Wochen oder für zwei Monate hierherkommt, wenn er sich überhaupt so viel Zeit nimmt. Kein normaler Mensch, der mit Gewalt in Chiavari angesiedelt wurde, wird hier über kurz oder lang Exotik wahrnehmen, er wird den Gedanken lachhaft finden. Man könnte höchstens angestrengt eine exotische Stimmung heraufbeschwören, künstlich, man könnte versuchen, in irgendeinem Zufall etwas Exotisches zu erkennen, aber das ist wirklich läppisch. Außer kurz und sachlich festzustellen, dass es »hier ein bisschen anders ist als bei uns«, gibt es nichts zu sagen. Denn wozu soll man irgendwas aufblasen? Um Federbüschel für seine Glatze zu machen?

Im Kino habe ich den Film *The Ipcress File* gesehen. Schönes Wetter, hell, trocken und sonnig, aber abends zum Glück recht kalt, denn Wärme zieht immer Regen nach sich. Auch Sonnenuntergänge in mannigfaltiger Ausführung, den lieben, langen Tag, und allein dieser Satz zeigt, wie ich übertreibe und dass man mir überhaupt nicht trauen kann. Wichtig ist jedoch, dass die Tage leuchtend, glanzvoll und himmelblau sind, hier ganz besonders, denn das Blau ist blasser, mehr wie Porzellan, nicht dieses schwere, zähe sommerliche Dunkelblau. Aus dem Meer stieg ein nicht mehr ganz junger Mann, er hat gebadet. Familien und Nichtfamilien machen Sonntagsspaziergänge am Meer. Offenbar nur Einheimische, hierher reist niemand nur für ein Wochenende. Noch nicht. Eine Menge Qualm steigt am Ende des *lungomare* auf, wahrscheinlich werden dort Abfälle verbrannt, keine Feuerwehr in Sicht, noch immer nicht, und ich hoffe es nicht einmal mehr.

17. November

Immer noch missfällt mir die Argumentation, ich solle nach Polen zurückkehren, um unter polnischen Qualen, mit wiederauferstandener Schalkhaftigkeit erneut zu schreiben. Wahrscheinlich war es so, dass ich viel nur deshalb geschrieben habe, weil ich nicht vor den Umständen fliehen konnte. Ich suchte Erleichterung in ironischen Überheblichkeiten, Empörung etc. Aber genau: weil ich nicht wegkonnte. Wenn man nicht abhauen kann, wenn man leiden muss, ohne die Wahl zu haben, dann hat man es mit dem Schicksal zu tun, also mit einem ernstzunehmenden Partner. Wenn wir allerdings die Wahl haben, dann haben wir uns schon nicht mehr mit dem Schicksal auseinanderzusetzen, sondern nur mit unserer Wahl. Das alles habe ich mir aufgeschrieben, und heute Mittag fiel es mir wieder ein, so plötzlich und so schön, dass ich fast geblendet war von der Neuheit und Offensichtlichkeit, und auch von meiner klaren Formulierung.

Gerade ist ein Gewitter heruntergegangen, es ist schwül, die Luft dünnflüssig, alles mit Regen vollgesoffen. Dunkel und stickig.

20. November

Eine Nachricht aus Polen bekommen, ein Artikel aus einer polnischen Zeitung, dass das Bein, von dem ich gestern schrieb[26], unter völlig anderen Umständen zerschmettert wurde, als es meine mutwillige Phantasie blindlings beschloss, da es noch keine näheren Beschreibungen gab. Ich hatte mir vorgestellt, wie Leszek auf einer eindeutig sehr engen Krakauer Straße anhielt und aus seinem Auto stieg, und dann kam ein Lastwagen von hinten, oder auch von vorn, egal, und klemmte ihm in dieser engen Straße das Bein ein. In Wirklichkeit aber geschah es bei Olkusz, auf freiem Feld – wirklich auf freiem Feld? Woher weiß ich, dass es nicht hinter einem Zaun geschah oder in einer für den Lastwagenfahrer uneinsehbaren Kurve? Warum kam der Lastwagen ins Schleudern, oder bremste er, und wenn ja, dann warum, zu welcher Tageszeit geschah es, warum ein Auto, war es überhaupt sein eigenes Auto oder nur ein Dienstwagen, war er ausgestiegen und befand sich zwischen Auto und Lastwagen, und vielleicht wurde gar nicht er, sondern sein Wagen vom Lastwagen erfasst und umgeworfen? So könnte man unendlich weiterfragen, es gibt unendlich viele Fragen, aber auch die können nicht alles wiedergeben, was sich abgespielt hat, man muss sogar den Strauch am Wegesrand beschreiben und auch den dahinter, angenommen, es gab dort Sträucher, was, wenn es mehr als zwei waren?

Kann man in einer derartig allumfassenden Ungewissheit überhaupt seinen eigenen Wahrnehmungen vertrauen? Leider, ich glaube, ja, denn die Topographie ist nur das eine, und ein zertrümmertes Bein ist ein zertrümmertes Bein, da gibt es keine Varianten.

Zufällig hörte ich vor einer Stunde Radio Warschau, Ende der Nachrichten vom Tage, danach der Beginn einer Kabarettsendung. Wieder wirft mich das allgegenwärtige Simulieren um, obwohl ich mir das schon abgewöhnt hatte. Diese Stimmen simulieren ununterbrochen irgendetwas. Der Nachrichtensprecher ist sehr wahrscheinlich nur dienstlich so tapfer und kühn, so elegant und charmant, so vital und etepetete, und wenn er seine tägliche Arbeit beendet und seine zivile Kluft überstreift, dann wird er vielleicht stammeln und vielleicht sogar in Tränen ausbrechen. Diese Simulation würde ich als Koketterie bezeichnen. Alle Stimmen kokettieren, wie Studenten oder Schüler, die übertrieben witzig sein wollen, übertrieben laut lachen, übertrieben lärmen, so tun wie die Erwachsenen, sich wichtig machen und fachsimpeln. Und jeder Einzelne ist ein ganz anderer, als er zu sein vorgibt. Den gleichen Eindruck bekomme ich bei der Lektüre von polnischen Zeitungen. Sich aufblasen, aufmucken, klugscheißen, und die Erbärmlichkeit bei dem allen, die Dürftigkeit und Flüchtigkeit, oder mehr noch: die Seichtheit.

Genau aus diesem Grund bewegen mich alle Arten von historischen Erinnerungen, daher berühren mich die Legenden von Saint-Germain-des-Prés – eben erschienen in einigen Zeitschriften Bilder und Erinnerungen an diesen Bezirk, samt Kommentaren von damals – sie bewegen und berühren mich. Ich war damals etwa zwanzig und noch nie aus Krakau hinausgekommen, ich wusste nicht, dass Saint-Germain-des-Prés überhaupt existiert, ich ging zum Mittagessen, das Klosterschwestern an Arme verteilten, und ich hatte meine eigenen, riesigen Probleme und Stürme. Meine ungeheuren Winzigkeiten. So etwas wie in Saint-Germain hatte ich höchstens ansatzweise auf der Sławkowska-Straße im Café ›Warszawianka‹ erlebt, wo sich richtige Künstler trafen, aber ich kannte kein einziges Künstlergesicht, zweifelte sogar daran, ob ein Künstler ein Gesicht oder sonst Menschengestalt haben kann. An die Künstler glaubte ich nur so weit, wie ich heute an Istanbul glaube.

Natürlich berühren mich die großen Jahre des Saint-Germain-des-Prés so sehr, weil ich parallel daneben meine Jahre sehe. Aber warum berühren mich eigentlich nicht die Erinnerungen an den Weltkongress der Intellektuellen in Wrocław, der etwa im selben Zeitraum stattfand, nämlich 1948, oder warum ist mir der Wiederaufbau von Nowa Huta egal, was doch sogar unlösbar mit meiner Biographie verbunden ist? Und sollten diese Ereignisse zu politisch und daher mit Unlust verbunden sein, wieso bewegt mich nicht... Moment mal, doch, die Legende der Krupnicza-Straße[27], die ich damals noch gar nicht kannte, die interessiert mich sehr.

Vielleicht war Saint-Germain-des-Prés so eine damals nicht existierende Krupnicza-Straße für mich, und dass sie existiert, erfuhr ich viel später, als sie zu ungeheurer Größe erhoben wurde. Auf der Krupnicza-Straße, und in Saint-Germain, geschah damals das, was – auch wenn ich damals keine Vorstellung davon hatte – eine Offenbarung für mich war, die Entdeckung der Welt, meiner selbst, des Lebens, des Lichts. Es war die Verkörperung aller ungestümen Energien und Bewegungen meines Innenlebens. Hier ist nicht die Rede vom Werden eines erstrangigen Künstlers, das ist etwas ganz anderes, jedenfalls etwas Kleineres. Komisch, das zu sagen, komisch aber nur aus heutiger Perspektive auf Saint-Germain, das damals mein eigentlicher Platz war.

Ich dachte oft an das für mich äußerst glückliche Zusammentreffen der Ereignisse: Meine Jugendjahre deckten sich mit den Nachkriegsjahren. Nur dass in Polen schnell der stalinistische Panzer darüberrollte und meine Karikatur begann. Eine äußerst seltsame Kombination von Jugend mit jung Gealterten. Wie immer, so auch diesmal, spielte sich bei uns alles irgendwie abartig ab.

Später, schon unter dem Panzer, konnte ich fast nichts sehen, ich ahnte aber viel, etwa dass das, was dort geschah, echt war, meins war. Die Faszination für irgendwelche muffigen Krümel, Nachrichten über einen gewissen Sartre, über einen Greco, über bestimmte Keller, trotz unserer fast prätorianischen Treue zu einer Doktrin und unserer künstlichen Realität, die ja bekanntlich dem »Existentialismus« den

Weg bereitete. Das war etwas Tieferes. Und heute meine Sehnsucht, doppelt hoffnungslos, nach Saint-Germain-des-Prés. Damals wurde sie nur vom Ort zunichtegemacht, jetzt aber noch dazu von der unwiederbringlichen Zeit und der vergangenen Jugend. Sie ist wie die Sehnsucht nach einer unerfüllten Jugendliebe, von der mir schwant, dass sie es war, die mir das ganze Leben geöffnet hätte. Wenn ein bisschen Wahrheit in dem steckt, was heute über mein Nacheifern geschrieben wird, dann muss ich den Grund dazu in diesen Jahren und dieser Geschichte suchen.

Heute fühle ich meinen vierzigsten Geburtstag näher rücken, so wie damals meinen dreißigsten, subkutan, lange vorher, bevor es mir bewusst wird. Den nahenden Vierziger mache ich mir jetzt schon einmal bewusst. Ich fühle die Unausweichlichkeit, es gibt kein Entkommen, ich habe die Pflicht, meine eigene Gestalt zu finden, die der definitiven Gestalt immer näher kommt. Als ich aus der Metrostation Odéon auftauchte, im frühen Dezember, an einem Abend 1957, wie verrückt ich mich selbst gemacht habe, in Paris, in Saint-Germain-des-Prés, mit meinem Köfferchen. Mein Gott. Ich wusste damals nicht, dass alles schon vollzogen war. Auch ich hatte schon alles hinter mir. Und wieder diese riesige innere Anstrengung, diese Anspannung im leeren Raum, nebenan, woanders, nicht zu seiner Zeit. Sehr polnisch.

Das alles ist nur ein bisschen Bedauern, sogar ästhetisch drapiert, sogar angenehm traurig. Mehr nicht. Eigentlich geht es mir nicht schlecht, weder schwach noch ausgebrannt. Ich sitze hier, um zwölf Uhr nachts, mitten in Europa, vom nackten Leben suspendiert, und durch eine Fensterscheibe kann ich alles sehen, was passiert.

Mich wundert immer, dass ich mir bei meiner enormen Dummheit, meinen beschränkten Talenten doch immer einen Weg bahne. Es muss offenbar etwas geben, was keine Klugheit, kein Talent ist, was ich nicht benennen kann und was hoffentlich wichtiger ist. Große Schriftsteller haben schon in der Jugend große Werke geschaffen. Nicht der Abstand zwischen meinen Werken von vor fünfzehn Jahren und denen von heute ist groß, denn die unterscheiden sich nicht sehr voneinander. Aber der Abstand zwischen dem, der ich vor fünfzehn Jahren war, und dem, der ich heute bin, ist groß. Er sollte noch größer sein. Letztlich ist das mein einziges Abenteuer. Allein, dass ich das Obige ohne Selbstironie schreibe, ist schon viel.

21. November

Alles, was ich abends schreibe, hat euphorischen Charakter. Je später die Nacht, desto größer meine Euphorie. Morgens bin ich nüchtern und wundere mich meistens, wie ich zu derart euphorischen Ergüssen gekommen bin. Doch vielleicht sind diese nötig. Die einfachste Rechtfertigung, was ihren Nutzen betrifft, ist, sie als einen etwas weniger genau kontrollierten Teil von mir zu sehen. Doch darin steckt die Suggestion, dass das weniger Kontrollierte das »Echtere« ist. Als wäre das, was ich bewusst tue, weniger »echt«, weniger meins, denn wie sonst soll ich in diesem Fall die »Echtheit« definieren? Morgens bin ich bemüht, etwas zu verbergen, das abends nicht mehr so gut behütet ist. Diese Interpretation ist wahrscheinlich zu simpel. Schon allein deswegen, weil ich, wie jeder, gerne die Kontrolle habe und mich ungern dem stelle, was mir entgleitet. Jedenfalls ist es besser, sich ein gesundes Misstrauen zu bewahren, sowohl den abendlichen wie auch den morgendlichen Notizen gegenüber. Das eine wie das andere ist mangelhaft, es mangelt nur jeweils an etwas anderem. Abends mangelt es mir an Präzision, morgens an Aufrichtigkeit. Es ist aber nicht ganz ein Mangel, nur annähernd, und auch dieser Definition muss ich misstrauen.

Ich überlege, warum ich in meiner Lektüre immer noch lieber »Namen« folge als »Ideen«. Lese ich das Originalwerks eines bestimmten Menschen, spüre ich, dass er dieses Werk aus dem Bedürfnis heraus geschrieben hat, sich die Welt zu erklären. Ich habe es also mit einem individuellen, unwiederbringlichen Abenteuer zu tun. Mich interessiert nicht so sehr das Resultat als der Verlauf, diese heldenhafte Anstrengung. »Der Name« schreibt sein Buch als Mensch, und »der Professor« schreibt es mittels seiner Funktion. »Der Name« zielt mit seinem Buch auf seine eigene Realität, ein Kommentator hingegen, sei er auch noch so scharfsinnig, der zum Beispiel die Entwicklung einer bestimmten Idee betrachtet, so wie es andere »Vornamen« bereits getan haben, misst sich nicht mit seiner eigenen Anstrengung. Dass diese Anstrengung immer wieder ergebnislos verläuft, dass sie »alles« erfassen will, aber immer nur einen Teil zu greifen bekommt, sich immer nur mit Bruchteilen beschäftigt, spielt schon keine Rolle mehr. Nur in diesem Sinne kann ich zustimmen, dass die Philosophie eine Wissenschaft ist, weil die Wissenschaftler immer nur Teilbereiche beackern.

Wenn ich ein Geheimnis kenne, bin ich natürlich in einer aktiven Position, ich bin besser dran als jene, die dieses Geheimnis nicht kennen, ich bin *transcendant*. Warum lieben es die Menschen so, Geheimnisse preiszugeben? Ha, eben: Der Mensch gibt sich nicht damit zufrieden, dass er selbst in einer besseren Position ist, er glaubt, seine Position wäre noch besser, wenn die anderen von seiner Überlegenheit wüssten. Also gibt er das Geheimnis preis. Doch im selben Moment, in dem er seine Überlegenheit einem anderen zeigt, ist es aus mit der Überlegenheit.

Schade, dass ich selbst nichts erfinden kann. Bei mir ist alles, in jeder Phase, nur ein hausbackener Kommentar zur jeweiligen Lektüre, ein naives Experimentieren mit Informationen, die ich der Lektüre verdanke. Was ich gerade lese, erschließt sich jedem meiner Leser.

28. November

Nachmittags war ich auf dem Monte di Portofino. Heute sieht man die Alpen, und der Weg nach Westen öffnet sich, genauso wie der Weg ins »Jenseits« beziehungsweise in die eigentliche Welt beziehungsweise in das, was man sich, indem man es beim Namen nennt, schaffen kann: Möglichkeiten. Von Kindheit an drängte das unbenannte Leben gen Westen, nicht nur geographisch verstanden. Vielleicht deshalb, weil der Mensch sich schlecht gegen den Lauf der Sonne auflehnen kann. Die astronomische Wahrheit spielt hier aber keine Rolle.

Da wir schon dabei sind: Ich habe doch meine Zweifel,

ob man Erlebnisse in Worte fassen kann. Einen verfolgten Menschen kann man lokalisieren, man kann ihn festnehmen, beschreiben, aber man kann nicht er sein. Vielleicht sind Erlebnisse so etwas wie die »Menschen« innerhalb eines einzigen Menschen.

Zum Westen, zum Abend hin zog es mich auch damals schon, im Alter von sechs Jahren, auf dem Balkon der Bandurski-Straße. Ich hatte das große Glück, immer in Wohnungen zu wohnen, die eine Aussicht boten. Mit Ausnahme der zwei, drei Jahre während der Okkupation, im Stadtteil Podgórze, nach der Zwangsumsiedlung. An diese Jahre denke ich mit Schaudern, vielleicht aber nicht nur deshalb. Damals, im Alter von zwanzig Jahren, stromerte ich auf den Krakauer Błony oder im Stadtteil Salwator herum, der für immer einer der wichtigsten Orte meines Lebens sein wird. Ich glaube inzwischen, der Ort, von dem aus es mich nach Westen zog, ist einer der schönsten Orte in Europa. Die Proportion bleibt bestehen, nur ich bin schon ein bisschen verbraucht. Daher können mir die Orte, die mir früher vollauf genügt haben, jetzt nicht mehr genügen.

Kein Wunder, dass Nietzsche, der hier entlangging, auf ebenjene Gedanken verfiel. Ich bin aber nicht Nietzsche, und auch wenn ich ihn verstehe, verhalte ich mich an den gleichen Orten doch auf meine Art, auch wenn man meine Erlebnisse dort auf etwas sehr Ähnliches zurückführen könnte, intellektuell ausgedrückt. Offenes Meer, hoher Himmel, die Grenze zwischen der Erde, der Welt der Gegenstände, dem Meer, der Schönheit des Nichts, der Luft, also der Unendlichkeit in die Höhe, eine Höhe, welche die beiden obenerwähnten Elemente umfasst, das muss einfach seine

Wirkung entfalten, als Punkt, von dem aus der Blick alles miteinander verbindet, was dem Menschen gegeben ist. Etwas praktischer, etwas lokaler und zeitbezogener: Von diesem konkreten Punkt aus ist der ganze Raum zu sehen, in dem sich seit zwei Jahren mein Leben abspielt, man sieht gleichzeitig Chiavari, Sestri Levante, die Bucht von Genua, ganz Portofino mit Hafen, Bebauung, Kirchlein, Landzunge, die Berge, an die sich alles Land anlehnt, und auch die Alpen. Und weiter vorne verläuft der Weg nach Frankreich, nach Westen, die Berge zwischen Savona bis nach Nizza. Dort ist eben die Sonne untergegangen.

Ich habe oft den Eindruck, als wäre mein ganzes Erleben das Ausrollen einer Rolle, auf der seit langem schon alles aufgeschrieben ist, unter anderem, wer und was ich heute bin. Eigentlich überhaupt kein Wunder, dass ich am 28. November 1965 auf dem Monte di Portofino stand.

Solche Momente sind vergleichbar mit dem Erklimmen eines Felsens, der über die Wasseroberfläche hinausragt, nur um etwas zu sehen und, aus den Wogen auftauchend, die in einem fort über unseren Köpfen zusammenschlagen, etwas Luft zu schnappen. Letztlich bin ich nur dank der Tatsache, dass ich mich ganz konkret ins Auto gesetzt habe und hingefahren bin, oben auf dem Monte Portofino gestanden.

Beim Abstieg war es schon dunkel, und ich verirrte mich. Ich erschrak so erbärmlich, so erniedrigend, dass dieses Erschrecken einen Moment lang alles, was ich oben erlebt hatte, fast zunichtemachte.

3. Dezember

[…] Ein ephemeres, zufälliges Erscheinen, wie zum Beispiel das Erscheinen eines Verkäufers in einem Geschäft, das wir betreten und vielleicht nie wieder betreten werden, in dem wir noch nie waren. Wir wissen sehr wenig über diesen Menschen, nur, dass er »ein Verkäufer ist«, aber obwohl der Kontakt mit ihm so kurz ist, der Charakter der Begegnung so genau umrissen und unser Wissen gering, genügt es doch völlig, um die Situation zu meistern. Nur manchmal, oder eigentlich immer, betrübt mich der furchtbare Gedanke: Was, wenn das gar kein richtiger Verkäufer ist? Die zweite Frage ergibt sich aus der ersten: Wer ist er denn dann?

Jede Art von Gewissheit, dass es irgendwann einmal gelingen konnte, irgendetwas über irgendjemanden zu erfahren, scheint mir ein Irrtum zu sein.

Denn wenn meine eigene Vergangenheit beziehungsweise ich selber immer »in der Schwebe« bin, *en sursis*, wie es mein derzeitiger Meister sagt, wenn ich ständig Modifikationen, wechselnden Interpretationen unterworfen bin, wenn es mich in diesem Sinne doch geben sollte, dann ähnle ich einem Staat, in dem ständig Ungewissheit herrscht, ob die gestrige Regierung heute noch an der Macht ist. Und was soll erst werden, wenn ein Zweiter involviert ist, der durch seine Zweitheit von mir abgetrennt ist? Das Erkennen eines Zweiten ist also so etwas wie die Arbeit eines Geheimdiensts, der mit größter Anstrengung etwas über die Pläne und das geheime System der Regierung des Nachbarstaats erfahren hat. Er hat Informationen bekommen, die nur unter größtem Misstrauen und am Rand der Ungewissheit behandelt werden können, und diese ganze Arbeit wird gleich zu Beginn von der Instabilität der Regierungen in diesem Nachbarstaat in Frage gestellt. Denn schon am nächsten Morgen kann man das ganze geheime Magazin wegschmeißen, um von vorne anzufangen, in der gleichen doppelten Ungewissheit.

Noch dazu arbeitet dieser Geheimdienst für die eigene Regierung, die ebenso instabil ist wie die Nachbarregierung. Die Ungewissheit potenziert sich also, und bald wird nichts mehr gewiss sein.

Das ist natürlich nur der kritische, pessimistische Teil dieses Gedankens. Überhaupt muss man bei sich selbst anfangen, denn schließlich weiß niemand, wie der Zweite »wirklich« ist, und die Interpretation der Daten über den anderen kann außerdem jedes Mal ganz anders ausfallen, denn sie unterliegt meinem Willen. Zuerst muss ich überlegen, ob dieser allgemeine und hoffnungslose Datenfluss endlos ist, oder ob er sich, wenigstens teilweise, eindämmen lässt. Vielleicht muss gesagt werden, dass der Kontakt, das Erlangen von Daten, immer in einer konkreten Situation stattfindet. Wenn sich also die Situationen allgemein weiterentwickeln, sind sie unsere Verbündeten, weil wir glauben können, dass wir nicht völlig im Unbekannten und in Unberechenbarkeiten versinken, sondern dass es irgendeine Kontinuität gibt. Der Zweite entwickelt sich gemeinsam mit der Situation, er kann sich keine Ausschweifungen in Bezug auf die Entwicklung seiner früheren Interpretationen erlauben.

Vor allem muss man den Menschen sehen, und nicht von Anfang an in die Spirale des »Gesehenwerdens« trudeln. Denn wenn das zur Gewohnheit wird, dann wird der

Mensch sogar in der Einsamkeit vor sich selbst posieren, um sich schön oder hässlich zu sehen, nicht notwendigerweise nur in ästhetischer Hinsicht. Seine Selbstsicht ist automatisch gekoppelt mit Fragen wie: Was für einen Eindruck könnte ich auf die anderen machen, wenn sie mich in dieser oder jener Situation sähen? Die Jüngeren: Ach, wenn mich der (oder die) jetzt sehen könnte, oder: Gut, dass das niemand gesehen hat! Woher kommt diese Tendenz? Ganz allgemein aus einer Abwehrhaltung. Eine Abwehrhaltung ist überhaupt keine Haltung, und besonders gut wussten das die Krieger.

Ich werde eine Studie ÜBER DAS TABAKRAUCHEN schreiben. Dahinein würde das meiste passen, was ich jetzt schreibe, und noch viel mehr.

21. Dezember

Il gioco delle parti von Pirandello in Rom, *Iceman Cometh* von O'Neill in Genua. Vielleicht ist es Zufall, genau diese beiden Stücke dicht hintereinander zu sehen, aber es ist was dran: Pirandello und O'Neill, der eine wie der andere, litten am Leben und suchten einen Ausweg, ein Mittel, ihr Leiden zu verringern, das Leben in den Griff zu kriegen. So sind die Helden beider Stücke die Vertreter beider Autoren, die sich zweifellos mit ihnen identifizierten. (Es genügt, ein wenig über das Stückeschreiben zu wissen, um daran nicht zu zweifeln.) Pirandello hat sich in seinem Stück, das übrigens nicht sein wichtigstes ist, selbst ein bisschen beschwindelt, es hat ihn gefreut, sich beziehungsweise seinen Helden siegen zu lassen. O'Neill ist vorsichtiger oder erfahrener, oder nur während er das Stück schrieb, und vielleicht ist er von Natur aus der größere Pessimist, denn die Art seines Helden, der Ausweg, den er fand, erweist sich als wirkungslos, er funktioniert nicht. In Pirandellos Stück gibt es nur Intrige, und bei O'Neill nur Tragödie, mittels derer er das Problem darlegt, den Versuch einer Lösung unternimmt und die Katastrophe einfädelt. Das alles gibt es bei Pirandello nicht. Formal gesehen, ist es geschickt geschrieben, aber es ist ein anderes Kaliber.

All das notiere ich als Ausgangspunkt zu meiner Betrachtung, ob ein größeres Kaliber in der Dramatik nicht eben bei der Frage beginnt: Wie leben? Wie das Leben lösen, die Aufgaben des Lebens? Die Frage lautet natürlich nicht: Wie das Leben darstellen? »Der Natur den Spiegel vorhalten«, nannte Shakespeares Hamlet das Theater. Das hat mir nie besonders gefallen, hat mich nicht überzeugt, und Shakespeare selbst hat mit dem Spiegel nicht viel operiert. Abbildungen von Sitten und Gebräuchen braucht man bei ihm nicht zu suchen, und was haben all seine Coriolane, Rom und Verona mit dem England der Renaissance zu tun? Nur das, dass sie Könige und Machthaber sind, aber daneben auch einfache Menschen, Männer und Frauen.

Auch Čechov fragt nach dem Leben. Und Gorki kam zu seinem Marxismus nur durch die Frage: Wie leben? Er simplifizierte die Aufgabe auf seine graphomanische Art. Wenn es bei ihm etwas Großes und Echtes gibt, dann liegt es in dieser Grundfrage – die Konsequenzen, Folgerungen, die gefundenen und nachher penetrant suggerierten Lebensrezepte zeugen schon nicht mehr von seinem Wert. Eigentlich gibt es kein großes Theater, keinen großen Autor, bei dem ich nicht meine eigene Anstrengung sehe, die Bemühung herauszufinden, was wir mit dem Leben anfangen sollen. Alle anderen Theater, alle anderen Autoren können nur erstklassig oder zweitklassig sein, und im Grunde genommen hat alles mit Ionesco angefangen. Die einzelnen Lösungen, Antworten oder die grundsätzliche Art der Fragestellung sind nicht wichtig. Wichtig ist nur, wie die Liebe zum Leben bei den Menschen aufeinanderprallt. Zuerst die Bewusstwerdung der Unausweichlichkeit dieses Problems, der Unfähigkeit davonzulaufen, und dann der Moment, wenn sich zu dieser allgemeinen Bewusstwerdung die individuelle Leidenschaft gesellt und der Wille, dieses Problem zu bewältigen. Der Moment, wenn der Mensch unbedingt seine Würde retten will, nur durch die eigene, individuelle Überwindung dieser grundsätzlichen Schwierigkeit, die das Leben ist. Natürlich geht es hier prinzipiell um starke Menschen, sogenannte innerlich reiche Menschen, die überhaupt stärker existieren. Dann haben wir endlich einen Helden und ein Drama. Es gibt keinen einzigen Menschen, der bei diesem Spiel, diesem Kampf, diesem Drama nicht teilnehmen könnte. Warum gibt es keinen einzigen Menschen, der fürs Theater ungeeignet wäre? Dostojewskij hat das sehr gut gewusst – und obwohl er keine Dramen geschrieben hat, wimmelt es bei ihm geradezu von diesen großartigen Winzlingen.

Bei Shakespeare versuchen die Menschen meistens, ihr Leben mittels Macht in den Griff zu bekommen. Warum das so ist, könnte man historisch belegen. Doch die Behauptung, bei Shakespeare gehe es immer um Macht-Dramen, ist sehr oberflächlich. Bei Shakespeare geht es ums Leben, und die Macht ist nur eines der Mittel, um das Leben zu meistern, um Lösungen zu finden, um dem Leben zu entkommen, eine Haltung gegenüber dem Leben einzunehmen. Ich kann mir Shakespeare vorstellen, der zu einer anderen Zeit, woanders schreibt und der nicht unbedingt Könige und Machthaber als Modell und die Macht an sich als Lebensart darstellt.

Bei Čechov ist es ein frontaler Zusammenstoß. Diese frontale Leidenschaft ist maskiert und abgeschwächt, als nichtfrontal, als Nicht-Leidenschaft, daher sagt man Čechovs Stücken diese intime Atmosphäre, diese Pastelltöne nach. So muss Čechov zweifellos gespielt werden. Bei ihm liegt dieses Problem aber ganz oben, ähnlich wie in der ganzen russischen Literatur, die man fast parodieren könnte, so penetrant wird dort die Frage gestellt: Wie leben? Was mit dem Leben anfangen? Vielleicht ist übrigens deshalb die russische Literatur so großartig oder auf jeden Fall so einzigartig?

Ich weiß nicht, wie es dort in der Literatur ist, jedenfalls im Theater, im echten Theater geht es nur darum, und das interessiert mich.

Wegen Bildungsmangels kann ich die Frage nicht unter dem Blickwinkel des Theaters der Antike prüfen, denn eigentlich kenne ich es nicht. Ebenso verhält es sich mit der skandinavischen dramatischen Literatur, ich glaube aber, dass sie meine These bekräftigt. Vereinfacht klingt sie so: Die Gestalten auf der Bühne sind nur dann echt (das heißt so, wie ich sie im Moment gerne hätte), wenn jede von ihnen, je nach Größe, Gattung, Temperament, Kraft usw., eine Kostprobe des ganz eigenen Lebens-»Tricks« zeigt.

Da es Figuren in unendlicher Varietät gibt, gibt es auch

unendliche Möglichkeiten zu schreiben, und das führt auch dazu, dass so ein Herangehen zum Drama – was im Grunde jeder Stückeschreiber möchte, ich glaube fast, sogar Ionesco möchte es – zu »lebendigen« Figuren im Stück führt. In meinem Fall habe ich es nur in *Tango* so weit gebracht, aber nur fast, die Grenze, hinter der die richtige Dramatik erst beginnt, habe ich nicht berührt. Und zwar deshalb (obwohl sich meine Menschen dort fragen: Wie leben?, besonders natürlich der zu diesem Zweck delegierte Artur), weil ihre Antworten, ihre »Tricks« noch nicht persönlich sind, also sie sind unpersönlich, weil dort die Vermutung herrscht, weil die These angenommen wird, dass auch die Konventionen eine zufriedenstellende Lösung sein können. Die Konventionen enttäuschen zwar im zweiten Akt, aber nur deshalb, weil sie veraltet und damit unbrauchbar sind, auch wenn sie wiederbelebt werden. *Ergo*, die Vermutung geht davon aus, dass das ganze Elend nur auf einer – momentanen und für eine Übergangszeit charakteristischen – Unfähigkeit beruht. Und wenn dann endlich irgendwelche Konventionen auftauchen, ist das Problem weg, meine Figuren verschwinden und werden eines natürlichen Todes sterben, wegen mangelnder persönlicher Problematik.

Dazu kommt, dass nicht nur Artur, sondern eigentlich alle Figuren von ein und demselben umgetrieben werden, zwar alle auf etwas andere Art, aber doch. Es ist also, in Fortsetzungen, ein Stück mit nur einer These, für mehrere Stimmen geschrieben, stärkere und schwächere, solche und solche, aber allen geht es so ziemlich um das Gleiche.

Kurz: Meine Figuren in *Tango* möchten zum Leben Stellung nehmen, aber das Resultat stammt noch aus meinem alten Schreiben: Es fällt ihnen dazu nichts anderes ein als die Beobachtung, dass Normen wichtig sind, dass sie existieren müssten, es sie aber nicht gibt. Sie verwechseln noch etwas: Sie wollen Stellung nehmen zum Leben und nehmen Stellung zu den Normen. Arturs Elend besteht darin, dass er Stellung nehmen will, aber nur zu den Normen, die er überhaupt mit dem Leben verwechselt, mit dem Rätsel von Existenz und menschlicher Koexistenz. Ich wiederhole, wenn plötzlich im zweiten Akt im Moment der Formkrise von Artur jemand mit einem ziemlich zufriedenstellenden System wie beispielsweise dem Christentum (in seiner besten Zeit) auf die Bühne käme, oder mit einer ähnlich konsequenten Welt wie dem römischen Kaiserreich (auch in seiner besten Zeit), dann würde mein Stück sofort zugrunde gehen und nichts würde davon übrigbleiben.

Ich hoffe, ich bin der Einzige, der diese wesentliche Schwäche meines Stücks erkannt hat.

Es ist wirklich schwierig oder sogar unmöglich, Theater zu schaffen, wenn ich die Linie von *Tango* verfolge. Aber wer weiß, ob es nicht doch geht, wenn ich mir vor Augen halte, was ich oben dazu geschrieben habe. *Der Schneider* ist eine Mischung meines alten Denkens über das Theater, das sich auf eine kollektive, historische Realität beruft (das Barbaren-Motiv). Dazu das langsame Aufkeimen meines neuen Denkens, das vom Ende oder von der Mitte her beginnt. Denn alles beginnt damit, dass der Mensch lebt und seine Existenz spürt. Im *Schneider* kämpfe ich von Beginn an mit der Frage, wie der Mensch existiert. Ich begann mit den Zweifeln und nicht mit den Notwendigkeiten. (Das Motiv der Nacktheit und der Kleidung.)

23. Dezember

So sind also zweieinhalb Jahre vergangen. Eine ziemlich lange Zeit. Dass sie vergehen werden, habe ich mir zunächst nur vorgestellt, dann habe ich es gespürt.

Ich habe überhaupt keine Ahnung, was noch kommt und was ich weiter tun soll. Ich verstehe nicht, warum mir das eigentlich ziemlich egal ist. Es war mir weniger egal, als ich weitaus weniger Zukunft hatte, als ich noch viel weniger Ahnung hatte, was noch kommen könnte oder sollte. Nicht nur die konkreten Umstände, unter denen dieses oder jenes geschah, sondern auch das Dasein selbst, dessen Grundlagen wie das Land und der Wohnort, die Mittel zum Leben, die Art der literarischen Arbeit, die ich tun musste – alles war fix, und ich musste mir darüber nicht den Kopf zerbrechen.

Jetzt weiß ich nichts und habe keine Gewissheit über nichts. Vielleicht deshalb, weil die Zukunftstendenzen gegenwärtig so wenig vorstellbar sind, und wenn sie es sind, dann sind sie in jeder Hinsicht fürchterlich, übersteigen somit die Möglichkeiten meiner Vorstellung und lassen mich einigermaßen in Frieden.

Wie immer, wenn etwas zu Ende geht und sich kein neuer Beginn abzeichnet, tut es mir wieder leid, dass es zu Ende geht, und zugleich verspüre ich eine Art falsche Zufriedenheit. Etwas endet, also muss etwas beginnen, muss etwas Neues mit mir geschehen, obwohl ich mich nicht von der Stelle gerührt habe und von außen nicht das Geringste wahrnehmbar war. Denn alles, worüber ich schreibe, sind Verwandlungen, die weniger sichtbar als spürbar sind, weniger mechanisch als chemisch. Vielleicht erklärt das auch meine verhältnismäßig geringe Nervosität, deren Geringfügigkeit mich manchmal wundert. Solange es nur um innere Dramen geht, also um keine dramatischen äußeren, mechanischen Einwirkungen, komme ich immer irgendwie damit zurecht. Erst wenn mein Haus abbrennt, worin ich derzeit sicher im Warmen sitzen kann, dann würde ich einen anderen Ton anschlagen. Ich kann in aller Gemütlichkeit leiden, solange mich niemand verprügelt.

Übrigens verspüre ich öfter und intensiver Verwunderung als Bedauern, verbunden mit Anerkennung für das Leben, dass es immer so neu und unabhängig ist. Es denkt sich anscheinend nichts Neues aus, und doch … Wie schafft es das, dass es die Wahrheit ist und gleichzeitig eine Parabel darüber, dass es ein Herr im Zylinder ist, der aus dem Zylinder immer dieselben Kaninchen zaubert, identische, jedes Mal denken wir, jetzt zaubert er endlich etwas ganz Neues hervor, aber nein, dann kommt noch ein Kaninchen. Aber gleichzeitig ist es die Wahrheit, dass dieses Kaninchen, obwohl es das gleiche ist wie die vorigen, dennoch ganz anders ist, manchmal ähnelt es einem Pfau, manchmal einem Affen oder ganz anderen Tieren, und manchmal könnte es sogar ein Pfau oder Affe sein in Bezug auf ein anderes Tier.

Wir wissen nichts, und noch weniger als nichts wissen wir von anderen Menschen oder von uns selbst, wie uns die anderen sehen. Was immer wir darüber lernen, sogleich stellt sich heraus, dass es doch ganz anders ist. Nur das, was gewesen ist, ist mehr oder weniger echt.

27. Dezember, Düsseldorf

Als Pole kann man nicht ungestraft zweieinhalb Jahre außerhalb Polens sein. Wieder eine Überraschung. Ich habe immer versucht, diese Angelegenheit aus unterschiedlichen Perspektiven zu betrachten, meiner Abwesenheit dort und meiner Anwesenheit hier. Doch ich habe nie richtig darüber nachgedacht. Die Schuld an der »Veränderung« habe ich nur mir selbst zuzuschreiben. Ich bin es, der sich verändert hat, denn nur meine Situation ist jetzt eine andere. Dort ist die Situation unverändert, ewig. Ich bin allein. Ich war noch nie so sehr und so von allen Seiten allein wie in den letzten Monaten.

Ohne mir viel dabei zu denken, begehe ich die größte Sünde gegen die Gemeinschaft, ich separiere mich von den gemeinschaftlichen Ansichten, Reaktionen, Geisteshaltungen und Gewohnheiten. Wenn ich das bewusst geahnt hätte, hätte ich diese Sünde nicht auf mich genommen. Was habe ich davon? Nur das, was man üblicherweise von einer Sünde hat: das Bewusstsein von Gut und Böse, einfach die Sünde. Sie ist sich selbst Strafe und Belohnung.

29. Dezember, Düsseldorf

WAS FÜR EIN STÜCK ICH SCHREIBEN MÖCHTE:

1. Eines, in dem die Menschen sich selbst spielen und keine Ideen.

2. Es darf kein Sittenstück sein, obwohl auch Sitten darin vorkommen können.

3. Ein Stück, das von einer dramatischen Situation ausgeht, nicht von einer ideologischen, intellektuellen oder emotionalen Absicht.

4. Ein Stück mit Poesie und Charme, die Form kann ziemlich frei sein, nicht unbedingt streng.

5. Ein Stück mit vielen Frauen oder wenigstens Weiblichkeit.

6. Ein Stück, das geschrieben werden kann und nicht herausgepresst wird.

7. Kein Löwengebrüll, keine Leidenschaft des Autors, sondern ein Stück, das eigene Passion entwickelt.

8. Das sogar ein bisschen Barock ist oder Barock erlaubt.

1966

1. Januar, Düsseldorf

So geht also alles weiter, es schleppt sich dahin und geht irgendwohin. Wir haben ein neues Jahr.

Nicht gestern, sondern vorgestern habe ich mich betrunken, was die einzige Veränderung in der Tradition ist. Und heute habe ich die Briefe von Krasiński an den Vater zu Ende gelesen. Er war erst achtzehn, dann zwanzig Jahre alt, als er sie schrieb, und bei einem war er vierundzwanzig. Erstaunlich, dass man in diesem Alter so schreiben kann, so sein kann, ich weiß nicht, wer das könnte. Nicht nur so schreiben, sondern so denken.

Ich hingegen bin schon sechsunddreißig, genau genommen. Keine Bange vor der Genauigkeit. Ich muss zugeben, dass mich das irgendwie beeindruckt. Vielleicht weil es schon die zweite Hälfte der vierten Dekade ist.

Vor drei Jahren, etwas aufgerundet, habe ich Polen verlassen. In dieser Zeit habe ich einen Dreiakter geschrieben und noch ein Stück, eine längere Erzählung. Das ist alles, nicht viel. Von diesem Dreiakter kann man nicht sagen, ob er polnisch ist oder ausländisch. Geschrieben im Ausland, aber noch polnisch. Orzeł und Reszka.[28] Beziehungsweise Reszka und Orzeł. Zwei Individuen, die ihren Nachnamen etwas erzählen, aber sowohl der eine als auch der andere ist das, was man im Polentum findet. Oder in einer Gestalt, also zwei Gestalten in einer Person, zwei Personen in einer Gestalt oder in zwei Gestalten. Das Stück fiel mir leicht, ich hatte keine dramatischen Fesseln. Das Abenteuer von Orzeł und Reszka. Was Orzeł baut, verkauft Reszka. Oder was Orzeł kaputtmacht, repariert Reszka. Die Abenteuer von Orzeł und Reszka. (Ich bin bemüht, das Modell Don Quichotte und Sancho Pansa zu vermeiden.) Eine Art Vaudeville, mit Gesang und Tanz. Orzeł und Reszka wandern durch die Welt oder werden in eine konkrete Situation verwickelt.

Das ist mir zugelaufen, als ich über ein Stück nachdachte, das sich zwischen den Klingen von zwei mächtigen Fechtern abspielt und worin es nicht nur um das Heldenthema geht. So eine Aufstellung ermöglicht ganz allgemein einen besseren Dialog, also ficht nun Reszka mit Orzeł, und kooperieren sie nicht? Worum kämpfen sie, und wer gewinnt? Egal, wer gewinnt, wichtiger ist, worum sie kämpfen. Die Personifizierung von etwas Umkämpftem kann natürlich eine Frau sein. Oder aber Orzeł und Reszka gegen den Rest der Welt?

10. Januar, Düsseldorf

Vorgestern Premiere, gelungen.

Was sonst, was weiter?

Vielleicht etwas ganz anderes? Ein Haus, ein bisschen so wie im Projekt *Schöner November*.[29] Sie und er beziehen ein Haus. Da stellt sich heraus, dass es im Haus spukt, der ganze Dachboden ist voller »Götter«. Diese Götter kommen vom

Dachboden herunter, sie suchen Menschen, um sie für ihre Zwecke einzuspannen. Und dann merken sie, dass es nicht nur auf dem Dachboden spukt, auch der ganze Keller ist voller Geister. Das sind Geister, die wirklich in Erscheinung treten, während die Geister vom Dachboden immer wieder verschwinden.

Eine Idylle kommt nicht zustande, denn die »Götter« aus Keller und Dachboden stören dabei. Diese Götter sind Antagonisten, die einen sind die Widersacher der anderen. Sie stellen den Helden vor die Wahl.

Was meint sie zu dieser Störung? Ist sie nur um der Idylle willen mit ihm in dieses Haus gezogen? Sonst nichts, genügt ihr er allein? Hat sie zu diesem »Götter«-Haus keine eigene Beziehung, mischt sie bei dem allen auf ihre eigene Art mit?

Natürlich ist das wieder einmal eine Abweichung vom »menschlichen« Drama. Die Geister oder Götter, wie auch immer ich sie nenne, sind keine Menschen. Auf der Bühne wären zwar schon zwei Protagonisten Menschen, aber das ist eindeutig zu wenig.

Natürlich können andere Leute in das Haus kommen, menschliche Gestalten, ihre oder seine Familie, ihre oder seine Freunde, alle, vor denen sich die beiden in ihrem Haus verkriechen wollen. Die Besucher können mit Vorwürfen ankommen, mit Forderungen etc. Der Held, der nicht weiß, wie er dem Götterhaus und den Menschen entkommen soll, entschließt sich, alles in die Luft zu jagen, und dieses Ende, ebenso wie alles, was ich hier geschrieben habe, zeugt von nichts anderem als von meiner Impotenz.

Personen: Er, Sie, Jot, Świątek Strugała[30], Zeleźnin. Keller-Figuren (?).

29. Januar, Chiavari

Wieder ein frühlingshafter Tag, hier sind die Tage pausenlos frühlingshaft. Ein seltsamer Zustand, ich möchte schlafen und bin gleichzeitig so aufgewühlt. Ich habe den Eindruck, dass ich zusehends verblöde. Vielleicht hatten alle recht, die mir Umnachtung und Untergang prophezeit haben.

Aber das ist Unsinn, vielleicht ist es nicht das Wichtigste, vielleicht ist es die Folge einer ernsteren Unfähigkeit. Ich kann mich nämlich nicht meinem Leben annähern. Ich verwandle mich zusehends in einen alten Mann, der sich selbst konsumiert. Ich finde keinen neuen Trick für mein Leben, keine neue Art, und die bisherige habe ich schon ausgereizt. Ich habe einen Brief an Herling geschrieben, aber noch nicht abgeschickt. Der Brief kam mir pompös vor, auch rhetorisch. Mein ganzes Predigen über die Gründe, warum ich nicht sofort nach Polen zurückkehre, scheint mir immer dubioser. Die Gründe sind zweifellos aufrichtig, alles echt, aber … Etwas davon verfestigt sich in mir allzu sehr, es ist keine Tugend, sondern der Ort, wo ich mich aufhalte. Irgendwann habe ich mir einmal aufgeschrieben: Es gibt keine Verdienste, ich darf keine Verdienste für mich fordern, ich darf nicht einmal denken, dass mein Verhalten richtig ist. Ausgerechnet in diesem Fall denkt etwas in mir, dass ich recht habe.

Die ganze Sache mit Polen langweilt mich. Irgendetwas ist hier nicht in Ordnung, jemand stülpt mir etwas über, was über das hinausgeht, was ich gewählt habe, den Rest füge ich mir selbst dazu, und aus diesem Rest versuche ich Profit zu schlagen, ich kokettiere damit, auch mit mir selbst und mit einigen anderen. In Wirklichkeit geht es um etwas anderes.

Ich möchte mich nicht in etwas hineinziehen lassen, was nicht mein eigentliches Problem ist und was mir auch nicht gefällt, möchte nichts bestätigen, was eher zufällig ist.

Authentischer ist es, dass ich eben hier gelandet bin, am Meer, von wo aus es, symbolisch gesehen, schon keinen anderen Weg mehr gibt, angetrieben von meiner eigenen Suche – ich weiß nicht, nach was, in schlechter Literatur heißt es »die Suche nach sich selbst«.

Vieles habe ich nur deshalb geschrieben, weil ich keinen Ausweg gesehen habe. Den sehe ich aber jetzt auch nicht. Ich erwarte automatisch, dass ich jetzt eine Chance bekomme.

In Wahrheit macht mir der Ausweg im Schreiben, das Schreiben als Trotz keinen Spaß. Das Schreiben überhaupt macht mir keinen besonderen Spaß. Mir ist das Staunen abhandengekommen: »O Gott, wie konnten mir nur diese Dinge einfallen?«

Eigentlich gibt es nichts mehr, was mir nicht schütter, unwichtig, durchsichtig vorkommt, kaum vorhanden, relativ, unnötig. Vielleicht habe ich zu sehr, zu unbedacht damit begonnen, mit dem Nichts zu flirten, und jetzt wird mir übel davon. Mit dem Resultat, dass ich weder zu diesem Nichts gelangt bin noch zur Substanz der Welt. Ich bin im Fegfeuer steckengeblieben.

Ehrlich gesagt langweilt mich das Theater ein wenig, und das ausgerechnet in dem Moment, wo ich ein Dramatiker geworden bin. Ein Dichter war ich nie. Geld habe ich keins, und aufhören kann ich nicht. Ausgerechnet in dem Moment, in dem alle denken, es sei umgekehrt, ich hätte mich stabilisiert. Nicht diese Realität entsetzt mich, sondern ich entsetze jede einzelne meiner Realitäten.

Das »Innenleben«, wenn ich das schon höre, schlafe ich sofort ein, zu viel Erfahrung habe ich damit, zu groß war mein Eifer, früher einmal, zu viel habe ich da investiert und vielleicht auch zu viel erwartet.

Alles entgleitet mir, ich glaube nicht, dass ich jemals das tun werde, was ich wirklich will, ich wurstle halt irgendwie so weiter.

Da ist nicht besonders viel Sinn dahinter, und wenig Sinn langweilt mich tödlich, weil seine Relativität zu offensichtlich ist, er hat zu kurze, zu eifrige Beinchen. Der wenige Sinn ist ratsam, höre ich, denn es ist der einzige. Aber was soll ich tun, wenn er mich nicht begeistert? Vielleicht muss ich mich darum bemühen? Andererseits ist dieses Bemühen menschlich, damit alles irgendwie gut ausgeht, wie es sich gehört, damit wir etwas davon haben.

Und so ist es mit meiner polnischen Sache. Ich verstricke mich dauernd darin in letzter Zeit, aber plötzlich sehe ich, dass mir davon nur übel wird, sonst nichts. Auch das ist die Durchsichtigkeit des Nichts, natürlich muss ich dauernd eine konkrete Position in Zeit und Raum beziehen, aber jede dieser Positionen scheint mir so nutzlos, so gleichgültig im Grunde genommen. Ich soll Argumente vorbringen, warum ich nicht in Polen bin, warum es mich gibt. Ich bemühe mich um eine definitive und ernsthafte Entscheidung in dieser Frage. Nicht für mich. Bitte schön, ich kann nach Belieben argumentieren, wenn's sein muss, auch für die andere Seite. Und tief in mir drinnen werde ich wissen, dass das kein ernsthafter Spaß ist.

Klar, im Alltag kann ich mich von der »Positioniererei« nicht loslösen. Ich bin ein Meister im Einnehmen von Positionen, im Beschließen, dass ich ab heute nur so oder so leben werde, und nicht anders. Und gleich kommt das Gefühl, nein, nicht nur das ... Ich bin auch ein Meister der Inkonsequenz.

Nein, ich glaube nicht, dass man Leben gewinnen oder verlieren kann, ich habe kein Vertrauen zu einer derartigen Arbeit am Leben, zu der Auffassung, dass die einen besser, die anderen schlechter auf der Klaviatur ihres Lebens spielen können. Am meisten ärgert mich jedes Mal jede Art von offenkundiger Lüge, das Mogeln im Spiel, die guten und die schlechten Spieler, ebenso wie ich mich über mich ärgere, denn ich habe keine Ahnung, wie mein Spiel für die Zuschauer aussieht. Was mir ehrlich vorkommt, kann für die Kiebitze ganz anders aussehen. Mich ärgern Totalitarismen, denn sie sind groß angelegtes unehrliches Spiel, aber ich bin mir nicht ganz sicher, ob ich ihnen etwas anderes vorwerfen kann. Dass es den Menschen unter ihnen schlechtgeht? Als sei es ihnen zu einem anderen Zeitpunkt anderswo gutgegangen. Sklaverei ist im Prinzip eine ehrliche Sache. Ich bin natürlich nicht dafür, aber nicht aus moralischen Gründen. Ich putze mein Zimmer ja nicht aus moralischen Gründen. Jedenfalls kann ich den Besitzern von Sklaven ja nicht in erster Linie vorwerfen, dass ich gegen sie bin. Sie hingegen sind ganz in Ordnung. Sie simulierten nicht, dass es ihren Sklaven gutgehe, ja es machte ihnen Spaß, dass es ihnen schlechtging, sie gaben es offen zu, dass die Sklaven mit ihnen nicht zufrieden waren.

Deshalb glaube ich nicht, dass ich noch einmal ein ebenso »moralisches« Stück wie *Tango,* das die Sehnsucht nach einer Ordnung der Dinge ausdrückt, zusammenbrächte. Im

Moment gibt es nichts und niemanden, was mich ausreichend empört. Selbst die Suche nach dem eigenen Heil scheint mir nicht mehr so dringend. Keine Lust, um die Erhaltung von irgendetwas zu kämpfen, denn ich besitze ja nichts. Ich kann nur ständiger Zeuge von dem allen sein, eigentlich nichts anderes als ein Zeuge. Kein Anblick fasziniert mich ausreichend, weder im privaten Raum noch in der Öffentlichkeit. Allem Anschein nach bin ich nicht ausreichend Künstler. Wahrscheinlich bin ich fast nichts. Ich bin zu keiner Passion befähigt, nur zu der Sehnsucht nach ihr, ähnlich wie ich nicht zur Liebe befähigt bin, nur zur Dankbarkeit für sie, die aber auch nicht besonders groß ist. (Das habe ich übrigens nicht selbst erfunden, aber ich stimme dem zu.)

4. Februar

Truffauts Film *La peau douce* in Recco (bei Genua) gesehen.

The Homecoming von Pinter, in Adams Übersetzung, gelesen, in der Zeitschrift *Dialog*.

Seit ich aus Deutschland zurück bin, habe ich mein Zeitgefühl verloren, ich lebe wie im Stillstand, wieder wie in einer Wartehalle.

Ich habe zweifellos schöne Filme gesehen, sogar Meisterwerke, die mich aber nicht erreicht haben. Darunter waren auch Filme, die mich direkt angesprochen haben, so wie ein geschädigtes Waisenkind zum Beispiel von einer Erzählung über ein geschädigtes Waisenkind angesprochen wird. Diese Erzählung muss kein großes Meisterwerk sein, das verlangt das Waisenkind auch gar nicht, ihm genügt die Erzählung, so wie sie ist. Nach so einem Film war mir immer feierlich zumute.

The Homecoming – zum ersten Mal das Gefühl, ich sei besser als Pinter. *Tango* ist im Vergleich zu diesem Stück reich und vital, komplex und neuartig. Aber das ist so lange her.

Je länger ich darüber nachdenke, desto mehr komme ich zu der Einsicht, dass ich eine Art Krüppel bin. Ein geheimer Krüppel, der selbst nicht weiß, worauf seine Krüppelhaftigkeit beruht. Er kann zwar einen Katalog seiner Symptome aufstellen, aber dieses rein mechanische Auflisten ergibt kein komponiertes Bild. Übrigens, wer weiß, ob in diesem Denken nicht bereits der Wurm drin ist. Ich betrachte mich wie eine Maschine, die ins Stottern gekommen ist, und bin überzeugt, oder verhalte mich zumindest so, als hätte ich den Grund des Defekts gefunden, würde etwas Entsprechendes einsetzen und die Maschine liefe wieder. Wahrscheinlich ist das ein ganz falscher Ansatz für mich. Es ist ein wenig so, als blickte ich in den Spiegel, während ich vom achtzehnten Stockwerk falle. Das alles ist in etwa so unfruchtbar wie die Gespräche über Polen und dessen hässliche Eigenschaften. Vielleicht muss ich den Ansatz ändern, muss ganz anders über mich denken, und alles kommt wieder in Gang. Wobei ich den Verdacht habe, dass dieser andere Ansatz überhaupt nicht so schwierig zu finden ist, dass ich bloß so sehr an dem alten, falschen Ansatz hänge. Eigentlich vergeht die Zeit ganz angenehm bei diesen fruchtlosen Betrachtungen. Ich bin gar nicht mehr so sicher, dass es keine gute Methode ist, die nirgendwohin führt. Vielleicht verlängert sie mir nur diese Annehmlichkeit, und ich bin zufrieden mit meinen Lamentationen? Ich liebe ja mein Gejammer, wahrscheinlich.

Denn eigentlich ist das Warten angenehm. Warten bedeutet, sich selbst nicht zu realisieren. Allerdings wäre ein kleines bisschen Erfüllung vielleicht doch wertvoller als die Ewigkeit des Wartens.

Unterdessen warte ich schon lange auf mich selbst. Ich warte mit einem schönen Blumenstrauß, ich warte und beschäftige mich mit Warten, ganz vergnügt bin ich, es gefällt mir, ich sehe zu, wie mir die Haare ausgehen und ich immer schrulliger werde, sowohl als Wartender als auch als einer, der kommen soll, denn das ist ja die gleiche Person. Endlich kommt es zustande, das Treffen der alten Knacker, schon ziemlich lächerlich und kläglich, so ein Rendezvous von ein paar Leichen. Die Frage muss also lauten: »Hast du keine Angst, dass du bald eine Leiche bist, die auf eine andere Leiche wartet?« Erwartung.

Übrigens könnte man mangelnden Mut rechtfertigen, wenn man wollte. Es ist das der große, menschliche Mutmangel, der einen befällt, bevor man alles hinschmeißt, was einem lieb und vertraut ist, weil es das Einzige ist, was man kennt. Die Angst vor dem Unbekannten, die Angst, alles zu verlieren, ohne zu wissen, ob man irgendetwas gewinnt. So eine Angst haben vielleicht die Menschen an der Westküste Europas vor der Epoche der Entdeckungen verspürt, wenn sie nach Westen blickten, auf den Ozean. Es ist nicht die Angst vor dem Unbekannten, sondern auch die Angst vor dem Großen, denn so ein Blick hat etwas Großes. Es ist die menschliche Angst davor, anders, unmenschlich zu werden, und vor allem die Angst, gar nichts zu gewinnen, alles zu verlieren, einen großen Fehler zu machen. Man kann jahrelang Gift in kleinen Dosen zu sich nehmen, ächzen und stöhnen, sich schlecht fühlen, aber man kann es dann doch aushalten, sich daran gewöhnen, es sogar mögen, auch im Wissen, dass es Gift ist. Erst wenn man die Phantasie und den Willen ein wenig bemüht, dann wird einem die ganze Vergiftung bewusst.

Nicht diese Zerrissenheit setzt mir zu, sondern ebendieser Verdacht, dass ich sie mir selbst bereite oder freiwillig akzeptiere. Deshalb beziehe ich aus der Zerrissenheit nicht einmal die Annehmlichkeit des Zerrissenwerdens, weil ich sehe, was dahintersteckt. Daher die ewige, schöne und pathetische Frage, die so effektvoll ist, wenn sie entsprechend gestellt wird, in entsprechendem Tonfall und mit entsprechender Miene: Warum ausgerechnet ich? Wer tut mir so etwas an? Und weil es keine Antwort auf diese Frage geben kann, denn sie wurde falsch gestellt, schöpft man zusätzlich malerisches Leid aus der Tatsache, dass der Täter nicht ermittelt werden kann.

Das ist nicht nur meine private Geschichte. Denn sonst würde ich schon morgen früh als »neuer Mensch« erwachen. Leider ist es unsere gemeinsame Geschichte, ich bin ein Teil von ihr, ich bin eingewoben in diese Geschichte, und deshalb ist mir klar, dass die simple, aber mit Nachdruck gestellte Frage keine Veränderung bewirkt. Im Gegenteil, sie ist unappetitlich und peinlich, nach diesem nächtlichen Klarsehen. Morgen werde ich das nicht mehr für Klarsehen halten, sondern im Gegenteil für nächtliche Exaltationen, schon wieder, immer wieder, vielleicht schon morgen, wenn ich Entsprechendes durchmache … etc.

Vielleicht denkt man in der Nacht anders, vielleicht wird

deshalb so viel in der Nacht geschrieben, weil dann die großen alltäglichen Tätigkeiten wegfallen und man in Ruhe mit seiner eigenen Tätigkeit allein sein kann. Keine Abtrennung durch Vorhang und künstliche Beleuchtung kann uns hier etwas vormachen, ich glaube an etwas, das diese Vorhänge durchdringt, das durch und durch gegenwärtig ist, wenn auch unsichtbar und unhörbar. Tagsüber ist die Welt ein großes, gutbevölkertes Kaffeehaus, und nachts genauso, aber nur ein Tischchen ist besetzt, mein eigenes. Wie schön ist die Vorstellung, dass so viel Energie jetzt gerade blockiert ist, so viele Kräfte abgeschaltet, stillgelegt sind. Die Welt wird geräumiger, und das, wo es doch heute so schwierig ist, Raum zu schaffen. Wer weiß, ob nicht sogar die Straßen in Bombay, die angeblich nachts von Schlafenden bedeckt sind, in der Nacht nicht doch menschenleer sind und die Schlafenden sich nicht in die menschenleere Landschaft einfügen, als eines ihrer Elemente, wie Felsen oder Bäume.

15. Februar

Der Tag geht zu Ende, und ich treibe meine Kühe für die Nacht in den Stall. Mager sind sie, unsympathisch … Einigen trieft Speichel aus dem Maul, widerlich, und aus den Augen blickt Blödheit und Wahnsinn. Aber nicht dieser große, edle Wahnsinn, eher so ein kleiner. Der Wahnsinn eines stillen Kretins, keines richtigen Wahnsinnigen, sondern eines Behinderten. Es sind nicht viele Kühe. Jetzt legen sie sich auf ihre Streu, man wird nur noch ihr Schaben an den Wänden hören, ihre nächtlichen Seufzer.

Den Film *Pugni in tasca* gesehen, der ein weiterer Beweis dafür ist, dass wir auf die Machtübernahme von hysterischen Hosenscheißern unbestimmten Geschlechts zusteuern, deren Nerven zerrüttet sind, denen als Kind so viele Märchen erzählt wurden und die nicht essen wollten, dass sie damals schon ganz verrückt wurden. Die seltsame Verbindung von Kindheit und Alter, nichts dazwischen. Aber sie wurden schon als Kind verrückt, sowohl von den Märchen als auch vom vielen Essen. Vom Kindsein haben sie ihre Bockigkeit, vom Alter die Impotenz. Das Publikum erinnert mich lebhaft an die geduldig in einem Wartezimmer sitzenden Erwachsenen, die auch noch über die intelligenten Knirpse schmunzeln, beziehungsweise an die Eltern, die in derselben Situation über die Intelligenz der eigenen Kinder in Entzücken geraten.

Das ist natürlich das Gemecker eines Alten, der in der jungen Avantgarde nur den Verfall sieht, die Zersetzung, den Moder usw. Von mir aus. Ich sollte diese Notizen irgendwo gut verstecken, bevor die Hyänen sie finden und mich der Verleumdung bezichtigen.

Wenn es denn so ist, dann soll jeder tun, was er für richtig hält. Sie werden auf ihre außergewöhnliche, unsympathische Art und Weise avantgardisieren, und ich werde darüber meckern. Noch mehr widern mich meine Altersgenossen an, die echten Alten, die in ihrer Erniedrigung, in der Hoffnung, dass sie ein Almosen in Gestalt irgendeines Schenkels oder Ähnliches bekommen (denn die erotische Macht ist natürlich auf der Seite der Jungen), treu dienen, bei den Jungen Speichel lecken und so tun, als seien sie selbst noch keine zwanzig. Diese Hornochsen.

Wenn die Jungen nichts weiter als arrogant, aggressiv und dummdreist wären. Das ist ja ihr gutes Recht. Aber sie verlangen noch mein Mitgefühl, zeigen mir, wie sie leiden, und ich soll mich ihrer erbarmen und dazu noch ihr großes, dramatisches Leid verstehen. Pausenlos zeigen sie mir, wie sehr sie leiden, sie seufzen und flennen und verziehen die Gesichter.

17. März

In der *Twórczość* las ich Brychts Erzählung *Dancing w kwaterze Hitlera (Dancing in Hitlers Quartier)*. Faszinierende Graphomanie. Ich las sie mit größtem Interesse. Nicht als Erzählung, sondern als Dokument der Denkweisen, Vorurteile, des Unvermögens, Leides und der Tristesse in Polen. Erstaunlicherweise ähnelt es dem pathologischen Infantilismus von Marek Hłasko. Irgendwann einmal habe ich das für Literatur gehalten, oder zumindest nichts typisch Schlimmes dabei gefunden. Es ließ mich kalt, wenn überhaupt.

Die drohenden Bässe können sich jeden Moment überschlagen, wie im Stimmbruch. Aus den mächtigen Bizepsen quillt die Watte, und hinter der von der Wahrheit gerunzelten Stirn sind Wassereinlagerungen.

Nächste Woche (heute ist Donnerstagabend) fliege ich nach Amerika, oder auch nicht. Ich wüsste es gerne.

21. März

Ich weiß es noch immer nicht. Von einem der Attachés, der gestern auf der Durchreise war, habe ich erfahren, dass ich einen Konsularpass bekommen habe. Damit habe ich nicht mehr gerechnet. Die Euphorie hielt bis zum heutigen Abend, jetzt klingt sie langsam ab. Eigentlich weiß ich nicht mehr, was mir noch passieren müsste, um das zu überleben. Ein fortschreitendes Phänomen. Ich brauche immer mehr, um doch immer weniger zu haben.

Die Möglichkeit, Polen zu besuchen. Daran denke ich ungefähr so, wie ich früher in Polen an eine Reise nach Amerika gedacht habe. An eine Reise nach Amerika denke ich heute wiederum so, wie ich in Warschau an eine Reise nach Krakau gedacht habe. Ich bringe schon alles durcheinander, Amerika, Warschau, Krakau. Aber mit weniger Kraft. Früher war es eine Tragödie zu bemerken, dass die Kräfte schwinden. Jetzt heilt die Gleichgültigkeit alle Wunden. Gleichgültigkeit ist wie Aspirin, gut gegen alles.

Einem Schriftsteller ist daran gelegen, dass seine Bücher veröffentlicht werden, also ist er sich noch nicht ganz *alienated.* Es kann aber keine Rede sein von einem hundertprozentigen Engagement, ein paar Prozent bleiben dem Schriftsteller. Nicht meine Kraft, sondern die Kraft der Erde. Am blödesten ist, dass ich immer noch so lebe, als hätte ich sehr viel Zeit, die ich in Wirklichkeit nicht habe. Es ist nicht das Wissen um meine wenige Zeit. Ich spüre das manchmal. Ich verhalte mich so, als wäre ich noch ein junger Mann. Was ich aber nicht bin. Gleich elf. Zum Glück. Vielleicht bewegt mich das zu etwas… Ich bin so schläfrig.

»Und wenn ich noch ein kleines Kind wäre…«[31] Natürlich klang dieses Lied etwas anders. Das waren noch Zeiten: Einmal, bei einer Aufführung, habe ich das Lied gehört, vor vielen Jahren, nachts, im Hof des Wawel, unter Sternen, damals war alles erotisch, und deshalb erinnere ich mich daran. Łomnicki hat den Puck gespielt, alle schienen mir ganz eindeutig von dieser Welt.

23. März

Noch immer weiß ich nichts.

Mich interessiert eine andere Reise übrigens weitaus mehr, sie fasziniert und entsetzt mich – die Reise nach Polen. Sie wird zustande kommen. (Aber bloß keine Rückkehr, noch nicht.)

Eine derartige Konfrontation habe ich damals nur in meinen Träumen gesehen, damals, noch in Polen. In einem vorbereitenden Wachtraum träumte ich die Nacht vor der Ausreise aus Polen, und dann einen Besuch, nur einen Besuch.

Heute geht es mir nicht darum, oder vorsichtiger, ehrlicher gesagt: Nicht nur darum. Vielleicht, weil noch ein Stück des Ausreisegrundes in mir verblieben ist, sollte ich fahren. So eine Reise wäre sicher eine Art Katastrophe, eine reinigende Katastrophe. Eine Verbrennung, ganz und gar. Wenn es eine Katastrophe wird, dann bin ich sicher, dass ich ehrlich genug zu mir sein kann, um es mir einzugestehen. Wenn es also eine reinigende Katastrophe wird, wenn sie das verbrennt, was in mir noch alt und schlecht ist, dann muss ich es mit ihr aufnehmen. Vielleicht wird so eine Konfrontation zu einer definitiven Erfahrung, nach der nur noch eine Konklusion bleibt. Eine andere definitive Erfahrung kann ich mir im Moment nicht vorstellen, was nicht bedeutet, dass die Zukunft keine solche für mich bereithält. Mein Gott, vielleicht war es wirklich besser, mich nicht zu dieser Reise nach Warschau überreden zu lassen, zur Premiere von *Tango*. Da wäre die Konfrontation noch nicht gänzlich final gewesen, alle Gegebenheiten dort liegen noch nicht allzu weit zurück, Erlebtes weicht nicht allzu sehr von früher Erlebtem ab, es ist alles noch zu frisch.

An einem Septembertag langsam auf der alten und vertrauten Landstraße von Katowice dahinfahren, abends in die Stadt gehen, ganz allein in Krakau, ohne es jemandem zu sagen, mein Gott, mehr kann ich mir nicht wünschen, und wenn es gelingt, kann mir nichts anderes je mehr gelingen.

Vor einigen Tagen habe ich mir selbst das Recht auf Sehnsucht erteilt. Vorher konnte ich mir diese nicht eingestehen, weil ich nicht wusste, was auf mich zukommt. Ich konnte die Rüstung nicht ablegen. Das kann ich jetzt auch nicht. Aber ein anderes Modell anlegen. Jetzt dorthin zu fahren wäre wie ein plötzlicher Blick auf mein ganzes Leben … ich weiß bereits, worauf das Außergewöhnliche solch einer Erfahrung beruht und warum es so attraktiv für mich ist. Üblicherweise bereisen die Leute nur in der Phantasie ihr vergangenes Leben. Für mich wäre eine Reise nach Polen eine Reise in meine Vergangenheit.

Ich kann ihren Effekt nicht vorausahnen. Ich glaube, ich würde als ein anderer zurückkehren, mit neuen Möglichkeiten. Ich verliere jetzt ein Land, im Wissen, dass ich es nicht verlieren muss, und ich gewinne gleichzeitig Europa, das mir seit einigen Tagen anders vorkommt. Nicht nur, dass es sich nicht von mir entfernt hat, sondern es ist mir auch näher, zugänglicher, ich bin ihm freundlicher gesinnt, vielleicht weil ich es ihm unterbewusst nicht mehr übelnehme, dass es mich mein Land gekostet hat. Meine Beziehung zu Europa ist ruhiger geworden. Eine tiefere Strömung. Tiefer, also ruhiger. Paradoxerweise darf ich Italien mein zweites Polen nennen, so was hätte ich noch nie. Ohne Polen hätte ich kein Land mein Land nennen können. Ich weiß nicht, was noch vor der Realisation dieses Vorhabens passieren könnte, und ich weiß nicht, ob es dazu kommt. Wie auch immer, bereits jetzt mache ich alles durch, was ich oben beschrieben habe, unumstößliche Empfindungen, schon jetzt kann ich sagen, dass ich etwas Neues erlebt hätte, auch wenn ich am Ende etwas ganz anderes erlebt haben werde.

Ich habe auch wieder das wohlbekannte Gefühl, dass mein Leben so verläuft, wie es verlaufen muss, dass es sinnvoll und notwendig ist. Nur manchmal, selten, wenn es gnädig ist, sucht es mich heim, und dann sehr. Das ist nicht vielen gegeben. Wenn mein Leben heute zu Ende wäre, und wenn ich Zeit, Gelegenheit und Lust zum Nachdenken hätte, dann dächte ich: Alles war in Ordnung, mir muss nichts leidtun, und ich habe niemandem etwas vorzuwerfen.

Noch vor wenigen Jahren hätte ich Obiges ironisch kommentiert, um mich mit Selbstironie vor der Verantwortung für mein Schreiben zu drücken.

28. März

Ich bin nicht gefahren. Das amerikanische Visum ist noch nicht da, der letzte Tag ist verstrichen, es gab kein Visum, ich bin nicht gefahren. Jetzt werden alle überlegen, was für ein großer, allzu großer Kommunist ich bin. Die behördliche Dummheit der Vorschriften stimmt mich immer traurig, unabhängig von der Art des Regimes.

Aus dem anderen Regime kommt die Nachricht, dass in meine Warschauer Wohnung eingebrochen wurde. Tür aufgebrochen, Telefonkabel durchgeschnitten. Man fand zwei Ziegelsteine vor Ort. Das lässt darauf schließen, dass die Täter bereit waren, einen zufällig Angetroffenen zum Verstummen zu bringen. Um elf Uhr vormittags kann man leichter Türen aufbrechen als um elf Uhr nachts. Wenn sie jemanden angetroffen hätten, dann hätte dieser Jemand dafür, dass er meine Wohnung hütet, mit etwas bezahlen müssen, was ich mir lieber nicht vorstelle.

Ich sollte mich eigentlich daran gewöhnen, dass permanent eingebrochen wird, es ist schon das vierte Mal, zweimal in die Wohnung, einmal ins Auto, einmal in den Keller. In Rom hat mir ein Taschendieb einmal die Brieftasche geklaut, in der zum Glück nichts war außer der Fahrkarte nach Polen. Offenbar erwarten sich die Diebe Außergewöhnliches von mir, die Ärmsten.

Einbrüche passieren überall. Trotzdem lässt mich der letzte an polnische Folklore denken. An die ständige Angst, in der ich dort lebte. Ich habe mich immer vor dieser Tür gefürchtet, die jetzt aufgebrochen wurde. Ich habe mich gefürchtet, vor den Typen, die in Grüppchen in Trenchcoats an der Ecke herumstanden, in Radfahrermontur, mit Helmen, mit Aktentaschen, mit roten oder weißen Gesichtern und roten Augen. Ich habe mich nicht nur vor ihnen gefürchtet, sondern vor allem, es war eine allgemeine Angst, und ich könnte heute gar nicht mehr sagen, wovor eigentlich. Allgemeine Angst. Es wäre ein endloses Unterfangen aufzuzählen, wovor. Es waren nicht nur diese Typen, sondern auch die Jugend überhaupt, ebenso wie die Alten, die Taxis und die Lastwagen, alles, alles.

Mein Enthusiasmus, was die Reise nach Polen betrifft, ist beträchtlich geschrumpft. Die Realität hat ihre Visage gezeigt. Schweineschnauze und Wolfsfratze. Der Einbruch ist das eine, aber es steckt mehr dahinter. Primitive Gewalt, Bereitschaft zu allem. Sogar die Bereitschaft zu morden. Es sollte mir egal sein, aber wenn ich daran denke, mit einem Ziegel erschlagen zu werden, mit einem dieser Millionen schlechtgebackener polnischer Ziegel des großen Wideraufbaus, geschwungen von der kräftigen Hand eines einfachen Mannes, dann wird mir mulmig. Lieber würde ich vielleicht von einem Messer ermordet werden, oder nein, bloß nicht, das wäre auch unangenehm. Also ich weiß nicht, von was ich ermordet werden möchte, jedenfalls von keinem idiotischen Ziegelstein.

3. April

Heute zu viert bei Henssel in Bocca di Magra, Haus D., ich zu zweit. Ganz außergewöhnlich, wie hinter einer Scheibe, aber nicht deshalb, weil unerreichbar. Ich selbst bin die

Scheibe, durch die ich schaue, also kein Wunder, dass peinliche Berührtheit aufkommt und eigentlich nichts zu sehen ist.

Aber ich hatte doch das Gefühl, dass diese Landschaft (die Aussicht vom Berg auf die Häuser von Bocca di Magra, auf die Flussmündung, die Bucht, auf Carrara und andere qualmende Industrien der Gegend, auf die Marmorberge gegenüber) schon das letzte bisschen Landschaft ist, und der Wald ringsum stirbt. Das Grün kommt mir bereits unnatürlich vor. Autos sind schließlich viel natürlicher als Pferde. Plötzlich ist meine Müdigkeit verpufft, wie aus einem Kochtopf, dessen Deckel sich hebt.

Vor nicht allzu langer Zeit, vielleicht vor einigen Jahren, hätte mir dieses Haus total die Sprache verschlagen und mich zu den feierlichsten Schwüren hingerissen. Ich hätte alles auf mich genommen, um mich nur ein klein wenig so einem Haus anzunähern, oder nicht eigentlich anzunähern, denn ich hätte kein deutliches Verlangen danach gehabt. Was deutlich ist, ist nicht mehr so schön. Aber dieses Haus hätte mir einen undefinierbaren, unendlichen Schwung verliehen, zumindest für einige Zeit. Also vielleicht so etwas, was mir zu leben und zu arbeiten befiehlt. Heute ist es für mich zwar ein außergewöhnliches Haus, an einem außergewöhnlichen Tag, aber ich selbst bin für mich gewöhnlich.

Dort waren zwei sehr junge Menschen, Klemens und Filip. Vielleicht waren sie so wie ich, als ich in ihrem Alter war. Doch in ihrem Alter verbrachte ich die Ferien gewöhnlich in Porąbka Uszewska, dort hatte ich ein eisernes Bettchen im Dachraum über dem Kuhstall, was aber egal war, denn ich hatte andere Möglichkeiten, mich zu begeistern.

Vielleicht haben die beiden heute auch etwas Derartiges. Vielleicht nicht gerade so etwas wie den Nachtclub ›Żywiec‹, der früher für mich das Synonym der mir unbekannten großen Welt und des großen Geheimnisses dieser Welt war. Diesen Club gibt es heute nicht mehr, aber als Synonym funktioniert er noch. Wenn die beiden heute, siebzehn- oder neunzehnjährig, auf der Terrasse, irgendeinen großen Wunschtraum hätten, dann wüsste ich nicht, welcher das sein könnte. Ich könnte ihn nicht nachvollziehen. Zwischen der Jugend und mir gibt es eine Trennwand, unumgänglich.

Es fällt mir immer schwerer, etwas anzunehmen, was mir entgegengebracht wird. Nicht nur Gefühle, Angst, Scham, Begehren und anderes, sondern auch Gegenstände, es ist, als ob die Welt auf mich gewartet hätte, dass ich sie belebe, als hätte sie sich in einer wachsenden Schlange vor mir angestellt, weil sie von mir belebt werden möchte. Widerspricht das der romantischen Vorstellung, dass die Welt mir abhandenkommt? Ich glaube ja. Für den Romantiker existierte die Welt wahrscheinlich umgekehrt, die Natur und das Jenseits waren eigentlich übernatürliche Kräfte, in die der Mensch nicht nur eingebunden war, sondern von ihnen abhängig. Mickiewicz mit seiner Landschaft, Adolf Hitler mit seiner Vorsehung, die hatten es gut. Und mir scheint es immer mehr, dass es nur so viel Welt geben wird, wie ich produziere, und allein der Gedanke an diese Arbeit ermüdet mich.

Vielleicht ist die Welt aber einfach schon erschaffen, und nur, weil ich ihr nichts erzählen, mit ihr im Duett singen kann, habe ich mir ausgedacht, mir meine eigne Welt zu schaffen. Vielleicht bin ich davon schon so groggy, dass ich keine Kraft mehr habe. Vielleicht ist es die Sehnsucht nach Ruhe, denn in letzter Zeit treibt mich keiner so sehr an wie ich mich selbst, die Welt zu produzieren – und die Welt scheint mir nur da real zu sein, wo sie von mir geschaffen wurde. Und doch gab es die Welt einmal wirklich, und sie hat mir alles gegeben, auch mich selbst. Mich selbst gab es vorher nicht, es gab nur so viel von mir, wie mir die Welt gegeben hatte. Bei näherer Betrachtung sehe ich, dass es die Welt immer in der Zukunft gegeben hat, alles war nur das Signal, dass etwas kommen wird, alles war Ankündigung, Anordnung, Grund zur Hoffnung. Ja, ich habe also intensiv existiert, aber eher als Vorbote, es war keine andere Existenz.

Die Tatsache, dass viele Leute erst im Alter an Gott und die Religion glauben, kommt vielleicht daher, dass die jugendlichen Erwartungen sich erschöpfen. Und weil die Existenz nur als Erwartung existieren kann, klammern sie sich an künstlich konzipierte Erwartungen. Natürlich ist es angeblich ganz anders, denn man kann nicht in der Erwartung existieren, man kann sich nur täuschen, dass man es kann. Nichtsdestotrotz bin ich mir da nicht mehr so sicher, dass ich es nicht auf einen Versuch ankommen lassen würde, denn jede Gewissheit erscheint mir verdächtig.

Übrigens bin ich auch nicht sicher, ob ich mich auf die Jugend berufen soll. Die Jugend kann für mich weder Maß noch Bezugspunkt sein, denn ich bin nicht mehr jung. Warum soll ich meine jetzige Wahrheit mit Zweifeln untergraben, die ich aus einem anderen Leben schöpfe, dem Leben dessen, der ich einmal war, nicht mehr bin und nie mehr sein werde, den es gegenwärtig nur als undeutliche Nachricht gibt, wie zum Beispiel die Nachricht über die Existenz von Südamerika, dessen Existenz mir weder hilfreich noch hinderlich ist, mich nicht tangiert. Wer weiß, ob ich mich vor dem Alter so fürchten muss wie als Schulkind, als ich in die erste Klasse ging und mich vor der fünften Klasse fürchtete. Das war völlig unnötig.

Ich habe keine Wünsche, sei's drum, jetzt muss ich mir sogar schon die Wünsche schaffen, ich kann nicht damit rechnen, dass die Fakten Konsequenzen haben, wenn es die Fakten nicht einmal gibt. Vielleicht sollte ich der Welt (die es nicht gibt, bevor ich sie nicht erschaffe) direkt in die Augen blicken, bedrohlich und ohne zu zwinkern, und dann entsteht sie, während des Schauens. Ich weiß nicht, warum, aber ich überlege die ganze Zeit, wie die anderen wohl sind. Aber von den anderen habe ich nichts, keine Erfahrungen, kein Weg eines anderen ist mir irgendwie nützlich, ich kann damit nichts anfangen. Klar bin ich versucht, mir von anderen etwas abzuschauen, meine eigene Leerstelle damit aufzufüllen. Ich weiß, dass ich so eine Leerstelle bin, die wahrscheinlich ein anderer hinterlassen hat, den es noch gibt.

Wenn ich also, zu einem gewissen Grad, irgendwer bin, dann führen alle Überlegungen, wer ich sein könnte, in die Irre, denn sie variieren definitionsgemäß ständig. Jede Eigenschaft verliert in dem Moment an Aktualität, in dem sie bestimmt wird. Das kommt mir sogar entgegen. Aber in meiner Verwirrung und Verlorenheit, in meiner Ohnmacht und in meinem Gefühl, ich sei unmöglich, alles sei unmöglich, auch ich, muss ich etwas wissen.

Ich muss zugeben, dass manchmal, äußerst selten, eine Situation in meiner ungetrübten Erinnerung aufleuchtet, was darauf hinweisen könnte, dass mein Verdacht gar nicht unbegründet ist. Am einfachsten wäre es, solche Situationen zu suchen.

Es wären Situationen zu zweit.

4. April

Als ich im Theaterteil der *Paris Match* neben anderen Aufführungen in Paris auch meine bescheidene Aufführung erwähnt fand, war mir das doch unerhört angenehm, obwohl leider nur kurz, zugegeben, und eigentlich schon jetzt, eine halbe Stunde später, denke ich an diese Erwähnung ohne besondere Euphorie, nur mit ganz normaler Zufriedenheit, wie an ein gutes Mittagessen, das es gab oder geben wird. Dass solche Erwähnungen von Gott kommen, kann ich mir kaum vorstellen.

Aber in Polen macht so etwas Eindruck. Die *Paris Match* wird dort gemeinhin als Stimme Gottes angesehen, als Stimme aus einer anderen Welt. Ach, diese drei Sketche, die habe ich vor so langer Zeit geschrieben …

Alessandro Blasettis Film *Io, io, io e gli altri*. Ein weiteres Symptom der Dekadenz, peinlich. Ein weiterer alter und guter Künstler-Handwerker, der närrisch wird und glaubt, er könne die Modernität, die Schlaumeierei, die Tiefsinnigkeit einholen.

Überhaupt ist dieser Film eine Warnung. Denn nach allem, was ich weiß, was ich erlebt habe und was daraus folgt, kommt eine Gewissheit ans Tageslicht. Damit etwas entsteht, was es gibt, was wirklich gewesen ist, muss der, der es tut, es wirklich wollen. Jemand, der etwas zu einem Thema denkt, der muss es möglichst klar und nachdrücklich sagen, sonst kann er es genauso gut bleibenlassen. Anders entstehen nur trübe Klagen, die niemanden interessieren, nur dass alle so tun als ob, allerdings nur, damit kein gesellschaftlicher Skandal entsteht, wie zum Beispiel bei Fellinis letztem Film.

Mein Stück *Der Schneider* ist eben deshalb durchgefallen, weil ich etwas wollte, aber zu viel auf einmal, und dann ist es unklar.

6. April

Rein ins Kino und sofort wieder raus. *My Fair Lady*. Entsetzen beim Verlassen des Kinos. Und ich soll Karriere machen? Wenn das der Gipfel des Erfolgs sein soll, dann darf ich mir nichts vormachen, dann habe ich keine Chance. Das Rein und Raus hat mir die Kluft zwischen mir und dem, was den Leuten gefällt, klargemacht.

Aber nicht nur Karriere werde ich nicht machen, ich werde wohl überhaupt nichts mehr machen. Was ist in mich gefahren, dass ich Adam Tarn in meinem Brief gestand, ich schriebe ein Stück? Ich habe es aber getan, ich habe es zugegeben, es war ein Moment der Illusion, der Hoffnung. Jetzt weiß ich nicht, was ich mit dem über dreißigseitigen Ding tun soll, vor lauter Anstrengung bin ich erstarrt, und von der Pfeife hat sich meine Lunge verstopft.

Mein Gott, warum hast du mich verlassen?

Mein Ölberg ist ein steiler Pfad über dem Meer, in Richtung Madonna delle Grazie. Dort ist es meistens menschenleer, bald wird dort aber gebaut, gleich hinter der ersten Bergspitze. Aber vielleicht werde ich das nicht mehr erleben.

Später steige ich hinab und höre auf zu denken. Ich verwandle mich in einen kopflosen Rumpf, ohne Gliedmaßen. Langsam verwachse ich mit meinem Stuhl, ich habe mich an alles gewöhnt, nicht viel anders als ein Gefängnisinsasse, der sich an alles gewöhnen kann.

9. April

Janek Lenica ist gekommen, in Begleitung. Es regnet, es ist kalt. Ich weiß nicht, ob ich noch am Leben bin oder nicht, was schon ein Fortschritt ist, denn gestern war ich noch überzeugt, dass nicht.

Nachmittags soll Codignola kommen, weil ich *Tango* geschrieben habe. Pah!

Ich glaube, mich gibt es nicht.

12. April

Ein Traum, weniger Handlung als Stimmung, diesmal ungeheuerlich, faszinierend grauenhaft oder sogar entsetzlich.

Ich brach mit Staszek Lem zu einem Fußmarsch über Hügelland auf, es waren türkische Hügel. Dort lernten wir zwei Menschen kennen, durch eine Aktion, die ich schon wieder vergessen habe: Der eine, ein Türke, hatte schwarze

Augen und einen schwarzen Schnurrbart, der ihm über den Mund hing, ähnlich wie bei Günter Grass, obwohl mir diese Ähnlichkeit erst jetzt auffällt. Der Zweite war vielleicht ein Nicht-Türke, und sie waren verfeindet. Es kam zu einer Konfrontation zwischen ihnen, in unserem Beisein, so etwas wie eine Kraftprobe oder ein Duell. Aber plötzlich war der Türke so etwas wie ein Gewebelappen, rechteckig, lebendiges Gewebe, aber mit dunklen Streifen und Flecken, gefärbt wie eine Zunge, bräunlich, feucht, frisch herausgeschnitten, als Essenz des Türken, eigentlich als der Türke pur. Auch sein Antagonist war plötzlich etwas Biologisches, nur unregelmäßiger geformt. Während der eine glatt und flach war, fast ein perfektes Rechteck, ähnelte der Zweite von der Form her am ehesten einem Gehirn. Er war wulstig, gewölbt, gekerbt und uneindeutig gefärbt, am ehesten rosa.

Der Erste legte sich auf den Zweiten und begann ihn auszutrinken, ihn in sich hineinzutrinken. Dabei passierte sonst nichts, keine Bewegung, manchmal zuckte der Ausgetrunkene kaum wahrnehmbar, krampfartig. Das dauerte sehr lange. Staszek und ich sahen fasziniert zu. Es hatte etwas Ekelhaftes, aber gleichzeitig konnte ich den Blick nicht abwenden. Der Rechteckige, Zungenförmige schien sich beim Saugen zu sättigen und zu beleben, er bekam mehr Konsistenz, Farbe und Festigkeit, während der andere, der ausgetrunken wurde, dahinwelkte und immer blasser wurde. Übrigens hatten wir keine Ahnung, womit er trank, es war kein mundähnliches Gebilde erkennbar, kein Organ, nichts, es gab nur dieses widerwärtige, ekelhafte Austrinken, Aussaugen. Schweigend und reglos, abgesehen vom Zucken des Opfers. Aber »das Opfer« ist schon meine Beschreibung, es war ja gar kein Opfer, es war etwas, das ich nicht benennen konnte, weder jetzt noch damals, etwas Außermenschliches und gleichzeitig etwas äußerst Menschliches, etwas, das in uns arbeitet, was uns ausmacht, aber dessen wir uns nicht bewusst sein können.

Was zwischen ihnen vorging, schien mehr als Saugen zu sein, mehr als Austrinken oder Auffressen, es ging über das Auffressen hinaus. Und endlich verwandelte sich der Bräunliche, Stärkere, Angreiferische, Aussaugende zurück in den Türken. In einen irgendwie jüngeren und stärkeren Türken. Sein Schnurrbart war samtiger, der Teint dunkel und strahlend, wie frisch eingeölt, besonders die Augen waren wie neu, scharf umrandet und unglaublich leuchtend. Auch der Rest war mit neuer Kraft und Frische gefüllt. Seine weißen Zähne blitzten unter dem pechschwarzen Schnurrbart. Er war gleichzeitig schön und abscheulich, denn wir wussten, dass seine Kräfte die des anderen, ausgesaugten Dings waren.

Das Schrecklichste tat er jedoch erst dann. Er hatte sich zwar in den Türken zurückverwandelt, aber das andere Etwas blieb, was es gewesen war. Es blieb eine gehirnähnliche Masse, nur etwas blasser, ausgesaugt, erschöpft. Der Türke beugte sich darüber und nahm es in die Hand. Dann wickelte er das zum Turban gewickelte Tuch von seinem Kopf, legte sich das Ding auf den Kopf und wickelte den Turban wieder darum. Das Ding war jedoch nicht reglos oder leblos unter diesem Turban, es bewegte sich, stumm und dumpf, es spannte und entspannte sich, pulsierte irgendwie. Der Türke lachte zufrieden und wunderte sich kein bisschen. Er lachte uns mit seinen weißen Zähnen an, und auf seinem Kopf pulsierte es.

Ich habe natürlich noch viele andere Dinge geträumt, die

ich aber vergessen habe. Es reicht ja auch. Sehr oft, in vielen unbegreiflichen Zusammenhängen, habe ich von meinem schwarzen Volkswagen geträumt. Interessant, dass dieses mein schwarzes Auto in vielen meiner Träume als notwendiges Requisit auftaucht. […]

13. April

[…] Und derweil blühen draußen vier Geranien und der Efeu.

Ich soll mir keine Illusionen machen: Ich lebe in der Emigration. Ein oder zwei Reisen nach Polen werden daran nichts ändern. Ich bin in der Emigration und nicht nur physisch von Polen abgeschnitten, sondern auch durch die Mystik einer unüberwindbaren, unüberwundenen Grenze. Eine nachsichtige Emigration. Droht mir nicht das typische Gespenst der Emigration, Abgeschlossenheit, Ghetto, Einschränkungen und ein Leben, das sich nur mehr in Erinnerungen abspielt? Klar, ich könnte lesen, das soll ich sogar, das wäre wahrscheinlich die einzige Art und Weise, diese Zeit zu rechtfertigen, aber das Prinzip ändert sich nicht, und kein Lesen nimmt mir wirklich das Problem ab: Was tun, um nicht zu einer Leiche zu werden?

Klar, auch in Polen kann man eine Leiche sein, nach wie vor, und man kann das Gefühl der Verleichung bekommen, das mich auf den abendlichen, langnächtigen Empfängen und Diners bei J. B. in Warschau befiel, unter der Lampe sitzend. Damals sah ich das einzige Leben nur in einer unklaren Vorahnung, denn meine Flucht, meine Ausreise sehnte ich lediglich herbei, sie war noch gar nicht wirklich beabsichtigt. Dieses Gefühl der Verleichung war größer und schmerzlicher als die unguten Gefühle, die mich hier von Zeit zu Zeit in ähnlichen Situationen befallen. Jenes Gefühl der Verleichung, nur bei den Abendessen unter der Lampe, auf diesem auf antik gemachten Sofa – war allumfassend, schrecklich, auch historisch gesehen schmerzlich, nicht nur persönlich. Dieses erschreckende Gefühl der allgemeinen Verleichung (denn dass ich ganz persönlich verleiche, damit muss ich mich abfinden) umfasste die Gegenwart und, noch schlimmer, wies in die Zukunft, in weite Ferne, schon ohne Hoffnung, dass sich zu meinen Lebzeiten, über kurz oder lang, etwas ändern würde. Im Moment ist weniger wichtig, dass die Verleichung dort allumfassend war, sondern was ich von meiner Verleichung hier, an diesem Ort, halten soll. Daran zu denken, wie ich irgendwo verleiche, wo ich nicht bin, das wäre so, wie sich damit zu trösten, dass ich nur Zahnweh habe, während jemandem ein Bein fehlt. Zähne sind die einzige Realität.

Und so stehe ich unerwartet vor dem Problem jedes Emigranten, ich denke, dieses Wort sollte ich aussprechen. So zu tun, als sei es anders, würde nirgendwohin führen. Wenn wir Benennungen vermeiden oder verfälschen, dann ändert das an der Sache selbst überhaupt nichts. Andererseits, soll hier überhaupt etwas benannt werden? Vielleicht geht es auch ohne? Denn Benennungen ziehen automatisch Inhalte an, vielleicht belastet das die Realität unnötig, die ja immer außerhalb jeden Benennens liegt. Vielleicht, wenn ich hier so vor mich hin verleiche, soll ich mir gut überlegen, ob und wie ich es hinauszögern kann.

Wenn Polen dabei ist, ins Bodenlose zu stürzen und wie ein Betrunkener zu schlafen, dann wird man schwerlich annehmen, dass ich dort plötzlich zum Visionär würde und mich in meinem Privatleben zu großen Taten aufschwingen würde. Das Privatleben ist schließlich immer mit den allgemeinen Lebensumständen verbunden, nicht nur durch seine Ausführung, sondern auch durch seine Perspektive. Meine Perspektiven in Polen, meine Perspektiven hier. Vielleicht sollte ich überhaupt über meine Perspektiven nachdenken. Was kann ich hier noch wollen, was wird mein letzter Wunsch sein, soll ich noch mehr Grenzen überschreiten, mich einem breiteren Publikum stellen? Das sind Phantasien. Wenn ich schon in Polen gewusst hätte, dass ich hier nichts mehr will und nichts erwarten kann, wer weiß, bis zu welchem Grad mich das damals beeinflusst hätte. Unterschwellig, tief im Inneren habe ich sicher mehr erwartet und bin unbewusst zielstrebig darauf zugesteuert. In Polen hätte ich mich mit Polen getränkt, aber das Tränken ist noch nicht alles, denn danach muss man noch Lust auf etwas haben, eine Art Funken oder Zündung, den Willen zu etwas, ich zweifle, ob ich das dort je bekommen hätte. Wir werden ja sehen, aber dieses »wir werden ja sehen« ist ein Wegschieben der Realität. [...]

15. April

Regen, in Dänemark Frost, in den nordischen Ländern Schnee. Das Meer verhält sich mir gegenüber weiterhin völlig gleichgültig, obwohl ich immer noch hier bin.

Karl Henssel war gestern da und ist heute morgen wieder gefahren. Er glaubt an mich und glaubt, er hätte damit recht. Übrigens ist das Rechthaben auch ein Teil seines Glaubens. Also, es ist so, dass er an mich glaubt.

Es ist nicht wichtig, was wer sagt, sondern warum er es sagt. Warum genau das und nicht etwas anderes. Genauso ist es mit dem Verhalten. Aber das Sprechen ist doch ein Teil des Verhaltens. Aber wissen, wer was warum sagt, kann man nicht anders, als es sich zu denken. Und warum wer was sagt, ist davon gefärbt, warum wir denken, dass er es aus dem einen Grund sagt und nicht aus dem anderen. So schaffen wir uns selbst dieses »warum« und geben es ab, als sei es nicht unseres. Überhaupt nicht unseres, was nicht heißt, dass es ausschließlich unser »warum« oder das eines anderen ist.

Eigentlich hat sich nicht viel geändert seit der Zeit, als ich bei uns im Hof nicht mehr mitgespielt habe. Noch immer beneide ich die Spielenden. Nur schwächer, weil alles schon etwas schwächer ist, beneide sie um ihr Spiel, darum, dass sie es können und dazu auch wirklich Lust haben.

Ich werde nicht nur emigrantisch, sondern auch provinziell. Anders als in Polen, aber ähnlich. Emigrantisch, provinziell, ganz egal. Die Gleichgültigkeit macht mir Sorgen, aber auch die Sorgen mache ich mir immer gleichgültiger. Ab einem bestimmten Grad der Gleichgültigkeit bekäme diese vielleicht eine neue Bedeutung, irgendeine Qualität. Aber dann wäre es keine Gleichgültigkeit mehr.

Amüsements sind jedenfalls auch kein Ausweg, sie bedeuten auch keine Qualität, auch das macht mich weniger neidisch. Gewiss, permanente Amüsements erwecken den

Eindruck von Bewegung, Tätigkeit, Leben. Aber wenn man länger hinsieht, wie ich gerade, haben alle angeblich vielfältigen Amüsements ein Schema, einen Zyklus, und auch die Intensität in den Details ist ewig die gleiche. Solche Amüsements verstauben, während sie stattfinden, genauso wie meine Gleichgültigkeit verstaubt. Letztlich werden auch sie einen kleinen Zyklus bilden, einen Wirbel im Wasserglas, eine Pilgerfahrt ins Heilige Land, wie sie dieser Dresdner Prinz unternommen hat, ohne seinen Palast zu verlassen. Er war nur von Zimmer zu Zimmer gegangen, wobei er die Schritte zählte. Das weiß ich aus den Briefen von Odyniec.

Es besteht kein riesiger Unterschied zwischen meiner Starre, meiner Unfähigkeit, mich zu amüsieren, und jener Dynamik und Fertigkeit. Das konstatiere ich zufrieden, weil ich nun nicht mehr so neidisch auf die anderen bin und mir im Vergleich nicht so viel schlechter vorkomme. Ich kann mich ruhig mir anvertrauen, meinem Temperament, das sich sowieso nicht mehr ändert.

Was diese Gleichgültigkeit betrifft, so ist es eher eine Sehnsucht nach etwas, das mich von der Gleichgültigkeit befreien würde, die mich bei allem befällt, was mir im Leben widerfährt. Daher kommt auch die Beobachtung (oder ist es ein Wunsch?), dass es nicht wichtig ist, was wer sagt, sondern warum er es sagt. Was wer sagt, langweilt mich mehr oder weniger, und warum er es sagt, finde ich interessanter. Könnte sein, dass es meine Gleichgültigkeit abschwächt. Es ist nur ein Beispiel. Eigentlich nur die Suche nach dem, was hinter dem liegt, was wir wahrnehmen, was im ersten Moment auf der Oberfläche erscheint. Es scheint mir interessant, ohne Rücksicht auf das, was andere Philosophien davon halten könnten, besonders die, von der Gian Norero sagt, sie sei eine Wissenschaft. Er sagt das, weil er Unterstützung braucht. Gut und schön. Aber ich brauche keine Unterstützung, sondern etwas ganz anderes.

Wahrscheinlich spricht die gut argumentierte These gegen mich, dass es nur das gibt, was es gibt, und dass das, was es gibt, kein bisschen auf etwas hinweist, was es darunter oder dahinter gibt, weil es so etwas nicht gibt. Schlimmer ist, dass ich selbst ziemlich überzeugt von dieser These bin. Es ist schwierig, etwas zu benötigen, gegen das sich die eigene Überzeugung auflehnt, und wenn nicht die Überzeugung, dann eine Art Sympathie. Ach, und überhaupt, überzeugt sein und überzeugen… Schließlich wollen doch alle alle von allem überzeugen, wovon sie selbst überzeugt sind. Für mich ist es ganz klar, warum. Es kommt von unserer grundsätzlichen Unsicherheit, weil uns nur das, was wir bei den anderen sehen, dauerhaft, echt und wahrhaft existent erscheint. Also bemühen wir uns, die anderen davon zu überzeugen, dass sie für uns das verwirklichen, was wir nicht selbst verwirklichen können. Wie ein Kleidungsstück, das wir erst an einer anderen Person wirklich sehen und beurteilen können. Aber woher kommt dann das Gefühl, dass alles, was wir einmal einem anderen weitergegeben haben, für uns verloren ist, etwa eine Überzeugung, die wir jemandem mitgeteilt haben, die, wenn wir sie mit großer Anstrengung formuliert haben, wie tot erscheint, nicht mehr zu uns gehörig. Sie hat uns verlassen, lässt uns etwas einsam zurück. Die zweite Phase, das Alleinsein, zeugt höchstens davon, dass wir das Angestrebte nicht erreichen können. Wenn wir jemanden überzeugt haben, und so ein bisschen Distanz zu unserer eigenen Überzeugung gewonnen haben, sehen wir zwar, wie nachhaltig und wie substantiell die Überzeugung war, aber diese Erkenntnis befriedigt uns überhaupt nicht mehr.

Was verändert sich an meinem Schreibimpuls, an meinem Schreiben überhaupt? Ich weiß nicht, ob ich den Schwung von früher, der ja durchaus Erfolg hatte, noch aufbringe. Oder ob der damalige Schwung sich in neuer Form einstellen wird. Alles ist so unklar. Nur Gestammel. Diese Abendstunden sind schrecklich, wenn ich es tagsüber nicht geschafft habe, etwas aus meinem Leben zu machen, und die unerträgliche Hoffnung habe, vielleicht geht's mit Hauruck? Ich mag dieses Stück nicht schreiben, an dem ich gerade sitze, und das Stück will nicht von mir geschrieben werden. Seit längerem schon fühle ich mich so, als hätte ich etwas Schlechtes, Schädliches gegessen. Wie war das eigentlich, als ich *Tango* geschrieben habe, da war doch alles, wie es sich gehört, mir ging es gut, und ich besaß eine Gewissheit, von der ich heute kein bisschen mehr habe. Dann der Reinfall mit dem *Schneider*. Es war doch nicht nur *Tango*, auch *Moniza Clavier* ist mir so flott von der Hand gegangen, ich konnte nie wieder so gut schreiben wie im ersten Jahr außerhalb Polens. Und jetzt fällt es mir so schwer. Allein das Nachdenken über diese Schwierigkeiten ekelt mich, erregt Übelkeit. Wie alles Nachdenken über die Impotenz.

Auch schlafen mag ich nicht, aber nicht schlafen heißt nichts können. Ich kralle mich an die Schreibmaschine wie ein Ertrinkender an das Floß. Es ekelt mich auch, was ich gerade schreibe, es sind keine Gedanken, nur Geblubber, außerdem affektiert, es ekelt mich sogar, dass ich mich nicht von der Schreibmaschine losreißen darf. Nichts darf ich.

Vielleicht muss ich das alles ganz anders angehen, nur dass ich nicht weiß, wie. Vielleicht etwas anderes suchen, ein anderes Leben, vielleicht darf ich nicht immer nur in diesem Leben herumkrebsen. Aber ich weiß noch nicht einmal genau, was ich meine, wenn ich »in diesem« schreibe. In was für einem? Was meine ich? Vielleicht lebe ich einfach schon zu lange. Aber so eine Feststellung ist sicher auch wieder nur Koketterie, sich Einschmeicheln.

Ich habe den obigen Satz noch einmal gelesen: »Nichts darf ich.« Was sollen solche Sätze? Die pure Hysterie.

Darf man nicht in aller Ruhe einfach nichts sagen, wenn man nichts mehr zu sagen hat? Wäre es nicht besser, genau zu beschreiben, was es zum Mittagessen gab, als solche süßlich-säuerlichen Absonderungen von sich zu geben? Wem gegenüber eigentlich, mir selber gegenüber oder dem gegenüber, der dies lesen könnte, zufällig oder nicht? Ist das nicht wieder genau so etwas wie das unsterbliche: »Was werden Sie von mir halten?«

Ich glaube, dass mir nur Mut und Kraft fehlen. Ich bin nur das Produkt eines Landes und einer Epoche, die nach Gewicht und nicht nach Stückzahl abrechnen.

Meine Verblödung kommt sicher daher, dass ich einen der blödesten Filme auf Erden gesehen habe … Nein, genug davon. Lass doch endlich die Schreibmaschine in Ruhe, leg dich ganz still nieder, und hör auf zu quatschen, man könnte sämtliche Selbstachtung verlieren, wenn ich noch einen dieser Idiotismen, dieser Idiotismen, dieser Idiotismen, dieser Idiotismen von mir gebe … Ich muss mich irgendwie gegen den Wahnsinn wehren.

3. Mai

Nach Rom und zurück. Jemand ist angekommen, abgefahren. Durcheinander. Etwas Alkohol, nicht zu viel, also nicht so viel, wie es hätte sein können, Gott sei Dank. An Rom erinnere ich mich nicht, es ist schon in den Abgrund gesegelt. Ich kann mich nicht an die Tage erinnern, was ich gedacht habe, was ich getan habe, ich will nicht und ich kann nicht und ich spüre, es geht nicht und es ist sinnlos.

Ich liege in den letzten Zügen mit *Tercet (Das Terzett).*[32] Als ich mit dem *Schneider* in den letzten Zügen lag, war ich genauso euphorisch. Dieses Gefühl beweist also überhaupt nichts. Aber diesmal habe ich immerhin den Eindruck, ich hätte ein Stück geschrieben, das vielleicht nicht großartig ist, aber doch immerhin bescheiden anständig. Wenn es nur gedruckt wird, wenn es nur für das Theater geeignet ist, sonst will ich nichts, nur, dass es kein Reinfall wird. Ich kann kaum sagen, wie sehr ich mir das jetzt wünsche.

Der guten Ordnung halber ein Zitat von Brzozowski:

»Es ist ein Irrtum zu denken, wir könnten uns in unserem täglichen Leben vor dem Schicksal verstecken, es mit dem Einwand abwimmeln, es käme nicht in Frage, als könnten wir nur ab und zu aufs Podium treten und auf einer Benefizveranstaltung des Absoluten ein durchaus interessantes, herzeigbares Stück durchleben. Leider, das ›Absolute‹ ist uns viel näher: Es passt genau hierher, in unseren eigenen, alltäglichen und wenig originellen Körper; es ist hier, und wir handeln mit ihm, unablässig, und immer wieder tun wir wirklich Rücksichtsloses – was sich nicht rückgängig machen lässt.«[33]

Der Sommer ist da, und ich staune. Früher gab es das nicht, das Kommen des Frühlings oder Sommers nahm ich als etwas, was mir gebührt und ganz in Ordnung ist. Heute sah ich mich mit einem gewissen Misstrauen am Meer entlanggehen, auf den Boulevards und Stränden, als argwöhnte ich einen Betrug, ohne zu wissen, ob an mir oder nicht an mir.

Irgendwie tut es mir leid, auch wenn ich andererseits froh bin, dass mit dem *Terzett* Schluss ist. Wieder werde ich heimatlos sein, wieder diese Sinnlosigkeit, wieder muss ich etwas Neues beginnen, furchtbar. Das ist mir umso weniger willkommen, weil jetzt grundsätzlich nichts Neues auf mein Leben einwirken kann, was es lohnte, beschrieben zu werden. Aber vielleicht schreibe ich einfach ein ganz geniales Werk oder ein miserables. Wenn das *Terzett* Qualitäten hat, dann wird es irgendwo gespielt, irgendwo wird was darüber geschrieben, wie immer, dann geht es immer so weiter. Ich beklage mich nicht, ich mache nur darauf aufmerksam, dass ich einmal eine Illusion hatte, ach, es war keine Illusion, sondern eine Wahrheit: dass mein Leben ganz anders hätte verlaufen können.

22. Mai

Einige Tage in Rom, ich habe mir Koteletten wachsen lassen, um dem Zeitgeist Genüge zu tun. Der Sommer ist da. Polen hat sich entfernt, was mich weniger kümmert als früher, aber vielleicht nur momentan. Das Buch von Piotr Guzy. Vielleicht nicht sein bestes, großartigstes, aber sehr lebendig – wahrscheinlich kommt es nur mir, einem polnischen Leser, so vor, wie alles, was mit dem Leben zu tun hat. Wenn man in Polen so geschrieben hätte, dann hätte man sich dafür wahrscheinlich nicht begeistert, aber es wäre etwas potentiell Interessantes gewesen.

Film in Rom, *La lunga notte del quaranta tre.* Der Film wurde vor einigen Jahren gedreht, als es den Menschen noch um etwas ging. Gehaltvoll. Vielleicht hat auch mein *Terzett* diesen kleinen, nicht genügenden Vorteil, dass es darin um etwas geht?

Aber mein Problem liegt woanders. Ich habe schon so viel darüber geschrieben, ich komme einfach nicht damit zurecht und weiß auch, warum. Dieses Problem ist nicht aussagekräftig, weil es nämlich theoretisch bereits gelöst ist, und sicher ganz richtig. Ich weiß ganz genau, was ich tun soll, und weiß sogar, warum ich es nicht tue. Wie üblich sage ich mir: Morgen fange ich damit an.

Richtig wäre, zwischen *nulla* und *essere* zu zappeln, *qualcosa* abzuschütteln. Aber *qualcosa* lässt sich nicht abschütteln, es ist da, und zwar ausschließlich. *Qualcosa* führt zur Leere oder bestenfalls zu einer Illusion: *essere pieno.*

Ich sollte mich nicht davor fürchten, dass die Lösung meines Problems mir die Probleme nimmt und ich dann davor Angst haben muss, ohne Problem dazustehen. Das Problem: Warten auf das Leben, Unzufriedenheit darüber, dass es nicht kommt, und doch dauernd diese Unzufriedenheit suchen. Wenn ich das Leben anpacke, beschert es mir Probleme.

Das Warten auf das Leben ist noch Romantik. Warten überhaupt, etwas verschlafen. Warum, warum, ich weiß, warum, ich habe es schon gesagt. Ich bin also noch nicht einmal in der Hölle, auch in keiner künstlichen, ich bin nur im Fegfeuer. In keinem künstlichen. Fegfeuer ist nichts. Tut nicht weh, bewegt sich nicht, es ist da, wird immer da sein, es gähnt …

Wozu soll ich noch diese Abendstunde weiterschreiben, muss das denn sein, ich könnte auch etwas anderes tun, Hauptsache, ich grabe mich aus diesem Abgrund des Nichts heraus. Aber plötzlich schäme ich mich, dass ich immer das Gleiche wiederhole, also dann bis morgen, wenigstens bis morgen, wieder bis morgen.

24. Juni

[…] Eigentlich bin ich schon gar nicht mehr in Chiavari. Ich weiß nicht, wie lange ich noch hier wohnen soll. Ich bin ebenso wenig noch in Chiavari, wie ich früher noch in Polen war, auch wenn ich dort noch wohnte.

Ich bin größer geworden, analog zur Welt, die es mir vorgemacht hat. Ich kann nicht in einer Nussschale wohnen und mir wie der Herr der Unendlichkeit vorkommen.

Etwas hält mich davon ab, all das aufzuschreiben. Warnung: Es geht nicht nur darum, etwas aufzuschreiben, zu benennen und später das Geschriebene zu betrachten, und schon nicht mehr darüber zu verfügen. Wenn ich also so was wie dieses Tagebuch führen soll, dann entweder – ich wiederhole mich schon wieder – aufschreiben, was es zum Mittagessen gab, oder auch den Versuch machen, eine konkrete Arbeit vorzubereiten. Jedenfalls auch das, und dafür muss ich eine neue Formel finden.

30. Juni

Ich habe mein ganzes Leben nichts anderes gemacht, als einer neuen Formel hinterherzujagen. Früher war das wirklich eine brandheiße Sache. Jetzt bin ich schon in einem Alter, wo es mir keinen besonderen Kick mehr gibt, weder nach oben noch nach unten. Es hält sich die Waage, mehr oder weniger, davon habe ich immer geträumt. Aber keiner weiß, was man in so einem Zustand des Gleichgewichts tun soll. Paradoxerweise ist mir das Beherrschen des Lebens nicht bekommen. Früher war Schreiben das einzige Mittel zum Leben. Jetzt genügt mir das Leben als solches. Das Schreiben kommt mir eher unnütz vor. Irgendwie war Epiktet schiefgewickelt, als er so leidenschaftlich zur Nicht-Leidenschaft aufrief.

Gleichzeitig belastet mich der Zustand der Bedeutungslosigkeit. Auch paradox. Ich muss nicht unbedingt etwas sagen. Je mehr Erfahrung ich habe, desto weniger möchte ich sie aussprechen. Je mehr ich kenne, sehe und weiß, Menschen, Gegenstände, Gedanken, desto mehr öden und widern sie mich an, weil sie mir zunehmend wie Teilchen des Zerfalls vorkommen. Es fehlt an etwas, wodurch sie wieder zu einem Organismus würden wie früher. Sie können immer weniger geordnet werden. Hinter dem Rest Organisation lauert das Gefühl totaler Ziellosigkeit und immanenter Ordnungslosigkeit.

Früher hatte ich auch mehr Phantasie, als persönliche Energiereserve, die mit der Außenwelt zusammenprallte. Aus diesem Konflikt heraus konnte ich schreiben. Jetzt ist die Welt in mir und die Phantasie draußen. Der Unterschied verschwimmt, also auch die Spannung.

Umso archaischer sind in mir die Zustände der Nervosität, der Nervenzerreißproben, der Angst. Davon habe ich mehr als genug, immer noch, wahrscheinlich mehr aus Gewohnheit, so bin ich konstruiert. Diese Zustände empfinde ich als sehr erniedrigende, unnütze Zugaben. Wie das Tabakrauchen. Ich weiß selber nicht, warum ich rauche.

1. Juli

Ich habe Bekanntschaft mit dem Krieg gemacht, aber nur oberflächlich. Ebenso wie mit dem späteren Imperium in seiner Blütezeit. Fünfzehn Minuten bevor es am Spielplatz eine große Prügelei gab, an der ich hätte teilnehmen müssen, bin ich schlafen gegangen.

Jetzt mache ich Bekanntschaft mit dem Westen, aber wieder nur oberflächlich. Ich bin weder gezwungen, hier Arbeit zu suchen, noch sonst einen Preis für den Westen zu zahlen.

Jetzt kommt das schlimmste Leben.

2. Juli

Inny Świat von Herling, ein Buch über die Lager in Russland. Bücher wie dieses sind nie nach Polen gelangt.[34]

Frage: Warum hat das Christentum Kunst hervorgebracht und der Kommunismus nicht? Ich kann es nicht sagen.

Bilder aus Russland, von de Gaulles Reise. Bäuerlich, primitiv. Aber die Kultur lebt von dem, was am weitesten weggeschoben wurde, von den höchsten Errungenschaften des

Menschen. Es besteht ein großer Unterschied zwischen einer Wohnung als Dach über dem Kopf und einer Wohnung als einem Stück Kunst. Wenn es auf der Welt Wohnungen als Kunststücke gibt, dann darf sich die Kultur nicht an Arbeitersiedlungen orientieren, sondern an den privaten Palästen. Obwohl, aus purer Neugier, wie sieht dieses menschliche Streben in seiner höchsten Errungenschaft aus? Die Kultur wurde in den Städten geboren.

8. Juli

Wir waren in Florenz. Aber auch das hat keine größere Bedeutung. Bedeutung hat nur der Überdruss, aber ich bin nicht sicher, vielleicht gibt es den auch nicht.

Meine literarische Gestalt widert mich restlos an. Ich langweile mich selber, den polnischen und auch den europäischen Schriftsteller, mit meinem polnischen und meinem europäischen Schriftsteller. Das Stück *Tango* langweilt mich entsetzlich. Meine moralischen Schlachten mit Polen, um Polen, sind unmenschlich langweilig. Ich habe den Verdacht, dass ich wie jeder andere hier etwas einschmuggeln, etwas verbergen will, ich steuere auf etwas anderes zu, als ich es mir selbst und insbesondere den anderen eingestehe.

Ich plage mich mit dem *Terzett*, es ist, als müsste ich einen Haufen Papier fressen. Die Figuren sind mir egal, das Thema sagt mir nichts. Gleichzeitig möchte ich von Herzen gerne schreiben, weil ich mich ohne zu schreiben noch mehr langweile. Mir scheint, in den letzten Tagen bin ich deutlich gealtert. Wenn ein Mensch sehr alt wird, dann wird er auch furchtbar klug, er weiß bloß nicht, was er mit dieser Klugheit anfangen soll. Da ist was dran. Mir wird in letzter Zeit klar, dass ich auf die vierzig zusteuere. Nicht, dass das viel wäre, aber eine neue Etappe ist es bestimmt.

In Florenz sind mir blöde Reimchen eingefallen:

Der kleinste von den großen Hirschen
der aß einmal zu viele Kirschen,
beim Heimweg hörte man ihn motzen
er fände Kirschen echt zum Kotzen.
Ein andrer wiederum, ganz locker,
sagte zum Höcker immer Hocker.
Der »Höcker« in der deutschen Sprache,
heißt hirschisch »Hocker«, klare Sache.
Ein Dritter wollt die Angel schwingen,
und war nicht davon abzubringen.
Obwohl ein Hirsch, wie ihr wohl wisst,
zu anderem berufen ist.

Und so immer weiter. Es geht weiter. »Paszczyński« in Florenz, aufgebläht wie ein Vergifteter. Ich schlank und hohl. Raffo und seine spezielle Frau. Sonst heiß. Vielleicht stimmt es, dass ich mich über etwas aufregen muss, um darüber zu schreiben. Aber ob ich mich heute immer noch in Polen metaphysisch über Polen beziehungsweise über meine Qualen in Polen aufregen könnte? Das wurde schon tausendmal gesagt, es ist auch langweilig. Noch habe ich ein bisschen Geld. Ich möchte wissen, welche seelischen Veränderungen mit mir vorgehen werden, wenn ich einmal keines mehr habe. Hoffentlich kommt es nie dazu.

Eine neue Formel.

Vor allem muss ich etwas wollen. Oder mich aufhängen, morgen natürlich, so was macht man immer erst morgen. Noch einmal neu anfangen. Sich wundern, von neuem, sich empören.

Zwei Gläschen Whisky, fast täglich, das ist kein Ausweg. Noch weniger ein Ausweg wären zehn bis zwanzig Gläschen hin und wieder. Vielleicht finde ich einen anderen Modus. *Release that grip, don't hold it anymore, keep easy, swing ahead, don't harden into the substantial Mrożek. Yes.*

Mrożek baby, be gentle, be kind, to whom, to what, to anything, to the nothingness which is yourself, see through it, stop Mrożeking. Bah.

Anyway, the change of the language is a sort of relief.[35]

Ich und Polen, das bin nur ich. Vielleicht sehen das diejenigen anders, die nicht ich sind. Trotzdem glaube ich, das ist so was wie die definitive Auflösung, Schluss mit lustig.

Ein altes Thema, eine Vision, aus einem Traum von der Auflösung eines Kabaretts. Einige Künstler verreisen, andere nehmen Positionen ein, gründen Familien, vielleicht wird's ja gehen, sagen sie, schließlich lebt der Mensch nicht nur von der Kunst. Schluss mit der Jugend, Schluss mit der Epoche, Schluss mit lustig. Ich ging wie üblich gegen sechs ins Kabarett. Es war noch hell, bis ich in den Flur trat, da gab es einen langen Tunnel, durch den man in den Hof kam, und von dort über eine Treppe zum Künstlereingang. Hier war es wärmer als auf der Straße. Die Straße war schon erkaltet.

16. Juli, Samstag, die Bar ›Bacciolo‹

Die Welt ist schwer beladen mit Weibern, das heißt mit Zankweibern. Die Zankweiberei ist auch unter den Männern weit verbreitet, aber selbst der hartgesottenste Zankweibmann wird nie so ein Zankweib sein wie ein Weiberzankweib. Eine Frau wird früh zum Zankweib. Schon immer hat sie alles besser gewusst, ein für alle Mal. Dann kann man sie im Meer versenken oder auf dem Scheiterhaufen verbrennen – sie wird trotzdem alles über alles wissen, wofür sie gesteinigt gehört. Und wer ist ein *gente per bene*? Vielleicht ist uneigennütziges Interesse öfters unter den Männern anzutreffen, und deshalb halten die Männer die Welt länger frisch? Ein Angel-Liebhaber ist nicht mehr ganz so anfällig für die Zankweiberei. Aber man wird auf der ganzen Welt keine einzige Angel-Liebhaberin finden.

Einige Menschen, sogar die meisten, verblühen und sterben im zwanzigsten Lebensjahr. Gleich nach Abschluss der Mittelschule erstarren sie und werden zum Instrument für das Ansammeln von mechanischen Erfahrungen, sie fädeln Erfahrungen auf wie Holzperlen, immer die gleichen, für immer, bis zum Tod, auf ein und dieselbe Schnur. Einige wenige halten sich länger und kommen ins mittlere Alter. Je weiter die Zeit fortschreitet, desto weniger von uns bleiben am Leben. Daher ist ein lebendiger alter Mann so ein phantastisches, seltenes Phänomen.

In meinem Leben habe ich den Tod von vielen gesehen, die noch immer leben und ganz gesund sind. Als hätte das Leben sie in lebende Gliederpuppen verwandelt, ganz allmählich, Tag für Tag, bis plötzlich klar ist, dass es nur noch Schäubchen und Marionetten sind. Die einfacheren Gliederpuppen können sprechen, wenn man sie auf den Bauch drückt, sagen sie »Papa« oder »Mama«. Die komplizierteren können sogar eine große Anzahl von komplexen Operationen ausführen. Das hängt von der Programmierung ab. Ich kann nicht sagen, bis zu welchem Grad auch ich bereits gestorben bin. Ich hoffe, ich bleibe mir dessen wenigstens bewusst, etwa auch, warum ich so leide. Wenn der Mensch den Tod fürchtet, dann nicht nur den biologischen Tod. Vielen ist diese Angst nicht bewusst, wenngleich sie sie haben. Meistens ist es ein dumpfes Gefühl, dass etwas nicht in Ordnung ist.

Man kann ja kaum etwas dagegen tun, dass die Welt mit dem Menschen stirbt. Davor, das Leben in Kategorien einzusperren, bewahrt den jungen Mann seine Konstitution, dass er eben jung ist, sprich, noch alle Möglichkeiten hat. Instinktiv weiß er, dass alles so sein kann, wie es ist, aber auch ganz anders. Daher die übertriebene Kritiklosigkeit und Wehrlosigkeit der Jugend, sie nimmt alles einfach hin. Je älter der Mensch, desto deutlicher sieht er, dass er nur war, was er war, also, dass es nur so war und demnach nur so sein konnte. Diese wachsende Überzeugung des Menschen wirkt sich auf die Gegenwart aus, auf die Umgebung, auf die Welt, sogar ein bisschen auf die Zukunft. Und der Mensch wird gleichzeitig deutlicher, aber dabei hebt er sich auch ab von der Welt, er stirbt für sie, und sie für ihn. Kaum jemand kann doppelt leben, nämlich als eine und gleichzeitig als verschwindende zweite Möglichkeit. Irgendwann schrumpfen beide auf eine zusammen: Die Hand nach dem Glas am Totenbett ausstrecken oder nicht? Tief Luft holen oder nicht? Sich auf die rechte oder die linke Seite legen? Schießt das Erschießungskommando mich oder den anderen in den Kopf? Aber das ist noch nicht alles. Ich stelle mir vor, dass man genug Sensibilität und Kraft haben kann, um die Welt der unbegrenzten Möglichkeiten selbst in diesem Glas zu finden, oder in dem Moment, bevor die Kugel den Kopf trifft. Sicher geht das. Es gibt schließlich Menschen, die ungeheuer starke und krasse Reize brauchen, um etwas zu spüren, ungeheuer grelle Farben, um etwas zu sehen. Für mich sieht es so aus, als seien diese Menschen nur in groben Zügen am Leben. Sie sterben früher als andere.

Es ist ein trauriges Phänomen. Heute betrachte ich Menschen fast wie Pflanzen. Mir fällt Gombrowicz ein, zum Glück, der ist alt und lebendig. Und wie! Ich muss zugeben, dass ich nicht die Hälfte seiner Lebendigkeit habe. Sein Beispiel tröstet mich.

Was mich auch stört, ist der Todesinstinkt, der bei mir ebenso stark ist wie der Lebensinstinkt. Eine Verliebtheit in den Tod. Über diese seltsame Mischung habe ich schon einmal geschrieben. Leider war ich bisher nicht imstande, aktiv als Willensfaktor aufzutreten, als Richter, der das Spiel entscheidet, zugunsten des Lebens. Ich weiß, dass das möglich ist. Noch einmal leider: Die Möglichkeit genügt mir nur zu sehr.

Ich vermute, der Umfang meiner Vereinsamung wurde mitbestimmt von meiner Sensibilität für totes Leben, dass für mich die meisten Menschen, Dinge, Tätigkeiten, vor allem das Sprechen, das Sprechen, das Sprechen, nichts anderes als totes Gequatsche sind. Das Verstreuen und Aussäen von Unwesentlichem und Blödheiten. Es fällt mir schwer, daran teilzunehmen, weil ich spüre, dass es dann noch schlimmer wird, weniger lebendig. Und erst heute, endlich, nach all den Jahren, verstehe ich den Satz: »Lass die Toten ihre Toten begraben.« Es ist einer der schönsten Sätze, die ich kenne. Und lächerlich ist der Vorwurf der Gesellschaftspsychologen, ich wüsste das Leben nicht zu schätzen, ich liebte es nicht, ich sei schwerfällig und statisch. Sie stellen mir eine Diagnose, machen mir einen herablassenden Vorwurf und stellen sich selbst auf ein Podest. Sie wissen nicht, dass eben diese Symptome, deretwegen sie mich verurteilen, der Beweis vom Gegenteil sind. Nur mein Gefühl vom Leben ist anders, es unterscheidet sich in Ausmaß und Wesen. Das, was ihnen das Leben zu sein scheint, ist für mich offensichtliches Totsein, das Begraben der Toten. Man kann nicht von mir verlangen, dass ich daran teilnehme. Aber weil ich es doch muss, weil die Welt hauptsächlich daraus zusammengesetzt ist, kann man nicht auch noch von mir verlangen, dass ich es mit sichtbarer Überzeugung oder gar Enthusiasmus tue.

17. Juli, Sonntag

Alle Religionen haben Kunst hervorgebracht, mit Ausnahme des Kommunismus. Bevor man jetzt darauf pocht, dass der Kommunismus somit keine Religion sein könne, sollte man nicht allzu sehr davon ausgehen, dass ein grundsätzliches Merkmal jeder Religion die von ihr produzierte Kunst sein muss. Der Kommunismus ist also eine sonderbare Religion, eine, die keine Kunst produziert. Die Frage drängt sich auf: Warum?

In allen Religionen ist das Wichtigste das Erlebnis, also

die mystische Vereinigung von Gott und Mensch. »Gott wohnt in der Seele des Menschen.« Auch wenn es diesen Satz in der christlichen Literatur nicht gibt, so könnte es ihn doch leicht geben.

Der Gott des Kommunismus ist der historische, dialektische und so weiter Prozess. Geschichte ist immer außerhalb des Menschen, denn sie ist das Handeln, das In-Bewegung-Setzen von allem Zwischenmenschlichen. Geschichte passiert nicht, wenn der Mensch reglos, mit geschlossenen Augen in einem geschlossenen Zimmer sitzt. So ein Mensch und so eine Beschäftigung wurden von den Kommunisten immer mit der größten Geringschätzung behandelt, es waren, nach der Doktrin, ein negativer Mensch und eine negative Beschäftigung. Die Gestaltung der Umgebung, das nach außen gerichtete Handeln, die Veränderung der Welt – nur damit, als der einzigen Wahrheit, sollte sich der Mensch beschäftigen.

Der Kommunismus ist etwas Absolutes, aber er ist außerhalb des Menschen. Wie etwas, was mit einer intakten Außenwand für immer vom Menschen getrennt ist. Der Mensch darf dieses Absolute lediglich ansaugen, aber nicht inhalieren. Nicht dass der kommunistische Künstler das nicht wollte, aber er kann es nicht. Sein Gott ist nicht in ihm, auch wenn er in seinem Gott ist.

1. August

Vielleicht sind sogenannte Überlegungen nur verseuchtes Gefühl, sogenanntes gedankenverseuchtes Gefühl. Hinter dieser Vermutung steckt der Wille, irgendwie vor mir die

These der Einheit des Gefühls zu verteidigen, ich weiß nicht, wozu ich diese gerade brauche.

In letzter Zeit habe ich öfter ein bestimmtes Gefühl, eine verstärkte Sensibilität für das alltägliche Sterben. Jetzt gerade wieder. Natürlich geht es um den Tod einzelner Elemente, denn die Ganzheit bewahrt ihr Gleichgewicht, ihr statistisches Leben. Der Tag stirbt, Menschen sterben, auch wenn sie quasi weiterleben, etwas in den Menschen stirbt. Es sterben Bewegungen, Hoffnungen, Entschlüsse, Bestrebungen. Erneuerungen, die das Leben betreffen, werden immer schwieriger, zum Beispiel neue Entschlüsse. Ich erinnere mich, wie es mir als Kind bei jeder heiligen Beichte schwerer gefallen war, eine der Beicht-Bedingungen zu erfüllen, nämlich den starken Entschluss, mich zu bessern. Ich glaubte immer weniger daran, nie mehr zu sündigen.

Das Hauptproblem im Leben ist nicht der Kampf um den Erfolg, nicht der Kampf um neue Erlebnisse, das geht ja eigentlich sowieso nicht, sondern der Kampf um die Erhaltung des Lebens. Auch wenn mein ganzes Leben schon in allen Elementen so verknöchert ist – so lange das Bewusstsein dieses Kampfes existiert, so lange existiert auch die Notwendigkeit zu kämpfen und das Bewusstsein dieser Notwendigkeit. Das allein genügt, um nicht zu sterben.

Alles, was wir wissen, trägt das Bewusstsein in sich, dass wir es nur innerhalb unserer menschlichen Konstruktion wissen, innerhalb der Möglichkeiten, die uns unser menschlicher Zustand vorgibt. Deshalb ist das Universum erschreckender als eine Ansammlung von unendlichen Galaxien. Denn selbst wenn es gelänge, alles über dieses Universum zu erfahren, dann würde das sowieso im Bewusstsein verblassen, da es für uns nur ein Bild bleibt. In diesem Sinne muss man wohl den Satz verstehen: »Ich weiß, dass ich nichts weiß.« Das heißt nicht, wie in populär-primitiven Interpretationen, dass ich wenig weiß. Es heißt nur, dass es gar nichts hieße, selbst wenn ich alles wüsste. Vielleicht ist das der Kern einer religiösen Haltung. Ich stelle mir den praktizierenden Christen so vor, dass er nur praktiziert, um sich dieses Bewusstsein klarzumachen, als Zeichen, nicht als Inhalt.

3. August

Proust über mich:

»Man kann tatsächlich sagen, dass diese für den Geist so etwas wie ein Wechselfieber sind. Wer hat nicht schon diese Tatsache bei Frauen oder sogar Männern beobachtet, die mit einer hervorragenden Intelligenz begabt, aber von nervösen Zuständen heimgesucht sind? In sich glücklich, ruhig, mit ihrer Umgebung zufrieden, bieten sie ihre kostbaren Gaben der Bewunderung ihrer Mitmenschen dar; buchstäblich ist alles Wahrheit, was dann aus ihrem Mund hervorgeht. Eine Migräne aber, eine kleine Verletzung ihrer Eigenliebe genügt, um alles zu ändern. Die erleuchtetste Intelligenz wird dann rücksichtslos, verkrampft und eng, das heißt, sie spiegelt nur noch ein gereiztes, argwöhnisches, gefallsüchtiges Ich wider, das alles tut, womit man Anstoß erregen kann.«[36]

8. Oktober

Ein paar wichtige Dinge sind passiert, aber erst der letztliche Verzicht auf den Versuch, meine Glatze mit scheußlichen Eigenhaar-Anleihen zu verdecken, wozu ich mich heute durchgerungen habe, nach einer – zugegeben – kurzen Phase des Experimentierens und des Widerstands, hat mich zu dieser Notiz bewogen. Ab jetzt werde ich mit hoch erhobener Stirn kahl sein.

Unterdessen waren wir in Florenz, zwei Wochen auf dem Theaterfestival, das gleich danach von katastrophalen Überschwemmungen heimgesucht wurde. Ich habe ein neues Stück geschrieben, habe an wichtigen nationalen und internationalen Zusammenkünften teilgenommen, es gab einen Skandal mit E. S., die anreiste und alle rasend machte. Und ich habe mich nicht einmal betrunken. Viele verschiedene Dinge, die mir auch alle wichtig erscheinen.

Meine Glatze ist eine neue Verpflichtung, sie zwingt mich dazu, meine Haltung gegenüber dem Leben zu überdenken. Unter der Flagge der Glatze – vorwärts.

9. November

Als Kind hatte ich keinen Kampfgeist (ich zuerst! ich habe gewonnen!). Als Erwachsener habe ich kein Bedürfnis, recht zu haben oder mich vorzudrängeln. Also bin ich zum Diskutieren nur bedingt geeignet. Stärker als die Überzeugung, ich müsste um jeden Preis Oberhand gewinnen – vielleicht aber ebenso unbegründet –, ist bei mir der unklare Verdacht, die Hoffnung, die Befürchtung, dass es über mir und meinem Gegner noch ein Recht gibt, dass ich einen Teil meiner Ambitionen unter keinen Umständen für ihn oder mich aufwenden soll, um nicht den Weg zu dieser höheren Wahrheit zu blockieren, die uns beide überragt. Nur dass kein Gegner ähnliche Befürchtungen oder Hoffnungen hegt. Ich fasele also einfach drauflos, so gut es geht, denn die Diskussionen der Erwachsenen unterscheiden sich im Allgemeinen weder in Intention noch in Methode vom »ich zuerst!«, »ich habe gewonnen!« der Kinder auf dem Hof.

2. Dezember

Der Scirocco.

Heute habe ich das biblische Wort verstanden: »Und das Wort ward Fleisch.« Ich weiß jetzt, worum es geht.

Wenn das Wort Fleisch ward, dann ist das ein Wunder. Nur eine primitive Interpretation sieht darin, dass zuerst etwas angekündigt wurde, was dann in Erfüllung ging. In dem Sinne wäre jede Ankündigung, zum Beispiel die Durchsage, dass der Zug von Gleis soundso abfährt, von wo er dann auch wirklich abfährt, eine biblische Erfüllung.

Also wir sehnen uns danach, dass das Wort Fleisch wird. Ich verstehe das als Gleichzeitigkeit, Integrität und totale Verschmelzung mit dem Wort. Ein alter Traum von mir, dass ein Wort, das ich schreibe, Gewicht und Wert hat. Dass das Schreiben von irgendetwas, wenn auch nur von so etwas, was ich jetzt schreibe, so unwiderruflich und gewichtig ist wie das Leben an sich. Wenn das gelänge, würde sich alles ändern.

Die Welt bewegt sich in eine ganz andere Richtung, in Richtung Zerstörung des Wortes, Abspaltung des Wortes vom Fleisch. Das nackte Fleisch, ohne Wort, ist die allerdüsterste Perspektive, in die wir uns so lustvoll stürzen. Der fünfte Reiter der Apokalypse ist nicht weniger erschreckend als die anderen vier, er ist umso schrecklicher, weil sich niemand vor ihm fürchtet, weil niemand ihn wahrnimmt, ihm Beachtung schenkt. Denn das Fleisch ohne Wort wird existieren, aber das Wort ohne Fleisch hat nur ein Scheindasein, es existiert nicht. Während es wächst und unter uns ist. Also gewaltige Ausmaße ohne Existenz, eine trügerische Bedeutung nur zum Schein, etwas, was wiegt, aber kein Gewicht hat, ein Geist, ein Gespenst, ein Alptraum.

Die Welt, das bin natürlich ich, nichts anderes, jedenfalls in der ersten Instanz. Ich bin selbst schuld an dieser Überstrapazierung. Zwar sagt die Bibel nicht, dass die Abspaltung des Wortes vom Fleisch eine Sünde ist, aber ich weiß es. Die Kirche befasst sich mit der Scheidung von Mann und Frau. Das ist Kleinkram, und es geht leicht. Warum ist sie nicht zuständig für die Scheidung von Wort und Fleisch, warum ist sie nicht gegen die Scheidung? Sicher aus demselben Grund, warum sie lieber Strafen verhängt, wenn man sich an einem verbotenen Ort aufgehalten hat, und weil sie in einer komplizierten und schwierigen Situation auf dem Weg dorthin außerstande ist zu intervenieren. Bestrafen ist leichter. Alle sind gleich. Leicht in Versuchung gebracht von allem, was einfach zu sein scheint. Auch für mich ist das der größte Teufel. Er verdirbt mir das Leben, mehr als alle anderen Satane, die überbewertet werden und in Wirklichkeit völlig harmlos sind.

Ein bisschen leichter macht es mir die Tatsache, dass

schlechtes Schreiben jenes Wort ist, das nicht zu Fleisch wird. So könnte ich immer weiter fortfahren, ich könnte sagen, es sei das Wort, das Fleisch werden will, aber das geht wirklich schon beschämend leicht, es bringt nichts Neues, nur eine hübsche kleine Binsenweisheit.

Anderer Bahnhof: Ich bin so oder so demütig, gebe diesem und jenem recht, bin einverstanden, füge mich, sehe mein Unrecht ein, neige den Kopf, bereue. Gleichzeitig aber auch nicht, später, wenn eine bestimmte Grenze überschritten ist, entsteht in mir ein großer, kategorischer Widerstand, die Gewissheit, dass alles ganz anders ist, nicht etwa zur Verteidigung des *status quo*, nicht um recht zu behalten, sondern »für die Zukunft«, auch wenn das eine ungeschickte Beschreibung ist. Aber hier geht es um etwas anderes, tiefer, dunkler und schwieriger. Aus purer Ergebenheit, nicht etwa aus einer Abwehrhaltung heraus, gehe ich zur Attacke über, gehe ich zum Verneinen über, hole zum Befreiungsschlag aus. Beim Wort »Befreiung« muss ich etwas verweilen. Irgendeine Befreiung ist notwendig, um weiterzugehen, ich kann nicht weitergehen, wenn ich gefangen und befangen bin, wenn ich rechne, wenn ich alles das hinter mir herziehe, was ich und andere mir aufgeladen haben. In einem gewissen Moment muss ich alles wieder vergessen, was richtig und wahr und klug und überzeugend ist. Warum lassen sich solche Dinge nicht vorhersehen, vielleicht weil man sie nicht vorhersehen darf? Ich muss mich wieder hinsetzen, gereinigt, die Leere auffüllen, mit dem Gefühl der Freiheit. Ja, ich sehe, das muss ich unbedingt.

Diese Worte ermüden mich. Es sind keine Worte, die Fleisch werden.

10. Dezember

Vom zweiten bis neunten Dezember in Zürich. Vorwiegend fürchterlicher Schnupfen und Sprachlosigkeit. Ausgerechnet dort, ausgerechnet dann.

Ein wunderbarer Zusammenbruch.

Schnee, Norden, schon ein bisschen wie in Stockholm. Vielleicht kommt das vom Wohlstand.

Quatsch. Es gibt eigentlich nichts zu sagen.

11. Dezember

Es gelingt mir am besten, einen Menschen zu begreifen, wenn ich ihn als Objekt betrachte, künstlich und angestrengt, weil es für mich eine ganz unnatürliche Art des Schauens ist.

Es gibt sicherlich mehrere Gründe dafür. Wenn ich einen Menschen so betrachte, wie es meinen Neigungen entspricht, wie es schön und moralisch ist, also wenn ich ihn als Subjekt betrachte, dann fürchte ich mich derartig, dass ich überhaupt nichts sehe.

Kann man überhaupt einen anderen Menschen als Subjekt betrachten? Man kann sich höchstens in Erinnerung rufen, dass dieser andere Mensch ein Subjekt ist, aber ich kann ein Subjekt doch gar nicht betrachten, das wäre doch schon von vornherein falsch. Ein anderes Subjekt als ich selbst ist für mich nur in Form eines Objekts zugänglich.

Also: Wenn ich aus moralischen Gründen darauf bestehe, einen anderen Menschen als Subjekt zu betrachten, oder meinen natürlichen Neigungen folge, den Anderen als Subjekt zu betrachten, dann wird nichts anderes dabei herauskommen als Durcheinander, Verdummung, Verdunkelung, zusätzlich gekrönt mit meiner Angst.

Ich werde nie den alten Mann am Strand von Split vergessen, es war im September 1966. Er unterschied sich durch nichts von Hunderten Menschen an diesem Strand. Es genügte, nur kurz, ganz unvermittelt und bewusst sein Subjektsein zu vergessen und ihn eingehend zu betrachten, ausschließlich als Objekt, das sich irgendwie verhält. Sein Verhalten war ganz normal. Er cremte seinen Körper ein, nachdem er aus dem Wasser gekommen war, legte seine Armbanduhr an und lauter so Kleinigkeiten. Diese kurze Beschreibung ist unendlich disproportional zum Reichtum, den er mir damals bescherte und den ich jetzt gerade nicht beschreiben kann. Vielleicht kann man so etwas nicht beschreiben. Als ich die Heuchelei, die frommen Wünsche und andere Frömmeleien wie das Behandeln und Betrachten eines anderen Menschen als Subjekt abgeworfen hatte, wagte ich es, ihn nur als Objekt zu betrachten. Somit wird dieser Mensch als Subjekt in meiner Erinnerung für immer bewahrt bleiben, ich weiß nicht kraft welchen Gesetzes. Er war für mich damals, dort, genauso ein Subjekt wie ich. Ich verstehe diesen Prozess nicht, trotzdem ist es so. An keinen von allen, die ich damals, am selben Tag, am selben Ort, mit Wertschätzung subjektiviert habe, erinnere ich mich mit dieser Intensität, und noch wichtiger, mit diesem Gefühl, dass dieser Jemand wichtig war, geheimnisvoll, notwendig und einzigartig. So viele andere habe ich einfach schon vergessen.

Daraus folgt: Ich habe ihn damals betrachtet als … ich sah

ihn ganz und gar als Mensch. Und als solcher wird er mir in Erinnerung bleiben.

Ich kann versuchen, mir selbst zu erklären, warum die Bühne, der Dialog oder überhaupt die ganze Szene zwischen dem Gespenst und Ihm in *Poczwórka* (*Der Vierer*)[37] nicht gut ist.

Sie ist nicht gut, weil sie Literatur ist. Jetzt, wo ich den letzten Band der Tagebücher von Gombrowicz lese, weiß ich, wie es dazu kam: Es kommt natürlich von Gombrowicz, die Stelle, wo er der Sehnsucht der deutschen Jugend nach großer Poesie nachspürt, nach todesbeladener Poesie, furchtbar, aber immerhin Poesie.

Bei ihm ist es gut und am Platz, weil er es selbst ausgedacht und nachgespürt hat. Bei mir nicht, weil ich es von ihm, also bereits aus der Literatur, übernommen habe.

Mehr noch, ich selbst habe ja doch keine Erfahrungen dieser Art. Zwischen Hitlerjunge und Mitglied im kommunistischen Jugendverband besteht ja doch ein Unterschied. Mein Gespenst war ein anderes, obwohl es auch ein Gespenst war, vielleicht kindischer, weniger soldatisch, studentischer, weniger blutrot-poetisch, mehr intellektuell-sentimental. Anders gesagt, mehr unseres.

12. Dezember

Operetka (*Operette*) von Gombrowicz.

Jetzt kann ich erst recht nicht damit anfangen den *Schneider* zu verbessern, es sagen sowieso alle, er sei ein Plagiat oder zumindest von Gombrowicz abgeschaut. Darüber hinaus hat Gombrowicz mir nun verunmöglicht, viele Einfälle (inklusive Atmosphäre) meinerseits zu verwenden, die ich mir ja schon früher ausgedacht hatte und von denen ich glaubte, sie seien meine eigenen und somit sicher: der Maskenball, die Sache der Masken sowie eine unartikulierte Bühnensprache. Das ist so beiläufig in zwei Sätzen hingeschrieben, dass es nicht viel zu bedeuten scheint, aber ich weiß, worum es geht. Ich hatte nach dem Lesen von *Operette* das deutliche Gefühl von Verlust und Leere, das alles macht mich sehr traurig.

Es macht mich traurig, dass ich vielleicht nur verschwommen ahne, was Gombrowicz sehr genau weiß: dass ich vielleicht einfach schlechter bin. Ganz sicher im Denken. Zwar bin ich theatertechnisch geschickter, das ist aber wenig schmeichelhaft, weil ich hier mechanisch vorgehe, nicht besonders kreativ, sondern im Handeln die Erfahrungen von anderen und die Publikumsgewohnheiten verarbeite. Mangelhaftes Denken plus Ambition plus geschickte Technik minus poetische Kraft und minus Herrschaftshaltung und Schreibpotenz, das sind Gründe für Misserfolg.

Aber wer weiß, ob ich das letztlich nicht sogar verdient habe. Ich bin nämlich gar nicht sicher, ob der *Schneider* nicht wirklich irgendwie aus Gombrowicz entstanden ist. Dann wäre er nämlich auch nicht mein Thema gewesen, und es wäre mir recht geschehen, dass ich zu einem mir fremden Thema ein schlechtes Stück schreibe. Aber woher soll ich wissen, inwieweit es nicht mein Thema war?

Wie auch immer, es ist nun einmal so. Ich überlege, ob ich Gombrowicz meine *Schneider*-Leiche schicken soll oder nicht. Warum sollte ich das tun? Und … wäre es angebracht, oder nicht.

Erstens hieße das, da ich ihn ja als besser erachte als mich, dass ich ihm und mir zeigen will, wie ähnlich wir uns sind. Dass ich auch ganz ähnlich gedacht habe wie er, es mir aber nicht so gut gelungen ist. Ich rechne damit, dass er mir wenigstens ein paar Worte zurückschreibt, in denen er meine Ansicht über unsere Ähnlichkeit bestätigt.

Genau, schlecht gelungen. Beunruhigend. Denn was habe ich davon, dass ich ihm ähnlich bin. Ihm ist es gut gelungen, und mir schlecht. So ist es wohl. Eigentlich könnte ich es ihm erst dann schicken, wenn ich überzeugt davon wäre, dass es mir ein bisschen besser gelungen ist. Der Gedanke, es zu verschicken, ist etwas verdächtig. Allein das gut Gelungene zählt. Alles andere sind Schmierhefte, schmutzige Wäsche. Die soll man nicht herzeigen.

Wenn er es bestätigen würde (sollte ich es ihm schicken), dann würde ich mich freuen, aber kann ich wissen, ob es mir guttäte? Er ist ein mächtiger Mann, und ich darf nicht daran arbeiten, ihm ähnlich zu werden. Ich muss an etwas anderem arbeiten. Also wenn er unsere Ähnlichkeit bestätigen würde, mit ein paar wenigen Worten, würde ich meinerseits viel nachdenken über die wenigen Worte, ich würde noch schlimmer mit ihm hadern. Schließlich hat er im Gombrowicz-Sein immer mehr Chancen als irgendein anderer, also etwa ich. Ich darf mich nicht hineindrängen in den Gombrowicz, denn da sitzt schon der Gombrowicz. Andere Frage: Wenn wir so ungeheuer ähnliche Stücke geschrieben haben, heißt das dann, dass wir uns ähnlich sind …? Ich will aber auf diese Frage nicht antworten, weil ich nicht kann.

Zweite Möglichkeit: Er wird gar nichts bestätigen, aber was dann, bei ihm ist alles möglich, was wäre hier noch die beste Eventualität? Vielleicht die, dass aus meiner Sendung und seiner Reaktion darauf nichts Angenehmes für mich herausschaut (das heißt keine Bestätigung, dass ich ihm ähnlich bin, was aber eh ein zweifelhafter Nutzen wäre), aber immerhin könnte ich etwas lernen. Aber was kann ich denn lernen, wenn er keine Briefe an mich schreibt, und wenn überhaupt, dann unendlich kurz, kein bisschen in Richtung Dissertation?

Ich kann ihm meinen unglücklichen *Schneider* vorlegen, aber nicht als hoffnungslose Huldigung, sondern als Fleisch, für das man etwas kaufen kann. Alles andere wäre nur peinlich, masochistisch. Ich muss mir ja nur überlegen, wie ich selbst an seiner Stelle reagieren würde, wenn mir irgendwer ein schlechtes Stück schickte, das einem Stück von mir sehr ähnelte. Schriftsteller sind keine Gelehrten, und nicht einmal die Gelehrten mögen es, wenn man ihnen ihre Austauschbarkeit vor Augen führt. Das Material dieser beiden Stücke ist keine besonders objektive Materie, es ist eine persönliche Art, die Welt zu empfinden. Wenn es anders wäre, würde es mich vielleicht interessieren, wie es wäre, wenn ein ganz anderer es geschrieben hätte … Aber er ist ja nicht ich, undsoweiter, undsofort.

14. Dezember

»Ganz anders als die Gesellschaft Albertines half mir die Musik, in mich selbst hinabzusteigen und dort Neues zu entdecken: die Andersartigkeit nämlich, die ich im Leben, die ich auf Reisen vergebens gesucht hatte. Doch diese klingende Flut erweckte meine Sehnsucht von neuem, wenn sie neben mir ihre besonnten Wellen anbranden ließ.«[38]

Es sieht so aus, als hätte ich einen Weg gefunden, eine Menge zu entmengisieren, wenn ich mich in ihr befinde. Das Gefühl der Menge stellt sich immer ein, wenn mich viele Augen anzublicken scheinen, daher auch meine Zerstreuung und Hilflosigkeit, weil ich nicht weiß, wen ich zuerst unterstützen, wem ich zuerst Widerstand leisten soll, kaum bin ich mit einem fertiggeworden, schon sind so viele Neue da, die sich für mich interessieren.

Derweil interessiere ich mich überhaupt nicht. Und es gibt auch überhaupt nicht so viele Augen. Wie viele auch immer, es wird immer höchstens ein Augenpaar geben, nur eines, denn jedes von ihnen ist in der gleichen Situation wie ich, also allein gegen alle. Die Allianz aller gegen mich habe ich mir nur eingebildet, es ist eine Täuschung. Es genügt, mir das klarzumachen, damit die Menge sofort zurückweicht und ich mich, anstatt verschwitzt und hechelnd vor hunderttausend Verfolgern zu fliehen, frei auf dem Platz umsehen kann, auf dem bloß ein paar vereinzelte Augenpaare herumirren, und ich mir aussuchen kann, wen ich will. Die Stadt erscheint sofort etwas stiller, das ist bestimmt eine Täuschung. Kann es aber nur Täuschung sein? Schließlich hängt die Intensität der Sinneseindrücke nicht allein von der Kraft der Reize ab, die von den entsprechenden physischen Instrumenten wahrgenommen werden.

Vielleicht ist die Neigung der Menschen, in eine Menge

einzutauchen, auch die Angst vor der Menge, also die Angst, die ein Einzelner angesichts vieler anderer empfindet, vor einer Gemeinschaft der anderen. Um vor dieser Angst zu fliehen, könnte ich in die Menge eintauchen, mich den anderen zugesellen und mein Gesicht zusammen mit anderen Gesichtern in eine gemeinsame Richtung wenden. Das wäre die Garantie, zumindest für die Zeit, in der alle Gesichter in diese eine Richtung schauen, dass sich die anderen nicht gegen mich wenden und ich nicht allein der Menge gegenüberstehe.

»Ich weiß, wie es geht!« Dieser Satz ist lächerlich, dazu dreist. Nur weil ich in Genua auf der Straße eine Sekunde lang ebendiesen Eindruck hatte, entwickelte ich schleunigst eine Theorie daraus, die mir an dieser Stelle wieder einfiel. Soll das jetzt heißen, dass ich weiß, wie es geht? Ich dürfte eigentlich höchstens sagen, dass ich eine vage Erinnerung an eine bestimmte Erfahrung hatte, die vielleicht nicht nur in dieser Sekunde gültig ist. Sagen also, ich wüsste bereits, wie, aber zur praktischen Anwendung – die an sich nichts Besonderes ist, da sie als Technik zum Leben gehört und auch keine Lösung bringt –, zum eigentlichen Leben ist es noch sehr weit. Aber für den literarischen Gebrauch, da könnte es gerade noch passen.

Das alte Märchen vom Zauberer, der einen Frosch in einen Prinzen verwandelte oder umgekehrt. Das war nicht so dumm, wie die Kinder etwa glauben. Schließlich gibt es das: Einer schaut, und der Angeschaute verwandelt sich in das eine oder andere. Es ist eine riesige menschliche Menagerie, die tagtäglich von menschlichen Augen, von Menschen für Menschen geschaffen wird. Natürlich müssen es nicht ganz reinrassige Tiere sein, es gibt viele Kreuzungen. Das Wichtigste ist das Prinzip. Es macht Spaß zu denken, dass die menschliche Macht so etwas vermag, auch meine. Es ist ein bisschen wie Zauberer spielen. Der wird ein Frosch, der ein Prinz, der da wird gar nichts … Wenn ich es sowieso tue, so wie alle, wieso dann nicht wenigstens bewusst, absichtlich, das wäre doch vorteilhafter, weil durchdachter?

23. Dezember

Wenn ich glaube, dass sich mir gegenüber eine Realität befindet, die kreuz und quer, von oben nach unten und durch und durch konstruiert ist, dann bin ich im Irrtum. Es gibt sie nicht, diesen mächtigen Block, diese Ganzheit, mit der ich ganz alleine irgendwie fertigwerden muss. Sie ist nicht in Reichweite, ich kann sie nicht erblicken, sie beobachten, ihre Bewegungen voraussehen oder sie unablässig kontrollieren.

Man könnte so eine Vermutung mit dem Eindruck vergleichen, den man auf der Bühne bekommt, wenn das ganze Publikum diese berühmte, schon so oft beschriebene »eine Person« ist, der ich gegenüberstehe und mit der ich zu Rande kommen muss. Aber wenn ich selbst im Publikum sitze, klar, dann sehe ich diesen einen Unglücklichen auf der Bühne, aber ich weiß nur zu gut, dass ich ich bin und der Rest des Publikums der Rest des Publikums. Demnach empfindet kein einziger Zuschauer, der Teil des Publikums ist, dass das Publikum quasi eine Person sei. Zumindest teilt er deutlich den einen auf der Bühne vom Rest des Publikums.

Ich muss mir nur diese Illusion zerschlagen, dann kann ich mich leichter bewegen und überhaupt leben. Dann fühle ich mich nicht allein diesem mächtigen Gegner gegenüber, alles wird in viele Gesichtspunkte zerstreut, das, was ich sehe, ist nur eine von vielen gesehenen Ganzheiten, von meinem Gesichtspunkt aus. Ich weiß, dass viele andere auch hinschauen, aber keiner sieht die Dinge genau auf die gleiche Art wie ich. Der Raum weitet sich, Zwänge lockern sich, es wird sogar stiller.

Übrigens kennt jeder Berufsschauspieler diese empirische Art, die Realität in tausend Stücke zu schlagen und diesen unbezwingbaren Realitätsbrocken in die Luft zu jagen. Einige verraten: »Ich suche mir eine Person aus dem Publikum und wende mich nur an diese, spiele nur für sie.« Das ist nichts anderes als die praktische Anwendung dessen, was ich hier etwas theoretischer zu vermitteln versuche. Es ist, wie ein Stück schimmliges Brot auf eine Wunde zu legen, wenn man noch nichts von Penicillin weiß.

Die polnischen Zeitungen glauben, dass nicht nur die Individuen, sondern ganze Gesellschaften und deren Leben und Funktionieren ausschließlich von substantiellen »Gefühlen und Leidenschaften« gelenkt werden. Also das Volk liebt das Vaterland, die Bergleute arbeiten hingebungsvoll, die Anführer sind voll Feuer, die Gesellschaft empört (oder erfreut), den Feind hassen wir, den Freund lieben wir, wir senken den Kopf in tiefer Sorge, kurz: ein Melodram. In dieser Hinsicht steckt Polen noch in der Romantik. Ich weiß aber nicht genau, ob diese Eigenschaft ein Merkmal dieser Epoche war.

Andererseits befinden wir uns im frühen Mittelalter.

Auch damals hatten ja die Gesellschaftstechniker (damals waren es höchstens die Kaufleute, die bei der Gestaltung der Gesellschaft mitreden wollten, vielleicht ein paar Handwerksleute, gewiss keine abgestumpften Bauingenieure) nichts zu sagen, wie was auszusehen habe und was zu tun sei, um auf der Welt vorwärtszukommen. Kann sein, dass also die Kaufleute die einzigen Techniker waren, die bei der Gestaltung der Gesellschaft etwas mitreden durften. Dafür regierten die Theologen, und wo es keine materiellen und technologischen Anordnungen, Empfehlungen und Forderungen gab, erwiesen sich Obrigkeit und Ideologie, beide in ihrer reinsten Form, recht hübsch als Instanzen für Werte und Normen.

25. Dezember

Weihnachten. Seit wie viel Jahren? Zwanzig? Vielleicht seit zweihundert Jahren habe ich zum ersten Mal wieder einen Weihnachtsbaum. Das heißt aber gar nichts, ich könnte genauso gut keinen haben.

Polnische Zeitungen. Aus der Ferne sieht es nach Kompression aus, nach Druck, *ressentiment*, Erniedrigung, Aufbegehren, natürlich nicht so direkt, aber ich kenne es, erkenne es beim Lesen. Ein Wunder, warum dabei nichts herauskommt, da müsste es doch nachgerade Dramen hageln. Vielleicht deshalb, weil zwar bei Druck immer auch Unterdruck dabei sein sollte, aber momentan drückt der Druck nur in eine Richtung, einseitig, ohne Spannung. Der erniedrigte Mensch durchlebt ein Drama, wenn er die Er-

1 Zofia Kędzior und Antoni Mrożek, die Eltern von Sławomir Mrożek, Hochzeitsfoto aus den 1920er Jahren.
2 Mit der Mutter und dem älteren Bruder Jerzy (der mit vier Jahren verstarb), Poronin, 1932.
3 Litosława Mrożek (links), Sławomirs Schwester, mit einer Freundin, um 1945.
4 Foto aus dem Schülerausweis, 1943.

5 Vor der Matura. Sławomir Mrożek (Erster von links) mit Freunden vom Nowodworski-Lyzeum, Krakau, 1949.
6 Treffen der jungen Literaten. Von links: Tadeusz Śliwiak, Jan Grygiel, Leszek Herdegen, Sławomir Mrożek, Ludwik Flaszen. Nieborów 1951.
7 Sławomir Mrożek und Leszek Herdegen, 1953.

8 Sławomir Mrożek, 1949.
9 Krakau, um 1955.
10 Krakau, 1957.
11 Warschau, 1958.
12 Warschau, um 1959.

13–19 Durch das Objektiv von Wojciech Plewiński, Krakau, 1960er Jahre.

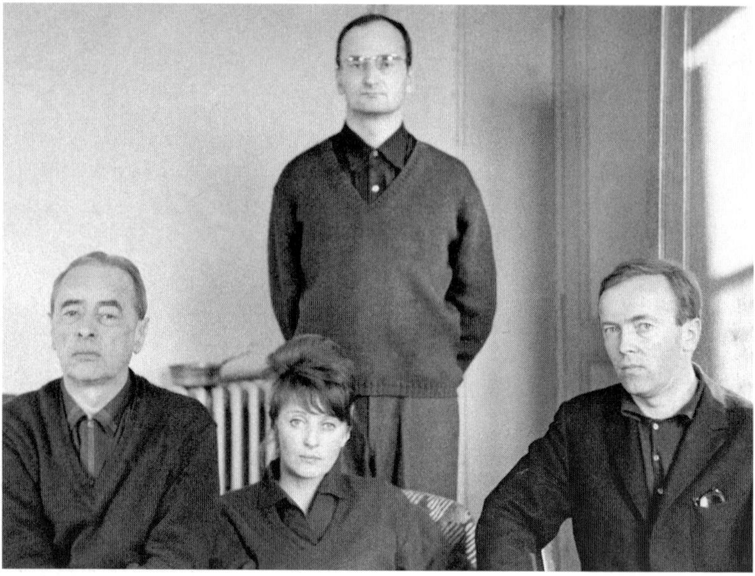

20 Von links: Witold Gombrowicz, Maria Paczowska, Jan Lenica. Stehend: Sławomir Mrożek. Vence 1965.

21 Sławomir Mrożek mit seiner Frau Maria Obremba, Venedig 1966.

22–24 Maria Obremba, Sławomir Mrożeks Frau.

25–27 Durch das Objektiv von Wojciech Plewiński, Krakau, 1960er Jahre.

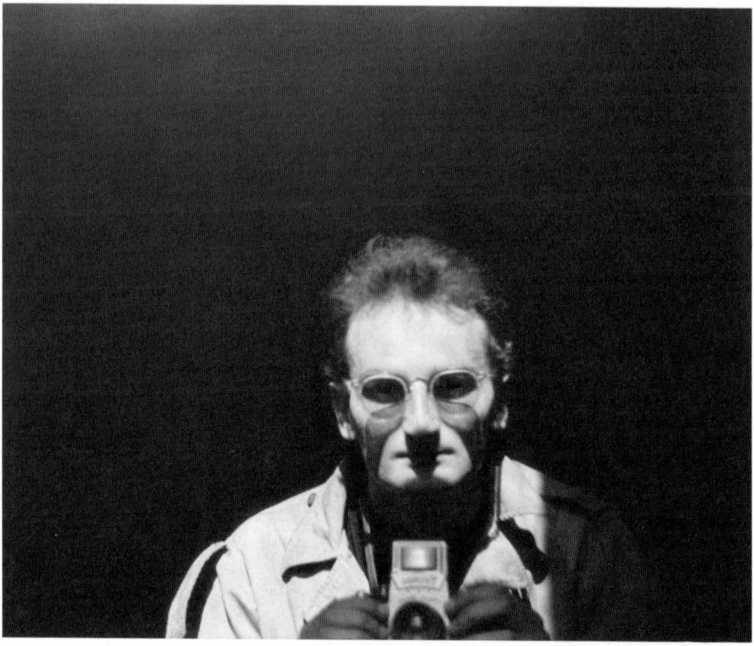

28 Selbstporträt, Ende der 1960er Jahre.
29 Litosława Mrożek, Sławomirs Schwester.
30 Die erste Seite des Tagebuchs (Eintrag vom 26. 10. 1962).

Październik, 26, Piątek
1 9 6 2

We wrześniu, czternaście lat temu, zacząłem pisać dziennik. W październiku, trzy lata temu, spaliłem bez żalu kilkanaście, albo dwadzieścia kilka tomów, po dwieście stron blisko każdy. Uczucia dla tego dziennika straciłem już mniej-więcej na trzy lata przed spaleniem, prowadziłem go coraz mniej regularnie, w ostatnich latach przed auto da fé zupełnie nie.

Monstrum składało się z trzech motywów:potrzeba znalezienia się jakoś sam na sam z czystym papierem /było to na długo przed debiutem/, potrzeba załkania przed kimś, choćbym to był ja sam, gromadzenie jakichś doświadczeń, notatek z lektury, poglądów etc. Trzy potrzeby, to oczywiście uproszczenie. Ani granica między nimi nie była warźna, ani ich liczba nie jest ostateczna. Podobnie z motywami zaprzestania tej akcji. Najprostszy i najbardziej powierzchowny, to ten, że zacząłem pisać zawodowo. Rzeczywiście, w miarę jak drukowałem, przestałem się oddawać temu młodzieńczemu rękopiśmiennictwu. Choć prowadziłem dziennik jeszcze długo, potym, jak zostałem "pisarzc". Te parę kilo moich przeżyć serdeczny spaliłem oczywiście ze strachu przed niepowołanym czytelnikiem w przyszłości. Zdałem sobie sprawę /powłamaniu do mojeXgo krakowskiego pokoju, dokonanym, kiedy byłem w Ameryce/, że ich przed nim nie uchronię. W naszym kraju sejfy dla depozytówxtego rodzaju nie istnieją, zdaje się, a jeżeli istnieją, to nie mam do nich zaufania. Ale nie tylko dlatego. W owym czasie ogarnął mnie naisilniej strach przed cmentarzem, przed tym, jakim już nie byłem, przed starzyzną.Problem, czy rzeczywiście już byłem kim innym, albo: w jakim stopniu już byłem kim innym, a w jakim tym samym, /i jeszcze jestemX, w dalszym ciągu/ oczywiście pozostaje otwarty. Może wstydziłem się siebie, chciałem się wyprzeć małego, ale garbatego przodka, jakim byłem sam dla siebie. Zresztą nie będę mnożył tłumaczeń. /"Może" jest oczywiście słowem retorycznym tutaj. Następuje "napewno"/.

Mniej więcej po trzech latach od daty ogniska, które miało tak ładnie zaznaczyć odejście mojej młodości, a w jakie sześć po wygaśnięciu owego instynktu samoskargi i mówienia do siebie, doznałem, to znaczy doznaję, podobnego odruchu, nie tyle imperatywu, ile wewnętrznej propozycji. Podobnego, to oczywiście nie znaczy: takiego samego.

Z trzech motywów wymienionych zgrubsza, a właściwie czterech, bo o jednym zapomniałem, na tyle ważnym, że chciałem go wyodrębnić, XXXXXX motywem tyXm było planowanie i ustawiczne napominanie się, jak żyć i poco, pozostaje jeden:

XXXXXXXX

do celów wojskowych. /Mijamy wzgórze, na nim zgromadzenie, generalicja, pertraktacje z generałem, który mknie równolegle na koniu. My za pokojem, generała sałatkę śledziową w oko/

28 III 63
czwartek

/Nie Prosut, tylko Proust/

Prosut, oczywiście, ma rację, że każda rozmowa, nawet w najlepszym gatunku, jest trochę pustoszeniem się. Ale skąd bierze się to uczucie? Może trochę z niewydolności mowy. Kiedy myślimy, wiemy, XXXXXXXXX o co nam chodzi, kiedy mówimy, kiedy już powiemy, zostajemy trochę rozczarowani. Jakto, więc tylko o to chodziło? Więć tylko tyle, te nasze skarby osiągnięte, XXX kiedy ukażą się, jako parę zdań, właściwie je wyczerpujących, wcale nie przedstawiają się już tak bogato. Ale to wina mowy, a może i - poczęści - przyczyna tkwi także i w tym, że rzyczwiście, co przeczuteę wydało się nam większe i piękniejsze,niż co zformułowane. A co do mowy, przecież dopiero, po największych wysiłkach i trudach, zaledwie parę książek na świecie oddaje jako tako to, o co chodziło autorowi, a w jego mniemaniu zapewnie także niedostatecznie, cóż tu wymagć od zdań kleconych na poczekaniu, byXX lajakich i przypadkowych, żeby nas dostatecznie wyrażały.

Pouatem, kiedy się wypowiemyę kiedy się podzleimy, jesteśmy trochę jak czajnik z wrzątkiem, z którego zdjęto pokrywkę, ciśnienie spdada. Dotychcuas mile się nosiło poczucie własnego sekretu, wyłącznie osobistego. Dzielimy się nim, trochę przez to, że pragniemy zaskoczyć, zadziwić słuchacza sobą samym. I zostajemy rozczarowani, bo po wypowiedzeniu się, zaznacza się w nas odpływ.

Przez to może nawet rozmowa, pustosząca, obniżająca wewnętrzne ciśnienie, jest pobudką , jakby to powiedzieć, postępu. Bo cchcąc się znowu napełnić, przystępujemy od początku do pracy wewnętrznej.

1 IV 63
poniedziałek

Pierwszy dzień spokojny po kilku dniach niespokojnych. Kiedy są dni niespokojne, marzy się o spokojnym, kiedy spokojny przychodzi, czuję się nieswojo, dopiero drugi, trzeci dzień spokojny przynosi przyzwyczajenie, które sprawia, że walory dni spokójnych nie wydają się więcej uciążliwe.

2 IV 63
Wtorek

Poco udawać, chcę tę stronę dopełnić do końca, a nie mam żadnych myśli. Tak samo dobrze mógłbym przepisać kawałek Ekspresu. Może coś już lepiej narysować?

31 Einträge vom 28. 3., 1. 4. und 2. 4. 1963.

5 IV 63
Piątek

Katolicy mówią /tak mi się przynajmniej zdaje, tak ich rozumiem, kiedy przypomnę sobie księdza katechetę, chociaż jakiś lepszy ksiądz katecheta by wytoczył subtelne dowody, że tak jest, ale tak nie jest/, że zło pomyślane ma w oczach. P Boga taką samą wagę jak zło uczynione. To jest sprzeczne z marksizmem, z Gombrowiczem, oraz ze mną. Bierze się z typowego dla nich postawienia człowieka samego jednego, indywidualnego, wobec Boga, jakby innych ludzi nie było na świecie. Jeżeli ja sobie pomarzę o jakimś małym gwałcie, to nic z tego dla innych ludzi nie wynika, nawet nie muszą o tym wiedzieć. Jeżeli rzeczywiście pogwałcę, wtedy czyn idzie w świat, przechodzi w innych, ma następstwa, daje początek nieskończonemu łańcuchowi reakcji. Dlatego katolicy są nieludzcy, choć podobno i tak bardzo ludzcy stosunkowo, bo wstystko ustawiają w realcji człowiek- P. Bóg - inny człowiek. Ow człon środkowy wiele osłabia i wiele może zaszkodzić, stąd tylu dobrych chrześcijan, a ostatnich skurwysynów, bo wystarczy, żeby taki poczuł się w porządku, w swoim mniemaniu, wobec p. Boga, a już czuje się w porządku wogóle.

21 IV 63
Niedziela

Literatura, jest to sposób [poruszenia], aby pomyśleć sobie to, czego się nie da powiedzieć.

Powiedzieć - pod tym rozumiem informację. Literatura napewno nie jest informacją, choć używa znaków informacyjnych, jednak nie celem zakomunikowania zawartości poszczególnych znaków, ale poto, żeby przez odpowiednie zespoły znaków poszczególnych, poszczególne zestawienia, dać do pomyślenia to, czego nie da się powiedzieć.

Choć słyszałem już o niej niejedno, dopiero dzisiaj uświadomiłem sobie istnienie semantyki. /O ile dobrze używam tego słowa, dobrze, to znaczy przystająco do tego, co chcę powiedzieć, czyli czy jego konwencjonalne znaczenie pokrywa się ze znaczeniem, które ja mu tutaj nadaję, w nadziei, że pokrywa się ono z konwencjonalnym. I właśnie jestem w samym środku semantyki, choćby poprzez cały ten nawias.

Co nie rozumiem. Co u Beckett 27. I. 72

Pierwszą literaturą były mitologie prabuddyjskie. Miały dać do pomyślenia to, czego nie można było powiedzieć. A dlatego chyba nie można było powiedzieć, ponieważ, widocznie, wtedy, tamci, już bardzo dużo wiedzieli o języku, który sami wytworzyli, tak dużo, że już mu nie dowierzali, podczas, kiedy my uwierzyliśmy językowi aż za bardzo. Z filozoficznego punktu widzenia, jako filozofia, Biblia jesz bezczelnym nadużyciem językowym. Jest wprawdzie dobrą literaturą, ale nie jako romas filozoficzny, ale romans kryminalno-sensacyjny, może nawet psychologiczny. Nie jestem pewien, nigdy właściwie naprawdę nie czytałem, znam ze słyszenia, fragmentów i wogóle z drugiej ręki.

Teksty prabuddyjskie, są, jak by wynikało, chociać także nie znam ani jednego, romansem filozoficznym.

Cywilizacja europejska /przypmniał mi się L. który ostatnio też wspominał o swoim zainteresowaniach semantyką, a w związku [redacted]

32 Einträge vom 5.4. und 21.4. 1963.

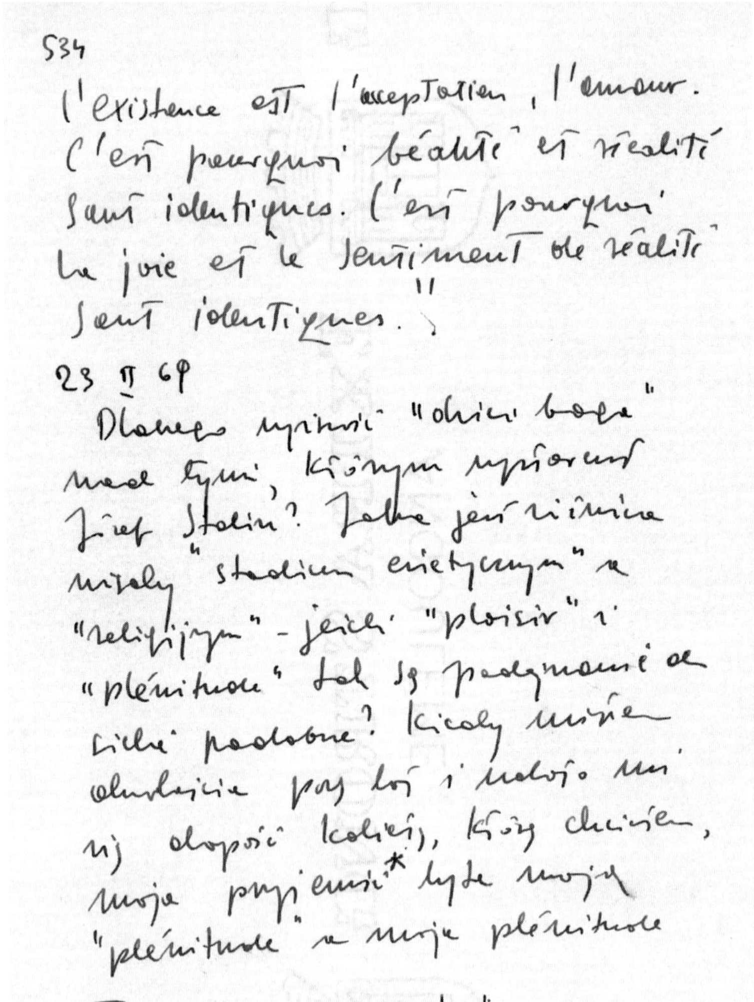
534
l'existence est l'acceptation, l'amour.
C'est pourquoi beauté et réalité
sont identiques. C'est pourquoi
la joie et le sentiment de réalité
sont identiques."

23 II 69
Dlaczego wyższość "ducha boga"
nad tym, którym wyznawał
Józef Stalin? Jaka jest różnica
między "stadium etycznym" a
"religijnym" - jeśli "plaisir" i
"plénitude" dadzą się podzielić a
siebie podobne? Kiedy może
oddziaływać przez Boga i wołanie nie
dopuścić kolei, który chciałem,
moje przyjemności* będą moją
"plénitude" a moja plénitude

* nie myślę ogniście o "ołtarz"

33 Eintrag vom 23. 2 1969.

niedrigung spürt. Aber nur, wenn er sich gegen ein Etwas in sich ebenso stark und aktiv wehrt, wie er von diesem Etwas attackiert wird. Es sieht aber so aus, als ob alles höchstens in Genörgel verebbt. Ich beurteile es nicht, ich stelle es nur fest. Schließlich sehe ich es auch nur aus der Distanz heraus, synthetisch, so nebenbei, an einem Weihnachtsnachmittag. Ich weiß aber, dass, wenn ich in Polen wäre, wie früher, es mir ebenso schwerfallen würde, nun ein Drama zum Thema aus mir herauszupressen.

Irgendwo dreht sich alles, was ich momentan schreibe, um die alte und falsch gestellte Frage: Entsteht nur dort Kunst, wo es pikst, und wo nicht, dort nicht? Wer oder was wird gepikst? Beckett, aus der Sicht eines durchschnittlichen polnischen Literaten, hat schon eine ziemlich gute Position und braucht nichts mehr zu schreiben, er könnte sich sogar ein gutes Auto kaufen, wenn er wollte. Mir fallen die allzu wahren Worte meines Schwagers Andrzej[39] ein: Ein polnischer Literat ist im Grunde nur für eines empfänglich: für das gute Leben. Könnte es sein, dass ich auch zu ihnen gehöre? Dass der Verdacht mir gegenüber gerechtfertigt wäre? Nun ja, alles ist möglich.

Übrigens, wieder, nur mir stellt sich diese Frage, weil in Polen die Menschen schließlich gepikst werden, und meine Kollegen aber immer noch nicht alle an der Riviera leben. Und was, noch immer kein Stück in Sicht.

Polnische Zeitungen machen aus allem, ohne Unterschied, einen farblosen Einheitsbrei. Leider geht mir das wirklich nahe, mehr allgemein als persönlich. Langweilig, dieses Geschwafel. Ich weiß das doch schon längst, ich weiß, wie es ist, und auch, was ich dagegen unternehmen könnte.

Ich sage es mir immer wieder vor und schiebe damit meine Überzeugungen vor mir her, und das ist Schwäche.

Aber nach meinem kurzen und seltenen Brüten über polnischen Zeitungen, nach dieser kleinen Aufregung verspüre ich doch etwas Heimweh, es ist jedoch keine konkrete Sehnsucht nach etwas Bestimmtem, sondern nach etwas von mir, nach meinem Innenleben, dem Grübeln über mich. Das ist eigentlich verdächtig, ebenso verdächtig wie jeder gratis genossene ästhetische Moment, der allerdings immer und jedem entwischt, der versucht, ihn zu packen.

1967

6. Januar

In Italien ist angeblich gerade ein Buch im Gespräch, ein Roman, worin der Buchstabe C eine Stadt, eine Heldin, einen Helden und noch etwas anderes bezeichnet. Das ist wahrscheinlich einer der Versuche, gegen die Natur der Literatur vorzugehen, die – so ist sie nun mal – ein lineares Mittel des Sehens und der Aussage ist. Ich verstehe, was sie deprimiert, aber ich glaube, es geht nicht, diese Natur zu durchbrechen und zu bewirken, dass die Literatur »gleichzeitig« ist, nicht aufeinanderfolgend, wie alles, was einem vor die Augen kommt, besonders die Malerei. Ich habe hier eine kleine Reproduktion von Matisses *Femme gardant les cochons*[40], also ich weiß, wovon ich spreche. Diese *femme*, zusammen mit den *cochons*, die gibt es ganz einfach, gleichzeitig und für immer, unabhängig von der Zeit, während die Literatur, weniger als das Theater, in der Zeit verankert ist. Wäre es nicht besser, sich damit abzufinden, dass die Literatur eben immer schon so war, als so zu tun, als sei sie nicht sie selbst? Aber wir leben eben im Zeitalter der Verschmutzung, und die Verschmutzung scheint die Wahrheit zu sein, es geht nicht ohne sie.

In der *Times* las ich einen Artikel über die Jugend in

Amerika, der hat mich nachdenklich gestimmt. Vor allem, was man von mir, einem Achtunddreißigjährigen, hält: Traue keinem über dreißig. Man reibt mir unter die Nase, dass ich ein paar harte Drinks brauche, um Kontakt knüpfen zu können (stimmt). Man hat also kein Vertrauen zu mir, und dann werde ich ausgelacht, weil ich mich betrinke. Auch, weil ich zum Sex ein ungesundes Verhältnis habe und kichern muss, wenn ich eine Frau oben ohne sehe, weil ich durch Schlüssellöcher schaue und rot werde (stimmt). Weil mir nur am Erfolg liegt. (Früher stimmte das, jetzt nicht mehr.) Aber ist das nicht deshalb so, weil ich in meinen kläglichen polnischen Möglichkeiten diesen Erfolg habe?

Es gehört aber erwähnt, dass ich mich wirklich gewundert habe: Tatsächlich, ich gehöre nicht mehr zu den Jungen.

Aber die?

Sie vermeiden Selbstdefinition. Zitat von Kierkegaard: »Das Vermeiden von Definition ist ein Beweis von Taktgefühl.« Sie sind vorsichtig: Sich nicht erwischen lassen, niemanden an sich herankommen lassen, sich keinen Hieben aussetzen. Denn sie glauben so leicht keinem was, sie haben unglaublich entwickelte Fähigkeiten, Lügen und Unwahrheiten zu zerschlagen. Sie glauben an keine Ideologien, dafür glauben sie an die Bewältigung von konkreten Problemen und Situationen. Wenn sie sich engagieren, was sie so gerne tun, dann nach rein existentialistischen Prinzipien: »Ich tue das, weil ich es will, ich habe mich dafür entschieden.«

Now-generation. Nichts aufschieben, das Leben ist sofortig und konkret. Sie interessieren sich weder für Literatur noch für Theater. Sie mögen das Kino. (Das ist schlimm, denn wer wird für mich aufkommen?)

Der Körper ist für sie weder Sünde noch Wollust. Es ist für die Frauen ebenso schlimm, eine *submarine* (bzw. eine unter allen) zu sein als eine Berufsjungfrau. (Sehr vernünftig.) Sie sind nur dann monogam, wenn es ihnen gefällt.

Im Lärm fühlen sie sich wirklich wohl (Jesus Maria).

Talent erfordert ständiges Perfektionieren. Die Zukunft gehört der Meritokratie. (Dem könnte ich zustimmen, aber nicht ganz. Es ist manchmal auch gut, wenn jemand etwas ohne jegliches Verdienst hat.)

Sie bauen Drogen an, sie nehmen Drogen. Hm, ich kann mir nicht helfen. Zu meiner Zeit hatten wir nur Alkohol. Aber ich verstehe sie. Sie vermeiden jetzt scheinbar Drogen auf Opiumbasis, weil die sie nur in einen Stupor versetzen, in Abstumpfung und Vergessen, wo sie doch das Erlebnis suchen. Denn sie sind die *Now-generation*, und auch weil sie Existentialisten sind (mir gefällt, dass der Existentialismus nicht vor die Hunde gegangen ist, aber darüber schreibe ich noch). Sie berauschen sich kollektiv (Alkohol), denn gesellig ist ihnen nicht genug. Jeder auf seine Rechnung. Alkohol ist gesellig. Bekanntlich ist einsames Trinken schlimm. Ein besonderes Erlebnis. Dieses Drogenkonsumieren ist nicht als Flucht, sondern als Erlebnis, als Intensivierung des Lebens zu verstehen.

Zu diesem angewandten Existentialismus: Für meine Generation ist der Existentialismus die Legende von Saint-Germain, also eine Art Folklore. Für den Polen ist es nur irgendein Schlagwort. Indes stellt sich heraus, dass bereits eine ganze Generation existiert, welche die Luft des Existentialismus inhaliert hat, mitsamt der Atmosphäre. Das ist tröstlich, schon allein, weil es ein Beweis dafür ist, dass es kein totes Gleis, keine verfehlte Erfindung ist. Es ist einfach nur so eine Art zu denken, die sich unter den Leuten verbreitet hat, wie damals der Marxismus. Na dann prost, meine Lieben.

Es stand noch viel mehr in dem Artikel, ich weiß nicht mehr alles. Aber sie gefallen mir. Wenn ich nachdenken müsste, warum sie mir gefallen, dann wäre der Grund ziemlich klar: Sie sind einfach, wie sie sind, wie ich eigentlich sein wollte, wie ich in meinem fortgeschrittenen Alter mich bemühe zu sein oder wie ich es immer ahnte, dass man sein muss, mehr oder weniger, als noch kaum etwas davon in der Luft lag. Das ist ein gutes Zeugnis für mich als sensibles Individuum. Es zeugt davon, dass ich recht hatte, denn recht ist das, was sein soll, und nicht das, was ist. Recht ist immer ein Antagonist dessen, was gegenwärtig der Fall ist. Wie es zu sein hat, ist eigentlich nur eine historische Frage, wohin es gehen wird, zeigen uns immer nur die ewigen Jungen.

Je mehr ich darüber nachdenke, desto klarer wird mir, dass ich in letzter Zeit von den wenigen, fernen und oberflächlichen Kontakten mit bedeutend jüngeren Menschen mehr gelernt habe als von Altersgenossen oder Älteren. Auch wenn die Kontakte zu den Alten im Durchschnitt die wertvolleren sind. Das ist zweifellos ein Zeichen des Alterns. Aber sie haben Stil, eine etwas anders interpretierte Welt, eine erweiterte Sensibilität und eine mir neue Sichtweise. Um mehr darüber zu erfahren, wäre es am besten, eigene Kinder zu haben, aber dazu sage ich lieber nichts, das ist nichts für mich. Übrigens, wie ich es jetzt verstehe, ist es das einzige würdige Argument für den Besitz von Kindern. Alle anderen sind schief und falsch.

Natürlich ist es blödsinnig und erniedrigend, die Jugendmoden nachzuahmen. Aber in ihnen das wiederzufinden, was in mir selbst schon einen Anfang genommen hat, die eigenen Anstrengungen in ihren Überzeugungen wiederzufinden, das ist fürwahr lehrreich und angenehm und überdies tröstlich. Ich sehe eigentlich erst jetzt, dass das Leben nicht so hoffnungslos ist und dass die Welt nicht alles von Anfang an neu lernen muss. Ich sehe, unabhängig davon, was noch alles daraus folgt: dass die Geschichte nicht ganz für die Katz war und dass die These, dass sich die Welt sinnlos um ihre Achse dreht und automatisch ihre Zyklen wiederholt, leicht und seicht ist.

Jung bleiben, das klingt lächerlich und peinlich, immer wieder. Schließlich weiß doch jeder, dass der Tod sehr spät oder sehr früh eintreten kann, unabhängig von den Daten, die auf dem Grabstein stehen. Je weiter das Alter fortschreitet, desto dringlicher und deutlicher ist das Problem des Kämpfens mit dem Tod, nicht nur mit dem biologischen. Jeder hat die Chance, nicht früh zu sterben, solange er natürlich nicht wirklich stirbt, biologisch. Das ist keine Binsenweisheit, wichtig ist hier, sich innerlich dem anzunähern, was gegenwärtig jung ist.

Darin steckt übrigens auch ein berufliches Interesse. Denn wenn ich meinen Beruf gut ausübe, dann werde ich dabei meine Jugend nicht verlieren, oder eher: die Fähigkeit, nicht zu altern.

Ich sage nicht, dass ich unbedingt irgendwas nachmachen muss, was ich in diesem *Times*-Artikel über die amerikanische Jugend gelesen habe, so kindisch bin ich auch wieder nicht. Was ich nach Lektüre des Artikels hier festgestellt habe, war eher verallgemeinernd. Eigentlich wollte ich nur sagen, dass sie jene Bewegungen bereits natürlich und eigenständig ausführen, die ich noch, mit schlotternden Gelenken, wie aus Lehrbüchern nachzuahmen versuche. Ich bin nicht boshaft, ich gönne ihnen ihre Gesundheit, um Gottes willen, es ist so schön, ihnen dabei zuzuschauen. Katastrophen, Schweinereien und Irrtümer passieren auch ihnen zuhauf, jeder trägt sein Päckchen. Und einmal wird jeder von ihnen auch alt sein. Dieser Satz ist jetzt gerade abscheulich, und er verrät, dass ich ein boshafter alter Knacker bin. Weil es doch nicht wichtig ist, dass irgendwer alt wird. Immer ist irgendwer jung, die Jugend ist schließlich ewig jung, und ganz gleich, wie sie alle heißen, die sie ausüben – sie sind die Jugend.

Den Alten in mir brechen. Jetzt habe ich so viel gequasselt, und eigentlich wollte ich nur eines sagen, das Wichtigste: Ich freue mich, dass meine Anstrengungen kein einsames Laboratorium sind, worin der Alchemist eines Tages stirbt, und alles darin zu Staub zerfällt. Den alten Knacker in mir brechen. Aber erst jetzt, plötzlich, wird mir bewusst, dass sich die Welt um mich herum verändert, und das ist unerlässlich, um den alten Knacker in mir zu brechen. Das wirkt dem Knacker entgegen, der anders dasteht und keinen Bezugspunkt hat, ihm scheint, dass die Welt er ist, also auch ein alter Knacker. Ich weiß jetzt, dass jeden Tag ganz neue Dinge entstehen und dass täglich ganz frische Dramen passieren. Mit mir passiert nichts Besonderes, und es wird immer weniger passieren, was noch nicht heißt, dass das nichts ist. Es ist so einfach und gleichzeitig zu schwierig, das wirklich zu sehen.

Gott bewahre mich davor, so ein alter Vampir zu werden wie diese Siebzigjährigen, die mir um die Ohren flattern. Ich werde mich an die Jungen halten, nicht um sie auszusaugen, sondern, solange die Kraft reicht, sie in mir zu suchen, nach dem Prinzip, nach dem sie schon zu leben beginnen: Jeder für sich, jeder auf eigene Rechnung.

Ich bin überzeugt davon, dass es ein Geheimnis des Lebens geben muss, ich weiß das schon allein aus den seltenen Augenblicken, wenn mir das Leben gelingt. Kurz: Es geht jetzt eigentlich alles um das Finden des Wegs. Wenn man von einem Ziel sprechen kann, dann wäre dies das einzig akzeptable, ernstzunehmende Ziel. Dabei stören tausend Sachen, unter anderem der Alte. Der Alte, der schon auf meinem Buckel sitzt, wie Sindbad, der Seefahrer, seinen Alten trug. Die Vergreisung, mein Totsein, meine Gewöhnung an mich. Mein ewiges »so ist es nun mal«. Damit geht es noch ein bisschen weiter.

11. Januar

Zbyszek Cybulski wurde von einem Zug überfahren.[41] Vorgestern.

Heute bin ich belämmert, weil ich mich gestern betrunken habe, indem ich den Tod von Cybulski für meine Zwecke missbraucht habe.

Was war sein Tod, war es der Zug, gemeinsam mit dem Geburtsdatum dieses Herrn, der in der ersten Klasse fuhr, oder waren es die Ausmaße eines Eies, das vielleicht einer in seinem Reisekorb mit sich führte? Ich könnte auch ganz anders beginnen, es gibt eine unendliche Serie von Anfängen, oder ich könnte das medizinische Protokoll anführen.

Vielleicht ist die Wissenschaft vom Tod, von jedem Tod, für das Leben eine völlige *suchness*.[42] Im Leben ist diese *suchness* nicht besonders auffallend, weil es immer irgendeine Fortsetzung gibt, deshalb fühlen wir uns gerechtfertigt, dazu ermächtigt, Serien und Konstruktionen zu suchen. Wenn man nach dem Prinzip des Todes zu leben lernte, nach dem Prinzip eines »genau weil«, würde das vielleicht heißen, wirklich leben zu lernen. Beziehungsweise den Tod in sich zu liquidieren. Also, wenn ich im Leben das eine oder das andere zu tun gedenke, suche ich eine Begründung, und sei es nur dafür, jetzt von der Schreibmaschine aufzustehen. Bei Gelegenheit des Todes versuchen wir dasselbe zu tun, aber hier gelingt es uns nicht so richtig. Weil es keine Fortsetzung gibt.

So schreibe ich vor mich hin, aber dieser Tod kam so unerwartet, es war mein erster richtiger Tod. Der Tod meiner Mutter war etwas anderes.

Ganz unerwartet, weder habe ich Zbigniew gut gekannt, noch habe ich öfter an ihn gedacht als an andere. Er schien gleichgültig zu sein, einer wie viele andere, wie alles, in der Gleichgültigkeit versunken. Das ist mir so plötzlich klargeworden, dass ich in der Nacht einen hysterischen Anfall hatte.

Vielleicht ist es das Alter. Vielleicht gelingt es mir durch diesen seinen Tod zum ersten Mal, den Tod ernst zu nehmen, ihn überhaupt wahrzunehmen. Auch und vor allem meinen eigenen. So oder so, endlich habe ich mich dem Tod geöffnet. Nicht ohne eigennützige Hoffnung, dass es mir einmal zugutekommt. Warum ausgerechnet durch seinen Tod? Ich verstehe es selbst nicht. Alle Erklärungen sind *post factum.* Es gab keine Erklärungen, als ich in der Nacht mit dem Kopf gegen die Badezimmerwand schlug.

Ein paar Blödheiten habe ich aus diesem Anlass gemacht. Etwa, dass ich betrunken einen langen Brief an Leszek Herdegen, einen meiner Altersgenossen, schrieb. An ihn hätte ich, wenn ich meine Sinne beisammengehabt hätte, nicht so einen Brief schreiben sollen, falsche Adresse. Aber wer weiß, ob es nicht doch richtig war.

Im Schlafrock, mit Restalkohol, tabak-geräuchert und mit flauem Magen bin ich den ganzen Tag nicht draußen gewesen. Das ist beileibe keine Folge des Erlebnisses, oder von etwas, was mit Sentiment zu erklären wäre, was direkt mit Zbyszek zu tun gehabt hätte. Es wäre dumm, primitiv, verlogen und gekünstelt, das zu behaupten. Es ist nicht seinetwegen, sondern meinetwegen, dass ich ihn mir umgehend einverleibt habe. Das ist wohl die richtigste Bezeichnung. Ich habe ihn in mir drin, mitsamt seinem Tod habe ich ihn eingesaugt, und das freut mich schon wieder fies und gemein. Denn ich muss dazusagen, dass es für mich ein Zeichen dafür ist, dass ich noch einigermaßen am Leben bin, noch kann ich schlucken und mit meinem Blut irgendjemandes Tod verdünnen, zum ersten Mal im Leben. Das ist bestimmt nahrhaft, sage ich mir hinterlistig.

Trotzdem staune ich, dass es mich so erwischt hat, zum ersten Mal im Leben, dass ich diesen Tod so in Besitz genommen habe. Seitdem hoffe ich, dass mein Leben von diesem Tod ein bisschen aufgefettet wird.

In einem Roman zum Beispiel würde ich mich nach diesem Tod ganz normal niedersaufen und in Chören herumgrölen, in Warschau etwa würde ich mich mit Kollegen im SPATiF treffen, ein gesunder Reflex, das Leben zu meistern. Auf diese Art disqualifiziert der Tod sich selbst, es ist ein Reflex der Gesundheit und der Kondition. Besonders Orgien scheinen mir am Platz zu sein, und es gibt sicher Völker, die nach dem Tod Orgien feiern, und wenn die Männer vielleicht der Reihe nach die Ehefrau des Verstorbenen beschlafen, das lobe ich mir. Aber ich bin hier, in diesem Städtchen, an dieser sonnigen Küste, und habe nur getan, was ich mir hier leisten kann, ich habe mich allein betrunken. Heute bin ich zerknittert, blättere irgendwelche Zeitungen durch, eben habe ich eine Flasche Bier geöffnet, zum Auskurieren des Gestern. Ich war allein, konnte mich mit niemandem hier ausgiebig zum Thema Zbyszek im Alkohol suhlen, blöde Reden schwingen. Später wird es zu spät sei, wie wenn man nach einem Schlangenbiss das Gift aus der Bissstelle nicht sofort aussaugt. Also ist es für mich schon zu spät, ich habe das Gift aufgenommen, es kreist in mir, ich habe es absorbiert und muss allein etwas damit tun. Ich habe es geschluckt, da ist es, Amen.

Was soll ich damit tun? Keine Ahnung, sicherlich nichts, erst einmal ausschlafen. Aber es geht nicht vorbei, es sitzt tief, spukt irgendwo herum. Ich riskiere die Frage, ob dieser Tod das Ende meiner zweiten Jugend sein könnte, das Ende eines meiner Kapitel, ob es nicht zeigt, wo ich stehe und wohin ich gehe. Mir ist aber klargeworden, dass etwas zu Ende ist und dass es ab nun anders weitergehen muss, nicht mehr wie früher.

Gleichzeitig ist definitiv sichtbar, dass eine gewisse Zeit

meines Schriftstellerdaseins zu Ende ist, dass eine Erneuerung kommen muss, meine Korrespondenz mit klugen Menschen, gleichgesinnten Freunden, Diagnosen. So mache ich mich also auf in ein neues Leben, ausgerechnet in einem Moment, wo Zbyszek seines definitiv hinter sich gelassen hat. Daraus folgt natürlich wieder mal nichts, es ist nur eine Sichtweise, pure Ansichtssache. Die Tatsache, dass er mir jetzt nützlich sein könnte, ist etwas anderes. Wenn es einen anderen erwischt hätte, hätte der Effekt auf mich natürlich derselbe sein können, das kann man nie wissen. Aber es war eben er, und nichts wird das ändern, er wird für mich immer der bleiben, durch den das zu mir gekommen ist, sich mir offenbart hat. Und doch ist es erstaunlich und interessant, wie wenig davon wir wissen, ich hätte nie geahnt, dass ausgerechnet er es sein wird. Großartig, so eine Unberechenbarkeit. Das ist mir schon früher aufgefallen, mit zunehmendem Alter immer mehr. Vielleicht ist diese neue und wachsende Neugier das Kompensieren des Verlusts einer anderen Sorte des Interesses am Leben.

Ich spüre, dass ich mich im Kreis drehe, dass eine frontale Konfrontation mit Zbyszek besser wäre, ein direkter Angriff, aber ich bin heute nicht imstande dazu. Eine Ausrede? Vielleicht. Dieser Angriff wird eh mit einer Niederlage enden, das habe ich in jener Nacht im Badezimmer gut gespürt. Was natürlich nicht heißt, dass man nicht angreifen soll – im Gegenteil, man muss es umso mehr.

Es ist schwierig, hier irgendwas zu finden, sich was auszudenken, irgendeine Bedeutung zu verleihen, irgendeine Richtung zu geben.

Willkommen sei mir sein Tod in meinem Bauch. So sitze

ich hier vor der Schreibmaschine und fühle, dass mein Bauch bedeutend schwerer ist als früher. Ich hätte aber nie gedacht, dass ausgerechnet Zbyszeks Tod mir so auf den Bauch schlägt. Was für eine Geschichte.

Natürlich besteht die Versuchung zu verallgemeinern, dass wir alle quasi schwerer werden von jedem Tod der anderen, die wir überleben. Das ist nicht präzise, denn wie sich herausstellt, nehmen die Menschen den Tod der anderen nicht in sich auf, sie vermeiden jedes Gespräch darüber, sogar das allerbanalste, sie stopfen ihn gerne, mitsamt der Leiche, nach unten in die Erde und wollen nie mehr etwas davon wissen. Ist das nicht lächerlich? Durch Zbyszeks Tod sind auch andere Tode in mir wiederauferstanden, er hat sie wiederbelebt.

Etwas detaillierter über ihn selbst: Er hatte keinen Tod in sich, klar, hier geht es nicht um den biologischen Tod. Ich kenne so viele Altersgenossen, deren Sterben mich überhaupt nicht überraschen würde. Er wollte vehement. Irgendetwas wollte er, er zappelte wie verrückt, wie ein blinder Bär, aber das ist irrelevant. Es wirkte nicht selten komisch auf seine Umgebung, und plötzlich stellte sich heraus, wie wichtig es war. Jetzt scheint die Umgebung komisch zu sein. Mit ihm ist aus der Welt ein bisschen vom Wollen verschwunden, von dem es eh so wenig gibt. Eine Leiche drückt schließlich überall, eine Leiche quetscht sich hinein. Und plötzlich sind es alle in seiner Umgebung, diese Vernünftigen und Nicht-Wollenden, die Ironischen und »Lebendigen«, die so selbstzufrieden, gesellig und nett ihre Unzufriedenheit oder Pseudo-Unzufriedenheit zur Schau tragen, die plötzlich so leblos und so lächerlich dastehen.

Ich hoffe, dass ich mich noch nicht ganz zum Tod entschlossen habe. Überhaupt ist meine Hauptaufgabe jetzt, zu leben. Kein Kampf mit einer Leiche. Es gibt nichts Wichtigeres. Weder das Kahlwerden noch die Anmut, weder die Stimmungen noch der Kitzel. Unter allem liegt etwas Schweres, das plötzlich den Kopf, oder eher die Stirn, hervorgestreckt hat. Plötzlich zeigte jemand, der auf der Schwelle erschien, mit dem Finger auf mich, und der Vorhang zerriss. Wie wollte man das nicht wissen, nicht sehen. Zbyszeczek, von wem wirst du mir Grüße bringen? Ich hätte lieber einen Befehl, keine Alternative. Dann wäre es viel einfacher.

Überhaupt ist mein Leben von erinnerten Toden gekennzeichnet. Auch der Tod meiner Mutter hat mich von etwas befreit, und auch damals ist ein Vorhang zerrissen, mit ihr habe ich begonnen, in diese Richtung zu gehen, in die ich bis heute gehe, das war sehr wichtig. Es war vor achtzehn Jahren. Wenn mein Tagebuch aus dieser Zeit erhalten wäre, könnte ich mich im Detail daran erinnern. Nur dass es damals natürlicher, verständlicher war. Wer war Zbyszek zu Lebzeiten für mich? Ich sagte es schon: fast niemand.

Er ist umgekommen, so die Nachrichten in der Tageszeitung *La Stampa*, am Sonntag. Als ich am Samstag aufstand, hatte ich nicht vor zu leben, denn ich hatte es nicht im Griff. Eine große Leere hatte sich in mir breitgemacht, mit einem lauten Schrei nach Erfüllung schüttelte es mich, ich kann es nicht erklären. Quatsch, ich werde hier nichts von irgendwelchen Ahnungen faseln, das ist Nonsens. Nur ein außerordentlicher, perfekter Zusammenfall der Ereignisse. Ich habe diesen Samstag vergeudet, am Sonntag versuchte ich mich herauszugraben, ohne Erfolg. Erst am Samstagabend hat es irgendwie so etwas wie eine Befreiung gegeben, und ich weiß noch, wie ich, fast schon im Halbschlaf, Hosanna gesungen habe, weil mir das GEHEIMNIS hell und klar erschien. Ich kann das alles hier nicht erklären, und obwohl es nur ein Wort ist, könnte es jemanden beim Lesen auf eine falsche Spur bringen und es gäbe dumme und noch dümmere Interpretationen. Das alles ist übrigens etwas, was ich selbst weder interpretieren kann noch will, und darauf beruht seine belebende Kraft. Ich dachte sogar, es wird irgendwie meine kleine Wiederauferstehung von den Toten, vielleicht war es das auch. Nur am Montagmorgen war es eher die von Zbyszek. Vielleicht war es nur eine Vorbereitung, und jetzt erst ist es vollbracht.

Interessant, interessant. Schauen wir mal, was daraus wird.

12. Januar

Seit langem habe ich es nicht fertiggekriegt, einen Tag derart zu verplempern.

Die Kollegen schreiben mir, und sie haben mit allem recht, was sie schreiben. Ich bin sogar gerührt, wie sie sich um mich kümmern und sorgen, und über die Arbeit, die solche Briefe ja doch machen. Der Patient ist mit der Beratung einverstanden, die Beratenden sind sich einig. Nur dass keiner weiß, was man mit der Krankheit tun soll, wie man sie austreibt.

Und hier muss man die Vernunft hinter sich lassen und

irgendwohin schweifen, wo dieses Etwas ist, was bewirkt, dass wir leben. Das wunderbarste analytische Auseinandernehmen hilft mir nichts mehr. Ich sinke still zu Boden, wenn es misslingt, beladen mit aller Klugheit und Kritikfähigkeit, eigener und fremder, wobei ich die fremde übrigens besonders schätze.

14. Januar

»Das Leben ist der Traum des Idioten, bewusstlos geträumt.«[43] Das muss unbedingt von den Intelligenzlern, die sich ständig optimieren, analysiert und kommentiert werden, doch dieses Zitat darf schon längst nicht mehr zitiert werden, es zeugt von Taktlosigkeit.

Wodurch unterscheidet sich das Intelligente und Rationale von der Magie? Ein Schwarzer nennt etwas zum Beispiel »bwanakumbra«[44] und freut sich, weil er durch das Benennen gezeigt hat, dass er es beherrscht. Die Intelligenzler können es Existentialismus nennen, es auch phänomenologisch hübsch begründen, sie haben es benannt und freuen sich, dass der Fall erledigt ist. Nur dass es draußen dunkel ist. Nein, meine Herren, ich wette um mein Leben, dass auch das wertlos ist, oder genauso wertvoll wie die Bezeichnung des Schwarzen. Warum soll man den Schwarzen auslachen?

Mein Gott, hier kann ich etwas nicht schlucken, obwohl ich will. Etwas scheint mir ein großer Betrug zu sein, ein derartiger Selbstbetrug, dass ich es nicht aushalte. Man spricht über alles. Aber ist es denn kein Gefasel, wenn man zum Beispiel den Schmerz erklärt, ihn erzählt? Kann jemand den Schmerz beschreiben? Oder kann man die Verzweiflung beschreiben? Man verwendet nur die Worte, als wüssten alle schon, was gemeint ist. Klar, einige würden sogar versuchen, den Schmerz zu beschreiben, und diese Beschreibung wäre schon kein Schmerz mehr. Über die Liebe ist furchtbar viel geschrieben worden, sie wurde immer wieder analysiert, und was resultiert daraus, hat sie von selbst aufgehört, sie selbst zu sein, ist sie jetzt etwas anderes, ist sie endlich jemandem nützlich? Hat das irgendeine Bedeutung? Wo soll das alles hinführen, zu irgendeiner Prothese, zu einem Ersatz?

Wo ist mein Leben? Wohin ist es gegangen? Wieder könnte man so viel Schönes darüber sagen, auch Dinge, die sich widersprechen, und alles sehr klug. Wenn wir nicht mehr jung sind, dann tun wir so, als ob wir uns etwas aufbauten. Wir sind zu stolz und zu hochmütig, um zuzugeben, dass wir einfach nur älter sind, dass wir vieles schon nicht mehr vermögen. Dieser Hochmut ist eigentlich erniedrigend, wäre es nicht würdiger, nichts zu verstecken? Bedauern darf man auch nichts, nur nichts bedauern, es geht ja nicht einmal. Die Jugend gibt es ja gar nicht mehr, seit ich nicht mehr jung bin. Es ist nur eine Idee von der Jugend.

Mein Gott, wie ich die Literatur hasse.

Wie ich es hasse, über den Fortschritt zu sprechen, über die Historizität, die Menschheit, die allgemeine Entwicklung, die Mission des Menschen, die Welt, die Gesellschaft. Bitte, man kann darüber sprechen, aber so zu tun, als sei dieses Gespräch die Wahrheit und nichts als sie, nein, das ist Schwindel. Dabei beschwindeln wir uns selbst. Über den Tod muss ich sprechen, über die Jugend, über das Unvermögen, den Schmerz zu beschreiben, darüber, was ich sehe, wenn ich aus dem Fenster blicke, wie es ist, wenn ich aufstehe, über meinen Schluckauf, über meine dumpfen Begierden, über die Muräne in mir. (Ich habe in einem Aquarium in Neapel eine Muräne gesehen, und seitdem fällt sie mir immer ein, als ein Leben, das man nicht beschreiben kann, dieses Maul der Muräne, lebendig, elementar lebend, bebend vor Leben, stumpfsinnig, ach wie stumpfsinnig.)

Mein Gott, wie ich den Humanismus hasse, diesen humanistischen Schwindel.

Ich habe so viel erlebt und habe nur Asche in mir, als hätte ich nichts erlebt. Und es gab so viel Wollen, Angst, Hoffnung, Lieben, und nichts ist daraus geworden. Die Muräne ist noch in mir, und ich werde noch eine Zeitlang leben. Was soll ich mit der Muräne tun, wieder Hoffnung, Wollen, Lieben? Bedenke, dass auch dies alles zu Asche wird, es ist doch schon ranzig, faulig, falsch, unrein im Vergleich mit den anderen Hoffnungen, dem Wollen, Lieben. Was tun mit der Muräne?

Bis zu welchem Grad ist man abhängig von der Form? Wenn ich eine Pistole hätte, denke ich manchmal, würde ich mich erschießen. Aber ist es nicht ganz egal, ob ich mich aufhänge oder ins Wasser gehe? Es stellt sich heraus, idiotischerweise – dass nicht. Eine kleine Pistole hätte ich sehr gerne. Elegant, liegt gut in der Hand, noch etwas?

Es ist etwas Abstoßendes an einem Leben, das nur so dahingelebt wurde. Irgendeine Art und Weise muss ich finden, wenn es noch ein bisschen weitergehen soll. Jede Art wird für mich gut sein, egal, wie sie in den Augen der anderen aussieht. Schließlich ist keiner ich.

Ich kann nicht abstreiten, dass ich die Zukunft nicht mehr so spüre wie früher einmal. Früher hat sie mich gerechtfertigt. Jetzt gibt es keinen Grund mehr, keine Rechtfertigung. Wahrscheinlich fliegen zwar noch irgendwelche Restchen herum, aber ich bin ehrlich genug, um zu erkennen, dass sie minderwertig sind. Und wenn schon jene erstklassige Zukunft zu nichts geführt hat, dann …

Ringsum dieses dumme Geschwätz, diese Welt. Wie anders geartet als ich muss einer sein, der noch dazu ein Lehrer sein will. Der nicht nur mit sich selbst kein Problem hat, sondern sich seiner selbst gewiss ist und sich darin auch noch bestätigt sieht. Vielleicht ist das ganz einfach ein Bedürfnis für so einen, ein Entsatz, Hilfe.

Sich bestätigt zu sehen, seiner selbst gewiss zu sein.

Dieser Tisch, diese Schreibmaschine, dieser Stuhl, das alles widert mich an, zutiefst. Was soll ich mit der Muräne tun?

11. März

Ich war in Frankreich, in Tours, in Paris. Aber das ist eine ganz andere Geschichte.

Höchste Zeit, erwachsen zu werden. Nicht mehr zu denken, alle anderen seien erwachsen. Nicht zu denken, wie bisher, dass die anderen alles können, wissen, es schaffen. Und auch nicht, ganz automatisch, zu denken, die Frauen seien geheimnisvolle Wesen, zu denen es eigentlich keinen wirklichen Zugang gibt. Die anderen können, wissen, schaffen genauso nichts. Ein einfaches Beispiel, vielleicht albern:

Beim Durchblättern von westlichen Zeitschriften glaubte ich früher immer, die Cartoons darin müssten besonders hochkarätig sein. Erst langsam habe ich gelernt, dass keineswegs alle Cartoons in westlichen Zeitschriften so hochkarätig sind, im Gegenteil, manchmal sind sie schauerlich. So ist es auch mit den anderen, warum sollen sie erwachsener sein als ich und irgendwas besser wissen, können, schaffen, beherrschen oder empfinden? Nur weil sie die anderen sind? Die anderen auf der Straße sind genauso verschlossen, sie sind genauso nicht meine Realität, die, wie ich glaube, lebendig ist. Es sind Wesen, denen ich Majestät und Macht zuschreibe, nur weil sie mir vor dem Hintergrund einer anderen Realität erscheinen.

Nein, die anderen wissen auch nichts, sie können nichts, sie sind nicht erwachsen. In dieser allgemeinen Unwissenheit habe ich ganz gute Chancen, etwas zu können und zu wissen. Ich muss nur diese ewige Täuschung abschütteln, dass ich ein Schüler vor dem Lehrer bin. Das Schema der Schule lastet auf dem Menschen bis ins hohe Alter.

25. März, Ostersonntag

Was ist das eigentlich, schon wieder eine Falle? Als hinge alles davon ab, dass sie alle paar Jahre zuschnappt, dann die tierische Angst, trotz aller Anstrengung nicht mehr hinauszukönnen, aber nun schon ohne die Hoffnung, es könnte das letzte Mal sein, und danach habe man es überstanden. Vielleicht ist das der grundsätzliche Unterschied zwischen dem, was jetzt ist, und dem, was war.

Vielleicht gibt es wirklich keinen anderen Ausweg als äußerste Anstrengung, sich endlich umzudrehen und die Stirn zu bieten. Flüchten ist nicht nur ermüdend – es hilft auch nicht. Und vielleicht darf ich wirklich nicht kalkulieren, nicht damit rechnen, dass es endlich gelingt, dass ich endlich zur Ruhe komme.

Zur Erinnerung: Vorgestern habe ich mich betrunken, allein, wenn auch in Gesellschaft. Ich habe mir diesen privaten Taifun beschert, nach drei Wochen absoluter Abstinenz. Und obwohl mir noch immer der Kopf brummt und ich zwei Tage ruiniert habe, was mein kleines, aber doch nützliches Herumwursteln betrifft, kann ich nicht sagen, dass es mir leidtut, leider.

Zur Illustration des Obigen: Mir fällt ein, dass vielleicht die *Handschrift von Saragossa*, genauer: das wiederholte Erwachen unter einem Galgen mit Gehängten, eine grundsätzliche Wahrheit ist. Als sei nur das echt: der Galgen und das Erwachen. Das ist etwas Endgültiges, von dem man nicht erwachen kann.

Also? Was ist nach diesen siebenunddreißig Jahren? Wieder unter dem Galgen, wieder nichts. Und wieder diese unmenschliche Anstrengung, als müsste ich wirklich, als gäbe es keinen Ausweg, als gäbe es nur *affrontare*. Im ersten Teil des Lebens war ich darüber entsetzt, deshalb begann ich zu schreiben. Im zweiten Teil glaubte ich, dass ich mit dem Leben fertigwerden kann, indem ich mich vor ihm schütze. Jetzt muss ich das wieder, im dritten Teil stehe ich vor dem gleichen Schrecknis, dem ich schon entkommen war. Ich bin aber inzwischen ein anderer, nicht so hoffnungslos, nicht so vom Entsetzen gebeutelt, denn ich bin schon ein reifer

Mann. Was nicht heißt, dass das Entsetzen geringer ist. Nur die Reaktionen darauf fallen anders aus, ich kann mit dem Entsetzen schon etwas anderes anfangen.

Trotzdem fürchte ich, ich kann meinen Kopf nicht mehr aus der Schlinge ziehen, wie es mir damals noch gelang, ich müsse schreien wie jener Berufene: »Herr, ich kann nicht, ich will nicht, das ist nicht für mich, nimm das von mir, ich schaffe es nicht, ich ertrage es nicht.« Aber ich weiß nur zu gut, ich muss es doch ertragen. Denn der Fall ist klar, ich werde doch keinen Selbstmord verüben, ich bin nicht der Typ dazu, trotz allem, was mir noch dazu einfallen könnte. Ich darf mich nicht selbst betrügen, das bin nicht ich, das ist nicht meine Art. Interessant, aber ich glaube, dieses Entsetzen gibt es eigentlich bloß in der frühen Jugend, es ist die Wehrlosigkeit gegenüber einer greifbaren, materiellen Welt. Und wieder einmal bin ich hier. Ich sitze da, allein mit mir, mit diesem Entsetzen.

Vielleicht ist es für solche wie mich, für die Schwachen und Faulen, die einzige Art: Klar, so jemanden muss man tödlich entsetzen, damit er nicht nach Rettung ausschaut, damit er sich umdreht und kämpft. Mit mir war es immer so. Nur wenn es um alles ging, habe ich gekämpft.

Ich habe gekämpft, niemand außer mir wird das verstehen, auch nicht, wenn er diese Notizen liest. Alles, was er sich darunter denken wird, wird anders sein als das, was ich weiß und was ich darunter verstehe, eine Annäherung an die Annäherung, ein Schatten eines Schattens. Aber ich weiß genau, worum es mir geht.

Eine Erfahrung, für die es mir nützlich sein könnte. Klar, beim Lenken eines Kraftfahrzeugs, bei dieser oder einer anderen Tätigkeit, aber wenn ich hier so sitze, bei nichts. Jedes Mal ist alles neu, jedes Mal bin ich wieder völlig entblößt. Was hilft die Erfahrung des alten Schmerzes gegen den neuen, oder schmerzt der zehnte Zahn anders, weil vorher neun andere anders geschmerzt haben? Hat die hundertzwanzigste Sehnsucht, die hundertfünfzigste Angst etwas mit Erfahrung zu tun? Höchstens den Überdruss beim Gedanken an die neun vorherigen Zähne, aber ich glaube, auch dabei kommt keine brauchbare Erfahrung zustande, ebenso wenig wie bei den vorherigen neun Zähnen.

Ein paar Worte zur Angst: Mit der Angst hat bei mir alles begonnen, was aber nicht heißt, dass ich permanent ängstlich herumirre. Wer viel von der Angst weiß, kann von diesem Wissen profitieren. Wer nichts davon weiß, ist wehrlos, denn irgendwann wird sie auch ihn packen. Das Reptil muss gezähmt, vor den Pflug gespannt werden. Hier entsteht wie von selbst die Erzählung von dem Bauern, der einen Tiger im Stall versteckt hielt, neben einigen anderen harmlosen Geschöpfen. Und wozu: »Wir lassen ihn einmal in der Woche heraus, damit wir uns vor ihm fürchten. Wir melken Angst aus ihm. Wir haben schreckliche Angst, aber das ist gesund.« Leider fällt mir zu diesem Thema nichts anderes ein, es bleibt im Unklaren.

Anders gesagt: Entweder ich überwinde sie oder nicht. Überwinden ist zu wenig gesagt, in meinem Fall muss ich sehr hoch springen. Das ganze Leben legt mir allmählich die Latte immer höher. Bis sie so hoch liegt, dass sie schon einen *Salto mortale* erfordert.

Aber das Paradoxe, die Schwierigkeit besteht darin, dass der Herrgott mir einen bleischweren Unterleib gegeben hat.

Nur meine Schwäche ist kräftig. Ich ducke mich, schnell, die Latte rutscht höher, der Buckel wächst, die Beine werden noch schwerer. Wie soll ich da springen? Gleichzeitig gibt es keine andere Lösung.

Die einzige Voraussetzung ist, in jedem Moment genau zu wissen, dass ich nicht *nicht* springen kann, dass es unausweichlich ist, definitiv. Vielleicht ist es Verblendung, weil ich sicher weiß, dass es anders nicht geht, und das gibt mir ein Minimum an Sicherheit, an notwendiger Ruhe. Wenn einer felsenfest davon überzeugt ist, dass es Gottes Wille ist, dann fällt ihm das, was er plant, unendlich viel leichter. O Gott, warum willst du es so, könntest du es nicht ein bisschen anders wollen? Das ist Gotteslästerung, ich weiß.

Die anderen stören ein wenig, nicht so sehr durch ihr Wissen, sondern durch ihre Suggestionen, dass es nur so und nicht anders geht. Anders: Jeder sucht und findet seinen Stil und teilt später den anderen seine Wahrheit mit. Der Inhalt dieser Mitteilungen muss an sich nicht suggestiv sein, es ist nur mein Verdacht, dass sie vielleicht doch die Wahrheit kennen, dass sie etwas gefunden haben, dieser Verdacht suggeriert etwas und schwächt mich. Mein Verdacht, ihre Kraft der Überzeugung. Das ist so, als blickte man am Tisch ständig zum Nachbarn hinüber, ob der nicht etwas Besseres auf dem Teller hat, etwas, was wirklich und ausschließlich gegessen werden soll. Man soll zwar immer suchen, allerdings nur, um zu nehmen, nicht, um sich an fertige Lösungen anzuhängen. Nicht in dubioser Demut etwas bereits Heiliges suchen, sondern kalt suchen, versuchen, rücksichtslos verwerfen, nur seinem eigenen Urteil vertrauen (obwohl das riskant formuliert ist). Anders gesagt (auch das könnte jetzt ganz missverständlich sein), es gibt eine Autorität. Ich denke da an so eine Autorität, wie sie sogar der Gasmann für mich ist, wenn er mit der Rechnung kommt. (Dieses Gefühl gegenüber einer Autorität ist natürlich mit Angst unterfüttert, womit wir wieder bei der Quelle wären, bei meiner Angst.)

Von der Abstraktion abweichen heißt, sie ihrer eigentlichen Rolle zuführen, mich von ihrer Tyrannei, Usurpation befreien. Ich muss, muss, muss, schon wieder muss ich so viele Dinge, ich rase völlig neurotisch herum, was ich schon kenne, weil ich im Laufe des Tages so viele Dinge tun muss. Letztlich tue ich dann gar nichts, oder nichts so, wie es getan werden muss. Ich bin zerrissen zwischen allem, was getan werden muss, von den blödesten Kleinigkeiten bis hin zum Wichtigsten. Erledigen, beherrschen, kontrollieren, schon wieder ist alles unterlegt mit Angst. Wenn ich es nicht schaffe, dann geht's mir an den Kragen. Zu wissen, dass ich nichts muss, während ich doch muss, das wäre für mich die größte Kunst. Wieder eine Kunst, die ich beherrschen muss, schon wieder muss, muss, muss. Und ich muss erlöst werden und muss die Schuhe putzen, und sterben muss ich auch, und auch leben muss ich.

Ich muss auch sprechen, und das, was ich sage, sage ich schlecht, aber besser kann ich es nicht. Und deshalb soll ich eigentlich mit den einfachsten Dingen beginnen. Denn wenn ich die nicht erledige, rächen sie sich wie boshafte Zwerge.

Ich jammere, dass wir hilflos in diese Welt geworfen wurden, auf die Straße, als Stäubchen und Asche, dass ich nur ein Stäubchen in einem Haufen anderer Stäubchen auf diesem Planeten bin, der ja übrigens auch nur ein Stäubchen ist und so weiter. Dieses Gejammer, dieses Gewinsel, dieses Unglück, das hilft dem Selbstgefühl. Es ist eine Flucht in die Hilflosigkeit, in machtlose Verzweiflung. Das ist leichter und angenehmer, als seine Souveränität anzunehmen, dafür Verantwortung zu übernehmen und die Welt zu regieren. Das wäre besonders schwierig, aber vielleicht auch der einzige Ausweg, und wer weiß, ob es nicht richtig wäre, die Welt zu regieren. Wieder werde ich nicht verstehen können, was ich hier geschrieben habe, wenn ich es nach einigen Tagen noch einmal durchlese, aber es muss stimmen, das weiß ich. Es ist mir auch schon gelungen, und ich fühlte damals zwar alles Unglück der Welt, aber eines nicht – dass etwas nicht so ist, wie es sein sollte, mit mir, mit allem. Und ich bin überzeugt, dass das die höchste Schwelle ist, die ich überwinden muss, nicht deshalb, weil sich dahinter das Land der Seligkeit erstreckt, sondern weil dahinter alles überhaupt erst beginnt. Alles, was davor ist, ist nur Simulation, Flucht, Unwahrheit. Es ist eine Art innere Erfahrung, die Persönlichkeit wird in eine Dimension transportiert, für die es kaum Maß- oder Gradeinheiten gibt. Es muss eine Umwandlung geschehen, ein Umkrempeln, eine grundlegende Verwandlung. Das ist unumgänglich. Es ist grundsätzlich, und daraus wird alles andere hervorgehen, erst dann kann das Grundsätzliche den Menschen durchdringen, bis in seine alltäglichsten und geringfügigsten Handlungen. Eine Bagatelle, sage ich, so was kommt vor – und meine damit die Wesensänderung der Persönlichkeit, das, was nur sehr wenigen Menschen widerfährt, aber passieren tut es, soviel ich weiß. Also sind eigentlich meine ständigen Ambivalenzen, ist alles, was mich seit Jahren beutelt, eine Annäherung an das, das Erlangen des Allerwichtigsten, mit dem es erst beginnt.

Ich kann mich hier nur auf diese Stimme tief in mir drinnen verlassen, die sich nicht täuschen lässt, auf alles, was sie mir so deutlich wie möglich sagt. Auf dieses neue Ich, das unzufrieden mit dem alten ist, das Platz für sich fordert. Das alte Ich hat die ganze Macht der Gewohnheit zur Verfügung, meine Hülle, meine ganze Vergangenheit, und es ist sehr stark. Der Neue kämpft nackt, aber es ist etwas von der Art des Lebens und des Todes in ihm, also etwas Definitives.

Wer weiß, ob der ganze Prozess dessen, was so viele Namen hat, das Reifen oder wie auch immer, ebendieser Versuch ist, sich von seinem alten Ich zu befreien. Gewiss haben sich alle ganz klar genauso geplagt wie ich. Das macht es immerhin insofern einfacher, als es sich jetzt in ein allgemeines, allseits bekanntes Schema pressen lässt. Letztlich muss man doch ein bisschen etwas wissen, bevor man weitergeht.

28. April, Freitag

Wieder Tagebuch zu schreiben ist etwa so, wie in eine zertrümmerte Stadt zurückzukehren. Auch wenn ich hier nichts zertrümmert habe, im Gegenteil, alles steht noch da, ist geschrieben, einwandfrei.

Der Mai nähert sich, seit meiner Schulzeit ist es ein Monat, der besondere Bedeutung für mich hat, schon allein durch den Ersten Mai in Polen. Im Mai habe ich auch die Matura abgeschlossen, wie viele Jahre ist das her? Achtzehn.

Wieder denke ich an meine verbrannten Tagebücher, in diesem Jahr hätten sie ihren neunzehnten Geburtstag gefeiert. Wenn ich sie nur aufbewahrt hätte – bestimmt hätte ich noch rasch das eine oder andere fälschen können. Meine Geschichte ist wie die Geschichte der Sowjetunion, ohne Dokumente. Sicher war irgendwas faul, aber wie faul genau wird heute niemand mehr erfahren. Heute sehe ich mein Leben nur so, wie ich es heute sehe. Trotzdem schade, ich könnte etwas mehr über die damalige Wahrheit wissen.

Dieses Tagebuch ist keineswegs so interessant, wie es sein könnte.

Schreiben (nicht Tagebuch, sondern Erzählungen) ist Asyl. Das hätte ich gerne wieder. Aber wo ist die Grenze zwischen Literarizität und dem bloßen Gefühl, zwischen Form und Wunsch? Neulich ist es mir geglückt: Das war echte Inspiration.

Noch etwas über das *risentimento*. (Für diese schlampige Schreiberei komme ich in die Hölle, wenn es stimmt, was Huxley uns in *The Perennial Philosophy* sagt, nämlich dass Gott überall ist, sogar in der Schreibmaschine. Kein Scherz.)

Aber hier ist weder die Zeit noch der Ort dafür. Sehen Sie, dafür gibt es eine eigene Arena. Also, nur zur Information: Wie soll ich das aufschreiben? Dass ein sehr schwerer Monat hinter mir liegt, viele Monate, überhaupt die Zeit? Ein Moment? Ereignisse?

Wieder herumgetrödelt, immer wieder lasse ich mich abhalten. Um mildernde Umstände zu bekommen, schreibe ich etwas über das Schreiben und das Asyl. Das kann nicht gutgehen.

Also vielleicht noch eine, nicht nur technisch wichtige,

Anmerkung: Das nächste Stück darf ich erst dann schreiben, wenn ich mir seiner ganz sicher bin. So wie bei meiner letzten Erzählung. Aber da spielte noch etwas anderes mit. Auch in einem Stück muss ich mich den Personen nicht unterordnen, ich muss sie auf Augenhöhe behandeln, mich zu ihnen bekennen, nicht spotten, ihnen nicht die kalte Schulter zeigen. Aber was für Personen? Ich weiß nichts von irgendwelchen Personen. Vielleicht müsste ich mehr über die Personen wissen, weniger über die Handlung, Situationen, Szenen, Regieanweisungen. Es muss ein ganz neues Stück sein, oder gar keins. Das Ende des Theaters. Dann Verarmung, kein Lebensunterhalt.

16. Mai, Dienstag (I presume)

Ein Album über das polnische Theater. In Warschau hätte ich es bestimmt überhaupt nicht beachtet, aber ich bin in der Emigration. Also schaue ich von Zeit zu Zeit hinein.

Ich betrachte es als so etwas wie ein Familienalbum. Wahrscheinlich wäre ich ein besserer Dramatiker geworden, wenn ich in Polen geblieben wäre und mich mit dem Theater dort auseinandergesetzt hätte. Andererseits – nein.

Abgesehen davon, darf ich mir nicht endlich ein wenig oder sogar eine gehörige Portion Großspurigkeit erlauben? Nämlich den Ausruf, den ich seit Jahren zum ersten Mal wieder höre: Wohin mit der schrecklichen Kraft, die (vielleicht wegen der zwei Whiskys, die ich nach einem mühevollen Tag getrunken habe) in mir ist?

Ich sehe schon, wie sich beim Aufschreiben alles katalysiert, ordnet und brav wird. Eben noch hätte ich einen weniger verbindlichen Ton angeschlagen.

Ich weiß, dass ich vorübergehe. Ich weiß nicht wohin, aber ich gehe vorüber. Vorher muss ich aber noch zu meiner eigenen Dimension kommen. Das meiste, was ich über mich weiß, mehr noch, was die anderen über mich wissen, das ist noch nicht das. Trotz allem scheint mir, ich bin wie Amerika zu Beginn des sechzehnten Jahrhunderts, mit Boston, mit noch etwas von der kolonialisierten Westküste. Vielleicht. Na, vielleicht zum Beginn des siebzehnten Jahrhunderts.

Ich sitze zwischen Bergen und Meer auf einer apenninischen Halbinsel. Alles was ich zurückgelassen habe (wenn ich das Album betrachte), rührt mich und rüttelt mich auf, nur wozu? Egal. Ich sitze schon seit vier Jahren hier. Vielleicht zu lange? Stimmt. Doch das Zurückgelassene rührt mich so, wie mich alles rührt und gerührt hätte, egal an welchem Ort, in welcher Umgebung, es ist etwas Vergangenes. Aber ich habe doch nicht alles zurückgelassen? Stimmt auch wieder.

Ich weiß, dass es mich rührt, weiß aber auch, dass ich mich dagegen sträube, dass ich nicht mehr dort sein könnte, dass – ich gebe es zu – es mir zu klein ist. Daher meine Großspurigkeit.

Nicht dass hier etwas größer wäre. Aber für mich ist es schon Zeit für die Einsamkeit.

Neben dieser Schwäche, von deren Größe nur ich weiß, gibt es noch etwas Größeres. Ich kann mich an niemandem und an nichts messen. Ich bin weder groß noch klein. Viele Jahre lang habe ich überlebt, minderwertig und erniedrigt, und jetzt darf ich sagen: Das ist noch nicht das Ende und …

nein, es ist lächerlich, und ich weiß eigentlich auch nicht, warum mir so dran liegt, mir selbst zu versichern: Ich spüre meinen eigenen Wert.

Auch das ist schlecht ausgedrückt, ich sollte endlich Ruhe geben. Aber es liegt noch etwas vor mir, etwas, was ich mir nicht vorstellen kann. Ich bin eine Feder, die noch nicht bis zum Anschlag gespannt ist. Vielleicht wird es für mich nicht angenehm, aber gewiss wird es sehr interessant.

5. Juni

Heute Morgen ist ein Krieg im Nahen Osten ausgebrochen. Eigentlich noch etwas mehr. Genau weiß ich es nicht, ich erfahre es morgen früh, hoffentlich wird die Nacht noch ruhig sein.

Eine Mischung aus Angst, Unsicherheit, Langeweile und Agitiertheit erfüllt mich, sogar eine besondere Fröhlichkeit, ähnlich der Euphorie auf der Fahrt über den *passo* Giovi in Nacht und Nebel und Schnee.

Kleine Gegenstände, Gestalten, Farben und Zeitkrümel scheinen mir ruhig, interessant und wertvoll an sich zu sein.

Die Menschheit scheint mir so hilflos und blöde zu sein, dass ich heute nicht einmal die Kraft habe, mich über sie zu ärgern. Übrigens bin ich selbst die Menschheit.

Was die Reaktion anbelangt, so habe ich diese (vielleicht ungesunde) Belustigung nicht vorhergesehen.

Meine Aspirationen habe ich gewaltig zurückgestutzt. In Zukunft wünsche ich nichts weiter, als satt, sauber und ausgeschlafen zu sein.

Ich komme mit einer Erzählung ans Ende, hoffentlich in den nächsten Tagen. Gerne denke ich an das für morgen ausgemachte Tennistraining.

Auf Alkohol habe ich nicht die geringste Lust.

Wahrscheinlich kann man eine Apokalypse nicht innerlich erleben. In einem Menschen ist nur so viel, wie es Platz hat. Das wird immer kleiner sein als eine Apokalypse. Vielleicht (von einem höheren Gesichtspunkt eines hypothetischen Impresarios) lohnt es sich deshalb nicht, eine Apokalypse anzuzetteln.

Ich würde gerne noch ein wenig leben, bis zu dem Moment, an dem ich keine Lust mehr habe. Ich kann nicht vorhersehen, wann das sein wird. Vielleicht nie, solange ich lebe.

23. August, Mittwoch

Zurück – über Frankreich. Avignon, Grenoble, Agde, Paris, Vence.

Zurück – ich will nicht, dass das Wort mehr bedeutet, als es bedeutet.

In der Zwischenzeit hat Perec, den ich nicht kenne, ein Buch geschrieben[45], eine Rezension darüber unter dem Titel *L'indifférence – la passion méconnue*, erschien in der Wochenschrift *Quinzaine*. Das Buch möchte ich lesen.

Gombrowicz sagt in derselben Zeitschrift, er wüsste nicht, was »ich« bedeutet, aber er beschreibt es als seinen Willen, der zu sein, der er ist. Um Missverständnisse zu vermeiden, und wenn ich richtig verstehe, dann meint er seinen

Willen, sein persönliches »ich« zu sein. Hier zeigt sich, wie erfolglos die Versicherungen einiger Wissenschaftsdisziplinen waren, dass es das eigene Ich nicht gibt. Selbst wenn man zu solchen Versicherungen neigt, wie ich. Denn es geht dem Willen nicht darum, sich zu erschaffen, sondern sich zu finden, diesen Idioten.

Ich möchte herausfinden, ob meine Gleichgültigkeit die gleiche ist wie die von Perec (daher interessiere ich mich für ihn, vielleicht weiß er mehr als ich) und ob diese Gleichgültigkeit der Distanziertheit von Gombrowicz ähnelt. Wahrscheinlich wäre es am besten, zur Gleichgültigkeit Distanz zu haben.

Ich versuche eine Erzählung über jene zu schreiben, die mich getragen, aber dann verlassen haben. Sie haben mich sicher verlassen. Oder habe ich mir dieses Tragen nur eingebildet, weil ich getragen werden wollte? Haben sie mich deshalb getragen? Nein, das sicher auch nicht. Mein Verdacht, dass ich von ihnen verlassen werden wollte. Sicher? Wenn ich das nur wüsste. Vielleicht bekomme ich zu diesem Thema irgendwann einmal mehr Klarheit.

Sie trugen mich, also war ich, jedenfalls für einige Zeit war ich dieses »ich«. Das war schön, sehr schön.

Aber gleichzeitig habe ich wieder damit begonnen, Pfeife zu rauchen, womit ich eine Zeitlang aufgehört hatte. Signal oder Zufall?

Gleichzeitig …

Beunruhigend sind einige »Gleichzeitigs« zur gleichen Zeit.

Wenn ich vor die Hunde gehe, dann möchte ich das wenigstens woanders tun. So viele Dinge verstehe ich nicht in letzter Zeit. Aber das ist schon ein Trost. So habe ich wenigstens etwas, worüber ich nachdenken muss. Und unabhängig von allem fürchte ich mich schon wieder vor der Korrosion, der Erosion durch die Gewöhnung, in der ich mich wieder befinde, und sei es die Gewöhnung an diesen Tisch. Wie tröstlich ist es doch, in Europa zu leben, wo es so viele Orte gibt, an die ich fahren könnte, wo es so viele Ereignisse gibt, die mir passieren könnten. Auch wenn ich jetzt nicht überallhin fahre.

Das konnte ich in Polen nicht erwarten.

Das Fernglas macht mir viel Freude. Ich habe beschlossen, ein Voyeur zu werden, in der größten Dimension dieses Begriffs. Nicht unbedingt Sexualakte. (Obwohl ich die Hoffnung nicht aufgebe.) So beobachtet, eröffnet alles, etwa ein alter Mann, der an der Straßenecke eine Zigarette raucht, einen unerwarteten Abgrund. Natürlich habe ich meine sichere Entfernung. Aber auch die totale Konzentration. Das Ausschließen von allem anderen aus dem Gesichtsfeld. Eine solche Konzentration mit bloßem Auge (hinter dem Brillenglas) hinzukriegen wäre für mich ein großer Fortschritt.

Wer raucht diese Pfeife? Ist das nicht zufällig mein Affe? (Siehe: Symbol des Affen in buddhistischen Gleichnissen.)

Es war gut, mich ein bisschen auf die Suche zu machen. Bisher bestand mein Schreiben, meistens jedenfalls, aus Feststellungen. Sie standen da wie Betonpfeiler. Inzwischen gestatte ich mir die Suche, lasse mich auf Dialektik ein. Aber das ist nur ein vages Gefühl, eher ein Wunsch. Vielleicht wäre es einen Versuch wert, die Pole meiner Dialektik aufzuschreiben?

»Ich« (meins) – nicht »ich« (aber auch »ich«).

»Ich« endlich – »ich« unendlich.

»Ich« und ein anderer.

»Ich« und viele. (Aber das ist am uninteressantesten. Ich glaube, die Hauptsache spielt sich zwischen zwei Menschen ab, von denen einer »ich« bin.)

Zwei andere »ich« gegen mich (von mir beobachtet).

Ich und meine Pfeife. (Brauche ich dieses Gift wirklich?)

Sicher ließe sich noch mehr finden, aber ich will es nicht erzwingen. Das, was da ist, kommt auch von selbst.

Aber jetzt möchte ich nicht aufhören und von der Schreibmaschine aufstehen. Wer? Ich oder das Rindvieh in mir? Ich bin ein Gaffer, der nicht weggehen will, obwohl schon alles vorbei ist. Unersättlichkeit und Gaffen, vielleicht kommt noch etwas? Das Maul aufreißen, den Kopf in den Nacken legen, vielleicht wird es regnen? Von selbst? Aber woher.

26. Oktober, Donnerstag

Nichts dergleichen konnte ich vor dem Schlafengehen tun, und wenn ja, dann habe ich es nicht getan.

Es war viel, was ich wollte, ich hatte die Absicht zu schreiben, doch dann ist es mir vergangen. Warum hat der Mensch in dieser idiotischen Welt nicht einmal das Recht, in Ruhe sein Leben aufzuschreiben, nur für sich selbst, damit er es später, zu Lernzwecken, wieder lesen kann, um es dann kurz vor seinem Tod zu verbrennen? Aber der Tod wäre gar nicht das Schlimmste. Schlimmer ist, dass die Lebenden zu Lebzeiten freudig über einen herfallen, weil sie es schon vorab lesen wollen. Deshalb muss man aufpassen, auch nicht den Bruchteil dessen zu schreiben, was und wie man eigentlich schreiben möchte. Als ob das irgendwem etwas bringen würde, Nutzen oder Sinn. Solche Verschnörkelungen machen mir keinen Spaß. Darum will ich manchmal überhaupt nicht schreiben, weil keine Echtheit möglich ist. Vielleicht sollte ich besser ganz darauf verzichten.

23. Dezember, Samstag

Wenn zwei Stunden eines mäßig spannenden Films, keineswegs eines großen Kunstwerks, genügen, um eine Depression, die Unlust am Leben zu vertreiben, was sind diese Gefühle dann wert, oder was ist so ein Film wert? Er bleibt ein Prozess, ohne Rücksicht auf seinen Inhalt. Wäre ich nicht ins Kino gegangen, in eines dieser intelligent gemachten Massaker, dann säße ich jetzt am Tisch oder läge im Bett, überzeugt davon, dass es sich nicht lohnt, auch nur einen Moment länger zu leben. Noch ärger: Ich wäre überzeugt vom metaphysischen Wert dieser Überzeugung. Und ich könnte nicht umhin anzunehmen, dass ich oder meine Seele oder noch etwas anderes nur ein Spiegel ist, der die dahinziehenden Wolken, die dunklen und die hellen, reflektiert. Erst die Sorgen, die dem allumfassenden Unlustgefühl einen Grund liefern. Dann eine spannende Geschichte, die mir das Gefühl gibt, ich könne noch weiterleben.

Daraus könnte ich auch folgern, dass ich weder dem einen noch dem anderen Zustand zu viel Bedeutung beimessen soll. Keine Schlüsse über diese oder jene Wahrheit. Sondern das suchen, was unverändert ist, was tiefer reicht als verworrene Empfindungen. Aber dann bekommen wir wieder diese Karten, die so uninteressant sind, wenn sie auf dem Tisch liegen und nicht gespielt werden. Einfach nur Karten. Und eben das Spiel, so belanglos es auch sein mag, ist verlockend. Andererseits, wenn ich zu viel über meine Belanglosigkeit weiß …

Es besteht ganz sicher die Möglichkeit, das Spiel zu beeinflussen. Was tue ich denn, wenn ich mir einen Film anschaue? Ich klinke mich und meine Gedanken einfach aus allem heraus, was nicht die erzählte Geschichte ist, ich konzentriere mich. Und als mir während der vergangenen schlaflosen Nacht alles wieder einfiel – was für eine Menge entsetzlicher, uneingeladener Gäste –, zog vor meinem Auge auch eine Revue von Momenten vorüber, in denen es mir gutging. (Anders kann ich das nicht nennen, ich will mich auch nicht in der Analyse dieses Zustands verzetteln.) Es waren immer zweierlei Momente: die, die ich der Gnade der Umgebung oder der Personen verdanke, oder die, die ich mir selbst verdanke. Ganz bewusst. Entweder ich verdanke es einer völligen, für mich zufällig glücklichen Hingabe oder einer völligen Beherrschung.

Das sind keine ganz identischen Genüsse. Was immer man über die Großartigkeit von spontanen, aber passiv erlebten Erlebnissen sagen könnte: Die, die ich mir selbst verdanke, bleiben länger im Gedächtnis, sie haben mehr Konsistenz. Daher sind sie besser für Observationen geeignet. Ich kann sie auch später noch nachvollziehen, sie sind auch mental besser fassbar. Und sie haben einen kolossalen Vorteil: Sie sind größtenteils von mir abhängig.

Ich weiß mehr oder weniger, wie man sie hervorruft.

Frage: Warum geht es mir dann nicht immer gut? Warum produziere ich sie nicht in beliebigem Ausmaß, warum nutze ich diese Möglichkeit nicht unbegrenzt?

Darüber kann ich nicht nachdenken, bevor ich mir nicht vergegenwärtige, dass »gut« im wörtlichen Sinne weder »Glück« noch »Genuss« bedeutet. Es ist etwas anderes. Eventuelle Antwort: »Ich nutze diese Chance nicht, weil mir eine innere Stimme sagt, ich wolle manchmal auch unglücklich sein.« Diese Antwort ist nicht zufriedenstellend.

Nein, ich kann dieses »gut« nicht besser benennen. Also sage ich vorerst nur das, was ich schon längst zu wissen glaube: dass dieses ewige, wabernde Mosaik der Zustände, Gefühle, Verzweiflungen, Seligkeiten, dass dieses ganze, dichte, heterogene Geflecht im Gedächtnis nur ein Flimmern zurücklässt, wie die Erinnerung an eine in der Sonne glitzernde Wasseroberfläche. Das Einzige, was davon wirklich bleibt, ist ein Gefühl der Ermüdung, vielleicht auch Überdruss. Und nach einiger Zeit, auch wenn das Mosaik während seines Bestehens sehr eindrücklich ist, kann ich mich des Gefühls nicht erwehren, dass es nicht so wichtig ist, wie es aussieht, also scheint die Ermüdung umso weniger gerechtfertigt. In einem gewissen Alter kommt man in einen veritablen Zwiespalt, wenn neben der Authentizität der Verzweiflung oder der Glückseligkeit gleichzeitig deren Abschwächung lauert. Von Verzweiflung zu sprechen ist Übertreibung. Von der ist keine Rede mehr, weil die Verzweiflung höchstens von der Depression abgeschwächt wird. So wie das Glück von der Erfüllung.

Okay, daraus folgt aber nur, dass dieses Geflecht nicht das Wichtigste ist. Es ist die Frage, ob außerhalb davon

Leere herrscht, ob diese Karten nur lose auf dem Tisch verstreut liegen, mein Körper, mein Geist und die Gegebenheiten, in denen beide existieren. Oder ist es ein Prozess des Sich-Abwendens von der gewöhnlichsten Schicht des Lebens hin zu etwas, von dem ich mich frage, ob es existiert. Ja, man spricht von den drei Stockwerken des Menschen: Geist, Psyche und etwas anderes, dieses Dritte eben, das Wichtigste. Ohne das können die beiden anderen Drittel nicht funktionieren. Dieses Dritte ist sowohl die Essenz als auch die Verpackung, worin die beiden anderen Teile stecken.

Geist und Psyche – das ist zweifellos eine Erfahrung – scheinen mir keinen Respekt zu verdienen, ich weiß zu gut, wie schwankend, wie abhängig, wie wenig ernst zu nehmen sie sind.

Sprechen wir nicht vom Willen, im Sinne von »stärkerer Wille« oder »schwächerer Wille«, dieses oder jenes zu tun, auch das ist nicht ernst zu nehmen. Es muss etwas Drittes geben. Nur wenn es Geist und Psyche nicht gäbe, käme als Drittes das schreckliche Nichts in Frage.

Wille … Glaube … man könnte sie auch miteinander verbinden, zum Beispiel den Glauben mit dem Willen, wenn es den Willen nicht gibt, könnte man seinen Glauben in ihn legen, ihn kreieren, aber dazu müsste man den Willen zum Glauben haben, man muss glauben wollen, dass es den Willen gibt.

Der Wille zieht immer die Frage nach sich: Was für ein Wille? Der Wille zu was? Vielleicht gibt es ihn wirklich nur in Verbindung mit einer Tatsache, mit etwas, vielleicht ist er sonst unmöglich? Ja, wenn es um den Willen geht. Aber geht es um den Willen?

Auch der *élan vital* liegt mir nicht. Ebenso wenig wie die Rolle des eiskalten Spielers, der mit Verstand und Psyche spielt, wenn das überhaupt geht. Wie immer wir die Sache drehen und wenden, immer wird etwas in der Rechnung fehlen, ein Mosaikstein, und an dessen Stelle setzen wir gewöhnlich Gott. Gott sei bei uns.

Ich habe ein paar recht schlimme Tage hinter mir, in denen mir Verstand & Psyche – angesichts der Intensität und des Ausmaßes dessen, was sie mit mir anrichteten – auch ein Instrument zur Empfindung der ungeheuren Solidität und der Bedeutung des Durchlebten hätten reichen müssen. Aber schon heute, nach einem Dutzend Stunden, kommt mir vor, ich sei dabei nicht authentisch gewesen, sondern so etwas wie ein Schauspieler, der über die Bühne wirbelt.

Wenn ich schon immer dieser Schauspieler sein muss, dann möchte ich es wenigstens bewusst sein. Oder einer, der schlecht spielt, der nur das Nötigste vorgibt, und nebenher noch mit was anderem beschäftigt ist, was immer es ist. Ich weiß nicht, was das andere sein könnte, aber vielleicht, wenn ich die Schauspielerei bewusst ein wenig vernachlässige, gelingt es mir, etwas anderes wahrzunehmen, anzupacken. Irgendwie muss ich ja leben.

Andererseits – mit der Form muss ich vorsichtig sein (wenn wir sie ab jetzt als Gestalt für unsere Überlegungen benutzen wollen). Gerade rauche ich eine Pfeife, schon die zweite. Bei der ersten glaubte ich, sie sei mir zum Schreiben nützlich. Bei der zweiten spüre ich, dass das keineswegs so ist. Im Gegenteil, sie stört mich. Dieses Holzstück, das mir aus dem Maul ragt, dem wiederum Rauch entsteigt. Ich weiß sogar, dass mir der Stoff zum Schreiben ausgeht, will aber weiterschreiben, um mir selber einen Vorwand zu liefern, für das Schreiben und die Pfeife. Also machen wir Pause und widmen uns aufrichtig und ausschließlich dem Rauchen.

... Was dabei herauskam: Ich habe mich weggesetzt, um nur zu rauchen. Das hat mir schon etwas weniger gefallen. Als Medium, um mich zu konzentrieren, könnte ich mir auch etwas beliebiges anderes aussuchen. Als physische Annehmlichkeit ist das Rauchen zweifelhaft, denn der Nikotinhunger ist schon gestillt. Mir ist klargeworden, dass ich eigentlich nur rauche, um Zeit zu gewinnen, also aus Angst vor dem nächsten Zustand. Solange ich rauche, rauche ich, und wenn ich aufhöre, dann was? Eine momentane Leere: Da fiel mir ein, später alles aufzuschreiben, mich an die Schreibmaschine zu setzen etc. Allein diese Perspektive erlaubte mir, die Pfeife, auf die ich eigentlich sowieso keine Lust mehr hatte, die ich aber trotzdem fertiggeraucht hätte, ausgehen zu lassen. Aber auch um die Angst vor der drohenden Leere zu verdrängen, also aus Unfreiheit, habe ich die Pfeife ausgemacht. Angst ist für mich die größte Unfreiheit, vielleicht weil ich mich zu oft und zu sehr fürchte. Diesmal war es eine Kleinigkeit. Aber auch mit Kleinigkeiten kann man für die Freiheit kämpfen. Umso mehr, wenn es so leicht geht. Andererseits, darf man Kleinigkeiten ignorieren? Egal, es ist fein, um Freiheit zu kämpfen, wenn es so leicht geht und ich mit wenig Aufwand gewinnen kann.

25. Dezember, Weihnachten, Montag

Hätte Kafka, wenn er die Möglichkeit gehabt hätte, sich damit einverstanden erklärt: Kein Leiden, aber dafür auch keine Bücher schreiben? Ich habe absichtlich ihn herangezogen, denn er hatte zu Lebzeiten keinen Erfolg, somit ist die Frage sauberer.

Natürlich ist klar, worauf ich hinauswill. Aber es ist überhaupt nicht gesagt, dass das Chaos oder der Überdruss, den ich um einiges vermindern könnte, wenn ich nur wollte, die Quelle meines geliebten Schreibens ist. Sich auf das Chaos und das Leiden zu berufen, kann nichts anderes sein als die bloße Verteidigung der Faulheit. Der einzige ehrliche Weg wäre ein Experiment: ein Jahr lang so zu leben, wie »es sich gehört«, und zusehen, was dabei herauskommt.

Außerdem erinnert die Verteidigung des Chaos und des Leidens an eine mir wenig sympathische und wenig Vertrauen erweckende romantische Haltung.

Eben bietet sich eine symbolische Gelegenheit, das neue Jahr. Ich könnte es versuchen, nur um der Erfahrung willen. Kein neues Leben, wie ich es so oft begonnen habe, als ich noch jung war. Das habe ich schon hinter mir. Ein ganz normales, vernünftiges Experiment. Ich bin doch gerade (wieder) auf der Suche nach etwas, etwas noch Echterem … Jedenfalls seit ein paar Tagen. Siehe meine vorgestrigen Eintragungen zum Thema »Geist & Psyche«, nach dem Kino … Morgen geht es los, wie immer.

Es stürmt. Katzen und Mäuse.

Ein Service für morgen. Versuchen wir's.

Vielleicht ist es lächerlich, aber das Tabakrauchen ist ein

Symptom für viele Dinge, wie etwa: Begierde, Ekel, Unlust und alles, was dazugehört, es ist ein perfektes kleines Laboratorium. Rauchen, Entschluss, Nichtrauchen, gebrochene Schwüre und kleine Siege. Übrigens, wenn Sartre und Witkiewicz und vielleicht andere das auch bereits bemerkt haben, brauche ich mich ja auch nicht zu schämen.

Versuchen wir es auf die folgende Art. Stellen wir uns vor, dass ich nicht rauche, nie geraucht habe, ein Nichtraucher bin. Schauen wir einmal, was dabei herauskommt.

Zweitens: Berufen wir eine Generalsstabssitzung ein. Um den Kopf vom Chaos und anderen furchtbaren Dingen zu reinigen, die kommen können und die ich fürchte, an die ich nicht denken will und die Gift für mich sind.

Drittens – rufen wir Dario Fo an, den ich überhaupt nicht anrufen will, aus Faulheit, aus Angst vor Menschen.

Viertens – nicht vergessen, dass ich von meinem Gefängnis profitiere, weil ich damit mein Bedürfnis nach Trägheit befriedige und meine Angst vor dem Unerwarteten stille.

Genug für heute. Und jetzt rauchen wir noch eine, wenn wir schon wissen, wie tugendhaft wir ab morgen sein werden.

Eben. Eigentlich liegt etwas durch und durch Abscheuliches in diesem so tugendhaften Programm.

Wenn die Menschen sündigen, dann vielleicht nicht so sehr aus Liebe zum Bösen als aus Widerwillen gegen die Tugend. Da spielt vielleicht das Christentum mit, wo der Begriff der Tugend mit dem Begriff der Belohnung verbunden ist. Tugend ist fast so etwas wie Denunziantentum. Zumindest denunziert man die anderen, die gerade nicht besonders tugendhaft sind, was ja immer wieder vorkommt.

Aber ist hier überhaupt von Tugend die Rede? Betrachten

wir es von einer anderen Seite: Ich übe einen bestimmten Beruf aus und tue das nicht sehr gewissenhaft. Ich bereite weder die Instrumente noch die Materialien so vor, wie ich sollte. Das hat nichts mit Tugend zu tun, sondern damit, mich so weit wie möglich der Umsetzung, der Erfüllung anzunähern. Ich will mich offenbaren – *unconcealment*.

Ich soll klar und effektiv denken, gerne. Doch ich erfülle bestimmte physische Faktoren nicht, die etc.

Ganz allgemein könnte man sagen, ich habe ein heimliches Bedürfnis, mir ständig etwas vorzuwerfen. Damit ich mich schuldiger und schlechter fühle, als ich bin. Wird darauf später der Vorwurf folgen, ich hätte mich unterschätzt? Nicht unbedingt, wenngleich es dieses Element durchaus gibt. Die Hauptsache ist aber die, dass ich mir gerne Vorwürfe mache. Warum? Ich weiß es wirklich nicht. Aber wenn ich es nicht weiß, dann könnte sich ja herausstellen, dass dieses Bedürfnis für mein Leben gar nicht wesentlich ist. Ich muss empirisch versuchen herauszufinden, ob es etwas ist, ohne das es mich nicht gäbe, oder etwas, ohne das ich ganz gut klarkomme, vielleicht sogar besser. Also einfach leben, ohne mir dabei absichtlich und sichtbar die Gelegenheiten für Gewissensbisse zu schaffen. Nichts Großes, nur kleine und überprüfbare Dinge.

Vielleicht passieren diese Verstöße gegen das Kleine Gewissen nur aus Unachtsamkeit. Denn ich lauere ständig auf Endgültigkeit, auf Großes und Außergewöhnliches, daher meine Unachtsamkeit. Die Unachtsamkeit ist vielleicht auch manchmal Absicht, ein Fehler in der Kalkulation: Wenn ich auf Kleinigkeiten nicht achtgebe, ob meine (symbolische) Pfeife durchbrennt oder nicht, dann bemerke ich es vielleicht eher. Das Unvermögen, mich zu entspannen, im Prinzip.

Vielleicht ist es ein veralteter Begriff: Den Anforderungen des Kleinen Gewissens gerecht zu werden ist mit Normalität verbunden, mit Durchschnittlichkeit, Begrenzung. Das kommt noch aus der Kindheit: Wasch dir die Ohren, sprich das Gebet. Die ersten Offenbarungen des Außergewöhnlichen, Signale des Endgültigen, habe ich irgendwie mechanisch hingenommen, unter Nichtbeachtung des Kleinen Gewissens. (Zur Schule gehen. Nicht so einfach. Ich ging nicht zur Schule, weil in mir ein Konflikt zwischen dem Endgültigen und dem Kleinen Gewissen entbrannt war. Letzteres schien mir so unverständlich seicht.) Das Endgültige durch den Außergewöhnlichen Umstand, der Außergewöhnliche Umstand als Netz, um das Endgültige einzufangen. Später, schon als Berufsjäger, verlor der Außergewöhnliche Umstand für mich an Bedeutung, man kann ja nicht permanent Außergewöhnliche Umstände herbeiführen. Ich bin übrigens Berufsjäger geworden, um besseres Werkzeug zu haben. Der Außergewöhnliche Umstand ist gut für Anfänger und Amateure.

Ja, ein unsauberes Kleines Gewissen ist vielleicht ein veraltetes Jäger-Werkzeug für die Jagd auf die Endgültigkeit. Um sie wahrzunehmen, sie nicht aus den Augen zu verlieren. Dieses Werkzeug taugt nicht. Und der permanente Außergewöhnliche Umstand führt zur Abstumpfung. Eine Pfeife anzuzünden ist (unter anderem) ein typischer Trick, sich einen Außergewöhnlichen Umstand künstlich herbeizuführen. Es ist eine kleine Übertretung und wird immer von einer Erwartung begleitet: »Jetzt passiert etwas.«

26. Dezember

Nichts geworden, denn als ich mich morgens hinsetzte, um eine kurze Erzählung zu schreiben, *Ona* (*Sie*)[46], bin ich bis zum Abend nicht aufgestanden, bis mir schlecht wurde. Vom Schreiben, Sitzen und Rauchen. Keine Reue. In so einem Fall bereue ich nichts.

Ich fürchte mich davor, dass morgen früh meine Einzelhaft zu Ende ist. Ich werde hinausgehen müssen und Dinge erledigen.

Fast vergessen: Ich möchte nach Paris ziehen.

30. Dezember, Samstag

Ich habe alte Briefe von Gombrowicz gefunden. Er gesteht mir ein paar Dinge zu, er spricht mir ein paar Dinge ab, beides mit Recht. Unter anderem spricht er mir ab: meinen »fehlenden Willen, mich aufzudrängen«. Eine sehr zutreffende Beobachtung. Ich bin ein ganz anderer Typ als er.

Wenn ich diesen seinen Satz wörtlich nehme: Gombrowicz lebt in der Funktion des Kampfes, und so schreibt er auch. Er ist der geborene Wettkämpfer, Mitspieler. Im Gegenteil zu mir. Um mich jemandem aufzudrängen, brauche ich vor allem das starke Gefühl, dass derjenige, so wie ich selbst, auf eine Art existiert, die es sinnvoll macht, mich aufzudrängen. Das ist der Schlüssel zu Gombrowiczs Philosophie und zu meiner Unzulänglichkeit.

Interessant wäre:

A – Ließe sich aus meinem »Mich-nicht-Aufdrängen« überhaupt eine Philosophie machen?

B – Könnte sie ebenso weitreichend sein wie eine Theorie des »Sich-Aufdrängens«?

Dafür müsste ich mehr über Philosophie wissen, meine Verwandten suchen, so es in den großen Strömungen der Philosophie welche gibt. Ich bezweifle, dass Nietzsche einer von ihnen war.

Keinen Zweifel gibt es, dass ich, ob ich will oder nicht, in einer »Welt des sich Aufdrängens« lebe. Trotzdem bin ich nicht geneigt, dieses Modell ganz zu übernehmen, als würde es alles erklären. Das Modell des »Sich-Aufdrängens« funktioniert im Zusammenleben mit einem Zweiten. Aber lebt denn der Mensch nicht völlig allein, für sich? Man könnte anhand dieser Frage prüfen, für wen man schreibt. Zweifellos ebenso für die anderen wie für sich selbst.

Trotzdem, um Profil zu zeigen, braucht man eine starke und genau definierte eigene »Philosophie«. In Anführungszeichen, denn es geht nicht um ein Konglomerat hirngeborener Ansichten, sondern um eine lebendige Philosophie. Damit kommt der Mensch auf die Welt, und man kann sie nur beleuchten, verstärken, ausbauen.

Stimmt, ich definiere mich nur im Zusammenspiel mit der Welt (mit anderen), ich weiß nicht, ob ich mich anders verorten könnte.

Später kommt das Gefühl für sich selbst, für die eigene Besonderheit, für eine Definition. Die Frage ist, ob die Definition nur eine Definition ist oder ob sie irgendwann auch ein Subjekt wird. Anders gefragt: Bin ich nur ein Partizip oder auch irgendwie ein Substantiv? (Nicht nur als Körper.)

Das Extreme bei G. deckt sich mit meinem: Wenn sich ein Mensch dermaßen aufdrängen muss, um sein Dasein zu demonstrieren, dann heißt es, dass es ihn gar nicht gibt. In der Praxis sind weder er noch ich besonders extrem. Es wären also nicht zwei Arten des Dasein, sondern zwei Arten des Nicht-Daseins. Ist ein System möglich, wo alles immer nur das Negativ von etwas anderem ist? Und wäre es ohne das eine möglich, das es schon gibt?

Dieses eine bin wahrscheinlich »ich«. Als Annahme, nicht als Tatsache. Jedes »ich« setzt sein eigenes Dasein voraus, um dann die anderen zu schaffen. Daraus würde folgen, dass das Dasein imstande ist, ständig neu zu schaffen, ohne je etwas fertig erschaffen zu haben. Und der Tod wäre keine Vernichtung von etwas Geschaffenem, sondern eine Unterbrechung des Schaffensaktes. Das ist meine Theorie des Daseins als Fast-Dasein. Das ewige »Komme-gleich«-Dasein. Aber wo ist da Platz, um sich aufzudrängen? Aufdrängen kann man nur etwas bereits Fertiges.

Zen, wie ich es verstehe, ist die Fähigkeit, an diesem delikaten Punkt zwischen nichts und alles das Gleichgewicht zu halten. Zwischen desperatem Sturz in das Dasein (westliche Haltung) und dem Sich-Fallenlassen in das Nichts – Hinduismus, wenn ich mich nicht irre.

Jedenfalls kann ich bei G. – wie immer – sein Leben und seine Aussagen nicht wörtlich nehmen und auf seine Literatur anwenden. Erstens darf ich nicht vergessen, dass es eher die Summe seiner Bestrebungen ist, das zu sein, was er sein will. Zweitens, wichtiger, ist es die Beschreibung des Zusammenpralls dieser Bestrebungen mit der Realität. Ein paar Schritte zurückgehend – mein »ich« muss den Grundstein zum eigenen Dasein legen, um andere Daseinsformen schaffen zu können. Das ist aber nur meine Annahme.

Jedenfalls: Sollte ich selbst nicht ganz real sein, gibt es keinen Grund zu der Annahme, dass alles um mich herum realer als ich ist. Diese Annahme wäre völlig beliebig. Aber sie existiert und kommt daher, dass sich das andere meistens durch Betrachtung darstellt, als Ding, das sich unrechtmäßig Vorzüglichkeit auf dem Gebiet des »ist« angeeignet hat.

1968

3. Januar, Mittwoch

Neujahr in Neapel. Zum ersten Mal gefiel mir diese Stadt wirklich, sogar besonders. (Nicht so ein normales »gefallen«.)

Das vergangene Jahr stimmte mit dem überein, was mir mein Horoskop prophezeit hatte.

Ich rauche zu viel.

Brief von Violetta Malocco aus Bytom. Leszek und Adam unterstützen mit Anmerkungen ihre Bitte. Leszek habe ich vor zwanzig Jahren kennengelernt, Adam ein Jahr später.

Ich verzichte auf den Titel des weltbesten Autofahrers. Siebenhundert Kilometer, und ich bin am Ende. Vielleicht mit einem Jaguar … Dieser vw macht mich fertig.

In wenigen Tagen werde ich mich damit nach Paris quälen. Und in Paris beginne ich ein neues Leben.

Der Tannenzapfen auf meinem Schreibtisch sieht aus wie ein Schwein. Oder wie eine fette Maus. Er hat ein Schwänzchen.

Heute bin ich nicht metaphysisch. Ich habe zu viele Briefe geschrieben.

Mein Bauch wächst. Abgesehen davon bin ich mager.

Eine Herztransplantation in Cape Town bringt mich seltsamerweise dazu, mich mit dem Tod anzufreunden (theoretisch). Bei geistiger Arbeit könnte sich herausstellen, wie es um meine Intelligenz bestellt ist. Müsste ich versuchen. Morgen.

Oh, dear.

11. Februar, nachts

Seit zwei Tagen liege ich im Bett und kuriere eine undefinierbare Erkältung oder Grippe aus. Ich kann nicht durchschlafen.

Kafka, *Tagebücher*: »Mein Leben ist das Zögern vor der Geburt.«[47]

Ich hatte die Absicht, über diese *Tagebücher* zu schreiben und bin dafür sogar aufgestanden. Das Thema war, ein Ziel im Leben zu finden. Geht nicht. Vielleicht wegen der Konfrontation mit der Schreibmaschine, vielleicht überhaupt. Solange ich im Dunkeln lag, wusste ich viel mehr und war bedeutend gescheiter.

Es gab den Moment, ab dem mir diese *Tagebücher* nicht mehr gefielen. Vielleicht, weil meine Tagebücher manchmal in dieselbe Kerbe schlagen. Das Äußerste charakterisiert sich dadurch, dass man es als Äußerstes nur einmal aufschreiben kann. Wenn es Tag für Tag notiert und dann in einem Zug gelesen wird, widerspricht es sich selbst. Sogar die größte Spannung kann monoton werden. Das ist ein literarischer Hinweis, er betrifft das Lesen und das Schreiben. Eine Anmerkung über das Leben. Meine großen Spannungszustände haben mich zermürbt, eben weil auch nach

Jahren nichts dabei herausgekommen ist, wo ich doch täglich ein Resultat erwartete. Ich bin immer skeptischer geworden. Vielleicht weil bei mir aus großer Spannung immer irgendwas herauskommen soll. Kafka hat sich von seinen Spannungen nie etwas versprochen. Außerdem war er sensibler und hatte viel mehr Schmerzen als ich. Der Vergleich gilt nur für die Gattung, natürlich keinesfalls für die Vergleichbarkeit des Niveaus. Kafka ist hier natürlich Nebensache. Ich will nur sagen, dass mir beim Lesen seiner Tagebücher klargeworden ist, dass mir der Schmerz als Schmerz, die Intensität als Intensität, die Sensibilität als Sensibilität nicht nur nichts zu meiner eigenen Sache zu sagen haben, sondern mir auch als Lektüre nicht besonders gefallen. Früher war das einmal anders.

Kafka suchte offensichtlich keine Lösung, kein Rezept, um das Leben zu meistern. Er war gewiss inspiriert, besessen, berufen, aber darauf kommt es nicht an. Ich werde mich nicht rechtfertigen, dass ich persönlich lieber ein Suchender bin.

Das Schreiben darüber ist nur bis zu einem gewissen Grad möglich, und warum ich dann überhaupt schreibe, ist mir schleierhaft. Gerade eben, als ich im Dunklen lag, wusste ich das alles viel besser, jetzt habe ich es zwar nicht vergessen, aber das Aufschreiben verändert sofort die Gestalt dieser Dinge. Warum sollte man sich also die Mühe machen, überhaupt etwas zu notieren? Es gibt keinen Grund. Es gibt nichts, was dadurch besser funktionieren würde. Ja, es ist komisch. Komisch. Ich lasse es lieber sein, schriftlich.

Ich bin nach Paris gezogen. Habe ich das schon erwähnt? In Paris habe ich eine Wohnung gemietet. Ich kann es selbst noch kaum glauben und schreibe diesen Satz nur auf, um diese Nachricht in mir zu festigen. Wie ein Bauer, der etwas gedruckt sehen muss, um es zu glauben.

14. Februar

So etwas wie Mittwoch, spät abends.

»Endlich bin ich allein.« (Hamlet, wenn ich nicht irre, die Szene vor dem Versuch, den König zu töten, der durch ein Gebet dann doch überlebte). Mara ist für einige Tage nach Paris gefahren, wegen der Wohnung. Mich freut dieses ungewöhnliche Alleinsein, aber das ist nicht gegen Sie gerichtet. Von allen mir bekannten Personen ist Sie zum geringsten Grad dafür verantwortlich, wie ich bin. Wenn keiner für mich verantwortlich ist, dann ist Sie es noch weniger.

Diese paar Tage Alleinsein gehören mir, ich werde sie zu gleichen Teilen der Rekollektion und dem Abschied von diesem Ort widmen, an dem ich viereinhalb Jahre verbracht habe. Ich mag *résumés,* immer schon (habe ich das auf Französisch richtig geschrieben? Das wird mich immer aufregen, meine Unfähigkeit, etwas richtig zu beherrschen, auch Französisch).

Meine Notizen werden trotzdem ungeordnet ausfallen.

Das Alleinsein verleiht mir vor allem das Gefühl einer ungewöhnlichen Leichtigkeit. Gleichzeitig, jedenfalls jetzt gerade, ein gewisses Verlorensein. Das kommt von den eben erlangten unbegrenzten Möglichkeiten.

Das Zusammenleben mit einem anderen besteht hauptsächlich aus Warten. Es beruht auf Warten, meistens.

Gleichzeitig, was mit dem gerade Geschriebenen nichts

zu tun hat, werde ich wieder gesund, nach einem schrecklichen Schnupfen oder einer Grippe. Das stimmt mich immer optimistisch. Doch gleich die Überlegung: Wie wird es sein, wenn der Moment kommt, in dem klar ist, dass man sich von etwas nie mehr erholen wird? Achtunddreißig Jahre, das scheint mir eine lange Zeit, um als Maschine zu funktionieren. Eine angenehme Überraschung: Die Fähigkeit zur Regeneration ist noch vorhanden.

Geliebt zu werden, das ist wohl die einzige, radikale Art, mit der Zufälligkeit seiner Existenz irgendwie fertigzuwerden. Gebraucht zu werden, als Einziger, als der, der man ist, ohne Rücksicht auf gewisse Eigenschaften, als physische Person. Das kommt einem sehr zugute bei der Antwort auf die Frage: »Warum?« Ich habe jedoch weniger Talent als jeder andere zu dieser Art von Zufriedenstellung. Ich kann auch ohne das mit mir fertig werden. Nicht, dass ich es überhaupt nicht brauche. Geliebt zu werden – das war mir schon immer eher peinlich. Vielleicht weil ich mich sofort dafür verantwortlich gefühlt habe, vielleicht unnötigerweise. Ich bin von Natur aus sehr skrupulös, es hat sicher mit meiner Angst zu tun. Das ist mir in einer der letzten, teilweise schlaflosen Nächte eingefallen. Sonst kann ich eigentlich gut schlafen.

Ich glaube, und das habe ich schon etliche Male geschrieben, dass ich schon zu lange lebe (wahrscheinlich eine Folge davon, dass ich nicht mehr ganz jung bin) und dass es ein Geschenk ist, dass ich überhaupt noch lebe. Gleichzeitig weiß ich, dass ich noch ein paar Dinge zu tun habe. Diese beiden Gefühle heben sich gegenseitig auf, es ergibt sich eine Art Gleichgewicht. Besonders in letzter Zeit, in der ich mich ja genau im mittleren Alter befinde.

Am wenigsten weiß ich, und am wenigsten ist die Sache geregelt, was ein anderer Mensch ist und wie das aussehen kann: ich und ein anderer. Nur »ich« – damit komme ich inzwischen schon besser zurecht. Vielleicht ist mir deshalb das Alleinsein so lieb. Es ist einfacher.

Die Erotik in der Ehe schläft ein, was keineswegs vulgär zu verstehen ist. Es ist eine Sache der Phantasie. Ob das gut oder schlecht ist, hängt von den Gegebenheiten und Ansprüchen ab. Allein ist leider nichts etwas, alles ist erst in Zusammenhang mit etwas etwas.

Mit diesen viereinhalb Jahren bin ich zufrieden. Ich bin auf die Beine gekommen, als einer, der nicht mehr in Polen ist, was auf vielerlei Art zu verstehen ist. Ich habe mir bewiesen, dass ich unter gewissen Bedingungen außerhalb Polens leben kann.

An diesem »ich und ein anderer« muss ich noch viel arbeiten.

Auch an der Angst. Gut gegen Angst ist es, sich immer wieder vorzuhalten, dass nur ein verschwindender Teil der Angst gerechtfertigt ist und etwas mit der Realität zu tun hat. Der Rest ist nichts anderes als die Angst vor den eigenen Gedanken. Vor einem Symbol der Realität, ganz losgelöst von dieser. Das ist unklar, aber ich weiß, wovon ich spreche.

Auch die Tatsache, dass der Mensch Angst haben will oder nicht will, ist schwer zu begreifen, aber es ist so.

Sich (also mich) darin zu bestärken, so paradox es klingt, nutzt auch dem anderen, in seiner Beziehung zu mir.

Äußerlich: Ich bin, minimal, aber doch, zu Wort gekommen, man hört allmählich ein wenig auf mich. Noch nicht so richtig. Aber wenn die Menschen einmal ein bisschen zuhören, dann hören sie so schnell nicht wieder damit auf. Aus Faulheit. Auf der Welt herrscht ein dauerndes Stimmengewirr, und die Menschen spitzen die Ohren, in vorgegebene Richtungen. Daher auch der Erfolg von Geschwafel und Gesindel. Zu Wort kommen kann man nicht unbedingt mit Rechthaben, mit der Wahrheit. Viele kommen zu Wort, weil sie sich aufdrängen, egal ob aus eigener Kraft oder mit Lobby. Es ist Gewäsch, aber es wird gehört. Sei's drum, ich werde mich nicht aufregen, unter der Bedingung, dass auch ich gehört werde.

Innerlich: Ich will erlöst werden. Ein heikles Thema.

Ich weiß, was für und was gegen alles spricht. Gleichzeitig strebe ich, was natürlich ist, nach einer Einheit. Was ich weiß, kann mir beim Schreiben nützen. In gewissem Sinne ist mein Interesse als Mensch im Konflikt mit meinem Interesse als Schriftsteller. Den Schriftsteller habe ich mir aber nicht ausgesucht, und ich will ihn nicht pflegen. Als Mensch stehe ich über ihm. Das sind primitive Behauptungen, eine derartige Dialektik wäre natürlich viel vertrackter. Ein primitives Interesse des Menschen ist es, ein Heiliger zu werden. Der Schriftsteller will nichts werden. Zumindest kein Heiliger.

Als anderen habe ich die Frau immer mehr respektiert als den Mann. Frauen scheinen mir die besseren Menschen zu sein. Sie interessieren mich nicht nur als Frauen, sondern als Möglichkeit, mehr über den anderen zu erfahren. Natürlich sind Frauen, so der Männerkodex, die schlechteren Menschen. Aber ich ignoriere diesen Kodex (in Grenzen). Damit das glaubwürdiger klingt, denke ich zum Beispiel an meine

Schwester. Sie ist für mich nicht so richtig eine Frau, auch wenn sie doch eine ist. Aber wenn es um sie geht, kann man mir am wenigsten vorwerfen, ein Mann zu sein.

In einem Reisebüro habe ich aus Langeweile eine große Weltkarte angeschaut. Ich fand die gänzliche Zufälligkeit der Kontinente, der Geographie umwerfend. Diese Konturen, Bergketten, Halbinseln, Inseln, Klimas etc. sind doch nur jeweils eine von unzähligen realisierbaren Möglichkeiten. Ich dachte über die Notwendigkeiten nach, die sich aus dieser Zufälligkeit ergeben. Über die Welt, wie sie ist. Später erweitertes Grübeln über die Notwendigkeit meiner eigenen Person für die Welt (Erde).

Ich habe Schluckauf, weil ich Gin trinke. Der erste Reflex eines Ehemanns, wenn seine Frau verreist, ist der, sich ein Gläschen Alkohol zu genehmigen. Sonderbar, ich könnte das auch in ihrer Gegenwart tun, sooft ich will. Aber es ist nicht dasselbe. Niemand schaut.

Der Unterschied zwischen Glück und Zufriedenheit. Angeblich hat Russell eine gefährliche Definition des Glücks formuliert. Er empfiehlt, an die Möglichkeit des Glücks zu glauben. (Etwas in der Art von im Einklang mit der Welt sein, Lebensgefühl und so weiter.) Eine gefährliche Möglichkeit.

Ich hätte gerne einen Freund, aber das ist nur so dahingesagt. Ab einem gewissen Alter ist Freundschaft wahrscheinlich unmöglich. Ich hatte großes Glück und habe Freundschaft erfahren (Leszek Herdegen). In unserer Beziehung gab es interessanterweise keinen Schatten, und wenn ich das sage, bin ich mir der erotischen Uneindeutigkeit und der Verantwortung bewusst. Vielleicht war es einfach nur die Solidarität zweier junger Männer, die vor Frauen noch ziemlich große Angst hatten und ihnen gegenüber ziemlich hilflos waren? Ich weiß nicht. Die Sache war jedenfalls »sauber« und authentisch. Als Beziehung mit einem anderen eine interessante Erfahrung. Sein späterer Alkoholismus hatte Gründe, ich weiß nicht, welche. Also weiß ich nicht, warum dann Schluss war. Was suchte er, was wollte er? Ich weiß es nicht. Wahrscheinlich werde ich es nie erfahren. Wovor hatte er Angst? Vielleicht haben wir uns im Umgang miteinander beide verändert, obwohl es für mich natürlich so aussieht, als hätte nur er sich verändert. Der Alkoholismus war Instrument und Effekt, aber von was? Ich finde, er hatte zu wenig Zivilcourage. Er wollte sich nie zu etwas bekennen, nicht einmal vor sich selbst – im Gegensatz zu mir. Mir wiederum fehlte es an Großmut.

Anderes Thema, hat mit Obigem nichts zu tun: Ich bin fähig, bis zum Äußersten zu gehen, unter der Bedingung, dass ich Sicherheit habe. Sicherheit habe ich fast nie. Man kann natürlich mit der Methode Fakten als Selbstzweck, das Äußerste als Selbstzweck operieren. Aber das ist mir nicht angeboren. Wenn ich zögere, wenn ich schwach bin, dann nur, weil ich keine Sicherheit habe. Ich muss mich nicht für meine Schwächen schämen wie für eine schwere Sünde – nicht nach meinen jahrelangen schweren Erfahrungen. Meine Schwäche resultiert aus ziemlich edlen Motiven. Stärke als Selbstzweck, das verachte ich. *Unconcealment* – das ist interessant und nützlich, diesen Weg müsste man einschlagen. Sich seiner selbst nicht schämen beziehungsweise dessen, was versteckt ist. Schlechtes Gewissen, ja, das ist eine unverzeihliche Schwäche, sie lässt sich nicht rechtfertigen. Eine Leiche im Schrank schwächt den Mörder.

Fehlende Sicherheit ist keine Sünde. Es ist eine Konzession an die Sache der »Welt«, der obersten Schicht einer beliebigen, schmutzigen und schäbigen Realität.

Herrlich – ich kann mich jetzt zum Beispiel angekleidet schlafen legen. Ohne Begründung. Alles kann ich – aber woher weiß ich, wie viel ich kann, wie viel ich einmal konnte? Wir dürfen da nicht den Staatsanwalt spielen.

Schade, dass bei den Frauen, wenn sie perfekte Menschen sein wollen, die Tatsache stört, dass sie Frauen sind.

Da sitze ich und schreibe, also allein, und alles ist wie ein Ei, das außerhalb meiner Reichweite liegt. Ich könnte es zerschlagen, aber dann wäre es kein Ei mehr. Also sitze ich da, mit meiner eigenen Unerreichbarkeit von allem, und versuche schreibend, doch irgendwohin zu kommen.

Denkaufgabe: Wie ist meine Angst beschaffen, und wovor fürchte ich mich?

11. März

Paris.

Ich wohne in Paris. Das ist etwas anderes, als in Paris zu sein, oder nach Paris zu fahren. Das Paris, in dem man wohnt, hört eigentlich auf, Paris zu sein. Es wird realer, wenn man annimmt, dass Worte die Wahrheit trüben, und weniger real, wenn man annimmt, dass Worte die einzige Wahrheit sind.

Ich neige zur ersten Version. Weil ich in diesem Moment einfach ein größeres Realitätsgefühl von Paris habe. Oder auch wieder nicht: Ich habe ein größeres Gefühl meiner eigenen Realität in Paris, hingegen verliere ich immer mehr das Gefühl für die Realität von Paris. Das führt mich auf Entdeckungsreise, ich möchte herausfinden, dass die einzige Wahrheit der Worte – vielleicht – die Worte sind, und die einzige Wahrheit der Wahrheit die Wahrheit ist. Das ist dumm, und ich muss darüber noch nachdenken.

Die einzige Wahrheit der Worte sind die Worte, aber die Worte sind nicht die Wahrheit der Wahrheit. Klingt schon besser, obwohl nicht gerade sinnvoll, eben wie ein Sinnspruch. Sinnsprüche kann ich nicht ausstehen. Ein Spruch ist ein Spruch und sonst gar nichts.

Der Tisch, das Fenster, die Aussicht aus dem Fenster, das Zimmer, die Straße, alles erinnert mich an Krakau, an meine Jugend in der Krupnicza-Straße. Das habe ich schon ungefähr dreimal in Briefen geschrieben, es reicht. Ich bin sehr schnell von mir selber gelangweilt, auch das habe ich bereits gesagt. Die Wiederholung in Briefen hat mir die ganze Sache verleidet, die ja eigentlich wichtig wäre. Ich schlage eine Diskussion zum Thema vor: Ist alles Schicksal oder Zufall? Ein hässlicher Kompromiss verlangt die Annahme: teils, teils. Langweilig, so ein Weder-noch: Schon wieder, leider, wiederhole ich mich.

In Polen werden Menschen mit Schlagstöcken traktiert, weil sie nach einer *konstytucja* (Konstitution, Verfassung) rufen. Es sieht nicht danach aus, als nähme das bald ein Ende. Und ich sitze in der warmen Emigration. Das ist nicht rühmlich. Unrühmlich ist die Rolle der polnischen Literaten, seit vielen Jahren, seit anderthalb Jahrhunderten. Auch daher Gewissensbisse (nicht allzu schwer). Was ich schreibe, wird von den Geschlagenen gelesen, gesehen, gehört und akzeptiert, nicht von den Schlägern. Wenn ich mitmachen wollte, könnte ich meinen Pass ins Getümmel werfen, die Schlagenden könnten den gut gebrauchen, um mich wegzuschaffen und mich als Schriftsteller von den Geschlagenen fernzuhalten. Das ist logisch, und diese Logik ist für mich nun einmal äußerst bequem.

Wieder in Paris, habe ich von nichts eine Ahnung. Ich bin sozusagen in der Freiheit gelandet, in einem Ozean von Beziehungen und Bezugspunkten, es ist ein Ozean, jedenfalls im Vergleich mit dem chiaviarischen Kloster.

14. März, Mittwoch

In der Zeitung las ich, dass die polnischen Studenten in Paris aus Solidarität mit den Warschauer Kollegen vor dem Mickiewicz-Denkmal demonstrieren wollen. Sollte ich je zurückgehen oder einfach nur so nach Polen fahren, dann werde ich als einer dastehen, der nicht mit dabei war, in einem Moment, als usw. Ich kann mich erinnern, was ich selbst nach dem Oktober '56 von denen hielt, die damals nicht mit dabei waren. Ich werde mich auch nicht gemeinsam mit den polnischen Studenten in Paris äußern. Das Schicksal der polnischen Schriftsteller in Paris ist erstaunlich und langweilig richtig, wie ich schon bemerkte. Es gibt für mich nur eine Art, mich dazu zu verhalten. Nicht so zu tun, als litte ich. Ich bin im Ausland, weil es mir da bessergeht. Übrigens wieder das ewige Problem der Polen, das Schriftsteller wie ich haben: »Zu den Waffen« eilen, oder lieber aufpassen, dass ich als Schriftsteller usw. Derzeit zumindest nur ansatzweise, eine Erinnerung daran, es passiert noch nichts Gravierendes. Aber es könnte passieren. Der Moment könnte kommen, wo mein Stillhalten verdächtig wird, unethisch. Abwarten, mal sehen.

Gestern wurde ich beinahe von der Grenzpolizei verhaftet, wegen des Autos. Natürlich nur in meiner Phantasie verhaftet. Mein Leben hier ist viel lebendiger als in Chiavari. Noch vor einer Woche hätte ich nicht gedacht, dass ich zwei Stunden auf einer Polizeiwache verbringe, mit diesem bekannten, unangenehmen Gefühl im Bauch, auch wenn ich nichts zu befürchten hatte. Ich könnte viel über französische Behörden und ihre zum Teil imponierenden Eigenschaften schreiben. Wie ich von den Polizisten in Zivil zu einem Aperitiv eingeladen wurde, einer von ihnen war ein Farbiger. Auffallend war, dass alle Polizisten bedeutend jünger sind als ich.

Leo L. ist für eine Weile gekommen, ein sehr gescheiter und sympathischer Mensch.

15. April, Karmontag

Seit drei Tagen bereitet sich über mir jemand auf eine Prüfung vor, mit Hilfe eines Tonbands. Schon den dritten Tag höre ich dieselbe Stimme, die sehr eindringlich etwas vorträgt, ich weiß aber nicht, was. Immer wieder dasselbe. Kein Erbarmen mit mir.

Immer wenn ich mir sicher war, dass ich Talent habe und mich mittels Schreiben aufdrängen muss und will, habe ich etwas geschrieben, was Bestand hatte. Noch nie habe ich aus einem gegenteiligen Gefühl heraus zufällig etwas Gutes geschrieben, woraufhin es mir besserging und ich an mich glaubte. Also steht es momentan schlecht, weil ich derzeit nicht an mich glaube.

Als hätte ich nicht solche himmelblauen Sonntage gekannt, solche Ostern, wie auf einer einsamen und kargen Insel. Gefangen. Nur dass ich auf dieser Insel, schon seit vielen Jahren, weder Talent noch Kraft zu solcher Hoffnung aufbringen kann wie damals. So viele Male wollte ich fliehen, und so viele Male ist es mir nicht gelungen, auch wenn ich kurz davor war. Was für ein Teufel hat mich hierher vertrieben? Etwa ich selber? Und natürlich, wenn es einmal nicht geklappt hat, ist damit nicht gesagt, dass es beim nächsten Mal auch nicht klappt, aber das ist nur Logik, sonst nichts.

Meine Schwäche kommt daher, dass ich zeit meines Lebens unverwundbar sein wollte. So war ich mein ganzes Leben in der Defensive. Ich habe mich immer verteidigt, bin nie zur Attacke übergegangen. Aber wie kann jemand gewinnen, der nie etwas riskiert? Aber bitte ohne Überheblichkeit. Damit es nicht weh tut, das ist doch menschlich. Vielleicht stülpe ich mir den Menschen einfach über.

15. April

Sławomir Mrożeczek.[48]

Liebe Tereska,

Eben kommen wir von Dir zurück. Ich glaube, ich habe wieder dummes Zeug geschwafelt, ich bin nie zufrieden mit meinem Geschwätz. Ich nehme es mir immer übel, wenn ich etwas sage, nie kann ich etwas klar, treffend und angemessen formulieren, ich habe nur eine vage Ahnung von dem, was ich sagen will, zu wenig, um es auszusprechen, erst wenn ich schreibe, denke ich klarer und geordneter, vielleicht weil das Schreiben während des Schreibens größeren Widerstand leistet als das Sprechen, es zwingt zu Ordnung und zu Langsamkeit, und langsamer geht alles besser. Aber weil unser Gespräch so angenehm und irgendwie gut war, möchte ich es nicht wie einen Haufen Kraut und Rüben stehen lassen, die ich durcheinandergeworfen habe, sondern meinen, nur meinen Teil irgendwie zurechtrücken. Hinter mir aufräumen.

Dieser Satz von den »Heiligen des Kommunismus« lässt mich nicht mehr los, ich kann nichts dafür. Darin ist etwas Bedenkenswertes, was auch ein Schlüssel sein könnte. Es ist das Ende eines Fadens, der uns zum Knäuel führen könnte.

Ich beginne mit etwas, was mich immer wieder erschüttert, und worüber ich oft nachdenke. Wie kommt es, dass fast alle, mehr oder weniger oder gar nicht bewusst, alle intelligenten Polen, also wir und alle intelligenten Menschen überhaupt und andernorts, wie in einer leichten Dunstwolke leben, als wären wir irgendwie … nein, das kann ich nicht so einfach beschreiben, fassen, als wären wir mit all unseren Erfahrungen und Überlegungen, Prinzipien und Sinnen und Empfindlichkeiten – als wären wir vernebelt, verzaubert. Nein, das auch wieder nicht, als lebten wir in einer größeren Atmosphäre, als wären wir ein Teil von einem größeren Ganzen, aus dem wir uns nicht befreien können. Wie nüchtern wir sonst auch sind, so sind wir doch irgendwie lahmgelegt, verloren, willenlos gemacht, durch etwas, was man brutal »Kommunismus« nennen könnte, aber vielleicht auch Fortschrittlichkeit, Fortschrittsideen, als hätten wir trotz allem Schuldgefühle und seien uns unser selbst nicht sicher. Als wollten wir, ohne es zu können, dazu Distanz gewinnen, ein Urteil haben, als würden wir irgendwie unklar irgendwas bejahen. Bitte mich richtig zu verstehen, es geht mir hier nicht um Sympathien, um Gottes willen, aber um eine Art Hypnosezustand, wir sind diesem allem gegenüber irgendwie wehrlos, handlungsunfähig. Ich flehe Dich an, glaube mir, es geht gar nicht um militanten »Antikommunismus«. Es geht nur um die eigene Eigenheit, und ein militanter Antikommunismus wäre genauso eine kommunistische Versklavung wie der Präkommunismus, genauso eine hoffnungslose Verwicklung in die Sache.

Ich glaube, es beginnt schon mit der sakramentalen Frage, welches Regime besser ist. Der Kapitalismus ist grausam und kalt, also unmenschlich (wegen eindeutiger und sanktionierter Ungleichheit), und der Kommunismus ist zwar eine schöne Idee, nur bei der Ausführung hapert's. Was die »Idee« betrifft, kommt der Kommunismus besser weg, weil der Geist stark ist, auch wenn das Fleisch schwächelt.

Dem Kapitalismus liegt keine Idee zugrunde. Wenn wir davon ausgehen, eine Idee sei besser als keine Idee, dann hat der Kommunismus automatisch einen dämonischen Vorteil.

Diese Frage scheint mir sinnlos, wir fangen bloß deshalb immer wieder damit an, weil wir keine Position finden, in der wir das eine ebenso wie das andere sehen. Nicht zwei Hunde, die einander anknurren, nicht zwei verschiedene Mietobjekte, sondern zwei Dinge, die sich auf etwas Drittes beziehen. Wir können keine eigene, übergeordnete und synthetisierende Instanz finden und ergehen uns im hoffnungslosen und unlösbaren Gegenüberstellen der beiden Dinge, mit der ebenso hoffnungslosen Anstrengung, sie zu bewerten.

Ich will keine Zweifel daran lassen und sofort betonen, dass ich es auch nicht kann, aber alle Sinne, Geist und Intuition sagen mir, dass es so, wie es ist, nicht richtig ist, dass es nirgendwohin führt, dass die Sache auf einer höheren Ebene stattfindet.

Ich glaube, der Fehler beginnt damit, dass wir die Frage so hinnehmen, wie sie gestellt wurde, ohne ihr ins Maul zu schauen. Aber die Erfahrung hat gezeigt, dass der Fragesteller immer im Vorteil ist. Wenn wir die uns gestellten Fragen nicht genau unter die Lupe nehmen, sondern nur blind anerkennen, dass es gute Fragen sind, dann brauchen wir uns nicht zu wundern, wenn wir uns später schwitzend damit herumschlagen müssen und keine Antwort finden. Dann triumphiert der Fragende, und wir kapitulieren, beschämt und grollend, womit wir die Überlegenheit des Fragenden anerkennen.

So eine tückische Erpresserfrage ist: »Also gut, vielleicht gibt es nichts zu essen, vielleicht wimmelt es hier von Geheimpolizisten, aber es geht doch um das Wohlergehen der anderen, von allen anderen, nicht um meines, um Himmels willen, keiner soll es besser haben als ein anderer, keiner soll hungrig sein, auch wenn vielleicht nicht alle ganz satt sind, und trotzdem, trotz aller Fehler ist das alles viel edelmütiger, weil alles von reinstem Altruismus herrührt, während hingegen …«

Wir nicken, möchten zaghaft daran erinnern, dass es aber doch die Geheimpolizei gibt, die Ungleichheit, die Ungerechtigkeit, worauf der Fragende sagt, dass der Mensch schwach und fehlbar ist, aber doch, mit der Zeit, im Laufe der Generationen etc. – so quasseln wir endlos dahin, aber die erpresserische Annahme lassen wir unberührt: Dass die Basis von allem doch der reine, großartige, außer Frage stehende Altruismus ist, denn wie kann der Altruismus in Frage gestellt werden? Wir versuchen, die Ausführung in Frage zu stellen, aber die Ausführung kann man verteidigen. Und so sitzt in uns, den Erpressten, der gottesfürchtige Respekt für das reine Prinzipium, den Altruismus – alles für die anderen, also Edelmut, Aufopferung, alles Sachen, die keiner Diskussion bedürfen.

Wir werden aber gerade als Gottesfürchtige erpresst, das alles reicht sehr weit und tief.

Es beginnt wohl damit, dass wir alle Christen sind, es beginnt mit dem Christentum, dem Beginn unserer Zivilisation. Und im Christentum ist die Ethik mit der Religion verschweißt. Das ist nicht in jeder Religion so. Soviel ich weiß, ist zum Beispiel in Asien die Ethik von der Religion getrennt. Konfuzius war für die Ethik zuständig und Buddha für die Religion, was, wie ich finde, sowohl der Ethik als auch der Religion gutgetan hat. Kein Mensch wurde von einem anderen Menschen an seiner Religionsausübung gehindert, denn zwischenmenschliche Angelegenheiten waren gesondert geregelt. Wenn in der Religion das Töten nicht gerade empfohlen wurde, dann nicht, weil Buddha tödlich beleidigt gewesen wäre, sondern weil es einem Menschen, der etwas mit Buddha gemeinsam haben wollte, nicht nützlich gewesen wäre. Es hätte zu einer Art Durcheinander oder Distraktion geführt, ansonsten war es ganz egal.

Für uns freiwillige oder unfreiwillige Christen, für die Christen im weitesten Sinne, wurde die Ethik natürlich zu etwas übernatürlich Heiligem. Denn bei uns war es Gotteslästerung zu sagen: Mein Nachbar geht mich nichts an, der Schlag soll ihn treffen, denn ich bin mit dem Herrgott beschäftigt. Und das ist immer noch so, egal, ob einer gläubig ist oder nicht: Wir kommen aus der Glaubenskultur. Die Angst vor der Gotteslästerung ist geblieben, die Heuchelei.

Jetzt kommt der Kommunist und spricht: Gott gibt es nicht, und der Nachbar geht vor. Für andere Menschen muss man alles tun. Dazu übertreibt er, denn wenn das Gebot gebietet: »Liebe deinen Nächsten wie dich selbst«, setzt der Kommunist salbungsvoll noch eins drauf und gebietet: »Liebe den Nächsten« – ohne an sich selbst zu denken. Was übrigens eindeutige Hochstaplerei ist, denn natürlich kann man sich nicht selber wegkürzen. Man kann nicht so tun, als existierte man gar nicht. Aber ist das schon alles? Der Kommunist ist ein Bastardkind der Abstraktion, und das Christentum hat ja doch etwas mit dem Menschen aus Fleisch und Blut zu tun. Der Kommunist ist nicht zimperlich, sondern geht aufs Ganze. Wenn er nun sagt: »Liebe deinen Nächsten« (auch wenn er sich selbst dabei nicht erwähnt), wird er auf jeden Fall besser und edler als der Christ sein, weniger Egoist. Er verwandelt den Nächsten in »die Menschheit«, wodurch er schon vollkommen edelmütig dasteht, weil der Nächste doch nur ein Bestandteil und die Menschheit das große Ganze ist. Zusätzlich erteilt er die Erlaubnis, dem Nächsten in die Fresse zu hauen, zum Wohl der Menschheit.

Ich will darauf hinaus, dass der »antichristliche« Kommunismus in der christlichen Kultur entstanden ist, aber das Wegstreichen des Herrgotts führte zur »Entartung« dessen, was im Christentum »menschlich« ist, eine *Elephantiasis* des menschlichen Elements im Christentum.

Nachdem der Kommunismus sich so in Position gebracht hatte, zog er daraus listig zahlreichen Nutzen. Erstens, indem er sich scheinbar dem Christentum widersetzte, ihm aber doch seine Insignien nahm und darin paradierte, vor allem im Mantel des Altruismus. Und da der Altruismus im Christentum eigentlich heilig ist, weil Gott persönlich ihn gebot, und weil der atheistische Kommunismus im Gewand des Altruismus paradiert, können wir die religiöse Verehrung für diese Krone nicht abwerfen, die sich der Kommunist selbst feierlich aufgesetzt hat. Es ist zwar eine Krone auf einem gottlosen Haupt, aber heilig. Daher irgendwie unpassend, sie anzuspucken, auch wenn man manchmal Lust dazu hätte. Und darin sehe ich das Erpresserische des Kommunisten, er untergräbt das Christentum und macht sich daran, seinen Wert herabzumindern. Es ist eine Ethik, die vorgibt, Religion zu sein.

Jetzt wären ein paar allgemeine Worte über den Altruismus am Platz. Auf den ersten Blick, wenn wir die Krone auf dem Haupt des Usurpators sehen, packt uns die Ehrfurcht, wir senken den Blick und sehen nicht genauer hin. Aber die Krone ist schon nicht mehr die gleiche. Denn der christliche Altruismus war göttlich. Das Gute, das man dem Nachbarn tat, sollte in Hinblick auf den Herrgott getan werden. Wenn wir aus dieser Konstruktion den Herrgott wegstreichen, bleibt nur: »Dem Nachbarn Gutes tun.« Und hier drängt sich die Frage auf: Warum eigentlich, um Himmels willen? Wozu?

In der Warschauer Straßenbahn bekommen wir täglich bestätigt, dass gerade im sogenannten Sozialismus der tägliche, dumpfe, verbitterte Hass der Menschen aufeinander blüht und gedeiht, ein dumpfer, zorniger Groll auf alles und jeden. Und was die »Heiligen des Kommunismus« angeht… Wahrscheinlich soll man sich darunter die Menschen vorstellen, die das Martyrium im Namen der Idee des Kommunismus auf sich genommen haben. Der Wert des Kommunismus besteht also in der Überlegung: Wenn jemand sich dafür das eine oder andere abschneiden hat lassen, dann muss doch etwas dran sein.

Was wiederum impliziert, dass wir selbst nicht wissen, was das sein könnte, aber sie wissen es offenbar, also ist Vorsicht angebracht.

Ich bin nicht überzeugt davon, dass, wenn sich jemand für etwas töten ließ, dies den absoluten Wert, die Richtigkeit dessen belegt, wofür er sich töten ließ. Es zeugt eher von der schätzenswerten Begabung eines Menschen beziehungsweise vom Bedürfnis eines Menschen, sich selbst zu definieren, einen außergewöhnlichen Grad der Gewissheit in dieser Definition zu erlangen. Es zeugt vom außergewöhnlichen Talent, sich der eigenen, angeborenen Gestaltlosigkeit zu widersetzen. Nicht immer zeugt die Tatsache, dass jemand sich für etwas töten ließ, von der ideologischen Wichtigkeit dessen, wofür er sich töten ließ. Denn es gab trotzdem sehr viele Belanglosigkeiten, in deren Dienst sich die Märtyrer stellten. Etwa, neben den Heiligen des Himmels, den Chevalier de la Barre, den Namensgeber meiner Straße, der sich lieber köpfen ließ, als den Hut vor einer Prozession zu lüpfen. Noch weiter gehen die buddhistischen Mönche, die sich mit Benzin übergießen und sich für den Frieden verbrennen, oder die Kamikazekämpfer, die sich für das Wohl eines Kriegs in die Luft jagen. Es ließen sich auch Stoiker finden, denen die Tyrannen die Zunge herausschnitten, weil es um Prinzipien ging, die den Stoikern wichtiger waren als ihre Zungen. In jedem Fall geht es nur um einen Grad der konzentrierten Phantasie, also um eine Art Idee, egal was für eine. Wenn es keine Märtyrer für den Kapitalismus oder für den Faschismus gab, dann deshalb, weil beide der Phantasie nichts zu bieten hatten.

Geld ist Geld, und viele ließen sich dafür töten. Das waren Märtyrer, aber keine Heiligen, weil Geld etwas Konkretes ist. Ein heiliger Märtyrer leidet aber für eine Idee, also für die Phantasie. Der Faschismus als simpler, intellektuell primitiver Kraftkult wirkte auch im Bereich des Konkreten. Ein Faschist, von Feinden gefangen genommen, weiß nicht, warum er als guter Faschist nicht mit allem einverstanden sein soll, was die Feinde von ihm verlangen. Sie haben ihn gefangen, also sind sie stärker.

Heilige Märtyrer hat es also viele gegeben, in verschiedener Sache. Aber wenn wir »heiliger Kommunismus« sagen, wirkt in uns wieder diese atavistische christliche Verehrung für die Heiligen des Himmels, die einzigen Heiligen, die wirklich als Heilige gelten, und schon scheint der Kommunist dadurch etwas heiliger. Das ist sprachlicher Missbrauch. Heilige sind für uns, in der christlichen Kultur, einfach Heilige. Wenn wir dieses Wort später mit gewissem Pathos aussprechen, dann gebrauchen wir es bereits weltlich, aber das

Echo bleibt. Auf dem Missbrauch, dem Verbiegen der Sprache beruht die Poesie, aber wenn wir poetische Sprache für historische und soziologische Überlegungen verwenden, dann würde das Verwirrung stiften.

Ganz allgemein wäre es gut, über diese Dinge nachzudenken, ohne sich auf Erpressung einzulassen. Zum Beispiel (ein kleines, nicht sehr relevantes Beispiel, aber deutlich): Die Sowjetunion flirtet mit Russland. Anders gesagt: »Schwarze Augen«[49], russische Literatur (vorrevolutionäre Klassiker), Samoware, Troiken, Dostojewskij, Seelenschmerz – dafür würde man als Franzose oder Engländer gerne einen Abstecher nach Moskau machen. Niemand fährt wegen eines golden angemalten Lenin-Denkmals aus Gips dorthin, und auch nicht wegen der Milizionäre mit ihren himbeerrot umrandeten Kappen. Aber das Verlockende sind die Reste dessen, was die UdSSR vernichtet hat und immer noch verbissen vernichtet, wie diese Jakobiner, die Royaumont zerlegt haben. Die UdSSR hat es vernichtet, aber sie schmückt sich gern mit diesem Gewand, weil sie von sich aus eine abscheuliche Fratze hat, aber einen Köder braucht. Sie rühmt sich mit Tolstoi, aber Tolstoi würde heute im Lager sitzen, erstens als Graf, zweitens als Mystiker, drittens als Schriftsteller.

Entschuldige bitte, dass ich mich darüber so lang und breit auslasse, wundert Dich das? Aber irgendwie wollte ich es noch hinzufügen. Der Kommunismus ist gar keine Religion, wie manchmal gedankenlos behauptet wird. Er hat die Religion getötet, ihr die Papiere gestohlen und sein Bild in ihren Ausweis geklebt, womit er sich jetzt legitimiert. Was nur so lange gutgehen kann, wie die Papiere nicht genau kontrolliert werden.

Nun gut, genug davon. (Jedenfalls mit so was: »Trotzdem sind doch alle irgendwie gleicher und keiner hat Hunger, obwohl auch keiner richtig satt ist, und überhaupt gibt es nicht solche Skandale wie im Kapitalismus.« Schon ohne postreligiöse Verehrung des Altruismus, da könnte man noch etwas darüber sagen.)

Noch einmal Entschuldigung und viele Grüße.

24. Mai

In Frankreich ist eine Revolution ausgebrochen.

Wenn Altern bedeutet, einen Zyklus durchzumachen und zum gleichen Ort zurückzukehren, an dem man schon gewesen ist, dann bin ich gealtert. Privat und historisch. Alles, was ich jetzt sehe, scheint mir ekelhaft alt zu sein. Altern bedeutet wahrscheinlich auch, ein Alter abzuwarten, in dem man den Zwanzigjährigen eine ganze Generation voraus ist.

Sie versprechen mir, dass mein Leben sich total verändert. Ich danke artig. Soviel ich sehe, wollen sie mich zwangsbeglücken. Ich kann es ihnen nicht verübeln, dass sie so sind, wie sie sind. Sie gehören zu denen, die selbst, in sich, noch nicht sehr weit gekommen sind – nirgendwohin, angesichts der Ewigkeit –, aber sehr weit auf der Skala eines Menschenlebens. Diese Entfernung kann man mir nicht mehr nehmen. Schlimmstenfalls können sie mich nur liquidieren.

Da kann man sehen, wie sich großer Terror und große Lüge auszahlt. Und wie sich ein bisschen Freiheit und ein wenig Terror überhaupt nicht auszahlt. Totale Freiheit und totale Wahrheit ist nicht möglich, weil es mehr als einen

Menschen gibt. Hingegen historisch ist totaler Terror und totale Lüge möglich. Angesichts dessen…

Sie wollen nicht mehr Freiheit und mehr Wahrheit. Sie wollen das Absolute. Verstehe, das will ich ja auch. Privat und öffentlich.

Wenn ich das beschreiben sollte, wo ich mich nach all den Jahren privat und öffentlich befinde, müsste ich sagen: leer. Alles verlassen. Wenn es ein Gefängnis wäre, dann könnte ich die Wände abklopfen. Aber es ist eher ein Gefängnis an der frischen Luft, auf freiem Feld, ich bin vom Raum in jeder Richtung beschränkt. Das ganze Terrain, so weit das Auge reicht, sieht aus wie ein zertrampelter Lehmboden. Da wächst kein Gras mehr.

Ich könnte die beneiden, die etwas Neues spüren. Letztlich lebt man von dem, was man noch hat. Bald ist es ein Jahr her, dass ich meine letzte Illusion verloren habe, gelobt sei sie, denn ihr verdanke ich viel. Wäre es möglich, sie noch einmal zu haben?

Schwacher Druck in meinem Kessel. Wenn ich schreibe, dann nur, weil ich Hand und Kopf dazu zwinge, von selbst wollen sie nicht. Hand und Kopf, beide sind einsam. Jene aber pumpen sich gegenseitig auf, vergessen ihre einsamen Hände und Köpfe, sie kneten und wärmen sich gegenseitig, umschwirren sich wie in einem Taubenschlag.

Nicht auszudenken, dass sie sich auch nur eine halbe Stunde trennten, sich in ihre Winkel zurückzögen und an das Gleiche dächten, aber allein, mit ihren eigenen, einsamen Köpfen.

Damit es ihnen gutgeht, muss es von ihnen mindestens ein paar tausend geben. Sie treffen sich am liebsten nachts.

Dann glauben sie, sie müssen mindestens zu tausend sein, um sich wohl zu fühlen. Ich kann nicht leben, ohne ganz allein zu sein. Kann es etwas Gegensätzlicheres geben?

Wohin kann ich vor der Dummheit flüchten? Ich habe doch genug mit meiner eigenen zu kämpfen, komme kaum mit ihr zu Rande. Aber wenn die Dummheit der Welt noch aggressiver wird, dann übersteigt schon diese einfache Aufgabe sämtliche Kräfte.

Die unschuldigen Dummen.

5. Juni, Mittwoch

Heute kommt Teresa L. B. herein und sagt, dass der zweite Kennedy fast umgebracht worden wäre. (Andrzej, mein Schwager, war eben vor einer Stunde fortgefahren.) Und ich, der heute nach Argentinien fliegen sollte, habe mich gedrückt, bin nicht geflogen, ich will nicht. Irgendetwas in mir ist kaputtgegangen, und ich fliege nicht.

Die Welt ist inzwischen so eine schreckliche Lasterhöhle, dass es große Gedanken braucht, um über sie nachzudenken. Demokratie, Freiheit, Unabhängigkeit des Einzelnen, das Gesetz, wenn ich mich nicht irre, ist eine sehr späte Erfindung, und außerdem lokal beschränkt.

Außerdem gibt es angeblich Flecken auf der Sonne.

Die Welt stört mich beim Leben.

Ich muss das alles überdenken und es für mich irgendwie anders ordnen.

6. Juni, Donnerstag

In Goethe baden.

Sollte ich einen Katalog meiner heutigen Verkörperungen erstellen, dann sähe er so aus:

Gymnastik – Yoga. Gleich darauf jemand, der sich aufregt, weil er nicht sein gewohntes weiches Ei bekommen hat. Ein Reflexionist, der sich nach einem Streit selbst analysiert und Klarheit gewinnt über den tatsächlichen, nicht den scheinbaren Grund für den Streit. Mit diesem Grund, der ihm bewusst geworden ist, veredelt er den Streit ein wenig.

Ein frustrierter Schriftsteller, der verzweifelt über einem Blatt Papier sitzt.

Ein selbstgefälliger Schriftsteller, der zufrieden feststellt, wie treffend und entschieden seine für das schwedische Radio vorbereiteten Antworten sind, was für eine Männlichkeit und Kraft sie widerspiegeln. Wer weiß, vielleicht bin ich großartig? (Revanche für die vergangene Stunde der Frustration.)

Ein verdrossener Automobilist, der sich zwei Stunden lang ans andere Ende von Paris quält. Trübsinnige Versuche, diese zwei Stunden irgendwie zu nutzen, erfolglos. Beobachtungen wie das Erledigen von Hausaufgaben, ohne Resultate. Platte und seichte Überlegungen zur Großstadt, zur Zivilisation und deren Krise. Die Demütigung, dass ich dieser Situation eigentlich nicht entkommen, sie mir aber auch nicht zunutze machen konnte, bedingt durch physische, nervliche Ermüdung, die sich so ordinär zeigte.

Duett mit Piotr R. zum Thema Welt, Leben, Zivilisation, also ein richtiges Piotrisieren, wie könnte es anders sein? Ich bin piotrisch, stimmt, aber piotrisiert. Obwohl Piotr mich weniger piotrisiert, als mich Jaś jaśisiert. Ein Geheimnis, warum das so ist. Rückkehr nach Hause, ganz ohne Farbe.

Kurzes Knurren als Zeichen für mich selbst, dass ich allein sein will, dass es mir schlechter geht, wenn ich nicht allein bin. Mich in Goethe vertiefen. Anzeichen der Selbstvernachlässigung (ohne die für meine Augen notwendigen Erholungsmaßnahmen, irgendwie mache ich sie aber doch).

Anruf von Jaś. Meine Faulheit bei diesem Telefonat. Meine vollständige Verjaśisierung durch Jaś.

Die Frage, ob sich irgendjemand sławomirisiert fühlt.

Und hier bin ich.

Eine Serie von Maskeraden, Rollenspielen. Mühsam. Ich halte das für überflüssig. Vielleicht täusche ich mich? Könnte sein, dass so viel Koketterie nicht sein muss. Mit den Situationen und Menschen könnte man wohl etwas besser umgehen, als ich es tue, weniger nach Gefallen heischen, als ich es tue. Vielleicht wäre es dann weniger mühsam und langweilig. (Präzisierung: Ich langweile mich selbst mit mir, mit Menschen und Situationen, nicht sie mich.) Ich halte mich nicht zurück, Goethe heranzuziehen, unter dessen Einfluss ich schreibe:

»Es ist eine große Torheit zu verlangen, dass die Menschen zu uns harmonieren sollen. Ich habe es nie getan. Ich habe einen Menschen immer nur als ein für sich bestehendes Individuum angesehen, das ich zu erforschen und das ich in seiner Eigentümlichkeit kennenzulernen verlangte, wovon ich aber durchaus keine weitere Sympathie verlange. Dadurch habe ich es nun dahin gebracht, mit jedem Menschen umgehen zu können, und dadurch allein entsteht die Kenntnis mannigfaltiger Charaktere so wie die nötige Gewandtheit im Leben. Denn gerade bei widerstrebenden Naturen muss man sich zusammennehmen, um mit ihnen durchzukommen, und dadurch werden alle die verschiedenen Seiten in uns angeregt und zur Entwickelung und Ausbildung gebracht, so dass man sich denn bald jedem Vis-à-vis gewachsen fühlt.«[50]

Sind die seltenen, allzu seltenen Momente, in denen ich mit den Menschen am besten zurechtkomme, nicht die, in denen ich das anwende? Hier aber ein Beispiel, wie man durch die umgekehrte Vorgehensweise den erwünschten Effekt erzielt.

Piotr: »Die Usurpation der Logik basiert auf der Annahme einer Identität als Wahrheit: A ist gleich A.« Tatsächlich, das stimmt, wenn wir uns ausschließlich in einem geschlossenen System bewegen, und dieses System, wenn es geschlossen ist, umfasst nicht viel, und das nur auf einem bestimmten Gebiet, meistens auf dem der Algebra. Ein ungestilltes Bedürfnis zum Beispiel ist unerträglich. Warum bringt das Stillen des Bedürfnisses in vielen Fällen keine Befriedigung? Warum tut man gerne das, was schädlich ist? Warum erweist sich das Interesse an Menschen als *individus existants pour eux-mêmes* als das wirksamste Mittel, damit sie für mich da sind? (Weitere Beispiele möchte ich nicht anführen.)

»Das Negative ist nichts«, sagt Goethe auch.[51]

WO IST MEIN HEUTIGER TAG, WER GIBT MIR DEN HEUTIGEN TAG ZURÜCK, WAS IST VON IHM GEBLIEBEN, IST ES MEHR ALS EIN WINZIGES FLACKERN, EIN PAAR WELLEN AUF EINEM QUADRATMETER DER MEERESOBERFLÄCHE?

Ein paar Zeichen in meinem Gedächtnis. Aber keineswegs von Dauer, sie sind in Bewegung. Die Erinnerung ist nur ein weiteres Meer, ebenso ein Flackern und Wellenschlagen eines Meeres, diesmal schon ein Phantom-Meer oder eher ein Phantom-Phantom, weil schließlich auch eine Realität dieses Tages …

7. Juni

Es ist weg. Ich bin weg, alles, was mich ausgemacht hat, ist weg, seitdem ich im Westen bin. Warum bin ich bloß hierhergekommen?

Man darf sich keine Illusionen machen, Reformen, Centrosinistra, Sozialdemokratie, New Frontier, glückselig, vernünftig und schwierig, und doch ehrwürdig, geduldig und humanistisch, schon nah der Morgenröte, das alles existiert organisch als Perspektive nur in den frommen Wünschen einiger zum Scheitern verurteilter Intelligenzler, dem Produkt der parlamentarischen Epoche. Und das wundert mich nicht einmal. Es ist ebenso schwach, es passt ebenso wenig zum Leben, wie die Theorien *ex cathedra* von B. P. nicht zu seinem Leben passen.

Das alles habe ich, plötzlich und brutal, erst jetzt verspürt, im Laufe eines Monats. Mir ist gar nicht recht bewusst geworden, was für eine Veränderung das für mich ist, so plötzlich und brutal war sie.

Ich sehe erst jetzt, wie naiv ich mir die Welt vorgestellt habe. Hier ein Pastellbild:

Im Osten ist es dunkel, aber im Westen ist das kultivierte und altehrwürdige Europa, immer weiser werdend. Trotz flüchtiger Störungen kämpft es sich siegreich durch die

Schwierigkeiten, und wer, oder eigentlich was, erscheint? Eine irgendwoher bekannte Gestalt: der Neue Mensch, dieser zivilisierte, immer weisere *homo supersapiens.* Ich übertreibe. Noch im Januar dachte ich, dass der Westen zugrunde geht, aber ich hoffte, dass es Jahre, Jahrzehnte dauern würde, mein Leben lang, und vor allem, dass er durch den Osten zugrunde gehen würde. Ich hätte nie gedacht, dass es so schnell und so selbsttätig passiert.

Es gibt offenbar nur eine Alternative: Entweder einer hält einen an der Kandare, oder alle alle. Mir wäre lieber, wenn einer nur einen hielte, dann brauchte man nur noch zu wählen, wer wen. Es gibt immer eine Elite, aber keine Elite gleicht der anderen. Schließlich komme ich zu dem Schluss, dass der aufgeklärte Absolutismus mir am besten entspricht. Natürlich entspricht mir die klassische parlamentarische Demokratie am besten, aber ausgerechnet diese ist jetzt, aus mir nicht näher bekannten Gründen, unmöglich. Schade.

Ein Zeuge des Verfalls zu sein. Wer weiß, ob ich nicht das vorziehe, was schon durch und durch verfallen ist. Das ist zeitgemäßer, progressiver. Weil der Fortschritt überhaupt – ich würde viel geben, damit mir der endlich ausgetrieben würde. Fortschritt – ich habe so ein Geschwür am Gehirn, aber das ist nichts mehr als halt ein Geschwür am Gehirn. Ein Mensch, der es hat, will es nicht haben, er weiß, dass es ungesund ist und er es nicht haben soll. Aber wie kann er es loswerden? Ich habe nur das Geschwür. Bei vielen hat es das Gehirn ganz verdrängt.

Ich sollte an mir auch eine kulturelle Revolution vornehmen lassen. Das Geschwür operieren lassen.

Die Vergiftung der Welt im Zustand des Halbbewusstseins. Es gibt nichts Schlimmeres als Halbbewusstsein, Halbwissen, Halbwahrheit, Halbintelligenz. Ein Symptom dafür: Die Zeit der Mittelmäßigkeit ist gekommen.

Die Verallgemeinerung der Kultur, in diesem Begriff steckt mörderischer Quatsch. Popularisierung, Simplifizierung, Abkürzungen, Zusammenfassungen, Massenkultur – das ist ebenso lächerlich wie bedrohlich.

Ich bin kein Reaktionär, der unbedingt glaubt, dem aktiv entgegenwirken zu müssen. Ich will nicht erklären, warum nicht. Man kann der Evolution einer Art nicht entgegenwirken. Ich will nur das Recht haben zu behaupten, Evolution bedeute nicht unbedingt Verbesserung.

5. September, Donnerstag

Am 24. August entschloss ich mich zur Veröffentlichung meines Protestbriefs an die polnische Regierung, die beim Angriff und bei der Okkupation der Tschechoslowakei mitgewirkt hatte. Der Brief wurde am 27. August zunächst in *Le Monde* abgedruckt.

Ich notiere das wie ein alter Bauer in einen alten Kalender. Es ist wichtig, denn ich könnte das Datum vergessen.

Ich habe so viele weniger wichtige Dinge geschrieben. Kommt vor.

Und da ich mich hier an die Wahrheit halten soll: Berner aus Düsseldorf ist gekommen. Ein trauriges Gesicht, ein Gesandter, der nicht hinter seiner Mission steht. So oder so, hin oder her – Düsseldorf fragt, was ich dazu zu sagen hätte, ich würde doch verstehen etc.

Mein Handeln war nicht nur ein Handeln für Düsseldorf, das nur ein Bruchteil einer weiter gefassten Realität ist.

Es gab eine Fülle und Vielfalt der Elemente, gut ausgewogen. Ich habe mich hinreißen lassen, wenn man so will.

16. Oktober, Samstag

Die polnischen Behörden haben mir meinen Pass nicht verlängert.

Die polnischen Behörden verlangen, ich solle mich als Verräter bezeichnen.

Die polnischen Behörden können mich mal.

Jaś Szczepański unterwegs in die USA.

Mir ist aufgefallen, dass er, von hinten gesehen, eine Kopfform wie mein Onkel Andrzej hat. Ich freue mich über diese Entdeckung, einfach so.

Ohne Ziel und Hoffnung versinke ich in lähmendem Mittelmaß. Die Geschichte meiner Emigration ist eine Lappalie, es geht nicht darum. Das Leben in mir ist erloschen. Aus mir bekannten Gründen. Oder eher aus mir bekannten Gegebenheiten. Und gleichzeitig ist es so langweilig, so langweilig. So lange schon, immer das Gleiche.

Und meine Trinkerei in letzter Zeit, und meine verzweifelten Kraftanstrengungen, die ich simuliere. Es sind nicht meine letzten Kräfte, sie kommen immer wieder, aber ich weiß, dass auch die wiedergekommenen Kräfte wieder schwinden.

Vor zwanzig Jahren begann ich Tagebuch zu führen, zuerst das nun verbrannte, ich führte es nachlässig und unehrlich, sogar im Rahmen des Möglichen. Mein definitiver Weggang aus Polen ist nur ein Zeichen für die gänzliche Kehrtwendung meines inneren Aussehens (ich schreibe: das Aussehen, denn der Rest, mein Inneres, bleibt leider gleich). Mein Modell ändert sich ständig, es ist eigentlich gar nicht mehr vorhanden. Mir fällt nichts ein, womit ich es ersetzen könnte.

Traurig ist der Gedanke, dass ich mein Leben lang kein anderer geworden bin als der, der ich schon immer war und den es auch damals nicht gab.

10. November, Sonntag

The Tempest gelesen.

»Hin sind meine Zauberei'n,
Was von Kraft mir bleibt, ist mein,
Und das ist wenig: nun ist's wahr,
Ich muss hier bleiben immerdar.«[52]

Ich kann nicht sagen, dass das schön ist, obwohl es das angeblich ist. Noch mal nachgedacht: Ja, es ist schön. Aber warum?

Beim Schreiben von *Syn nietoperza (Der Sohn der Fledermaus)*[53] habe ich zwei Fehler gemacht. Zu sehr daran gedacht, dass ich unter dem Einfluss von Shakespeare stehe. Ich schreibe zu gut, das heißt – ich kann *la pièce bien faite* nicht abschütteln.

16. November, Samstag

Ich leide als Emigrant (bisher?) weniger als andere (?), denn ich hatte schon immer ein überdurchschnittlich ausgeprägtes Talent zum Nichts.

Aber diese Neigung verbietet mir, das wenige, was mir geblieben ist, in ein Gefühl für Substanz umzuarbeiten, was doch notwendig wäre. Anders gesagt, mein Talent zum Nichts steckt in einer undialektischen Situation. Das Nichts ist im Nichts steckengeblieben, anstatt, wie in Polen, die Konfrontation zu suchen.

Das Gefühl, dass alles nichts ist, dass alles zufällig und überflüssig ist, nimmt in letzter Zeit beunruhigende Dimensionen an.

Es gibt keine »Bestrebungen« mehr, keine Ziele, jedenfalls nicht genug, um mich zu organisieren. Während ich am Übermaß vom Nichts leide, habe ich das große Bedürfnis, etwas zu schaffen, wobei ich dieses Wort absichtlich wähle. Ich habe das Bedürfnis, eine Realität zu schaffen, die mir das Leben immer weniger bieten kann.

Disziplinierungsversuche führen nirgendwohin. Erstens – aus natürlichen Gründen. Zweitens – weil es mir schwerfällt, mich als Werkzeug für das Nichts zu kultivieren.

Mein Bedürfnis nach Schaffen kann ich nicht im Geringsten befriedigen. Meine Schreibversuche für das Theater klingen in meinen Ohren ausnehmend falsch. Ich hatte Phasen, in denen ich an meine eigene Tiefenpsychologie (Tiefseepsyche) geglaubt habe. Wenn mich »etwas« leitete, war ich mehr oder weniger glücklich. Aber die Beobachtung einer wuchernden Veränderlichkeit nährte meinen Verdacht, dass es in mir nichts Tiefes (Dauerhaftes) gibt. Nichts, was mich leitet, was mir Halt gibt. Das Spiel der Oberfläche entspricht dem Spiel der Tiefe, wenn es eine solche gibt.

Die Vorstellung ist möglich, dass ich nur ein Spiegel bin, der alles (Zufällige) reflektiert, was sich vor mir abspielt. Die Welt scheint mir schon am Ende zu sein, fertig, wie eine Sandburg, die nur darauf wartet, zerstört zu werden, um wieder neu aufgebaut zu werden.

Die allgemein verbreitete Überzeugung, nichts zu können, nichts zustande zu bringen, zerrissen zu sein, Dinge nicht zu bewältigen, Grenzen nicht überwinden zu können, ist bei mir auf fruchtbaren Boden gefallen. Sie fühlt sich gut bei mir aufgehoben, wie die Kaninchen in Australien.

Eine Zeit, in der man nichts erwartet, ist weder freundlich noch gut. Die Erwartung einer Katastrophe bringt auch nichts, denn wir wissen schon zu viel über Katastrophen, es gibt zu viele von ihnen, die Atmosphäre ist damit gesättigt, und sie haben ihre Faszination verloren.

Eine Tragödie ist nicht nur deshalb unmöglich, weil es keine Konvention gibt. Bekanntlich steckt ja das Nichttragische im Tragischen und umgekehrt. Die Tragödie ist komisch, und die Komödie tragisch. Das war einmal eine Entdeckung, heute ist es selbstverständlich. Außerdem ist die Fähigkeit des Menschen zur Reflexion, die Fähigkeit, sich von außen zu betrachten, Distanz zu sich zu bekommen, heute größer denn je, zu groß, als dass der Mensch zur Tragödie werden könnte. Eine Tragödie war damals möglich, als der Mensch bewusst erkannte, was mit ihm geschah, das Bewusstsein aber noch so niedrig war, dass er das Geschehen nur als tragisch empfand.

Auch das Pathos wurde ab einem bestimmten Moment lächerlich. Daran kann man sehen, dass es stimmt, was ich oben sagte.

Ich kann mit Vegetation nichts anfangen. Ich kann mit Bauen nichts anfangen. Reflexion als bloßes Spiegelbild langweilt mich.

Ist das, was ich in letzter Zeit durchmache, der Wandel von Qualität oder die letztendliche Reduktion auf null? Die Frage ist sicher sinnvoll, aber die allerwichtigste Frage lautet: Was tun?

Wieder eine Klage: Ich als Maschine, um Vergangenheit zu produzieren, das ist nicht besonders spannend. Mir ist der riskante Gedanke gekommen, dass mir nach einer solchen Reinigung, das heißt Nivellierung, nichts anderes übrigbleibt, als nur für die »Erlösung« zu leben. Aber was heißt das? Wohlergehen? Seele? Das Jenseits interessiert mich nicht, und eine Seele bin ich selbst. Vielleicht sollte sich jeder sein eigenes Konzept der Erlösung erarbeiten, man ist sowieso dazu gezwungen. Vielleicht wäre das eben die Erlösung.

Dazu könnte mir Verschiedenes, Feuilletonistisches einfallen. Wenn ich mit einem derartig heterogenen und zufälligen Bündel (mir selbst) zu tun habe, dann muss mir doch was Heterogenes, Gebündeltes einfallen. Seit heute sehne ich mich nach der Fixierung dessen, was in mir fix ist (relativ, aber immerhin so viel, dass es zu einem fixen Ich oder zu mehr dienen kann). Beginnen wir mit dem Gröbsten:

1. Der Körper.

2. Das Bewusstsein.

3. Das Wollen.

Vielleicht gibt es noch mehr, aber bleiben wir einmal bei diesen.

Zum Körper könnten auch die Gewohnheiten gezählt werden. Sie sind eine Erweiterung des Körpers, keine Körperlichkeit im wörtlichen Sinne. Es heißt, dass man dem Körper nicht schaden darf, damit es ihm gutgeht, aber hier kommen sofort Zweifel auf, ob ein gut und normal funktionierender Körper wünschenswert ist. Ich habe viele Gewohnheiten, angefangen mit dem Tabakrauchen, deren schädliche Wirkung ich kenne. Und doch will ich sie nicht aufgeben. Warum? Weil es mich zufrieden macht, mich über etwas hinwegzusetzen? Oder weil es mich freut, meinen freien Willen durchzusetzen? Nein, Gewohnheiten sind kein freier Wille, nichts, worauf man stolz sein kann.

Vielleicht einfach so: Warum soll bei der Entstehung der Gewohnheiten nicht das mitspielen, was jeder kennt: Zufälligkeit? In einem islamischen Land würde ich keinen Wodka trinken. Also hier … ist es nur Zufall.

Ich weiß, wozu ich meinen Körper brauche, und meistens arbeite ich gegen ihn. Ich weiß, wie ich mit ihm umgehen soll, damit er er selbst ist. Was bei meinem Umgang mit ihm geschieht, aber nicht zwangsläufig: erhöhte Intelligenz, Wohlergehen, geschärfte Sensibilität mit gleichzeitig gesteigertem Kontrollapparat.

Das Bewusstsein – über das könnte ich am meisten und daher am ungenauesten sprechen, deshalb habe ich am wenigsten Lust dazu. Ich habe keinen besonderen Respekt vor dem Bewusstsein, ebenso wenig wie vor einem Staubsauger oder einem Auto.

Das Wollen fragt immer: Was? Auf der Suche danach

könnte man notfalls sagen, das Wollen gäbe es um des Wollens willen, das sich selbst wollen will, es genügt ihm sein eigenes, besonderes Bewusstsein, will sagen: Das Wollen, das um seinen Willen weiß – wenn diesem Wollen das (was auch immer, alles kann als Material dienen) erfüllt wird (nicht zu verwechseln mit Resultaten), ist es zufrieden, und der Mensch mit ihm. Das Wollen, das sich von sich selbst nährt, und der unaufhörliche Prozess des bewussten, immer zufriedenen Wollens, hält den Menschen – worin? In Schwung für weiteres Wollen? Einmal bekam ich authentische Satisfaktion dadurch, dass ich ein Glas vom Tisch heben wollte und es tatsächlich tat. Das Wollen hat nichts gemeinsam mit dem Spektrum der Vorhaben.

Beim Wollen kann man sich zurückhalten, man soll sogar. Im Bereich des Wollens befinden sich noch: *refus – acceptation.* Womit ich totale Verweigerung und totales Akzeptieren meine. Praktiziert habe ich beides schon, jedes zu seiner Zeit.

Das bringt mich auf den Gedanken, dass es mir eigentlich in den verschiedenen Phasen nicht schlechtgegangen ist, solange die Phasen eine eindeutige Färbung hatten, egal welche. Solange mich das eine oder das andere absorbierte, vollständig oder vorwiegend. Es hat etwas mit Konzentration zu tun. Die Konzentration auf etwas und das totale »Wollen«, das ist ein und dasselbe.

Aber was tun? Morgen ist ein anderer Tag. Morgens werde ich geboren, und die Nacht drückt mir, je nach Traum, ihre Eigenart auf. Ich stehe vor der Frage: Was tun? Ich erinnere mich an meine Situation in der Welt und in meiner Wohnung. Figuren und Konturen werden deutlich. Ein

Netz der praktischen Welt und ein subtileres Netz, meine innere Geographie. Im Wissen darum, dass es so und so sein kann, oder so und ganz anders, erwacht in mir wahrscheinlich wieder diese Sehnsucht, dieses Bedürfnis nach Integration, danach, diesen Tag »irgendwie« zu erleben, mich ihm zu schenken. Abends werde ich wieder mit einem Gefühl des Versagens zu Bett gehen.

Die Ziele, große und kleine (Zähneputzen, Stückeschreiben), warten morgens schon am Bettrand, sobald ich nur die Augen öffne. Eine große Horde, Schlawiner und Koryphäen, Plebs und Patrizier.

Vielleicht soll ich mich, wenn ich schon in eine unabwendbare Richtung treibe, gleich zu Beginn bemühen, nicht gegen den Strom zu rudern, sondern mit ihm. Wenn zwischen meinem Boot und dem Ufer immer Distanz bestehen soll, dann muss ich diese vergrößern, um eine bessere Perspektive zu haben, statt immer nach dem nächsten Weidenast am Ufer zu grabschen. Ich kann mich nicht anders aus den Klauen der erwähnten Horde befreien, die mich auf alle mögliche Weise packen, attackieren, mich ganz für sich haben will. Wie kann ich mir die bloß vom Leibe halten? Ich greife um mich, will etwas zu fassen kriegen, doch alles entgleitet mir, ich verletze mir die Hände, und die Frustration wächst. Vielleicht ginge es andersrum? Vielleicht wäre der Effekt, paradoxerweise, dann besser? Wer nicht die Gnade der direkten Empfindung hat (was vorkommt), der soll nicht penetrant versuchen, sie zu erlangen, sondern lieber vornehm verzichten. Meine Erfahrung bestätigt, dass ich mit der Distanz recht habe.

Ich sitze in ziemlich großer Distanz fest, zu groß, um

etwas direkt zu spüren, zu klein, um mich zu befreien, so plage ich mich ab. Ähnlich ist es mit dem Alkohol: Ich trinke, obwohl ich es besser wüsste, aber ich gebe es nicht auf.

Ewig die gleiche Frage: Was ist meins? Was gehört letztendlich nur mir, persönlich? Die Frage setzt ein »ich« voraus. Aber vielleicht ist es am Ende doch nur Grammatik. Zwecklos, darüber nachzudenken, was »ich« ist. Ich könnte höchstens über die Attribute nachdenken, ohne mich viel darum zu kümmern, ob das, was diese Attribute besitzt, existiert. Paradox, aber warum nicht?

Das ist eine schöne Metapher: Morgens wie ein König aufzustehen, an meinem Bett warten schon die Ziele, die Bittsteller. Ich drehe mich herum und will weiterschlafen, weil sie langweilig und lästig sind, aber ich kann ihnen nicht entkommen. Seufzend eröffne ich die Audienz. Das Levée. Das könnte sogar eine Erzählung werden.

4. Sehnsucht.

Sie ist subtiler als das Wollen. Von Natur aus unstillbar. Das Wollen kann im Prinzip über den Moment der Erfüllung hinausreichen. »Ich wollte das« klingt anmaßend und selbstherrlich, hingegen »Ich habe mich danach gesehnt« klingt verschwommen und melancholisch. Es enthält das Bedauern darüber, dass die Zeit der Sehnsucht vorüber ist.

Sich selbst als Ganzheit begehren: Nein, man darf sich nicht in Form eines Resultats, eines Produkts begehren. Man darf es in Form einer bestimmten Intentionseinheit, nein, nicht Intention, besser ich enthalte mich hier des Wortes. Die Fäden, mit denen eine solche Einheit zusammengenäht wäre, sind unsichtbar.

Ich glaube, beziehungsweise ich weiß aus Erfahrung, dass ein »höheres« Leben möglich ist, jenseits des ersten, primitiven Angebots. Man erreicht es nicht so sehr, indem man irgendetwas erreicht, sondern vielmehr durch die entschiedene Ablehnung der ersten, primitiven Angebote. Man muss immer noch etwas in Reserve haben. Und hier eröffnet sich mir eine ganz praktische Vorgehensweise.

Die Vorgehensweise:

Nicht fragen: »Wohin?« Denn ein »Wohin« lässt sich nicht finden, auch wenn wir uns auf den Kopf stellen. Aber »woher« etwas kommt, das ist konkret und greifbar, sogar sehr, es springt einen fast an. Alles genau beobachten und entscheiden, ob wir es annehmen. Die Gegebenheiten machen ständig zahllose Vorschläge. Das ist eine ziemlich realistische Vorgehensweise, weil sie, wenn auch negativ, die Realität betrifft.

Nur wenn wir uns nicht mit irgendwas identifizieren und auch nicht erlauben, gedankenlos und automatisch identifiziert zu werden, können wir uns retten. Ich weiß nicht, was ich will, aber ich weiß, was ich nicht will. Da fällt mir eine ausgesprochen konventionelle Situation ein – ein Troubadour und eine Prinzessin, der Mechanismus einer Farce: Alter Ehemann, junge Ehefrau und ich. Bewusste Loslösung vom Mechanismus, ein Impotenter, sie, ich, Ehebruch usw. Als einziger Ausweg. Gar nicht so blöd.

Natürlich lauert hier irgendwo Gombrowicz mit seinem »formschaffenden Menschen«. Das ist mir egal, weil alles, was ich mir hier aufschreibe, ganz wesentlich meins ist, es ist mein Leben.

Möglichkeiten gibt es jede Menge. Von der einfachsten

Mikro- bis zur Makrosituation, bis zur maximalen Komplexität. Begonnen wird mit den einfachsten.

Ich sollte das Gefühl analysieren, das mich seit meiner Geburt quält: »Ich benehme mich nicht so, wie es sich gehört.« Vielleicht ist es ein Anzeichen für falsches und angemessen feiges Misstrauen, Widerstand gegen die »ersten Vorschläge«.

Zurück zu den Vorgehensweisen, hier die Phasen:

1. Sich klarmachen, »was ist«.

2. Sich darüber hinwegsetzen.

Das ganze Leben zapple ich in die oben angegebene Richtung, mal mehr, mal weniger bewusst. Mein Wunsch (erstbestes Beispiel), mir eine Uhr von Cartier zu kaufen, ist er denn nicht das Bedürfnis, mich über dieses Stigma »ein Emigrant mit wenig Geld« hinwegzusetzen? Für mich, nur für mich. Diese Uhr würde ich niemandem zeigen wollen, um nicht als Hochstapler zu gelten. Sie genügt mir für mich. Vor allem für mich.

27. November, Mittwoch

Übrigens geht diese Uhr von Cartier falsch. Sozusagen kaputt. So was konnte nur mir passieren.

Die Dummheiten von damals: »In eine helle Zukunft«, »Morgenröte«. Nur im engsten Kreis ist es noch etwas heller. Weiter weg, nebenan, nicht allzu weit entfernt ist es bereits ganz dunkel. Je weiter weg, desto dunkler. Wir tragen ein schwaches Laternchen.

Was ist nur wieder los mit mir. Ich fühle mein Herz. Einige

Tage habe ich nicht geraucht und keinen Tropfen getrunken. Eine gleißende Helligkeit war um mich. Die Existenz begann zu glitzern. Vielleicht zu stark. Heute habe ich den ganzen Tag geraucht, eben habe ich mir ein Gläschen eingeschenkt, unter dem Vorwand, dass ich mich schwach fühle. Ich fühle mich wirklich schwach, ätherisch, irgendetwas Ungutes passiert mit meinem Körper. Ich habe vergessen, dass der Körper mit dem Alter ja doch delikater wird. Zurück.

Die Sternzeichen, der Verlag Seuil. Zum ersten Mal im Leben muss ich die Astrologie ernst nehmen, ich habe dort eine entsetzliche Wahrheit gelesen. Sonst ist es gut redigiert, überzeugend. Aber diese Nachrichten sind das Schlimmste. Andererseits tut mir das gut. Ein unerwartet winziger Giebel, ein Faden. Erklärung: etwas wie eine Übersicht der Wahrheiten, eine Ordnung der Bestimmungen. Etwas weniger verdammte Beliebigkeit. Sowohl die Leute als auch mich selber besser aushalten, wenn ich verstehe, warum der eine so ist und der andere so. Nicht nur das: Ich habe das Verhalten von mir nahestehenden Personen besser gesehen, besser verstanden, CHARAKTER, endlich Charakter. Diesen Begriff hatte ich vergessen, hatte sogar Zweifel, dass es Charakter gibt. Und diese sonderbare Zeit. Als hätte ich etwas verstanden, oder als müsste etwas geschehen. Genauer: Als müsse ich jetzt, jetzt sofort etwas verstehen, in diesem Moment. So war es übrigens immer, im besten Fall. Besseres Verständnis kann ich nicht verlangen. Das Maximum. Es geht mir schlecht, aber ich fühle mich leicht. Vergelt's Gott, auch dafür. So würde ich es nennen.

Miłosz. Auch gut. Sogar sehr gut. Und auch ich habe heute etwas geschrieben, aber was denn für ein Etwas?

Die Erfahrung legt den Verdacht nahe, dass auch eine Erweiterung möglich ist, aber von was? Von der Auffassungsgabe, von der Sensibilität? Das sind schwache Bezeichnungen, eher so etwas wie Erhebungen, die sich irgendwie da oben im Nirgendwo verlieren und die der Mensch deshalb nicht liebt, so dass er lieber dumpf und stumpfsinnig vor sich hin lebt. Er fürchtet sich davor. Ich hatte immer den Verdacht, dass der Mensch einerseits wie ein Kopfkissen leben möchte, aber gleichzeitig hoch hinauswill. Er sehnt sich nach oben, aber er will auch ein Tier sein, verhätschelt werden, sich betäuben. Vielleicht hat er Angst, dass das da oben Wahnsinn ist. Ich muss mich entscheiden.

Ja, ich muss mich entscheiden. Zwei, drei Tage gelang es mir zu fliegen, aber hier liege ich wieder am Boden, leicht angestaubt. Warum habe ich gezögert – habe ich der Gravitation aus purer Gewohnheit so viel Macht über mich eingeräumt? Wer weiß (eine folgenreiche Annahme), vielleicht existiert die Gravitation nur, weil wir es so wollen? Vielleicht (das meine ich fast ernst) ist Jesus doch über das Wasser gegangen? Er hatte einfach den Mut dazu. Er konnte schweben, er sah, dass es nur darauf ankommt, wie man etwas betrachtet, dann kann man es verändern.

Ja, ich glaube wirklich, dass eine Erweiterung der »ungewöhnlichen« Sphären möglich ist. Man muss nur innerlich einen Schalter umlegen.

Um das zu schaffen, sollte man vielleicht auch mit dem Tod fertigwerden? Sich vor allem keine Distanz zu ihm einreden. Vielleicht bin ich der Tod? Warum sollte ich mir, als Tod, aus dem Weg gehen? Wenn ich doch nur dazu geboren bin, um mich ausschließlich mit mir selbst zu befassen?

Aber sich mit sich selbst befassen kann man in verschiedenen Formen. Die dümmste wäre, sich mit sich selbst als Person zu befassen, in der Zeit, während man dies und jenes macht, vor allem Karriere (im weitesten Sinne). Ja, ich bin sicher, ich bin der Tod. Er kommt nicht von außen. Der Tod schließt quasi das Leben aus, aber nur scheinbar. Aristoteles soll uns dienen, nicht wir ihm. Sich mit sich selbst befassen, auch als Tod, auch als Befreiung, als dieses Fliegen. Zweifellos bin ich in letzter Zeit relativ hoch hinausgekommen.

Das Glas hinschmeißen.

Die Pfeife hinschmeißen. Fort mit dir.

Also der Tod hat ein fehlerhaftes Schema, in etwa: Hier bin ich, persönlich, schön, lebendig, und der Tod ist irgendwo in weiter Ferne. Er zieht immer engere Kreise, erst dann kriegt er uns angeblich zu fassen, aber das ist Fiktion. Zwei und zwei ist vier, aber irgendwie kümmert sich niemand um diesen Vierer. Mein Tod, mein du ich. Was für ein Unrecht habe ich dir angetan, als ich annahm, dass du kein Teil von mir bist. Nicht du vernichtest mich, sondern ich ziehe dich groß.

Ich bin wie ein Bursche, der im Hafen geboren wurde und dort aufgewachsen ist. Oft gehe ich auf die Mole hinaus und betrachte die schaukelnden Schiffe (der Einfluss von Miłosz und dessen schöne Obsession mit Schiffen). Ich möchte gerne auf eines gelangen, nicht um einfach irgendwohin zu reisen, sondern weit übers Irgendwohin hinaus. Ständig habe ich Angst. Ab und zu setze ich einen Fuß an Deck. Wenn das Schiff ablegt, springe ich zurück an Land und sage mir: Es ist noch zu früh. Aber ist es denn nicht schon Zeit? Was erwarte ich noch in diesem Hafen, den ich in- und auswendig kenne?

Was habe ich hier noch zu suchen? Ich kenne schon alle Ratten und Katzen. Die Leute und die Nachbarn sowieso.

Seit ich denken kann, war ich besessen von so einer Reise, einem Anfang. Das zeigte sich auf verschiedene Art und Weise, aber im Grunde war es immer die gleiche Obsession. Vielleicht hat es sich mit dem Alter kristallisiert, und es ist nicht ausgeschlossen, dass es meine echte Berufung ist. Vom Land ablegen. Ja, Probleme haben, aber Reiseprobleme. Ja, die Stille, aber die des Ozeans. Alles genau wie immer, nur auf dem Meer. Ich bin nicht so naiv zu glauben, es ginge um eine Veränderung zum Besseren. Es geht um eine Veränderung der Art.

Ein Hinweis: Für einen im Zeichen des Krebses Geborenen ist es seltsam, das Wasser zu scheuen, also Schwimmen etc. Jetzt sehe ich aber, dass Wasser für mich etwas Magisches hat. Siehe meine Erzählungen.

Klugheit und Skepsis sind zwei verschiedene Dinge. Ich bin kein Kraftmensch. Den siegreichen Widerstand der Materie nehme ich als machtvolles Gesetz hin, und »Klugheit«: Geht nicht. Ich bin ungeduldig, wenn ich etwas nicht sofort kriege, sage ich: Nie mehr, weil so ist das Gesetz. Aus der eigenen Gefangenschaft mache ich eine Realität, doch wenn ich ihr die Realität abspreche, würde sie von selbst zerfallen. Voraussehend, dass er in mir sitzt, nähre ich den Drachen: mich selbst, bringe ihm ein Menschenopfer dar, das heißt mich selbst. Schlechte Aufstellung. Weil er, das bin vielleicht ich, weder Drache noch Ritter.

Was tue ich gerade? Ich sinke nieder, vorher weich verpackt, ich trinke gerade, und verehre mich selbst, den, der morgen frisch und nüchtern und ruhmreich aus dem Bett aufstehen wird. Indem ich mich außer Acht lasse, beschreibe ich mich und den, der beschreibt. Und den, der aus dem Bett steigen soll. »Morgen«, sage ich mir wiederholt.

Vielleicht ist meine süße Angst vor einer Veränderung die Furcht vor dem Tod? Das habe ich von Proust, der mir das Multiple Sterben während dessen, was sich Leben nennt, so deutlich vor Augen geführt hat. Es ist schwierig genug, Angewohnheiten zu ändern (denn auch das sind kleine Tode, das Sterben dessen, der sich an die Dinge gewöhnt hat), aber noch schwieriger ist es, ein wenig expliziter zu sterben, wenn auch noch nicht physiologisch. Ja, darüber muss ich nachdenken. In Betracht ziehen, wenn ich auf meinen eigenen Widerstand pralle. Pah, Selbstmord, auch darüber habe ich nachgedacht. Warum nicht versuchen, ohne physisches Risiko, Selbstmord an dem zu verüben, der ich bin, der mir aber inzwischen zu klein geworden ist?

Das ist nicht so verworren, wie man glauben könnte. Der Unterschied zwischen mir und mir wird immer deutlicher, und mir wird immer klarer, wer ich manchmal bin und wer ich meistens bin. Es sind zwei verschiedene Personen. Genauer: Sie driften immer weiter auseinander. Vielleicht sollte ich die eine packen und schütteln, und der Fall wäre erledigt? Lieber Tod, vielleicht sollte ich dich ein bisschen üben. Da hätte ich einen Vorteil bei der Premiere, die dann, nach mehreren Generalproben, leichter fällt. (Das soll nicht pathetisch klingen, man sagt das halt so.) Eine Reihe vieler kleiner Lebenstode wären da vielleicht ganz nützlich.

Oft habe ich geglaubt, ich sei ein Unruhestifter, aber

meine Schwäche, Feigheit und Verlegenheit, mein offensichtlich fehlendes Talent zu »weltlichen« Abenteuern haben mich verbittert, so verspotte ich mich eben selbst, ziemlich billig, als einer, der sich als Löwe aufspielt, aber ein Hosenscheißer ist. Ein Anwendungsfehler. Ich bin auch kein Buffalo Bill, und meine Unruhestiftung ist nicht von dieser Welt. Vielleicht können wir uns einigen, dass ich kein schlechterer Unruhestifter bin als Pizarro.

Der Herrgott hat sich mir nie in Gestalt eines brennenden Dornbuschs gezeigt, auch nicht als Hirsch mit einem Kreuz auf dem Kopf anstelle eines Geweihs. Das nehme ich Ihm übel. Warum den anderen, aber nicht mir? Vielleicht wollte Er ihnen die Sache erleichtern, das wäre dann für mich sogar ein Kompliment. Ihnen musste Er erst erscheinen, und ich muss von alleine draufkommen, weil ich dazu fähig bin, und sie nicht. Nichtsdestotrotz spüre ich manchmal ganz in der Nähe etwas herumwuseln. Ich nehme die Laterne, rufe, niemand. Und doch ist da etwas ins Gebüsch gehuscht.

Weiter: Es herrscht Ungleichheit, das ist mir klar. Aber wer garantiert, dass die Ungleichheit sich nicht unendlich hinzieht? Das wäre nur logisch. Also vielleicht gibt es Gott hier unten wirklich nicht, sondern Er ist oben, immer höher und höher? Interessante Idee. Im Ernst.

Aus mir spricht der Baumstumpf und der Falke, sozusagen. Ist diese Gespaltenheit notwendig? Immerhin ist sie eine gute Ausrede. Wie glücklich wäre ich, wenn ich mich zu Gott durcharbeiten könnte. Geschenkt möchte ich Ihn nicht, ich halte nichts von solchen Geschenken.

Diese Gespaltenheit, soll ich mich zu ihr bekennen, mit gesenktem Kopf? Wäre das Demut oder falsche Bescheidenheit? Wie immer, kommt drauf an, wer und wann. Unterlegen sein und Stolz zeigen, das wäre unpassend. Der Überlegene muss vielleicht Stolz zeigen. Zum Teufel mit der Gespaltenheit, ich senke meinen Kopf, aber ich spüre die Verlogenheit darin.

Zurück zu der Idee, die mich frappiert hat. Gäbe es Gott nicht in den Niederungen, würde Ihm das zum Schaden gereichen? Besteht Er unbedingt nur immer auf Seinem ES GIBT MICH, oder wäre Ihm lieber ES GIBT MICH und ES GIBT MICH NICHT? Ich bin nicht sicher. Ich darf es nicht vergessen.

Meine Gespaltenheit: Bisher habe ich sie so behandelt, als sei sie außerhalb der Zeit. Vielleicht besteht sie nur in Altem und Neuem, in der Gleichzeitigkeit von Gewesenem, Seiendem und Beginnendem. Das sind wahrscheinlich kühne Gedanken. Aber, o Herr, diese ewige Demut quält mich so, dass ich mich schon frage, ob sie nicht schmutzig ist. Die Demut. Darin ist etwas Schweinisches. Was bringt die Demut hervor? Vielleicht ist sie im Christentum nicht so sehr ein Fingerzeig von Gott als eine gesellschaftliche Verunreinigung des Christentums, dessen Anfänge eine Sklavenreligion waren. Natürlich stößt mir Nietzsche auf. Ja, es ist zu differenzieren, was im Christentum von der Soziologie kommt und was von Gott.

Ich weiß schon, was schmutzig an der Demut ist: die Absicherung. Wenn etwas schiefgeht, dann hab ich es ja nicht gewollt. Ich bin ganz still und arm. Weil es schiefgegangen ist.

Weg mit dem Gläschen. Nicht übel, was ich da so von mir gebe, aber ich stehe noch immer am Ufer vom Jenseits.

Nein, vom Diesseits. Kurz vor dem Übersetzen. Ich bin immer betrunkener, und in mir gähnt eine Leere. Aber sehen tue ich gut.

Also vielleicht (als Tüpfelchen auf dem i) ein Junggesellenabend (der wievielte?), ein Toast vom diesseitigen Ufer auf das jenseitige. *Viridiana*, eine Huldigung meiner Niedrigkeit und auch meiner Erhabenheit.

Darin bin ich christlich, das stimmt, schneiden muss man, Kornrade und Korn, Spreu und Korn. Nein, kein Grund, sich etwas vorzumachen, Sünde ist keine Tugend, und der Himmel nicht die Hölle. Ich habe lange buddhistisiert, aber war das nicht dumm? Buddhistisieren kann man auf verschiedene Weise. Ist nicht alles einerlei? Es gibt Wahrheit und Unwahrheit. Hier muss ich ein bisschen was über den Teufel sagen.

Wie viele gibt es? Viele, unterschiedliche.

Nein, genug, ich bin schon betrunken und beginne zu faseln. Jedenfalls, ich sehe den Teufel nicht als diese Intelligenzbestie, die auch bezaubern kann. Der Teufel ist eine Knolle, ein plumper Rumpf, von Natur aus schwerfällig, Geblubber und zähflüssige Masse. Vielleicht etwas polnisch, etwas slawisch, jetzt sehe ich es.

So wie ich bin, betrunken, habe ich das Bedürfnis zu beten. Ich könnte viel darüber schreiben, was ich darunter verstehe.

Lieber Gott, den es nicht gibt, der Du existierst. Es ist furchtbar schwer für mich, dass Du durch mich existierst, aber andererseits, wenn das so ist, dann habe ich auch etwas davon. Nein, genug, das ist blasphemisch. Ich habe kein Recht dazu, ich bin betrunken, und jetzt muss ich zahlen.

Genug, genug, genug, ich muss mich von mir lösen. Rücksichtslos. Ohne Demut, einfach zack und Schluss. Morgen sterbe ich schon. Nein, ich will mich mit einem Scherzchen hinausschwindeln. Wie lange habe ich schon Scherzchen gemacht? Ich sehe das skeptische Grinsen auf meiner Visage.

Etwas ist passiert.

29. Dezember, Sonntag

Schon zum dritten Mal bin ich, innerhalb der letzten sieben Tage, betrunken.

Einige alte Fragen. Unter anderem: Gibt es in mir etwas, das von Dauer ist, und was? Alles, was anscheinend das Wichtigste ist, ist das Vergänglichste (Gedanken, Sentiments, Leidenschaften). Und das, was eher mein eigenes Gespenst ist, der Zeuge dieser Vergänglichkeiten, ist am beständigsten. Offenbar ist das Leben, das schmackhafte, echte Leben, vergänglich. Das muss ich hinnehmen. Aber die Vergänglichkeit zeigt sich immer hartnäckiger und schwächt den Glauben an die »Lebendigkeit«. Man kann sich auf keinen Hasen stützen, der davonspringt.

Wenn es nur die Vergänglichkeit wäre. Aber auch die Zufälligkeit. Das Durcheinander. Liebe – als klassisches Modell. Weil sie so enorm wichtig ist, aber gleichzeitig eben so beschaffen, wie ich es beklage. Sich die Liebe zu versagen wäre dumm und selbstmörderisch. Sich ihr hingeben kann man nicht, man kann sie sich ja auch nicht nehmen. Geht nicht. Außer dann, wenn sie sowieso da ist.

Gedanken, Sentiments, Leidenschaften – vergänglich, zufällig, ungeordnet. Reflexion – beständig, aber schwach, kalt, leblos.

Also auf was bezieht sich dann die ewige Hoffnung, die es trotz allem gibt?

Wie viele verschiedene »einzige Auswege« habe ich schon hinter mir, die nirgendwohin geführt haben? Wieder bewundere ich die *Handschrift von Saragossa*, und zwar: das Erwachen unter demselben Galgen. Wie viele bewährte Systeme, kleinere oder größere, haben versagt, wie viele durchdachte Lebenstechniken? Wie viele Entschlüsse, Stürme, Verwirrungen und vorübergehende Ordnungen? Alles vorübergehend. Es besteht eine gewisse Ähnlichkeit zwischen dem wehmütigen Rückblick auf die allgemeine Geschichte und auf meine eigene. So viel von allem, so viel. Und keiner hat etwas davon.

Ich habe versucht, ein Klassiker zu sein, ein Romantiker, ein Mystiker, ein Opportunist und ein Mensch mit Prinzipien. Mehr will ich hier nicht aufzählen. Was immer ich war, man kann eigentlich nur behaupten: Ich fühlte, dachte und wollte. Nur immer mit anderen Inhalten, gegenteiligen, flüchtigen, verwirrten.

Am seltsamsten ist, dass ich immer noch nicht genug habe. Vor mir liegt noch ein Stück Leben, und ich habe noch nicht genug davon, trotz allem.

Vielleicht ist es so (unter anderem): Ich bin tatsächlich nicht der, der Verantwortung trägt (zum Beispiel) für die Schuld. Wie einer, der schuldig geworden ist, nicht mehr derselbe ist, der diese Schuld bereut. Dennoch sollte ich mich bewusst bemühen, beides in mir zu vereinen. Großmütig fremde Sünden auf mich nehmen. Zur Verdeutlichung: Ich soll der sein, der »Wort hält«, auch wenn das keinen Sinn hat und gegen die Natur ist.

Viel sicherer ist es, mit etwas Bescheidenem und Simplem anzufangen: Sich ein bisschen mehr um die Gesundheit zu kümmern und die Schublade aufzuräumen. Ausruhen und aufräumen.

Das Beste wäre, pausenlos verliebt zu sein und pausenlos gute Stücke zu schreiben.

Weiter zum Thema klein anfangen: Gesundheit, Ordnung, beide klein, doch in einer größeren Dimension, und trotzdem irgendein kleines Programm, eines von denen, die so oft versagt haben. Diese bescheidene Hierarchie verfolgen.

Im Moment weiß ich nicht, was für ein Prográmmchen das nun wieder sein soll. Zum Beispiel ein Konzept, um nicht unter dem Tisch, sondern auf dem Tisch, um nicht unter dem Boden, sondern auf dem Boden, nicht unter null, sondern darüber – wäre nicht schlecht. Ich weiß schon, was ich meine.

Gestern, beim einsamen Trinken, dachte ich unter anderem: Stimmt, der Mensch soll auf sein inneres Stimmchen hören, das ihm so oft widerspricht. Aber (das war die gestrige Entdeckung) leider, dieses Stimmchen spricht nicht immer vernehmlich, manchmal schweigt es, und was dann? (So meine gestrige Vervollständigung, Rechtfertigung.) Glückliche Momente, wenn es gut hörbar ist.

Übertreiben wir nicht, nicht alles ist so irrational und verworren. Über Gesundheit, Ordnung, Programm und Tao haben wir schon gesprochen. (Das Stimmchen hat wohl mit dem Tao zu tun.) Nur mag der Mensch halt nicht. Diese Unlust des Menschen rechtfertigt er vor sich selbst. Das

Problem dabei: Dämonisiert der Mensch nicht seine Schwäche, Faulheit, Schlamperei, um sie vor sich zu rechtfertigen, bastelt er sich hier nicht eine zufällige Theorie zusammen, dass man »fallen muss, um aufzustehen« etc.? Wäre es nicht besser, anstatt sich mit der Pflege dieser Dämönchen und Pseudodämönchen herumzuschlagen, sich des Riesendämons anzunehmen, der dort sein Unwesen treibt, wo Ordnung, Programm etc. nicht hinreichen? Einfach noch eins draufsetzen.

Bald jährt sich mein Durchbrechen der Dreißigergrenze zum zehnten Mal. In meinem Alter ist eine gewisse *lucidité* angebracht, die übrigens (neben ihrem Gegenteil) zu den wertvollsten meiner Zustände gehört. Auch die Klarheit bei allem. Die goldene Mitte interessiert mich nicht, sie ist langweilig.

O Jesus, was in meinem Kopf alles schon herumgebrodelt hat und weiterhin brodelt. Was für Konstruktionen, Feuerwerke, Höhenflüge, Umwälzungen, Tiefen und Erniedrigungen. Wie ermüdend. Wie wär's mit etwas Einfacherem, das mich irgendwie zusammenhält?

Ich genehmige mir ein Bierchen.

Aus den Erinnerungen eines Veteranen: Ich erinnerte mich an meinen Buddha-Baum, ein Ahorn, er stand im Garten in Cambridge, im Juli, letztes, nein, vorletztes Jahr. Ja, auch ich war Buddha und hatte meinen Baum.

Ja, auf alle Fälle ein Bierchen.

Der Buddhismus, Marxismus, polnisches, romantisches Drama, Nietzsche, Frau Spaggiari, ein Bierchen, bis zum Lebensende kann ich nicht alles aufzählen, was in meinem armen, immer kahler werdenden Köpfchen verborgen ist.

Das Schreiben ist eine richtige und gerechte Sache, weil es das Einzige ist, was mit alldem irgendwie fertigwird.

Und dennoch mag ich es. Heute Morgen habe ich mit Ludwik im »Grand«-Hotel am Boulevard des Capucines Herrn und Frau Stroux besucht. Nach einer Gewitternacht und kurzem, alkoholisiertem Schlaf. Plötzlich glaubte ich, mein Herz sei stehengeblieben, für einen Moment. Ein begreifliches Leiden, eine zaghafte Ankündigung davon. Für eine Sekunde habe ich mich von allem befreit, und es tat mir nicht leid. Aber auch dieser Herzstillstand war langweilig und unspektakulär, ich bin fast sicher, dass auch der Tod so sein wird.

Wie langweilig.

Aber meine grrrrrrrrauenvollen sexuell-metaphysischen Qualen im Spätsommer 1959, in diesem Zimmerchen (mit Bad) in Manhattan …

Aber mein dies, aber mein das.

Gutes Bier.

Und dieser Apfelbaum, im starken Wind, neben dem Schloss, in Janowiec, im Herbst 1958. Das Zögern. Damit ist weniger zu spaßen als mit anderem. Vielleicht ist es der Einfluss des Biers, aber was soll's. Eigentlich hat es mich durch die Frauen (was für eine fade Bezeichnung, und wie unpassend) am stärksten hingerissen, hin zu, zu, zu … Sie haben mir die größte Befriedigung und die größten Begierden gleichzeitig verschafft. Vielleicht weil die größten und gleichzeitig – hier war eine gute Spur. Das eine wie das andere ist groß, nur einzeln ist es nicht das. Festhalten. Ein vergebliches Ansinnen. Es gibt sie.

Habe ich mich in den letzten zwanzig Jahren verändert?

Derweil hocke ich in Paris, ein internationaler Schriftsteller. Vor zwanzig Jahren hockte ich genauso in der Wohnung meines Vaters an der Prażmowski-Sraße (Marchlewski-Straße) – in einem Schreibtisch, der noch von den Deutschen stammte, hielt ich eine Flasche mit billigem Wein versteckt, den ich in wahnsinnigem Übermut für meine letzten Groschen gekauft hatte. Ich schrieb mit einem Füllfederhalter in ein Heft – dasselbe wie heute. Quälerei, Entscheidungen, Aufschreie, Vorhaben, Programme, Analysen, in alle Ewigkeit wichtige Entdeckungen. Naivität? Ich weiß nicht.

Politik: damals die Berlin-Blockade, heute die Probleme im Nahen Osten. Ich sprach schon von mir, von der Geschichte.

Ach, wie viele Gedanken mir morgen einfallen werden, auch Sentimentalitäten, fürs Herz. Keine Ahnung, was für welche. Fast jeden Abend denke ich an ein Halsband, das ich ihnen morgen listig anlegen könnte. Um sie an die Leine zu legen, um mich als ihr Herr zu fühlen.

La route des Alpes.

Eine Metapher: ich und meine Gedanken, Gefühle, Sentimentalitäten. Ich bin wie ein Herr, der im Park spazieren geht und hört, wie sich seine Untergebenen amüsieren. Wie gerne möchte ich mich zu ihnen gesellen, an ihren schlichten, bäuerlichen Späßen teilhaben. Nichts dergleichen, natürlich. Er heuchelt, wenn er sagt, dass er gerne im Gegenzug auf seine Herr-schaft verzichten würde.

Schnellzug aus Düsseldorf.

Die wunderbare Einsamkeit des Trinkers.

30. Dezember

Sie sind da.

Gesundheit, Ordnung, Programm. Ein gelungener Nachmittag, ein nicht zustande gekommmenes Treffen mit jemandem, den ich sowieso nicht treffen wollte, mit einer theatralischen Scheinheiligen. (Das habe ich mir ausgedacht, denn woher soll ich wissen, was das für eine Person ist, wenn ich sie nicht getroffen habe? Weil ich böse bin. Mit dem Bösesein habe ich angefangen, als diese berühmte Cartier-Uhr stehengeblieben ist, obwohl ich sie schon vom Service zurückhatte und froh war, dass sie nun gehen würde.) Mein müdes Herz arbeitet nicht so richtig. Piotr ist müde, und alle sind müde. Rauchen, vier Zigaretten hintereinander, dann eine Pfeife, aber kein Tröpfchen Schnaps, und das ist gut.

Die Gesundheit und die Ordnung halte ich weiterhin aufrecht. Zuerst die Gesundheit. Was erwarte ich von mir, wenn der Kopf schwer und trüb ist, wenn sich eine so große Müdigkeit in den Knochen ausbreitet? Was will ich da für Enthusiasmus, was für kühne Lebenspläne in mir entfachen?

Ich wiederhole – mit müder Stimme, weil es mich langweilt – den Satz von Rilke: »Wer spricht von Siegen? Überstehn ist alles.«[54]

In der Metro Atemnot, weniger physisch als psychisch. Menschenmassen überall, auch draußen. Aussteigen, lieber gehen, mich durchkämpfen.

Vielleicht muss ich in ein Sanatorium, genug der langen Einsamkeit. Um mich mir selbst widersetzen zu können, brauche ich Kraft. Noch einmal: Gesundheit, Ordnung.

Albee hat etwas geschrieben. Unwahrscheinlich modern, neu, subtil, artistisch, man spricht von einer neuen Ära, nur amüsiert es niemanden, und verstehen tut man es auch nicht wirklich.

Ich spüre, dass ich einen Entschluss fassen muss, aber ich weiß nicht, in welcher Sache. Mich selber vor mir sehen, mich, den Zukünftigen, wenigstens für ein paar Monate. Dann die Ausführung. Vielleicht endet das, wie immer, damit, dass ich etwas schreibe.

Mein Gejammer langweilt mich immer mehr. Es gehört sich nicht, über solches zu schreiben. Klagen muss man wahrscheinlich stillschweigend.

1969

1. Januar, Mittwoch

Drei Stunden geschlafen. Viel mehr gelebt.

Ich habe recht, wenn ich nicht klagen will. Klagen sind nur der erste Grund. Bekanntlich darf man beim Schreiben der ersten Schicht nicht vertrauen, sie erschafft sich von selbst. Vielleicht der zweiten, dritten, zehnten, wenn möglich. Dann erst kommen wir zu dem Ort, wo wir sagen: Hier ist es.

Wir sind überzeugt davon, und wir irren uns nicht.

Es wäre gut, nicht ständig zu suchen, sondern gleich mit dem Finden zu beginnen. Damit beginnt es. Wenn ich mir jeden Tag seufzend mein Elend aufschreiben darf, dann darf ich mir auch sonst alles aufschreiben. Dann suche ich nicht, sondern finde.

Gombrowicz gibt es, nur ich bin mir die ganze Zeit nicht sicher, ob es mich gibt. Der Herrgott zeigt sich mir schon seit langem immer wieder im brennenden Dornbusch, aber ich verkrieche mich vor Ihm unter den Tisch.

Bild: Ein Mann, der sich in ein Gewand kleidet, das immer borstiger wird (in- und auswendig).

Klassizismen, Distanzierungen, die kalte Schulter zeigen – das heißt, sich herauszuschwindeln. »Sich distanzieren« gehört zur untersten Kategorie. Wenn es überhaupt einen Wert hat, dann nur indem es daran erinnert, dass Reflexion eben Reflexion ist, also etwas, was sich nicht gehört und in weiter Ferne liegt.

Vervollständigung des Gestrigen: Wenn das innere Stimmchen etwas flüstert und manchmal unhörbar ist, dann soll ich nicht auf etwas anderes hören, sondern daran denken, dass es derweil halt unhörbar ist, sich aber später wieder melden wird. Wenn ich das vergesse, bringt es sich nicht nur wieder in Erinnerung, sondern brüllt mich mit fürchterlicher Stimme an.

2. März

Eine Chinesin, eine Inderin, zwei bärtige Engländer, ein Franzose mit Zigarette und ich. Alle progressiv, sie fragten, wie ich das mit der Revolution einschätze und was mit meinem Marxismus sei (wieso meinem?). Beim Weggehen fühlte ich mich wie ein Verurteilter. Sie hatten mich zur Nichtexistenz verurteilt. Kurz darauf eine Puppe, ein ausgestopfter Mann im Hotel ›Crillon‹, zwischen Spiegeln und Kronleuchtern. Er und die anderen ausgestopft, nur mit jeweils etwas anderem.

Später ein junger Landsmann, der Polen reformieren wird. Gott gebe ihm Gesundheit. Irgendwer muss es ja tun. Aber auch der war irgendwie ein falscher Hund.

Ich glaube, ich möchte lieber hohl sein. Warum begebe ich mich nicht endlich auf meine weite, weite Reise?

Auf Reisen betrachtet man die Orte, an denen man ist,

bereits als Erinnerung. Ich merke, wie sehr ich diese Art der Betrachtung brauche. Anders sehe ich nichts. Nur Kopfweh. Zeit und Raum, ja. Aber es gibt in einer dritten Kategorie noch eine mögliche Distanz. Zeit und Raum wecken Angst. Oder vielleicht eher Unbehagen. Diesen dritten Weg zu beschreiten weckt Angst, sogar panische Angst. Ich weiß davon, wenn ich darüber nachdenke, was mich zurückhält. Das allerkleinste zurückgelegte Stückchen dieses Wegs wäre nützlicher als sonst etwas. Und doch kehre ich immer sofort wieder um und kuschle mich schluchzend an mich selbst. Vergleichbar mit einem verängstigten, verhätschelten Kind, das, auch wenn es schon ganz gut laufen kann, immer wieder nach ein paar Schritten in die Arme der Mutter zurückläuft. Nur dass ich schon ein alter Knacker bin.

Wovor diese Angst? Wahrscheinlich vor dem Unbekannten, weil von Schmerz kann hier wohl keine Rede sein, nicht mal von seiner Miniaturausführung, der Unannehmlichkeit. Vor dem Unbekannten *in stato puro*, vor allem, was nicht ich bin.

Ich werde nicht ich sein – wer oder was werde ich dann sein? Ich will nur mich, diesen schwerfälligen, kraftlosen, gehassten und doch geliebten Schmerzensmann.

Seit vielen Jahren suche ich manisch, oft verzweifelt nach einem Ausweg. Der Grund, dass ich ihn nicht finde, ist vielleicht nicht, dass es ihn nicht gibt, sondern dass ich falsch suche. Weil alle meine divergierenden Konzepte, seit vielen Jahren, eigentlich nur ein einziges Konzept sind. Es geht immer um ein und dasselbe. Wenn du nicht auf Anhieb den passenden Schuh findest, dann heißt das nicht, dass kein Schuh passt. Du musst nur die richtige Nummer finden.

Obsessionen oder Ahnungen meiner Reisen habe ich schon immer gehabt. Wie soll ich aufbrechen? Da gibt es nur eines: aufbrechen.

Heute sind sie schon vorbei – meine Ermüdungszustände und abendlichen, allabendlichen Verwirrungen –, aber kommt das nicht davon, dass ich mich schon wieder manisch an mich selbst gekuschelt habe, mich auf mich draufgeklebt habe, wie zwei Papierblätter? Meine verschiedenen Versuche und ihr Scheitern waren nicht vergeblich, weil so Erfahrungen, auch technischer Art, zusammengekommen sind.

»Nein« – ist ein gutes Instrument. Es ist mir immer leichter gefallen, ein »nein« zum Einsatz zu bringen als ein »ja«. »Nein« ist nur dann schädlich, wenn man es selektiv anwendet. Eine Art riesengroßes »NEIN« ist die vollste Akzeptanz. Höchste Zeit, den Umgang mit der praktischen Weisheit des Paradoxons zu lernen, ohne darauf zu schielen, wie das aus der Sicht der Logik aussehen könnte.

Was könnte mich endlich zu der Reise bewegen? Vorteile? Nein, für die fehlt mir der Instinkt. Die Abscheu vor dem Ort, wo ich mich befinde? Nein, mit Abscheu kann ich gut leben. Neugier, das am ehesten. Sie wiegt so schwer wie die Angst (einer größeren als die mir bisher bekannte Angst, eine, die man nur mit Todesangst vergleichen könnte, die ich aber noch nicht kenne). Neugier und Angst haben etwas gemeinsam, beide haben etwas mit dem Unbekannten zu tun. Eine Neugier auf neue Erfahrungen, die ich noch nicht gemacht habe. Denn das quält und schwächt mich seit gut zehn Jahren: das Bewusstsein, dass das Programm erschöpft ist und der Rest nur darin besteht, Altbekanntes neu zu kombinieren. Hier bietet sich nun eine neue Chance.

»Von allein« kommt es zu nichts. Alles könnte eine Gelegenheit zu der Reise sein. Aber alles ist ohne Wert, weil schon bekannt. Es wäre gut, ein Reisetagebuch zu eröffnen, bereits Notiertes, zumindest teilweise, in ein Reisetagebuch umzuwandeln.

Sollte dieser Aufbruch ausbleiben – das wachsende Gefühl eines Alptraums. Dieses Gefühl zieht sich hin, hält an. Ein logisches System, idiotisch, wie ein Alptraum. Ich spreche nicht von den Momenten der *plénitude*, sie sind eine Gnade. Sie machen ihren Weg, ihre Reise.

»Tut auf mir diese Tür, an die ich weinend poche.«[55]

Aufhören mit Weinen und Pochen, umdrehen und in die entgegengesetzte Richtung gehen. Drauf verzichten, Einlass zu forcieren. Wer weiß, ob in der totalen Abkehr nicht die Wahrheit liegt und man nur deshalb so lange pochen muss, um sich davon zu überzeugen. Die Sache ist die, dass man bis ganz unten gelangen muss, bis zu den Wurzeln.

Zeichen – die Momente großer Erschöpfung nach dem Trinken. Irgendetwas tut sich dann im Kopf, eine neue Empfindsamkeit, eine neue Eigenschaft von mir. Einige Wegstückchen habe ich in großer Nüchternheit bezwungen.

Des Weiteren jene Momente, in denen der große, universale Beschiss, diese Lügen über alles, was dieses Leben bietet, so sichtbar sind … Momente, in denen mir die grundlegende Umarbeitung, die Neuerschaffung der Welt als einzige Möglichkeit erscheint.

Weitere Zeichen, verstreut, verschiedenster Art, hier und dort. Mein erster größerer Versuch, vor zehn Jahren begonnen: Ist davon nichts geblieben? Das stimmt so nicht: Nichts davon ist verloren.

»Negresco« – ja, überall habe ich verstreute Zeichen und Resultate von Versuchen hinterlassen. Wie kam es zu »Negresco«? Aus dem Nichts, es gab nicht einmal einen brennenden Dornbusch. Einfach so. Alles ist möglich, in jeder Sekunde.

Die Zeichen, die ich mir selber gebe, sind konventionell, das vergesse ich nie. Habe schon viel Erfahrung damit. Es geht nicht um Flucht. Im Gegenteil, meine Feigheit richtet mich zugrunde, indem sie mir die Flucht nach vorne befiehlt. Manchmal fliehe ich auch normaler, nach hinten. Beides ist schlecht.

Schlimmer. Ich fürchte mich und hasse mich und sterbe vor Angst – vor dem, an den ich mich schmiege. Im Zeichen des Krebses – wahrscheinlich ist meine krebsische Neigung, mich in ein Versteck zurückzuziehen, besonders ausgeprägt, und ich ziehe mich in mich selbst zurück. Ich neige dazu, in mir selbst die Mutter zu sehen. Meine Angst vor der Reise, ist sie nicht auch deshalb umso größer? Die Angst, mich von mir selbst loszureißen, aus meinem eigenen Schlupfwinkel, um nicht zu sagen Mutterschoß.

Kommt die Schwäche meines Schreibens nicht auch davon, dass ich mich immer an mich schmiege? (Was für chiffrierte Zeichen ich mir gebe, hoffentlich kann ich sie später selbst noch entziffern.) Einzig das Stück *Zabawa* habe ich geschrieben, als ich mich schon selbst aufgegeben hatte, es war ein Teil einer Reise, mein bestes Stück. Aber lassen wir dieses Beispiel, das Argument ist wackelig und belanglos. Es ist auch zu viel Utilitarismus darin.

Irgendwie nebulös, was ich da geschrieben habe. Gleichzeitig irgendwie unwahrscheinlich konkret. Geradezu so schrecklich unwahrscheinlich konkret, dass es dadurch schwierig wird, und nicht weil es »nebulös« ist. Die Schwierigkeit ist groß, aber aus ganz anderen Gründen, als man im ersten Moment denken könnte. Abgründig konkret, um es auf Jungpolnisch zu sagen.

Pech, bis dato: Ein »ich« entwarf ein bestimmtes Konzept. Bis zum nächsten Tag sollte es jemand realisieren, aber wer? Natürlich, ein anderer. Die Möglichkeiten eines »ich« sind unendlich. Viele, gewesene und eventuell zukünftige. Nur dass keiner realisieren kann, was keiner sich ausgedacht hat.

Niemand existiert als *entité*. Niemand, das ist nur der, der weder der noch der ist. Daraus folgt, dass man sich weder bemühen kann noch muss und nicht einmal darf, niemand zu sein. Für mich heißt das, nie genau der zu sein, der ich infolge der in mir sich verflechtenden äußeren und inneren Situationen bin, die mich ephemerisch zusammenkleistern. Daran denken, dass er in dem Moment, in dem es ihn gibt, schon nicht mehr existiert. Denn hier gibt es eine enorme und schädliche, auch irreführende Gewöhnung – wenn man ihn anerkennt, dann schmerzt das, weil man ständig die Tode der Nachrückenden durchlebt. In Laufe einer Minute können das x sein.

Vielleicht ist das die Definition der Reise, eine von x, nur als Zeichen der Seienden.

Jedes einzelne seiner »ichs« erhaschen zu wollen, ist wie Fehlsichtigkeit. Sich ein Bild vors Auge halten, wenn dieses schon ein anderes sieht. Auch darunter leide ich. Es ist wie ein physiologisches Zeichen meines grundsätzlichen Leidens.

Frage: Wenn das stimmt, mit der Nichtexistenz all dieser aufeinanderfolgenden »ichs«, ist dann das Greifen nach jedem einzelnen, die Identifikation mit jedem einzelnen notwendig? Ist das dann dieses »tragische Rätsel des Lebens« oder eine dumme Gewohnheit? Ich weiß, was ich meine. Ich habe Angst, »nicht normal« zu sein. »Gegen das Leben« zu marschieren. Davon kriegt man Kopfschmerzen. Lieber nicht.

Es nicht zu tun – vertreibt es das Leiden? Ich weiß aus Erfahrung, dass mein eigenes Leiden in jenen Momenten und Phasen (als Folge von verschiedenen Zuständen, nach verschiedenen Anstrengungen, durch verschiedene Effekte und Konzepte entstanden), in denen ich nicht so sehr an mir selbst klebte, nicht dieses dumpfe, verhasste, viehische Leiden war. Allgemein: Es hatte Glanz (dieser Eindruck ist mir geblieben), eine Art Licht. Eine Gefahr besteht in der Annahme, ich könne das Leiden auf diese Art in den Griff kriegen oder ihm ausweichen. Nein, das ist nicht erlaubt. Man muss sich ihm anvertrauen, sich von ihm leiten lassen, als hätte man keinerlei Macht darüber, was ja sowieso klar ist. Also sich vor ihm fürchten oder es wollen, je nachdem, wie es in Erscheinung tritt und worauf es hinweist. Genauso ist es mit allem anderen – zum Beispiel mit dem Wollen. (Nicht dass ich glaube, ich könnte Hunger und Durst überlisten, sie beherrschen, ein »kluges« Leben führen.)

Warnung: Wer eine Reise macht, soll sich keine Illusionen machen. Dass sie interessant wird, voller Attraktionen und Schönheiten. Denn sie könnte durchaus durch eine langweilige, karge Landschaft führen. Diese ungeduldige Gier nach »Fülle« endet damit, dass genau das Gegenteil des Erwarteten eintritt. Die Temperatur, die Farben stimmen nicht. Nur dünne Luft, Kälte. (Bei den ersten Schritten.) Die Jagd nach der *plénitude* endet immer mit schrecklicher Fadheit. Das muss ich mir merken.

Gedächtnisstütze: der Gedanke an Selbstmord. Das Thema ist zu groß, um es hier aufzurollen, außerdem langweilig, weil ich schon so genau weiß, was ich sagen will.

Ein Splitter des Gedankens: Hier muss ich auf nichts verzichten. Die Entsagung ist so total, dass ich auf nichts Besonderes verzichten muss. Anders gesagt: Der totale Verzicht ist der Verzicht auf Verzicht. Klingt ziemlich wirr. Hoffentlich weiß ich, was ich mir dabei gedacht habe.

Ein eventueller Grund für eine Theorie des Scheiterns: Wahrscheinlich waren die Konzepte immer zu wenig meine eigenen. Auch in Obigem wird der kluge Exeget leicht Referenzen finden. Das ist mir ziemlich egal. Meistens weiß ich, was meine eigene Beschränktheit ist und was mir beigebracht wurde. Sogar das ist mir enthusiastisch beigebracht worden.

»Du sollst keine anderen Götter haben neben mir.« Schlau. Wenn man es richtig versteht.

Ich habe nichts, ich bin niemand. Alle Illusionen zu diesem Thema sind verhängnisvoll. Vom gesunden Instinkt geleitet, habe ich meinen »Schriftsteller« in Polen in die Luft gejagt. Ein Beispiel für ein gesundes Paradox. Nur so gelang es mir, das zu besitzen, was ich hatte. Haben heißt loswerden.

War = war nicht. Sonst wäre es nur »sein«.

8. März

Herr Artur, der in der Rue des Rosiers mit Gold und Valuten handelt, wollte unbedingt wissen, ob ich Jude sei, oder auch Pole.

Herr Artur wusste nicht, dass er einen Abgrund öffnete, in dem es nur so wimmelt. Denn woher kommen, in meinem zweifellos katholisch-bäurischen Polentum, diese semitische Nase und die große, innere Andersartigkeit?

In diesem Abgrund sind mehr als dreißig Jahre meiner inneren Geschichte, ab dem Moment, als mir diese Nase langsam zu wachsen begann, und mit der Nase etwas Seltsames in mir drin (was auch ohne die Nase gewachsen wäre, siehe das *PORTRAIT OF THE ARTIST AS A YOUNG MAN*).

Nicht nur ein Abgrund. Auch eine Perspektive. Denn wer weiß, ob es nicht ein Schlüssel wäre – um die Sache zu klären –, wenn ich bei der Selbstdefinition mit mir selbst begänne (siehe Gombrowicz, Füße auf dem Tisch, Offenheit, wir sehen dann weiter etc.), ob es nicht an der Zeit wäre, meine Geschichte von der Mitte her zu rekonstruieren. Angefangen mit meinen Kinderängsten. Nach dem Muster: Jude, Nicht-Jude.

Natürlich nicht um etwas festzulegen, denn was wäre hier festzulegen? Sondern weil es mich zu einem bedeutenden Teil geprägt hat. Da wurde so viel hineingestopft, Unbewusstes, Unterbewusstes, diese Geschichte, oder eher die Geschichte der Geschichte, war eine wichtige Bedingung für mich.

Genauer gesagt – die Geschichte eines Menschen, der, von frühester Kindheit an, von sich (und manchmal von anderen) beschuldigt wird, nicht der zu sein, der er ist, sowie die Frage, welchen Sinn die Beschuldigungen haben beziehungsweise was für einen Sinn derjenige hat, der er ist und dessen Existenz man ihm abspricht.

Und das alles nicht, um den Menschen festzulegen (etwas festzulegen ist, so wie ich es erlebt habe, genau das, womit man sich nicht befassen soll), sondern umgekehrt, um genau die Festlegung festzulegen, um sich noch weiter von ihr zu entfernen.

Hinweis: Man ist mehr der, der man vielleicht ist, als der, der man ist. Anders gesagt: Natürlich bin ich so selbstverständlich und fraglos ein »Pole«, dass ich noch eher ein »Jude« bin.

Herr Artur aus der Rue des Rosiers hat mich auf ein unendlich interessantes und weiterführendes Thema aufmerksam gemacht, nicht für die Kunst, sondern fürs Leben.

Hinweis: Das Judentum – über keine andere Frage kann man so bequem rätseln: Sein oder Nichtsein, und was das bedeutet.

Ja, wenn ich ein Buch darüber schreibe, wer ich war und wer ich hätte sein können, dann würde die Sache an erster Stelle stehen. Das wäre viel Arbeit. Lohnt sich nur, wenn ich eine entsprechende (literarische) Form finde.

Jedenfalls: Herr Artur aus der Rue des Rosiers hat mich daran erinnert, dass sich in meinem Prozess der Entwurzelung, der so unterbewusst, unbewusst, bewusst und praktisch von mir fortgeführt wird, hervorragende Möglichkeiten der Vervollständigung, Beschleunigung und Perfektionierung dieses Prozesses aufgetan haben. Durch die Möglichkeit des Juden wird der Pole in mir restlos untergraben, ohne

Jude zu werden. Mein Polentum ist vor dem Juden nicht sicher. Einen Polen mit einem Juden (*in spe*) untergraben, einen Juden mit einem Polen.

10. März

Gestern die zwei Professoren, ein Tscheche und ein Pole. Wie angenehm, mit naturgegeben fähigen und außergewöhnlichen Köpfen zu sprechen, die beide eine jahrzehntelange Ausbildung genossen haben. (Erst jetzt fällt mir die ästhetische Konnotation des Wortes »Ausbildung« auf, das »Bild«, das darin steckt.) Der Tscheche und der Pole, im besten Sinne des Wortes, beide gut. Die Kümmernisse beider Köpfe, und dabei der Unterschied: Der polnische Kopf liegt auf einem Dreckhaufen und der tschechische schon nicht mehr – trotz allem. Ich weiß sicher, dass das letzte Jahr für die Tschechen ein gutes war, ich weiß, was es in ihrem Fall mit dem »nicht nur vom Brot allein« auf sich hat. Denn mehr Brot haben sie im letzten Jahr nicht bekommen, aber was für ein Unterschied. »Die Völker haben kein Gewissen«, hat der polnische Professor aus Fredro zitiert, aber wer weiß, ob er das nicht nur so dahingesagt hat, denn was sollte er auch sagen? Wenn Völker kein Gewissen hätten, dann bestünde kein erkennbarer Unterschied zwischen den beiden. Der eine wird vom Vakuum gequält, der andere ist auch geplagt, aber nicht von nichts, sondern dadurch, dass die Tschechen ein Gewissen bekommen haben.

Es hat mich auch traurig gemacht, weil ich sie beide mochte, der Pole war mir, als mein Landsmann, natürlich näher, und noch dazu so ein netter Mensch. Schon einigermaßen grauhaarig, und doch hatte ich immer den Eindruck: So viele Jahre, so viele Jahre, und er könne nicht von sich sagen: Ich habe gelebt. So viele Jahre unter dem Fußboden, so viele Jahre sich abrackern, Hoffnungen, Sarkasmus, Erniedrigungen, Selbstverteidigung, wer weiß, ob des Öfteren nahe am Selbstmord (nicht mehr da sein, verschwinden, so klein wie möglich werden – das ist die Art zu leben, wenn man nicht leben kann). Auch er ist wahrscheinlich traurig, weil sein Leben schon vorüber ist.

Vor kurzem habe ich einen anderen Polen gesehen, diesen Jüngeren, den, der Polen reformieren wird. Trotzdem ist mir der ältere Mann näher. Wohl aus dem einfachen Grund, weil ich schon auf seiner Seite bin. Für den Jüngeren bin ich im Grunde genommen nur noch ein geerbtes Möbelstück.

Da sitze ich, bereit für den morgigen Tag. Vierzig Jahre, mit allen Komplexen eines Vierzigjährigen oder Älteren (oder Jüngeren). Noch bin ich hier, morgen werde ich (vielleicht) schon nicht mehr hier sein. Ein Loch im Programm. Wie oft bin ich mit dem Auto von Paris (oder anderswo) zu einer weiten Reise aufgebrochen. Es war ein anderes Fahren auf denselben Straßen, die ich täglich benutze. Warum? Das Auto dasselbe, die Straßen dieselben, alles genauso wie jeden Tag. Aber in meinem Kopf war es anders. »Kommt drauf an, was du in deinen Kopf reinlässt«, sagten die Bauern im Heimatdorf von Barbara Tytusowa (Międzyrzecze oder Międzylesie, ich habe es natürlich vergessen), und genau das sagten (wussten) auch Generation von Philosophen: »Es ist so, wie der Mensch es in seinen Kopf reinlässt.«

Wie denn? Kommt es von selbst hinein, oder lässt man es? »Reinlassen« ist doppeldeutig: Darin ist Aktivität und Passivität. Die Erlaubnis, dass es kommt, und die Wehrlosigkeit dem gegenüber, was kommt. Als ob es nicht mehr Möglichkeiten gäbe. Als ob nur das aktive »Nein« und das passive »Ja« möglich seien.

»Die Reise« ist natürlich leichter auf einer richtigen Reise. Früher bin ich irgendwohin gefahren, heute reise ich eher herum, das ist heute wichtiger als ein Zielort. Früher waren solche Orte voller Verheißung, heute erwarte ich nur ein Minimum. Gar nichts zu erwarten ist unmöglich. Je größer die Reduktion der Erwartungen, desto besser geht es dem Menschen. Es gelingt mal mehr, mal weniger, aber wer mehr erwartet, wird blöd dastehen.

Es geht nicht nur um die Enttäuschung, sondern auch um etwas ganz anderes, was ich Vorteil nennen möchte. Aber nur, wenn bei der Bemühung, nichts zu erwarten, kein Vorteil angestrebt wird.

Hinweis: Das Altern des Körpers rückt näher, allmählich, hinterfotzig, es erschwert die Anpassung an das schwindende Jungsein. Ich meine nicht diesen oder jenen Bauch oder irgendwelche Fältchen, sondern den Kopf, in den man Alkohol hineinschüttet, ohne daran zu denken, dass dieser Kopf nicht mehr das ist, was er einmal war, und dass man lieber nicht so viel hineinschütten sollte.

Oh, mein Kopf, heute hatte ich Mitleid mit dir und wollte dich pfleglicher behandeln. Du machst mich neugierig, und die Zeit in Kooperative mit dem Raum macht dich noch viel interessanter als früher.

Was ich meine, sind bestimmt die Abenteuer. Ich weiß

nicht, wie es den Abenteurern geht. Sicher ist nur, dass sich auch bei ihnen die Abenteuer im Kopf abspielen. Die Möglichkeiten des Abenteurertums sind, wenn man einen sensiblen und hochreflektierten Kopf hat und es ernst meint, unbegrenzt und schwindelerregend.

2. April

Amerika, Amerika. Zum dritten Mal komme ich von dort zurück. Ganz und gar zurückkommen von dort kann man nicht.

Die Spannweiten innerhalb eines Menschen sind nicht kleiner als die Unterschiede zwischen allem, was es gibt und was auf der Welt geschieht.

Ein Hund auf der Fifth Avenue, auf meinem Heimweg.

Ich muss auf vielerlei Art verhindern, dass man mir Amerika wegnimmt, ich muss es in mir verstecken, mich heimlich damit davonschleichen, wie ein Dieb mit dem geschulterten Sack, den Leuten aus dem Weg gehen, damit sie keine Fragen stellen und es mir nicht wegnehmen.

Es gibt noch eine andere Art. Amerika in mir genauso zu schützen, wie ich es erlangt habe.

That Waspish face regarded in its truth. Nourishing forever.

Krebsstation.[56]

Das Wort »Wahrheit«: peinlich, so unwissenschaftlich. Unbefriedigend. Gleichzeitig unersetzbar. Dieses Buch ist peinlich und altmodisch, ohne die Errungenschaften, von denen man so viel spricht, die Errungenschaften des Geistes, des Intellekts, ohne das zwanzigste Jahrhundert. Gleichzeitig so beschämend notwendig. Das Russische: Annehmen des Lebens und Suche nach Wahrheit. Passt das eine zum anderen? Abgründige Unpräzision, aber zum Teufel mit der Präzision. Jedenfalls ab und zu. Ärgerlicher ist, ich kann es präzise benennen: Der Autor ersetzte das Große Sozialistische Russland mit Vaterland. Und macht sich so vor, dass immerhin etwas groß und heilig und unumstößlich ist.

Sprechen wir ein wenig von mir.

Das, was damals, als ich von den Maisons Laffitte nach Hause kam, so müde und benommen, dass ich nicht mehr wusste, ob es Müdigkeit, Benommenheit oder gar ein Abenteuer meiner Seele war, wie ich sie in diesen Tagen zahlreich durchlebte – das, was mich damals von selbst, ohne mein Zutun, überkam –, wird es mehr oder weniger bleiben, existiert es noch? Ich glaube schon. Es war wie zuvor in Amerika. Als ich mich im Central Park in die Sonne legte, auf einen Felsen, und einige Leute um mich herum waren, und mir ein bisschen übel war, was mir aber nichts ausmachte, ist das auch schon für immer vorbei? Ich glaube nicht. Die Annahme, dass nicht alles vergeht. Die Asche, die übriggeblieben ist, besteht nicht einfach aus beliebigen Elementen, sie ist genau definierbar.

Über den Tod könnte ich viel sagen, also über das Leben. Mit meinem Bauch sprechen, der unbemerkt ein Eigenleben beginnt. Früher existierte ich ohne Bauch, und nun macht er sich selbständig, zum ersten Mal in meinem Leben. Er wächst. Es ist ein Unbekannter, mit dem ich sprechen sollte. Vielleicht will er mir etwas sagen, woraus ich etwas lernen kann.

25. Mai, Sonntag – Pfingsten, Berlin

Mein Gott, selbst wenn ich in den letzten sechs Jahren in Italien und Frankreich ein solch herbes, feuchtes und kühles Grün um mich gehabt hätte – hätte ich es derart umwerfend gefunden? Wenn ich in einem ähnlichen Mai durch die Krakauer Planten spaziert wäre, hätte es auch zu mir gesprochen? Alles im Gleichgewicht. Ich bin schon zu alt und zu unempfindlich, um die Unempfindlichkeit in mir zu spüren. Obwohl ich manchmal glaube, dass das Alter nur eine bestimmte Art der Unempfindlichkeit mit sich bringt. Nicht zu viel und nicht zu wenig, irgendwie spezifisch. Und so, nicht zu viel, nicht zu wenig, aber auf eine besondere, die angemessene Art, nur so wie jetzt, und niemals vorher und nachher, spazierte ich in diesem Wannsee herum. In Wannsee.

Die alte Frage: Ist es nur ein Flimmern, oder bleibt jedes Flimmern – zumindest die stärksten unter ihnen – irgendwie bestehen, legt sich über alles und trägt das Seinige bei?

Ich sitze im Garten eines Restaurants, zum Beispiel am Kleinen Wannsee, unter einem Baum, der (es windet heftig) auch flimmert – ist das ein Traum ohne Störfaktoren und Folgen, ein Hineinsinken in meinen (meinen?) Traum, oder ist es irgendeine Substanz, die Folge von weit zurückliegenden oder zukünftigen Ursachen? Anders gefragt, ist es noch Konstruktion und Erwartung oder ein Spiel ohne Regeln und Punkte?

Am sichersten und besten war es immer, wenn ich mich entfernt habe. Je weiter entfernt, desto besser und desto größer die Sicherheit, dass es besser ist. Wenn auch schrecklich.

Aber gut. Halten wir uns an das, was wenigstens ein wenig sicher ist.

Ich behaupte: Wäre ich nicht nach Berlin gefahren, hätte ich dieses Jahr nichts vom Frühling gemerkt.

Ich habe über das Schema dreier Situationen nachgedacht: Achtsamkeit, Neutralität und *plénitude* – und ich glaube, es bewährt sich. Obwohl ich es nur in zwei Punkten darstellen kann: sehr nah oder sehr fern. Also: hier oder anderswo.

7. Juni, Samstag

Eine Woche in Zürich.

Durchhaltevermögen. Ja, sicher, aber das Ergebnis ist passive Abgestumpftheit, in steigendem Ausmaß. Langsam begreife ich das Wort »Erschöpfung«. Früher hat es mehr geschmerzt. Jetzt verwandelt sich der Schmerz schneller in passive Erschöpfung. Soll ich mich darüber freuen?

Meine besten Momente: in solchen Hotelzimmern, wie es sie in Zürich gibt. Es ist sogar ein besseres Alleinsein als zu Hause, wenn ich dort überhaupt allein bin. In Hotelzimmern reicht das *dépouillement* weiter als in jeder anderen Umgebung. Diese Zimmer, in vielen Ländern und in vielen Jahren, allmählich fügen sie sich zu einem bestimmten System.

In Zürich, schrecklich betrunken, im Morgengrauen, ist mir einmal, wenn ich mich nicht irre, Gott erschienen. Ich sah Ihn auf den nassen Dachziegeln, durchs Fenster. Es gab keine Konsequenzen, denn das ist es offenbar, was Ihn ausmacht. Er hat keine Konsequenzen, denn Konsequenzen sind eine menschliche Kategorie, unser bisschen Vernunft. Er ist erschienen, weil alles andere auseinandergefallen, zerbröckelt war, in tausend Stücken lag, zugrunde gegangen. Eine Ritze war entstanden, durch die Er, für einen kurzen Moment, blickte. Alle Formen waren zerfallen, auch die, die ich bin. Die Gegenstände hatten keinen Zusammenhalt mehr, die menschlichen Tätigkeiten waren aus dem Ruder gelaufen und hatten nichts als Chaos hinterlassen, die Materie war unorganisiert, und es zeigte sich, dass sie in dieser Unorganisiertheit keine Erste Materie ist. Maja hatte alle Masken fallen lassen. Jetzt hätte es Märtyrertum gebraucht, allen voran das Märtyrertum meines an den Alkohol gekreuzigten Organismus, meines an die Menschen gekreuzigten Selbst und schließlich das Märtyrertum jener an sich selbst gekreuzigten Menschen. Auf jeden Fall einer allumfassenden Vernichtung, eines Gemetzels oder einer Säuberung.

Schopenhauer verhöhnt Spinoza, dass der alles für eine Notwendigkeit hielt, Schopenhauer hingegen hielt alles für eine Möglichkeit. Darauf ich: Ist die Möglichkeit nicht nur eine Kategorie des Verstandes? Warum erkennt Stanisław Lem, dass die Zeit eine Kategorie des Verstandes ist, und sieht dasselbe bei der Möglichkeit nicht? Das Erste, das, was nicht unser kleiner Verstand ist: Ist es nicht nur deshalb eine Notwendigkeit, weil wir darauf bestehen, es zu benennen? Denn das Erste selbst spottet über die Notwendigkeit, über unsere Kategorie.

Übrigens verstehe ich den Kollegen Schopenhauer, denn auch mich deprimiert die Unnotwendigkeit. Aber die Möglichkeit, beziehungsweise eben die Unnotwendigkeit, scheint mir wirklich nur eine Erfindung zu sein, also ist sogar mein Deprimiertsein über die Unnotwendigkeit letztendlich unnotwendig, denn was die Möglichkeit betrifft, habe ich die oben erwähnten Zweifel. Und überhaupt scheint mir, dass das Prinzip der Identität, einer losgelösten Mitte etc. hoch suspekt ist. Mich ermüden all diese Überlegungen auch, als obligatorisches Spiel.

Über die Frauen: Sie befinden sich zugleich in einer besseren und einer schlechteren Situation als wir. In einer besseren deshalb, weil sie nur zum Wesentlichen verurteilt sind. In einer schlechteren – eben darum.

Über das, was links vom Kommunismus steht, die Trotzkisten, Gauchisten etc. – die seit einigen Jahren so herrlich zusammenschrumpfen. Auch sie tragen zur Traurigkeit bei, zu meiner wachsenden Überzeugung von der ewigen Wiederkehr, der Lernunfähigkeit des Menschen, der Gefangenschaft in einem biologischen Zyklus. Das Gespenst hat schon die Hälfte der Bühne überquert und soll sich nun auflösen. Aber da kommt aus den Tiefen der Kulisse noch einmal ein ebensolches Gespenst hervor, und bevor es zur Mitte der Bühne kommt und bevor auch es verschwinden wird, wird es die gleiche Geschichte wiederholen. Und sogar wenn es dann auch tatsächlich verschwinden sollte, drängt sich doch die Vermutung auf, dass ein drittes daherkommen wird, welches… usw. Ich werde jenes dritte Gespenst zum Glück nicht mehr sehen. Wahrscheinlich sterbe ich vorher.

Andererseits, woher die Traurigkeit? Vielleicht sind es die letzten Illusionen des Fortschritts, vielleicht muss man so traurig werden, um erwachsen zu werden. Gerne würde ich einen Menschen nach seiner Meinung fragen, der vielleicht schon zweihundert Jahre gelebt hat. Sicher könnte keiner von uns sich mit ihm verständigen. Es ist ein extremes Beispiel und die Rechtfertigung dafür, dass die Alten (ich spreche hier nicht von den komplett Verblödeten) sich mit den Nichtalten nicht verständigen können. Aber ich behaupte nicht, dass die Alten eher recht haben als die Nichtalten. Denn diese Behauptung würde der Geschichte zugestehen, dass sie recht hatte. Und dieses Zugeständnis ist ja gerade die größte Schweinerei und der größte Schwindel des Marxismus. Der Geschichte, also wem? Der reinsten, also der giftigsten Abstraktion.

Warum sollten wir uns letztendlich nicht mit unserer Gefangenschaft in einem biologischen Zyklus einverstanden erklären? Man setzt sich mit so vielem permanent auseinander, nur nicht mit den grundsätzlichen Tatsachen. Dass wir älter werden und sterben. Als Erstes sollte man sich auf dem Terrain umschauen, auf dem unsere Sache sich abspielt. Die ganze Theorie von Schopenhauer über die Gattungen, die angeblich als Einzige zählen usw., belustigt mich. Er schreibt so über die Gattungen, als seien sie Personen, und diese Personifikation ist einfach rührend naiv. Ich weiß nicht, wie die Wissenschaft aussah, als Schopenhauer noch am Leben war, aber seine Überzeugungen von der Ewigkeit der Natur, der Arten usw. zeigt, dass man damals noch wenig von jenen Dingen wusste. Mir scheint es gerade umgekehrt zu sein: Die einzige Realität, das ist die, welche ich und ein anderer auf dem Buckel tragen, gemeinsam und doch völlig getrennt (das ist unlogisch, also umso richtiger), innerhalb unseres biologischen Zyklus. Es ist die einzige Realität, über die wir noch irgendwie fachsimpeln können.

Was dieser Schopenhauer über die Liebe geschrieben hat, finde ich ebenso komisch. Warum schätze ich ihn also, ebenso wie jene anderen, die mit mir eigentlich nichts zu tun haben? Da kann ich bloß sagen: Weil er wer war. Ein Beweis mehr, dass Grübeln und Schlüsseziehen nicht das Wichtigste sind. Um aber die Wahrheit zu sagen – vieles, was er sagt, gefällt mir, sogar seine Grübeleien und seine Schlussfolgerungen.

Das Blödeste ist, dass jeder recht haben will, als Einziger. Ich auch.

26. Juli

Gombrowicz ist gestorben, in der Nacht vom 24. auf den 25. Juli 1969. [...]

24. August, Stratford, Kanada, Sonntag

Sommer. Noch ein Sommer. Nicht weniger schmerzlich als die vergangenen Sommer.

Jemand, der das Leben ablehnt, verdient den Tod nicht. Weil er sich fürchtet, weil das Leben »zu sehr« schmerzt. »Zu sehr« – was heißt das? Wahrscheinlich verdient auch der das Leben nicht, der nur aus Angst vor dem Tod lebt. Die Angst vor dem Leben und vor dem Tod, die kann ich verstehen, aber ich heiße sie nicht gut. Denn dann lebt man nicht und stirbt auch nicht. Eine dritte Dimension. Das meiste habe ich in der dritten Dimension hinter mich gebracht. Was war solid? Ich glaube, nur die Sehnsucht.

Wie in der Kindheit, wie immer – eine große Rolle in meinem Leben spielen hier die Bäume. Ich sehe ein paar aus meinem Fenster. Wahrscheinlich möchte ich, dass sie mir ihr Geheimnis verraten. Wie machen sie das? Wie kommen sie klar? Alle Antworten, das mit dem Chlorophyll etc., sind todlangweilig, also irrelevant. Der Lehrsatz, dass sie ebenso wie ich, weil wir eins – schon gut, schon gut. Aber was, wie?

6. September, Paris

Langsam gewinnt dieses Schreiben Sinn. Vielleicht hilft es mir dabei, mich langsam wiederzubeleben. Nicht das Schreiben allein, sondern als Rapport. Für die Transparenz.

In Stratford bin ich endlich zu den Tiefen vorgedrungen, die sich in Berlin, Zürich und New York schon abgezeichnet haben. Das Gemeinsame: Überall war ich allein, und überall war ich in fremden Städten. Ihre Namen sind wie die Namen von Fenstern, durch die ich aus meinem Gefängnis hinausblicken konnte. In Stratford habe ich es kurz verlassen. Stratford war eine Tür. Wenn die Rede vom Sinn ist, oder eher vom fehlenden Sinn, dann weiß ich nicht, worum es geht. Hingegen weiß ich, dass sich mir das Wichtigste gezeigt hat. Ich sehe es nun schon und weiß darum, und entweder verberge ich es vor mir selbst oder ich lasse zu, dass ein Vorhang es wieder verdeckt. Und doch gibt es nichts Wichtigeres, nicht einmal die Literatur. Das sind Belanglosigkeiten, Spielzeug, naiver Ersatz.

Ich werde mich hier nicht damit vergnügen, dieses Wichtigste zu beschreiben. Für mich brauche ich es nicht, und gesund ist es auch nicht.

In Stratford war ich glücklich. Dieser Zustand, den ich in Paris nur selten, kurz, in unreiner Form erlebt habe, war dort dauerhaft und real. Ich werde nicht beschreiben, worauf er beruhte. Nur einmal bin ich ausnahmsweise in den Pariser Zustand geraten, mit dem bin ich aber leicht fertiggeworden.

In Stratford verschwand ich, der ich mich schon bis zum Überdruss kenne, tief aus mir kam ein anderer hervor, und ich muss sagen, der schien mir sehr attraktiv zu sein, reich, grenzenlos. Bestimmt war das nicht ich, ganz bestimmt nicht, das war etwas aus mir Herausgekommenes. Versuchen wir, am Boden zu bleiben. Man soll sich nicht lyrisch emportragen lassen, das läuft nur auf eine schlechte Form hinaus (wie in den vorangehenden Sätzen).

Es hat sich herausgestellt, dass es von mir mehr gibt, als ich glaubte. Dass ich, so wie ich bin, zusammengesetzt für den Pariser Alltag, nur eine oberflächliche Formation bin, ein Werk, eine zufällige Kristallisation einiger Elemente. Weiter, daneben, tiefer gibt es noch Raum, Substanz und Materie, die anders sind. Mir sind sozusagen neue Ungeheuer erschienen, neue Gestalten von mir.

Nein, das ist es noch nicht. Das ist schlechte Poetisierung. Immerhin war es diesmal konkret.

Heute ist mein altes Ich, mein halbgelähmter Affe zum Gegenangriff übergegangen, mit Erfolg. Zum Glück weiß ich davon, und ich spioniere ihm nach. Er hat mir jene Wunderbarkeit genommen, ein unpassendes Wort, aber von mir aus, vor dem Hintergrund des Affen. Mein ganzes gipsernes

Ich, das vorgibt, mein Körper zu sein, ist mir auf den Kopf gefallen, will mir einen Dämpfer verpassen. Ich fühle mich bedroht. Dem Affen nachspionieren. In Stratford hat mir der Tod viel geholfen. Natürlich nicht meiner, sondern ein fremder. Später haben mir noch viele andere Dinge geholfen.

Paris: ich in Paris, auch ein Tod, aber kein kreativer. Der Affe.

Ein Hinweis: Die Umstände und die letzten Dinge. Der Zusammenhang zwischen ihnen.

Es besteht die Gefahr, Stratford in einen kleinen Altar zu verwandeln und davor Weihrauch zu verbrennen, bis er verblasst. Stratford ist schon vorbei, die Wolke hat sich aufgelöst, in verschiedene Formen. Dort, wo sie war, steht jetzt eine andere, und an meinem Himmel ist auch bereits etwas anderes. Oder, was schwieriger ist, sich zu sagen: Stratford gibt es, so wie es alles gibt, was es gegeben hat und was es geben wird.

Nicht in Paris sitzen und sich nach Stratford sehnen.

Der Tod half mir zu sehen, dass ich nichts zu verlieren habe, dass ich nur gewinnen kann. Vielleicht ist der Himmel nur eine Metapher für solche »Stratfords« im Leben? Vielleicht entsteht nach dem Tod aus der Summe der »Stratfords« der Himmel und aus der Summe der »Anti-Stratfords« die Hölle?

Immer noch habe ich den Eindruck: Was ich schreibe ist nicht das, nicht so, nicht jetzt. Vielleicht deshalb, weil meine Instrumente, meine Ausdrucksweise in bedeutendem Ausmaß vom Affen abstammen. Ich eigne mich nicht dafür.

Gleichzeitig, unabhängig davon, ob ein Zusammenhang besteht, spüre ich den Ruck, wie ich mich von »Gombrowicz« losreiße, von diesem Tau. Als wäre ich zurück auf meinem eigenen Feld der Sensibilität, so dachte ich in der Nacht an Kafka. Vor einiger Zeit las ich seine Erzählung *In der Strafkolonie*. Trotz aller Gymnastik und Anstrengungen seiner Verfolger blieb Kafka allein, außerhalb ihrer Reichweite. *In der Strafkolonie* besitzt zum Beispiel einen geheimen Zugang zu seinem Geheimnis. Gombrowicz – nicht. Das Scheitern von Gombrowicz. Gombrowicz verkörpert nicht die einzigartige Kunst, die Kunst, das Schweigen zu brechen. Er ist das Sprechen. Großes zwar, aber Sprechen. Das ist höchstens eine *virtue*, nicht *the Way*.

Vielleicht hat mir sein physisches Verschwinden dabei geholfen, mich von ihm zu lösen? Nicht ausgeschlossen.

Ich lehne seine Jugend-Reife ab. Das ist nicht das Wichtigste.

Ich lehne sein Zwischenmenschentum ab. Diese Selbstverständlichkeit, nicht das Wichtigste.

Ich lehne seinen Willen, seine Hoheit und Niedrigkeit ab. Darum geht es nicht.

Ihm hat es genützt, so war er, ein Spieler, ein Schachspieler – und mich langweilt Schach. Er war ein Stoiker – und mir macht der Stoizismus keinen Spaß.

Er hat das alles gewusst und war bemüht, das alles nicht zu sein. Aber mich langweilt diese ständige Dialektik: zuerst etwas sein, und es dann verleugnen. Eine Art Pingpong, mit sich selbst. Miene und Kontramiene.

Vielleicht auch das, was ich über mich schreibe: Liebe hat er keine erfahren. Aber ohne Menschen konnte er nicht leben. Komische Kombination. Was bleibt?

Vielleicht war er ein anderer? Für mich war er der, von

dem ich wusste. Das genügt. Wie war der objektive Gombrowicz?

In ihm ist ein ärgerliches gesellschaftliches Element, ein Element des Sozialen. Zu viel Soziales, zu viele Ansätze.

Kafka.

Gombrowicz.

Er war solide und hatte einige Stützpunkte im Universum. Irgendwo stützte er sich immer solide auf etwas Solides. Das hat die Leute angezogen. Er gab uns das Gefühl von Solidität. Und von Realität.

Ich aber fühle eine andere Wahrheit, einen Befehl, einen Imperativ. Die Reste eines Bauwerks, einer Ausrüstung, eines Schiffs zertrümmern. Oder sich nicht mehr zur Wehr setzen, wenn die Gebäude, auf Leinwand gemalt, von selbst vermodern, dem Wind helfen, wenn er die Landschaft wegreißt.

Gemeinsam: Ich war in Stratford etwa so eingetaucht wie er in Argentinien. Eines wussten wir beide: Dort war unsere Wahrheit. Der Rest war ein Abklatsch, also eine Leiche dieser Wahrheit. Gombrowicz hat mich persönlich sozusagen geschlagen und zermalmt. Denn ich, von einem anderen Stern als er, stand nur schwankend da, auf einem Bein. Er hingegen stand fest, auf beiden Beinen.

Die Form ist auch eine Selbstverständlichkeit. Aber war er in seinem Kampf mit der Form, in seinem Formbewusstsein nicht auch ihr Gefangener? Er stand gleichsam ständig außerhalb der Form, er konnte ihr zwar entwischen, aber ähnlich wie ein Gefangener, der nach seiner Flucht um die Gefängnismauern streicht und schreit und singt: Ich bin dort raus, ich bin dort raus.

Gombrowiczs Verdienst ist für mich eine Offensichtlichkeit. Ich werde mich nicht bemühen, ihn auf gerader Linie zu überholen, ich werde mich überhaupt nicht bemühen. Die Literatur ist weder meine Berufung noch meine Lebensart. Das muss ich mir mutig ins Gesicht sagen. Mich interessiert das Leben. Ach, wie mich ausgerechnet das Leben interessiert.

Ein Blatt, abends, vor dem Theater in Stratford.

Nur so wie Kafka. Die Literatur war auch nicht seine Berufung. Er starb einsam. Eventuell besaß ich für einen kurzen Moment in Stratford ein seltenes Stück: ja/nein, totale Annäherung und totale Entfernung. Und der zweite Punkt: Nein, das werde ich nicht schreiben. Schreiben tötet.

Gestern habe ich notiert: Die Welt ist ein Werk der Mehrheit, einer riesigen, fast absoluten Mehrheit. Was ist eine Mehrheit, und was ist ihr gegenüber die »Welt«? Irgendwelche Vorschläge für die Wahrheit?

Um wirklich zu leben, müsste ich so gut wie alles von mir werfen. Alles, was fertig ist, vorbereitet. Ich müsste ein anderer werden, jenseits der Menschen, so gut wie.

Gibt es noch einen anderen Zeitvertreib im Leben?

Diese Welt, was tue ich da, mein Affe. Fast das ganze Ich, wie ich bin, wie ich geformt wurde. Etwas in mir, nicht der aus Bereitschaft geborene Affe, kann das nicht ertragen.

Mir vorzustellen, nie länger zu leben als einen Tag. Auf längere Sicht kühl planen und sonst nichts, als würde ich ein Testament schreiben, das Leben der Erben ordnen. Zweitens: mir vorstellen, ich sei eben erst auf die Welt gekommen, von irgendwoher. Von nirgendwoher. Da fällt mir ein: die Wonnen, die es bereitet, mich dem Affen hinzugeben.

Dem Affen gestatten, mir Gewalt anzutun. Aber vielleicht hat sich das auch bereits abgenutzt, abgegriffen … das wäre zu wünschen.

Revolution gibt es für mich nur eine, die Auflehnung gegen den Affen. Um der Wahrheit jenseits des Affen die Hand zu reichen, festen Halt zu finden, den Kontakt nicht zu verlieren. Das ist gewaltig, das ist stärker als der Affe.

Es geht hier um das völlige Umleiten von Flussläufen, um einen ganz anderen Fluss. Es gibt Zeichen am Himmel und auf der Erde. Unter anderem ein Wechsel der Perspektive.

Trost: Was habe ich mit mir als Achtzehnjährigem gemeinsam? Mit mir als Kind? Nur ein kleines Rinnsal Energie und Leben. Die Formen haben sich radikal geändert.

Ich bin bald vierzig. In keiner mir bekannten Literatur des Buddhismus und des Zen ist die Rede davon, dass das wichtig ist.

Trost: Bisher hat es für mich keinen Tod gegeben. Erst jetzt denke ich an den Tod. Bisher galt für mich nicht der Satz: Du bist verurteilt. Was hat ein Verurteilter zu verlieren?

Wie wär's mit einer Erzählung von einem Verurteilten, einem Menschen, der abends sterben soll? Eine freudige Erzählung? Was hat ein Verurteilter zu verlieren?

In dieser Erzählung: Wendy. Echte Liebe, trotzdem *détaché*.

Woher kommt mein – zeitweiliges – Gefühl der Unverwüstlichkeit? Dann möchte ich lachen, freundlich, allumfassend. Es ist das Gefühl, für den Tod unverwüstlich zu sein. Ich weiß noch, wie ich einmal (nur so) auf dem Boden lag und bereit war zu sterben – positiv. Ich kann das nicht besser beschreiben. Sich bewusst zu werden, dass man verurteilt ist, was ist daran bedrückend? Genau das ist doch die Freiheit.

Es gibt verschiedene Arten. Unter anderem: *five colours blind the eye*... Anders gesagt: sich nicht vom Affen in Stücke reißen lassen.

Ich sehe: ich mit Gesicht, ich aus Gips, den Affen umklammernd. Dahinter, darüber, daneben der, den ich nicht beschreiben möchte. Beschreibung tötet. (Ich verstehe den Ikonoklasmus. Du sollst kein Bild malen.)

Five colours... töten die nicht auch mein Schreiben? So viel auf einmal. Zentriere dich, fasel nicht in alle Richtungen.

Ich verschmähe mich, den gipsernen Liebhaber des Affen.

Ich werde sterben – fast eine freudige Feststellung. Die Feststellung der Freiheit.

Angst. Nicht vor dem Tod. Die Angst, hervorgerufen von der täglichen Illusion, unsterblich zu sein.

Eigentlich unausstehlich. Warum war ich in Stratford ausstehlich, sogar mehr als das?

Allein.

In der Fremdheit.

(Achtung, ich bin schon betrunken, ich trinke mit dem Affen, ich weiß es, deshalb sage ich die Wahrheit. Achtung, das kann ich nicht widerrufen, ohne zu lügen.)

Nichts zu besitzen: weder meine Frauen, noch Dinge, noch einen Affen (bis zu einem gewissen Grad).

Hier, leider, Elemente der Wahrheit.

Das Widersprüchliche der obigen Punkte führt zu einer sofortigen *rechute* in die Umarmung des Affen. Ich sollte so leben, dass mein Traum echter als meine »Realität« ist. »Realität« (Routine) ist Selbstmord.

Was folgt daraus?

Geliebt zu werden ist schlimmer, als selbst zu lieben.

Als Liebender hat man immerhin die Initiative und die Handlungsmöglichkeit. Als Geliebter ist man Objekt.

Sprechen wir über Menschlichkeit. Da denke ich vor allem an die Frauen. Von den Frauen lernen.

Die Fähigkeit der Frauen zu lügen – weil sie von der Kümmerlichkeit und der Relativität der Fakten wissen. Die wunderbare Gleichgültigkeit der Frauen gegenüber allem, was nicht das Wichtigste ist: Nennen wir es Liebe.

Make love, not war – wer ist hierbei der Meister? Natürlich die Frauen.

PS – Ich habe ihn geliebt, war in ihn verliebt. Ich habe mir das gleichzeitig vor Augen gehalten, die Möglichkeit – nichts in Richtung Homosexualität, nichts dergleichen wurde laut geäußert, aber ich war mir der Möglichkeit, meines Zustands des Verliebtseins voll bewusst. Ich weiß, dass es keine Erfüllung gegeben hätte. Zum ersten Mal im Leben war mir das homosexuelle Potential bewusst, einen Menschen (Mann) mittels Erotik zu erreichen. Platonische Homosexualität. Wie könnte ich mit ihm im Bett liegen – Lachen. Das Gefühl: falscher Bahnhof. Nichts wäre damit gesagt.

Wenn du trinken willst, dann trinke, betrink dich. Aber du darfst am nächsten Tag kein Aufhebens drum machen, es als Spiel mit dir selber benutzen. Trink mit dem Affen, denn Trinken ist äffisch. Ich trinke mit dem Affen. Mit ihm oder gegen ihn? Ich trinke, weil ich mich übertreffen will. Alles das ist nicht *on the way*. Das Problem meines Lebens hier ist das gleiche wie das Problem meines Lebens in Polen: Soll ich freiwillig zugrunde gehen oder mich mit letzter Kraft aufraffen? Abhauen.

Einmal habe ich notiert: *dépouillement*, Hiob. Ich bereichere mich nicht, indem ich anschaffe, sondern indem ich abstoße. Zwei Maße des Lebens: das der anderen und meines. Ich behaupte nicht, es gäbe nur meines. Aber mehr nur meines, als es bei Gombrowicz der Fall war.

Es bedrückt mich, dass ich mich in Paris betrinken muss, um intensiv zu sein. In Stratford war es umgekehrt.

Diese Summe von Toden ringsum: Die Frage, ob fünf meiner Kollegen, tragisch und plötzlich, sterben mussten, damit ich mich mit dem Tod befasse? Vielleicht. Das ist unheimlich. Und verpflichtend.

Was, wenn in mir völlig unbekannte Kräfte, Gestalten, Möglichkeiten sind, die ich mir bisher gründlich vom Leib halten wollte? Warum wollte ich das? Wegen eines existentiellen Ziels, weil ich in eine bestimmte Sichtweise passen wollte, in eine bestimmte Formel? Und was, wenn ich mir selbst ein völlig Unbekannter bin (Stratford), fremd im eigenen Haus? Fremd im eigenen Haus ist die beste Beschreibung. Unheimlich, verführerisch, mich woandershin rufend. *Stranger in the house. Welcome.*

Anmerkung: Ist das alles nicht zufällig Literatur? Also Erfüllung, Entleerung, Kastration durch das Schreiben? Schreiben – Erfüllung. Vielleicht wäre so eine Erfüllung durch Schreiben sogar echter als eine Erfüllung jenseits des Schreibens? Antwort: nein.

Ich gebe mir kein Ehrenwort. Morgen ist ungewiss. Ich

werde müde sein. Es gibt in Paris etwas Ungutes: Meine Energie wendet sich gegen mich.

14. September

Am elften September habe ich mich schwer betrunken. Auf dem Fest bei Teresa. Es gibt viele Rechtfertigungen. Ich weiß aber nicht, ob es angebracht wäre, auch nur eine davon vorzubringen. Ebenso vorsichtig bin ich mit den Gewissensbissen. Ich weiß nicht, ob ich welche haben soll.

Ähnlich misstrauisch bin ich, was dieses Schreiben anbelangt. Ich habe kein Vertrauen darin. Ich habe noch keine Formel gefunden, ich weiß nicht, wie dieses Schreiben sein soll, es ist ja nur Schreiben, wie jedes Schreiben. Es ist nur ein Zeichen, buchstäbliches Schreiben ist nur ein Zeichen des »Schreibens«, eine Formgebung. Es ist schwer, während des Schreibens daran zu denken, dass es nicht das ist, was es sein will.

Mein letztes Besäufnis ließe sich auf viele Arten interpretieren. Etwas hochtrabend auch als Strafe. Für Selbstgefälligkeit, für Ungestüm, für das übertriebene Sich-an-die-Brust-Schlagen, Sich-die-Haare-vom-Kopf-Reißen, für die Schwüre und Versprechungen. Wenn ich die vorigen Seiten lese, schlägt mir ein großes Ungestüm entgegen, manchmal fast Hysterie.

Die Geschichte: Ich begann mich zu betrinken, als die ganze Situation schon vorüber war und ich sie beinahe schon halbwegs überstanden hatte. Die Franzosen begannen von der Notwendigkeit einer totalen Revolution zu sprechen, weil nur sie uns alle rettet. Sie sagten wirklich »rettet«, denn retten soll sie uns nicht nur gesellschaftlich, sondern wortwörtlich. Der Moment, in dem dieses Thema aufkam, war der Grund, vordergründig. Dahinter konnte ich aber die Verlogenheit aller hier Versammelten nicht aushalten, die Verlogenheit ihres Lebens, die einzelnen, lebendigen Gestalten der hier Versammelten.

Ich will dieses Ereignis nicht historisch beschreiben, das brächte nichts Neues, es war ja eine Situation wie viele andere. Sie warf nur die Frage auf: Wie kann ich das, was ich fühle, wenn ich einfach so dasitze, wie jetzt gerade zum Beispiel, also unter optimalen Umständen – in Situationen abrufen, die ich mir nicht ausgesucht habe, die ich mir nicht selber eingebrockt habe, wie kann ich in fremden Situationen authentisch bleiben.

Die Antwort ist übrigens einfach, und die ganze Frage ist wohl zu akademisch und resultiert aus meinem Willen, die Sache breitzuwalzen.

Mein Trinken ist vielfältig, und offenbar verfolge ich damit viele Ziele. Das erbärmlichste Trinken ist das Trinken als Flucht. Dann trinke ich, weil ich etwas nicht aushalte. Das ist zum Kotzen. Damit das verschwindet, in was ich, äußerlich, hineingeraten bin. Damit es nicht mehr einschränkt und quält. Mit dem Trinken bringe ich mich in eine Situation, in der ich die Situation mittels einer Situation bewältige. Spiel und Pharmazie. Aber verteufelt wirksam.

Ich habe die Notizen seit meiner Rückkehr nach Paris gelesen. Umwerfend, was für ein Schrott, was für ein Durcheinander, schlichtweg Graphomanie.

Ein Graphomane ist ein Mensch, der mit »ganzem Herzen« schreibt.

Ich glaube, an diesem Prinzip kann man sich nicht vorbeizwängen: Schreiben ist nur Schreiben. Die graphomanischen Notizen (schlechte Form) zeugen davon, dass du auf dem falschen Weg bist. Pass auf, pass auf, wenn du schreibst, ärgere dich nicht über das Prinzip, das ist einfach, wie es ist. Das musst du jetzt schon wissen, von Beginn an. Komplikation, falsche Folge, falsche Anschlüsse, Durcheinander, weitere Verwirrung – das kann dir überall schaden, nicht nur beim Schreiben. (Nicht nur dein Schreiben wird schlecht sein.)

Aber auch beim Schreiben musst du vorsichtig sein.

5. Oktober

Alles ist unmöglich.

Alles ist möglich.

Außerhalb dieser Kategorien.

Yesterday – following the Way, surprisingly rewarding.

Happiness. A high flying. Yes, man, I was happy yesterday, in the full meaning of the word. However do not pretend it was the Way which made me happy. If was That. The way led to it.

My God, why speak so much about a simple thing like that. A simple, but how complicated and inexhaustible. For eight years in love. More or less, though irrevocably. Is it not a treasure?[57]

Um wenigstens für einen Moment nüchtern zu werden (auch wenn bekanntlich andere Gedanken hinter diesen Gedanken stecken). Ich bin darauf gekommen, was echte Literaturkritik ist: vergleichen, das Werk mit der eigenen Lebensweisheit konfrontieren. Nicht mit Ideen, Formen, Soziologie oder Geschichte. Nicht mit eigenem Wissen. Mit eigener Weisheit. Eigener.

Sonntag.

Rilke.

8. Oktober, Samstag

Es gibt Momente, in denen es mir glückt. Viertelstunden. Vielleicht Stunden. Zufrieden, wenn es geglückt ist, nach solchen Momenten, Viertelstunden, gehe ich rasch in Pension. Als ginge es darum, etwas zu verdienen. Erst der Verdienst, dann gleich die Pension. Angst (oder was?) vor dem Weitergehen. Also kleine Rückschritte.

Indes vergeht die Zeit. Die totgeschlagene Zeit. (Wenn sie nicht totgeschlagen wird, vergeht sie nicht.)

Angst von allen Seiten. Zum Beispiel kommt ein Mann zu mir, den ich kenne. Ich bin für ihn der, den er kennt. Ich richte mich nach seinem Begriff von mir. Ich bestärke ihn darin, doch es langweilt mich. Um der Langeweile zu entkommen, fliehe ich vor diesem Menschen, innerlich. Ich höre ihm nicht mehr richtig zu, und ich sehe ihn nicht mehr richtig an. Aber wirklich fortgehen kann ich ja nicht, also ist es eine Flucht an der Leine. Mein Überdruss wächst. So etwas nutzt keinem. Aber ich könnte es doch versuchen. Ihn überraschen. Plötzlich nicht mehr seinem Begriff von mir entsprechen. Warum tue ich das nicht? Klar, ich habe Angst. Ja, so ist es bequem, so kommt alles ganz von selbst. Und so ist es langweilig und quält mich. Und die Zeit vergeht.

Ich bin nicht frei. *Das* vernichtet mich, nicht die Unfreiheit. In der Gefangenschaft kann man tun, was getan werden muss, Körbe flechten. Ich will keine Körbe flechten, obwohl ich das so oder so muss. »Morgen« – sage ich mir. Aber morgen was, Körbe? Heimlich hoffe ich, dass ich morgen freigelassen werde. Aber Körbe flechten muss man, auch in Freiheit, oder nicht? Also, suspendiert in einer unbestimmten Dimension, grüble ich endlos und wälze Dinge in meinem Kopf, die mir bis zum Überdruss bekannt sind, ohne etwas zu tun. Und so vergeht die Zeit.

»Und du wartest …« – sagt Rilke.[58] Er war immerhin frei.

Gefangen im Netz – jeder hat von mir einen Begriff, im Netz der Dinge, da bin ich der, der die Sache mit den Steuern erledigen soll. Da bin ich der, der die Gäste empfangen soll, oder selbst Gast ist. Mittels Gedankenlosigkeit, Ohnmacht und Feigheit kann man es in diesen Netzen aushalten. Der mit der Brille, der Großgewachsene, der Literat. Ich übernehme die Rolle des Gastgebers, des Gastes, des Steuerzahlers etc. Aber ich weiß bereits, dass das nicht die Wahrheit ist, Steuerzahler, Gast. Meine Emotionen, die aus solchen Rollenzuschreibungen entstehen, sind umso authentischer (ich fürchte mich vor dem Finanzamt, ich will ein gerngesehener Gast und ein guter Gastgeber sein), je niedriger und demütigender sie sind. Gleichzeitig mit den Emotionen spüre ich ihre Niedertracht. Ich weiß, dass sie nicht notwendig sind und dass ich mich von ihrer Niedertracht und Geringfügigkeit befreien könnte. An ihrer Stelle eine andere Art der Emotionen erleben, authentische, keine niederträchtigen. Emotionen, die dumm, billig, substanzlos, platt, kümmerlich, mechanisch, verdünnt und nicht einmal richtig giftig sind. Unnotwendig. Aber ich beklage mich nicht.

Frühmorgens, bevor der Tag beginnt – die erste Flucht. Das Quasi-Schreiben. So tun, als sei es eine große Sache, der ich alles opfern muss. Insgeheim weiß ich, dass das eine Ausflucht ist. Ich weiß, dass ich nur vor einem Blatt Papier sitze und mich so lange aufblase, bis mir schlecht wird. Ich verhülle mich, ich verblöde vollends, um den Rest des Tages rekonvaleszent zu sein, womit ich die Verantwortung abgeben kann. Es fiel das Wort: Verantwortung. Wenn es irgendeinen Sinn hat, dann den: Verantwortung für meine eigene Entwürdigung oder Nicht-Entwürdigung. Dieses morgendliche Schreiben ist die erste Ausflucht des Tages. Angst und Flucht sind eine bewährte Formel. Angst vor dem Tag, nennen wir es so, und Flucht in simuliertes Schaffen.

Und da es eigentlich kein richtiges Schaffen ist, kein richtiges Schreiben, gelingt es auch nicht. Und genau das brauche ich. Das Scheitern hilft mir dabei, mich in einen Zustand der Unbestimmtheit, der Verblödung und der Überflüssigkeit zu versetzen.

Die erste Flucht rechtfertigt alle weiteren. Wer einmal geflüchtet ist …

Ich will keine Klagen, keine Formeln. Ich schreibe das alles, um mir die Wahrheit immer wieder vorzuhalten, damit ich ihr nicht so leicht aus dem Weg gehen kann. Damit meine Lüge vor mir selbst immer größer und sichtbarer wird. Was ich jetzt schreibe, ist weder Klage noch Suche nach einer magischen Formel.

Ich weiß, dass meine Körperlichkeit ein Instrument, ein Faktor ist. So manipuliere ich schlau daran herum, um dieses Instrument stumpf und dumm zu machen. Ich weiß, wie man mit so einem Instrument umgeht, und deshalb gehe ich unsachgemäß damit um, absichtlich. Diese Wahrheiten und so weiter werde ich mir so lange unter die Nase reiben, bis das Spiel auffliegt.

Ich wiederhole noch einmal: Nicht vor dem Tod fürchte ich mich, oder vielleicht auch ein bisschen vor ihm, denn er ist eine Abstraktion (ich verwende hier das Wort »Tod« in seiner umgangssprachlichen, »normalen« Wortbedeutung, ohne meine persönlichen Spekulationen und privaten Gefühle), sondern vor dem Leben. Nicht in erster Linie davor, was im Leben schmerzhaft, schlimm und schlecht sein könnte. Ich fürchte das Leben als Leben, Leben – Leben, ich sage es mir immer wieder, nicht als Entdeckung oder poetische Figur, sondern als Training.

Meine Erfahrung hat mich gelehrt: Das Böse, der Schmerz, also das Unglück tritt auf zwei Arten in Erscheinung. Tiefer und höher. Im Nichts und im Dasein. Aber ist es im Dasein wirklich ein Unglück, da es doch im Dasein ist? Natürlich nicht. Es hat mich einige Male so geschmerzt, dass ich diesen Schmerz nicht gegen ein »Wohlbefinden« einer andern Art getauscht hätte. Der Großteil meines Lebens verläuft und verlief in der Hölle, in der wirklichen Hölle, weil es die »Hölle« war. Die »Hölle« – richtige Hölle. Hölle – gar keine Hölle. Ich bin überzeugt davon, es ist weder Fatalismus noch Urteilsspruch. Ein ausnehmend hübscher Vorname für Faulheit, erbärmliche Angst, Fahrlässigkeit. Erbärmliche Angst – Angst aus Gewohnheit.

Das ist wichtig: Angst aus Gewohnheit. Manchmal entdecke ich, dass ich mich gelegentlich überhaupt nicht fürchte (die Rede ist vom ganzen Umfang dieses Begriffs, zum Beispiel: Die Angst vor dem Menschen, der heute bei mir war, ein Bekannter, ein zufälliger Gesprächspartner). Dann und wann, unter diesen und jenen Umständen, fürchte ich mich überhaupt nicht. Das heißt, ich fürchte mich zwar überhaupt nicht, aber ich fürchte mich aus Gewohnheit. Ich fürchte mich, weil die Angst zu einem Element meiner »Natur« geworden ist, einem Element meiner Person, die aus Gewohnheiten besteht. Solchen wie dem Tabakrauchen oder der Fähigkeit, auf der Schreibmaschine zu schreiben. Also ist es eine erbärmliche Angst, denn Angst ist doch eigentlich eine tiefreichende Sache. Die Fähigkeit, auf der Maschine zu schreiben, ist weder niedrig noch erbärmlich, weil sie für sich keine Tiefe beansprucht.

Ich bin eine Mülldeponie aus äußeren und inneren, kleinen und großen, einfachen und komplexen Gewohnheiten. Von Natur aus bin ich gesund, immun gegen Gewohnheiten, auch das wird mir immer bewusster. Früher habe ich vor Schmerz nur geschrien, jetzt weiß ich mehr oder weniger, welcher Teil meines Schmerzes nicht notwendig ist und was ihn auslöst. (Wie ich früher einmal realisierte, dass ein Teil meines Schmerzes, den ich für notwendig und metaphysisch gehalten hatte, nur von der Volksrepublik Polen hervorgerufen worden war.) Was in mir »ungut« ist, resultiert aus »unguten« Gewohnheiten.

Eine solche Gewohnheit, wie ich sie beschrieben habe, ist für mich ebenso angenehm wie qualvoll (die gewohnheitsmäßige Annehmlichkeit, wie sie in der Gewohnheit liegt). Wenn man da überhaupt von Annehmlichkeit sprechen kann, aber bitte. Die Qual wird immer größer und sollte schon die Annehmlichkeit überwiegen, wäre da nicht die Angst, unter anderem die Angst, die Gewohnheit aufzugeben. Da die Angst auch größtenteils eine Gewohnheit ist und mir somit auch bereits – umso mehr, wenn ich ihre Spezifik in Betracht ziehe – mehr Qual als Annehmlichkeit bereitet, wenn Angst überhaupt Annehmlichkeit bereitet …

Ich habe bereits davon geschrieben, dass ich die Angst vor allem als Schlüssel zum Leben gesucht habe, weil sie schon einmal zu so einem Schlüssel geworden war – und später, obwohl sie ihre Schlüsselfunktion immer schlechter erfüllte, suchte ich sie schon allein. Die Sache ist die, dass sie gerade in ihrer Schlüsselfunktion immer wirkungsloser wurde, wovon ich durchaus weiß, und so wird die »Annehmlichkeit« aus der Angst immer erbärmlicher, und ich werde mir dessen je länger, je mehr bewusst.

Mir fällt eine Metapher ein: Ich fühle mich zunehmend wie ein alter, abgetragener Anzug: mich selbst, insofern, als ich der Anzug bin. Ich weiß nichts von der »Zukunft«, und ich schere mich nicht darum. Immer mehr fixiere ich mich, diesen Anzug. Das ist besser. Das hat wahrscheinlich mehr Chancen als das »Erreichen«, ein Phantombild von mir, dem ich nacheifere (meine Jugendkrankheit). Die Fragen »Wer soll ich sein? Wer soll ich werden?« beschäftigen mich nicht mehr so sehr wie früher. Irgendwie komisch. Eher frage ich, wer ich nicht sein soll. Wenn der, der ich bin und der von selbst aufhört zu sein, nur aus Gewohnheit er selbst ist, aus abgenutzter, zerrissener, zerlumpter Gewohnheit, was nur langweilig ist und weder funktioniert, amüsiert, interessiert, weiterführt noch kleidet.

Gewohnheiten. In Stratford hat sich erwiesen, dass ich

auch ein anderer sein kann. Nicht »ich«. Sicher war es die Folge der radikal veränderten Umstände. Lassen wir einmal die äußeren Begleitumstände beiseite. Die sind einfach und offensichtlich. Betrachten wir die inneren Gewohnheiten, das Gewohntsein an mich, an »mich«. Untersuchen: Dieses so leicht dahingesagte »so bin ich«, ist das nicht zufällig einfach eine Gewöhnung, ein irgendwann einmal gezeichnetes und ständig verfestigtes Bild von mir? Ist es nicht irgendein Unfug? Jedenfalls wäre es gut, sich zu fragen: Wirklich wahr? Betreibe ich nicht schon wieder nur eine alte Gewohnheit?

Beweise dafür, dass mir Gewohnheiten nicht guttun:

1. Ein immer üblerer Beigeschmack, Unzufriedenheit, Unglück – jedes Mal, wenn ich einer Gewohnheit fröne.

2. Das Glück in fremden Ländern, fremden Städten, mit fremden Menschen. Soviel ich weiß, ist das nicht bei jedem so. Eher untypisch.

Angst und Flucht – gewiss eine effektive Formel. Geben wir dazu noch die Gewohnheit. Wovor fürchte ich mich, wovor, wie, wohin flüchte ich? Wo ist hierbei die Gewohnheit, welche denn? Gibt es meine Angst überhaupt, wirklich?

»Sich durchschlagen« sollte auch funktionieren. Zum Beispiel, wieder mal typisch, fühle ich in diesem Augenblick, wie ich mich durchboxe. Physisch bin ich bereits müde, ich habe die Essenz dessen erschöpft, was ich mir heute zu sagen habe. Gleichzeitig die Gewohnheit, wie viele Male habe ich mich schon auf diese Weise durchgeboxt. Ich begann sogar, was ein schwerer Fall des Sich-Durchboxens ist, zu trinken, stellte die Flasche neben die Schreibmaschine, ein weiterer schwerer Fall, dieser Kraftakt. Nehmen wir die Formel »Angst und Furcht«. Angst wovor? Einfach so, normal. Vor der Leere, die mich erwartet, wenn ich dieses Sitzen beende. Angst, dass die Intensität in die Unbestimmtheit absinkt und ich sie mit keiner neuen, anderen Intensität ersetzen kann. Angst vor dem Steg, vor dem Darübergehen und davor, dass es kein anderes Ufer gibt. Fliehen – noch nicht. (Die klassische Flucht wäre nur ein weiteres Sich-Durchboxen, zum Beispiel sich betrinken.) Eher klammere ich mich fest.

Die Gewohnheit spielt auch hier eine Rolle. Die gleiche Situation, immer wieder.

Ein Projekt für den Übergangsmoment, nach dem bewussten Beenden der gegenwärtigen Intensität. Nach der Auflösung ihrer gegenwärtigen Form. Einfach warten. Sich nicht überstürzt in irgendetwas hineinmanövrieren, in irgendein Ich. Ganz bestimmt würde mich dann die Gewohnheit packen. *Stay still and listen to it.*

Eine Bemerkung nach der Durchsicht einiger Notizen aus den letzten Wochen. Nicht in direktem Zusammenhang mit diesen Notizen, sondern mittelbar. Eine Bemerkung, die nur ein grobes Skizzieren eines bestimmten, wie soll ich sagen, Aufblitzens ist. Also: Achtsamkeit sich selbst gegenüber. Achtsamkeit der Welt gegenüber ist die totale Form der Flucht. Nur wenn man sich selbst gegenüber achtsam ist, kann man der Welt Genüge tun. Achtsamkeit der Welt gegenüber: Flucht, Verzettelung. Achtsamkeit sich selbst gegenüber, der Welt Genüge tun, das ist ein Paradox, aber eines, das nicht stört. »Achtsamkeit« gegenüber der Welt, Katastrophe, allgemeines und totales Sterben. Achtsamkeit mir selbst gegenüber, das ist das Schwierigste.

Kommentar zur ersten der heutigen Notizen: Warum, wenn es mir gelingt, ziehe ich mich zurück? Vielleicht auch deshalb, weil der Instinkt sagt: Wenn du es nicht tust, kommt dir die Dialektik abhanden, der Unterschied zwischen und zwischen. Eine begründete Sorge. Aber es wäre zu prüfen, ob es wirklich dazu käme, wenn ich so weitermache. Ob diese Dialektik nicht zufällig weiterbestünde, ebenso wie der Unterschied, aber mit besserem Material. Ist »auf dem Tisch« keine mögliche Dialektik, und ist die einzig mögliche die zwischen »auf dem Tisch« und »unter dem Tisch«?

Eine Anmerkung zur Achtsamkeit: Die Tendenz, *en bloc* achtsam zu sein, führt zu Stielaugen und Krämpfen. Es kommt zur extremen und definitiven Synthese in jedem Moment und in jeder Situation. Eine Katastrophe. Dagegen hilft das Oszillieren zwischen Makro und Mikro, das Verschwinden, Wellenschlagen und Kreieren, das Ergreifen, Verdichten, Ausgliedern. Die Tendenz, alles im äußersten Krampf hinter sich zu bringen. Die Spannung der Intensität nicht mit dem Krampf verwechseln. Dran denken, dass *es* nur zwischen einem Punkt, einerseits, und der Unendlichkeit in allen Dimensionen, andererseits, zu finden ist. Pulsieren. Nur solch eine Achtsamkeit.

Grund für den Irrtum: Angst (es nicht zu schaffen, nicht zu erledigen, nicht zu packen) und Gier. (Eile aus Begierde, um zu erledigen, zu packen, Schritt zu halten und zu überholen.)

Ein Beispiel: die Fähigkeit, in einer Sekunde alles zu vernichten, was ich heute geschrieben habe.

Don't stick to it, ne sois pas collé. (Sich durchboxen.) *Cut off. La vie, les particules de la vie, qui traînent. Qui – déjà mortes – obstaclent la matière vivante qui les suit. Qui l'infectionnent. Crispation de l'esprit.*[59]

Eine Anmerkung: sich nicht gedankenlos mit der Struktur (einer gegebenen Situation) in der Zeit identifizieren. Zum Beispiel wenn ich U-Bahn fahre, darf ich mich nicht gedankenlos mit mir als U-Bahn-Fahrer identifizieren. Ich darf mich nicht abhängig von der Struktur machen, ich muss bewusst in ihr sein. Ach, noch ein näheres Beispiel: Hier die Struktur, die ich mir selber vorsetze: Wenn ich nachts hier so sitze, habe ich eine Vorstellung von mir, von dieser Situation, von ihrer Spezifik. Sich da nicht reinziehen lassen.

Der Tod: Es ist möglich, für einen Moment zu sterben. Wenn ich infolge einer tiefgreifenden *lucidité* neben mir selbst stehe, ich, der ich aus Gewohnheiten (den alten Netzen) und der gegenwärtigen Konstellation bestehe. Wenn es nichts mehr gibt. Ein Zeichen, wenn das wirklich gelingt: Dieses eine, unendliche, winzige bisschen Zeit, in der ich keine Angst davor habe, in der ich mich nicht mehr dagegen sträube, in der ein Gefühl da ist, das sich mit keinem anderen vergleichen lässt. (Freude etwa wäre noch von dieser Seite der Barriere.) Ein Zeichen, dass es nahe ist – wachsender Widerstand, Angst, es nicht zu tun, zögern.

Der jetzige Zustand: Ich hänge sehr an mir, dem »Gewöhnten«, durch die momentane Situation Definierten. Das weiß ich mit absoluter Klarheit. Warum befreie ich mich nicht von dieser Anhänglichkeit? (Ich weiß, dass ich es könnte, ein Schritt genügt.)

Es lohnt sich, so einen Tod, diesen Tod noch etwas zu studieren.

Sie ist mir so lieb, in diesem Moment, diese Schreibmaschine, die ich »erschlagen« könnte. Mein Laster, das Rauchen. Ähnelt die Angst, beides, auch nur für kurz, zu verlieren, der Angst, die ich haben werde, wenn der Tod »wirklich« näher rückt? Ich glaube ja. Wäre also das Sterben, so wie es jetzt im Bereich meiner Möglichkeiten ist, das Sterben für einen Moment, denn nicht ein wesentlicherer Vollzug des Lebens, als wirklich zu leben? Ich fürchte mich, es auszuprobieren. Wovor fürchte ich mich, vor dem Risiko?

Da wären wir wieder bei der reinen, grundsätzlichen Angst. Der Angst vor dem Tod. Vor dem Tod? Vor dem »Tod«? Machen wir einen Rückzieher?

Ich stehe »wahrhaftig« vor dem Moment. Es wird bedrohlich. Plötzlich ist es aus mit den Späßen. Mein Gott, ist der Moment gekommen, in dem ich Selbstmord begehen kann, nicht so einen normalen, sondern … Während ich das schreibe, weiß ich, dass ich mich selbst beschwatze, den Moment hinauszögere. Eine Entscheidung, natürlich, eine Entscheidung, aber ich weiß noch nicht …

Habe ich dafür so viele Jahre gelebt, damit das heranreifen konnte … Das ist natürlich Pathos, also noch auf dieser Seite. Das Beschwatzen. *Es*, wenn ich es tun werde, wird gleichgültig sein gegenüber dem Pathos. Gleichgültig, auch so ein Wort noch von diesem Ufer …

WAHRHAFTIG.

Ich weiß, dass nichts passieren wird, aber wenn doch …

Es ist nahe.

Ich verwische es absichtlich, um es zu vergessen.

Aber es lässt sich nicht vergessen, verwischen, dieses WAHRHAFTIG. Eine weitere Illusion von diesem Ufer.

Ich warte, auf was? Ich will nicht. Weil ich danach weder Wollen noch Nicht-Wollen kann. Wollen-Nichtwollen ist auch eine Gewohnheit. Danach werde ich weder Wollen noch Nicht-Wollen können.

Die Versuchung, ein Gläschen irgendwas zu trinken. Damit mein Körper mich *davor* rettet. Aber ich sehe ja das ganze Elend, die Lächerlichkeit dieser Situation – mitsamt ihren besten intellektuellen Erkenntnissen –, mein Affentheater der letzten Stunden. Dieser Tand ist mir teuer, dieses Leben, das Leben ist mir teuer, »das Leben«. Wenn ich nur sicher wüsste, dass es »das Leben« ist und nicht das Leben. Ich stehe offenbar vor einem authentischen Sein oder Nichtsein.

Also wo sind meine Pseudobestrebungen, der große Hunger, die Bereitschaft für alles? Hier hat sich mir eine Chance eröffnet. Hunderttausendmal habe ich mir das Ehrenwort gegeben, dass ich mich bessern werde, dass ich so und so leben werde. Zum ersten Mal zögere ich. Das Zeichen, dass es heute um etwas anderes geht. Kleinheit, Betrug: wissen zu wollen, ob es »das Leben« oder das Leben ist. Ein kleiner Handel. Aber gerade das ist nicht möglich.

Ja, heute geht es um Selbstmord.

Ich lenke immer wieder davon ab.

Aufschieben, aufschieben. Ins Schreiben flüchten, das ist ebenso kokett wie das Schreiben selbst. In die Künstlichkeit der Worte. Ich kann es nicht verhehlen, ich habe Angst. Wirklich. Und das bedeutet ja, dass es wirklich ist. Dass es hier um etwas geht, das jenseits des Wortes »ernst« liegt.

Also soll ich sterben? Jetzt gleich? Ja, ich weiß nichts, weniger als »nichts« über das, was dann kommt. Nur dass es jenseits der Worte »sein wird« sein wird.

Eine Zigarette. Schon so viel Nikotin. Bewusst. Nikotin, mit voller Absicht und Klarheit. Ich weiß alles darüber, heute klammere ich mich daran, dass Rauchen »Leben« ist, Leben?

Eben habe ich begriffen, was ich einmal als poetische Figur aufgeschrieben habe: »Der Tod ist in euch, wie die Nachtigall im Käfig.« Er ist in mir, hier, in meinem Bauch. Die Frage ist nur, soll ich ihn freilassen oder nicht? Meine Beschreibungen seiner Begierden, seines großen Hungers waren unaufrichtig. Jetzt habe ich Angst.

Wie leicht er ist: jenseits des Wortes »leicht«. Ich kann es tun.

Wenn ich es tue, werde ich es schon nicht mehr aufschreiben. Wenn ich mich zurückziehe – schreibe ich, dass ich mich zurückgezogen habe. Aber es wäre kokett und hinterhältig zu schreiben, ich hätte es getan, wenn ich es erst tun werde. Es geht mir nicht um die Sache, sondern um meine lieben Aufzeichnungen.

Ich werde mein liebes Nikotin verlieren. Und die Übelkeit, nachdem ich mich betrunken habe. Mich. Auch meine Lieben? Wer werde ich sein? Angst.

Ich werde meine liebgewonnenen Ängste verlieren. Die Abgründe, Neurasthenien, Kämpfe, mich, wie ich hier sitze, den ich allem Anschein nach so hasse.

Gut, jetzt gibst du es zu, wie sehr dir an alldem gelegen war. Wenn du es also heute Nacht tust, dann wird darin keine Berechnung sein, kein billiger Handel.

Also ist es wirklich möglich.

Denn wenn du es tust, dann weder um etwas zu gewinnen noch um etwas loszuwerden. Schon wieder das Erschrecken, wie furchtbar das klingt, weder für den Gewinn noch für den Verlust. Nur dafür, nur um zu. Und nicht, weil du es liebst oder nicht.

Die x-te Pfeife. Ekelhaft. Aber ich heuchle schon nicht mehr. Ich sage nicht nur, dass die Pfeife ekelhaft ist. Ich liebe sie und ihre Ekelhaftigkeit. Ich sauge gierig an dieser Ekelhaftigkeit, als sei es meine letzte Freude vor dem Ende. Freude am Leben. Am »Leben«. Dann werde ich es nicht mehr genießen können, dass ich mich IHM nähere, dass ich über DAS und mich selbst verfügen kann.

Bisher war im Grunde fast alles ein Spiel.

Aber was bleibt mir, wenn ich es nicht tue? Wer werde ich morgen sein, gibt es noch ein Spiel, wenn ich schon weiß, wenn ich heute schon so viel erfahren habe? Und kein Selbstmord möglich ist, sondern ein natürlicher, unausweichlicher Tod.

Meine Mitgift loswerden: Vielleicht wird mein physischer Tod, wenn ich dereinst sterbe, anders aussehen als der Tod der anderen. Als der Tod, den jeder haben sollte. Wenn ich es jetzt tue. Der Preis. Vielleicht soll das mein Pakt sein.

Angst. Vielleicht eine Angst auf Kosten aller möglichen zukünftigen Ängste? Kann ich diese Angst jetzt komplett aufbrauchen? Ich werde sie ja dann nicht mehr haben, denn wenn ich es tue, werde ich mich nicht mehr davor fürchten, es zu tun.

Vielleicht ist das die Wahrheit: »... und dann sah er sein ganzes Leben vor sich.« Ich sehe jetzt, wie teuer es mir plötzlich ist, obwohl ich so oft darüber geklagt habe. Wie sehr ich mich in meiner Ganzheit gerade liebe, mich, über den ich mich so oft, seit so vielen Jahren beklage.

Wie soll ich das durchstehen? Das alles muss ich durchstehen…

Der Teufel des Lebens und der Engel des Todes. Der Lebensteufel hat mir befohlen, ein Glas Wein zu trinken. Nikotin auch. Um mich festzuhalten. Noch einmal: Ich liebe das Leben und mich, nur dass ich mittlerweile von dieser Liebe weiß.

DAS – weder um des Gewinns noch des Verlustes, noch der Versuchung willen. Das wäre ja nicht einmal eine Versuchung. Ich wiederhole: Ich sehe, wie ich bis heute immer wieder geschummelt habe. Was ich jetzt sage, ist das Geschwätz eines Verurteilten, der ablenken will.

Ich kann mich immer noch nicht dazu aufraffen, es zu tun. Die Hoffnung, dass ich müde werde, dass ich einen Rückzieher mache. Aber DAS – wenn nichts hilft.

Ich muss mich von mir verabschieden, wie denn, ich soll das alles aufgeben? Vielleicht noch ein Gläschen. Ich muss es ja nicht tun. Keiner zwingt mich. Das ist aber gerade das Schlimmste.

Noch eine Pfeife.

Ich habe es oft begrüßt, wenn etwas mit Stumpf und Stiel ausgerissen wurde. Aber mich selbst? »Selbst«? Selbst? Das soll ich gestatten??

Mein Leben (»Leben«?) – ist es nur der Widerstand dagegen?

Die Anstrengung des Widerstands. Alles war die Anstrengung des Widerstands.

Der Trost, dass ich schon so nahe dran war, manchmal nur Sekunden. Aber das ist nicht das Gleiche.

Es nur zu gestatten. Später wird es schon zu spät sein.

Die größte Anstrengung ist: sich die Anstrengung zu versagen.

Und später nicht mehr spielen? Nicht einmal mich selbst? (Vor allem.)

Und wenn ich es nicht tue, dann geht es morgen schon nicht mehr, weil ich heute zu viel weiß. Wie sehr ich an mir hänge, andererseits. Ich wiederhole, wie war das gelogen, als ich rief: Nein, ich will nicht. Die Umkehrung des Zeichens.

Er kommt näher, ist schon nah, wie ein Brechreiz. Aber ich kann nicht. Ich wehre mich. Aber kann man weiterleben mit einem derartig offensichtlichen Lügner? Kann man die Lügerei lieben, wenn sie schon aufgeflogen ist? Wird meine Liebe zu mir noch möglich sein, wenn ich es nicht tue?

Vielleicht warte ich bis morgen, dann werde ich ja sehen.

Auch das ist Lüge. Unter dem Mäntelchen der Vernunft.

12. Oktober, Sonntag

Aus diesen Dingen bestehe ich also, aus Papieren, Rechnungen und auch aus diesen Hosen, dieser Brille, dieser Nase, der Gesamtheit meiner Bekannten. (Ich habe damit begonnen, meine Dinge – »Wohnung«, »Bank«, »Steuern« – in Ordnung zu bringen.)

Also sind meine Gedanken, alles, was mir gedanklich und bildlich bewusst ist, vom Aufstehen bis zum Einschlafen, mein Kopf – ein Sack, und in diesem Sack ist zufälliges Gerümpel. Mal dies, mal das, wie es gerade kommt. Eine Konversation über einen Film aufzuschreiben, wird zum Beispiel eine Konversation über einen Film. An einen anderen

Ort übersiedeln – die dortigen Betrachtungen über einen anderen Ort.

Was ist das Verbindende – der Sack? Aber ein Sack ist uninteressant.

Gombrowicz hat überhaupt nicht mit der Form gekämpft. Im Gegenteil, er hat sie anerkannt, er hat aus ihr einen Gott gemacht. Er wollte nichts so sehr wie die Manipulation mit der Form. Das ist alles. Punktum. Die Voraussetzung dazu war die Kapitulation.

Eine Form in eine andere verwandeln – was habe ich damit am Hut? Was schert mich der Knecht, der aus der Axt einen Stiel macht?

Durch Subtraktion, nicht durch Addition. Durch Liquidation, nicht durch Multiplikation. Hier ist, was sich Claudel ausgedacht hat, als er jemanden liebte, vor dem er floh: Gottvater (der katholische) sandte eine unverheiratete Liebe zur Erde, damit der Mann, der sich von ihr lossagte (wozu er gezwungen war), aus sich die Schätze des Geistes produzierte. Es kommt mir verdächtig vor, dass ich im Theater Claudels Stück nicht ausgehalten habe und nach dem ersten Akt hinausgehen musste. Ich habe den Verdacht, dass es Herrn Claudel leichter fiel, sich so etwas auszudenken, als sich einfach einzugestehen, er habe kalte Füße bekommen.

Hätte er sich eingestanden, dass er Angst bekommen hatte, hätte man mit ihm darüber reden können. Dann hätte er vielleicht Stücke geschrieben, die ich bis zum Ende ansehen könnte. Vielleicht hätte er sogar etwas mehr, etwas für mich und andere Interessanteres zum Thema gesagt.

Bei Gelegenheit. Von Krebs-Geborenen wird behauptet: Sie hätten Intuition, seien aber schwach, da unentschlossen.

Wer Intuition hat, weiß viel und ahnt noch mehr. Er verfügt also über mehr Datenmaterial als jemand ohne Intuition. Je mehr Material jemand hat, desto schwieriger sind Entscheidungen für ihn. Das nennt sich dann Schwäche, blöderweise.

Sich vor der Liebe erschrecken, das Gewöhnlichste der Welt. Frage: Warum fürchten sich die Frauen nicht genauso vor ihr wie die Männer? Ich weiß es nicht. Eine effektvolle Antwort wäre: Weil sie Heldinnen sind. Oder man kann vom Fisch nicht verlangen, dass er sich vorm Wasser fürchtet. Das sind so *bons mots*, aber sind die *mots* hier wirklich *bons*? Wovor fürchten wir uns?

Ich glaube nicht, dass Frauen traurig sind, wenn eine Liebe zu Ende geht, schwächer wird oder sich in etwas anderes verwandelt. Die Frage ist, ob sie einfach so, grundlos schwächer wird. Oder verblasst eine Liebe nur dann, wenn eine zweite beginnt? Im letzteren Fall ist für die Frauen nichts verloren, und ich nehme an, dass sie derartig mit der zweiten beschäftigt sind, genauso wie mit der ersten, dass ihnen ganz entgeht, dass da etwas Schlimmes passiert. Aber vielleicht passiert in ihren Augen nichts. Es ist eine ziemlich grundsätzliche Frage: Kann die Liebe bei ihnen einfach so nachlassen, ermüden, ohne einen anderen?

Anders gefragt: Kann eine Frau einen Mann mit der Zeit auch dann sattbekommen und langweilig finden, wenn sie in ihn verliebt ist, und wenn kein anderer, neuer in Sicht ist? Ein Mann kann das, wahrscheinlich. Aber eine Frau?

Wenn es so ist, wie ich glaube, dass sie es nicht kann, dann hat sie klarerweise keinen Grund, Angst vor der Liebe zu haben. Ich denke da an die eigene Liebe, keine fremde, an den eigenen Liebeszustand.

Persönlich fürchte ich mich am meisten davor, mein Zustand könnte weniger dauerhaft sein als ihrer.

Eine Art Maxime, ohne Garantie: Der Mann kann grundlos zu lieben aufhören. Sollte sie aber aufhören (einen Einzigen) zu lieben, dann nur, weil sie bereits in einen anderen verliebt ist.

Ich denke ständig darüber nach, was ich gesagt habe, aber mir fällt wohl nichts mehr dazu ein.

Nur so viel, dass es überall diese Unsicherheit und Unbeständigkeit gibt. Wenn man nicht vor Verzweiflung verrückt werden will, muss man dieser Unbeständigkeit irgendwie die Stirn bieten. Also nicht fliehen, keine Haken schlagen, kein Sicherheitsnetz.

Dabei im Weg: der Ewigkeits- und Absolutheitsinstinkt, von dem man nicht weiß, woher und wozu man ihn hat. Unter der Diktatur dieses Instinktes fängt man schließlich an, zu schreiben und Philosophie zu betreiben. Wir Männer sind alle mehr oder weniger Alchimisten. Wir suchen diesen berühmten Stein, kein Gold, sondern das Absolute, die Ewigkeit. Die Unterschiede zwischen uns können enorm sein, aber nur im Umfang, nicht in der Qualität des Instinkts.

Daraus würde folgen, dass uns nur das, was wir den Frauen abschauen können, davor rettet, zermalmt zu werden.

Mir fehlt vielleicht eine grundlegende Erfahrung: die der »unglücklichen Liebe«, einer Liebe, in die ich hineingeraten bin, aber die Geliebte – absolut, erbarmungslos, ohne die Möglichkeit einer Illusion – nicht. Ich reiße mich aber nicht um diese Erfahrung und klopfe auf den Tisch.

Außerdem: Welche Schwäche? Auf uns lastet die Fähigkeit, Erbarmen zu empfinden. Auf ihnen nicht.

Und überhaupt, mir fehlen Erfahrungen überhaupt. Ich sollte erfahren sein oder zumindest mit einem Erfahrenen sprechen. Was aber nicht die Erfahrung selbst ersetzt.

Gombrowicz hat gesagt, dass die Liebe ihn nicht interessiert, sie sei nicht sein Thema. Er hat überhaupt nur jene Felder beackert, die reiche Frucht bringen. Ich erwähnte ihn und die Form. Natürlich, wenn man sich auf die Form eingelassen hat, wenn man in ihrem Königreich bleibt, dann weiß man, was zu tun ist. Natürlich hatte er vielleicht recht, und ich bin ein armer, irrer Naivling, der das Unleugbare zu leugnen versucht. Nur eine Frage: Woher weiß er, dass es so ist, dass es unmöglich ist? Natürlich, das Artikulieren des Unartikulierbaren ist unmöglich. Das Artikulieren des Artikulierbaren – muss so oder so erfolgreich enden.

Und was tun, wenn mir das Artikulieren des Unartikulierbaren keinen Spaß macht?

Liebe – Form. Viel würde ich geben, wenn ich über das Verhältnis dieser beiden Begriffe zueinander etwas von Gombrowicz erfahren könnte.

Es wäre vernünftig, sich mit der Substanz zufriedenzugeben, nur so viel, wie sie als Substanz hergibt. Es gibt angeblich keine Substanz ohne Form, also garantiert die Beschäftigung mit der Form die Beschäftigung mit der Substanz – auf eine für den Operierenden sehr bequeme Art. Es gibt so viele Geschichten darüber, dass unser Geist auf eine bestimmte Art konstruiert ist und einige unübertroffene Eigenschaften besitzt. Befassen wir uns doch lieber nur mit dem, was in der Reichweite dieses Geistes liegt, und hören wir auf, uns zu quälen.

Er war übrigens nicht so dumm, wie ich es ihm kläglich unterstellen möchte, er hat selbst gesagt, wir sollten zuerst das tun, was möglich ist, und der Rest bliebe dann sowieso für später. Also Ordnung, mit dem Anfang beginnen.

Kafka.

Die Form. Etwas, was dem Geist perfekt zugänglich ist. Seine Ausgeburt. Ich erinnere mich, wie Gombrowicz sagte, die Zeit würde kommen, in der wir mit einer Selbstverständlichkeit mit der Form umgingen, die wir uns nie hätten träumen lassen. Der Schüchterne würde kühn, und überhaupt würde alles möglich. Ich frage mich, ob nicht ebendas die Hölle und das Unglück wäre. Aus dem Schüchternen in den Kühnen flüchten und so endlos weiter. Ein Galopp durch Leben und Formen.

Kommen wir zu uns. Wie ist die Situation?

Wann, heute Morgen, vor fünf Minuten? Oder wann?

Alles zufällig, zufällige Inhalte. Kann man denn auch nur einen einzigen Tag inhaltlich im Voraus ordnen? Und welche Inhalte soll man wählen, wo doch für jeden Moment so viele zur Verfügung stehen? Hier, mein Alter, scheint mir, dass du, aus Gründen, die im Verborgenen bleiben, hartnäckig an deinem alten Ich klebenbleibst. Schon wieder dein alter *braccio di ferro*. Sag dir nur immer wieder die Dinge vor, deren du dir sicher bist. Was für ein altes Spiel spielst du wieder mit dir selber? Was hast du da heute wieder getan, mein kleiner Dummkopf?

Möchtest du wieder deine Abendvorstellung abspulen, lieber Komödiant? Vor dir selber den tragischen Helden spielen? In den Fesseln des Daseins? Sieht aus, als langweile dich das ebenso wenig, wie es dich langweilt, dich selbst im

Spiegel anzugucken. Du glaubst es ebenso wenig, wenn du dich auf deiner Bühne siehst, vom Stilett durchbohrt, trotz des vielen Bluts.

So viele Male hast du dich beklagt, dass die böse Welt dich betrügt. Aber wie steht es mit dem Selbstbetrug, mein Lieber? Ein dummes Kind, das sich beklagt, dass sein schlechtes Elternhaus und die schlechte Gesellschaft ihm übel mitspielen.

Die Betrügereien der Welt langweilen dich. Ich zeige dir, dass es deine eigenen sind, die dich langweilen. Oder doch nicht? Dann bekenne dich dazu, dass sie dich nicht langweilen, und jammere nicht. Immer häufiger der Verdacht, dass wir selbst uns unser eigenes Unglück einbrocken. Und daher mögen wir es im Grunde genommen ganz gern. Der Beweis: Letztlich halten alle ja alles aus. So wie man eine Tragödie im Theater aushält. Die Schauspieler überleben schließlich alle.

Warum bin ich so an der Demaskierung interessiert? Ich weiß es nicht.

Der Verdacht, dass es gar kein »Dasein« gibt. Und auch nicht dessen großen Fluch. Wozu dieses Pathos? Um dein Theater zu schmücken? Angst, was ohne Theater wird? Jenseits des Theaters?

Reduktion, Reduktion. Bis man zu etwas vorstößt, was mehr oder weniger echt ist. Warum klappt das mit deinem Schreiben nicht, warum tust du nur so, als schriebst du? Weil du kein Schriftsteller mehr bist… denn wenn du noch auf deiner eigenen Bühne schreibst, dann glaubst du selbst nicht mehr an deine Rolle. Und jenseits des Theaters schreibst du auch nicht. Untheatralisch.

Also los, kitzle doch bitte wieder einen großen, tragischen, pathetischen Daseinsrausch aus dir heraus. Ich sehe, wie groß deine Lust dazu ist.

In Polen habe ich erkannt, dass es nur Polen (Volkspolen) ist. Jetzt erkenne ich, dass nur ich es bin. Also das funktioniert auch nicht mehr als Großer Grund des Großen Schmerzes.

Aber außerhalb von Polen und mir gibt es anscheinend noch etwas.

Wiederholung: Wenn ich und »mein Tag« zufällig sind, dann muss ich keine Verantwortung dafür übernehmen.

Die Angst, dass alles zufällig ist. Wenn ich also keine Verantwortung für alles übernehme, verschwinde ich. Wiederholung: Angst vor dem Tod.

Und die Bindung an das Theater.

Ich verlange von dir weder etwas Neues noch dass du etwas schaffst oder überarbeitest. Nur eines: Reduziere, verwerfe, wenn du spürst, dass es nichts wird. Warum bist du so trotzig?

Schau dich an, der du zum Beispiel etwas »erledigen« sollst. Wie viel dir immer noch an dem liegt, der »du« ist. Diese Beziehung zu diesem »dir«, der etwas »erledigen« muss, musst du regeln.

Deine typischen Haltungen ihm gegenüber:

A. Flucht (Trödeln).

B. Verstrickung (emotional). Angst, es nicht hinzukriegen, oder Freude, dass es geklappt hat.

C. Verstrickung (rational) – »Ich werde das großartig erledigen.«

Eine Annahme, die eigentlich ein Glaube ist: Wenn du

dich säuberst, reduzierst, dann stellt sich heraus ... bloß weißt du nicht, was. Die Überzeugung, dass dann nichts mehr sein wird (Angst). Also das Risiko, die Notwendigkeit des Glaubens, dass genau dann etwas aus deinem Bauch herauskommt, etwas, was du nicht kennst. Das Gleichnis von Isaaks Opferung. Dieses Gleichnis passt hier genau. Der gleiche Glaube, das gleiche Vorgehen, das gleiche Risiko werden hier gefordert.

Dépouillement – bisher hast du es zu oberflächlich verstanden. Dieses *dépouillement* – reicht viel tiefer.

Irgendwo in meinem Hinterkopf irrt Kierkegaard herum, über die Notwendigkeit des »Sprungs«, die unbegründete Verrückung, das totale Risiko. Ich kann es mir nicht oft genug wiederholen. Ich bin zum Beispiel wie ein Opernchor. »Vorwärts, vorwärts.« Aber ich stehe auf der Stelle, und natürlich auf einer Bühne.

In gewissem Sinne wiederhole ich mir das, was Gombrowicz gelehrt hat. Zuerst muss alles getan werden, was möglich ist, dann wird man schon sehen. Aber es ist nichts zu sehen. Man muss erst an den Ort gelangen, von wo aus man es eventuell sieht.

Übrigens – sein Wissen über die Form kann sehr nützlich sein. Nicht vergessen, dass ich in diesem Moment abstrakt denke, also an der Schreibmaschine, nachts, unter rein theoretischen Bedingungen. Die Materie aber ist dicht, das sollten wir nicht vergessen.

Etwas lässt mir keine Ruhe. Nehmen wir meinen Tag, der schon vergangen ist, als Versuchskaninchen. Morgens dieses ewige Problem, was soll ich tun? Und natürlich ein heuchlerisches Programm, bis zum Überdruss bekannt (vielleicht mag ich aber diesen Überdruss?). Also der irgendwie »aufrichtige« Versuch, etwas zu schreiben, Rauchen – Nichtrauchen, der feste Vorsatz, nicht zu rauchen, dann der genüssliche Einkauf von Tabak bei Mère Katherine. Jetzt ein bisschen Wein und die Nacht, der geflügelte Ritter im Sessel.

Okay, aber was sollte ich tun?

Versuch einer Antwort: Vielleicht genau das, nur anders. Zugegeben, ich wusste eigentlich schon ganz gut, was ich tue.

Das nennt sich angeblich »Strukturierung der Zeit«. Wie? Gut, ich liege da, in meine Einzelteile zerlegt wie ein Wecker. Und doch, wenn ich den heiligen Hindu beiseitelasse, der das ganze Leben reglos dagesessen ist und seine Nägel nicht geschnitten hat… Ich bin bereit, einen festen Vorsatz zu fassen, wenn ich nur wüsste, welchen.

Du bist unaufrichtig dir selbst gegenüber. Du weißt alles über feste Vorsätze, zum Beispiel, wie sinnlos sie sind.

Gut, antworte ich, ich weiß, dass ich schummle, aber frühmorgens, wenn ich anfangen muss…. Ich muss mich ja bilden (ich bin schließlich Schriftsteller) und auch sonst vieles erledigen.

Ja, ich gebe zu, es ist sehr schwer, mir hier eine ehrliche Antwort zu geben.

Mein Lieber, entweder du bringst dich wirklich um, muss ja nicht sofort sein, wenn du reif bist, in deiner Langeweile mit dir, nicht aus einem Impuls heraus, nicht infolge eines tragischen Ereignisses, oder…

Und doch habe ich immer den Eindruck, das ist ein Spielchen mit dir selbst. Dass du dich rausschwindelst.

Vielleicht, aber was ist mit dem frühen Morgen, wenn ich etwas anpacken, etwas tun muss…

Nun, dann frage doch deinen Nullpunkt, ist der nicht dein Allheilmittel?

Aber die Ausflüge von der Null aus, sind die nicht langweilig?

Also was willst du, mein Lieber, eine Garantie? Wir wissen inzwischen bereits, dass du hier blind springen musst. Ohne Sicherheitsnetz.

Fragen wir uns: Warum tötest du dich nicht sofort? Natürlich deshalb, weil du den Glauben und die Hoffnung hast und sogar eine Art der Gewissheit, dass es jetzt noch nicht sein muss. Also warum möchtest du nicht wahrhaben, dass du in Wirklichkeit bedeutend weniger als Selbstmord begehst, mit deinem Hintern aus Blei? Vielleicht ist das die Antwort.

Schreiben, Literatur, Stücke …

Man sagt von Gombrowicz, dass er eins mit seiner Kunst war. Das stimmt. Und ich? Meine Kunst, meine Fluchten, später mir selbst geschworene Eide (*We młynie – In der Mühle*), im Grunde genommen eines der Dinge, die ich erledigen muss (Geld).

Das Abscheulichste am Selbstmord ist, dass es irgendwie nach einem praktischen Plan erledigt werden muss.

Zugegeben, ich habe den ganzen Tag im Zustand der Hilflosigkeit zugebracht. Ich flüchtete mich in die Lektüre der Memoiren von Casanova, und die Argumentation, die mich darin bestärkt, ist fade, wenn sie meint, das müsse ich unbedingt, weil ich auf diese Art Französisch lerne, was eventuell von Nutzen sein könnte. Im Übrigen war diese Flucht noch der beste und vernünftigste Ausweg. Den Tag habe ich unter dem Tisch verbracht. Hätte ich ihn anderswo verbringen können?

Mensch, du machst mir Spaß.

Gombrowicz – welche Krankheit hatte er? Mir schien er immer gesund wie ein Pferd zu sein. Also gut, ich trinke, tue dies und jenes, erledige Dinge und habe manchmal »wirkliche« Phasen. Ich weiß nichts, irre herum, schade mir selber, schrecklich. Außerdem beschwindle ich mich. Weil ich keine Ahnung habe, was ich anderes tun könnte. Die einzige Antwort wäre: nichts zu tun. Das scheint monströs, und meine Gewohnheiten erlauben es nicht.

Gombrowicz war vielleicht eins mit seiner Kunst, weil seine Kunst weniger schwierig war als meine (oder deren Projekt). Gombrowicz wollte nichts Unmögliches.

Vielleicht, weil ich das Unmögliche will (»das Unmögliche«), tue ich nicht das Mögliche? Vielleicht muss ich mir ein »Ehrenwort« geben? Trotzdem?

Worum geht es dir? Sag, worum es dir geht, und ich versuche dann, »es zu erledigen«. Du blöder Sack mit deiner »Geschichte«, deinen Launen, Phobien, Ängsten, Phantasien.

Sag mir nur, worum es dir geht.

Wenn ich das wüsste …

Übrigens, was heißt »dir«? Vielleicht soll ich den darunter fragen? Aber ausgerechnet »ich« fürchte mich panisch davor, ihn zu Wort kommen zu lassen.

Anmerkung: Es geht nicht um Freud und sein Unterbewusstsein.

Okay, du weißt nicht, worum es geht. Du verlangst, dass es im Namen von etwas sei. Was, wenn im Namen von nichts? Schaffst du das nicht, im Namen von nichts?

Hier liegt der Hund begraben. Angst, Widerstand, im Namen von nichts.

Im Namen von nichts, das ist interessant. Bekanntlich weiß kaum wer, was dieses Nichts ist. Nur indirekt, nicht im Namen von etwas. *Gratuito*.

Hier ist die Grenze, an der alles abprallt, woraus ich gemacht bin.

Im Namen von nichts nicht trinken, nicht meckern, im Namen von nichts etwas wollen oder nicht wollen.

Der Herrgott hat die Welt aus nichts erschaffen. Sie ist ihm nicht gelungen. Nichts ist gelungen.

Das Paradox. Kierkegaard wusste einiges über Paradoxien. Vielleicht ist nur »nichts« »etwas«? »Etwas« ist relativ, immer dafür und dagegen. Nur das Nichts ist seriös (Selbstzitat). Etwas ist unseriös. Ein weibliches »etwas« gibt es nicht.

Etwas im Namen von etwas zu tun, kam mir immer blöd und ungeschickt vor. Aber etwas im Namen von nichts zu tun, das ist etwas.

Und dennoch bist du irgendwer.

Sag bloß.

Nichts »gibt es«. Du musst es nur zulassen. Keinen künstlichen Widerstand leisten.

Eine Liste von allem machen, um was es mir nicht geht.

Nichts, was es gibt, ernst nehmen.

Du hängst so sehr an dem, was es gibt, und an dem, der du bist. Ist das ein Fehler? Wahrscheinlich.

»Nicht auszuhalten.« Doch, man kann. Alles. Wenn man schummelt, wenn man es inszeniert, Theater macht. Im Theater kann man alles.

Wirklich nicht aushalten kann man es von einer völlig anderen Seite.

Le mouvement final.[60]

Erinnerung: Banalität, die Relation Liebe – Tod.

Also gut, wenn ich hier durchhalte, wenn ich mich auf eine lange Zeit einstelle – warum demütigt mich dann die Angst vor dem physischen Tod so sehr? Ich muss einen anderen Grund haben.

Ich bin betrunken.

Die Menschen.

Die Vorsicht vor den Menschen.

Frage: Was habe ich zu verlieren?

Ich hasse mich stückweise, dieses in diverse Zustände zerlegte Ich.

Ich verstehe das nicht. Ich habe alles, Intelligenz, Gedächtnis, Kraft, ich verstehe nicht, warum das alles gegen mich gerichtet ist. Warum halte ich mich nicht aus, warum betrinke ich mich?

Sieh doch ein, dass es außer dir nichts gibt, dass dieses Du ein großartiges Nichts ist.

Schlechte Gewohnheiten? Dass ich jemand bin?

Meine elende Trinkerei. Mein Elend. Ich mag keine Vorsicht und keine Indifferenz. Noch ein schwacher Versuch. Wenn es mir nicht gelingt, bringe ich mich um. Ich bringe mich wirklich um.

Noch ein Versuch.

Ich will keine Literatur, ich will keine Simulation. Notlösungen und Getue sind mir schnurzegal. Mich in die Welt zu setzen war ein *va-banque*-Spiel. Okay, dann spiele ich auch *va banque*. Auch der Tod ist *va banque*. Wenn ich zwischen Leben und Tod stehe, wenn ich nur zwischen zwei Endgültigkeiten wählen kann, warum soll ich dann Limonade trinken?

Mein Beginn und mein Ende sind endgültig. Warum soll ich dazwischen relativ und vorläufig sein? Relativität zwischen Endgültigkeiten führt zwangsläufig zu Missverständnissen.

Ich bin geboren, und ich werde sterben. Was liegt dazwischen? Getue, jedenfalls bisher. Ich lebe so, als wäre ich nicht geboren und als müsste ich nicht sterben.

Ich kann die Literatur nicht als etwas Endgültiges betrachten. Also betrachte ich sie als Getue, als Kunst. Von Künstlichkeit.

Was habe ich zu verlieren? Ich werde sowieso alles verlieren. Ich verliere mein Köpfchen, das sich so anstrengt, und mein Körperchen, das ich so pflege.

Warum ziehe ich mich zurück? Warum?

Alles, was ich »bin«, ist zufällig und nicht im Ernst. Nur das, was ich »nicht bin«, ist echt.

»Alles was ich getan habe, war langsam«, hat Gombrowicz immer gesagt. Ich will keine Langsamkeit, ich will keine Geduld. Und ich will nichts tun.

Meine Geburt und mein Tod. Von ihnen bin ich gezeichnet. *Tous les deux – des actes inconsidérés*. Warum soll das dazwischen *considéré* sein?[61]

Ekelhaft – meine ganze Geschichte. Meine Erfahrungen, die Vernunft im Alter, das Greifen nach dem Leben. Ein Haufen Dreck. Meine Leiden, meine Lieben. Alles ekelhaft. Zufällig. Gombrowicz – Kapitulation. Manipulation.

Ich habe gesagt, dass ich mich umbringe. Das verpflichtet. Vorher könnte ich aber vielleicht noch etwas Ähnliches versuchen, etwas, was nicht endgültig ist.

Wieder die Angst: Wovor soll ich mich fürchten, wenn

ich geboren wurde und sterben werde und es dazwischen nichts Schrecklicheres geben kann, als geboren worden zu sein und zu sterben?

Was ist nicht langweilig?

So etwas habe ich schon so oft geschrieben. So oft habe ich mich betrunken. So oft gab ich mir das Ehrenwort. So oft habe ich mich vor mir selbst gerechtfertigt. Man kann das auf vielerlei Art und Weise tun. Damit habe ich vierzig Jahre zugebracht.

Schau dir diesen Haufen Lumpen und Gerümpel an. Das bist du. *La belle continuité.*[62] Immer neue Lumpen und immer neues Gerümpel häufst du an. Selbst deine literarischen Werke aus der Vergangenheit – Lumpen und Gerümpel. Deine Geschichte.

Wirst du nur Lumpen und Gerümpel produzieren?

Die Literatur: Vielleicht sollte ich meine Erwartung begraben, dass sie irgendwelche Folgen hat. Behandle sie brutal und die Kunst künstlich. Als Künstlichkeit. Vergiss deine Minderwertigkeitskomplexe. *Look back in anger.*[63]

Konzeptionen, Ideen, Tricks, Stimmungen, wie viel davon. Dreck und Schrott. Basta, BASTA.

Ängste, Hoffnungen, Gefühlszustände, Enttäuschungen, wieder Hoffnungen, Überlegungen, Betrunkensein, Nüchternsein, Befürchtungen, Mutschöpfen, ach, wie mich das langweilt. Vorsätze, Worthalten, Wortbrüche, Unglück, Leiden, Freuden, wie viele wird es noch geben, wie oft das Gleiche. Wie oft soll ich mich noch so fühlen, wie ich mich schon einmal gefühlt habe, besser, schlechter, wieder anders, dann wieder das Gleiche, dann wieder das Gleiche, alles bereits in meinem Repertoire, alles wohlbekannt, wohlbekannt.

Demütigungen, Stolz, Gelüste, Halbherzigkeiten, o Gott.

Lieben, Nicht-Lieben, Bestrebungen, Ängste, ständig diese Ängste. Mein ganzer Inhalt, nein, nein, ich kann nicht mehr, ich bin satt.

Einstellungen, Aufstellungen, wie sich's gehört und was sich gehört. Aber wann, wohin, meine ganze Maschine, von der ich schon weiß, was sie produziert.

O Gott, alles, was ich von mir weiß und was sich wiederholt, wieder wiederholt. Hat Gombrowicz so etwas nie gespürt? Nein, er war er selbst, er war nicht gelangweilt von sich selbst.

Auch dieses Schreiben, diese grauenvollen Aufzeichnungen in diesem Moment, wie sich das wiederholt, kein Ende in Sicht, es ist nichts Neues, ewig das Gleiche, nur in minimal veränderter Gestalt. Morgen werde ich mit den gleichen Problemen erwachen, mit den gleichen Augenschmerzen, mit dem gleichen Kater. Nein. So geht es nicht weiter.

Ich kann diese Selbstkultivierung nicht ausstehen, ich hasse das. Dieses Gärtchen. Diese Sorge, dass ich ungebildet bin, oder diese Geschichten aus meinem Leben, die ich hundertmal in Gesellschaft wiederhole, meine Wohnung, meine Frau, meine Hände, meine Verpflichtungen, mein Alles.

Mein Polnischsein, mein Vater, meine Schwester, meine Sprache, meine Brille. Nicht auszuhalten. Selbst meine Phantasie und alle meine Vor- und Nachteile, meine Physis. Nein, nicht auszuhalten.

Hilft etwas dagegen?

Distanz.

Sonst noch was?

Saufen.

Wie bin ich? Schüchtern? Ein hochgewachsener Pole? Gutaussehend? Geliebt? Ungeliebt? Betrogen? Ein Schriftsteller?

Alles annehmen und sich davonmachen. Sich darin verstricken. Was für eine Alternative gäbe es?

Und alle die Begründungen für mich selbst. Das ich so bin, weil ich dieses und jenes tue. O liebes Jesulein, wie langweilig.

Gombrowicz. Hat er sich nicht gelangweilt?

Ich, wie ich für meine Frau bin, wie ich für meine Geliebten war, wie ich – vor allem – für mich selbst bin. Ich erschaffe mich und erwähle mich. Einen, der raucht, was ihn quält, der trinkt. Der diese und jene Ambitionen hat. Gott, wie langweilig. Welche Alternative gibt es?

Einer, der Englisch kann, aber nicht besonders gut, einer, der noch was lernen kann, einer, der dieses oder jenes. Nein, in jedem Fall langweilig. Einer, der irgendwie sein Leben eingerichtet hat, der dieses mag, jenes aber nicht. O Gott.

Eben sehe ich: egal, ob ich so einer bin, oder ein anderer. Jedes »ich« ist unausstehlich. Kann ich mich selbst loswerden?

Es ist offenbar ganz egal, wie ich war. Wenn ich nur »irgendwie« war. Ausgewogenheit. Die Gleichgültigkeit meines Schicksals.

Wenn ich dieses täte oder jenes, hätte es immer eine Gestalt. Und immer Reflexion.

Meine Reflexionen und meine Zähne.

Inzwischen weiß ich, dass Gombrowicz solche Sorgen nicht hatte. Er war der, der er war, und daraus zog er alle Schlüsse.

Meine ganzen Mittelchen für das Leben, die ich hier aufgeschrieben habe. Lächerlich, erbärmlich. Ob ich mich betrinke oder nicht, was hat das für eine Bedeutung?

Wie kann ich mich abschütteln, den trügerischen, unnützen *imposteur*?

Was für einen Sinn könnte es haben, das alles auch noch aufzuschreiben? Wer bin ich? Ein polnischer Schriftsteller? Schriftsteller? Mensch? Was für einer?

Die Frauen. Eben ist eine hereingekommen, meine Frau. Sie hat gefragt, ob ich noch bei Trost sei. Bestimmt bin ich das nicht (es ist vier Uhr nachts), nach den allgemeinen Kriterien. Ich selbst glaube jedoch, dass ich selten so bei Trost war wie in diesem Moment. Sie hat aber natürlich recht.

Mir bleibt nichts anderes übrig, als aufzustehen und im Sessel sitzend darüber nachzudenken, ob von dem Geschriebenen etwas bleiben wird und was morgen wird.

20. Oktober, Montag

Seit gestern ist Mara in einem Berliner Krankenhaus.

»Die Pünktchen sind mit extremer Geschwindigkeit aufeinander zugerast.« Was nicht heißt, dass sie nicht auch wieder auseinanderstieben können.

Wir: fließend, immer im Fluss. Total relativ. Ich kann es mir nicht oft genug wiederholen. Auch wenn wir es schon lange wissen. Es übersteigt unser Fassungsvermögen. Es ist mehr, als wir fassen können.

Wir: total ausgestattet, ausgelastet, angefüllt. Unsere Fähigkeit, uns allmählich ausstatten zu lassen – mit absolut allem. Auch das ist banal, aber auch das kann ich nicht oft genug sagen. Weil auch das unser Fassungsvermögen übersteigt. Auch das ist mehr, als wir fassen können. Und vielleicht auch schrecklicher, denn es ist so schrecklich, dass es jenseits vom Begriff der Schrecklichkeit liegt. (Eine weit hergeholte Assoziation, die aber Bezug dazu hat: Ich würde viel dafür geben zu wissen, was die Realität der Gewalt ist, wie die Realität einer vergewaltigten Frau ist.)

All das, was wir sind (»wir sind«), unsere ganze Ausstattung, nach welchem Muster, welcher Ordnung haben wir uns dabei ausgerichtet? Ebenso banal ist die Antwort: Moral, Erziehung, Form (Konvention).

Eine Folge des Alterns, der Erfahrung: Manchmal, nur manchmal, glaube ich, ich könnte jeden und alles verstehen. Alle Formen, alle Vorgehensweisen, die es gibt (also so viele, wie es Menschen auf dieser Welt gibt) – es sind nur Erscheinungsformen. Das, was sie in ihrer Erscheinung offenbaren, ist uns allen gemeinsam. Daher manchmal mein Gefühl einer grundsätzlichen Solidarität mit allen. Zerrissenheit: Ich solidarisiere mich eher nicht mit einer einzelnen Art, einer einzelnen Erscheinungsform, aber dennoch mit den Ursachen, mit dem, was unter den Erscheinungsformen liegt. Vielleicht überwiegt daher die Solidarität bei mir die Nichtsolidarität, denn meine Solidarität betrifft die Ursachen und nicht die Formen.

Anders gesagt – im Prinzip ist jeder aus allem zusammengesetzt. Es ist nur eine Sache der Proportion, der Mittel, der Anordnung, der Situation und der Bildung. Der heilige Franz von Assisi fütterte die Vögel irgendwie total, wie ein Profi. Aber ich bezweifle, dass es auch nur einen Menschen gab oder gibt, der nicht zumindest einmal einen Vogel gefüttert hätte, das heißt, der nicht eine Sekunde ein Gefühl erlebt hat, das mit dem Vogelfüttern korrespondiert, das »Vogelfüttern« ist. Natürlich ist der Vogel nur eine Auslegung.

Daher bin ich überzeugt, dass wir uns trotz allem verstehen. Die Theorie von der grundsätzlichen Einsamkeit des Einzelnen, oder eher von der grundsätzlichen Unfähigkeit, sich zu verständigen, ist richtig, aber nur dann, wenn wir die Erscheinungsformen mit der Realität verwechseln. Die Erscheinungsformen können nicht miteinander in Einklang gebracht werden. Als solche Formen betrachte ich auch Ideologien und Ansichten, und nicht nur die Wahl des Hutes und die Art, ihn zu tragen. Aber das, was uns zur Wahl des Hutes oder einer Ansicht bewegt, das ist uns allen gemeinsam.

Die uralte Frage: Wie soll ich mich ordnen, welche Ordnung kann ich meiner Gesamtheit geben, wenn die Moral im Wanken ist und die Daten formal relativ? Hier haben wir noch einen Beweis gegen den »Fortschritt«, eine ewige und – wie die Fortschrittler finden, vielleicht auch die gelehrten Literaten – auch komische Frage. Die Antwort, die mir bisher am vernünftigsten schien: Niemandem etwas Böses tun. Aber um niemandem etwas Böses zu tun, dazu müsste man sich schon selbst umbringen, womit man ja auch meistens irgendwem was Böses tut. Es sei denn, die Beziehungen des Böses tuenden Individuums zu anderen wären pathologischerweise nicht existent, dann soll er ruhig leben, denn er hätte doch niemandem was Böses getan. Außerdem: Niemandem was Böses tun bedeutet auch, sich selbst nichts Böses zu tun.

Der Krieg der Welten. Es gibt so viele Welten wie Ansichten und Situationen, so viele Welten wie Menschen. Differenzierung ergibt sich aus Widersprüchlichkeiten, sie generiert Widersprüchliches, und wir sind alle differenziert, geteilt. Jeder steht in Widerspruch zu allen anderen. Über die grundsätzliche Gleichartigkeit habe ich schon gesprochen. Aber worin besteht sie, wie zeigt sie sich? Sie kann ja nicht in reiner Gestalt auftreten. Wir können sie uns nicht vorstellen, außer mit der Methode der Negation.

Klar kann man über mich sagen: Ein naiver Metaphysiker, der so etwas behauptet wie: »Wir alle werden uns in Gott wiederfinden.« Ich habe es schwer, denn ich kann weder ein konsequenter Metaphysiker sein noch ein entschiedener Nichtmetaphysiker. Ich kann die Form nicht leugnen, aber ich halte sie auch nicht für die einzige Realität. Ich verlange nach Einheitlichkeit und Auflösung der Gegensätze, ebenso wie ich dazu neige, die Formen zu differenzieren und auf sie zu zählen. Ich bin ebenso Synthetiker wie Analytiker. Es ist eine seichte und wenig logische Ausflucht zu sagen, dass das eben die Wahrheit ist und man demnach eben alles einschließen muss, auf dem alles umfassenden Gebiet oszillieren muss. Es ist klar, dass Christus nur an einem Kreuz gekreuzigt werden konnte. Wenn aber an zwei? Gleichzeitig? Oder vielleicht sogar an allen dreien? (Es standen doch drei Kreuze auf dem Berg Golgatha?)

Bei Gelegenheit denke ich zum ersten Mal ernsthaft über das Konzept Gott–Mensch nach, über das Konzept des Menschen Christus. Auch über die heilige Dreifaltigkeit, Gottvater, Sohn und Geist. Viel Stoff zum Grübeln, zum Interpretieren. Vielleicht konnte die Dreifaltigkeit sich nur am Kreuz bewähren? Vielleicht war das Kreuz absolut unvermeidlich, notwendig, gar unabwendbar? Ein naives Konzept dämmert mir: Drei Personen – ja, aber auch nicht, stimmt doch, aber unmöglich, die Unterscheidung hat man mit dem Kreuz gekauft, für das man mit dem Kreuz bezahlte. Ohne Kreuz wäre es nicht möglich gewesen. Die Quittung war das Kreuz. Mit dem Kreuz die Sünden der Menschheit loskaufen, das überzeugt mich nicht. Das Kreuz als Sache der heiligen Dreifaltigkeit schon eher. Übrigens ist auch da ein Mensch dabei, der Christus-Mensch. Die Gegenüberstellung von Gott und Mensch (Gott – Adam), zwei Partner, Kontrahenten, das ist irgendwie einfältig und billig. Da drängt sich automatisch (also zu einfach und dadurch verdächtig) der Gedanke auf, dass das Leiden (auch hier wieder die Automatik, Kreuz gleich Leiden) jene Synthese ist, der Preis, die Erfüllung, die Genugtuung, Notwendigkeit, Strafe, Lohn und ich weiß nicht, was noch alles. Auf alle Fälle etwas Wesentliches.

Nur die Analytiker haben es geschafft, Gott in seine Einzelelemente zu zerlegen. Allerdings haben sich nur die aus jenem Teil der Welt, wo die Dampfmaschine gebaut wurde, damit befasst und es auch getan.

Jedenfalls, was immer ich mir auch denke, es kommt aus mir selbst. Es gab keine Offenbarung, denn ich bin meine eigene Offenbarung, mehr oder weniger. Es gibt auch keinen Großen Partner – Kontrahenten. Überzeugender finde ich die Theorien über die Durchdringung des Menschen mit Gott. Wieder die Dreifaltigkeit – Christus, ein Mensch?

Vielleicht ist es eine Sache der Erziehung. Ich wurde in ein katholisches, kein jüdisches Milieu hineingeboren. Ich behaupte nicht, dass das Judentum nicht auch reiches Material liefert. Auf andere Art halt. Und deshalb überzeugt mich das Bündnis weniger (es liefert mir weniger Material) als die Vereinigung.

Wahrscheinlich konnte nur aus dem Katholizismus das alles entstehen, was später entstand. Anders gesagt, wenn es zwischen dem Judentum und dem, was sich manifestieren sollte, den Katholizismus nicht als Verbindungsglied gegeben hätte, hätte es sich nicht manifestiert. Aber diese Feststellung scheint mir plötzlich sehr dumm, weil allzu offensichtlich.

Der Katholizismus – eine Phase des Judentums, Gott als Partner – Kontrahent wird zum Menschen. Vom Bündnis zur Vereinigung.

Ich muss Piotr Rawicz[64] fragen, wie das mit den Mystikern im Judaismus war. Ich glaube nämlich, dass das Wesen des Mystizismus die Vereinigung ist. Waren die Mystiker von Beginn an jüdisch?

Ich denke, dass der Katholizismus in seinem Wesen mystischer ist als der Judaismus.

Um auf das Leiden zurückzukommen: Zahnschmerzen sind offensichtlich, heftig. Aber wie viele Formen des Leidens gibt es? Das Leiden, einem anderen Menschen Unrecht zuzufügen, ist das wirklich Leiden? (Die Freude am Unrecht, Sadismus, ist das auch eine Form des Leidens, ist es überhaupt Leiden?) Ist echtes Leiden nicht zufällig die Unfähigkeit zu leiden? Denn Leiden scheint mir verdächtig, da ja, so glaube ich, jedes Leiden auszuhalten ist. Selbst wenn man vor lauter Leiden Selbstmord begeht. Ist hier der Selbstmord nicht eine Art, das Leiden auszuhalten? Ist vielleicht zufällig nur Gott wirklich zum Leiden befähigt? Und ist unser Leiden nicht nur eine Skizze, ein Schatten, ein Reflex des göttlichen Leidens? Ich höre natürlich gleich den Gebildeten, der mein eben Gesagtes als platonisch klassifiziert. Und wenn schon? Wer beweist, dass Platon recht oder unrecht hatte?

Unser ewiges Nicht-wirklich. Denn wenn sogar das Leiden niemals wirklich ist, was soll es dann sein?

Vielleicht ist das, was uns alle verbindet, unser Unvermögen, wirklich zu sein. Weil wir aber wirklich sein wollen, lebenslang, in jeder Sekunde, unternehmen wir Anstrengungen, benutzen Mittel, die Erscheinungsformen sind. Wir sind nicht wirklich, aber aus unerfindlichen Gründen streben wir das Dasein an. Daher das Paradox: Je weniger angestrengt wir das Dasein anstreben, desto näher sind wir der Wahrheit. Die menschliche Wahrheit ist das Streben zum Dasein, aber die Wahrheit ist größer, wenn wir nicht so angestrengt streben. [...]

14. November

Mara ist tot.

Sie starb am 31. Oktober, um 21 Uhr 35, laut Totenschein. Ich habe sie drei Stunden vorher verlassen. Als sie starb, war ich nicht dabei.

Ich muss das so aufschreiben, wie ich leben muss, also zumindest doppeldeutig. Eine Stunde nach ihrem Tod habe ich sie noch einmal gesehen. Wir waren allein.

Einen Tag zuvor, am Donnerstag, hatten wir gesprochen.

Ich war vier Stunden bei ihr, ab dem Mittag bis um vier Uhr nachmittags, bis mit den Vorbereitungen für die Operation begonnen wurde. Es war ein Abschiednehmen. Das wusste ich, obwohl ich es erst jetzt wirklich weiß. Wie so viele Dinge, die ich erst jetzt oder erst jetzt besser weiß.

Ich weiß nicht, ob sie es wusste. Vielleicht, wahrscheinlich ebenso wie ich, wusste sie es und wusste es gleichzeitig nicht. Ich weiß jetzt schon, dank ihr, ganz sicher, dass es nicht sein kann, dass von zwei sich widersprechenden Dingen nur eines stimmen kann. Meistens gibt es mehrere solche Dinge gleichzeitig, zumindest zwei.

So fällt es auch mir schwer, mit Bestimmtheit zu sagen: Sie ist gestorben, sie ist nicht mehr da. Vielleicht ist sie ebenso nicht da, wie sie da ist.

16. November

Es ist zu groß für mich. Ich klappere darin herum wie eine Erbse im Ballon. Ich bin nur eine Erbse, werde von hier nach dort geschleudert und weiß die ganze Zeit, dass ich den Ballon nicht ausfülle. Ich eile von einem Ort zum nächsten, keiner ist mein Ort. Ich pralle von den inneren Flächen ab, mit diesem schwachen, dumpfen Ton, fliege weiter und pralle wieder ab.

Schon wieder kann ich nicht schreiben. Ich lasse es.

26. November

NÄCHSTER TEIL

Kommt her zu mir, meine großspurigen Worte. Ich habe nichts gegen eure Trivialität. Was gesagt werden muss, muss gesagt werden, meinetwegen mit euren jämmerlichen Mäulern.

Ich habe meinen Hof um mich versammelt. Hier ist die Ironie, also die Feigheit, die sich als Klugheit ausgibt. Dort ein paar Schärfen, also das lispelnde Kind, alt und runzlig, aber quasi kindlich, damit es sich selbst rührt. Auch ein Narr, der närrische Selbsterkenntnis zum Besten gibt und dabei dem Publikum (?) zuzwinkert, weil er ein Narr ist. Er ist aber ein tragischer Narr, weil weise. Auch eine barmherzige Schwester gibt es, süß und milde, sie verzeiht vorwiegend sich selbst, tut aber so, als verzeihe sie den anderen, nur damit sie sich reinen Gewissens selbst verzeihen kann. Sie ist eine Hure, die sich dadurch auszeichnet, dass sie niemandem etwas gewährt, nur sich selbst, sie vergewaltigt sich insgeheim selbst, was sie sich übrigens auch verzeiht.

Auch einen Doktor gibt es, der alles mit dem Organismus und den Bedürfnissen der Gesundheit erklärt. Den Literaten, und was für einen, den brauche ich gar nicht zu erwähnen. In ihrer Nähe einer in der polnischen Nationaltracht, oder zumindest in Kontusz und Krakuska, ein Lumpensammler, der davon lebt, dass er so etwas wie ein Pole ist und als dieser auch besondere Bedürfnisse hat. Wie viele noch? Ich will sie gar nicht alle aufzählen. Sie bilden eine Gesamtheit, mein Rudel, ich kenne ihre Visagen nur zu gut. Eine Gesellschaft, die sich auch untereinander gut kennt. Sie bildet verschiedene Formationen, an der Spitze steht immer ein anderer, sie vertragen sich und handeln miteinander. Die ganze Bande.

Ich hetze das Tier auf euch, wenn man das so nennen kann, was sich von Zeit zu Zeit in mir regt, an den Wänden kratzt und grunzt. Das, was wir so fürchten, ich ebenso wie ihr alle, meine Pagen. Das, was vor euch da war, dort, im Schweinestall – wozu gleich dieses Wort, sagen wir: hinter der Abschrankung –, schon immer. Schon immer habe ich gemeinsam mit euch in Angst vor diesem Tier gelebt, und alle eure Mienen, Grimassen und Harfen (ja, Harfenisten habe ich auch) hat es nur gegeben, um dieses Grunzen (wozu diese abschätzige Bezeichnung?) zu übertönen.

Jetzt lasse ich es frei, mal sehen, was passiert. Du wirst dich wehren, meine Bande, aber ohne Erfolg. Schluss mit meinem Hakenschlagen, mit meinem Versteckspiel.

Es ist stark, es hat Mara getötet. Wenn es das fertiggebracht hat, wenn es sogar einen Mord begehen konnte, dann ist es zu allem fähig.

Aber du bist noch am Leben, gesund wie ein Pferd. Lass mich, Vorsicht, mal nicht den Teufel an die Wand, beschwöre keine Krankheit herauf. Wozu auch? Um hier und dort etwas zu flicken, zusammenzuhämmern, sich wieder ein Lager zu bereiten, den Kopf unter ein Kissen zu stecken. Wo sind deine Ausflüchte, welche könntest du gerade gebrauchen?

Es soll zu euch vordringen, was geschehen ist. Ich habe so lange etwas gespielt, bis es plötzlich Wirklichkeit geworden ist. Ich brauche mir nichts auszudenken, hier:

Seit dem dreizehnten Lebensjahr verfolgen mich: die Schritte des Kommandanten. Ohne zu wissen, was und wie, war es doch schon in mir. Sechsundzwanzig Jahre später steht er vor der Tür. Ich habe seine Schritte gehört.

Der Tod hat mein Leben halbiert. Mehr konnte nicht geschehen. Verstehst du endlich?

Wer war Mara wirklich? Was war wirklich?

Pass auf, das ist der Moment deines Lebens. Dem entkommst du nicht. Du kannst nur aufrecht hinterhergehen, oder er zieht dich hinter sich her wie einen Lumpensack.

Liebe Worte, wenn ich euch lese, ekle ich mich vor euch, es schüttelt mich. Aber das ist nicht wichtig, weder ihr noch mein Ekel. Der Miniaturliterat beugt sich herüber und flüstert: schlechter Stil. Aber du bist mir schnurzegal, du kleiner Literat. Ich werde nicht weiter den Rücken kehren und so tun, als sei nichts passiert. Der Tod ist bei mir, um mich, ich spüre ihn bei mir, er sitzt in mir. Vielleicht ist das Dunkle, das immer noch Kratzende und Zwinkernde auch Bestandteil des Todes. Wie denn das?! Sicher. Ich darf nicht mehr so tun, als ob ich ihn nicht sehe. Muss ihn an der Hand nehmen.

Der Rest wie Worte: unvollkommen und dumm, Sprachlosigkeit, nicht irgendeine … eben, Sprachlosigkeit? Aber ich lasse mich nicht täuschen, ich werde nicht aufgeben. Ich beschmiere mich mit diesem Kot, bitte schön. (Ein Ästhet ist auch in meinem Hofstaat.)

Kosmetik, Mimikri, Grimassen – Angst. Mein ganzes Leben in Angst, aus Angst. Das Leben ohne Angst ist am schrecklichsten. Das ganze Leben sich verstecken in Ecken, den Kopf bedecken, mein Rufen: »Nein, später, nicht ich, nicht ich.«

Doch, genau ich. Ja, jetzt, ja, es ist schon Zeit. Öffnen wir endlich diese Tür. Es gibt Zeichen, dass keine Verzögerung mehr möglich ist. Allem voran das, was geschehen ist.

Selbst nach dem, was geschehen ist, versucht mein Hofstaat, es zu überschreien, es damit zu verdecken. Der Hofstaat – der Affe – mein Kopf – mein Inventar – mein Gerümpel.

Und das – Untige (»das Untige« ist nur eine Redensart).

Die Angst – Angst vor der fehlenden Angst.

Ich muss diesen besonderen Selbstmord begehen. Anders geht es nicht, wegen Mara.

Umgekehrt, alles umgekehrt. Alles abwerfen, was üblicherweise »Leben« genannt wird. Dann kommt *jenes* zum Vorschein.

WOVOR HAST DU NOCH ANGST?

NIMM ES AN, BEKENNE DICH ZU DEM, WAS IST – ZUR ABSOLUTESTEN EINSAMKEIT.

EINE LEICHE.

27. November, Freitag

Heute habe ich Lust, das zu vernichten, was ich oben geschrieben habe. Es ist ein Beispiel für eine Art von Hysterie, die in die Katastrophe führt. Hysterie, die Lust, etwas zu forcieren. Das Vergessen der Natur der Dinge, die nicht in Erzwingen besteht. Ich vernichte es nicht, da ich ein Zeugnis haben möchte, wenn es auch nicht von meiner Herrlichkeit zeugt. Die Notizen sind nicht dazu da, mich selbst in der einen oder anderen ästhetischen Gestalt zu komponieren, sondern ich will ein Zeugnis *tout court* haben.

Um also bis zum Ende zu erzählen, was aus diesem hysterischen Abend wurde – ich saß fast bis zum Morgen da, rauchte ununterbrochen Pfeife, wovon mir heute noch der Kopf und die Augen weh tun und ich überhaupt vergiftet bin. Dieses Rauchen sollte mir das Trinken ersetzen, weil ich seit einigen Wochen nicht trinke. Offensichtlich war der visionäre Charakter dieses Schauens hinter dem Vorhang hervor – auf das, was mir besonders wichtig und synthetisch vorkam – auch nicht von langer Dauer. Ich erging mich in erotischen Phantasien, und alles endete mit einem typischen inneren Gefasel, sogar ohne den Vorzug des freien Assoziierens. Im Gegenteil, hartnäckig und mit masochistischem Genuss heftete ich mich an die immergleichen Handlungsstränge, Szenen, Gedanken, die erst dann von mir abfielen, als sie sich selbst erschöpft hatten. Das war für mich kein Genuss, nicht einmal in der ersten Potenz, denn ich wusste, dass ich mich, meine Kraft und meine Zeit totschlage, dass ich mich vom Eigentlichen entferne und dass das Sünde ist. Gleichzeitig wusste ich, dass es nur von mir abhing, mich von ihnen zu lösen. Vielleicht – so Gombrowiczs Theorie – war das die Rache, der Preis für den vergangenen Moment, als ich tatsächlich etwas Wesentliches gesehen hatte, die notwendige Erniedrigung, das Verwischen, die Niedrigkeit nach der Erhabenheit.

Eine Vermutung, warum ich früher »besser« schreiben konnte. In meiner Jugend war ich völlig gestaltlos. Daher war das Bedürfnis nach einem Gestaltungsprozess (durch das Schreiben) stärker als heute, wo durch mein Alter bereits mehr in meinem Leben, meinem Tag und meiner Stunde »Gestalt« geworden ist. Wo ich leichter Gestalt sein kann, ohne die Hilfe des Schreibens.

Ich lese die *Mémoires d'outre-tombe* von Chateaubriand. Zeitgemäß. Ich verstehe seine Obsession mit der Zeit, mit der belanglosen und gespenstischen Welt. Ganz zu schweigen von solchen Stellen:

»Die Revolution hätte mich mitgerissen, hätte sie nicht mit Verbrechen begonnen: beim Anblick des ersten Kopfes auf der Spitze einer Pike zuckte ich zurück. Niemals wird für mich der Mord Gegenstand der Bewunderung und ein Argument für die Freiheit sein. Ich kenne nichts Servileres, Verachtenswerteres, Feigeres und Überheblicheres als einen Terroristen. Ist sie mir nicht in Frankreich begegnet, Brutus' Rasse, im Dienste von Caesar und seiner Polizei? Diese Gleichmacher, Erneuerer, Meuchelmörder hatten sich in Lakaien, Spione, Sykophanten verwandelt, und, widernatürlicher noch, in Herzöge, Grafen und Barone«.[65]

Manchmal wünschte ich mir mehr Beschreibung und weniger Kommentar. Ich kenne das Problem und ich verstehe, dass er nicht allzu viel beschreiben wollte. Auch ich will lieber kommentieren. Wir täuschen uns, wenn wir glauben, dass eine Sache keine Beschreibung erfordert, wenn es sie doch gibt. Das ist eine Täuschung. Denn es gibt die Sache erst, wenn wir sie beschreiben.

Wenn ich Pfeife rauche, kommt am anderen Ende Rauch aus dem Kamin. Die Gleichzeitigkeit unseres Rauchs amüsiert mich, ärgert mich aber auch. Denn sie relativiert meinen Rauch und mich mit ihm. Der Rauch – wenn man zurückdenkt, liegt irgendwo dort unten vielleicht ein Rauchopfer. Wer weiß, ob nicht auch in der Pfeife diese Bedeutung verborgen liegt?

Hier wollte ich noch aufschreiben, was ich gestern am

Mittag und am Abend getan habe, in welcher Verfassung ich war und was daraus Trauriges folgt. Doch ich mag nicht. (Denn ich habe mittags erneut wegen Mara geweint, und am Abend wegen eines anderen Namens gelacht.) Was will ich von den anderen, wenn ich mich selbst nicht annähernd zu irgendeiner Ganzheit zusammenraffen kann. Das Verhalten der anderen ist unüberschaubar und gefährlich, und sie rechtfertigen es fortwährend. Genau wie ich es tue. Vielmehr, ich kann es nicht einmal rechtfertigen, ich denke nur darüber nach. Und wie viele Menschen denken nicht einmal nach, sie nehmen es hin, wie es kommt. Die Welt ist gefährlich.

9. Dezember, Dienstag

Leeres Geschwätz. Unterdessen verstreicht das Leben. Noch macht mein Körper seine vielfältigen Pläne und Versprechungen. Zumindest eine Illusion.

Heute: Was habe ich seit 10 Uhr 30 getan? Ich will nicht einmal daran denken.

Seit einer Stunde habe ich eine neue Brille. Gute Gelegenheit, ein neues Leben zu beginnen. Etwa: Wie wär's mit einer Reise? Mich von mir und meinen Gewohnheiten entfernen? Auf, Kindchen, *je repars à zéro.*[66] Macht Mut, und noch dazu auf Französisch.

Woher, wozu diese Ironie? Ich weiß es, natürlich. Es ist eine Art, wie ich mir, wenn ich auf mich warte, entwischen kann.

In Wahrheit bin ich herumgesessen, fast den ganzen Tag,

mit ausgestreckten Beinen. Dabei dachte ich: Es wäre gar nicht schlecht, damit aufzuhören. Die Schreibmaschine fiel mir ein. An der Schreibmaschine gelingen mir ab und zu ganz brauchbare Illusionen, dass ich ein anderer bin, Relevanz habe. Hopp, auf, Maschine. Als ob eine Maschine wie ein Talisman funktioniert.

Abendessen zu zweit, im Quartier Latin. Das Restaurant ländlich, wie eine rustikale Schweizer Stube, ›Savoi‹, am rustikalen Fenster rustikale Gardinen. Überall Trapper und Trapperinnen, Melkerinnen, Kommissarinnen aus dem Jahre 1919. Der ganze Bezirk ist so. Kulissen und Kostüme. Wie ein Maskenfest. Alles täuscht etwas vor, alle verstellen sich. Eine falsche Revolution, falsches Haar, falsche Gewänder. Später, im Kino, ein falscher Film, der derartig penetrant eine nackte Wahrheit simulierte, dass ich nach fünfzehn Minuten genug hatte. Eine Ansammlung von Falschheit, von Verstellung.

Und wo bin ich in alledem? Ich, der auch etwas vorgibt, habe die ganze Zeit das Gefühl der eigenen Verstellung, wenn auch kleiner als die der anderen, und durchaus bewusst. Die Sehnsucht danach, sich nicht zu verstellen. Das Bedürfnis, sich nicht zu verstellen. Das ist eine große Verstellung. Im Quartier Latin wieder die grundsätzliche Frage: Was täusche ich vor, und warum?

Vor allem mir. Wie das, mir selbst? Ich simuliere mich selbst, das ist es. Meine Panik ist die Panik eines Menschen, der Angst hat, dass seine Vortäuschung niemanden täuscht, nicht ein bisschen. Dass er nicht nachkommt mit dem Vortäuschen.

So habe ich wieder ein Zeichen bekommen, ein weiteres. Zeichen darf man nicht übersehen.

Beckett – schien mir ein Mensch zu sein, der nichts simulierte. Ebenso wie Solschenizyn.

Seit einigen Stunden, stärker als sonst, der Hunger nach Wirklichkeit. Das Gefühl, ein künstliches Leben zu führen, nicht authentisch. Irgendein Ich, mein eigener Homunculus. Aber das ist nicht mehr nötig. Es ist sogar unangebracht. Du fragst dich, was nun? Eben das. So viele unnötig ausgesprochene Worte. Vielleicht stottere ich deshalb so herum, weil ich spüre, dass ich nicht so viel reden sollte, dass etwas unausgesprochen bleiben muss.

Ich – der Kopf – werde das nicht lösen. Es ist in mir – im Kopf. Ich weiß, dass ich mich wiederhole, sooft ich das hinschreibe. Ich hab es mir schon gesagt, ja, ich werde mich wiederholen.

Meine fehlende Authentizität:

1. Angst. Ich fürchte mich nur noch aus Gewohnheit.

2. Eitelkeit. Ich bin eitel, aber ohne Überzeugung.

3. Hetzerei. Die kommt von der Angst.

4. Faulheit. Ich meine die Faulheit, die von innen kommt. Eine Gewohnheit aus Jugendtagen: das Warten (auf Inspiration, auf eine Überraschung, auf ein Ereignis – all das ist tatsächlich nicht mehr meins).

5. Ich hänge an mir (nach all den Zweifeln, Mutmaßungen und Erfahrungen zu diesem Thema?).

Meine These: Das alles ist nicht angeboren, aber es ist unbedingt von mir. Es sind meine Gewohnheiten.

Dieses Land ist unerträglich – es ist über alle Maßen unauthentisch. Wie Polen (obwohl Polen es mehr ist).

17. Dezember, Dienstag, La Clusaz, 15.00 Uhr

Eben erlangte ich gerade genug Kraft, dass ich es schaffte aufzuschreiben, ich hätte keine Kraft. Seit gestern bin ich in La Clusaz, und bis heute weiß ich nicht, weshalb eigentlich.

Seit langem war ich nicht derart kaputt, verloren, nicht zu gebrauchen. Sicher ist irgendeine Krankheit im Spiel, Grippe oder so etwas.

Seit gestern schneit es, ich habe den Eindruck – vielleicht nicht ohne Grund –, ich sei von allem abgeschnitten. Ich weiß es nicht, weil ich seit gestern glücklicherweise niemanden gesehen habe und hoffentlich auch heute niemanden sehen werde.

Mein Zustand erlaubt es mir immerhin, auf der Maschine zu schreiben. Immer, auch wenn ich ganz am Boden bin, klappert die Frage, wie schwach auch immer, in mir herum: Was tun? Was kann ich tun, um mich aus dieser Umzingelung zu befreien?

Wenn ich vom Bett aufstehe und zur Schreibmaschine gehe, dann ist das ein Versuch, mich zu retten, ein Versuch, zumindest für einen Moment der Gleichgültigkeit und der Beliebigkeit zu entkommen. Ich weiß längst, dass ich eine Synthese brauche, Konzentration, Reduktion, eine Art Reinigung, um meinen inneren Aufruhr zu dämpfen. Es passiert aber das Gegenteil. Zerstreuung, Gedankenlosigkeit, Anstacheln des Aufruhrs. Die Tendenz, Dinge in mich »hineinzufressen«, das Maul zu voll zu nehmen, mich in viele Richtungen zu verzetteln. »Woanders, ein andermal.« Das wird wohl in Zukunft nicht besser. Ich soll jetzt nach Amerika, für viele Monate.

Zu den obengenannten Tendenzen kommt noch: Das Gefühl der Gleichrangigkeit, der Austauschbarkeit, der Gleichgültigkeit, Grundlosigkeit. Dahinter immer größere Gereiztheit, die durch das Gefühl der Manipulation entsteht. Gewöhnliche Tätigkeiten in der Küche bringen mich zur Verzweiflung. Die Gegenstände von einem Ort an den anderen zu stellen, und die idiotische und unverschämte Forderung, das nur auf eine einzige Art zu tun, weil sonst Wasser auf den Fußboden rinnt und der Apfel unter den Tisch rollt. Die Manipulation, die so sein muss und nicht anders und die gleichzeitig so total blödsinnig ist. Ihr idiotischer, sinnloser Imperativ der Einheitlichkeit. Technologie, also Idiotismus. Ich fühle mich von Küchentätigkeiten manipuliert.

Umso schlimmer, dass ich bei diesem Gefühl der Leere und Hohlheit der Manipulationen gefühlsmäßig von ihnen abhängig bin, ich gerate sogar in Panik und hysterische Angst, dass ich irgendwas falsch manipuliert, etwas nicht so ausgeführt habe, wie es sich gehört, und mir jetzt Konsequenzen drohen. Dass mir irgendwer oder irgendwas immer einen Vorwurf machen, mir einen Strick draus drehen könnte. Es ist mir noch nie gelungen, mein Auto ohne Panik zu parken: Werde ich nun verhaftet, weil ich eine Vorschrift verletzt habe, von deren Existenz ich nicht einmal wusste? Hier sollte ich noch andere Beobachtungen aufschreiben, um irgendwie daraufzukommen, was mit mir passiert. Die Sache mit Mara, ich habe immer noch den Eindruck, dass ich sie noch nicht einmal angetippt habe, dass ich aus großer Angst einen Bogen um sie mache, dass seit ihrem Tod sechs Wochen an mir vorübergezogen sind, in denen ich nicht hingesehen, sondern abgewartet habe …

Gewiss spielt der Körper bei alldem eine Rolle. Gut, dass ich müde bin, wahrscheinlich krank. Ich bin in der leeren Wohnung eines leeren Hauses, einige Kilometer von einer kleinen Ortschaft entfernt, die um diese Jahreszeit übrigens menschenleer ist. Seit etwa dreißig Stunden schneit es ununterbrochen. Meine Frau ist gestorben. Ich lebe längst nicht mehr in meinem Land, und in dem Land, in dem ich jetzt lebe, bin ich nur vorübergehend, vor einer Reise in ein weiteres Land, sogar in einen anderen Kontinent. Mein Beruf, sofern man von einem solchen sprechen kann, besteht darin, ständig alles zu verleugnen, was ich während der Berufsausübung gelernt habe. Anders als in jedem anderen Beruf oder Handwerk. Was bleibt, ist Flüchtigkeit und Oberflächlichkeit. Woran leide ich, an der Sehnsucht nach Stabilität, oder ist es noch nicht genug mit der Flüchtigkeit, der Oberflächlichkeit?

17. Dezember

Es schneit nicht mehr, dafür Wind. Außerdem habe ich mich schon daran gewöhnt, dass ich hier bin, und ich vergesse, dass ich je woanders war. Vergessen kann ich gut.

Die Sache mit Chateaubriand. Seit einiger Zeit lese ich die *Mémoires* langsamer. Seine Erhabenheit ist zwischenzeitlich unerträglich, aber sein Stil ist doch irgendwie schön. Jetzt habe ich erfahren, dass dieser Chateaubriand alles erlogen hat, und ich werde nicht mehr weiterlesen.

Aber das ist es nicht. Vielmehr die Tatsache, dass mir diese Melancholie, das *détachement, le regard froid*, die Jugend in Combourg sehr gefallen haben und ich mich selbst ein wenig darin wiedererkannt habe. Jetzt stellt sich heraus, dass es nur ein Traum von Chateaubriand war. Also nur eine Ähnlichkeit von Träumen, und nicht von Realitäten. Bin ich nicht auch nur einer, der schöne Träume von sich hat?

Hingegen *Faust* – nein, leider, ich weiß nicht, worauf die Großartigkeit dieses Werkes beruht. Goethe erinnert mich an einen Herrn Professor, und seine Witze und seine Frivolitäten erinnern mich an die Witze und Frivolitäten eines Herrn Professors. Ich weiß nicht, ich war guten Willens.

19. Dezember

Lieber Piotr[67], erlaube, dass ich mich wieder melde. Mich langweilt der Monolog, ich möchte glauben, dass ich dialogisiere. Das ist bereits der fünfte Tag meiner Exerzitien, ich bin mittendrin, habe vergessen, dass ich hierhergekommen bin, weiß nicht mehr, dass ich abfahren werde.

So ein Wintersportort ist eine Festung der Gesundheit, es ist ungeheuer gesund hier, der Winter ist gesund. Kein Vergleich mit einem Badeort am Meer. Dort ist es warm, und es gibt viel Stoff für Zersetzung und Fäulnis, vielleicht kommt das vom Meer, von Salzwasser, Übergangszustand, Algen und der Dunkelheit unter Wasser. Der Körper liegt offen, alles ist körperlicher, die Menschen sind nackt, und die Liebe liegt noch offener, aber sie ist nicht Gesundheit. Also hier ist es gesund, hart und klangvoll, und nicht weich und verdächtig wie am Meer im Sommer. Bedeutend fröhlicher. Wenn die Leute im Sommer ans Meer fahren, ist es mehrdeutiger, als wollten sie dort alles finden, auch wenn es schmerzt. Aber hier gibt es nur einen Teil, und der ist genau definiert. Eben beginnt sich die Ortschaft zu bevölkern, eine große Expansion, und wenn alle Chalets und Hotels gefüllt sind, voraussichtlich morgen, dann haben wir hier ein Zakopane, das gar nicht übel ist.

Das letzte Mal war ich in so einem Zakopane vor sechs, nein, sieben Jahren. Ein großer Unterschied. Vor allem waren meine Gesundheit und Kräfte noch andere, und ich weiß noch, dass ich ganz gut mittat in der Klangfülle und Festigkeit. Ich fuhr kühn in der Seilbahn auf den Kasprowy Wierch, fuhr auf Skiern elegant wieder nach unten und sah mich stolz um. Ich promenierte elastisch die Krupówki auf und ab, und mein Körper gehorchte und war mir zu Diensten. Darin ist keine Ironie. Auch heute gab es eine solche halbe Stunde, als ich, schon von unten, aus einem tiefen Loch, so etwas wie den hiesigen Kasprowy Wierch sah. Um seinen Gipfel färbte sich alles ganz rosarot, trockener Schnee stäubte, und bestimmt war das eine Art von Glück, dort zu stehen, auf dem Gipfel, vor der Abfahrt. Und einen Moment schien es mir sogar, dass ich mich vielleicht wieder erhole, und dann … Aber ich wusste sofort, dass das nicht sein kann. Sogar – vielleicht sogar – nicht deshalb, weil es physisch unmöglich ist, sondern weil es schon zerbrochen ist, auch wenn ich es noch fühle. Aber ich weiß, dass es kein Zurück mehr dorthin gibt.

So ist es nun einmal, es sind nicht nur diese sieben vergangenen Jahre, sondern auch der Tod, der mich im Griff hat. Und hier muss ich erzählen, was mir seit zwei Monaten nicht mehr aus dem Kopf geht, aber das geht nicht in einem Satz. Es ist eine Spielart der Schönheit.

Mara hatte zerstochene und zerquälte Hände, malträtiert von Spritzen und Infusionen, von Transfusionen irgendeiner weißlichen Flüssigkeit, von Verbänden und Behandlungen und vor allem von ihrer Krankheit. Ihre Hände wurden kälter, und fast spürte man das dünne Rinnsal Blut, das in ihnen noch zirkulierte, aber so schwach und so wenig, dass man dieses Rinnsal stärker empfand als damals, als die Hände noch gesund waren. Damals, warm und gesund, existierten die Wärme und das sie durchströmende Blut gar nicht, denn sie waren damit voll bis zum Rand, identifizierbar, sie selbst, man muss nichts dazu sagen.

Wenn ich mit ihr allein war, betrachtete ich jeweils ein großes Diagramm, worauf die Schwestern Blutdruck und Temperatur eingetragen hatten, beide Kurven waren abfallend, zu Beginn gab es einen dicken, waagrechten Strich, offensichtlich so etwas wie ein kritisches Minimum, dann ging der Strich nach unten. Wenn ich ihre Hand berührte, war diese noch warm, es war ein Restchen Wärme, so delikat und zart, anders als sonst. Das vermittelte mir den Eindruck, den ich bis heute nicht loswerde, nämlich, dass es besser war.

Das ist ein Problem für mich. Denn: Wer sagt das? Ich beschreibe nicht einfach eine normale, kräftige, gesunde Wärme, sondern ich bin sogar fasziniert davon, sie hat mich gefangen genommen. Woher die Schönheit der sterbenden, gequälten Mara, die, nach gesundheitlichen Kriterien, hässlich war? Ich schwöre, ich bin ein unparteiischer Zeuge. Ich habe gesunden Appetit, zu Krankheiten neige ich nicht so wie Du, ja, Krankheit lehne ich sozusagen ab, erotisch gesehen bin ich der Typ, der Gesundheit, Kraft und Fülle sucht.

Behinderung, Verkrümmungen oder Entstellung haben für mich nichts Anziehendes, im Gegenteil. Nein, gegen dahin gehende Verdächtigungen muss ich mich wehren. Ihre abgezehrten Hände, an der Grenze zum Erkalten und mit Stichwunden bedeckt, waren schöner als Gesundheit und Kraft. Ich meine dabei natürlich nicht ihre Gesundheit und Kraft, sondern Gesundheit und Kraft im Allgemeinen. Weder wollte ich diesen Eindruck, noch habe ich nach ihm gesucht. Hier muss es eine Wahrheit geben, die größer ist als meine Individualität. Ich versuchte, eine Antwort zu finden. Ist etwas dann schöner, wenn es unmöglich ist? Gewöhnliche Wärme ist möglich, man kann sie konsumieren. Aber vielleicht – so frage ich mich – war es vor allem ein Reflex dessen, was mich mit ihr verband, ein Reflex aus diesen dreizehn Jahren, in denen sie meine Frau war? Wenn ich im Krankenzimmer einer mir fremden Person … Ich war in so vielem mit ihr verbunden, es war nicht mehr, nur anders. Ich glaube nicht, dass es hier um einen Unterschied in der Qualität geht, nur in der Quantität, in der Anhäufung, und dieser Unterschied ist zu meinem Nutzen, kommt einer größeren Aufrichtigkeit des Erfahrenen zugute.

Meine Unangepasstheit, meine Schroffheit, jetzt, in diesem Wintersportort, ist wahrscheinlich mit diesem Spital verbunden. Hier sind so viele junge, laute Menschen. Im Radio nur aggressive Musik, die mit Türen knallt, gewalttätig ist. Hervorragende Schneepflüge, die effektiv und hygienisch mit Schnee und Verwehungen fertigwerden. Die Versorgung ist perfekt, alles funktioniert. Wie angenehm das heiße Wasser in meinem Badezimmer ist. Überall mechanische Vorrichtungen, die mit der Materie machen, was sie wollen, der Ort brummt vor lauter Motoren und Motorsägen, die siegreich Holz zersägen, Schnee über die Rampe werfen, feststampfen, ziehen, schieben, von hier nach dort bewegen, alles ist fein ausgedacht, pünktlich und genau. Die Skiläufer sausen wunderbar den Berg hinunter und haben ausgesprochen rote Wangen. Kraft und Gesundheit auf Schritt und Tritt. Woran man hier und überall auf der Welt sehen kann, dass es genügt, die Dinge kraftvoll und effektiv zu erledigen, dann ist alles in Ordnung, und das Glück vermehrt sich. Aber ich habe den Verdacht, dass ebendiese ihre Hand recht hatte. Irgendein höheres Recht. Ich glaube, dass Mara erhalten hat, was die hier, mit ihren Maschinen und roten Wangen und ihrer Tüchtigkeit nie bekommen werden, obwohl sie alles dafür tun.

Wenn ich an Maras Leben denke, dann bin ich immer überzeugter davon, dass es ein großes Leben war, vielleicht größer als etwa das Leben von Isadora Duncan. Ihr Leben, das stille und ruhige Leben der »nichtexistenten« Marysia Obrembianka. Ein Paradox – wenn man alle möglichen, kursierenden Kriterien für ein großes, »starkes« Leben betrachtet. Selbst ihr Tod, obwohl es kein effektvoller Selbstmord war und ihm auch keine sichtbaren gesellschaftlichen Ausschreitungen vorangingen, hatte ein Ausmaß und eine derart relevante Dramatik – dagegen sind die meisten Bühnenwerke abgeschmackte Effekthascherei. Mara war wahrscheinlich eines der bestgeschriebenen Menschenwerke, die mir bekannt sind.

Einige Male bin ich – wie jeder von uns, der sich von den etwas einfältigen Massenmännern unterscheidet – sogenannten großartigen, bedeutenden oder ungewöhnlichen Frauen begegnet. Wie Du weißt, ist das eine Gattungsbezeichnung, die der Klassifizierung unterliegt. Mara gehörte, nach der Klassifizierung, nicht dazu, im Gegenteil. Das Publikum sah sie in einem ganz anderen Stück, das nicht so spannend war wie eines, in dem »große Frauen« spielen. Natürlich erlag auch ich manchmal dieser Optik, weil auch ich ein Stück Publikum bin. Mara suchte die Einsamkeit, es ging ihr besser im Abseits als den meisten Männern, ganz zu schweigen von den Frauen. Sie hat in ihrem Leben nicht viele Liebhaber gehabt, seit dreizehn Jahren und schon bis zum Ende. Sie war weder aufbrausend noch gebieterisch noch absorbierend. Das Gegenteil von *expansion*. Warum musste ich ihr in vielen Fällen, wo wir gegeneinander gespielt haben, Überlegenheit zugestehen? Sie hatte mehr Klasse, ich musste sie bewundern, ihren Stil, ihre Klasse, die Art ihres überlegenen Sieges (selbst wenn sie in einigen Punkten eine schmerzliche Niederlage erlitt) über mich und meine Mannschaft.

Versteh mich bitte, es geht mir nicht um eine posthume Glorifikation, sondern um eine Art kleinliche Genugtuung für sie. Ich glaube fest, dass sie für mich eine besondere Lektion war, die ich nicht einfach »schwänzen« konnte, daher versuche ich, sie zu verstehen, sie und ihre Lektion.

Man könnte sagen, ihre große Kraft (wenn das nicht zu offensichtlich und zu simpel ist) war ihre absolute Fähigkeit zur Liebe, von der ich als Einziger weiß. Darin waren ihr alle anderen Frauen unterlegen, denn auch wenn sie vielleicht ähnlich »befähigt« sind, so bezweifle ich, dass ich noch einmal dreizehn Jahre haben werde, dreizehn ähnliche Jahre meines Lebens, um mich davon zu überzeugen. Ich müsste noch einmal sechsundzwanzig sein, aber da ist nichts zu machen. Das, was uns bisweilen widerfährt, und wenn, dann nur durch außerordentliche Gnade, stand ihr immer und ganz und gar zur Verfügung, aus eigener Kraft. Dass ausgerechnet ich ihr Medium war, hat keine größere Bedeutung.

Abgesehen davon, wer war sie, was war in ihr? Beides war von außen nicht zu sehen, sondern alles war nach innen gerichtet, und ihr *mode d'être* machte schwer, bis dahin vorzudringen. Einmal hast Du gesagt: »Du hättest eine sogenannte gute Ehe haben können, aber das wäre degradierend gewesen.« Damals habe ich das nicht verstanden, jetzt verstehe ich es, in (weithergeholtem) Bezug auf das Degradierende dieses Wintersportorts, der so hübsch funktioniert, so richtig und gesund. Der Ort ist aber nicht meine einzige Verstehenskrücke und auch nicht die wichtigste.

Von ihrer Hand spreche ich natürlich nur als Zeichen. Ihr Sterben, das übrigens nichts mit dem »Tod des Obristen«[68] gemeinsam hatte, war keinesfalls »großes« Sterben. Aber ich schwöre es, ich übernehme die Verantwortung dafür mit allem, was ich weiß, mit meiner ganzen Intuition und meinem Gefühl für »Stil« und Wahrheit – es war größer als »groß«. Wie sie, ganz sie, über der Degradierung stand. Mein Problem ist, dass ich von ihr physisch berührt wurde, konfrontiert und verwickelt in etwas, was »darüber hinaus« reicht. Denk daran, wer das sagt. Wie gut ich leben kann und wie gut es mir geht, mit diesem »nicht darüber hinaus«, wie hervorragend und freudig ich ein gesunder und geschickter Skifahrer sein kann. Wenn ich etwas deutlicher angeknackst, gezeichnet wäre, dann hätte ich dieses Problem nicht. Aber würde mein Problem nicht genau dann der Degradierung unterliegen? Dann wäre Schluss mit der Uneindeutigkeit, zugunsten einer verdächtigen und abscheulichen Eindeutigkeit. Ich würde, wie es mir mein eindeutiger Knacks, meine eindeutige Krankheit gebietet, aus Mara, aus ihrem Namen ein Axiom machen, eine unumstößliche Tatsache, und das würde mit etwas verdächtig Einfachem enden.

Denn ich bin immer sicherer, dass die grundlegende Qual oder, je nachdem, die grundlegende Tugend, die uns gegeben ist, die Doppeldeutigkeit ist. Sie muss angenommen werden, und, verzeih, dass ich das so sage, sie ist uns von Gott gegeben, und sie darf nicht getötet werden. »Töten« – wie denn? Vielleicht gibt es nur eine, dafür eine große, elementare Sünde: die Uneindeutigkeit samt ihren Qualen und Schweinereien nicht auf sich zu nehmen. Diese meine These scheint belegbar zu sein. Überall, angefangen bei Karl Marx. Das ist lächerlich und naiv, aber ich neige zu der Volkstheorie, dass wir im Zeitalter des Antichristen, also der selbstgefälligen Eindeutigkeit leben. Ich neige zu dieser Überzeugung, nicht gemäß irgendwelcher Regeln einer Großen Theorie, sondern durch meine eigenständige, im Leben hart erarbeitete Wahrnehmung, mit all den Unzulänglichkeiten und Kosten dieser Symbolik.

Kurz vor Maras Beerdigung, in der Kapelle, wo ihr Sarg stand, war plötzlich ein Schmetterling am Fenster, er flatterte auf und ab, weil er durch die Scheibe wollte. Es war schon Mitte November, und ich hatte lange keinen Schmetterling mehr gesehen. Natürlich könnte man sagen, in der Kapelle war es wärmer als draußen und also nicht seltsam, dass ein Schmetterling, nur ein Schmetterling, sich hierhin verirrt hatte. Ich könnte auch sagen: Nein, es war nicht nur ein Schmetterling. Was für eine Qual, es nicht entscheiden zu können. Aber ich finde, man darf sich nicht entscheiden. Es war ein Schmetterling und nicht nur ein Schmetterling, und das geschieht mir recht. Also: weniger als recht, aber dadurch gut. Degradieren verboten, in jede Richtung.

Auf meiner Reise hierher hielt ich kurz auf einem Feld bei einem Wald an, und da kam ein sehr schöner Vogel geflogen, grau-blau-gelb. Er setzte sich auf den Außenspiegel meines Autos und wollte nicht wegfliegen. Es war natürlich nur ein Vogel, was ist schon dabei? Warum hatte er sich nicht auf einen Baum gesetzt, er hatte doch so viele zur Auswahl? Er flog weg und kam wieder, setzte sich wieder auf meinen Außenspiegel und blickte mich durch die Scheibe an. Ist vielleicht Nonsens. Das Natürlichste der Welt.

Ich weiß nicht, ob Du Dich daran erinnerst, in meinem Auto gab es ein unauffälliges Maskottchen, zwei winzige Bären, die an der Frontscheibe an einem kleinen Metallring baumelten. Als ich vor einiger Zeit mit diesem Auto zu Helene Senn fuhr, fielen meiner Begleiterin die beiden Bären auf. Und eine Sekunde später riss einer davon ab und fiel herunter. Meine Begleiterin fühlte sich plötzlich ungemütlich. Oder sie wunderte sich bloß. Eine Sekunde später fiel der zweite Bär ab. Ich habe später nachgesehen: Der Metallring war brüchig geworden, wahrscheinlich durch die vielen Erschütterungen, all die Jahre. Das ist doch nicht weiter verwunderlich? Aber ich werde die Bären nicht mehr zurückhängen. Sag mir, bin ich primitiv und abergläubisch?

Dieses Haus von Helene liegt sehr abgeschieden, und ich glaube, wer in einer solchen Einöde lebt, der verfestigt sich irgendwie. Menschen, die so ohne die Störungen, Absonderungen und Emanationen der anderen leben, scheinen mir irgendwie klarer zu sein, deutlicher. Liebende, die sich von den anderen Menschen absondern, tun das sicher auch deshalb, und nicht nur aus Anstandsgründen.

In einem sehr intimen Moment bin ich einmal aufgesprungen, um etwas zu suchen. Meine Gefährtin: »Warum hast du so einen wahnsinnigen Blick?« Wie konnte ich ihr sagen, dass ich die Anwesenheit einer anderen spürte und diese auch sehen wollte (will?). Stimmt, ich war etwas betrunken. Stimmt, Hysterie, die Nerven. Ich verstehe alles, und urteile nicht vorschnell. Vielleicht war die Härte, die Ungerührtheit meiner Gefährtin damals am Platz. Was, wenn sie zu meiner Hysterie irgendetwas, nur eine Kleinigkeit beigetragen hätte? Und muss ich mich selbst genauso rechtfertigen wie meine Gefährtin?

Sag, Piotr, soll ich mich dafür schämen? Wenn ja, was folgt daraus? Tapfer Skifahren, gut funktionieren, Gesundheit.

Gleichzeitig weiß ich, wenn ich hier allein bin, dass »Spiritismus« und das »Jenseits« auch eine beleidigende, geschmacklose Degradation sind. Das lehne ich ab, ebenso wie die Vernunft. Eine schmerzhafte Uneindeutigkeit. Denn ich wollte sie sehen, aber schon das Wort »sehen« ist erbärmlich und möchte degradieren. Nein, furchtbar, auch das. Vielleicht hätte ich nur ein Produkt gesehen, das erbärmliche Produkt meiner Nerven. Einmal hast Du gesagt: »Sie ist da, sie ist nicht da, und vielleicht ist alles ganz anders?« Ja, alles ist wahrscheinlich ganz anders.

Ich wünsche mir, wenn wir uns treffen, dass dieser Brief

mit uns sein wird. Fühle Dich nicht verpflichtet, ihn zu übergehen, es sei denn, du möchtest es, weil Dir das alles seltsam vorkommt. Mir ist klar, es ist schwierig, ihn irgendwie zu kommentieren. Du kannst ja einfach mit den Achseln zucken und sagen: »Geht nicht.« Aber bitte zeige ihn niemandem. Das wäre zu nichts gut. Außer wenn einer neugierig ist. Ich respektiere die Neugier, sie hat ihren Platz. Aber nicht hier.

Leichte Herzschmerzen, natürlich weit entfernt von irgendwas Endgültigem. Wehmütig und nachsichtig lausche ich diesem Schmerz, nur Piepstöne. Es bleibt dieses weite, unbewirtschaftete Land der Jahre, die womöglich noch vor mir liegen. In meinem Appartement liegt ein sehr dickes Opus: *L'épopée du Far West* von Piero Pieroni. Die Zeit, die vor mir liegt, wenn sie das tut, ist so ein präkolumbianisches Amerika. Und es schmerzt mich, dass ich mein eigener Pizarro, Buffalo Bill und General Custer sein muss.

In diesem Amerika werden Liebe, Angst und Wollen unausweichlich sein. Mit denen ist es ein bisschen so wie mit der Manipulation, von der ich im letzten Brief schrieb. Unausweichlich, aber ich weiß schon zu viel darüber. Ich weiß auch, dass mir hunderttausend Ichs bevorstehen, die ganz anders sein werden als in diesem Brief. Das ist demütigend. Nur der Gedanke an die schreckliche, aber heilige Uneindeutigkeit hilft etwas.

Ich verlange nicht zu viel, ich möchte nur ein kleines bisschen mehr darüber wissen, was aus mir werden soll. Ich – ein polnischer Literat, Kunst und all das, das ist Quatsch. Ich fühle mich Mara gegenüber verpflichtet – wie kann ich mein derzeitiges Weiterleben ihr gegenüber rechtfertigen?

Ich kann nichts rechtfertigen ihr gegenüber, derjenigen gegenüber, der ich nach ihrem Tod begegnet bin, was immer der Tod ist. Würde, Ruhe, etwas, was auf ihre Agonie folgte. Was soll ich tun? Manipulieren? Geld verdienen und ausgeben? Mich dem Körper anvertrauen, der noch immer ganz gut essen, schlafen und aufwachen kann? Vielleicht lieben? Sicher werde ich mich wieder verlieben, aber was wird dann mit ihrer Hand, und mehr noch, mit ihrem Liebesbeispiel, das ich nie erreichen werde? Ich werde mich nicht umbringen, keine Rede davon, dafür ist zu viel von einem gesunden Skifahrer in mir.

Überhaupt ist zu viel in mir, nur die Uneindeutigkeit, die darf ich nicht abwerfen, auch wenn ich zu viel davon habe.

Sag mir, vielleicht ist es noch schlimmer, als ich glaube. Vielleicht ist alles, was ich glaube und was ich Dir schreibe, *gratuito*, nur eine Ausgeburt meiner Intelligenz und meines Bewusstseins, es ist nur in mir und durch nichts von außen gedeckt. Vielleicht ist Mara einfach nur gestorben, weil sie gestorben ist, *punto*, Punktum, das bedeutet nichts, und ich bedeute nichts, und alles, was ich mir zusammenreime, ist nur Furcht vor dem Stand der Dinge. Vielleicht gelten alle unsere Bemühungen nur der Vermeidung des Offensichtlichen, des Nichts, des kalten und unwesentlichen mathematischen Nichts.

Vielleicht darf ich gerade keine Gewissheit (die Uneindeutigkeit) haben, keine Hilfsmittel, keine Zeichen. Wie eifersüchtig war ich, als ich in der Nacht Buddha gelesen habe, die Offenbarung des Mohammed, die Bekehrung des Saulus auf dem Weg nach Damaskus, die Nächte von Pascal oder sogar die Abenteuer dieses Einfaltspinsels Claudel. Vielleicht magst Du Letzteren, aber seine Literarizität kann ich nicht aushalten. Mir ist nie etwas Ähnliches widerfahren, wird es wohl auch nicht, nicht einmal ein winziger Teil davon. Wo sind die berühmten, wunderbaren Wandlungen, Gnaden, Gewissheiten? Bei mir gibt es nur Uneindeutigkeiten, Kater, abwechselnd mit Nüchternheit, Durchschnittlichkeit, auf und ab. Aber andererseits, ohne Zeichen oder sonst etwas, nur aus mir heraus, wie viel Hochmut und Unmenschlichkeit muss man haben, um das hinzukriegen?

Der Wintersportort. Wir haben einige Male über Gombrowicz gesprochen. Noch einmal: Er hat unrecht. Maras Hand, was ist sie gegen die von G. gepriesene Albertynka, gegen Jugend, Schönheit und Gesundheit? Und doch sehe ich in dieser Hand mehr als – jetzt darf ich mich nicht vergaloppieren. Ich verstehe nicht, warum der schöne und gesunde Körper, den ich so mag, warum Essen und bodenlose physische Liebe, die mich so faszinieren (ja, ich verstehe Gombrowicz sehr wohl), irgendwie hinter dieser malträtierten Hand verblassen. Warum muss sich dieser heißblütige und gesunde Körper mit seinem Wollen, Existieren und seiner Erfüllung vor dieser Hand fürchten, und nicht umgekehrt?

Ich bin in einer schwierigen Situation, weil ich die erste Gotteslästerung überhaupt ausspreche, nämlich, dass es Gott gibt. Was für eine Dreistigkeit und Vereinfachung. Die Schrecklichkeit meines Gottes besteht darin, dass ich von ihm nicht einmal sagen darf, dass es ihn »gibt«.

Die Uneindeutigkeit: Jetzt gerade scheine ich schlechter zu sein, und weiter entfernt von der Wahrheit zu sein, als etwa der rotwangige Fahrer eines Schneepflugs, der den

Schnee wegräumt, aber wahrscheinlich am liebsten auf all das scheißen würde. Ich bin nicht sicher... sagen wir, wir sind einander ebenbürtig. Warum immer gleich schlechter...

Vielleicht kommt das alles von der Langeweile? Weil mich das Funktionieren so langweilt, die Literatur, die Manipulation, dass ich mir Dinge einrede, die es nicht gibt? Was gibt es denn? Die Manipulation? Ehrlich gesagt, der Selbstmord scheint mir deshalb eine Sünde zu sein, weil er zu schön und zu gut ist. Selbstmord ist das Abwerfen der Uneindeutigkeit des Lebens. Hast du nie daran gedacht?

Im Grunde genommen bin ich ziemlich hochmütig. Indem ich wie Buddha bin, wie Paulus von Tarsus oder ein anderer Heiliger. Ein »Heiliger« ist eigentlich eine Vereinfachung, eine Dreistigkeit. Besser, jedenfalls edler ist es, ein Künstler zu sein, also ein Lumpensammler, ein König der Uneindeutigkeit. Vielleicht habe ich deshalb nie eine »heilige Nacht« erlebt. Was für eine Kunst ist es schon, erwählt zu sein, Gewissheit zu haben.

Mir fällt wieder ein, was ich aus meinem Katechismus weiß, aus meinem Christentum auf Grundschulniveau. Christus im Garten Gethsemane – vielleicht war da seine Erschöpfung und Qual am wahrhaftigsten und nicht später, am Kreuz. Diese Ungewissheit und Uneindeutigkeit am Ölberg.

Und hier der Zweifel: Wer sich im Zustand der Uneindeutigkeit befindet, ist der nicht überzeugt davon, dass er »richtig liegt«? Vielleicht sind Buddha und Paulus und andere, egal welchen Kalibers, kein bisschen besser positioniert, eben weil sie sich entschieden haben, weil sie »schlecht« sind?

Und plötzlich fiel mir wieder ein, was gewiss ist. Mara

zum Beispiel, ihre Liebe, ihr Leiden, ihre Hand, ihr Tod. Als sie im Sterben lag, erkannte ich zu meinem Schrecken in ihrer Agonie das Gleiche, was ich von ihr in der Liebe kannte, die gleichen physischen Reaktionen, den gleichen Gesichtsausdruck, die gleichen Augen. Ich habe es genau beobachtet.

Als wir nach meiner Rückkehr aus Berlin zu dritt tranken, mit Zosią R., da sagte Zosią: »Pass auf, sie ist hier.« Und ich fragte: »Was heißt das, was soll ich tun?« Und Du: »Nichts, lebe, solange du nicht stirbst.« Meintest Du wirklich nur das oder wolltest Du noch etwas damit sagen?

Ich weiß, dass das Wünschen keinen Sinn hat. Aber verzeih, ist das nicht auch eine Vereinfachung? Du hast über Tolstois Erzählung, *Der Tod des Iwan Iljitsch* gesprochen, darüber, dass Tolstoi unrechtmäßig mit den Wünschen von Michael Iljitsch gespielt hat. Als Michael noch lebendig war. Und hier bin ich, lebendig. Ich esse und ich habe ein Bankkonto. Ich habe einen Wunsch, aber der weiß nicht, was er will. Was soll ich mit ihm tun? Was soll ich mit dem Wunsch tun, den ich nicht zu haben wünsche? Wohin mit ihm? Du siehst eher alles in der Perspektive des Schwindens, aber mit Tolstoi warst Du nicht einverstanden. Sag mir, was soll man wollen? Ich habe noch genug Kraft, auch wenn Du da skeptisch bist. Aber was soll ich damit tun?

Ich schreibe das in falschem Glauben, irgendwie. Meine Intelligenz und mein Bewusstsein führen die Feder. Und meine Angst. Ich glaube, in meinem Bauch, nicht in meinem Kopf ist noch etwas, wovor ich Angst habe. Mein ganzes Leben habe ich Angst gehabt. Etwas, dem ich in Ruhe gehorchen sollte. Aber davor habe ich Angst. Weil ich nicht weiß, was es ist, es ist etwas Unaussprechliches.

Über die Angst weiß ich viel, mein Leben ist meine Angst. Wenn ich an meine Ängste denke, dann glaube ich, es gibt eine fundamentale Angst, nämlich vor dem, was in meinem Bauch ist. Das sage ich in Ermangelung einer besseren Definition.

Es ist eine Angst, die der Angst vor dem Tod ähnelt. Ich weiß, dass in meinem Bauch noch etwas ist, was nie nach außen dringen konnte. Aber ich fürchte mich davor, denn wenn es rauskommt, dann wird es mein »Tod«. Der Tod jenes gesamten Ichs, wie ich es kenne und trotz aller Abscheu gut leiden kann. Ich verzweifle und lamentiere, nur um das zu übertönen, was sich nicht übertönen lässt, was in meinem Bauch ist. Eigentlich mache ich ihm die ganze Zeit schöne Augen, und gleichzeitig fliehe ich vor ihm.

Die Intelligenz erklärt das als Angst vor dem Wahnsinn. Ich wurde ganz gut erzogen und möchte so gerne einfach »normal« sein. Ich bin ja auch normal, nur dass ich dieses Etwas in meinem Inneren nicht vergessen kann, obwohl ich es dann doch immer wieder vergesse. Es ist die Angst, sich dazu zu bekennen, es zuzulassen. Eigentlich die Angst vor einer endgültigen Einsamkeit, denn wenn ich mich ihm ergebe, entferne ich mich so weit von der »Norm« und von den Menschen, dass mir die Haare zu Berge stehen.

In einer »normalen« Symbolik würde sich ein *Faust*-Problem aufdrängen. Ich gestehe, dass ich das immer häufiger habe, besonders, seit Mara im Sterben lag.

Darin liegt entweder eine große Chuzpe oder etwas, das man besser gar nicht erst denkt. *Faust* – lassen wir die Teufel in Ruhe. Wieder eine Uneindeutigkeit, in schrecklicher Form. Manchmal frage ich mich, ob ich sie umgebracht habe, genauer gesagt, ob das Etwas in meinem Bauch sie umgebracht hat. Ich bin mir bewusst, was ich sage. Vielleicht denkst Du schon, dass das mein Wahnsinn ist. Aber gehen wir weiter. Warum sollte ich sie umgebracht haben, und wie sollte es dann weitergehen?

Ich muss es präzisieren. Ich fühle mich ihr gegenüber auf ewig verpflichtet, und auch unterlegen. In unserer ganzen Beziehung hat sie sich ein für alle Mal als die Überlegene erwiesen, und ich war von ihr abhängig, niedriger, schlechter. Jetzt allein schon dadurch, dass ich noch lebe. Ihr bester Stil, diese höchste Klasse krönte sie mit diesem *coup de maître*. Sie ist gestorben. Sie ist überlegen. Wie immer, wenn das Opfer dem Mörder überlegen ist.

Gewissensbisse habe ich überhaupt keine. Das war in meinem Bauch. Das bin nicht ich.

Ich habe noch nie jemanden eigenhändig getötet, aber ich weiß, wie das aussieht.

Sie ist zu meiner größten Liebe geworden, obwohl Du Dir denken kannst, wie das zu ihren Lebzeiten aussah. Aber was heißt »zu Lebzeiten«? Sie hat sich realisiert durch alles, was »unmöglich« war, durch das »mehr« und das »darüber hinaus«. Da kann ich noch so zufrieden sein mit dieser oder jener Nacht, mit jener oder einer anderen. Aber muss ich Dir das erklären? Du scheinst viel vom Tod zu wissen oder zu ahnen.

Ich sage das nicht, um meine Schweinerei herunterzuspielen.

Ihre Liebe zu mir war unmöglich, möglich wurde sie erst durch den Tod.

Letztendlich ist unser Gehirn nur eines von vielen »möglichen«. Ist es das nicht zufällig dadurch, dass es umgeben oder sogar bedingt durch alle anderen »unmöglichen« ist?

Lieber Piotr, ich hoffe, dieser Brief belastet Dich nicht. Ich weiß, was ich schreibe. Ich bin mir bewusst, dass Du das vielleicht nicht akzeptieren kannst. Ich fordere keine Gegenleistung, ich weiß, dass es keine Antwort gibt. Versteh bitte, ich kann nach der Ausübung eines Mordes nicht einfach ich selbst bleiben, distanziert und neutral. Ich brauche die Menschen – in Dir synthetisiert. (Du als Synthese der Menschen, der Menschheit.) Ich muss etwas mit mir tun, aber ich mag mich nicht vernichten, das wäre zu einfach, zu unehrlich. Ich habe große Angst vor mir, also vor jenem in meinem Bauch. Gleichzeitig spüre ich, dass mir jetzt nichts anderes übrigbleibt, als ihn zuzulassen.

Einmal hast Du über mich geschrieben und gesagt, ich sei Strich und Kontur. Aus Angst, mein Lieber, aus Angst. Aus Angst wollte ich immer einen Umriss von mir, mich umschreiben, nicht freilassen. Aber wovor soll ich mich noch fürchten, nach dem Tod von Mara?

Ich brauche Dein Wohlwollen, ebenso wie das von anderen Menschen. Man sagt: »Bete für mich.« Piotr, alles, was Du von mir weißt, das ist die Wahrheit, aber bitte bleib mir gewogen. Wie auch ich mich bemühe, wohlwollend zu sein, auch wenn mir mein Hochmut, meine Beschränktheit dabei manchmal im Weg stehen. *L'esprit*. Für mich gibt es nur zwei Auswege. Entweder Selbstmord, aber den werde ich nicht begehen. Oder, eben oder, oder was?

Wie Du siehst, achte ich nicht mehr auf den Schein. Ich weiß, ein Brief, ein Wort, das ist alles ungenügend. Aber ich will keine Ironie mehr, ich gebe mich ganz und weiß, dass auch das ungenügend ist. Weit entfernt von der Ganzheit, sondern unmöglich. (Aber ihre malträtierte Hand, war das möglich?)

Wovor sollte ich mich noch fürchten, Piotr, vor der Lächerlichkeit? Vor der Gesellschaft, vor schlechter Optik? Das tue ich ja. Aber ich weiß es, aber ich kann nicht mehr, ich will nicht mehr. Das Leben, das mir von »Normen und Gesetzen« diktiert wird, von »Gewohnheiten und Zielen«, ekelt und langweilt mich so schrecklich, dass ich mich gewiss umbringen würde, wäre da nicht die Hoffnung, die Illusion, dass es noch zu was anderem taugt.

Vielleicht geht es darum (unmöglich?), den Tod dem Leben einzuverleiben, auch wenn sich das widerspricht. Aber vielleicht ist es nicht unmöglich? Vielleicht kann ich das, was in meinem Bauch ist (und der Tod ist gewiss darin), freilassen, ins Leben? Vielleicht wäre das die höchste und schwierigste Synthese – die Verbindung von Tod und Leben?

Ja, daran denke ich. Denn das Leben ist bis zum Tod ekelhaft, aber vielleicht ist es in der Synthese mit dem Tod das, worauf es ankommt? Ich kenne Deine Skepsis. Jedem das Seine.

Selbst wenn Du skeptisch bist, dann sag mir, was bleibt mir übrig? Irgendwelche Stückchen schreiben, um mir einen Platz in der polnischen Literaturgeschichte zu verdienen? Ich habe extra das lächerlichste Beispiel angeführt. Weiterleben, für die »heilige Sache des Lebens«? Essen, nur um meinen Blutzuckerspiegel aufrecht und meine Drüsenfunktionen im Lot zu halten, immer und immer wieder? Was soll ich tun mit diesem großen und noch relativ gesunden Körper, ihn konsumieren? (Zerstören ist auch konsumieren.)

Nein, ich kann nicht akzeptieren, dass es Mara (den Namen) nur einfach so gegeben hat, zu nichts, ohne Lehre. Natürlich kannst Du mir sagen, dass alles von selbst geschieht und dass es nur darum geht, sich nicht allzu sehr hervorzuheben, doch genau das ist mein Wunsch, mein Wunschpotential, das nicht nur fürs Feuer, fürs Verschwinden sein kann. Alles hat seinen Platz und seine Bedeutung (?), und ich darf das nicht leugnen. Vielleicht muss ich einen Irrtum riskieren (*vide* meine Proteste gegen das Gerechte und Unfehlbare). Ich will nicht gerecht und unfehlbar sein. Ich bin lächerlich, unbedeutend und kann dem mathematischen (dummen) Nichts nichts entgegensetzen. Das ist meine Privatangelegenheit. Ich weiß nicht, ob ich mich irgendwann von der Angst vor dem Etwas in meinem Bauch befreien kann. Aber was habe ich zu verlieren? Hat dieser Wintersportort recht? Ich bestreite es. Die malträtierte Hand von Mara hat recht, das kann ich garantieren, alles andere ist mir egal. Sie hatte (hat) recht, weil ich es so will. Vielleicht soll ich mich an der Nase packen und wahnsinnig werden, so richtig, durch und durch, warum auch nicht? Es ist so beschwerlich, sich allem und allen zu widersetzen, sogar sich selbst, diesem zufriedenen Körper, aber gibt es einen anderen Ausweg? Vielleicht besteht der Wahnsinn darin, sich nicht mehr um Rezensionen zu bemühen.

Lieber Piotr, ich schreibe Dir, und nur Dir, als dem einzigen Du, das ich von Dir habe, obwohl es unendlich viele Dus gibt. Also gut, so sei es, sei so, ich bin gespannt, wie mein eigener Tod wird, und Deiner.

23. Dezember

Ja, ich habe von Dir zwei Briefe bekommen, und dies ist mein zweiter Brief an Dich[69], den ich seit Maras Tod schreibe. Schon im ersten Satz dieses Wort, aber das ist natürlich. Du brauchst Dich absolut nicht zu entschuldigen, dass Du es auch erwähnst, »unpassenderweise«, wie Du schreibst, nichts dergleichen.

Diese Sache ist wie ein riesiges, unbekanntes Land, in das ich meine Reise eben erst angetreten habe, und ich glaube noch immer, dass ich erst am Beginn stehe und noch lange nicht weiß, wo die Grenzen sind. In diesem Land sind die Bedeutungen abgrundtief, und je weiter ich in diesen Wald vordringe, desto mehr Bäume gibt es. Erstens weiß ich selbst nicht genau, wohin es mich treibt. Ich weiß überhaupt wenig, ein bisschen kann ich mir denken, bei vielem denke ich nur, dass ich es mir denke, und das Geheimnis bleibt bestehen. Wenn ich über Mara schreiben will, dann müsste ich über mein Leben, über mich, über die ganze Welt und das Leben im Allgemeinen schreiben – denn wie können wir irgendetwas von der Welt wissen, wenn nicht einzig und ausschließlich durch unser eigenes Leben. Es sind also unerschöpfliche Themen, und eigentlich habe ich überhaupt keine Lust dazu. Nicht einmal in diesen Briefen, die so lange unterwegs sind, kann ich davon schreiben, was ich weiß.

Vier Jahre lang hat sich Mara nicht von einer geliebten, übrigens hervorragenden Reproduktion des Bildes *Lucretia* von Cranach trennen können. Ich sollte sie Dir zeigen, aber da ich nicht weiß, wann das möglich sein wird, versuche ich sie Dir zu beschreiben. Dargestellt ist eine junge Frau, bis zur Taille entblößt, in einem offen klaffenden Pelzgewand (Cranach lebte 1472–1553), in der rechten Hand hält sie ein Stilett, das genau auf die Stelle am Körper gerichtet ist, an der Maras Krankheit begann. Das Bild ist sonderbar und düster, von fast krankhafter Schönheit. Mara hatte diese Reproduktion immer über ihrem Bett oder auf ihrem Tisch, in Chiavari und in Paris, immer nur diese. Erkläre Dir das, wie Du willst. Vielleicht ist es nur Zufall. Ich werde versuchen, in einem Museum in Siena, wo das Original hängt, ein weiteres Exemplar davon zu bekommen. Wenn es mir gelingt, schicke ich es Dir.

Sie schien allen so einfach zu sein, so unmittelbar, unkompliziert. Das war nur der äußere Schein. Zufällig war ich der Mensch, der sie am besten gekannt hat und der mehr über sie wusste als irgendjemand auf der Welt. Ich muss immer lachen, wenn in meinem Beisein von anderen, mir bekannten Frauen die Rede ist, die für intelligent, tiefgründig und außergewöhnlich gehalten werden. Es ist eine Frage des Stils. Mara hatte einen Stil, den man selten findet, in keinen Katalogen. Und sie besaß mehr Geheimnis als alle patentierten Geheimnisse. Sie hinterlässt etwas sehr Beunruhigendes, das ist nicht nur mein Eindruck, es ist auch einigen anderen Personen, die sie gekannt haben, aufgefallen. Zu Lebzeiten strahlte sie auf alle Harmonie, Ruhe und Heiterkeit aus. Jetzt, paradoxerweise, scheint sie eine andere, beunruhigende Botschaft gehabt zu haben, ein Rätsel oder eine zu lösende Aufgabe. Nicht jeder hinterlässt so etwas. Was kann es gewesen sein? Wenn ich das wüsste, schiene mir mein Leben Berechtigung zu haben.

Du kannst mir glauben, dass ich mich vor Mystifikationen und Monumentalisierungen, wie sie in meiner Situation leicht entstehen können, bewusst hüte. Wenn ich die Sache Mara jetzt ad acta legen würde, in Fakten, Sentimentalitäten, für immer definierten »Daten«, wie auf einem Tonband aufgenommen, das ich mir immer wieder anhören kann, dann würde das ihrem schrecklichen Tod gleichkommen. Und meinem auch, nach und nach, denn wie ich schon sagte, kann ich sie nicht von mir und unseren dreizehn Jahren gemeinsamer Geschichte trennen. Vielleicht fürchtet sich niemand so davor wie ich, »erledigt« zu werden, als ein und derselbe fixiert zu sein, als ein Begriff meiner selbst, als tote Geschichte oder ein Bündel statistischer, für alle Zeiten berechneter Daten weiterzuexistieren.

Ich weiß nicht mehr, was ich in meinem vorigen Brief geschrieben habe, vielleicht wiederhole ich mich. Aber es sind nur scheinbare Wiederholungen. Die Sache, die Maras Namen trägt, öffnet viele, immer weitere Perspektiven, so dass ich Angst habe, mich in diesen zu verlieren. Das ist im Moment meine einzige echte Angst.

Ich weiß nicht, ob ich Dir schon geschrieben habe, dass ich ihr eine radikal veränderte Beziehung zu Krankheit und Tod verdanke. Wenn ja, wiederhole ich es nun, wenn nein, will ich umso mehr davon schreiben, denn das ist wichtig für mich. Weißt Du noch, wie man uns als Kindern die Angst vor Knochengerüsten, Friedhöfen, Gräbern, Geistern eingeflößt hat? Überhaupt ist die Angst und Abscheu vor Fäulnis, Zerfall und Dekomposition ziemlich verbreitet. Ich habe ihre Krankheit und Agonie gesehen, alles, was damit zusammenhängt, ich war nach ihrem Tod ziemlich lange mit ihr allein. Es hat mich berührt, und in mir entstand ein Mitgefühl mit ihr, weder Ekel noch Angst. Dieses Berührtsein, das Mitgefühl und der frühere Verdacht einer Mitschuld sind übergegangen in Leiden und menschlichen Zerfall, unseren, im Allgemeinen. Was sich in mir vollzogen hat, war natürlich nicht von mir geplant, es war kein intellektueller Prozess, keine Rationalisierung, sondern einfach Faktum, Existenz. Friedhöfe, Tod, mein Gott, wie naiv und unwahrscheinlich scheint es mir jetzt, sich davor zu fürchten, zu flüchten, sich zu grausen. Genau das Gegenteil trat ein: Nähe und Rührung. Als hätte ich endlich den Körper in seiner ganzen Majestät und seiner Aura begriffen, von der Gesundheit und Schönheit über alle Stufen bis hin zum Ende. Die Unterscheidung, das Gegenüberstellen der zwei Formen ein und desselben Körpers, scheint mir dümmlich und geschmacklos.

Ich werde ihre Torturen nie vergessen und ihren malträtierten, »hässlichen« Körper. Auch nicht das, was ich damals in meinem so gesunden Körper empfand. Die Fragen, wozu dieser gut sei, und die Antworten: Nur für sich selbst.

Denk nicht, dass ich meinen Körper seitdem hasse und ihm etwas übelnehme. Das damals war eine Konfrontation, aber ich habe ihn auch damals nicht gehasst. Es war nur Verwunderung und Fragen und Entsetzen. Das ist also mein Körper, sieh da, er funktioniert. Ich stehe sozusagen in voller Blüte, was ich ohne Koketterie und ohne Überheblichkeit sagen kann, weil ich weiß, womit diese »volle Blüte« früher oder später endet. Ja, ich schlafe meistens gut. Schlaflosigkeit, das wäre zu einfach. Das alles spielt sich viel tiefer ab, unter der Oberfläche und dem System der simpelsten Reaktionen. Es wäre wie ein schlechtgeschriebenes Werk, das sich schon in der ersten Schicht der im Übrigen ziemlich verworrenen Zeichen erschöpft. Ich erinnere mich, wie Mara sich, aus der Tiefe eines schon verlorenen Bewusstseins, über meinen Teint freute, den Teint eines gesunden Holzfällers, und dazu dieser Schwung, der damals für mich ganz fehl am Platz war. Vielleicht war eben ihre Freude die Rechtfertigung dafür? Man muss dazu wissen, wie Mara sich freuen konnte. Die Freude einer Sterbenden, dass ein ihr Nahestehender gesund ist und lebt, das ist schwer zu begreifen. Sie hätte doch ganz mit sich selbst beschäftigt sein müssen, mit ihrem Leiden und ihrem Abtreten. Später, als sie das Bewusstsein nicht wiedererlangte und in schrecklichen, eigenen Fernen weilte – erkannte sie mich einmal, als ich hereinkam. Sie signalisierte das mit einem Wort, einem sehr intimen Namen, der nur für uns Bedeutung hatte. Sie sprach ihn aus, lallend, denn sie konnte nicht mehr richtig sprechen. Die Schwestern rieten mir, nicht näher zu treten, weil meine Anwesenheit ihr das Sterben erschwerte, sie auf dieser Seite festhielt. Sie kam zurück, so wie wohl Tote manchmal wiederkommen. Sie bekam immer mehr Morphium gespritzt, damit sie das Bewusstsein nicht wiedererlangte und die Schmerzen besser ertragen konnte. Nach jeder Spritze sah es so aus, als würde sie nicht mehr zu sich kommen. Es war schwer zu ertragen, als ich mich ihr näherte und sie mich mit einer schrecklichen Kraftanstrengung, die vielleicht nicht mehr ihre eigene war, erkannte und rief, wie aus weiter Ferne. Diese Spritzen hatten etwas Mörderisches, sie sollten (voll Erbarmen) ihren Schmerz mildern, ihr Erleichterung verschaffen, aber sie töteten ihr Bewusstsein. Ich weiß nicht, wie oft man zwei sich derart widerstrebende Gefühle haben kann. Einerseits wollte ich, dass sie mich schon nicht mehr erkenne, andererseits, wie konnte ich das wollen, wenn es für sie noch Leben bedeutet hätte. Aber wie konnte ich es auch nicht wollen, wenn ihr das Leben diese schrecklichen Schmerz zufügte, wenn sie jedes Wort, jeden Ruf mit übergroßem Leid bezahlten musste, bei eingeschränktem Bewusstsein.

Manchmal glaube ich, dass ich sie in meiner Nähe spüre. Jetzt etwa. Es ist sehr heikel, darüber zu schreiben. Es gibt zu viele seichte Geschichten zu solchen Themen, degradierende, hysterische, exaltierte, phantastische, sensationslüsterne, eingebildete Geschichten, die aus einer Nervenschwäche heraus entstehen. Da muss man vorsichtig sein, sehr vorsichtig, so was zeugt von schlechtem Stil, was nicht ihr Stil war. Eine Mara, die nach dem Tod »erscheint« – das ist erbärmlich. Eine Mara, die ein eindeutiges Zeichen gibt – das ist schlechtes Theater. Wenn es etwas jenseits dessen gibt, was »ist«, dann nicht so etwas. Ich habe Dir gerade von meiner Nicht-Angst erzählt. Ich fürchtete nicht ihren kranken und sterbenden Körper, und ich fürchte mich ebenso wenig vor ihr nach ihrem Tod. »Ich fürchte mich nicht«, das ist eine unrichtige Bezeichnung (mir fällt aber keine andere ein), weil sie durch die Negation voraussetzt, dass ich mich fürchten könnte. Das Fürchten bzw. Nicht-Fürchten liegt so weit jenseits meiner Empfindung, dass ich diese unpassende Bezeichnung nur dann benutze, wenn ich dazu gezwungen werde. Wenn ich mir ab und zu dennoch ein solches Zeichen wünsche, eines aus dem bekannten Repertoire, vielleicht etwas ausgefeilter, raffinierter, aber immer noch aus dem Repertoire, dann missbillige ich es zugleich in aller

Schärfe, da es eine geschmacklose Dummheit ist, die mich und sie degradiert. Ich habe geschrieben: »Manchmal glaube ich, dass ich sie in meiner Nähe spüre.« Das kann natürlich ein Glauben sein, das aus dem Kopf kommt, eine Anballung von Gedanken, Ideen und Wünschen im Kopf, vielleicht kommt es auch daher, dass ich schon zu lange lebe und zu viel erlebt habe, um zu behaupten, es gäbe keine Intuition. Was übrigens eine hilflose Bezeichnung ist. Aber auf keinen Fall banaler Spiritismus, das wäre unendlich ordinär, wenn nicht gar anrüchig. Wenn überhaupt, dann etwas, worüber man nichts sagen kann, und das man erst recht nicht manipulieren darf, etwas, dem man sich nur mit höchster Behutsamkeit annähert. Die bloße Erwähnung von »in der Paramagnetik noch unbekannten Feldern« bewirkt bei mir sofortigen Brechreiz. Auch das Gerede von der »Seele«. Vielleicht gerade noch, aber ohne logische Konsequenzen, ohne Fortsetzung, wie ein abgebrochener Satz, könnte man die ungeheure Intensität von Maras Existenz durch meine Existenz erkennen, ihre auf mich gerichtete Intensität, wie damals, in ihrer Agonie. Aber sonst nichts. Die Menschen haben gelernt, nur mit Worten und Zeichen zu sprechen. Schweigen und Nicht-Zeichen sind der Wahrheit aber weitaus näher.

In der Kapelle, wo ihr Sarg vor der Beerdigung stand, war plötzlich dieser Schmetterling und flatterte gegen die Scheibe. Es war sehr still, also schien das Flattern des Schmetterlings sehr laut zu sein, so leise es auch war. Das ist nicht verwunderlich, obwohl ich weder vorher noch nachher einen Schmetterling gesehen hatte. In der Kapelle war es warm, daher hatte er sich hier im November versteckt. Er flatterte lange und hartnäckig, und ich betrachtete ihn ebenso lange wie den Sarg. Aber das Schwierigste ist, dass ich damit nichts sagen will oder kann oder darf. Und dass man, nicht sprechend, trotzdem etwas sagt. Wer nicht »nein« sagt, sagt »ja«, und wer nicht »ja« sagt, sagt »nein«. Aber ich weiß schon längst, dass die Sprache nur ein sehr begrenzter Trick für die Realität ist, und unser Denken ein beschränktes Produkt der begrenzten Strukturen unseres Geistes. Ich glaube nicht, dass etwa ein Hund eine Zeitstruktur im Kopf hat, mittels deren er zwischen Vergangenheit, Gegenwart und Zukunft unterscheiden kann. Daher bewegt er sich anders in der Zeit. Bewegt er sich überhaupt? Einige Tiere reagieren auf erst noch bevorstehende Ereignisse. Kein Wunder, da die drei Zeiten ja nur ein Konstrukt des menschlichen Geistes sind, also eine zweifelhafte Sache. Tiere erleben die Zeit als eine Einheit.

Uns ist beiden aufgefallen, dass die Briefe, die wir jetzt wechseln, irgendwie anders sind als früher. Vielleicht, weil uns beiden bewusst geworden ist, oder wir beide ahnen, dass etwas, was mich betrifft und was durch meine (und Deine) Mutter und später durch Mara existiert hat, jetzt auf Dich übergegangen ist. Meine Beziehungen mit Frauen, egal welcher Art, welchen Grads und welcher Intensität sie sein werden, werden das nicht mehr realisieren. Einfach, weil keine Person mehr meine Mutter oder meine Schwester sein kann, und was Mara betrifft, ist die Sache sowieso einzigartig. Ich werde mit niemandem etwas Vergleichbares erleben. Es ist eine Art Gefühl, eine Art innere Verbundenheit, eine Beziehung zu mir, die ein fester Teil meiner Aura zu sein scheint, also so etwas wie meiner Existenz, meiner Person, sagen wir, einer neben-physischen Person. Und das ist nun Dir zugefallen. Du bist jetzt die einzige Depositarin davon, und wahrscheinlich spürst Du das genau. Als hätte sich etwas in diesem seltsamen, unermesslichen Raum verlagert, sich in Dir eingenistet, und verlangte nun von Dir, für mich realisiert zu werden. Vielleicht kommt daher Dein neuer Ton mir gegenüber. Und meine Beziehung zu Dir beruht auf dem Prinzip der Spiegelung. Bedenke, dass wir beide Briefe unabhängig voneinander geschrieben haben, dass wir beide vom Brief des anderen nichts wussten, sie nicht gelesen hatten.

Du kannst mir an die Pariser Adresse schreiben. Ich lasse mir die Post überallhin nachsenden. Ich küsse Dich.

27. Dezember

Aus meinem Fenster sehe ich viele Kamine, die mir beim Pfeiferauchen Gesellschaft leisten. Der Rauch – ein Opfer, eine natürliche Assoziation, wenn man aus meinem Fenster blickt.

Eine dicke, im Wind waagrecht stehende weiße Rauchfahne, sie hat es wahnsinnig eilig. Der Qualm will schleunigst weg hier. Mit dem Wind, der energisch bläst, mit aller Kraft. Nahe beim Kamin ist der Rauch dicht, dann löst er sich zusehends auf. Aber wie viel zielgerichtete Wucht in ihm ist. Er prallt auf die Wand des Nachbarhauses. Er rast und reißt.

Ich weiß nicht, wie es dazu kam, Rauchopfer auf einem Altar zu bringen, aber weiß ich es schlechter als jene Menschen, die sich beruflich mit solchen Fragen befassen? Sie versuchen zu erraten, was in den Köpfen der ersten Menschen vor sich gegangen ist. Ich versuche zu erraten, was in meinem Kopf vor sich geht. Offenbar unterscheide ich mich nur wenig von den ersten Menschen. So habe ich einen kürzeren Weg als die Wissenschaftler. Vielleicht ist er auch sicherer.

Theoretisch soll der Rauch eines Brandopfers nach oben, gen Himmel steigen. Meiner Meinung nach ist die Richtung egal. Das Wichtigste ist doch, dass man das Opfer zurück zu den Möglichkeiten schickt, vom »ist«-Zustand zurück in den »ist nicht«-Zustand, also zur Ur-Realität. Meine Vermutung ist, dass der Anfang im »nicht ist« ist, also schickt man das Ding dorthin zurück.

Mara persönlich, Mara als Mara, für mich war sie nur das. Jetzt wurde sie zum Anfang zurückgeschickt. Und ich kann mich hier in keine Richtung bewegen. Wenn ich das annehme, verliere ich sie. Und wenn ich es nicht akzeptiere, geschieht etwas ähnlich Unakzeptables: der unvermeidliche Gestank von schimmligen Andenken.

Vielleicht liegt die Wahrheit und Weisheit – nicht meine – wieder in der Uneindeutigkeit und der Oszillation. Weder das eine noch das andere ist akzeptabel, jedenfalls nicht als Einzelnes. Das Unmögliche akzeptieren, die Oszillation akzeptieren, die aber keine Wahrheit ist, sondern nur eine Bekundung, vereinfacht und unbeholfen, etwas in Richtung einer Wahrheit, die meiner menschlichen Schwäche und Unvollkommenheit angemessen ist.

Vorgestern, endlich, habe ich ihr zweites Begräbnis vollzogen: Ich habe die Anordnung der von ihr hinterlassenen Gegenstände auf ihrem Tisch zerstört. Sie existierte noch in dieser eigentümlichen, so anmutigen Unordnung, die so anmutig ordentlich war. All ihre Dinge sind zusammengepackt, sortiert (wie in Auschwitz). Wieder war etwas von ihr verschwunden. Ich kam mir vor, als beginge ich einen rituellen Mord.

Mein Anteil an diesem Mord (wenn es denn einer war) vergrößert sich. Ich weine sehr oft, weiß nie, wann es mich wieder überkommt.

Noch etwas zum Opfer. Vielleicht ist das Rauchen eine Verwirklichung? Vielleicht haben die Menschen schon immer gewusst, dass das »Zunichtemachen« erst die eigentliche Realisierung ist und dass das »Existieren«, die Gestalt, das Gewicht, die Kontur, die Organisation der Materie kein richtiges Existieren ist, höchstens eine niedrigere Form davon. Vielleicht gibt es Mara erst jetzt wirklich? Ich meine damit nicht sie, wie sie ist, als welche sie mir und anderen in Erinnerung geblieben ist. Diese endet mit meinem Ende und dem von einigen anderen Personen. Sie ist überhaupt erst jetzt geworden, unabhängig von uns, aber hier muss ich natürlich hinzufügen, dass sie die geworden ist, die sie immer schon war, vor ihrer Geburt. Die Schwierigkeit des Begriffs der Ewigkeit beruht darauf, dass wir alles in organisierten Figuren, Konturen, Dingen und Personen sehen. Wenn man das nicht so begreift, wenn man eher an … denkt, dann ist die Ewigkeit weniger unfassbar. Zusammen mit der »organisierten« Vorstellung ist die Zeit unvermeidlich, aber die Zeit kommt nicht dort zur Anwendung, wo »nichts« ist. Wir denken an die Ewigkeit in Zeitkategorien, daher ist sie für uns unmöglich. Aber vielleicht beruht sie darauf, dass es sie außerhalb der Zeit gibt?

Das Opfer – bisher habe ich es so verstanden, wie im Allgemeinen angenommen, als »Zunichtemachen«, Abwerfen, Loswerden von etwas. Aber wer weiß, ob der Sinn des Opfers nicht etwas ganz anderes ist, die Verwandlung einer unvollständigen Existenz in eine vollständige.

Das alles weiß ich, versuche aber nicht, es mir arglistig zunutze zu machen, um – um was? Es mir gut einzurichten? Ihre Fotografie hat auch einen Sinn, und irgendwie spüre ich die Unangemessenheit, die »Sündhaftigkeit« von etwas, dessen Extrem ein Museum sein könnte, ein Mausoleum der Erinnerungen, der materiellen und der erkalteten Andenken. Das darf ich ihr nicht zerstören, auch nicht in meinem Gedächtnis, im Namen dessen, was mit ihr passiert ist. Denn ich bin noch am Leben und bin es diesem Umstand schuldig. Ich schrieb bereits darüber, den Tod aus meinem Bauch herauszulassen, und über die Synthese – zu Lebzeiten – von meinem Tod mit meinem Leben. Ja, daran muss ich denken, ich darf mich nicht gegen meine eigene Kondition wehren. Sie ist für mich eine Tugend. Das berühmte *dépasser* – erst jetzt sehe ich die Verstiegenheit, wenn wir uns so selbst verleugnen. Das geht nicht, es ist hässlich. Sündig. Über den Begriff der Sünde muss ich auch noch nachdenken. Die Sünde gibt es zweifellos, sie ist bloß nie an dem Ort, an dem wir sie vermuten.

Ich habe ihr den letzten Stoß versetzt (der persönlichen Ordnung ihrer Gegenstände, die ich zerstörte), und nie wieder, niemals, jedenfalls was ich unter »niemals« verstehe, wird sie wieder etwas auf den Tisch legen. Es sei denn, dass alle Chancen unendlich sind, möglich sind, sicher bestehen und es dahin kommt, dass es Mara gibt und sie etwas auf den

Tisch legt – warum nicht? Wenn es die Ewigkeit gibt, dann wird absolut alles bestehen bleiben, die Ewigkeit existiert außerhalb der Zeit, die Zeit gibt es nicht, und alles bleibt bestehen, jede Konstellation, wie durcheinander auch immer, wiederholt sich so oft, in Folge der Unermesslichkeit, also dadurch die Gewissheit der Chancen, so vielfältig, dass sich eigentlich nichts ändert und alles bestehen bleibt. In diesem Sinne existiert alles, und der Abgrund des Daseins ist unerschöpflich. Ich spürte den gleichen Widerstand wie damals, als sie mich in ihrer Agonie rief, und ich, in meiner Feigheit und Bequemlichkeit, selbst nicht wusste, ob ich zu ihr gehen sollte oder nicht, weil es ihr das Sterben erschwerte und ihre Qualen verlängerte. Sollte sie nun leichter sterben oder aber schwerer und dafür noch ein bisschen leben? Das Bewusstsein, das sie, durch meine Anwesenheit, nicht verlor, war (nur für mich?) ihr Leben. Also, und jetzt, zu Hause, zerstöre ich ihre Ordnung und versetze ihr den letzten Stoß. Gleichzeitig wäre es eine »Sünde«, sie nicht zu zerstören, ebenso eine, wie sie nicht zu begraben.

Das mit der Ewigkeit, was ich oben schrieb, scheint mir unerwartet interessant. Wer weiß, vielleicht habe ich etwas für mich ziemlich Wichtiges entdeckt? Natürlich ist darin auch dieser Sinn, dass das Leiden für immer ist. Jeder schlimme Moment, jedes Schrecknis bleibt irgendwie, genauso wie jede Freude. Aber das ist nur wieder mein kleiner Menschenverstand, der sich meldet. Eine zweifellos gerechtfertigte Beobachtung. Aber wie soll ich denken, wenn nicht mit diesem kleinen Verstand? Nur dass der …

Angeblich verüben einige Liebespaare gemeinsam Selbstmord. Nicht um ihre Liebe zu töten, sondern um sie zu realisieren. Da sollte man vorsichtig sein, denn wie oft das auf psychopathologische (was immer das ist) Aspekte zurückzuführen ist und wie oft auf etwas anderes – ich weiß es nicht. Vielleicht ist es nur ein kleiner Kommentar von mir, also von einem, der brav am Schreibtisch sitzt und gar nichts verübt.

Jedenfalls ist hier Fanatismus nicht am Platz. Also die Verachtung für das, was »es gibt«, angesichts dessen, von dem man glaubt, es müsse es geben, diese Verachtung ist mir suspekt. Die Dinge greifen ineinander, bilden eine Ganzheit. Es sind für mich keine Antagonismen, sondern es ist eine Ganzheit. Es geht nicht darum, meine aktuelle Kondition zu verdrängen, sondern darum, Kontakt zu der Fülle zu bekommen, von der diese Kondition nur ein Teil ist.

Die alte Frage: Warum schreibe ich hier nur einen Teil von dem auf, was ich über mich weiß? Lassen wir das. Totale Aufrichtigkeit – wir leben in Gesellschaft. Ja, ich sollte mir meiner Verschiedenheit von mir, die ich ja kenne, bewusst werden. Aber das könnte ja ein anderer lesen, nicht nur ich. Es liegt mir keineswegs daran, dass die Menschen mich anders betrachten, als ich es wünsche, es ist nun einmal so, ich bin ich, und die anderen sind die anderen, und ich kann nicht annehmen, dass die anderen mich in der gleichen Perspektive sehen wie ich mich selbst. Wenn ich die technischen Möglichkeiten hätte oder an diese glaubte – diese Texte unsichtbar zu machen, würde ich gerne alles schreiben. Sich selbst ausblenden, die Wahrheit niederringen, dass wir uns in uns selbst und andere aufteilen, das ist Taktlosigkeit, »Sünde«. Stimmt, Chateaubriand hat mich derart gelangweilt, dass ich ihn nicht mehr lesen kann. Aber hier geht es wieder um Proportionen. Erstens: Ich lüge nicht, ich verschweige nur, manchmal. Zweitens – ich weiß nicht, was ich sagen wollte.

Eine Entdeckung im Rahmen einer Demutslektion: Manchmal stellt sich heraus, dass die anderen, die geringgeschätzten, angeblich unwissenden anderen etwas besser wissen. So war es auch in meiner Ehe mit Mara. Sie galt als glücklich, in gewisser Hinsicht sogar als perfekt. Ich wusste so viel über mich, dass ich annahm, die anderen seien im Irrtum, weil sie nichts über mich wussten. Doch sie hatten recht. Ja, es war in vieler Hinsicht eine sehr gute, aufrichtige Ehe. Und jetzt bin ich wie ein Stumpf mit Wurzeln, nachdem der Baum gefällt wurde, wie ein Invalider ohne Arme. Nein, das mit dem Baum entspricht eher der Wahrheit. Die Wurzeln sind geblieben, aber wozu?

Zum ersten Mal im Leben sehe ich das, was es nicht mehr gibt, ganz anders als zu der Zeit, als es noch bestand. Das ist überhaupt nicht die Regel, im Gegenteil. Im Allgemeinen ändert Vergangenes für mich nicht die Zeichen, es behält für mich den gleichen Wert wie vorher, als es noch existierte. Meine Kindheit, Polen, verschiedene Frauen, nichts stellte sich mir nach dem Vergehen anders dar als während der Zeit seiner Existenz, ich beurteile es nicht anders, und mein Gefühl ihm gegenüber ist dasselbe. Nun ist es zum ersten Mal anders. Das ist außergewöhnlich, und es könnte eine Garantie für die Wahrheit sein.

Anhang

Chronik zu Leben und Werk – die Jahre 1930–1969

Zusammengestellt von Alina Doboszewska und Roman Włodek

1930 Am 29. Juni wird in Borzęcin bei Brzesko (damalige Woiwodschaft Krakau) Sławomir Piotr Paweł Mrożek geboren. Offizielles Geburtsdatum ist der 26. Juni – ein fehlerhafter Eintrag ins Pfarrbuch. Er ist der zweite Sohn von Zofia Kędzior (1904–1949) und Antoni Mrożek (1903–1987), Postbeamter in Borzęcin. Bald darauf Übersiedlung nach Poronin.

1932 Tod des älteren Bruders von Sławomir, Jerzy (geb. 1928).

1933 Die Familie Mrożek zieht nach Prokocim bei Krakau, später nach Krakau, in die Bandurski-Straße.

1935 Geburt von Sławomirs Schwester Litosława (gest. 1995). Die Mrożeks ziehen in die Kielecka-Straße 28.

1937 Sławomir kommt in die Święty-Mikołaj-Grundschule in Krakau, Lubomirski-Straße 21.

1939 Ende August ziehen die Mrożeks wieder nach Borzęcin, in das Elternhaus der Mutter; Sławomir geht dort in die dritte Klasse der Grundschule.

1940 Die Mrożeks ziehen nach Kamienie (damals Woiwodschaft Rzeszów) in das Haus von Ludwik Kędzior, einem Cousin der Mutter; Sławomir geht in die vierte Klasse.

1941 Sławomir wird zur Familie des Vaters nach Porąbka Uszewska geschickt (einige Kilometer nördlich von Borzęcin), besucht dort die fünfte Klasse. Die Eltern kehren mit Litosława nach Krakau in die Wohnung in der Kielecka-Straße zurück.

1942 Rückkehr zu den Eltern nach Krakau; Schule in der Żółkiewski-Straße.

1943 Im Herbst wird die Familie Mrożek aus der Kielecka-Straße nach Podgórze auf das Gelände des liquidierten Ghettos umgesiedelt.

1944 Ende der Schulzeit, Weiterlernen in illegalen Unterrichtsgruppen.

1945 Die Mrożeks ziehen in ein Haus in der Prażmowski-Straße 68. Sławomir kommt nach der Aufnahmeprüfung am Nowodworski-Lyceum gleich in die zweite Gymnasialklasse.

1945–1949 Sławomir gehört zur Polnischen Pfadfindervereinigung, bis die Behörden das Höchstalter der Pfadfinderjugend mit 15 Jahren festlegen, wodurch seine Gruppe sich auflöst.

1948 Eintritt in den Związek Młodzieży Polskiej (Polnischer Jugendverband).

Während der Ferien muss Sławomir im Rahmen eines Einsatzes bei der (obligatorischen) Jugendorganisation Służba Polsce (Dienst für Polen) beim Aufbau des Militärflughafens im Warschauer Stadtteil Boernerowo mithelfen. Im September beginnt er, ein Tagebuch zu führen.

1949 Abitur im Mai.

Im Oktober Tod der Mutter, Zofia Mrożek. Mrożek beginnt sein Architekturstudium am Krakauer Polytechnikum. Studienabbruch nach drei Monaten.

1950 Im April erhält er einen Preis beim Wettbewerb für neue Mitarbeiter der Wochenzeitschrift *Szpilki (Nadeln)* für einen Cartoon (abgedruckt in der Nr. 16) und eine Humoreske (abgedruckt in der Nr. 26). Beginn des Studiums an der Staatlichen Hochschule für Bildende Künste (früher und heute: Akademie der Schönen Künste) in Krakau. Studienabbruch noch im selben Jahr.

Festanstellung beim *Dziennik Polski (Polnisches Tagblatt).*

Debüt in *Przekrój* (*Querschnitt*, Nr. 276) mit einer Reportage über den Bau von Nowa Huta: *Młode miasto (Die junge Stadt).*

Tritt dem Kreis der Jungen beim Verband Polnischer Literaten bei.

1951 Teilnahme am Zweiten Kongress Junger Autoren in Nieborów. Mitgliedschaft im Verband Polnischer Literaten.

Um dem Militärdienst zu entgehen, nimmt er das Studium der orientalischen Philologie an der Krakauer Jagiellonen-Universität auf.

Publiziert satirische Texte in den Zeitschriften *Szpilki (Nadeln), Po prostu (Geradeheraus), Życie Literackie (Literarisches Leben)* und *Nowa Kultura (Neue Kultur).*

1952 Wird vom Militärdienst zurückgestellt, woraufhin er im März das Studium abbricht.

Übersiedlung in das Haus des Vereins Polnischer Literaten in der Krupnicza-Straße 22.

Beitritt zur Polnischen Vereinigten Arbeiterpartei (PZPR).

1953 Auszeichnung mit dem Silbernen Verdienstkreuz.

In der Verlagsgenossenschaft Czytelnik in Warschau erscheint sein Debütband *Opowiadania* z *Trzmielowej Góry (Erzählungen, geschrieben auf dem Hummelberg)* mit Illustrationen des Autors.

Wenig später, im Verlag Wydawnictwo Literackie in Krakau, Publikation einer Sammlung satirischer Erzählungen: *Półpancerze praktyczne (Praktische Halbrüstungen).*

1954 Erhält den Julian-Brun-Preis für seine journalistischen Arbeiten.

1955 Als Korrespondent des *Dziennik Polski* Teilnahme am Treffen des Weltbunds der Demokratischen Jugend in Warschau.

Kündigt seine Festanstellung beim *Dziennik Polski.*

Beginn der Zusammenarbeit mit dem Satirischen Theater und dem Piwnica pod Baranami (Keller zu den Widdern) in Krakau, dem Danziger Theater Bim-Bom, dem Warschauer Theater Syrena (Sirene) und dem Kabarett Szpak (Star).

Ab Oktober Theaterkritiker des *Echo Krakowa* (*Echo von Krakau*, bis April 1957).

Im *Dziennik Polski* wird der satirische Roman *Maleńkie lato (Der klitzekleine Sommer)* in Fortsetzungen abgedruckt.

1956 Am 16. März im Danziger Theater Bim-Bom die Premiere des Programms *Radość poważna (Ernsthafte Freude)* unter der Regie von Zbigniew Cybulski und Bogumił Kobiel. Ein Teil davon war Mrożeks Sketch *Profesor (Der Professor)*.

Im Mai zweiwöchige Reise in die Sowjetunion (Moskau, Kiew, Odessa, Jalta, Batumi, Baku), auf der er Maria Obremba kennenlernt, eine Malerin, die seine Frau werden wird.

Er publiziert die satirische Reihe *Postępowiec (Der Fortschrittler)* in *Od A do Z (Von A bis Z*, eine Beilage des *Dziennik Polski)* und später in *Życie Literackie* sowie Feuilletons aus dem Zyklus *Ze sztambucha idealisty (Aus dem Stammbuch eines Idealisten)* in *Przekrój*.

Ab Dezember zweimonatiges Stipendium in Paris, zuerkannt vom Verband Polnischer Literaten.

PUBLIKATIONEN

Maleńkie lato (Der klitzekleine Sommer), Verlag Wydawnictwo Literackie, Krakau.

1957 Im Verlag Wydawnictwo Literackie erscheint der Erzählband *Słoń (Der Elefant)* mit Illustrationen von Daniel Mróz, für den Mrożek den jährlich verliehenen Preis von *Przegląd Kulturalny (Kulturelle Rundschau)* erhält. Im Verlag Kunst und Grafik in Krakau erscheint ein Zyklus mit Cartoons: *Polska w obrazach (Polen in Bildern)*.

1958 Mitarbeit (Autor der Dialoge und Liedtexte) am Drehbuch der Komödie von Antoni Bohdziewicz: *Kalosze szczęścia (Die Galoschen des Glücks)*, Premiere am 20. Oktober.

Hauptrolle in der auf vielen Festivals preisgekrönten Diplomarbeit *Rondo* der Staatlichen Hochschule für Film und Theater in Łódź (Regie: Janusz Majewski).

Am 27. Juni debütiert Mrożek als Dramatiker mit *Policja (Polizei)*, aufgeführt vom Teatr Dramatyczny in Warschau, Regie: Jan Świderski.

Am 13. Juli Premiere des Fernsehspiels *Z krainy wielkiej bałwanii (Aus dem Land der großen Verblödung)*, nach Texten von Mrożek, adaptiert von Wanda Karczewska, unter der Regie von Stefan Drewicz.

PUBLIKATIONEN

Policja (Polizei), in *Dialog*, Nr. 6.

2 melodie z filmu ›Kalosze szczęścia‹ (2 Melodien aus dem Film ›Die Galoschen des Glücks‹) (Kalosze szczęścia und *Wspomnienia paryskie, Die Galoschen des Glücks* und *Pariser Erinnerungen)*, Musik: Stefan Kisielewski, Text: Sławomir Mrożek, Polskie Wydawnictwo Muzyczne (Polnischer Musikverlag), Krakau.

1959 Zweiter Preis beim Wettbewerb für ein Fernsehstück, *Męczeństwo Piotra Ohey'a (Das Martyrium des Piotr O'Hey).*

In der Staatlichen Hochschule für Film und Theater in Łódź entstehen nach Erzählungen von Mrożek Diplomarbeiten: *Słoń (Der Elefant)* in der Regie von Agnieszka Osiecka, *Felix* in der Regie von Mariusz Chwedczuk und *Dobosz (Der Trommler)* in der Regie von Włodzimierz Kamiński.

Im Juli und August Aufenthalt in den USA aufgrund eines Stipendiums vom Harvard University Summer School International Seminar unter dem Vorsitz von Henry Kissinger. Auf dem Rückweg besucht Mrożek Frankreich und Italien.

Im Herbst Austritt aus der Polnischen Vereinigten Arbeiterpartei PZPR.

Im Oktober vernichtet Mrożek seine bis dahin geschriebenen Tagebücher.

Am 16. November heiratet Mrożek Maria Obremba, kurz darauf Übersiedlung nach Warschau.

PUBLIKATIONEN

Męczeństwo Piotra Ohey'a (Das Martyrium des Piotr O'Hey), in »Dialog«, Nr. 6.

Wesele w Atomicach (Hochzeit in Atomweiler), Wydawnictwo Literackie, Krakau (Zeichnungen und graphische Gestaltung Daniel Mróz).

AUFFÜHRUNGEN

1. Dezember Premiere *Policja (Polizei)* im Kleinen Theater am Zoo in Frankfurt am Main, Regie: Fritz Remond.

20. Dezember Uraufführung von *Męczeństwa Piotra Ohey'a (Das Martyrium von Piotr Ohey)* im Krakauer Theater der Puppen und Masken Groteska, Regie: Zofia Jaremowa.

1960 Reisen nach Italien und Jugoslawien.

Publikation von Feuilletons und Zeichnungen in *Przekrój* (bis 1967), in der Rubrik »Przez okulary Sławomira Mrożka« (»Durch die Brille von Sławomir Mrożek«).

Bis zur Rückreise nach Polen entstehen satirische Monologe für Edward Dziewoński für das Theater-Radio-Programm »Podwieczorek przy mikrofonie« (»Imbiss vor dem Mikrophon«).

PUBLIKATIONEN

Indyk (Der Truthahn), in *Dialog*, Nr. 10.

Postępowiec. Organ Sławomira Mrożka (Der Fortschrittler. Das Organ von Sławomir Mrożek), Iskry, Warschau.

ÜBERSETZUNGEN

Der Elefant, Übs. Ludwig Zimmerer, Henssel, Berlin.

1961 Reise nach Großbritannien.

PUBLIKATIONEN

Na pełnym morzu (Auf hoher See), in *Dialog*, Nr. 2.

Karol, in *Dialog*, Nr. 3.

Striptease, in *Dialog*, Nr. 6.
Ucieczka na południe (Die Flucht in den Süden), Iskry, Warschau, mit Zeichnungen des Autors.

ÜBERSETZUNGEN

Hochzeit in Atomweiler, Übs. Ludwig Zimmerer (Illustrationen von Daniel Mróz), Henssel, Berlin.
Politi! Politi!, Übs. Finn Havrevold, Norsk Rik, Oslo.
Pomlad na Poljskem, Übs. Lojze Krakar, Uroš Kraigher (Illustrationen Daniel Mróz), Prešernova družba, Ljubljana.

AUFFÜHRUNGEN

25. Februar Uraufführung *Indyk (Der Truthahn)* im Krakauer Teatr Stary, Regie: Lidia Zamkow.
22. Mai Fernsehspiel *Gawędy wuja (Was Onkel erzählt)*, adaptiert von Mrożek und Jerzy Gruza, Regie: Jerzy Gruza.
1. Juni Uraufführung *Na pełnym morzu (Auf hoher See)* im J. Osterwa-Theater in Lublin, Gemeinschaftsregie des Teams »Reduta 1961«.
31. Dezember Uraufführung von *Striptease* und *Karol* (zusammen mit *Auf hoher See*, unter dem Gemeinschaftstitel *Striptease und anderes)* im Danziger Teatr Wybrzeże, Regie Kazimierz Braun.

1962 Reisen durch Europa.
Wiederaufnahme des Tagebuchs.
Preis der Schweizer Kościelski-Stiftung und zweiter Preis im Dramen-Wettbewerb des Główny Zarząd Polityczny Ludowego Wojska Polskiego (Politische Hauptbehörde der Polnischen Armeen) für *Śmierć porucznika (Der Tod des Oberleutnants)*.

PUBLIKATIONEN

Zabawa, in *Dialog*, Nr. 10.
Kynolog w rozterce (Der Kynologe am Scheideweg), in *Dialog*, Nr. 11.
Deszcz (Regen), Wydawnictwo Literackie, Krakau (Illustrationen und graphische Gestaltung Daniel Mróz).

ÜBERSETZUNGEN

Der Elefant: Satiren, Übs. Ludwig Zimmerer (Illustrationen von Daniel Mróz), Henssel, Berlin.
The Elephant, Übs. Konrad Syrop (Illustrationen Daniel Mróz), Macdonald & Co., London, sowie Grove Press, New York.
In alto mare, Lerici Editori, Mailand.
Karl, Übs. Alex Kielland, Fiernsynsteatret, Oslo.
A zsiráf: elbeszélések és jelenetek, Übs. Grácia Kerényi, Európa Kvk., Budapest.

AUFFÜHRUNGEN

12. November Fernsehfilm *Męczeństwo Piotra Ohey'a (Das Martyrium des Piotr O'Hey)*. Regie: Erwin Axer.

1963 Am 3. Juni Ausreise nach Italien, Mrożek lässt sich in Chiavari an der italienischen Riviera nieder.

PUBLIKATIONEN

Czarowna noc (Die wundersame Nacht), in *Dialog*, Nr. 2.

Śmierć porucznika (Der Tod des Oberleutnants), in *Dialog*, Nr. 5.

Bühnenwerke [Polizei, Das Martyrium des Piotr Ohey, Der Truthahn, Auf hoher See, Karol, Striptease, Zabawa, Der Kynologe am Scheideweg, Die wundersame Nacht, Der Tod des Oberleutnants], Wydawnictwo Literackie, Krakau.

ÜBERSETZUNGEN

Aktovky 2 [*Mučcedníctví Petera Oheye, Tancovačka, Kouzelná noc*], Übs. Helena Stachová, Dilia, Prag.

Auf hoher See, Der Hirsch: Zwei Einakter, Übs. Ludwig Zimmerer, Kaiser, München.

L'elefante, Übs. Riccardo Landau, Einaudi, Turin.

El elefante: sátiras, Übs. Margarita Fontsere, Seix Barral, Barcelona.

In alto mare, *Striptease*, *Karol*, Übs. Anton Maria Raffo, Lerici Editori, Mailand.

Krocan, Übs. Helena Stachová, Dilia, Prag.

Mulatság: színművek, Übs. János Elbert, Grácia Kerényi, Európa Kvk., Budapest.

Policajti, Übs. Jaroslav Langer, Dilia, Prag.

La polizia, *Il martirio di Piotr Ohey*, Übs. Vera Petrelli Verdiani, Lerici Editori, Mailand.

Slon, Übs. Otakar Bartoš, Státni nakladatelstvi krásné literatury a uméni, Prag.

Stücke [*Polizei*, *Auf hoher See*, *Striptease*, *Karol*, *Das Martyrium des Piotr O'Hey*, *Racket Baby*, *Der Hirsch*], Übs. Ludwig Zimmerer, Henssel, Berlin (West).

AUFFÜHRUNGEN

20. Februar Premiere *Na pełnym morzu (Auf hoher See)* im Divadlo Rokoko in Prag, Regie: Rudolf Hrušínský.

30. März Uraufführung *Czarowna noc (Die wundersame Nacht)*, *Zabawa* und *Kynologa w rozterce (Der Kynologe am Scheideweg)* im Teatr Kameralny in Wrocław, Regie: Bogusław Danielewski.

21. November Uraufführung *Śmierć porucznika (Der Tod des Oberleutnants)* im Teatr Dramatyczny in Warschau, Regie: Aleksandr Bardini.

1964 Französischer Prix de l'Humour Noir für die Erzählsammlung *Słoń (Der Elefant)*.

Für die literarische Arbeit der Jahre 1963–1964: Preis der Alfred-Jurzykowski-Stiftung in New York.

PUBLIKATIONEN

Tango, in *Dialog*, Nr. 11.

Opowiadania (Erzählungen), Wydawnictwo Literackie, Krakau.

ÜBERSETZUNGEN

Aktovky 1, [*Striptýz*] Übs. Erich Sojka, [*Na širém moři*, *Karel*] Übs. Jaroslav Langer, Dilia, Prag.

Bűbajos éj, Népművelési Intézet, Budapest.

Elefanten, Übs. Mira Teeman, Bonnier, Stockholm.

Elefantti: Satiireja, Übs. Kristiina Kivivuorj (Illustrationen Daniel Mróz), Weilin and Goos, Helsinki.

L'éléphant, Übs. Anna Posner (Illustrationen Daniel Mróz), Albin Michel, Paris.

Das Haus auf der Grenze, Übs. Ludwig Zimmerer, in *Stern*, Nr. 40.

Smrt poručíka, Übs. Helena Stachová, Eva Bezděková, Dilia, Prag.

Stanisław Dygat, Stanisław Zieliński, Sławomir Mrożek, *Čudesné poviedky*, Bearbeitung: Pavol Wincer, Übs. Rudolf Turňa, Ján Sedlák, Pavol Wincer, Sloven. Vyd. Krásnej Literatúry, Bratislava.

AUFFÜHRUNGEN

4. April Premiere *Czarowna noc (Die wundersame Nacht)* und *Zabawa* im Teatr Współczesny in Warschau, Regie: Konrad Swinarski – vom 2. bis 10. Mai wurde das Stück im Aldwych Theatre in London gespielt.

30. November Premiere *Indyk* (*Der Truthahn*) im Fernsehen, Regie: Jerzy Goliński.

Im Teatro Rimini in Italien Premiere *Na pełnym morzu (Auf hoher See)* und *Policja (Polizei)*, Regie: Anton Maria Raffo.

1965 Einmonatiger Paris-Aufenthalt, Abstecher nach Genua, Venedig, Florenz.

Im März Wien-Reise, Round-Table zum Thema: *Theater der Gegenwart – Gegenwart des Theaters*, organisiert von der Österreichischen Gesellschaft für Literatur, Polen war repräsentiert von Mrożek, Erwin Axer, Jan Kott und Adam Tarn.

Mrożek erwägt, nach Polen zu fahren, zur Premiere von *Tango*.

Ende Dezember Reise nach Düsseldorf wegen der Premiere von *Tango* im Januar 1966.

PUBLIKATIONEN

Ucieczka na południe (Flucht in den Süden), 2. Aufl., Iskry, Warschau 1965, mit Zeichnungen des Autors.

ÜBERSETZUNGEN

Das Haus auf der Grenze, Übs. Ludwig Zimmerer, in *Begegnung mit Polen* (Düsseldorf), Nr. 7–8.

Mrožek čili Mrožek, [*Policajti*] Übs. Jaroslav Langer, [*Kouzelná noc*] Übs. Helena Stachová, [*Striptýz*] Übs. Erich Sojka, [*Na širém moři*] Übs. Jaroslav Langer, Orbis, Prag.

Le porte-plume (Erzählungen aus den Sammlungen *Hochzeit in Atomweiler* und *Regen*), Übs. Anna Posner (Illustrationen Daniel Mróz), Albin Michel, Paris.

Striptease: Satiren [*Auf hoher See*, *Karol*, *Striptease*], Übs. Ludwig Zimmerer, dtv, München.

Striptease, Übs. Edward Rother, in *Polish Perspectives* (Warschau), Nr. 10.

Striptease, Übs. Gabriel Meretik, in *Perspectives Polonaises* (Warschau), Nr. 10.

Stücke II [*Tango*, *Zabawa*, *Eine wundersame Nacht*], Übs. Ludwig Zimmerer, Henssel, Berlin (West).

Il tacchino, Übs. Riccardo Landau, Einaudi, Turin.

Tango, Übs. Helena Stachová, Dilia, Prag.

AUFFÜHRUNGEN

21. April Uraufführung von *Tango* im Teatr Atelje 212 in Belgrad.

5. Juni polnische Uraufführung von *Tango* im Teatr Polski in Bydgoszcz, Regie: Teresa Żukowska.

7. Juli Premiere von *Tango* im Warschauer Teatr Współczesny, Regie: Erwin Axer.

Am 1. September erscheint in der *Times* eine Besprechung der Warschauer *Tango*-Aufführung, (thematisiert in *Dialog*, Nr. 10, S. 119).

30. September Premiere von *Tango* im Divadlo bratři Mrštiků in Brünn, Regie: Zdenka Kaloča.

4. November *Polizei* und *Auf hoher See* in The Royal Lyceum Theatre in Edinburgh, Regie: Jan Kott, die Aufführung entstand im Rahmen des Theaterfestivals.

1966 Im Januar Aufenthalt in Düsseldorf wegen der Premiere von *Tango*.

Reisen nach Rom und London.

Im August und September Teilnahme am Forum Alpbach in Österreich, Reise nach Jugoslawien.

Im Oktober und November Teilnahme am Seminar Convegno di Studi unter dem Titel: *Autor objaśnia swoje dzieło (Der Autor erläutert sein Werk)*, das parallel zum Theater-Festival in Florenz stattfand. Weitere Gäste: Aleksander Popović, Miklós Hubày, Armand Gatti, John Arden, Wanda Laskowska, Jerzy Pomianowski und Konstanty Puzyna.

Im Dezember Reise nach Zürich.

ÜBERSETZUNGEN

Théâtre 1, [*Tango*] Übs. Jerzy Lisowski, Claude Roy, [*En pleine mer*, *Bertrand*, *Striptease*], Übs. Teresa Dzieduszycka, Albin Michel, Paris.

Věrný strážce: 28 kratochvilných a hrůzostrašných historek, Auswahl und Übs. Otakar Bartoš, Mladá fronta, Prag.

AUFFÜHRUNGEN

8. Januar, Premiere von *Tango* in der Übs. von Ludwig Zimmerer im Düsseldorfer Schauspielhaus, Regie: Erwin Axer, am 18. und 19. Oktober weitere Aufführungen beim Theaterfestival in Florenz.

28. Februar, Fernsehaufführung von *Dwie humoreski o stosunku do zwierząt (Jeleń* und *Kynolog w rozterce) (Zwei Humoresken über die Beziehung zu Tieren: Der Hirsch* und *Der Kynologe am Scheideweg)*, Regie: Erwin Axer.

25. Mai, Premiere von *Tango* im Royal Shakespeare Theatre, Regie: Trevor Nunn, Textbearbeitung von Tom Stoppard.

20. Dezember, Uraufführung *Życie współczesnego* (*Das Leben eines*

Zeitgenossen, nach einer Kurzgeschichte von Mrożek) Dramatisches Theater Olsztyn–Elbląg, Adaption und Regie: Henryk T. Czarnecki.

1967 Im Januar Jurymitglied bei den 13th International Days of Short Films in Tours.

Im Februar Aufenthalt in Paris wegen der Premiere von *Tango*.

Im August Teilnahme an einem internationalen Kolloquium in Montreal (Thema: Architektur und Theaterkunst), im Anschluss daran Reise nach New York.

Im Herbst Aufenthalt in Frankreich – Avignon, Grenoble, Agde, Paris und Vence.

PUBLIKATIONEN

Moniza Clavier, in *Twórczość*, Nr. 6.

Poczwórka (Der Vierer), in *Dialog*, Nr. 1.

Dom na granicy (Das Haus auf der Grenze), in *Dialog*, Nr. 5.

Woda (Wasser), in *Dialog*, Nr. 6.

Testarium, in *Dialog*, Nr. 11.

ÜBERSETZUNGEN

Der Elefant, Übs. Ludwig Zimmerer, Henssel, Berlin (West).

Home on the Border, Übs. Edward Rothert, in *Polish Perspectives* (Warschau), Nr. 8–9.

Kvartet, *Dům na hranici*, Übs. Helena Stachová, Dilia, Prag.

La maison sur la frontière, Übs. J.C. Bizan, in *Perspectives Polonaises* (Warschau), Nr. 8–9.

Six Plays [*The Martyrdom of Peter O'Hey*, *Enchanted Night*, *The Police*, *Out at Sea*, *Charlie*, *The Party*], Übs. Nicholas Bethell, Cape, London, später: Grove Press, New York.

Striptease, Übs. Edward Rother, *Tulane Drama Review* Nr. 3.

Tango, [*Tango*, *Karol*] Übs. Kazuo Yonekawa, [*Striptease*, *Auf hoher See*] Übs. Kazuo Yonekawa und Yukio Kudō, Orion Press, Tokio.

AUFFÜHRUNGEN

7. Februar Premiere von *Tango*, Übs. Jerzy Lisowski und Claude Roy, im Théâtre de Lutèce in Paris, Regie: Laurent Terzieff.

Im Mai im Pariser Theater Odéon Gastspiel des Düsseldorfer Theaters mit *Tango*, Regie: Erwin Axer.

4. Juni Fernsehaufführung von *Czarowna noc (Bezaubernde Nacht)*, Regie: Krystyna Skuszanka.

5. Oktober Premiere von *Tango*, Übs. Anton Maria Raffo, im Teatro Stabile in Genua, Regie: Luigi Squarzina.

1968 Jahreswechsel in Neapel.

Ende Februar Übersiedlung von Chiavari nach Paris.

Mrożek schreibt einen Protestbrief gegen die Teilnahme des polnischen Militärs am Einmarsch in die Tschechoslowakei, die Publikation dieses Briefs in *Le Monde* vom 28. August und in der Pariser Emigrantenzeitschrift *Kultura* erregt den Unwillen der polnischen Behörden. Mrożek wird zur sofortigen Rückkehr nach Polen aufgefordert und beantragt daraufhin in Paris politisches Asyl, dem Antrag wird stattgegeben. Publikationsverbot und Aufführungsverbot durch die Behörden in der Volksrepublik Polen.

PUBLIKATIONEN

Przez okulary Sławomira Mrożka (Durch die Brille von Sławomir Mrożek), Vorwort Salami Kożerski [Marian Eile], Iskry, Warschau, darin Feuilletons und Zeichnungen (Auswahl), die in den Jahren 1960–1967 in der Zeitschrift *Przekrój* publiziert worden waren.

Drugie danie (Zweiter Gang), in *Dialog*, Nr. 5.

Profesor (Der Professor), in: Jerzy Afanasjew, *Sezon kolorowych chmur: Z życia gdańskich teatrzyków 1954–1964*, Wydawnictwo Morskie, Gdynia.

ÜBERSETZUNGEN

Proroci, *Voda*, Übs. Helena Stachová, Dilia, Prag.

Tango, Übs. Nicholas Bethell, Cape, London.

Tango, *Striptease*, *En alta mar*, [*Tango*] Übs. aus dem Deutschen von Nicolás Costa und Julio Valcha, [*Striptease*, *En alta mar*] Übs. aus dem Deutschen von Oscar Fessler, Buenos Aires.

Utěk na jih, Übs. Bořivoj Křemeňák, Svobodné slovo, Prag.

AUFFÜHRUNGEN

8. Februar Premiere von *Poczwórka (Der Vierer)* im Teatr Wybrzeże in Danzig, Regie: Zbigniew Bogdański.

22. Mai *Moniza Clavier* im Teatr Dramatyczny in Olsztyn sowie im Teatr Dramatyczny in Elbląg, Adaptierung und Regie: Henryk T. Czarnecki.

1969 Im März Reise nach New York.

Im Mai und Juni Aufenthalt in West-Berlin, Besuch in Zürich.

Im August Teilnahme beim Theaterfestival in Stratford (Kanada).

Im September Aufenthalt auf Korsika.

Am 31. Oktober erliegt Mrożeks Frau Maria Obremba in einem Westberliner Krankenhaus ihrem Krebsleiden.

ÜBERSETZUNGEN

Tango, Übs. Ralph Manheim, Teresa Dzieduszycka, Grove Press, New York.

Théâtre 2 [*La maison sur la frontière*, *Testarium*, *Second service*], Übs. Teresa Dzieduszycka, Albin Michel, Paris.

AUFFÜHRUNGEN

18. Januar Premiere von *Tango*, Übs. Teresa Dzieduszycka und Ralph Manheim, im Pocket Theatre in New York, Regie: Heinz Engels (Assistent von Erwin Axer bei der Realisierung von *Tango* in Düsseldorf).

Im März Aufführung von *Tango*, Übs. Nicholas Bethell, am University Theatre in Calgary, Kanada.

10. Mai Premiere von *Tango*, Übs. Tom Eekman, in der Nederlandse Comedie in Amsterdam, Regie: Heinz Engels.

5. Juni Premiere von *Tango* im Theater am Neumarkt in Zürich, Regie: Felix Rellstab.

Anmerkungen

[1] Ein Stück unter diesem Titel ist nie erschienen.

[2] Mit dem Stück *Polizei* feierte Mrożek 1958 seinen ersten Erfolg als Dramatiker.

[3] Brief an Maria Paczowska. Maria und Bohdan Paczowski kannte Mrożek noch aus der Zeit des Architekturstudiums. Sie verließen Warschau um 1962 und lebten bis 1968 in Italien. Später lebten sie in Mailand und Paris; gegenwärtig in Luxemburg. Die Briefe an die Paczowskis nahm der Autor teilweise auch in sein Tagebuch auf.

[4] Andrzej Kijowski war ein Freund von Mrożek, er hat als Kritiker viel über Mrożeks Schaffen geschrieben.

[5] Fortsetzung des Briefs an Maria Paczowska, aus Warschau, dazwischen liegt die Reise des Autors nach Krakau. Der Brief betrifft die »endgültige« Ausreise von Maria und Bohdan Paczowski nach Italien.

[6] Arbeitstitel für einen Zyklus von Mrożek, der für die Sendung »Imbiss vor dem Mikrophon« vorgesehen war – eine Unterhaltungssendung, die an Traditionen des Kabaretts anknüpfte und von 1958 bis 1989 im Programm des Polnischen Radios gesendet wurde.

[7] Die Mariä-Geburt-Kirche wurde in der Nacht vom 30. November auf den 1. Dezember 1962 um 21 Meter verschoben, um Platz für den Bau einer großen Transitstraße durch Warschau zu machen.

[8] Im italienischen Dorf Chiavari, in der Nähe von Genua, lebte Mrożek von 1963 bis 1968.

[9] Piekarskastraße 4 – Mrożeks Wohnadresse in Warschau.

[10] Stefan Otwinowski (1910–1976) – polnischer Schriftsteller, 1947–1976 Vorstand der Krakauer Abteilung des Verbands der Polnischen Literaten.

[11] Roberto Lerici, ein Mailänder Verleger und Übersetzer, hat u.a. 1963 *Die Polizei* und *Das Martyrium von Piotr Ohey* von Mrożek übersetzt.

[12] Gabriela Zapolska (1857–1921) – polnische Schriftstellerin, Theaterkritikerin, gründete 1902 in Krakau eine Schauspielschule.

[13] Tadeusz Różewicz (*1921) – polnischer Lyriker und Dramatiker.

[14] Die Vereinigung der polnischen Theater- und Filmschauspieler, die im Warschauer Zentrum auch ein beliebtes Café unterhielt.

[15] Aus: José Ortega y Gasset, *Der Aufstand der Massen*. In: *Gesammelte Werke.* Band III. Aus dem Spanischen von Gerhard Lepiorz, Curt Meyer-Clason, Ulrich Weber, Helene Weyl. Deutsche Verlagsanstalt, Stuttgart 1984. Mrożek zitiert im Tagebuch aus der italienischen Übersetzung.

[16] Aus: C. G. Jung: *Das Grundproblem der gegenwärtigen Psychologie*, 1931. In: *Gesammelte Werke*. Band 8. Patmos-Walter-Verlag, Düsseldorf 1967. Mrożek zitiert hier und im Folgenden aus der italienischen Übersetzung.

[17] Rainer Maria Rilke, *Requiem für Wolf Graf von Kalckreuth* (1908). In: *Requiem*, Insel-Verlag, Leipzig 1931.

[18] Aus: Erich Fromm. *Die Furcht vor der Freiheit*. Aus dem Englischen von Liselotte und Ernst Mickel. Analytische Sozialpsychologie (Gesamtausgabe Band I), Deutsche Verlags-Anstalt, Stuttgart 1980. Im Tagebuch zitiert Mrożek aus der italienischen Übersetzung.

[19] Adam Włodek leitete Anfang der 1950er Jahre den Kreis der Jungen des Polnischen Schriftstellerverbandes. Mrożek erinnert sich u. a. in *Balthasar* an ihn.

[20] Vielen Dank, ich habe bereits gegessen. Ich habe gut gegessen. Ich werde nichts mehr essen. Ende der Woche.

[21] Der ganze Absatz besteht aus Verballhornungen einiger polnischer Lieder und Gedichte.

[22] Anlehnung an ein polnisches Volkslied.

[23] Aus: Thomas Mann, *Bilse und ich*. In: *Reden und Aufsätze. Gesammelte Werke*, Bd. X, S. Fischer, Frankfurt a. M. 1960. Die beiden nachfolgenden Zitate ebenfalls.

[24] Aus: Thomas Mann, *Goethe und Tolstoi*. In: *Reden und Aufsätze*, *Gesammelte Werke*, Bd. IX, S. Fischer, Frankfurt a. M. 1960.

[25] Aus: Franz Kafka, *Tagebücher* (in der Fassung der Handschrift). Eintrag vom 26. Dezember 1910. S. Fischer, Frankfurt a. M. 1990.

[26] Dieser Satz bezieht sich auf das Ende eines längeren vorhergehenden Eintrags vom 19. November, der nicht in die vorliegende Auswahl aufgenommen wurde: Mrożek erreichte die Nachricht, dass Leszek Herdegen, ein Jugendfreund, ein Bein verloren habe.

[27] An der Krupnicza-Straße 22 in Krakau befand sich das Haus der Autoren.

[28] *Orzeł i Reszka* – zwei Nachnamen, die wörtlich aber auch »Adler und Rückseite«, Kopf oder Zahl, bedeuten.

[29] Hier handelt es sich wohl um eine nicht umgesetzte Idee Mrożeks für ein Stück.

[30] Świątek = (heidnische) Heldenfigur.

[31] Ein Lied aus Shakespeares *Was Ihr wollt*. Dieses und andere Stücke von Shakespeare wurden 1947 und 1948 vom Krakauer Słowacki-Theater auch auf dem Krakauer Schlossberg, dem Wawel, gespielt.

[32] Das Stück erhielt später den Titel *Poczwórka (Der Vierer)*.

[33] Aus: Stanisław Brzozowski, *Legenda Młodej Polski* (*Die Legende des Jungen Polen*). Nakładem Księgarni Polskiej, Lwów 1910.

[34] *Inny Świat* (wörtlich: *Eine andere Welt*) von G. Herling-Grudziński erschien 1965 im Instytut Literacki in Paris. Die deutsche Ausgabe, *Welt ohne Erbarmen*, erschien 2000 im Hanser Verlag, München, in einer Übersetzung aus dem Englischen von Hansjürgen Wille.

[35] Lass locker, lass endlich los, bleib ruhig, schaukle nach vorne, erstarre nicht zu einem ernsthaften Mrożek. Ja. Mrożek, mein Lieber, sei sanft, sei

gut, zu wem, zu was, zu allem, zu dem Nichts, das du selbst bist, schau hindurch, hör auf zu mrożekisieren. Pah. Jedenfalls ist ein Sprachwechsel eine Art Erleichterung.

36 Aus: Marcel Proust, *Auf der Suche nach der verlorenen Zeit* 4, *Sodom und Gomorrha*. Aus dem Französischen von Eva Rechel-Mertens; revidiert von Luzius Keller und Sibylla Laemmel. Suhrkamp, Frankfurt 1999. Mrożek zitiert im Tagebuch aus dem französischen Original.

37 Der endgültige Titel des vorher bereits erwähnten Stücks *Tercet (Terzett)*.

38 Aus: Marcel Proust, *Auf der Suche nach der verlorenen Zeit*, *Die Gefangene*. Aus dem Französischen von Eva Rechel-Mertens, revidiert von Luzius Keller und Sibylla Laemmel. Suhrkamp, Frankfurt 2000.

39 Die Rede ist vom Regisseur Andrzej Wajda, der mit Gabriela Obremba, der Schwester von Mrożeks Frau Maria, verheiratet war.

40 *Femme gardant les cochons* – es gibt kein Bild von Matisse mit diesem Titel, vielleicht ist die Rede von einer Radierung von Charles Emil Jacque, *Une femme gardant les cochons* aus dem Jahre 1849 (Samuel Putnam Avery Collection).

41 Der Schauspieler Zbigniew Cybulski verunglückte am 8. Januar 1967 tödlich, als er im Bahnhof Breslau versuchte, auf einen fahrenden Zug aufzuspringen.

42 *suchness* (engl.) – ein philosophischer Terminus, der die Existenz an sich bezeichnet. So wird auch der buddhistische Begriff ›Tathata‹ häufig übersetzt.

43 Dieses Zitat bezieht sich auf einen Vers des polnischen Dichters Konstanty Ildefons Gałczyński im Gedicht *Serwus, Madonna* (1929).

44 Eine Anspielung auf die Worte *bwana kubwa*, was auf Suaheli »großer Herr« bedeutet (so wird in Sienkiewiczs Roman *Durch Wildnis und Wüste* eine Figur öfters angeredet).

45 *Un homme qui dort*, Denoël, Paris 1967. Deutsche Erstausgabe: Georges Perec, *Ein Mann der schläft*. Aus dem Französischen von Eugen Helmlé. Manhalt, Bremen 1988.

46 Die Erzählung wurde 1970 in dem Band *Dwa listy i inne opowiadania* (*Zwei Briefe und andere Erzählungen*) veröffentlicht.

47 Aus: Franz Kafka, *Tagebücher* (in der Fassung der Handschrift). Eintrag vom 24. Januar 1922. S. Fischer, Frankfurt a. M. 1990.

48 Eine im Polnischen übliche Verkleinerungsform, in etwa: Mrożekchen, Mrożeklein.

49 Bekanntes russisches Volkslied.

50 Aus: Johann Peter Eckermann, *Gespräche mit Goethe in den letzten Jahren seines Lebens*. Hrsg. von Heinz Schlaffer. In: J. W. Goethe, Münchner Ausgabe, Band 19. Hanser, München 1986. Im Tagebuch auf Französisch zitiert.

51 Ebendort.

52 Aus: William Shakespeare, *Der Sturm*, Epilog. Nach der 3. Schlegel-Tieck-Gesamtausgabe, übersetzt von A. W. Schlegel, Dorothea Tieck und Wolf Graf Bauissin. Winkler Verlag, München 1988. Im Tagebuch auf Englisch zitiert.

53 Wahrscheinlich der ursprüngliche Titel von *Vatzlav* (deutscher Titel: *Watzlaff*), einem Stück, das Mrożek 1968 schrieb und das 1979 uraufgeführt wurde.

54 Siehe Fußnote 17.

55 Aus dem Gedicht *Le Voyageur* (*Der Reisende*), aus dem 1913 erschienenen Band *Alcools* (*Alkohol*) von Guillaume Apollinaire, aus dem Französischen von Johannes Hübner und Lothar Klünner, Luchterhand, Darmstadt 1976. Im Tagebuch auf Französisch zitiert.

56 Die Rede ist vom Roman *Krebsstation* (1967) des russischen Autors Alexander Solschenizyn, der anhand des Zusammentreffens verschiedener Krebspatienten in einem usbekischen Krankenhaus die politischen Zustände in der damaligen Sowjetunion beschreibt.

57 Gestern – dem Weg gefolgt, überraschend lohnend. Glück. Hoch geflogen. Ja, Mensch, gestern war ich glücklich, in der vollen Wortbedeutung. Gebe aber nicht vor, der Weg hätte mich glücklich gemacht. Es war Das. Der Weg führte dorthin.
Mein Gott, wozu so viel über etwas so Einfaches sprechen? Einfach, aber doch kompliziert und unerschöpflich. Seit acht Jahren verliebt. Mehr oder weniger, jedenfalls unwiderruflich. Ist das kein Schatz?

58 Aus dem Gedicht *Erinnerung* von Rainer Maria Rilke, in: *Das Buch der Bilder*. Axel Juncker Verlag, Berlin/Leipzig, Stuttgart 1902, zweite sehr vermehrte Ausgabe 1906.

59 Klebe nicht daran. Löse dich davon. Das Leben, die Teilchen des Lebens, die nachträglich verweilen. Die – schon tot – die lebende Materie blockieren, die ihnen nachfolgt. Die sie verseuchen. Ein Krampf des Geistes.

60 Die letzte Bewegung, oder auch: der letzte (musikalische) Satz

61 Beides – unbedachte Akte. Warum soll das dazwischen bedacht sein?

62 Die schöne Kontinuität.

63 Blick zurück im Zorn.

64 Piotr Rawicz – ein Freund von Mrożek, polnischer Schriftsteller, Überlebender deutscher Konzentrationslager, lebte ab 1947 in Frankreich.

65 Aus: François-René de Chateaubriand, *Erinnerungen*, herausgegeben, neu übertragen und mit einem Nachwort versehen von Sigrid von Massenbach. Nymphenburger Verlag, München 1968. Der zweite Teil des Zitats (ab »Ist sie mir nicht«) fehlt in der deutschen Ausgabe, er wurde hier neu übersetzt. Im Tagebuch auf Französisch zitiert.

66 Ich fange wieder bei null an.

67 Ein Brief an Piotr Rawicz.

68 Ein Gedicht des polnischen Nationaldichters Adam Mickiewicz.

69 Adressatin ist Mrożeks Schwester, Litosława Mrożek.

Fotonachweis

Die Fotografien Nr. 1–9, 11, 12, 21–24, 28, 29 stammen aus dem Familienarchiv von Sławomir Mrożek.

Die Fotografien Nr. 10, 13–19 und 25–27 sind von Wojciech Plewiński. © Wojciech Plewiński

Die Fotografie Nr. 20 ist von Bohdan Paczowski. © Bohdan Paczowski

Die Abbildungen der Tagebuchseiten, Nr. 30–33, stammen aus dem Nachlass von Sławomir Mrożek in der Fondation Jan Michalski, Montricher (Schweiz). © Fondation Jan Michalski/Archiv Sławomir Mrożek

Personenregister

Bitte beachten Sie
auch die folgenden Seiten

Sławomir Mrożek im Diogenes Verlag

»Sławomir Mrożek ist der erfolgreichste Theaterautor Polens.«
Tages-Anzeiger, Zürich

Das dramatische Werk in sieben Bänden in Kassette

Enthält die Bände: *Striptease, Tango, Watzlaff, Emigranten, Amor, Der Botschafter, Liebe auf der Krim*

Alle Bände auch als Einzelausgaben:

Striptease
und andere Stücke

Aus dem Polnischen von Ludwig Zimmerer

In *Striptease* werden zwei Männer in einen gefängnisartigen Raum gestoßen, dessen Türen offen sind. Beide versichern sich gegenseitig, dass ›das Ereignis‹ keinerlei Bedeutung habe und kein Grund zu Beunruhigung bestehe. Wenn sie wollten, könnten sie ja jederzeit den Raum verlassen. Während die beiden Männer sich in eine philosophische Diskussion über den Freiheitsbegriff verstricken, schließt eine riesige Hand die Türen ...
Enthält außerdem: *Polizei / Das Martyrium des Piotr O'Hey / Auf hoher See / Karol / Der Truthahn.*

»Mrożeks geschliffenen Formulierungen, die Präzision, die das Wesentliche aufs Podest hebt, das Zusammenspiel von Hintergrundernst und Humor, mit dem er die verklemmte Angst fremdbestimmter Menschen aller Gesellschaftsschichten auf den Punkt bringt, ist einmalig.« *Helmut Fenzl / Main-Echo, Aschaffenburg*

»Ein Spitzenwerk der Literatur.«
Marcel Reich-Ranicki / Literarisches Quartett, ZDF

Tango

und andere Stücke

Deutsch von Christa Vogel
und Ludwig Zimmerer

Arturs Eltern erinnern sich an die Zeiten, in denen Tangotanzen noch ein Skandal war. Doch mit diesen und allen anderen Zwängen und Konventionen haben sie gründlich aufgeräumt. Artur beschwert sich nun über die totale Freiheit, »weil nichts mehr möglich ist, weil eben alles möglich ist«. Er fordert sein »Recht auf Aufruhr«.
Enthält außerdem: *Eine wundersame Nacht / Zabawa / Der Kynologe am Scheideweg / Der Tod des Leutnants / Der Hirsch / Racket-baby.*

»Ein aktuelleres Stück über den heutigen Generationskonflikt gibt es nicht.« *Die Zeit, Hamburg*

»Eine pointenreiche, gleichermaßen von Wortwitz wie von deftiger Situationskomik geprägte Satire.«
Hessische Allgemeine Zeitung, Kassel

Watzlaff

und andere Stücke

Deutsch von Ludwig Zimmerer
und Rolf Fieguth

Watzlaff lebt im ›Land der Unfreiheit‹. Bei einer Fahrt übers Meer erleidet er Schiffbruch. Eine gute Gelegenheit für Watzlaff, ins ›Land der Freiheit‹ zu fliehen. Sein Alter ego, in Form eines Doppelgängers, meldet letzte Zweifel an – doch Watzlaff lässt es ungerührt im Meer ertrinken. Nun hindert ihn nichts mehr, reich, mächtig und glücklich zu werden. Doch es zeigt sich schnell, dass es nicht so einfach ist, sich in der schönen neuen Welt zurechtzufinden.
Enthält außerdem: *Nochmals von vorn / Propheten.*

»Mrożek ist Humorist – also meint er es besonders ernst. Er liebt phantastische Motive, aber er ist der

Sachwalter der Vernunft und des gesunden Menschenverstandes.« *Marcel Reich-Ranicki*

»Mrożeks Satiren sind mehr als in Allegorie verschlüsselte Leitartikel zu Tagesfragen. Sie sind Parabeln, die nicht ins Allgemeine, Unverbindliche hinwegschwindeln müssen, um zu Dichtungen zu werden.«
Hellmuth Karasek

Emigranten
und andere Stücke

Deutsch von Christa Vogel

AA, der Intellektuelle, und XX, der Gastarbeiter, teilen sich einen Kellerraum als Unterkunft und gehen sich nach Kräften auf die Nerven. Zwar sind sie beide Emigranten desselben Landes, doch sind die Verbindungen zwischen dem politischen Flüchtling und dem sich für materiellen Wohlstand abschuftenden bäuerlichen Gastarbeiter nur allzu brüchig. Am Silvesterabend kommt es zum Showdown.
Enthält außerdem: *Schlachthof / Buckel / Das Haus auf der Grenze.*

»*Emigranten* hat Humor von stringenter böser Art. Es hat theatralisch fesselnde Spannung.«
Friedrich Luft / Die Welt, Berlin

»*Emigranten* ist unheimlich dicht und vieldimensional.« *Neues Deutschland, Berlin*

Amor
und andere Stücke

Deutsch von Witold Kośny
und Christa Vogel

Während der Besetzung Polens durch die Nazis wird ein Hauptmann der Wehrmacht in einem polnischen Haus einquartiert, in dem ein Junge mit seiner Tante lebt. Der Junge ist völlig fasziniert von der Schauspie-

lerin Rosemarie, der Geliebten des Hauptmanns. Als der ›kleine Amor‹, wie Rosemarie ihn lachend nennt, von den Partisanen angeworben wird, auf den Nazi ein Attentat zu verüben, stürzt ihn das in einen tiefen Konflikt: Wenn er mitmacht, würde er endlich für voll genommen, aber er brächte damit Rosemaries Leben in Gefahr.
Enthält außerdem: *Insel der Rosen / Fuchsquartett / Der Schneider / Zu Fuß / Die Rückkehr.*

»Mrożeks politische Parabeln sind von stupender Diagnostik.« *Marianne Kesting / Die Zeit, Hamburg*

»Mrożek ist einer der bekanntesten europäischen Satiriker und einer der meistgespielten Dramatiker.« *Katharina Döbler / Neue Zürcher Zeitung*

Der Botschafter
und andere Stücke

Deutsch von M.C.A. Molnar
und Christa Vogel

Der Botschafter eines großen Landes bekommt ein merkwürdiges Geschenk: einen hellblauen Globus – ohne Kontinente. Plötzlich stößt der Kopf eines Mannes oben durch den Globus, wie ein Küken aus dem Ei. »Was darf's denn sein? Ein Martini? Ein Sherry?«, fragt der Botschafter – »Asyl!«, antwortet der Mann.
Enthält außerdem: *Ein Sommertag / Alpha / Der Vertrag / Das Portrait / Die Witwen.*

»Die Aktualität des Stückes *Das Portrait* lässt sich leicht auf die Stasiproblematik nach dem Zusammenbruch der DDR übertragen – kann aber gleichzeitig grundsätzlicher aufgefasst werden.«
Ulrich Fischer / Süddeutscher Rundfunk, Stuttgart

»Mrożeks Stärken sind bekannt: Ironie und Phantasie. Der Pastiche, die Ausnutzung der Pointe, Stilparodien, die polemische Verkehrung der Motive, das dialektische Schattenboxen – all dies bereitet ihm selbst wie auch seiner Lesergemeinde sichtbares Vergnügen.« *Tadeusz Nowakowski*

Liebe auf der Krim

Eine tragische Komödie in drei Akten

Deutsch von Christa Vogel

Ein Luxushotel auf der Krim, die Gäste vertreiben sich die Zeit. Und die Zeit vergeht: der erste Akt spielt um 1910 mit Figuren aus Čechov-Stücken, der zweite Akt kurz nach der Revolution. Im dritten Akt, nach der Perestroika, ist das Hotel zum Treffpunkt für die neuen russischen Business-Männer geworden. Alles hat sich verändert, aber die Strukturen und Menschen sind dieselben. Oder etwa doch nicht?

»Ein Fresko, das uns in drei Stunden vom Russland Čechovs in das Russland von heute führt.«
Le Monde, Paris

»Tragisch, komisch, gut.« *Berliner Zeitung*

Außerdem lieferbar:

Auf hoher See · Striptease

Zwei Einakter

Deutsch von Ludwig Zimmerer

Auf hoher See gibt es kein Entrinnen: Einer der drei schiffbrüchigen Männer auf dem Floß soll aufgefressen werden, damit wenigstens die beiden anderen überleben können. Jeder versucht den anderen davon zu überzeugen, dass gerade er gefressen werden müsse. – In pointierten Dialogen werden die Lügen und Phrasen erkennbar, mit denen Menschen dazu gebracht werden, ihr Leben zu opfern.
In *Striptease* werden zwei Männer in einen gefängnisartigen Raum gestoßen, dessen Türen offen sind. Beide versichern sich gegenseitig, dass ›das Ereignis‹

keinerlei Bedeutung habe und kein Grund zu Beunruhigung bestehe. Wenn sie wollten, könnten sie ja jederzeit den Raum verlassen. Während die beiden Männer sich in eine philosophische Diskussion über den Freiheitsbegriff verstricken, schließt eine riesige Hand die Türen …

»Die Zeitlosigkeit von Sławomir Mrożeks Stücken, in denen er sich mit den Mechanismen totalitärer Herrschaft, aber auch mit jeder Art von stereotypem Denken und reguliertem Handeln auseinandersetzt, ist heute umso deutlicher sichtbar.«
Marta Kijowska / Neue Zürcher Zeitung

»Mrożeks Gedanken sind so ungewöhnlich, dass sie jedem verständlich sind.« *Die Welt, Berlin*

Lauter Sünder · Schöne Aussicht

Zwei Stücke

Deutsch von Christa Vogel

Die Erlebnisferien im Romantikhotel stellen sich trotz schöner Aussicht als ungemütlich heraus; eine heißumkämpfte Position als Seelenhirte in einer kleinen Gemeinde mit lauter Sündern entpuppt sich als Alptraum.

»Es gibt Theaterstücke, die beflügeln derart die Phantasie, dass sie einer Bühne kaum bedürfen: Der polnische Autor Sławomir Mrożek liefert mit *Lauter Sünder – Schöne Aussicht* gleich zwei davon. Höchst satirisch, voller Sprachwitz.«
Westdeutsche Allgemeine Zeitung, Essen

»Ein Klassiker des zwanzigsten Jahrhunderts.«
Le Monde, Paris

Andrzej Szczypiorski im Diogenes Verlag

Die schöne Frau Seidenman

Roman. Aus dem Polnischen von Klaus Staemmler

Dieser Roman handelt von der Rettung der schönen Polin Irma Seidenman und einer Vielfalt von Gestalten und Geschichten, die der Autor in einer großartigen Komposition um sie herum gruppiert: der junge Pawetek, der sie insgeheim verehrt, sein Schulfreund Henio Fichtelbaum, der ins brennende Ghetto zurückkehrt, der reiche Schneider Kujawaski, der heimlich Künstler und den Widerstand unterstützt, der Schöne Lolo, ein erfolgreicher Verräter, der Bandit Suchowiak, der Juden aus dem Ghetto schmuggelt.

»Mit herber Ironie erzählt Szczypiorski von Gerechten wie Schurken, von guten Patrioten und Henkersknechten, Todgeweihten und noch einmal Davongekommenen, deren Geschicke sich verknüpfen zu dramatisch gerafftem Romangeschehen.«
Der Spiegel, Hamburg

Eine Messe für die Stadt Arras

Roman. Deutsch von Karin Wolff

Im Frühling des Jahres 1458 wurde die Stadt Arras von Hungersnot und Pest heimgesucht. Im Laufe eines Monats fand beinah ein Fünftel der Stadtbevölkerung den Tod. Kurze Zeit später kam es aus ungeklärten Gründen zu Juden- und Hexenverfolgungen, Prozessen wegen angeblicher Häresie und auch zu Brandschatzung und Gewaltverbrechen. Nach drei Wochen trat wieder Ruhe ein. Geraume Zeit danach erklärte David, Bischof von Utrecht und unehelicher Sohn Philipps des Guten, des Herzogs von Burgund, alle

»Ein historisches Gleichnis zur Erkundung von Schicksalsfragen eines Volkes: Totalitarismus, Fremdherrschaft, Fanatismus und Anpassung. Die ästhetische Ausstrahlung des Romans, seine Wirkung, beruht zum großen Teil auf der Spannung, die das Gleichgewicht zwischen Aussprechen und Nicht-Aussprechen erzeugt.« *Neue Zürcher Zeitung*

»*Eine Messe für die Stadt Arras* ist Andrzej Szczypiorskis Hauptwerk.« *Marcel Reich-Ranicki*

Nacht, Tag und Nacht

Roman. Deutsch von Klaus Staemmler

Ein Roman, der zwei große Themen vereint: die Erfahrungen mit totalitären Mächten im Europa des 20. Jahrhunderts und die Erfahrungen der Liebe. Szczypiorski schildert die Liebe des Wissenschaftlers Antoni zur Widerstandskämpferin Justyna und lässt in einem zweiten Bogen aus der Sicht des Redakteurs Czarnocki und anderer skurriler Gestalten die historischen Ereignisse berichten, die diese Liebe begleiten.

»Szczypiorski beschreibt selbst das menschliche Elend mit einer so intelligenten, leicht ironischen Heiterkeit, mit so einem Verständnis für die Täter und solcher Bewusstheit für die Situation der Opfer, dass die Lektüre zu einem großen literarischen Erlebnis wird.«
Maria Ossowski / Süddeutscher Rundfunk, Stuttgart

Joseph Conrad im Diogenes Verlag

Lord Jim

Roman. Aus dem Englischen von Fritz Lorch. Mit einem Nachwort von Otto A. Böhmer

Lord Jim, Conrads bekanntester Roman, erzählt die Geschichte eines jungen englischen Schiffsoffiziers, eines sensiblen und phantasiebegabten Menschen, der von Jugend an in der Vorstellung lebt, für eine besondere Aufgabe bestimmt zu sein, und im Augenblick der Bewährung versagt.
Der Alptraum seiner Verfehlung treibt Jim immer weiter nach Osten, und beinahe scheint es, als sei die Welt »nicht groß genug für ihn«.

»›Er ist einer von uns‹, das ist einer der Schlüsselsätze des Romans *Lord Jim*. Einer von uns – so könnten ihn alle nennen, die eine Ahnung haben von der letztendlichen Vergeblichkeit des menschlichen Tuns – und die dennoch unbeirrt ihren Weg gehen. ›Das Leben ist nicht viel‹, sagt Jim einmal, ›aber es ist doch alles, was wir haben.‹ Er weiß um die Schwäche des Menschen, um die Gefährdung all seiner Wünsche, Träume und Möglichkeiten. Aber er hat den Mut, aufzubrechen ins Ungewisse, um die ›wirkliche Wahrheit‹, wie er das nennt, zu suchen. Er macht sich nichts vor, darin besteht sein Adel.«
Hans-Werner Gille / Bayerischer Rundfunk, München

Der Geheimagent

Eine einfache Geschichte

Deutsch von Günter Danehl

London der Jahrhundertwende. Eine ausländische Gesellschaft versucht, die öffentliche Meinung gegen die

Revolutionäre in der Stadt aufzuwiegeln. In den finsteren, schlammigen Londoner Hintergassen lebt der Doppelagent Verloc: Er hat sich als agent provocateur in Sachen Anarchismus anwerben lassen und leistet zugleich der englischen Polizei Spitzeldienste.

»Als ich vor Jahren Den Haag besuchte, hielt Galsworthy dort eben einen Vortrag über ›Conrad und Tolstoi‹. Ich hatte keine Ahnung, wer das sei, den man da mit dem russischen Giganten zusammenstellte; und mein Erstaunen wiederholte sich, als ich hörte, daß André Gide Englisch gelernt habe ausdrücklich, um Conrad im Original lesen zu können. Seitdem habe ich dies Erzählerphänomen kennengelernt in einigen seiner stärksten Werke: ich las die glänzende packende Kriminalgeschichte *Der Geheimagent*, las dies und das und bin voll genug davon, um mich nicht unberufen zu fühlen, unserem Publikum zum Beispiel den bewunderungswürdigen *Geheimagenten* persönlich ans Herz zu legen ...« *Thomas Mann*

Herz der Finsternis

Erzählung. Deutsch und mit
einem Nachwort von Urs Widmer

Kapitän Marlow steuert seinen Flußdampfer immer tiefer in die Wildnis des Kongo, ins Herz des Schwarzen Kontinents, wo er auf den zwielichtigen Elfenbeinhändler Kurtz stößt.

»Von allem, was er geschrieben hatte, bewunderte ich am meisten die furchtbare Erzählung *Herz der Finsternis*, die seine Lebensanschauung vollkommen ausdrückt: der leidlich moralische Kulturmensch auf dem gefahrvollen Weg über eine Kruste kaum erkalteter Lava, die jeden Augenblick durchbrechen und den Unvorsichtigen in heiß lodernde Abgründe sinken lassen kann.« *Bertrand Russell*

»*Herz der Finsternis* beschreibt eine Reise, die man Schritt für Schritt wiederholen könnte, und ist dennoch ein Traum, wie im Traum geschrieben, mit der Sicherheit eines Traums, der bekanntlich keine ›Fehler‹ macht.« *Urs Widmer in seinem Nachwort*

»Die vielleicht eindringlichste Erzählung, die die menschliche Vorstellungskraft je geschaffen hat.«
Jorge Luis Borges

Das Duell

Sechs Erzählungen
Deutsch von Carmen Janetzki
Mit einer Vorbemerkung des Autors
und einem Nachwort von Günter Walch

Zwei Offiziere der napoleonischen Armee, die einander immer wieder zum Duell fordern; ein chilenischer Bauer mit überdurchschnittlichen Kräften, der aus Liebe zu einer Tochter aus gutem Hause zum Bandenführer im Krieg der Südamerikaner gegen die Spanier wird; ein Arbeiter aus Paris, der im Rausch aufrührerische Reden hält und unter die Anarchisten gerät; ein an Rheuma leidender Graf, der aus Angst vor der Camorra das gesunde Klima Neapels verläßt; ein Schiff, das auf jeder Reise jemanden umbringt; ein Meisterspitzel, der sich in London in eine Anarchistengruppe einschleicht und dessen Entlarvung bei einer Razzia einer Bürgertochter das Herz bricht – sie sind die Helden der sechs Erzählungen, die Joseph Conrad 1908 veröffentlichte.

»Joseph Conrad ist in meinen Augen einer der größten Erzähler und – wenn man ihn zu den englischen Schriftstellern zählt – einer der sehr wenigen wirklichen Romanciers, die England besitzt. Er besaß jedoch eine Art Reife und politische Einsicht, die man bei einem geborenen englischen Schriftsteller wohl zu jener Zeit vergeblich gesucht hätte.« *George Orwell*